»Einen Gestorbenen ohne den Schutz eines Sarges direkt in der Erde zu versenken, ist die physische Art des ›weichen Begräbnisses‹. Doch ein lebender Mensch, der sich radikal gegen seine Vergangenheit abschirmt, erleidet ein ›weiches Begräbnis‹ durch die Zeit.«

In einem kleinen chinesischen Dorf wird eine junge Frau halbtot aus einem Fluss gezogen, sie erinnert sich an nichts. Der Dorfarzt Dr. Wu rettet ihr das Leben, und sie beginnt ein neues: Sie wird Haushälterin des KP-Kaders, heiratet ihren Retter, und sie bekommen einen Sohn. Als die Erinnerungen mit der Zeit hervordrängen, versucht sie verzweifelt, diese tief in sich zu begraben – auch dafür steht »weiches Begräbnis«. Im Schatten dieses Schweigens wächst ihr Sohn auf. Als er sich schließlich auf die Spuren seiner Familiengeschichte begibt, beginnt er zu ahnen, warum seine Mutter ihre Vergangenheit für immer ungeschehen machen wollte.

Fang Fang ist eine der bekanntesten Schriftstellerinnen Chinas. Sie wurde 1955 geboren und lebt seit ihrem zweiten Lebensjahr in Wuhan. Sie hat eine Vielzahl von Romanen, Novellen, Kurzgeschichten und Essays veröffentlicht. 2016 erschien der von der Kritik gefeierte Roman *Weiches Begräbnis*, für den die Autorin mit dem renommierten Lu-Yao Preis ausgezeichnet wurde. Doch als der Roman mit dem Vokabular der Kulturrevolution als »Giftpflanze« verbrämt wurde, verschwand das Buch vom chinesischen Markt.

Fang Fang

Weiches Begräbnis

Roman

Aus dem Chinesischen
von Michael Kahn-Ackermann

Hoffmann und Campe

Die Originalausgabe erschien 2016 unter dem Titel
Ruan mai bei People's Literature Publishing House, Beijing.

1. Auflage 2022
Taschenbuchausgabe

www.hoffmann-und-campe.de
Umschlaggestaltung und Umschlagmotiv:
© Hauptmann & Kompanie Werbeagentur, Zürich
Satz: Dörlemann Satz, Lemförde
Gesetzt aus der Sabon
Druck und Bindung: GGP Media GmbH, Pößneck
Printed in Germany
ISBN 978-3-455-01140-1

HOFFMANN
UND CAMPE

Ein Unternehmen der
GANSKE VERLAGSGRUPPE

I. Abschnitt

1. Kapitel

Die Frau befand sich in ständigem Kampf mit sich selbst.

Sie war schon alt, sehr alt. Schlaff hing die Haut an ihr herab, nicht einmal eine ordentliche Runzel fand darauf Halt. Gesicht und Hals waren übersät von feinen Narben. Auf der kreideweißen Haut wirkten sie nicht wie von der Zeit gekerbt, sondern eher wie mit einem dünnen Pinsel Strich um Strich aufgetragen. Ihre Augen waren bereits trübe, doch wenn sie sich unverhofft weit öffneten, konnte man noch immer ein Funkeln darin entdecken.

Gewöhnlich starrte sie stumpf auf einen Fleck, als sei sie in Gedanken versunken und zugleich völlig teilnahmslos. Gelegentlich fühlten sich Passanten veranlasst, sie neugierig anzusprechen: »Großmütterchen, woran denken Sie?«

In solchen Momenten malte sich Verwirrung auf ihrem Gesicht, den Passanten anblickend, murmelte sie ein paar unverständliche Satzfetzen. Sie selbst hätte weder sagen können, was sie da vor sich hin gemurmelt, noch, ob sie überhaupt an irgendetwas gedacht hatte. Sie hatte nur die Empfindung, seltsame Dinge wollten mit Gewalt aus ihr hervorbrechen, als zerre etwas an ihrem Gedächtnis, womit sie um keinen Preis in Berührung kommen wollte. Sie leistete erbitterten Widerstand. Ihr Widerstand glich einem engmaschigen, undurchlässigen Netz, das Horden von Dämonen umschloss und fesselte, die jederzeit auszubrechen drohten. Ein Leben lang hatte sie gegen sie gekämpft, ein Leben lang dieses Netz mit sich herumgeschleppt.

Als ihr Mann noch lebte, hatte er sie einmal ermuntert, ihren Erinnerungen freien Lauf zu lassen. Vielleicht würde dabei etwas zum Vorschein kommen, das ihr Ruhe verschaffen würde. Um ihm zu Gefallen zu sein, hatte sie sich gezwungen, sich auf ihr Inneres zu konzentrieren, und sich bemüht, die Erinnerung in sich emporsteigen zu lassen. Doch fast im selben Moment wurde sie von einer Erregung überwältigt, als würde ihr ganzer Körper von tausend Nadeln durchschossen, es traf sie wie ein Stromschlag, ein Gefühl, als würden ihr die Glieder vom Leib gerissen. Schmerz und Erschöpfung hatten ihr nahezu den Atem geraubt. Verzweifelt hatte sie zu ihrem Mann gesagt: »Zwing mich nicht, mich zu erinnern. Ich kann es nicht. Ich habe das Gefühl, ich muss sterben, wenn ich es nur versuche.« Er erschrak. Nach einem kurzen Schweigen hatte er gesagt: »Dann lass es bleiben. Versuch, dich zu beschäftigen, das wird dich ablenken.«

Sie hatte seinen Rat befolgt und sich Tag für Tag auf Trab gehalten. Tatsächlich ging sie keiner bezahlten Arbeit nach, sondern beschränkte sich auf die Aufgaben einer Hausfrau. Sie putzte und wischte unermüdlich, kein Körnchen Staub war in der Wohnung zu sehen. Wer immer ihre Wohnung betrat, konnte sein Erstaunen nicht unterdrücken: »Mein Gott, bei euch ist es aber sauber!« Ihr Mann, ein Arzt, war mächtig stolz darauf gewesen.

Auf diese Weise war ihr Leben allmählich in geregelte Bahnen geraten.

So verging die Zeit. Wie Jahresringe aus einer undurchlässigen Folie legte sie sich Schicht um Schicht um ihre verdrängten Erinnerungen und deckte sie zu. Die Schicht wuchs Jahr um Jahr, wurde dicker und dicker und erstarrte zu einer festen Wand. Die in der Tiefe ihres Bewusstseins verborgenen Dämonen blieben fest dahinter eingesperrt.

Welcher Art waren sie? Sie hatte keine Ahnung.

Ihre Erinnerung begann mit dem Frühjahr 1952.

Eines Tages, viele Jahre später, war ihr Mann aus der Klinik nach Hause gekommen und hatte mit ernster Miene von der »Großen Kulturrevolution«* geredet. Im Krankenhaus hatte eine Versammlung die andere gejagt, Leute hatten Wandzeitungen über ihn verfasst, worauf stand, in seinem Lebenslauf gäbe es dunkle Flecken. Von Angst gepackt, begriff sie die Bedeutung dessen, was er ihr berichtete, nicht. Bis er ihr irgendwann plötzlich erklärte, sie habe nichts zu befürchten. Er werde sie beschützen. Es sei für sie am besten, sich nie mehr an die Vergangenheit zu erinnern. Ihre schlimmsten Feinde seien nicht die Leute da draußen, sondern all die Dinge, an die sie sich nicht erinnere. Würde man sie fragen, solle sie sagen, sie wisse von nichts, so sei es am besten.

Sie hatte nicht begriffen, dass seine Worte als Trost und Ermahnung gemeint waren, sie hatten vielmehr Angstschauer in ihr ausgelöst. Ihr schien, als besäße er die Kontrolle über die in ihrem Inneren verborgenen und nahezu verschwundenen Todfeinde. Worum ging es bei alldem? Wusste er etwas, was sie nicht wusste? Bei diesem Gedanken schlug ihr ein eisiger Schreckenshauch entgegen. Und die Quelle des Schreckens befand sich an ihrer Seite. Tag und Nacht, Minute um Minute, Sekunde um Sekunde.

Sie begriff, dass sie während all dieser Jahre den Mann, den sie innig liebte, zugleich zutiefst fürchtete.

Aber warum nur? Woher kam diese Empfindung, die sie mit Unruhe erfüllte und die sie nicht begriff? Verscheuchen ließ sich die Empfindung jedenfalls nicht.

* 1966–1976

2. Kapitel

Als man sie aus der reißenden Strömung des Flusses herauszog, hatte sie nichts am Leibe. Ihr Körper war vom Kopf bis zu den Füßen mit Wunden übersät. Der Mann, der sie gerettet hatte, erklärte, das Wasser habe sie vollständig gebleicht, nur das Haar sei schwarz geblieben, auf den ersten Blick seien die Wunden nicht zu erkennen gewesen. Zum Glück befanden sich mehrere Militärärzte zu Hausbesuchen im benachbarten Dorf, man brachte sie unverzüglich dorthin. Nach den ersten Notfallmaßnahmen schafften die Ärzte sie umgehend in die Klinik.

Erst über einen halben Monat später erwachte sie dort aus dem Koma. Als sie nach dem Aufwachen versuchte, auf die Fragen der Leute zu antworten, wurde ihr Blick plötzlich stumpf.

Woher sie käme? Aus welchem Dorf sie stamme? Wie alt sie sei? Wer zu ihrer Familie gehöre? Wie sie in den Fluss gestürzt sei? Ob das Boot gekentert sei? Oder ob irgendein schmutziger Kerl sie hineingeworfen habe? Ob sie im Wasser die Einzige gewesen sei? Die Fragen prasselten auf sie ein, mal klangen die Stimmen der Frager warmherzig und mitfühlend, mal schneidend und bohrend. Ihr Inneres wurde plötzlich von einem rasenden Schmerz erfasst. Sie krümmte sich auf dem Bett zu einem Knäuel. Stimmt, woher komme ich?, dachte sie bei sich. Wo bin ich zu Hause? Wie heiße ich? Wie bin ich in den Fluss gefallen? Keinerlei Eindrücke, keinerlei Erinnerung. Wieso kann ich mich nicht erinnern? Nicht einmal daran, wer ich bin? Sie begann zu schluchzen. »Ich kann mich nicht erinnern«, sagte sie.

Sie erinnerte sich wirklich nicht.

»Denk nach«, drängten sie die Leute. »Denk gründlich nach. Du wurdest aus dem Fluss gezogen. Fang damit an, vielleicht kommt dann die Erinnerung.«

Sie bemühte sich, dem Drängen der Leute nachzukommen, und dachte gewissenhaft nach. Als ihre Erinnerung ans Flussufer zurückkehrte, brach das Getöse des Wassers über sie herein wie Donner, in dessen Gefolge ein mysteriöser Schrecken in ihr aufstieg, so als hielten sich in den Wogen Dämonen verborgen, die, obgleich unsichtbar und ungreifbar, darauf warteten, wütend über ihren Körper und ihr Inneres herzufallen. Für einen Moment verlor sie die Kontrolle über sich, sie brach in Schluchzen aus, das sich zu wilden Schreien steigerte. Sie bekam einen hysterischen Anfall.

Einer der Ärzte namens Wu untersagte mit Strenge den Leuten ihre Neugier. Sie habe vermutlich ein Trauma erlitten. Statt sie weiter mit Erinnerung zu peinigen, sollten sie lieber dafür sorgen, dass sie wieder zu Kräften komme.

Daraufhin hörten die Leute auf, sie mit Fragen zu quälen, sie redeten nur mal offen, mal hinter ihrem Rücken in mitleidigem Ton über sie.

Es war ein herrlicher Frühling.

Die Bäume vor dem Fenster waren übersät mit rosafarbenen Blüten. Die Blüten der Aprikosenbäume entlang der Außenmauer bildeten eine von Weiß überquellende Reihe, die ins Weiße des Mauerputzes überging, sodass, aus der Ferne gesehen, Blüten und Mauerwerk miteinander verschmolzen. In noch weiterer Ferne bewegten ein paar Ginkgo-Bäume ihre tiefgrünen Blätter, ihre kräftigen Stämme verrieten nicht mehr, wann sie gepflanzt worden waren. Die Jasminsträucher in den Ecken des Gartens begannen zu verblühen, doch noch verströmten die gelben Blüten strahlenden Glanz. Die ganze Farbenpracht drang mit Macht in ihr Auge und überwältigte sie. Trotz der noch immer kühlen Winde zwitscherten die mit dem wiedergekehrten Frühling zu frischem Leben erwachten Vögel aus voller Kehle. Inmitten dieser Szenerie und eingehüllt von diesen Tönen fand sie allmählich zu innerer Ruhe.

Dies wurde zum Ausgangspunkt ihrer neuen Lebenserinnerungen. Sie befand sich in einer Kleinstadt Ost-Sichuans*.

Später hatte ihr der Chor der Krankenschwestern, die sich immer wieder gegenseitig ins Wort fielen, den gesamten Ablauf ihrer Rettung und Heilung berichtet. Sie erzählten, dass niemand geglaubt habe, sie würde überleben, als die Ärzte sie in die Klinik brachten. Einmal sei sie von mindestens drei Ärzten für tot erklärt worden, die Leichenträger hätten sie bereits zum Ausgang transportiert. Nur der aufmerksame Doktor Wu habe bemerkt, dass sich ihr Mittelfinger leicht bewegte, und darauf bestanden, sie zur weiteren Beobachtung in der Klinik zu behalten. Und tatsächlich sei sie ein paar Tage darauf aus dem Koma erwacht. Die Erzählungen bewirkten, dass sich der Vorgang ihrer Wiederauferstehung tief in ihr Gedächtnis einprägte.

Eine Person hatte im Ablauf der Geschehnisse eine Sonderrolle gespielt, und zwar Doktor Wu. Ihm verdankte sie ihr Leben. Ihre Wiedererweckung vom Tode und die Existenz dieser Person reichten aus, ihr den Geschmack am Leben wiederzugeben. In dieser kurzen Episode waren sämtliche Gefühls- und Geschmacksregungen vereint, das Saure, das Süße, das Bittere und das Scharfe. Das, so dachte sie, genügte ihr als Lebensbeginn.

Und so hatte sie alles, was ihrem Gedächtnis entfallen war, die Vergangenheit, an die sich zu erinnern sie mit unerträglichem körperlichen Schmerz peinigte, gründlich aus ihrem Leben verbannt.

Der Verzicht auf Erinnerung ist nicht unbedingt ein Verrat an sich selbst, man vergisst oft, um weiterleben zu können. Das hatte Doktor Wu zu ihr gesagt.

* Provinz im Südwesten Chinas

3. Kapitel

Verglichen mit anderen Personen vorgerückten Alters, die täglich in den Parks spazieren gingen oder sich an Gruppentänzen auf öffentlichen Plätzen beteiligten, hatte ihr die Zeit allzu gnadenlos zugesetzt. Gemäß ihrem Eintrag im Melderegister war sie nun Anfang siebzig. Doktor Wu hatte das Formular damals für sie ausgefüllt und ihr Alter anhand ihres Aussehens geschätzt. Als Geburtstag hatte er der Einfachheit halber den Tag ihrer Rettung aus dem Fluss eingetragen. Diese Daten begleiteten ihr späteres Leben.

Ihrem Aussehen nach wirkte sie weit älter als andere Frauen in diesem Alter. Sie selbst hatte, wenn sie in den Spiegel blickte, das Gefühl, eine von Sorgen und Kummer ausgezehrte Person zu sehen. An den abendlichen Gemeinschaftstänzen nahm sie nicht teil, und sie mied den Umgang mit Außenstehenden. Das untätige Alleinsein ohne Abwechslung und der Mangel an menschlicher Nähe waren ihr zur Gewohnheit geworden. Sie hatte weder Verwandte noch Freunde. Gelegentlich versuchten die alten Frauen der Nachbarschaft, von sich aus Kontakt mit ihr aufzunehmen, und kamen vorbei, um sie zu einem gemeinsamen Spaziergang zu überreden, ein bisschen Bewegung sei ein Garant für ein langes Leben. Sie lehnte ab.

Nicht dass ihr die Vorstellung eines langen Lebens unangenehm gewesen wäre, es war vielmehr das Gefühl einer Bedrückung, die so schwer auf ihrer Seele lastete, dass sie den Wunsch aufzustehen überdeckte. Sie zog es vor, in schweigsamer Einsamkeit sitzen zu bleiben. Bei klarem, sonnigem Wetter saß sie auf den Stufen gegenüber der katholischen Kirche des Huayuanshan-Viertels*. Hob sie den Blick, sah sie auf die graue Masse

* Stadtviertel in Wuhan

des Gebäudes. Die drei großen Schriftzeichen »Kirche des Herrn« gleißten im Sonnenlicht, aber sie nahm diesen Glanz nicht wahr. Ihr kam es so vor, als verblasste er jeden Tag mehr vor ihren Augen, dann war ihr wieder, als leuchte er Tag um Tag heller, um Tag für Tag wieder zu verblassen, wenn sie ihn betrachtete. Das erschien ihr bedeutungsvoll. Früher hatte ihr Mann sie gern zu Spaziergängen überredet, und sie waren oft diesen Weg gegangen. Von hier aus waren sie dann in die Tanhualin-Straße abgebogen.

Unterwegs erzählte ihr Mann immer von merkwürdigen Begebenheiten. Eine davon betraf auch die »Kirche des Herrn«. Er erklärte ihr, dass das Herrscherhaus der Qing-Dynastie den Bau von Kirchen in China ablehnte. Aber die Ausländer seien ganz versessen darauf gewesen und extra aus weiter Ferne hierhergekommen, um Kirchen zu errichten. Als sie nicht mehr ein noch aus wussten, habe ihnen ein Chinese einen hilfreichen Tipp gegeben. Er habe ihnen empfohlen, den Bau einer »Tempelhalle des Großen Königs« (大王) zu beantragen. Nach erfolgter Genehmigung sollten sie einfach im Dokument dem Zeichen »groß« (大) einen horizontalen Strich und dem Zeichen »König« (王) einen Punkt aufsetzen, dann würde daraus eine »Kirche des Herrn« (天主). Die Ausländer hätten die Idee mit Begeisterung aufgenommen und den Bau einer »Halle des Großen Königs« beantragt. Angesicht der Tatsache, dass es sich nicht um einen Kirchenbau handelte, habe der kaiserliche Hof umstandslos die Bewilligung erteilt. Nach Erhalt des Dokuments hätten die Ausländer die beiden Zeichen entsprechend geändert. Als die lokalen Behörden die Angelegenheit überprüfen wollten, stand auf dem Bewilligungsdokument unmissverständlich »Kirche des Herrn«, und auch das kaiserliche Siegel fehlte nicht. Sie hätten sich sehr gewundert, die Sache aber auf sich beruhen lassen. Dass man sie hinterging, waren sie gewohnt, da sei es auf dieses eine Mal mehr nicht angekommen. Die Geschichte hatte sie so beeindruckt, dass sie beim Zuhören lauthals lachen musste.

Dass sie jetzt hier saß, hatte jedoch mit der Geschichte nichts zu tun, sondern mit der von einer Sträucherhecke umgebenen Statue der Madonna von Lourdes auf der Spitze eines aus Steinbrocken errichteten kleinen Hügels. Sie zu betrachten bereitete ihr Freude. Auf ihrem Gesicht spielte stets ein reines und stilles Lächeln. Bei jedem ihrer Spaziergänge waren sie zu ihr hingegangen und hatten eine Weile dort verweilt, um sie zu betrachten. Beim ersten Mal hatte sie gefragt: »Wer ist sie?« Dasselbe hätten die Leute die Madonna bei ihrem Erscheinen damals auch gefragt, hatte ihr Mann geantwortet, und sie habe geantwortet: »Ich bin die von der Erbsünde Unbefleckte.« Sie verstand nicht, was das bedeuten sollte. Ihr Mann hatte mit seinem Zeigefinger die Zeichen in ihre Handfläche geschrieben. »Was bedeutet das?«, hatte sie gefragt. Und er hatte geantwortet: »Das bedeutet, frei von der Erbsünde zu sein.«

Sie verstand ihn nicht, aber seine Worte hallten in ihrem Herzen nach. Erst als sie die Kirche hinter sich gelassen hatten und gemächlich ein Stück weiter spaziert waren, hatte er hinzugefügt: »Es muss uns immer bewusst sein, dass wir auf dieser Welt zu denen gehören, die von der Erbsünde unbefleckt sind. Du und ich.«

Sie begriff nach wie vor nicht. Schließlich sagte er: »Merk dir einfach, dass es sich um die Madonna von Lourdes handelt, das genügt. Sie kann deinem Herzen Ruhe schenken.«

Bis heute verstand sie nicht, was ihr Mann damit hatte sagen wollen. Doch seither genügte der Anblick der Madonna, um in ihrem Herzen tatsächlich so etwas wie ein Gefühl der Ruhe aufkommen zu lassen, sogar ein Gefühl des Wohlbehagens, das sich in ihrem Körper ausbreitete. Was bedeutet nur ›von der Erbsünde unbefleckt‹?, dachte sie.

Eine hanffarbene Katze mit dem fratzenhaften Gesicht eines kleinen Kobolds kam, jedes Mal, wenn sie hier saß, herbei, um sich lautlos an ihren Füßen niederzulassen. Das Tier betrachtete sie wohlgefällig aus seinen weit geöffneten Augen, manchmal streckte es sogar seine Pfote aus, um über ihre Beine zu streichen. Etwas im Blick der Katze löste in ihr ein Gefühl tiefer Vertrautheit aus. Oft streckte sie die Hand aus, um ihr den Rücken zu streicheln und sie zu beruhigen. Eines Tages war sie fortgeblieben. Sie hatte um sich geblickt, den Mund geöffnet und »Spatz! Spatz! Wo bist du?« gerufen. Tatsächlich kam die hanffarbene Katze herbeigerannt. »Wieso habe ich sie ›Spatz‹ gerufen?«, hatte sie sich beim Hinsetzen gefragt.

In diesem Augenblick saß sie im Sonnenlicht am Straßenrand, einen Flechtkorb zu ihren Füßen. Aufgeschichtet im Korb lagen mit Mandarin-Enten oder Lotosblumen bestickte Einlegesohlen, Stickereien, die sie eigenhändig angefertigt hatte. Warum sie das konnte, verstand sie selbst nicht. Sie erinnerte sich nicht, es je gelernt zu haben. Aber als sie die Einlagen in die Hand genommen hatte, hatte sie sofort gewusst, was damit zu tun war. Sie hatte vordem als Haus- und Kindermädchen in der Familie eines Professor Ma gearbeitet. Einmal im Winter hatte ihr die Hausfrau ein Paar getragene Baumwollschuhe geschenkt. Sie waren ihr zu groß, deshalb hatte sie sich ein Paar Einlegesohlen genäht. Ohne nachzudenken, selbst ohne auf den Faden zu achten, war unter ihren Händen die Stickerei einer Begonienblüte entstanden. Professor Mas Frau hatte die Einlagen hin und her gewendet und am Ende bemerkt: »Du hast geschickte Hände. Hast du das gelernt? Du hast eine künstlerische Ader.«

Statt sich darüber zu freuen, hatte dieses Lob sie mit der Wucht eines Steinwurfs getroffen und bis ins Mark erschreckt. Eine unerklärliche Panik hatte sie überfallen. An sämtlichen Orten, die sich ihrem Blick entzogen, witterte sie Gefahren. Ein fremdes Gesicht, ein unbekannter Laut ließen sie vor Angst zittern. Seit Jahren begleitete sie dieses Gefühl. Sie hatte danach keine Nadel mehr angerührt. Viele Jahre verbrachte sie im Hause Ma. Erst nach dem Tod von Professor Mas Frau und seiner Wiederverheiratung mit einer jungen Frau hatte ihr Sohn sie nach Hause geholt.

Ihr Sohn hieß Qinglin.

4. Kapitel

Ursprünglich hatte sie mit Qinglin in einem Mietshaus in einer schmalen Seitengasse der Tanhualin-Straße im Bezirk Wuchang gewohnt. Die Wohnung war ihnen zu Lebzeiten ihres Mannes zugewiesen worden. Viele Jahre verbrachten sie dort. Ihr Mann war jener Doktor Wu, der sie damals, als man sie aus dem Wasser zog, gerettet hatte. Sie liebte ihn über alles, er war nicht nur ihr Ehemann, er war zugleich ihr Lebensretter. Als sie aus dem Koma erwachte, war er die erste Person gewesen, die sie erblickt hatte. Der erste Mensch, den sie in ihrem neuen Gedächtnis gespeichert hatte.

Sie überlegte oft, wann genau sie sich in ihn verliebt hatte. War es beim ersten Anblick, oder geschah es, als sie sein Büro betrat? Sie wusste nicht mehr, aus welchem Grund sie dorthin gegangen war. Sie erinnerte sich nur, dass auf seinem Schreibtisch eine Ausgabe des Romans *Traum der roten Kammer** lag, die sie unwillkürlich in die Hand nahm, um darin zu blättern. Ohne sich dessen gewahr zu werden, murmelte sie dabei »Daiyu«. Die beiden Silben versetzten sie für einen Moment in Unruhe. Genau in diesem Moment betrat Doktor Wu das Büro. Als er sie im Buch blättern sah, trat auf sein Gesicht tiefes Erstaunen. Er nahm ihr den Roman aus der Hand, sah sie starr an, schien einen

* Roman von Cao Xueqin (1715–1763), Höhepunkt klassischer chinesischer Prosaliteratur. Die weibliche Hauptfigur heißt Lin Daiyu.

Moment zu zögern und sagte dann: »Lass niemand wissen, dass du lesen kannst. Das ist vermutlich besser für dich.« Sie sah ihn verständnislos an. Er fuhr fort: »Ich sage das nur, weil ich Angst habe, dass die Leute misstrauisch werden. Niemand weiß, woher du kommst, das sorgt für Spekulationen. Verstehst du?«

Sie verstand nicht recht, was er meinte, aber sie behielt seine Worte im Gedächtnis. Denn der Schrecken, den sie in ihr hervorgerufen hatten, verwandelte sich auf der Stelle in ein Gefühl von Wärme.

Wenige Tage später empfahl Doktor Wu sie der Familie von Herrn Liu, dem Politkommissar des Militärbezirks, als Kindermädchen und Haushälterin. Der Politkommissar Liu war ein verdienter Revolutionär, auch seine Frau arbeitete als Funktionärin. Doktor Wu begleitete sie bis zur Kreuzung an der Hauptstraße und sagte dort mit bedeutungsschwerem Nachdruck zu ihr: »Ich denke, dort zu arbeiten ist das Beste für dich, es macht alles einfacher und wird dir womöglich auf deinem Lebensweg helfen.« Wieder verspürte sie den Anflug innerer Wärme, und mit einem Mal begriff sie, dass Doktor Wus Worte eine für sie außergewöhnlich bedeutsame Botschaft enthielten. Zugleich lag in dieser Botschaft aber auch etwas, das sie als bedrohlich empfand.

Von Liebe zwischen ihnen konnte damals keine Rede sein.

Es vergingen viele Jahre, doch er und der Klang seiner Stimme blieben ihr unauslöschlich im Gedächtnis. Als der Politkommissar befördert und daraufhin versetzt wurde, zog sie mit der gesamten Familie nach Wuhan. Frau Peng, die Frau des Politkommissars, behandelte sie gut, ein so perfektes Hausmädchen habe sie noch nie gehabt, sagte sie. Sie kochte Essen für die Kinder, putzte die Wohnung und führte ein Leben ohne besondere Ereignisse, einfach und friedlich. Weder trat sie eine andere Stelle an, noch dachte sie an einen Ortswechsel, auch eine Ehe kam ihr nicht in den Sinn. Wechselten ihre Arbeitgeber den Ort, folgte sie ihnen, sie hatte keine anderen Erwartungen an das Leben.

In einem der darauf folgenden Jahre wurde auch Doktor Wu an einen anderen Ort versetzt, und er machte auf dem Weg zu seinem neuen Dienstort einen Abstecher, um seinen ehemaligen Vorgesetzten zu besuchen. Er war freudig überrascht, sie dort anzutreffen, und unwillkürlich entfuhr ihm die Frage: »Du bist noch immer hier? Wie geht es dir?«

Sie war tief bewegt, ohne zu verstehen, warum. Mit einem Zittern in der Stimme sagte sie: »Mir geht es gut, und das verdanke ich Ihnen.« Er sah ihr fest und lange in die Augen. Sie erkannte an seinem Blick, dass zwischen ihnen ein Geheimnis existierte, von dem nur sie beide wussten. Worin es bestand, wusste sie nicht, doch ihr Herz begann auf einmal heftig zu schlagen.

Doktor Wu aß an diesem Tag mit der Familie des Politkommissars zu Abend. Auf dem Tisch standen Speisen, die sie mit höchster Sorgfalt zubereitet hatte. Im Verlauf der Unterhaltung während des Essens überraschte Doktor Wu die Familie mit der Nachricht, dass seine Frau an einer Krankheit gestorben war. Frau Peng legte ihre Stäbchen beiseite und wischte sich die Tränen aus den Augen. Sie hatte zu Xiao Yan*, seiner Frau, in einer besonderen, geradezu schwesterlichen Beziehung gestanden, sie hatten einst gemeinsam eine lebensgefährliche Situation durchlebt.

Sie stand an der Seite und spürte, wie ihr Herz bei dieser Nachricht wild pochte.

Politkommissar Liu seufzte eine Weile, dann fragte er: »Und du bist jetzt allein?«

»Ja, allein.«

»Und du willst nicht wieder heiraten?«

* *Xiao* (小), »klein«, in Verbindung mit dem Familien- oder Vornamen, ist eine häufig verwendete persönliche Bezeichnung oder Anrede für dem Sprecher nahestehende oder untergeordnete jüngere Personen. Das Gegenstück für ältere oder höhergestellte Personen ist *lao* (老), »alt«. Über das tatsächliche Alter der Person sagt die Bezeichnung nichts aus.

»Man hat mir die eine oder andere Kandidatin vorgeschlagen, aber die rechte war nicht darunter.«

»Hör mal, du, ein ausgewachsenes Mannsbild, wie soll das angehen?«, sagte Politkommissar Liu. Dabei fiel sein Blick auf sie, und unwillkürlich deutete er auf sie: »Na, dann muss ich wohl den Heiratsvermittler spielen. Ihr seid doch alte Bekannte, und vom Alter her passt es auch.«

Doktor Wus Blick war dem Zeigefinger des Politkommissars gefolgt. Sie geriet in Panik und hätte sich am liebsten in ein Erdloch verkrochen, er dagegen sah sie mit einem Lächeln an. Und dieses Lächeln verriet ihr, dass ihm der Vorschlag gefiel.

So kam es, dass sie im gleichen Jahr die Familie des Politkommissars Liu verließ. Die drei Kinder der Familie, die sie großgezogen hatte, standen gemeinsam in der Tür und blickten ihr voller Wehmut nach, die Jüngste kämpfte mit den Tränen.

Sie wandte sich nicht um. Als sie auf den Arm des Doktors gestützt über die Schwelle ihrer Wohnung trat, war ihr erster Satz: »Warum wolltest du mich heiraten?«

Er lachte leise und sagte: »Ich hätte mir um dich Sorgen gemacht, wenn du einen anderen geheiratet hättest.«

Sie verstand, dass sich hinter seiner Antwort etwas verbarg, ohne recht zu begreifen, was er sagen wollte. Sie dachte einen Moment nach, dann entschlüpfte ihr unwillkürlich: »Das stimmt, hätte ich einen anderen geheiratet, wäre es mir genauso gegangen.«

Sie hatte kaum geendet, als eine unbestimmbare Angst in ihr aufstieg. Das Grau des Abends ging in Nachtschwärze über, mit zunehmender Dunkelheit verstärkte sich die Angst. Sie selbst hätte nicht sagen können, wovor sie sich fürchtete, aber die Angst wich nicht. Als Doktor Wu sie in die Arme schloss und sein Körper sich an ihren schmiegte, begann sie, am ganzen Körper zu zittern. Doktor Wu streichelte sie und flüsterte ihr zu: »Ich weiß. Ich weiß. Ich verstehe, ja, ich verstehe. Keine Angst, es ist alles gut.«

In seinen Armen fragte sie sich: »Was heißt das? Was weiß er? Was versteht er? Was ist alles gut?«

In der Nacht hatte sie einen so entsetzlichen Albtraum, dass sie vor Schreck aufwachte. Am nächsten Morgen stand sie in aller Herrgottsfrühe auf. Doktor Wu beobachtete sie vom Bett aus und sagte: »Beunruhige dich nicht. Mach dir nicht so viele Gedanken. Ich werde dich beschützen. Ich habe dich geheiratet und hierhergebracht, weil ich weiß, wie du gerettet wurdest. Ich bin der einzige Mensch auf der Welt, der deine Gefühle versteht. Du musst vor nichts Angst haben.«

Ein Tränenstrom brach aus ihr hervor, überwältigt von Gefühlen stürzte sie sich in seine Arme. Doch zur gleichen Zeit hatte sie ein Gefühl, als säße ihr ein feiner Stachel, scharf und vergiftet, im Rücken. Er folgte ihr, wohin immer sie ging, sie vergaß nie, auf der Hut zu sein, aus Angst, er könnte sie eines Tages stechen.

Von diesem Tag an hatte sie eine eigene Familie. Ihr Eheleben war voller Wärme und Glück, auch wenn sie eine ständige Unruhe begleitete, die sie nie verließ. Aber sie war nun keine Hausangestellte mehr, sondern eine Ehefrau in allen Ehren. Eine Rolle, die sie mit großer Befriedigung erfüllte.

Diese Gemütslage bestimmte ihr Alltagsleben. Sie stand täglich frühmorgens auf und bereitete ihm das Frühstück, sah ihm nach, wenn er die Wohnung verließ, um zur Arbeit zu gehen; wenn er zur Mittagspause aus der Klinik heimkehrte, stand das Mittagessen bereits auf dem Tisch; kehrte er nach dem Mittagsschlaf in die Klinik zurück, begann sie allmählich mit der Vorbereitung des Abendessens und wartete dann auf seine Rückkehr. Sie sorgte mit großer Aufmerksamkeit für ihn, achtete auf jede Kleinigkeit, die ihn betraf. Kleine Freuden mehrten sich in ihrem Herzen und begannen, die Unruhe daraus zu vertreiben. Vielleicht könnte ihr künftiges Leben so aussehen, dachte sie.

Sie wurde bald schwanger. Doktor Wu war überglücklich, und auch sie empfand eine freudige Erregung. Doch sobald sie allein war, kehrte die seltsame Furcht zurück. Sie überfiel sie häufig und in unregelmäßigen Abständen, es war ihr, als lauerten erneut die Dämonen aus den Wogen des Flusses in einem Hinterhalt, um sich plötzlich auf sie zu stürzen. Sie warteten auf eine Gelegenheit, jederzeit bereit, ihr den tödlichen Schlag zu versetzen. In dieser Zeit erreichte ihre Angst ein unkontrollierbares Ausmaß. Wenn sie auf eine Wand blickte, glaubte sie immer, dass sich dahinter etwas verbarg, sah sie Wolken, schien sich auch dahinter etwas zu verbergen, beim Blick auf Bäume meinte sie zu spüren, dass sich in den Blättern etwas versteckt hielt. Sie sah eine Lampe und glaubte, etwas werde daraus hervorbrechen, sobald sie ausgeknipst sei. Unerwartete Laute versetzten sie in Panik, plötzlich aufscheinende Farben versetzten sie in Panik, unbekannte Menschen, die sie besuchten, versetzten sie in Panik, den größten Schrecken bereitete es ihr, von Stille umgeben zu sein. Sie begriff nicht, woher diese Ängste kamen. Sie begriff nur, dass sie nicht von ihr abließen, als seien sie mit ihr geboren worden.

Doktor Wu unternahm täglich mit ihr einen Spaziergang zur Kirche, sie standen vor der Madonna von Lourdes. »Schau der Madonna in die Augen«, sagte er zu ihr. »Sie sagt dir: ›Keine Angst. Beunruhige dich nicht. Es ist alles in Ordnung mit dir.‹«

Der Blick der Madonna übertrug sich auf sie, und ihre Unruhe milderte sich. Doch sobald sie nach Hause zurückkehrte, stellte sie sich wieder ein. In seiner Ratlosigkeit brachte Doktor Wu sie zu einem Psychologen, den er über ihren Erinnerungsverlust informiert hatte. Der Psychologe vermutete, dass sie in der Vergangenheit einem extremen Trauma ausgesetzt gewesen sei. Um die Fessel zu lösen, müsse sie zunächst angezogen werden; wenn es ihr gelänge, sich zu erinnern, würde sich das Problem möglicherweise im Kern lösen.

Doch sie widerstand instinktiv der Erinnerung, denn sobald sie begann, nach Erinnerungen zu forschen, ergriff ihren Körper von Kopf bis Fuß ein seltsamer Schmerz, dem sie nicht standhielt. Doktor Wu sprach ihr gut zu: »Beiß die Zähne zusammen. Die Erinnerung wird dir bestimmt Ruhe verschaffen.« Wie einprogrammiert antwortete sie: »Wenn ich mich erinnere, packt mich die Unruhe noch mehr! Was soll ich dagegen tun?«

Doktor Wu verfiel eine ganze Nacht lang in Schweigen. Sie wusste, dass er die Nacht schlaflos verbracht hatte. Am nächsten Morgen sagte er: »Lassen wir's. Wahrscheinlich ist komplettes Vergessen die beste Lösung.«

Und so kam es, dass sie unter ständigen Angstattacken ihren Sohn gebar. Am Tag der Geburt hatte sie das Gefühl, die im Hinterhalt verborgenen Dämonen wollten hervorbrechen. Sie starrten sie unbewegt an, während sie unaufhörlich zitterte. Den Krankenschwestern, die sie beruhigen wollten, wurde die Sache zu viel, sie riefen Doktor Wu herbei. Man gestattete ihm, neben ihrem Bett zu sitzen. In ihrer Benommenheit überkam sie das Gefühl, dass Doktor Wu selbst ein Dämon sei, und ihre Angst steigerte sich in blankes Entsetzen. Mit schriller Stimme schrie sie auf ihn ein: »Hau ab! Verschwinde!« Hörbar für alle erwiderte er: »Nur keine Angst, es macht mir nichts aus, ich habe keine Familie außer dir. Ich liebe dich.« Sie schien ihn nicht zu hören, es war, als sei sie bereits vom Blick des Dämons behext. Ihr hysterisches Schreien schallte durchs ganze Klinikgebäude. Der geburtshelfende Arzt und die Krankenschwestern begriffen nichts und sahen sie ratlos an. Eine der Schwestern sagte: »Was ist mit dir los, alle Gebärenden wünschen sich doch sehnlichst, dass ihr Mann neben ihnen ist?« Sie keuchte und beachtete sie nicht.

Kaum hatte Doktor Wu den Raum verlassen, kam ihr Sohn ohne Komplikationen auf die Welt.

Als er das Klinikzimmer wieder betrat, war Doktor Wu tief bewegt, in seinen Augen schimmerten Tränen. Er streichelte ihr Gesicht und sagte: »Ein wunderhübscher Sohn, dank dir. Danke, dass du meiner Familie einen Nachkommen gegeben hast. Hab keine Angst, was auch immer geschieht, du musst keine Angst haben.«

Ihr fehlte die Kraft zu antworten, Doktor Wu fuhr fort: »Du sollst verstehen, wie es in mir aussieht. Ich habe dich geheiratet, damit du in Ruhe und Frieden leben kannst. Solange ich da bin, brauchst du nichts zu fürchten.«

Vielleicht hatte dieser Trost eine außergewöhnliche Wirkung, jedenfalls ließ sich der Dämon, dessen Hervorbrechen sie ständig gefürchtet hatte, nicht mehr blicken. Der Sohn wuchs und gedieh von Tag zu Tag. Seine strahlenden Augen und sein kindlich unbefangenes Lachen leisteten den größten Beitrag zu ihrer inneren Ruhe. Sie hätte gern noch eine Tochter geboren, aber eine neue Schwangerschaft endete nach zwei Monaten mit einer Fehlgeburt, was beide sehr traurig machte. Wieder tröstete sie Doktor Wu: »Das macht nichts, ein Sohn ist genug für uns. Solange er gesund aufwächst, sind wir glücklich und zufrieden.«

Langsam verfloss die Zeit, nichts von dem, was sie befürchtet hatte, trat ein, der Dämon schien sich allmählich zu verflüchtigen.

5. Kapitel

Es trat etwas ein, womit sie nie gerechnet hatte: Ihr Doktor Wu würde sie nicht in ein gemeinsames Alter begleiten. Er starb unterwegs, als er die Wohnung verlassen hatte, um etwas zu erledigen.

Ein öffentlicher Bus aus Hankou wurde frontal von einem Zug angefahren, der die Stadt durchquerte. Die Kreuzung färbte sich rot von Blut. Unglücklicherweise befand sich auch Doktor Wu in diesem Bus. Als sie die Nachricht erhielt, erreichte sie, ihren Sohn im Schlepptau, nach mehrfachem Umsteigen die Unfallstelle. Im

Gewirr aus Schreien und Weinen sah sie wild durcheinanderliegende Leichen und riesige Lachen von frischem Blut. Vor ihrem inneren Auge blitzte mit einem Mal eine ähnliche Szene auf. Und die verschwunden geglaubten Dämonen bäumten sich in diesem Moment vor ihr auf und drohten sich auf sie zu stürzen. Ihr gesamter Körper erbebte vor Angst, ihre Beine gaben nach, und sie sank in einem Kniefall zu Boden.

Qinglin begann zu weinen und nach Kräften an ihr zu zerren: »Mama, steh auf! Steh doch auf!«

In einem Moment panischer Anstrengung richtete sie ihren Oberkörper auf und schrie den Rettungskräften entgegen: »Kein weiches Begräbnis! Er soll kein weiches Begräbnis haben!« Nach diesem Aufschrei hatte sie das Gefühl, die Welt sei aus den Fugen geraten.

Qinglin umklammerte ihre Hand und zerrte an ihr, er begriff nicht, was sie da schrie. Nach der Beerdigung fragte er vorsichtig: »Mama, was ist ein weiches Begräbnis?« Sie sah ihn verständnislos an und antwortete kurz angebunden: »Weiches Begräbnis? Was für ein weiches Begräbnis?« Im Anschluss versank sie in völlige Abwesenheit.

Ihr war, als schwebten die beiden Worte hoch über ihr am Himmel. Auf ungreifbare Weise waren sie nah und zugleich unendlich weit entfernt. Dort in der Ferne sprach jemand laut, mit einer zugleich dröhnenden und greisenhaften Stimme. Sobald ihr Klang an ihr Ohr drang, überfiel sie der rasende Schmerz von unzähligen Stichen am ganzen Körper und raubte ihr die Kraft, Qinglin zu antworten.

Im Verlauf weniger Tage war ihr Doktor Wu, Vater ihres Kindes, aus einem quicklebendigen Menschen zu Asche verglüht, die in eine Urne aus Porzellan verpackt an einem Berghang begraben wurde. Von ihrem gemeinsamen Leben zeugte nur eine gerahmte Fotografie an der Wand, aus der herab er wie zu seinen Lebzeiten lächelnd und liebevoll auf sie sah. Wenn Qinglin außer Haus war, polierte sie oft die Fotografie, fuhr sanft mit der Hand über sein Gesicht und führte leise Selbstgespräche.

Eines Tages entdeckte sie beim Abwischen der Fotografie überrascht, dass die Angst, die sich in ihrem Inneren festgesetzt hatte, verschwunden war. Die lauernden Dämonen, die ihr überallhin folgten, waren, zugleich mit dem giftigen Stachel in ihrem Rücken, vom Mann, der ihr täglich Trost gespendet hatte, mit sich fortgenommen worden. Als habe Doktor Wus Tod gleich einem Windstoß alles fortgeweht, was ihr Angst eingeflößt hatte. Ihr Herz wurde ruhig wie ein spiegelglattes Meer. Von da an glich ihr Leben einer weithin offenen und friedvollen Landschaft.

Sie war verwirrt. Sie begriff nicht, wieso der Weggang des Menschen, der sie geliebt und den sie geliebt hatte, ihrem Inneren unendlichen Frieden gebracht hatte.

6. Kapitel

Nach der Beerdigung ihres Mannes versank sie in einen dreitägigen festen Schlaf. Sie war erfüllt von einem tiefen Wohlbehagen und hatte das Gefühl, seit langer, langer Zeit nicht mehr so gut geschlafen zu haben. Es war bereits Mittag, als sie aufstand. Sie zog die Vorhänge auf, strahlendes Sonnenlicht strömte ins Zimmer, der Glanz drang durchs Fenster bis in ihr Inneres. Die Helligkeit kam unerwartet, überfiel sie mit einem Schlag, sie spürte, wie sie sich im Nu in ihr ausbreitete. Sie hatte plötzlich die Empfindung, ihr Leben werde von nun an glatt und ohne Hindernisse verlaufen. Dieses Gefühl gab ihr mehr Sicherheit und Selbstbewusstsein, als Doktor Wu es je vermocht hatte.

Qinglin war noch klein, das Leben musste weitergehen. Im gleichen Jahr verdingte sie sich wieder als Hausangestellte und Kindermädchen, etwas anderes hatte sie nicht gelernt. Zunächst erhielt sie eine Anstellung als Pflegerin im Krankenhaus, wo ihr Mann gearbeitet hatte. Die Frau von Professor Ma war die erste Patientin, die sie zu pflegen hatte. Professor Ma war damals noch kein Professor, und seine Frau brachte in der Klinik ein Kind zur Welt. Sie erhielt die gleiche ruhige und warmherzige Betreuung wie zuvor Doktor Wu und war sehr glücklich darüber. Beim Verlassen der Klinik erklärte sie, sie sei körperlich geschwächt, und außerdem verstünde sie nichts von der Pflege eines Kleinkindes, sie würde sich wünschen, dass sie als Kindermädchen in ihren Haushalt käme. Sie willigte ein. Der Umgang mit vielen Menschen war ihr zuwider, und das geräuschvolle Krankenhaus missfiel ihr. Bei dieser Beschäftigung blieb sie für viele Jahre. Sie zog das Kind der Familie Ma auf, wie sie auch Qinglin aufzog.

Qinglin bestand die Aufnahmeprüfung der Universität und ging nach Shanghai. Er studierte Architektur. Ihr Einkommen erlaubte es nicht, ihrem Sohn ein sorgenfreies Studium zu ermöglichen. Sie vermietete daher ihre Wohnung und ermöglichte ihm mit Hilfe ihres Lohns und der Mieteinnahme ein einigermaßen auskömmliches Studium. Qinglin war sich bewusst, was seine Mutter für ihn tat. Er arbeitete hart und schrieb ihr, er werde in Zukunft viel Geld verdienen und ihr eine große Wohnung kaufen. Sie freute sich über seine Absicht, ohne von der Aussicht auf eine große Wohnung sonderlich berührt zu sein. Sie war zufrieden, wenn es ihm gut ging.

Nach Abschluss des Studiums kehrte Qinglin nicht zu ihr zurück, weil ihr altes Wohnhaus abgerissen worden war und sie keine Möglichkeit gehabt hätten, zusammenzuwohnen. Außerdem hatte er den Ehrgeiz, Geld zu verdienen. Er entschloss sich, in den Süden zu gehen. Dort gebe es mehr Möglichkeiten, erklärte er seiner Mutter. Für sie wog jedes Wort ihres Sohnes schwer wie Gold. »Kümmere dich nicht um mich«, gab sie zurück. »Deine Mutter schämt sich, dass sie nicht für dich sorgen kann, mir genügt es, wenn du anständig lebst.«

Der ehrgeizige Qinglin war immer im Stress und kehrte selten nach Hause zurück. Er wechselte mehrfach die Firma, der Chef seines vierten Unternehmens stammte ebenfalls aus Wuhan und schätzte es, einen Landsmann bei sich zu haben. Er gab Qinglin zahlreiche Gelegenheiten, sich zu beweisen, und auf diese Weise verbesserte sich dessen Situation sehr rasch. Im Lauf der Zeit kaufte er im Süden eine Wohnung und heiratete. Anstelle einer aufwendigen Hochzeitsfeier unternahm er mit seiner Frau eine Auslandsreise. Bevor er die Reise antrat, kehrte er nach Hause zurück, um seiner Mutter seine Frau vorzustellen. Da seine Mutter keine eigene Wohnung besaß, blieb es bei einem gemeinsamen Essen im Hotel, wozu auch Professor Ma und seine Frau eingeladen wurden. Die Schwiegertochter war eine Schönheit, dem Ehepaar Ma begegnete sie überaus herzlich, ihr gegenüber benahm sie sich höflich. Ich bin schließlich nur eine Hausangestellte, dachte sie, was kann ich von ihr verlangen?

Professor Mas Frau starb an Krebs. Sie war in ihren schwersten Stunden an ihrer Seite, auch im Moment ihres Todes. Am Tag des Begräbnisses war Qinglin eilig nach Hause zurückgekehrt. Er mietete im Huayuanshan-Viertel eine winzige Wohnung und sagte zu ihr: »Mama, du musst dich nicht mehr abplagen, ich kann dich jetzt unterhalten. Aber um dir eine Wohnung zu kaufen, reicht mein Geld noch nicht. Ein paar Jahre musst du noch durchhalten. Jetzt kommst du erst mal hier unter.« Und er fügte hinzu: »Warte, bis ich zu Geld gekommen bin, dann kriegst du von mir eine perfekte Wohnung.«

Ihr war es völlig gleichgültig, ob er zu Geld kam oder nicht, sie bemerkte lediglich, dass er abgemagert war, sich auf seiner Stirn erste Falten zeigten und sein Gesichtsausdruck dem seines Vaters zu ähneln begann. Das machte sie traurig.

Qinglins Aufenthalt war kurz. Seine Lebenserfahrung hatte ihn gelehrt, praktisch zu denken und zu handeln.

Sie blieb allein in ihrer kleinen Wohnung zurück. Wenn heftiger Wind wehte, klapperten die Fenster. Durch die Wand konnte sie das Schnarchen und die im Schlaf gesprochenen Worte des Wohnungsnachbarn hören. Morgens bei Sonnenaufgang durchflutete Licht ihr stilles Zimmer. Beim Essen klang ihr das eigene Kaugeräusch wie das Dröhnen vorbeidonnernder Fahrzeuge in den Ohren. Es war ein kaltes und freudloses Dasein ohne Abwechslung und Anregung. Häufig sprach sie tagelang kein Wort. Ihre Welt reduzierte sich auf ihre Person. In der grenzenlosen Ödnis ihres Herzens existierte nur noch die Zeit.

7. Kapitel

Eines Tages wurde sie beim Einkaufen von einem unachtsamen Fahrradfahrer angefahren. Ihr Körper wurde zur Seite gestoßen, sie stürzte und prallte mit dem Kopf gegen einen Strommasten, Blut quoll ihr über die Stirn. Durch den Blutschleier sah sie am Straßenrand einen Bund Indisches Blumenrohr, daneben einen kleinen Straßenstand und darauf in einer Ecke ein Paar handbestickte Babyschuhe. Auf dem roten Stoff der Schuhe schwammen zwei goldfarbene Fischlein. Ihr Herz krampfte sich plötzlich zusammen.

Zum Glück war sie nur leicht verletzt. Die Haut über der Stirn wurde mit drei Stichen genäht, man verband ihren Kopf und schickte sie mit einer Begleitung nach Hause. Als Qinglin den Anruf ihres Vermieters erhielt, der ihn über den Vorfall informierte, erschrak er heftig und machte sich am selben Abend auf den Weg.

In ihrem Kopf tanzten unaufhörlich die beiden Fischlein, und immer wieder stieß sie die Worte hervor: »Die Fische, die Fische.« Qinglin vermutete, sie habe Appetit auf Fisch, und begab sich früh am nächsten Morgen auf den Markt, um ein paar lebende Karpfen zu kaufen.

Sie hatte sich inzwischen einigermaßen beruhigt. Als sie den Eifer ihres Sohnes bemerkte, verschwanden auch ihre Kopfschmerzen, sie machte sich an die Arbeit und schmorte für ihn Karpfen in Sojabohnenmus, Qinglins Lieblingsgericht.

Nicht ohne detaillierte Sicherheitsermahnungen und -vorkehrungen zu hinterlassen, machte sich Qinglin eilig auf den Rückweg nach Süden. Während sie seinem entschwindenden Rücken nachblickte, tauchten die kleinen goldenen Fische wieder vor ihren Augen auf. Sie wusste nicht, warum, aber sie empfand eine Art Erregung. Ungeachtet des Mullverbands an ihrem Kopf ging sie aus, um Sticknadeln, Garn und Stoffreste einzukaufen. Die Erinnerung an die bestickten Einlegesohlen, die sie im Hause von Professor Ma angefertigt hatte, lebte in ihr auf. Sie zeichnete den Umriss ihres Fußes auf Papier und schnitt mit rascher Hand die Stofffetzen zu Schuhsohlen zurecht.

Es war noch nicht spät am Tage, und die Sonne schien hell. Sie saß vor dem Fenster und machte den ersten Stich. Ihr kam es vor, als benötige sie tatsächlich ein Paar Einlegesohlen, aber mehr noch war es wohl ein Mittel, um ihrer inneren Leere zu entkommen. Sie stickte zwei kleine Goldfische auf die Einlegesohlen und empfand dabei einen nie gekannten inneren Frieden. Ihr war, als fiele dieses Glücksgefühl vom Himmel auf sie herab, als sei sie für diese Tätigkeit geboren. Nachdem sie das erste Paar fertiggestellt hatte, begann sie mit dem zweiten, und von da an hörte sie damit nicht mehr auf.

Sie stickte Päonien, Mandarin-Enten auch ein Qilin*. Die Zeit floss unter ihren Nadelstichen dahin. Sie wusste selbst nicht, wie viele Einlegesohlen sie bereits bestickt hatte, sie türmten sich an der Wandseite ihres Bettes. Ihr flaches Kopfkissen hatte sich durch zusammengeflickte Einlegesohlen ballonartig vergrößert. Am Ende fand sich in der engen Wohnung kein Platz mehr, daher

* Ein Fabeltier, Symbol des unbestechlichen und rechtschaffenen Beamten

kaufte sie einen Flechtkorb. Ich muss ein paar davon verkaufen, dachte sie.

So ging sie aus ihrer Wohnung und ließ sich gegenüber der Kirche nieder, um ihre Einlegesohlen zum Verkauf anzubieten. Nicht dass sie unter Geldnot litt. Sie hatte als Hausangestellte etwas zurückgelegt und extrem sparsam gelebt, auch Qinglin schickte ihr Geld, und zwar jedes Mal eine beträchtliche Summe. Sie hatte das Geld auf die Bank getragen und gedacht, er werde das Geld benötigen, wenn er dereinst eine Wohnung kaufen würde.

Täglich verkaufte sie ein oder zwei Paar, ein Rhythmus, der ihr behagte. Sie ging nur bei gutem Wetter aus, saß in der wärmenden Sonne, sah von Zeit zu Zeit zur von grünen Sträuchern umgebenen Madonna von Lourdes hin, sie fühlte ihre Blicke sich kreuzen und empfand ein Gefühl zufriedenen Wohlbehagens.

Nur fühlte sie sich, während sich diese Zufriedenheit in ihr ausbreitete, von irgendwelchen unbekannten Dingen verfolgt, die sie manchmal versteckt, manchmal direkt fühlbar umkreisten. Insbesondere wenn das Indische Blumenrohr rote Blüten trieb, spürte sie diese Dinge in ihrem Rücken. Sie mühte sich mit aller Kraft, ihnen zu entfliehen, aber sie blieben ihr hartnäckig auf den Fersen. Sie konnte spüren, wie sie sich bewegten und sie umflatterten, sogar mit ihr flirteten und sie verführen wollten. Sie dachte an den Schrecken, den sie früher empfunden hatte, schloss die Augen und sagte zu sich: »Ich drehe mich nicht um, ich gehe euch nicht auf den Leim. Ich fasse euch nicht an, ich will mich nicht erinnern. Ich will nicht wissen, woher ich komme, ich muss meinen Namen nicht wissen, und am wenigsten will ich wissen, aus welchen Menschen meine Familie bestanden hat. All das brauche ich nicht. Mir genügt es, dass meine Erinnerung mit Doktor Wu beginnt. Dass ich einen Sohn habe, der Qinglin heißt. Das Vergessen hat sein eigenes Recht, das hat auch Doktor Wu gesagt.«

Als Doktor Wu diese Bemerkung gemacht hatte, war er allerdings noch sehr jung gewesen.

8. Kapitel

Über viele Jahre hinweg führte diese Frau ein von Erschütterungen ungetrübtes Leben. Sie hatte kaum Kontakt zu anderen Menschen, kaum jemand hatte Kontakt zu ihr. Sie hieß Ding Zitao.*

Den Namen hatte ihr Doktor Wu gegeben. Er hatte ihr erzählt, dass sie im Zustand von Bewusstlosigkeit und hohem Fieber gelegentlich das Wort »Dingzi« hervorgestoßen habe. Niemand verstand, was es bedeuten sollte. Als sie aus der Bewusstlosigkeit erwacht war, hatte er, als er ihren Krankenbericht ausfüllte, sie gefragt, wie sie heiße. Sie hatte den Kopf geschüttelt und erklärt, sie erinnere sich an nichts.

So notierte Doktor Wu im Krankenbericht unter ihrem Namen »Dingzi«. Es war damals Frühling, die Pfirsichbäume vor der Klinik trieben die ersten Blüten. Als er nach einer zweiten Silbe für ihren Vornamen suchte, wanderte sein Blick von ihr zu den Pfirsichblüten vor dem Fenster, und so notierte er ein »Tao«, Pfirsich. »Das Wort ›Dingzi‹ solltest du dir merken«, sagte er »vielleicht führt es dich eines Tages zu deiner Vergangenheit.«

»Du bist meine Vergangenheit«, dachte Ding Zitao. »Wozu brauche ich noch eine andere?«

* Im Chinesischen steht der Familienname vor dem Eigennamen. Die Zahl der Familiennamen ist begrenzt, der Eigenname wird von den Eltern frei gewählt.

II. Abschnitt

9. Kapitel

Es war ein trüber Tag, als Qinglin voller Vorfreude nach Hause zurückkehrte, um seiner Mutter eine Riesenüberraschung zu bereiten.

Kurz vor dem Ziel ließ er den Fahrer am Eingang eines Supermarktes halten, um seiner Mutter Obst mitzubringen. Luxusgüter wie Obst würde seine Mutter selbst nie kaufen, das wusste er.

Als er jedoch vor ihrer Wohnungstür stand, war er überrascht, dass sie nicht zu Hause war. Die Überraschung war begründet, denn in seiner Vorstellung lebte sie, soweit er denken konnte, zurückgezogen und ging selten aus. Nachbarn, die am Eingang zur Wohnanlage Mahjong spielten, teilten ihm widerwillig mit, er solle bei der Kirche nachsehen. Dort säße sie den ganzen Tag und verkaufe Einlegesohlen.

Qinglins Überraschung wuchs. Geld zum Leben hat sie doch genug, dachte er. Tatsächlich erspähte er von weitem seine Mutter gegenüber der Kirche sitzend, zu ihren Füßen einen Korb mit Einlegesohlen. In ihm stieg Ärger auf, er stürzte auf sie zu und sagte mit unverhohlenem Groll: »Mutter, was soll das, was machst du hier? Wenn du Geldprobleme hast, dann sag mir einfach Bescheid!«

Ding Zitao zuckte erschreckt zusammen, dann erkannte sie ihren Sohn, und ihr Schreck verwandelte sich in Freude. Ihr Sohn war für sie die Sonne, die ihr zu jeder Zeit und an jedem Ort das Herz erglühen ließ. Hastig sagte sie: »Geld fehlt mir nicht, ich habe nur nichts zu tun und vertreibe mir die Zeit. So zum Vergnügen, während ich ein Sonnenbad nehme. Sei nicht böse, schau her, habe ich alles selbst gemacht. Das macht mir einfach Spaß.«

Qinglin nahm ein Paar Einlegesohlen zur Hand und betrachtete das Muster und die handwerkliche Arbeit. »Das hat du selbst gemacht? Woher kannst du denn so was? Mein Gott, so was Schönes. Wieso habe ich dich das nie machen sehen?«

Ding Zitao freute sich: »Für dich habe ich auch ein Paar gemacht, aber ich befürchte, du findest das primitiv.«

»Wie kommst du auf diese Idee? Ab sofort kaufe ich meine Schuhe immer eine Nummer größer, dann kann ich deine Einlegesohlen benutzen.«

Sie lachte vergnügt: »Du willst mir eine Freude machen.«

Qinglin nahm den Korb auf: »Mama, Schluss mit Verkaufen. Lass uns nach Hause gehen.«

Er führte sie ein paar Schritte zu einer schwarzen Limousine. Als er Qinglin herankommen sah, sprang der Fahrer aus dem Auto und öffnete den Schlag. Qinglin wies auf den Rücksitz und sagte: »Steig ein, Mama!«

Ding Zitao war verwirrt: »Es sind doch nur ein paar Schritte, warum soll ich mit dem Auto fahren? Wessen Wagen ist das überhaupt?«

»Unser Wagen«, sagte Qinglin stolz. »Komm einfach mit«

Sie stieg ein. Ein paar Minuten später befand sich der Wagen inmitten des unendlichen Stroms der Fahrzeuge. Ding Zitao fühlte ein leichtes Schwindelgefühl. »Wohin fahren wir?«, fragte sie. »Wieder ins Restaurant?«

Bei jedem seiner Besuche führte Qinglin seine Mutter ins Restaurant aus. Damit sie beim Essen nicht den Anschluss an die Zeit verliere, sagte er. Dieses Mal sagte er jedoch: »Wir fahren nach Hause. Ich bringe dich nach Hause.«

»Was für ein Zuhause?«, fragte Ding Zitao verblüfft.

Er lachte: »Unser Zuhause, das Zuhause, wo Mama ab heute ihr Leben genießen wird. Die Wohnung in Huayuanshan haben wir gekündigt.«

Ding Zitao erschrak: »Und meine Kleider? Und was ist mit meinen Einlegesohlen? Der Vertrag mit dem Vermieter läuft doch noch bis Jahresende.«

Qinglin lachte: »Beruhige dich, Mama. Das wird alles geregelt. Den Transport deiner Sachen habe ich schon für morgen in Auftrag gegeben. Alles bis aufs letzte Staubkorn wird abgeholt, nicht einmal deine Essensreste im Kühlschrank und der Besen und die Putzlumpen aus der Küche bleiben zurück.«

Auch Ding Zitao musste lachen. Ist eben mein Sohn, dachte sie, bei jeder Gelegenheit einen Scherz auf den Lippen. Ich muss ihm folgen, egal, was er sagt.

Der Wagen bog in eine kleine Straße ein, die um einen See führte. Wasservögel flogen über die ausgedehnte Oberfläche. Die in der Ferne kerzengerade aufgereihten Bäume wirkten wie ein geschlossener Vorhang. Während sie gebannt auf die Szenerie blickte, entrollte sich in ihrem Kopf eine andere Wasserfläche. Auch darüber flogen Wasservögel, dichtes Schilf säumte das Ufer. Ein kleines Fischerboot ruderte aus der Ferne auf sie zu. Auf dem Boot standen Kormorane. Sie schüttelte das Bild von sich, Schilf und Boot verschwanden. Vor ihren Augen flogen noch immer Wasservögel über den See. Für einen Moment setzte ihr Herz aus, als überschlage sich etwas in ihr, ein Gefühl, das ihr Übelkeit bereitete. Das Ding, das sie früher umklammert hatte, schien sie nun auf unbestimmbare Weise zu umkreisen.

Der Wagen entfernte sich vom Seeufer und bog auf eine größere Straße ein. Vor ihnen zog sich nach wie vor die endlose Schlange der Fahrzeuge.

Ding Zitao schwenkte ihren Kopf hin und her, als wolle sie das Ding abschütteln, das sie einfach nicht loslassen wollte. »Wohin fahren wir?«, fragte sie.

»Nach Jiangxia. Zum Südsee*«, antwortete Qinglin. »Wunderschöne Gegend, frische Luft. Das wird dein Alterssitz.«

»Solange du nicht bei mir bist, ist es mir egal, wo ich meine alten Tage verbringe.«

»Unsere Firma erschließt in Jiangxia ein neues Wohngebiet, und ich bin als Projektleiter hierherversetzt worden. In Kürze werde ich mit meiner Mama zusammenwohnen.«

Ding Zitao war freudig überrascht: »Ist das wahr? Ist denn Baobaos** Mutter damit einverstanden?«

»Sie ist damit einverstanden, hier zu wohnen. Sie will aber damit abwarten, bis Baobao die Aufnahmeprüfung für die Universität bestanden hat.«

»Ach so. Das ist ja großartig. Ich habe Sehnsucht nach unserem Baobao.«

»Das Kerlchen ist total unerzogen. Du wirst von deinem Enkel die Nase bald voll haben.«

»Werde ich nie. Von meinem allerliebsten Enkel werde ich nie genug haben.«

Qinglin lachte: »Da ist noch was, das du aushalten musst. Ich werde in Zukunft täglich abends heimkehren, um zu essen, was du gekocht hast. Das bedeutet, einen Tag Fleisch, einen Tag Fisch.«

Nun lachte auch Ding Zitao aus vollem Herzen. Qinglin war als Kind sehr anspruchsvoll gewesen, was das Essen betraf. Ihm stand der Sinn ständig nach Fisch und Fleisch. Als der Lehrer einmal die Schüler der Klasse gefragt hatte, wie sie sich ein glückliches Leben vorstellten, hatte er geantwortet: »Einen Tag Fisch essen und am nächsten Fleisch.« Die ganze Klasse hatte sich gekringelt vor Lachen. Der Lehrer hatte daraufhin Ding Zitao aufgesucht und ihr erklärt: »Bitte übertreiben Sie es nicht mit Ihrer

* See im Stadtgebiet Wuhans, exklusive Wohngegend

** Ein Kosename, etwa »Schätzchen«

Sparsamkeit, lassen Sie das Kind essen, was ihm schmeckt.« Damals lebte Ding Zitao von ihrem Gehalt als Kinder- und Hausmädchen, teures Essen konnte sie sich nicht leisten. Ihr blieb nichts, als Qinglin zu trösten: »Wenn du erwachsen bist, wirst du richtig Geld verdienen. Mama verspricht dir, dass sie dann Tag für Tag abwechselnd Fisch und Fleisch für dich kocht.«

Als sie wieder Luft bekam, sagte sie: »Das versteht sich. Mutter wird dir jeden Tag Fisch und Fleisch auf den Tisch stellen.«

Erneut lachend sagte Qinglin: »Ich weiß doch, worin das größte Vergnügen meiner Mama besteht.«

10. Kapitel

Als der Wagen schließlich in eine üppig mit Blumen und Bäumen bestandene, gepflegte kleine Wohnanlage einfuhr, deutete Qinglin durchs Fenster nach draußen und erklärte: »Das ist der Park der Anlage, hier kannst du Spaziergänge machen. Und das da ist das Gemeinschaftsgebäude, drinnen gibt es eine Bibliothek, man kann Schach und Karten spielen, es gibt auch ein Fitnessstudio.« Der Wagen umkreiste einen künstlich angelegten See mit einem Pavillon in der Mitte. Qinglin erläuterte: »Der Pavillon da ist sehr angenehm, auch die hölzerne Balustrade ist recht hübsch. Wenn es dir am Wasser gefällt, kannst du darauf herumspazieren. Aber bitte nur tagsüber, abends ist es hier zu dunkel, man muss vorsichtig sein.«

Schließlich hielt der Wagen vor einem Garten voller Blumen. Qinglin stieg aus, rannte um den Wagen herum, öffnete Ding Zitaos Schlag, beugte sich zu ihr herunter und sagte, seinen rechten Arm ausstreckend: »Fürstin, ich bitte.«

Sie stieg aus, tätschelte ihn und lachte: »Immer noch der alte Scherzbold, du wirst wohl nie erwachsen.«

Entweder hatte sie zu lange im Auto gesessen, oder sie war an Autofahrten nicht gewöhnt, und so fühlte sie sich noch schwindliger als zuvor. Kaum hatte sie ihn getätschelt, stolperte sie, sodass Qinglin sie erschrocken umklammerte und eilig in entschuldigendem Ton sagte: »Mama, jag mir keinen Schrecken ein. Du sollst es dir hier gut gehen lassen, du darfst dich nicht aufregen.«

Ding Zitao kam zu sich, fasste Tritt und lachte: »Das Autofahren macht mich schwindlig.«

Qinglin stützte seine Mutter, während sie den Garten durchschritten, bis sie an einem einstöckigen Haus aus roten Ziegelsteinen anlangten. Er deutete darauf und sagte: »Ma, was sagst du zu diesem Haus?«

»Sehr schön. Aber ist es nicht ein bisschen niedrig für ein Wohnhaus? Wie viele Familien können denn da drin wohnen? Die Firmen bauen doch heutzutage alle Hochhäuser.«

Qinglin lachte: »Das ist ein Einfamilienhaus, unser Zuhause. Dein Zuhause.«

Ding Zitao war sprachlos: »Mein Zuhause? Welches meinst du? Die ›Strohhütte des Ertragens‹ oder die ›Halle des dreifachen Wissens‹?«

»Wovon redest du? Was für eine Hütte, was für eine Halle?«

Ding Zitao zuckte zusammen. »Was für eine Hütte, was für eine Halle?«, wiederholte sie. »Der Eingang ist ganz anders als zur ›Strohhütte des Ertragens‹, und auch nicht wie der zur ›Halle des dreifachen Wissens‹.«

Verwundert fragte Qinglin: »Strohhütte des Ertragens? Und was für eine Halle? Wo sind die denn?«

Sie antwortete nicht, sondern sagte: »Das ist ja wie das Anwesen eines Großgrundbesitzers! Hast du keine Angst, dass man es dir wegnimmt und unter die Leute verteilt? Dass sie das Haus stürmen?«

Qinglin bekam einen Lachanfall. Nicht einmal der Fahrer, der Qinglins Gepäck in der Hand hielt, konnte das Lachen zurückhalten. Er sagte: »Tante*, Direktor Wu gehört nun mal zu den Großgrundbesitzern und Kapitalisten.«

Mit Mühe unterdrückte Qinglin sein Gelächter und sagte: »Mama, ob Großgrundbesitzer oder Kapitalist, von heute an bist du die Herrin dieses Anwesens, und deine einzige Verpflichtung besteht darin, dich darin glücklich und zufrieden zu fühlen. Wir sind im Jahr 2003, und Frau Ding Zitao hat ihre eigene Villa. Die Zeiten haben sich geändert, niemand wird hier auftauchen und deine Ruhe stören. Ich, Wu Qinglin, will, dass du die glücklichste und sorgloseste Mutter auf der Welt wirst.«

Qinglins Überschwänglichkeit gefiel Ding Zitao, doch weder lachte sie, noch zeigte sie übermäßige Freude. Stattdessen verriet ihr Ausdruck Ängstlichkeit. Ihr Blick fiel auf einen Bambusstrauch links neben der Eingangstür, seine Blätter waren leuchtend grün, und er trieb gerade neue Sprossen. In ihrem Hirn erscholl plötzlich eine Stimme: »Der Bambus vor dem Fenster, sein Jadegrün lässt sich in Worte nicht fassen.« Die Stimme eines Mannes und dahinter der Schatten eines Gesichtes. Unwillkürlich entfuhr es ihr: »Das stammt von Xie Tiao.«

»Mama, was sagst du da?«, fragte Qinglin.

Ding Zitaos Miene verriet Verwirrung: »Ich habe doch gar nichts gesagt.« Doch hatte sie das dumpfe Gefühl, gesprochen zu haben, aber was hatte sie nun eigentlich gesagt?

»Du hast von einem Xie irgendwas geredet, hab's nicht richtig verstanden.«

»Ich habe den Bambus angeschaut, wie schön der aussieht. Und dann ist mir plötzlich eine Verszeile eingefallen: ›Der Bambus vor dem Fenster, sein Jadegrün lässt sich in Worte nicht fassen.‹«

* »Tante«, »Onkel«, »Großvater«, »Großmutter«, »Schwester«, »Bruder« werden häufig als respektvolle und zugleich Nähe ausdrückende Anreden verwendet, sie bezeichnen hier kein Verwandtschaftsverhältnis.

Nie hatte Qinglin seine Mutter Verse rezitieren hören, unwillkürlich verblüfft sagte er: »Mutter, du bist wirklich umwerfend. Von wem stammt das?«

Ding Zitao wurde von Furcht gepackt, sie antwortete nicht. Von wem stammt das?, dachte sie. Wann habe ich das gelesen?

11. Kapitel

Das Wohnzimmer war riesig. In seiner Mitte stand ein braunes Ledersofa mit hölzerner dunkelbrauner Rückenlehne und geschnitzten Füßen. Das Sofa war geschwungen wie die Hüften einer attraktiven Frau, straff wie eine gespannte Saite. Als würde sie plötzlich angeschlagen, löste der Anblick des Sofas bei Ding Zitao einen Herzsprung aus. »Das ist unser Wohnzimmer«, sagte Qinglin.

In der östlichen Ecke des Raumes stand ein Bäumchen, das Ding Zitao als Glückskastanie* erkannte. Ein gleiches Bäumchen hatte auch in der Wohnung von Professor Ma gestanden. In der nach Westen gerichteten Ecke stand eine mannshohe bemalte Porzellanvase. »Geschenk eines taiwanesischen Freundes«, erklärte Qinglin, »die mögen solche chinesischen Antiquitäten.«

Die Darstellung auf der Vase wirkte altertümlich. Erneut stockte Ding Zitaos Herz, als habe es einen Schlag erhalten. »Das ist doch ›Guiguzi steigt vom Berg herab‹**!«, sagte sie mit zitternder Stimme, mehr zu sich selbst. Sie verstand selbst nicht, woher ihre Panik rührte.

* Auf Chinesisch *fazaishu*, etwa »Bäumchen, schüttel dich«

** In der Porzellanbemalung häufig verwendetes Motiv, illustriert die Geschichte des Weisen Guiguzi aus der Zeit der Streitenden Reiche (475–221 v. Chr.), der seine Eremitenhöhle verlässt, um einen Schüler zu retten. Traditionell wird sein Wagen von einem Tiger und einem Leoparden gezogen.

Qinglin war verblüfft: »Sogar so etwas weißt du?«

Ohne zu wissen, wie ihr geschah, stieß Ding Zitao hervor: »Natürlich, Papa hat das oft gemalt.«

Nie zuvor hatte sie Qinglin gegenüber seinen Großvater erwähnt, er wurde neugierig: »Du redest von meinem Großvater? Was war er denn von Beruf? Du hast mir nie von ihm erzählt.«

Ding Zitao erstarrte. Ja, tatsächlich, was für einen Beruf hatte ihr Vater? Und was war mit ihm geschehen? Während diese Fragen in ihrem Kopf umherschwirrten, fühlte sie innerlich einen stechenden Schmerz, am ganzen Körper brach ihr kalter Schweiß aus.

Qinglin spürte ihren ungewöhnlichen Gemütszustand. Er zögerte einen kurzen Moment und sagte dann: »Mama, du musst erschöpft sein. Von Großvater kannst du mir später erzählen. Gehen wir erst mal nach oben in dein Zimmer. Dort ruhst du dich bis zum Essen aus, und anschließend zeige ich dir das ganze Haus. Sonst verläufst du dich noch darin.« Wieder brach er in schallendes Gelächter aus.

Qinglin gehörte nicht zu den Menschen, die einfach grundlos drauflos lachten. Er wusste selbst nicht genau, was mit ihm los war, spürte im gleichen Moment, dass sein Lachen gezwungen war.

Ding Zitaos Zimmer lag im ersten Stock, es war der am schönsten gelegene Raum in der ganzen Villa. Genau nach Süden gerichtet, mit Fenstern bis zum Boden, gesäumt von in Grautönen gemusterten Seidenvorhängen. Im Winter würde das Sonnenlicht den ganzen Raum füllen. Oder, wie Qinglin sagte: »So hell, dass es einen blendet. Du wirst sticken können, ohne deine Lesebrille aufzusetzen.«

Vom Fenster aus übersah man den ganzen Garten, dicht bepflanzt mit allerlei Blumen und Bäumen. Kampfer-, Magnolien- und zwei Ginkgo-Bäume reckten sich in die Höhe, darunter duckten sich Kamelien, China-Rosen und Gardenien. Einige Beete waren noch frei, und Qinglin forderte sie auf, sie so zu bepflanzen, wie ihr der Sinn stand, mit Blumen oder Gemüse.

Im Zimmer standen das Bett und eine Kommode. Das Bett war sehr groß, darüber war ein Seidenquilt gebreitet. Qinglin wusste, dass seine Mutter diese Art Bettdecke mochte, sie würde sich eher jeden Monat einen neuen Quilt zusammennähen, als eine traditionelle Steppdecke mit Überzug zu benutzen. Der Seidenquilt war mattviolett und übersät mit Päonienblüten im gleichen Farbton, ein prachtvolles Stück. Ding Zitao strich unwillkürlich darüber. »Wirklich schön, ich mag Päonien am liebsten«, sagte sie plötzlich. »Aber warum sind sie lila, in meiner Erinnerung sind sie rot.«

Qinglin lachte: »Hat es bei uns zu Hause jemals so eine Bettdecke gegeben? Die ist brandneu, habe ich gerade erst gekauft. Speziell für meine Mama.« Er spürte, wie Ding Zitao bei seinen Worten erschrak.

Sie murmelte: »So einen Bettüberzug wird man uns wegnehmen. Den mir Mutter geschenkt hat, hat man mir auch weggenommen. Sie werden kommen und uns alles wegnehmen, ob es uns passt oder nicht.«

Qinglin stieß ein Lachen hervor: »Hu Hansan* kehrt nie wieder zurück! Alles meine Schuld, ich habe nur im Kopf gehabt, dich zu überraschen, und ganz vergessen, dass du an ein Leben in Armut gewöhnt bist. Jetzt bist du ganz verschreckt. Beruhige dich, Mutter, ich habe mein Geld auf ehrliche Weise verdient. Wenn ich dir eine Villa kaufe, erfülle ich nur meine Sohnespflicht, dir ein glückliches Alter zu bereiten. Du brauchst dir keinerlei

* Figur eines Propagandafilms aus dem Jahr 1974, Prototyp des ausbeuterischen, brutalen Großgrundbesitzers, der mit dem Satz »Hu Hansan ist wieder da« die aufrührerische Landbevölkerung seiner Heimat einschüchtert. Der Satz ist in die heutige Internetsprache eingegangen.

Sorgen zu machen, wir sind hier zu Hause, es ist unser Haus. Du und ich, wir sind die Herren dieses Hauses.«

Ding Zitao nickte verwirrt. Sie hatte keine Ahnung, wovon sie gerade gesprochen hatte. Aber allmählich drang in ihr Bewusstsein, dass das Haus, welches sie gerade betreten hatte, nun ihres sein würde.

Ab jetzt würde sie ein eigenes Zuhause haben. Ein Geschenk ihres Sohnes. Sie hatte einen Sohn, der seine Mutter liebte, sie war eine glückliche Mutter.

12. Kapitel

Für den Abend hatte Qinglin ein köstliches Menü vorbereitet. Er ließ nicht zu, dass seine Mutter bei den Vorbereitungen half. Eine Hausangestellte, die er engagiert hatte, kümmerte sich um die Zubereitung, die Rezepte hatte ihr allerdings Qinglin vorgeschrieben. Er deutete auf die Angestellte und sagte zu seiner Mutter: »Sie heißt Dong Hong, und sie wird ab jetzt für dich sorgen.« Er wandte sich an die Haushälterin: »Dong Hong, ab jetzt ist meine Mutter Ihre Chefin, wenden Sie sich bei allen Entscheidungen an sie.«

Ding Zitao lächelte: »Rede keinen Unsinn, was soll ich für eine Chefin sein?«

»Mama, bisher warst du nur meine Chefin, jetzt hast du zwei, die auf dich hören.« Er musste selbst lachen und fuhr dann fort: »Wenn du deine Ruhe haben willst, dann ruh dich aus. Und wenn du etwas tun möchtest, dann tu's. Als Chefin entscheidest du.«

Damit brachte er Ding Zitao und Dong Hong gleichzeitig zum Lachen.

Am Abend genossen Mutter und Sohn ihr gemeinsames Mahl. Das eierschalenfarbene Geschirr gab dem Tisch einen warmen und angenehmen Ton. Gemeinsam mit dem Sohn in ruhiger und entspannter Atmosphäre im eigenen Haus zu Abend zu essen war ein Lebenstraum Ding Zitaos, der sich nun erfüllte.

Qinglin nahm eine Flasche Schnaps aus dem Schrank. »Ein alter Luzhou. Den hat Vater zu Lebzeiten gern getrunken. Heute stoße ich mit meiner Mama mit Papas Lieblingsschnaps an, wir trinken gewissermaßen zu dritt. Wie wäre es mit einem Gläschen?«

Ding Zitao war von der Einfühlsamkeit ihres Sohnes gerührt. Lachend sagte sie: »Ich habe nie einen Tropfen angerührt, wenn dein Vater trank. Damals war Alkohol ein Luxus – selbst wenn eine Flasche im Haus war, brachte es dein Vater nicht über sich, sie zu öffnen. Lediglich an Feiertagen holte er sie hervor und trank ein Schlückchen.«

Qinglin seufzte: »Wie schön wäre es, wenn er noch am Leben wäre. Was wären wir für eine glückliche Familie. Ich stelle für Vater eine Schale und Stäbchen auf den Tisch. Das ist unser eigenes Zuhause, er muss hier einen Ehrenplatz haben.«

Gleichzeitig mit dem Gesicht von Doktor Wu erschien vor Ding Zitaos innerem Auge das Bild von Leichen, die über dem Erdboden verteilt waren. Doch plötzlich lagen sie nicht mehr neben den Bahngleisen, sondern unter einzeln stehenden Bäumen, neben denen sich frisch ausgehobene Lehmhaufen türmten. Haltung und Kleidung der Leichname waren ihr vertraut, doch Qinglins Vater war nicht darunter. Sie schüttelte ihren Kopf und wusste für einen Moment nicht mehr, wo sie war.

Qinglin plapperte weiter, während er sich den Schnaps eingoss: »Mama, wie wär's mit einem Gläschen, einem kleinen Schwips zum Vergessen. Ich schätze, du bist noch nie in deinem Leben betrunken gewesen. Heute wäre die Gelegenheit. Zum ersten Mal nach so vielen Jahren haben wir ein eigenes Zuhause, darauf müssen wie anstoßen.«

Lachend goss er ihr ein Glas voll. Ding Zitao schüttelte sich, um wieder in die Gegenwart zurückzukehren, und nahm es entgegen. Sie bemerkte, dass es nur ein Gläschen war, und sagte daher: »Na schön, heute leiste ich dir auf ein Schlückchen Gesellschaft.«

Qinglin klatschte in die Hände: »Wenn du mir beim Trinken Gesellschaft leistest, verspreche ich, ab heute jeden Tag zum Abendessen heimzukommen. Auf diese Art und Weise trainieren wir deine Trinkfestigkeit.«

Ding Zitao stimmte in sein Lachen ein: »Soll ich auf meine alten Tage zur Schnapsdrossel werden?«

Unter Geplauder und Gelächter machten sich Mutter und Sohn ans Essen. Qinglin erhob sein Glas und prostete seiner Mutter zu: »Das erste Glas auf dich, Mama. Als Dank dafür, dass du mich mit so viel Mühe und unter so vielen Schwierigkeiten großgezogen hast. Ich weiß, dass du dieses harte Leben für mich auf dich genommen hast. Deshalb war es mein größtes Ziel, meiner Mama ein glückliches Alter zu bescheren. Dieses Ziel habe ich mit dem heutigen Tage fast erreicht. Jetzt fehlt noch, dass deine Schwiegertochter und dein Enkel bei uns sind, dann sollte dir nichts mehr zu deinem Glück fehlen, und ich habe meine Aufgabe erfüllt.«

Lächelnd nahm Ding Zitao den Toast ihres Sohnes entgegen. Er trank sein Glas mit einem Zug aus und forderte dann seine Mutter auf: »Mama, du bist an der Reihe!«

Sie hob ihr Glas ans Gesicht und schnupperte daran. Ein starker und vertrauter Geruch schlug ihr plötzlich entgegen, stieg in ihre Nase und breitete sich rasend schnell in ihrem Inneren aus, wie ein Funke, der einen Strohhaufen in Brand setzt. Eine strenge Stimme befahl ihr: »Trink! Runter damit! Drei Gläser, das gibt dir die nötige Kraft!« Das Gesicht hinter der Stimme wurde vor ihren Augen sichtbar, das Gesicht eines Mannes. Es war vom Alter ausgezehrt und strahlte Autorität aus.

Ihre Hand begann unwillkürlich zu zittern. Qinglin bemerkte

es nicht, voller Eifer drängte er weiter: »Los, Mama, ein Schluck! Alkohol ist eine großartige Sache, du weißt gar nicht, was du bisher versäumt hast. Mit niemandem auf der Welt trinke ich lieber als mit dir.«

Ding Zitao raffte all ihre Kraft zusammen und blickte auf Qinglin. Sein Gesicht strahlte vor Enthusiasmus und Freude. Seine Freude war ihre Freude. Sie hob das Glas und leerte es in einem Zug.

Qinglin schrie auf: »Mama, du bist ja todesmutig! Nicht so hastig, du darfst das nicht so in dich hineinschütten, das ist kein abgekochtes Wasser.«

Wie vertraut war ihr dieser Geschmack. Zugleich nahm sie einen Geruch von Pflanzen und Lehm wahr, in den sich der von Schweiß und Blut mischte, und sie hörte zugleich unterdrücktes Schluchzen und Klageschreie. Ihr Rücken begann plötzlich heftig zu schmerzen.

Qinglin bemerkte die seltsame Veränderung und fragte erschrocken: »Mama, was ist los mit dir?«

»Mir tut der Rücken fürchterlich weh. Ein Schlag mit dem Gewehrkolben! Er hat so hart zugeschlagen. Ich habe schreckliche Schmerzen.«

»Was sagst du da? Jemand hat dich geschlagen? Mit dem Gewehrkolben? Mama, geht's dir nicht gut?«

»Mein Rücken tut weh«, murmelte Ding Zitao.

Qinglin lief rasch hinter seine Mutter und begann sanft, ihren Rücken zu massieren. »Du hast zu hastig getrunken«, sagte er. »Keinen Tropfen mehr, iss einen Bissen, dann geht es dir besser. Es macht mich so glücklich, gemeinsam mit dir im eigenen Haus in aller Ruhe zu essen.«

Es stimmte, sie teilte dieses Glücksgefühl. Sie trank nicht mehr. Sie strengte sich an, den Geruch zu vergessen, den ihr der Alkohol zugetragen hatte. Sie wollte ein fröhliches Abendessen mit ihrem Sohn, mit ihm über den Enkel und die Schwiegertochter reden und über das Projekt, mit dem er sich demnächst beschäftigen würde.

Und während sie miteinander plauderten, löste sich allmählich der Schmerz in ihrem Rücken.

13. Kapitel

Später am Abend kehrte Ding Zitao in Begleitung ihres Sohnes in ihr Schlafzimmer zurück. Sie scheute sich jedoch vor dem luxuriös ausgestatteten Badezimmer. Dong Hong ließ Wasser in die Badewanne ein, die Wassertemperatur war perfekt, nicht zu heiß, nicht zu kalt. Sie entkleidete sich und genoss das heiße Bad. So weit ihre Erinnerung reichte, hatte sie sich nie auf diese Art und Weise gewaschen. Tatsächlich begriff sie nicht einmal so ganz, wie man den Warm- und Kaltwasserzufluss regulierte. Dong Hong umsorgte sie gewissenhaft und half ihr beim Anziehen eines weichen Nachthemdes, das sie nirgends beengte. Ihr war ein wenig schwindlig, sie hatte das Gefühl, außerhalb ihres eigentlichen Lebens zu stehen. Selbst die Pantoffeln an ihren Füßen waren so weich und bequem, dass sie kaum wagte, den Fußboden damit zu betreten. Dong Hong sagte lächelnd, Direktor Wu sei der Chef, und das Leben im Hause von Chefs sei nun mal so.

Dong Hong stützte sie auf dem Rückweg ins Schlafzimmer, half ihr ins ungewohnte neue Bett und zog die ungewohnte neue Bettdecke über sie. Der violette Seidenquilt bedeckte sie von Kopf bis Fuß, und wieder stieg in ihr das Gefühl auf, dass irgendetwas nicht stimmte.

Qinglin betrat das Schlafzimmer und erklärte, er müsse morgen in aller Frühe in den Süden zurückkehren, vermutlich für ein paar Tage. Aber Dong Hong werde sich um sie kümmern, auch Zhang, der Fahrer, bliebe zu ihrer Verfügung, er werde alle ihre

Gegenstände aus der Mietwohnung hierherschaffen. Sie solle einfach weiterleben wie gewohnt, die Wohnung sei lediglich ein wenig größer, und sie sei nicht mehr allein. Sie solle tun und lassen, wonach ihr der Sinn stünde.

Ding Zitao nickte. Sie verstand, wie wichtig seine Arbeit für ihn war. Qinglin wünschte ihr eine gute Nacht und verließ das Zimmer.

Ding Zitao fühlte sich tatsächlich müde. Dong Hong stellte ein Glas Wasser auf den Nachttisch und sagte lächelnd: »Gnädige Frau, schlafen Sie gut.«

»Ist das Honigwasser, Xiao Cha*?«, fragte Ding Zitao.

Dong Hong lachte: »Wollen Sie nun Honigwasser oder Tee? Morgen besorge ich alles. Und denken Sie daran, ich heiße Dong Hong.«

»Ach, du heißt nicht Xiao Cha?«, wunderte sich Ding Zitao. »Ich habe dich doch aus dem Elternhaus mitgebracht. Du bist doch mit mir zusammen aufgewachsen.«

Dong Hong lachte: »Gnädige Frau, Sie haben ein bisschen viel getrunken. Welche Xiao Cha? Ich bin erst heute in Ihren Dienst getreten.«

Wieder ergriff Ding Zitao ein leichtes Schwindelgefühl, sie antwortete nicht. Es war tatsächlich jemand anders. Aber wo war Xiao Cha? Sie streckte sich auf dem Bett aus, schwere Müdigkeit überfiel sie, sie konnte ihre Augen nicht mehr offen halten.

Das neue Bett war groß und breit, sehr bequem. Die Bettdecke verströmte einen angenehm frischen Duft, die wohlige Weiche ließ ihren Körper leicht werden.

Im Bett liegend überkommt sie das Gefühl, gen Himmel zu schweben. Wölkchen ziehen an ihr vorüber und türmen sich Schicht um Schicht unter ihren Füßen, unwillkürlich verspürt sie den Drang, daraufzutreten. Die Wolkenschichten legen sich über-

* Das Zeichen »cha« (茶), »Tee«, ist zugleich ein Familienname.

einander, sie schreitet Stufe um Stufe aufwärts, als besteige sie eine Treppe. Sie ist von Neugierde erfüllt. Nach oben zeigt sich kein Ende, ebenso wenig kann sie innehalten. Sie steigt Schritt für Schritt nach oben, plötzlich wird der Himmel tiefblau. Ohne zu überlegen, beginnt sie zu rennen, direkt in die tiefe Bläue des Himmels hinein. Es gefällt ihr, es macht ihr Vergnügen, so leichtfüßig die Treppe hinaufzuspringen. Durch das Blaugrün der steinernen Treppenstufen schimmert ein Glanz, vor ihr winkt jemand immer wieder in ihre Richtung. Mit einem Mal erkennt sie die Hände, die ihr in vergangenen Zeiten so oft zugewinkt haben. Er ruft ihr etwas zu und streckt die Hände nach ihr aus. Wie vertraut ist ihr diese Szene. Sie beginnt zu lachen und beschleunigt ihre Schritte, um ihm entgegenzulaufen. Sie ist voller Freude.

Mit einem Mal verschwindet die Treppe. Unfähig anzuhalten, tritt sie ins Leere und beginnt, kopfüber nach unten zu stürzen. Rasend schnell, weit schneller, als sie zuvor aufgestiegen ist. Unkontrolliert entfährt ihr ein Schrei: »Lu Zhongwen, halte mich! Lu Zhongwen …«

Doch die beiden Hände sind verschwunden. Selbst ihre eigenen Hände am Ende der ausgestreckten Arme kann sie nicht mehr sehen. Alles wird von dichten Wolken eingehüllt, vor ihren Augen nichts als undurchdringliches Weiß. Ihre ausgestreckten Hände fuchteln wild um sich, doch sie greifen immer ins Leere. Ein Gedanke schießt ihr plötzlich durch den Kopf: Dieser Kontinent aus blendendem, absolut reinem Weiß ist wahrscheinlich das blendende Weiß, wovon im *Traum der roten Kammer* die Rede ist. Daher hört sie auf, um sich zu schlagen, sie würde sehen, wohin sie dieser Fall bringt. Nur noch ein Gefühl lebt in ihr: fallen und immer weiterfallen.

Und so fällt sie von den leuchtend hellen Wolken weiter und weiter nach unten. Das strahlende Weiß färbt sich allmählich zu einem Grau, das dunkler und dunkler wird und am Ende in ein tiefes Schwarz übergeht. Ein grenzenloses und bodenloses Schwarz.

Plötzlich kommt ihr aus der Tiefe der Schwärze ein menschliches Gesicht entgegen. Die Hände vor die Augen gepresst, öffnet es den Mund und sagt laut und vernehmlich: »Du wirst in der Hölle enden. Der Höllenfürst wird dich bestrafen!«

Das Gesicht zeichnet sich im tiefen Dunkel überdeutlich ab. Sie erkennt das Gesicht ihrer Er Niang*, von Vaters Konkubine, ihrer Nebenmutter. Mit ungewollt schriller Stimme antwortet sie: »Nein, Er Niang, das stimmt nicht. Nein, so ist es nicht.«

Niemand hört sie.

Aber sie hat verstanden: Es ist der Abgrund der Finsternis. Dort ist sie gelandet.

* »Er Niang« (二娘), »Zweite Mutter«, Anrede für die (Haupt-)Konkubine des Vaters

III. Abschnitt

14. Kapitel

Liu Jinyuan machte täglich seinen Morgenspaziergang im Hongshan-Park.

Sein Haar, sein Bart, sogar seine Augenbrauen waren schneeweiß, sein Gesicht dagegen rot wie ein Hahnenkamm. Durch diesen ausgeprägten Kontrast von Rot und Weiß war er leicht wiedererkennbar und wurde auf seinem Spazierweg von vielen Leuten allein aufgrund des vertrauten Anblicks gegrüßt. Seitdem der Zutritt zu den öffentlichen Parks kostenfrei war, waren diese Spaziergänge fester Bestandteil seiner Lebensgewohnheiten. Früher hatte er sie in Begleitung seiner Frau gemacht, Tag für Tag, bis sie für immer zurückblieb. Eine plötzliche Herzattacke hatte sie dahingerafft. Sie hatten vor dem Fernseher gesessen und aus der Serie *Die Drei Reiche* die Episode angesehen, wo Liu Bei vergeblich dreimal die strohgedeckte Hütte Zhu Geliangs aufsucht, um ihn als Berater zu gewinnen.* Sie hatte einen langen Seufzer von sich gegeben, aber nicht lang genug, dass er darauf geachtet hatte.

Liu Jinyuan saß auf dem Sessel neben ihr und hatte den Blick fest auf den Bildschirm gerichtet, während er ihr erzählte, wie er sich damals bemüht hatte, Wu Jiaming eine feste Stelle im Krankenhaus zu verschaffen, und dass er deshalb viermal die

* Verfilmung des historischen Romans *Die Drei Reiche*, Autor: Luo Guanzhong (罗贯中), ca. 1330–ca. 1400 n. Chr.

Verwaltung des Militärbezirks aufgesucht habe. So sei es zu dessen Anstellung gekommen. Er redete und redete, bis ihm auffiel, dass keine Reaktion kam, so als hege sie einen Groll gegen ihn. Etwas verärgert fragte er, ob sie vergessen habe, dass Wu Jiaming ihr das Leben gerettet habe. Erst als er sich zu ihr umwandte, spürte er, dass etwas nicht stimmte. Als er seinen Finger unter ihre Nase hielt, bemerkte er, dass sie aufgehört hatte zu atmen.

Die Beziehung zwischen den beiden war nicht sonderlich innig gewesen, aber immerhin hatten sie ein Leben miteinander verbracht, und er hatte sich an ihre Anwesenheit gewöhnt. Er wusste zwar seit langem, dass er mit einer Herzkranken lebte, aber ihr Tod traf ihn dennoch wie ein Schock, die Tränen rannen ihm übers Gesicht. An diesem Abend hielten zwei eilig herbeigerufene Fahrzeuge vor der Haustür, eine Rettungsambulanz und ein Leichenwagen. Der jüngere der beiden Söhne begleitete ihn ins Krankenhaus, der ältere brachte seine Frau in die Bestattungshalle. Liu Jinyuan hatte keinerlei Erinnerungen an seinen Krankenhausaufenthalt. Er wusste nur, dass er am ersten Tag seiner Rückkehr die Spaziergänge im Hongshan-Park wieder aufgenommen hatte.

Zum ersten Mal machte er ihn ohne Begleitung, zum ersten Mal fühlte er sein Alleinsein und seine Einsamkeit. Und eben an diesem Tag geschah es, dass ihm ein junger Mann eiligen Schrittes entgegenkam und ihm zulächelte, als er vorüberging. Dieses Lächeln weckte in ihm ein vertrautes Gefühl, und in dieser Vertrautheit lag die Spur einer einst gefühlten Nähe und Wärme. Er versuchte sich zu erinnern, wer ihm früher einmal so zugelächelt hatte. Ein Gesicht tauchte vor seinem inneren Auge auf, aber er konnte sich nicht erinnern, wessen Gesicht es war. Er hatte bisher nie auf andere Passanten geachtet und nie wahrgenommen, ob Personen, die ihm begegneten, lächelnde oder eingefrorene Mienen zeigten. Jetzt auf einmal bemerkte er, dass ihm fremde

Menschen unterwegs zulächelten. Und unwillkürlich verzog sich auch sein Mund zu einem Lächeln.

So lächelte er das leise Gefühl von Einsamkeit und Verlassenheit fort.

Er konnte sich kaum noch daran erinnern, wie lange er schon in dieser Gegend wohnte. In seinem Gedächtnis glich die Zeit einer endlosen Schnur, auf der sich unentwirrbare Knoten in wildem Durcheinander aneinanderreihten. Insbesondere seit das Leben nach seiner Verabschiedung aus der Armee keine Aufgaben mehr für ihn bereithielt und in Untätigkeit dahinfloss, glichen die bedeutungslosen Ereignisse um ihn herum emporsteigenden Seifenblasen. Vor allem waren aus den Kindern Erwachsene geworden. Die beiden Jungs, die derart unerzogen und frech gewesen waren, dass er ihnen am liebsten die Seele aus dem Leib geprügelt hätte, waren jetzt Männer, die sich vor allem wichtig fühlten. Wenn sie in ihren Autos mit Frau und Kind zu ihm nach Hause zurückkehrten, stellten sie großspurig ihren Erfolg zur Schau. Vor allem Liu Xiaochuan, der Jüngere, machte sich breit. Jedes Mal wenn er die Wohnung betrat, warf er, noch bevor er ihn begrüßte, ein paar Stangen Zigaretten auf den Tisch und prahlte damit, dass sie um die tausend Yuan gekostet hatten, oder er schleppte ein paar Kisten Maotai* Sonderanfertigung an. Vor anderen stellte er gern seine kindliche Pietät zur Schau, und seine zahlreichen Angestellten standen geradezu Schlange, um ihm ihre Reverenz zu erweisen. Liu Jinyuan war das alles zuwider, aber dagegen wehren konnte er sich nicht. Kindlicher Respekt vor den Eltern war schließlich ein Glück. Er besaß keine Macht mehr, niemand aus seiner ehemaligen Dienststelle ließ sich noch bei ihm blicken, um ihm Honig ums Maul zu schmieren. Die Schmeicheleien der Untergebenen seines Sprösslings boten da einen gewissen Ersatz und waren ihm angenehm. Hinzu kam,

* Berühmter und teurer chinesischer Hirse-Schnaps

dass sich Häuser und Straßen rings um die Wohnung veränderten. Die Häuser wuchsen in die Höhe, die Straßen in die Breite, die Autos vermehrten sich, das Vertraute wurde fremd, und die Menschen, mit denen er so lange Zeit Umgang gepflegt hatte, verflüchtigen sich einer nach dem anderen. Ihm war natürlich klar, wohin sie verschwanden, früher oder später würde auch er dorthin gehen. Dass die Bekannten für ihn dort Quartier machten, war eine gute Sache. Wenn die Reihe an ihn kam, würde er es gut haben. Daher verspürte er keine Trauer. Nur löste sich alles, was ihm früher als Orientierungspunkt gedient hatte, gleichgültig ob fest oder beweglich, der Reihe nach auf, und es war ihm, als würde die mit unentwirrbaren Knoten versehene Schnur in seinem Hirn von irgendjemandem in Stücke geschnitten. Die in seiner Erinnerung gespeicherten Dinge wurden dem Rhythmus der Schere folgend eins nach dem anderen ausradiert. Das ist nun mal das Schicksal von Menschen, deren Erinnerung nicht immer wieder wachgerufen wird. Für sie reduziert sich vieles auf null, als wäre es nie da gewesen. Sein ehemaliger Untergebener Wu Jiaming pflegte zu sagen, dass das Vergessen zu den wichtigsten Funktionen des menschlichen Körpers gehöre.

Als Liu Jinyuan an diesem Tag den Park verließ, bekam er plötzlich Lust auf Daoxiao-Nudeln*. Er hatte sich in den langen Jahren, seitdem er seine Heimat verlassen hatte, längst an das Essen im Süden gewöhnt, ihm schmeckte es, gleichgültig ob mild oder scharf gewürzt. Sein Sohn Liu Xiaochuan hatte es einmal in die Worte gefasst, Vaters Magen käme mit Nord und Süd gleichermaßen gut zurecht, er sei aufnahmebreit für alles, ein offener und großmütiger Magen, ein perfektes Abbild der Reformpolitik. Dieser Ausspruch seines Sohnes gefiel Liu Jinyuan. Aber in die-

* Eine besondere Art von Nudeln aus der Provinz Shanxi in Nordwest-China, die mit einem Messer vom Nudelteig abgehobelt werden

sem Moment setzte sich das Verlangen nach Daoxiao-Nudeln in ihm fest.

Dass es in einer der benachbarten Straßen ein Shanxi-Restaurant gab, war ihm seit langem bekannt. Schon früher hatte er gelegentlich vorgehabt, dort zu essen, aber seine Frau stammte aus Sichuan und hatte an Nudelgerichten aus Shanxi keinerlei Interesse. Sie weigerte sich beharrlich, dorthin zu gehen. In sämtlichen Angelegenheiten traf Liu Jinyuan die letzte Entscheidung, nur in Essensfragen unterwarf er sich seiner Frau. Sie war schließlich diejenige, die das Essen zubereitete. Und so hatte er das Nudelrestaurant nie betreten, obwohl es so nah lag, dass er die Nudeln riechen konnte.

Heute jedoch entschloss er sich, dort einzukehren.

Die Kneipe war winzig, ein paar einfache Tischchen und Hocker, er erkannte auf den ersten Blick, dass dieser Laden gerade so viel einbrachte, wie für den Lebensunterhalt einer Familie nötig war. Am Eingang des Restaurants hockte ein mit einer schweren Eisenkette angebundener Straßenköter. Liu Jinyuan überkam plötzlich das Gefühl, selbst dieser Hund stamme aus seinem heimatlichen Höhlendorf*.

Beim Betreten scholl ihm die Stimme des Wirtes entgegen, es war tatsächlich der unverfälschte Dialekt seiner Heimat. Als Liu Jinyuan ihn ansprach, breitete sich auf seinem Gesicht freudige Überraschung aus, und er sagte laut und anerkennend: »Oh, eine Begegnung mit einem Landsmann, da wird mir warm ums Herz.«

Liu Jinyuan lachte: »Na, und ob! So viele Jahre fort von daheim, da tut es gut, wieder einmal heimatliche Klänge zu hören.«

»Sehen Sie, ich sag es doch immer: Egal, wie lange und wie weit man von zu Hause fort ist, trifft man auf jemanden aus der

* In Teilen der Provinz lebte die bäuerliche Bevölkerung traditionell in höhlenartigen Wohnungen, die in den Lößboden gegraben werden.

Heimat, ist es wie ein Besuch von Verwandten. Das Wichtigste ist, dass man die Heimat im Herzen trägt.«

Eilig pflichte ihm Liu Jinyuan bei: »Genau so ist es, ich komme extra auf eine Portion Nudeln hierher.«

»Heute ist ein gesegneter Tag«, sagte der Wirt, »kaum haben wir geöffnet, kommen gleich zwei Landsleute herein. Der alte Herr dort drüben, sehen Sie nur, wie er da hockt, so hocken nur Leute aus unserer Gegend.«

Liu Jinyuan folgte seinem ausgestreckten Finger und erblickte tatsächlich einen alten Mann, der auf einem Schemel hockte und über seine Schale gebeugt Nudeln in sich hineinschlang. Liu Jianyuan musste lachen, diese Art zu hocken war unverkennbar, seit Jahren hatte er so etwas nicht mehr gesehen.

Der Alte schien zu spüren, dass über ihn gesprochen wurde, er sah auf, bemerkte, dass Liu Jinyuan und der Wirt zu ihm hinsahen, nickte kurz und setzte sich ordentlich auf seinen Schemel. Liu Jinyuan nickte zurück.

»Wie wär's? Sie beide an einem Tisch?«, sagte der Wirt.

»Warum nicht?«

Sprach's und ging auf den Alten zu. Zu Lebzeiten seiner Frau hätte er kaum je fremde Personen angesprochen, es entsprach nicht seinen Gewohnheiten. Jetzt, wo sie von ihm gegangen war, verspürte er plötzlich den Drang, sogar den brennenden Wunsch, mit irgendjemandem ins Gespräch zu kommen.

Vermutlich lastete seine Einsamkeit zu schwer auf ihm.

15. Kapitel

Der Tisch war winzig und glänzte fettig, obwohl ihn die Wirtin abgewischt hatte. Gott sei Dank hatte er seine Frau nie hierhergebracht; anspruchsvoll, wie sie war, wäre sie entsetzt gewesen und hätte sich wieder einmal über das mangelnde Hygienebewusstsein der Leute aus dem Norden empört. Wie oft hatte es darüber Streit gegeben. Er konnte ihr tausend Mal erklären, dass im Nordwesten Wassermangel herrschte und man sich den Luxus übertriebener Reinlichkeit nicht leisten konnte. Ohne die tägliche Mühsal des Wasserschleppens hätte er vielleicht sein Dorf nie verlassen, um sich in die Revolution zu stürzen. Seine Frau war Sichuanesin und brachte dafür keinerlei Verständnis auf. Das Hausmädchen kam ebenfalls aus Sichuan, sie war noch anspruchsvoller als ihre Herrin, jede Ecke der Wohnung war gewienert, dass es nur so blitzte. Sie sorgte dafür, dass nicht nur für ihn und seine Frau, sondern selbst für die Kinder jeden Tag frische Unterhosen und Socken bereitlagen. Ihren eigenen Worten zufolge war es ihr lieber, täglich zu waschen, statt merkwürdige Gerüche in der Wohnung zu dulden. Beide waren sie seiner Frau zu Diensten, und am Ende wurde auch er in Sachen Reinlichkeit sehr empfindlich. Das Gestell für Sojasoße, Essig und Chilipaste auf dem Tisch war ölig, und die Verschlüsse der Flaschen waren verschmiert. Liu Jinyuan hatte sich längst abgewöhnt, sich beim Essen niederzuhocken, daher setzte er sich auf den Hocker. »Unser Essig ist der echte«, sagte der Wirt.

Liu Jinyuan warf einen Blick auf die Flasche: »Shanxi-Balsamico-Essig, den gibt es heute überall zu kaufen.«

Der Wirt brachte eine Schale mit Daoxiao-Nudeln. Schon bevor er den Tisch erreichte, stieg Liu Jinyuan der vertraute Geruch in die Nase, und in seinem Magen begann es auf der Stelle zu rumoren. »Das ist hausgemachter Reisessig, probieren Sie, dann wissen Sie Bescheid. Was ihr im Laden kauft, ist nur dem Etikett nach ausgereifter Balsamico-Essig aus Shanxi, mit unserem hausgemachten nicht zu vergleichen, keine Ahnung, woran das liegt.«

»Schlechtere Wasserqualität, Zutaten auch minderwertiger, bei der Fermentierung stimmen Dauer und Temperatur nicht, und schon schmeckt er nicht, wie er soll«, sagte der Alte.

»Da ist was dran«, sagte Liu Jinyuan. »Darf ich fragen, woher Sie kommen?«

»Nordwest-Shanxi, aus Hejiagou. Ich heiße He Quanqi, als Kind nannten mich alle Xiao Qizi, den kleinen Hüpfer, jetzt bin ich Lao Qi, der alte Qi.«

»Ein guter Name«, sagte der Wirt. »Der alte Hüpfer fällt nie auf die Nase.«

Liu Jinyuan sagte: »Na, da treffe ich einen waschechten Landsmann. Ich heiße Liu, in meinem Vornamen steckt Jin, der alte Name von Shanxi, als Kind war ich der kleine Jin, jetzt, wo ich alt bin, bin ich nurmehr der alte Liu. Wir kommen aus der gleichen Gegend, sagen Sie Lao Jin zu mir.«

Der Wirt stimmte in ihr Lachen ein: »Ihr Altersname ist noch witziger: alter Jin, Lao Jin*, immer vorneweg, nie zurückbleiben.«

Liu Jinyuan lachte: »Da liegen Sie richtig. Ich bin ein Leben lang immer vorneweg marschiert.«

Der alte Qi erklärte: »Hab sofort gesehen, dass Sie was Besonderes sind. Kommen Sie auch aus Nordwest-Shanxi?«

»Na klar«, antwortete Liu Jinyuan. »Aus dem Höhlendorf der Familie Liu. Gleich nach dem Krieg gegen die Japaner bin ich von da weg.«

Der alte Qi war überaus erfreut: »So, wie Sie reden, hört man kaum mehr, woher Sie kommen.«

»Wie soll es anders sein. Den größten Teil meines Lebens hab ich hier im Süden zugebracht. Habe nie gelernt, wie die Leute im Süden zu reden, aber von unserem Dialekt ist auch nicht mehr viel übrig geblieben. Nicht Fisch und nicht Fleisch.«

Die beiden machten sich über ihre Nudeln her und redeten munter drauflos. Personen in ihrem vorgerückten Alter hatten

* Wortspiel: Die alte Bezeichnung für die Provinz Shanxi »Jin« (晋) ist gleichlautend mit dem Zeichen »Jin« (进), »voranschreiten«. Das Wort »Lao« (老), »alt«, bedeutet zugleich »ständig«. Siehe Anm. S. 32.

keine Probleme, mit Unbekannten an einem Tisch zu sitzen, eine Schale Nudeln zu verspeisen und dabei über Gott und die Welt zu reden.

Er sei bereits zweiundsiebzig, erklärte der alte Qi, mit achtzehn habe er die Welt erkunden wollen, aber dann sei etwas dazwischengekommen, Vater und Mutter seien beide schwer krank geworden, und so wurde nichts daraus. Und jetzt steuere er auf die dreiundsiebzig zu. »Mit dreiundsiebzig und dann wieder mit vierundachtzig macht man sich freiwillig vom Acker, ohne die Aufforderung des Höllenfürsten abzuwarten, so heißt es doch im Volksmund.«

Liu Jinyuan protestierte: »Hören Sie, alter Freund, so was dürfen Sie auf keinen Fall sagen, ich werde demnächst vierundachtzig.«

Der alte Qi legte eilig seine Stäbchen ab und machte einen Bückling, um sich zu entschuldigen. Liu Jinyuan wehrte ab: »Keine Ursache, ich hab es nicht so gemeint. Wenn ich so zurückdenke, kann ich mich über mein Leben nicht beschweren. Ich habe nichts ausgelassen, hatte mal harte, mal glückliche Zeiten. Ich war im Krieg, habe Leute umgebracht, war Beamter, wurde öffentlich niedergemacht, habe im Knast gesessen. Ich war im Koreakrieg*. Ich verrate Ihnen was Schreckliches, an die hundert Leute habe ich umgelegt. Und habe dabei selbst auch ein paarmal dem Tod ins Auge geblickt.«

»Donnerwetter, Sie sind ein Kerl. Ich war nicht im Krieg, aber«, plötzlich senkte der Alte die Stimme, »ich hab bei der Landreform mitgemacht. Das war auch kein Pappenstiel, nicht viel anders als im Krieg.«

»Ah, ich hab davon gehört, die Leute zu Hause haben davon erzählt. Ich lag damals im Krankenhaus. Einem Jugendfreund, der zu arm war, um zu heiraten, soll man bei der Landreform die

* 1950–1953

Tochter einer reichen Familie aus seinem Dorf zugeteilt haben, eine richtige Schönheit.«

»Reden wir nicht davon, an diese Dinge sollte man nicht rühren, sonst jagt es einem kalte Schauer über den Rücken. Die gesamte Familie meiner Tante hat man umgebracht. Nur ein Sohn ist davongekommen, um ein Haar hätte es auch ihn erwischt. Mit knapper Not hab ich ihn in den Wäldern versteckt, er ist nie mehr nach Hause zurückgekehrt. Jahrzehnte ist das her, keine Ahnung, ob er noch lebt. Hat einen Schock fürs Leben bekommen, traute sich nicht mehr zurück.«

Liu Jinyuan seufzte: »Es gibt zu viel, worüber man nicht reden darf. Mein halbes Leben habe ich im Krieg verbracht, wurde mehrfach verwundet. Mein Blut hat dazu beigetragen, unser Land rot zu machen. In der ›Kulturrevolution‹ hat man mich tatsächlich eingesperrt, ich sei ein Konterrevolutionär, hat man gesagt. Ein Leben für die Revolution, und auf meine alten Tage wurde ich plötzlich zum Konterrevolutionär. Ist das nicht verrückt? Ich konnte mich damals nicht damit abfinden, hab sogar daran gedacht, mich umzubringen. Na ja, ich hab es überlebt. ›Nicht darüber reden‹ bringt es auf den Punkt, hören wir auf, über solche Dinge zu reden. Wohnen Sie hier in der Nähe, alter Freund?«

»Ja, aber gemeldet bin ich noch in Taiyuan*. Meine Kleine hat hier studiert und sich mit einem aus Hubei zusammengetan. Ohne Vater und Mutter um Erlaubnis zu fragen. Einfach mir nichts, dir nichts auf eigene Faust heiraten. Heutzutage hast du als Vater nichts mehr zu melden. Ich komme hier nur von Zeit zu Zeit vorbei, um meinen Enkel zu sehen. Ach, ich halte das Wetter hier nicht aus, und das Essen hier vertrage ich auch nicht. Keiner versteht mich hier, wenn ich was sage, und ich verstehe auch nicht, was sie reden. Das drückt aufs Gemüt.«

* Hauptstadt der Provinz Shanxi

»Mir ging es genauso, als ich hier ankam«, sagte Liu Jinyuan. »Aber jetzt würde ich es wahrscheinlich daheim nicht mehr aushalten. Meine Frau war aus Sichuan, unser ehemaliges Dienstmädchen kam auch von dort. Sie haben dafür gesorgt, dass mein Magen sichuanisiert wurde.«

»Sie Ärmster. Denen kann es nicht scharf genug sein.«

Liu Jinyuan lachte: »Hab mich längst daran gewöhnt.«

»Aber ich sage, egal wie sich der Magen ändert, am Ende muss man dorthin zurück, wo man herkommt. Man ist doch in der Heimat verwurzelt.«

»Die Zeiten haben sich geändert. Wer redet heute noch von Wurzeln! Rein ins Feuer, man verbrennt zu Asche, die man in eine Urne füllt, wer redet da noch von Wurzeln. Man kann von Glück reden, wenn man einen Grabstein hat.

»Da ist was dran. Man ist ja schon zufrieden, wenn man Kinder hat, die einmal im Jahr am Totengedenktag vorbeikommen und Weihrauch anzünden.«

Beide seufzten.

Der Wirt, der gerade den Nebentisch säuberte, schaltete sich ein: »Was haben die beiden Herrschaften zu jammern? Dass Sie in Ihrem Alter noch das Glück haben, einen Ort zu finden, wo man Ihnen waschechte Shanxi-Nudeln serviert, ist mehr, als ein Mensch vom Leben erwarten kann. Was sollen denn die denken, die schon nach drüben gegangen sind, wenn sie Ihr Geseufze hören? Mit den Zähnen knirschen?«

Wieder brachte der Wirt die beiden zum Lachen. Eilig sagte Liu Jinyuan: »Stimmt, man muss mit seinem Los zufrieden sein. Man darf nicht zu viel verlangen.«

Beim Verlassen des Restaurants rülpste Liu Jinyuan ein paarmal herzhaft. Das Entweichen überflüssiger Luft verschaffte ihm ein rundum wohliges Gefühl. Seit langem hatte er sich nicht mehr so wohlgefühlt.

Auf dem Heimweg trennten sich ihre Wege. Sie tauschten weder Adressen noch Telefonnummern aus, sondern beließen es bei der Verabredung, sich wieder zum Nudelessen zu treffen. Solange das Nudelrestaurant existierte, würden sie sich dort mit Sicherheit erneut begegnen.

Liu Jinyuan machte sich gemächlich auf den Heimweg.

Er hatte nichts zu erledigen. Nichts, als weiterzuleben und sich mit der ihm verbleibenden Zeit zu arrangieren.

16. Kapitel

Auf dem Heimweg hatte sich Liu Jinyuan erkältet. Er hustete, und das Atmen fiel ihm schwer.

Noch bevor seine Frau gestorben war, war ihr älterer Sohn Liu Xiao'an zu ihnen in die Wohnung gezogen. Er hatte ursprünglich in einer der Fabriken der dritten Front* gearbeitet und war dann vorzeitig in Pension gegangen. Anschließend hatte er seinem jüngeren Bruder Liu Xiaochuan mehr schlecht als recht bei dessen Geschäften geholfen, bis der ihn ins Elternhaus zurückschickte. Er verstünde nichts vom Geschäft, brächte nichts zustande, es sei das Beste für alle, er kehre nach Hause zurück, kümmere sich um die beiden alten Leutchen und störe ihn nicht bei seiner Arbeit. Er vereinbarte eine jährliche Zahlung von zweihunderttausend Yuan, außerdem schenkte er ihm eine Wohnung und einen Wagen. Liu Xiao'an beriet sich mit seiner Frau, sie rechneten die Sache durch, kamen zu dem Schluss, dass es sich lohne, und kehrten nach Wuhan zurück. Die eigene Wohnung vermieteten sie und quartierten sich bei den Eltern ein. Fürs Essen kamen die Eltern auf, selbst das Gehalt der Hausangestellten wurde vom Geld der

* In den sechziger Jahren wurden wichtige Fabriken aus Angst vor einem sowjetischen Angriff ins chinesische Hinterland verlegt, an die sog. Dritte Front.

Eltern bezahlt, die beiden kamen ausschließlich für ihre eigenen Vergnügungen auf. Liu Jinyuans Frau hatte sich hinter vorgehaltener Hand bei ihm beklagt, Sohn und Schwiegertochter bezögen doch einen Batzen Geld vom Bruder, wieso sie nicht einmal etwas zur täglichen Verpflegung beisteuerten. Selbst ihre Kleider ließen sie auf Kosten der Eltern vom Hausmädchen waschen. Er hatte ihr geantwortet, sie solle das auf sich beruhen lassen, es sei immerhin besser, man habe einen Sohn, der sich um einen kümmere, als niemanden. Ihre Pensionen reichten für den Unterhalt von vier bis fünf Personen, Geld, das man nicht ausgebe, sei wertloses Papier. Und selbst wenn es aufgebraucht sei, würde sie der Jüngere nicht auf dem Trockenen sitzen lassen. Seine Worte brachten sie zum Nachdenken, das darin mündete, dass sie ihrer beider Pensionen einfach direkt dem ältesten Sohn anvertraute. Er solle damit umgehen, wie es ihm gut dünke, solange er nur dafür sorge, dass sie genug zu essen und zu trinken bekämen. Auf diese Weise sparten sich alle jede Menge Verdruss.

Liu Xiao'an und seine Frau gingen jeden Morgen in aller Frühe auf die Straße zum Gruppentanz, anschließend kauften sie ein und kamen zurück. Die Schwiegertochter misstraute dem Hausmädchen, sie hatte es immer in Verdacht, beim Einkauf Geld abzuzweigen, daher übernahmen sie und ihr Mann persönlich den gesamten Lebensmitteleinkauf. Nachmittags begab sich die Schwiegertochter in den Schönheitssalon oder spielte mit irgendwelchen Leuten Mahjong, der Sohn dagegen blieb zu Hause, um Vater und Mutter Gesellschaft zu leisten. Diese Gesellschaft bestand darin, dass er in seinem Zimmer saß und Online-Schach spielte. Am Abend sah sich die ganze Familie selbstverständlich gemeinsam Fernsehserien an. Liu Jinyuan schaute am liebsten Kriegsfilme, wobei er beim Zusehen immer wieder auf den Bildschirm deutete und kommentierte: »Das soll Kriegsführung sein? Das sind doch Himmelfahrtskommandos!« Oder: »So hat diese Schlacht doch gar nicht stattgefunden, so sieht es im echten Krieg nicht aus!« Worauf sein Sohn regelmäßig antwortete: »Was regst du dich auf? Als ihr damals Krieg geführt habt, gab es keine Zuschauer, jeder konnte froh sein, wenn er am Ende mit dem Leben davongekommen ist. Bei diesen Kriegen hier gibt es Millionen Zuschauer, da muss es nach etwas aussehen, die Kampfszenen müssen was hermachen, Bomben und Granaten müssen blitzen und krachen. Wie auch immer, sterben muss dabei niemand.« Gegen diese nüchterne Betrachtung seines Sohnes war Liu Jinyuan machtlos, Widerspruch war zwecklos.

So verbrachten die beiden Eltern ihre alten Tage. Liu Jinyuan gab sich damit zufrieden, immerhin war Leben in der Bude, jeder Winkel der Wohnung atmete die Spuren menschlicher Anwesenheit. Anders als bei der benachbarten Familie Zhang, deren Kinder ins Ausland gegangen waren. Nach dem Tod der Ehefrau gab es nur noch eine Haushälterin, die sich um den Alten kümmerte. Geld war genug vorhanden, aber es fehlte der Drang und die Kraft, es auszugeben, damit wurde es in Wirklichkeit nutzlos. Besser arm in einer kleinen Wohnung mit vielen Personen als dieses Leben in einer Eiseskälte wie in einem Tiefkühlspeicher.

Heute ging Liu Jinyuan nicht spazieren, er war nicht in der Lage aufzustehen. Als Sohn und Schwiegertochter vom Gruppentanz zurückkamen, fiel ihnen auf, dass er die Wohnung nicht verlassen hatte, und sie begaben sich eilig in sein Zimmer, um nach ihm zu sehen. Der Anblick des kraftlos auf dem Bett liegenden Liu Jinyuan versetzte sie in Alarmbereitschaft. Sie riefen den Notdienst herbei, der ihn mit heulender Sirene ins Militärhospital beförderte. Gott sei Dank lag es in der Nähe, und nach gründlicher Untersuchung teilte ihnen der Arzt mit, es handele sich um nichts Ernsthaftes, es sei nur eine gewöhnliche Erkältung. Angesichts des Wuhaner Klimas mit seinem ständigen Wechsel von Kälte und Hitze würden sich alte Leute häufig erkälten.

Liu Xiao'an rief seinen Bruder an, um ihm die Situation des Vaters mitzuteilen. Er war zwar der ältere Sohn, aber Liu Xiaochuan war der Chef, Liu Xiao'an gewissermaßen sein Untergebener, daher hatte Liu Xiaochuan in allen Angelegenheiten das letzte Wort. Liu Xiao'an berichtete, dass Vaters Zustand im Großen und Ganzen nicht bedrohlich sei, das Fieber sei gesunken, lediglich der Husten mache ihm zu schaffen. Liu Xiaochuan erklärte kurz entschlossen, sobald das Fieber zurückgegangen sei, solle man Vater nach Shenzhen* schaffen, dort solle er bleiben, bis es in Wuhan wieder wärmer würde.

Liu Jinyuan verfügte über eine robuste Konstitution. Nachdem er drei Tage lang Infusionen bekommen hatte, ließ das Fieber nach, und auch seine mentale Verfassung besserte sich merklich, nur der Husten wollte nicht weichen. Er weigerte sich, länger im Krankenhaus zu bleiben, und bestand darauf, nach Hause zurückzukehren. Er hatte einige dieser alten Leute gekannt, die sich durch lange Klinikaufenthalte an den Medizingeruch gewöhnten, ihn nicht mehr missen wollten, unfähig wurden, nach Hause zurückzukehren, und schließlich im Krankenhaus starben. Sein Leben lang hatte er sich vor nichts so sehr gefürchtet wie vor Krankenhausaufenthalten. Der Geruch nach Formalin verursachte ihm Schwindel. Früher hatte er direkt Doktor Wu Jiaming aus dem Militärkrankenhaus zu sich in die Wohnung gerufen, wenn er sich krank fühlte. Diesen Doktor Wu hatte er aus einem entlegenen Bergwald in die Armee mitgenommen und ihm geholfen, sein Medizinstudium zu beenden und eine Ordination zu erhalten. Wu Jiaming war ein ruhiger und warmherziger Charakter, er erklärte jedes Mal genau, um was für eine Krankheit es sich handelte, und begründete, warum er diese oder jene Medikamente verschrieb. Das Wichtigste dabei war, dass diese Erklärungen Liu Jinyuan befriedigten und beruhigten. Nachdem er befördert und

* Stadt im äußersten Süden Chinas, an Hongkong angrenzend

nach Wuhan versetzt worden war, wurde zu seinem Glück auch Doktor Wu dorthin versetzt. Gleichgültig, ob es sich um eine leichte oder eine ernsthafte Erkrankung handelte, ein Telefonanruf genügte, und Doktor Wu erschien in seiner Wohnung. Das erfüllte ihn von jeher mit Genugtuung. Leider war der Doktor zu früh verstorben, andernfalls, so dachte Liu Jinyuan, wäre ihm bei so einer geringfügigen Angelegenheit der Krankenhausaufenthalt erspart geblieben. Was brachten diese Infusionen überhaupt? Seit drei Tagen hing er am Tropf, und der Husten wurde nicht besser. Doktor Wu hätte ihm ohne viel Aufhebens eine Kräutermedizin verschrieben und das Problem damit gelöst.

Während des Telefongesprächs mit Liu Xiaochuan hustete Liu Jinyuan derart, dass er kaum mehr Luft bekam. Liu Xiaochuan war so erschrocken, dass er ins Telefon brüllte, Liu Jinyuan solle sich am nächsten Tag ins Flugzeug setzen und nach Shenzhen fliegen. Ein Manager der Firma sei dabei, aus Wuhan in die Firmenzentrale zurückzukehren, Liu Xiao'an brauche den Vater nur zum Flughafen zu bringen, um den Rest würde sich der Mitarbeiter kümmern.

Liu Xiao'an kam das nur allzu gelegen. Er hatte seit langem geplant, mit seiner Frau eine Vergnügungsreise nach Taiwan zu unternehmen, aber seines Vaters wegen konnte er Wuhan nicht verlassen. Der Vater würde wenigstens einen Monat im Süden bleiben, mehr als genug Zeit, um sich auf Reisen zu amüsieren. Daher stimmte er eilig allem zu.

Am selben Abend wurde gepackt, das war kein großer Aufwand, da Liu Xiaochuan vor Ort fast alles bereitstellen würde, was Liu Jinyuan brauchte. Liu Jinyuan selbst packte lediglich sein kleines Transistorradio ein. So etwas würde es im Haus seines Sohnes mit Sicherheit nicht geben. Fernsehen sei doch viel besser, hörte er Liu Xiaochuan häufig sagen. Er antwortete, er habe sich ans Zuhören gewöhnt. Bei sich dachte er, was versteht ihr denn schon? Fernzusehen bedeutete nichts anderes, als untätig dazusitzen und dumm zu glotzen. Beim Radiohören konnte man dagegen seine Morgentoilette erledigen, sich rasieren, sich einen Tee aufbrühen und Zeitung lesen, man versäumte nichts. Er wusste, dass ihre unterschiedlichen Ansichten dem Generationenunterschied geschuldet waren. Seine Enkel interessierten sich kein bisschen fürs Fernsehen, sie hingen, kaum betraten sie die Wohnung, den ganzen Tag im Netz.

Liu Jinyuan hatte keine Lust, sich mit den jungen Leuten zu unterhalten. Sie kamen ihm komplett ahnungslos vor. Ärgerlich machte ihn, dass sie umgekehrt ebenso der Meinung waren, er hätte von nichts eine Ahnung. Bei einem Neujahrsessen hatte er seinem Enkel von der Kampagne zur Ausrottung des Banditentums in Ost-Sichuan erzählt. Einer seiner Kameraden sei, als er eine Nachricht zu überbringen hatte, gefangen genommen und von den Banditen auf bestialische Weise umgebracht worden. Er wollte damit demonstrieren, mit welchen Opfern das gute Leben heutzutage erkauft worden war, und fiel aus allen Wolken, als sein Enkel ihm antwortete: »Großvater, ich weiß wirklich nicht, was mit euch Leuten von damals los war. So was von altmodisch und stupide. Wenn wir euch beibringen wollen, wie ihr euch im Internet zurechtfindet, wehrt ihr euch mit Händen und Füßen. Mit ein bisschen Ahnung davon hätte der Mann tausend andere Möglichkeiten gehabt. Ein Tippen auf die Tastatur, und er hätte seine Nachricht abgeschickt. Selbst schuld, dass er so unnötig gestorben ist.« Außer sich vor Zorn schleuderte Liu Jinyuan seine Stäbchen auf den Tisch, dass sie tanzten und klapperten. »Du verstehst einen Dreck!«, brüllte er wutentbrannt. Und was kam dabei heraus? Tief gekränkt gab der Enkel zurück: »Warum sagst du, dass ich nichts verstehe, wo doch völlig klar ist, dass ihr keine Ahnung habt.« Sohn und Schwiegertochter konnten ihr Lachen nicht unterdrücken. Liu Xiaochuan lachte, dass er beinahe vom Stuhl fiel. Ihm verschlug es die Sprache, er hatte das Gefühl, dass er dem Feind völlig alleingelassen gegenüberstand.

Dieses Neujahrsfest war für ihn vollkommen danebengegangen, obwohl die ganze Familie gekommen war. Er spürte, dass es außer Trivialitäten wie Essen, Trinken und Schlafen keinen Gesprächsstoff zwischen ihnen gab und keiner den anderen wirklich verstand.

Tags darauf brachte Liu Xiao'an seinen Vater in aller Frühe zum Tianhe-Flughafen*. Offensichtlich kannte er den Manager, der sie ihn Empfang nahm, denn er begrüßte ihn lautstark und klopfte ihm auf die Schulter: »Qinglin, mit dir geht es anscheinend rasant aufwärts. Jetzt, wo du ins Management aufgestiegen bist, dürfte dein Gehalt auch um einiges angewachsen sein!«

Irgendetwas in den Zügen des Managers kam Liu Jinyuan bekannt vor, so als sei er ihm schon einmal begegnet. Das war nicht auszuschließen, da Mitarbeiter Liu Xiaochuans häufig bei ihm vorbeikamen, um irgendetwas abzugeben. Der Manager spürte, wie Liu Jinyuans Blick auf ihm ruhte, und beeilte sich, ihn zu begrüßen: »Onkel Liu, guten Tag.«

Immerhin ist er Manager, dachte Liu Jinyuan bei sich und antwortete hastig: »Guten Tag, Manager.«

Liu Xiao'an und der Manager lachten. »Was soll das höfliche Getue, Papa?«, sagte Liu Xiao'an. »Er heißt Qinglin und gehört zur Familie, ist unter der Fuchtel von Xiaochuan aufgestiegen. Als ich Büroleiter war, war er mein Untergebener.«

Auch Qinglin lachte: »Das stimmt. Nennen Sie mich einfach Qinglin, Onkel Liu. Ich garantiere Ihnen, dass ich Sie sicher an den Zielort bringe.«

Mit diesem Nachsatz erwarb er sich auf der Stelle Liu Jinyuans Sympathie. Eine solche Sprache verstand und schätzte er.

Auf seinem Gesicht machte sich ein Lächeln breit. Der Name Qinglin kam ihm irgendwie bekannt vor, auch wenn er nicht

* Flughafen von Wuhan

wusste, wo er ihn einordnen sollte. Vermutlich hatten Liu Xiaochuan und Liu Xiao'an ihn häufiger erwähnt, da ja beide offenbar mit ihm gut bekannt waren.

Liu Xiao'an übergab seinen Vater Qinglin und machte sich rasch aus dem Staub. Bis zum Abflug war noch etwas Zeit, aber Qinglin besaß die Gabe, sich um andere Menschen zu kümmern und auf ihre Bedürfnisse einzugehen. Er begleitete Liu Jinyuan auf der gesamten Reise, unterhielt sich mit ihm und versorgte ihn mit Tee und Gebäck. Seit langem hatte sich Liu Jinyuan in Gegenwart eines jungen Menschen nicht so wohlgefühlt.

Er fragte ihn, wie er in Liu Xiaochuans Firma gekommen sei.

Er habe zuvor mehrfach das Unternehmen gewechselt. Beim Vorstellungsgespräch habe Direktor Liu bei ihm die Herkunft aus Wuhan herausgehört und daraufhin sofort das Gespräch im Wuhan-Dialekt weitergeführt. Er habe ihm das Kompliment gemacht, dass sein Name klangvoll, geradezu poetisch sei. Das sei bei ihm zu Hause anders gewesen, seine Eltern hätten sich mit der Namensgebung wenig Mühe gegeben und einfach aus dem jeweiligen Aufenthaltsort einen Namen fabriziert.* Sein älterer Bruder sei in Xi'an geboren, daher heiße er Liu Xiao'an, er selbst sei in Sichuan auf die Welt gekommen, daher trage er den Namen Liu Xiaochuan. Und seine jüngere Schwester heiße nach ihrem Geburtsort Wuhan Liu Xiaowu, auch wenn das für ein Mädchen nicht sonderlich passend sei.** Sie habe daher, als sie älter und verständiger wurde, bei der Meldebehörde ihren Namen von Wu wie Wuhan auf Wu wie Tanz ändern lassen. Zum Glück tanze sie gern, sodass der Name gut zu ihr passte.

Liu Jinyuan lachte. Er musste seinem Sohn recht geben. Damals hatten sie die Namensgebung tatsächlich lästig gefunden

* Während es im Chinesischen nur eine begrenzte Zahl von Familiennamen gibt, werden Vornamen von den Eltern nach Gutdünken erfunden.

** Das »wu« (武) in Wuhan bedeutet »Waffe«.

und sie deshalb den jeweiligen Ortsbezeichnungen entnommen. Qinglin erzählte ihm, dass er seinerzeit Direktor Liu widersprochen habe, seine Eltern seien durchaus nicht zu faul gewesen, sich Namen auszudenken. Sie hätten sich vielmehr Meilensteine ihres Lebens geschaffen, die sie, jedes Mal wenn ihre Namen genannt wurden, an die damit verbundene Episode ihres gemeinsamen Lebens erinnerten. »Ich denke, dass sie etwas sehr Sinnvolles getan haben, um die Vergangenheit nicht zu vergessen«, habe er Direktor Liu geantwortet. »Wissen Sie was, Onkel Liu, ich bin aufgrund dieser Bemerkung angestellt worden. Direktor Liu hat erklärt, die Firma benötige Leute, die in der Lage seien, sich in andere Menschen einzufühlen und sich um sie zu kümmern. Sie sind deshalb zu meinem Wohltäter geworden.«

Liu Jinyuan musste lachen. Diese Worte versetzten ihn in gute Stimmung und nahmen ihn sehr für Qinglin ein.

Bei der Ankunft auf dem Flughafen von Shenzhen wurden sie von Liu Xiaochuan persönlich in Empfang genommen. Vereinzelte Mitreisende grüßten ihn: »Guten Tag, Direktor Liu«, oder »Ah, Sie haben sich persönlich herbemüht, Direktor.«

Liu Jinyuan fragte verständnislos: »Woher kennst du all diese Leute?«

Liu Xiaochuans Antwort bestand aus einem wiehernden Lachen. Qinglin ergänzte: »Jedermann kennt Direktor Liu, und Direktor Liu kennt jeden.«

Liu Jinyuan nahm in Liu Xiaochuans Limousine Platz und lud Qinglin ein mitzukommen. Qinglin winkte ab: »Onkel Liu, ich verabschiede mich hier. Wir haben unterschiedliche Richtungen.« Er blieb stehen, sah Liu Xiaochuans Wagen nach und winkte, bis sie in der Ferne verschwanden.

Im Wagen sagte Liu Jinyuan zu seinem Sohn: »Hör mal, du hättest ihn mitnehmen sollen.«

Liu Xiaochuan lachte: »An mir hat es nicht gelegen, er hat sich nicht getraut.«

»Was ist denn dabei, sich eben mal mitnehmen zu lassen?«

»Hätte damals ein Zugführer aus eurem Militärbezirk gewagt, sich zu dir ins Auto zu setzen?«

Liu Jinyuan blieb stumm. Hätte er nicht, dachte er bei sich.

»Bei uns in der Geschäftswelt geht es ähnlich zu wie damals bei euch«, sagte Liu Xiaochuan.

»Mir gefällt dieser Manager, den du mir geschickt hast.«

»Kinder aus armen Verhältnissen, die es zu etwas bringen wollen, arbeiten hart und verstehen es, mit Menschen umzugehen. Anders als dein Ältester, der keinen Finger krummmacht.«

»Sprich nicht so über deinen Bruder. Er hat es auch nicht leicht. Aber wenn er aus armen Verhältnissen kommt, musst du ihn gut behandeln.«

»Versteht sich. Wo wäre er denn heute ohne mich? Hundert Kuai* hatte er damals in der Tasche, jetzt hat er genug, um sich eine Villa leisten zu können.«

»Du nimmst den Mund ziemlich voll!«

Liu Xiaochuan lachte erneut: »Mit anderen Dingen will ich mich nicht aufplustern, aber in dieser Sache habe ich ein Recht dazu.«

Liu Jinyuan schwieg, er mochte es nicht, wenn sein Sohn in diesem Ton redete. Im Beisein seines Sohnes fühlte er sich immer leicht unbehaglich. Ganz anders als mit diesem Qinglin, den er erst vor ein paar Stunden kennengelernt hatte. In dessen Anwesenheit hatte er sich von der ersten bis zur letzten Sekunde wohlgefühlt. Dieses Behagen entsprang der Empfindung von menschlicher Nähe und Wärme, ein Wohlgefühl, das er seit langem vermisst hatte. Er konnte sich nicht darauf besinnen, wann, wo und mit wem er vor langer Zeit ein ähnliches Gefühl erlebt hatte.

* Umgangssprachliche Bezeichnung für Yuan

Alles Vergangene existierte in Liu Jinyuans Hirn nur in Form vager Eindrücke, wie Bruchstücke von etwas. Sein Gedächtnis befand sich wahrhaftig im Zustand einer zerschlagenen, in alle Winde zerstreuten Armee, dachte er. Vermutlich lag es am Alter.

IV. Abschnitt

17. Kapitel

Am gleichen Tag erhielt Qinglin bei seiner Rückkehr in die Zentrale der Firma einen Anruf von der Haushälterin Dong Hong, der ihn derart erschreckte, dass ihm beinahe das Telefon aus der Hand fiel.

Dong Hong erzählte ihm, die gnädige Frau sei sehr spät am Morgen aufgewacht. Zunächst habe sie angenommen, sie sei übermüdet gewesen, bis sie den wahren Grund entdeckte. Sie befände sich in einem Zustand völliger Erstarrung, nehme niemanden wahr, als höre sie nichts von dem, was sie zu ihr sage. Ihr Zustand sei gegenüber dem Vortag völlig verändert. Ihr Blick ginge ins Leere, man könne nicht feststellen, wohin er gerichtet sei. Von Zeit zu Zeit bewege sie unaufhörlich die Lippen, so als spreche sie, aber sie brächte keinen Laut hervor. Füttere man sie, schlucke sie das Essen herunter, füttere man sie nicht, zeige sie kein Bedürfnis zu essen. Zu Beginn sei sie außerstande gewesen, selbst ihren Stuhlgang zu kontrollieren, und habe sich von oben bis unten benässt und beschmutzt. Nach mehrfachen Versuchen habe sie sich an Regeln gewöhnt, führe man sie auf die Toilette, helfe ihr auf die Schüssel und frage sie lauthals, ob sie kacken müsse, sei sie zwar in der Lage, ihr Geschäft zu erledigen, aber sie verhalte sich wie ein Roboter. Sie habe sie gemeinsam mit Zhang, dem Fahrer, ins Krankenhaus gebracht, weder habe sie Fieber gehabt, noch habe sie gehustet, keinerlei Krankheitssymptome, auch die Untersuchung sei ohne Ergebnis geblieben. Die Ärzte hätten ihr gesagt, sie solle sie nach Hause zurückbringen und weiter beobachten.

Qinglin war eine Weile wie vor den Kopf gestoßen, er konnte sich nicht vorstellen, was seiner Mutter passiert sein mochte. Dann bat er Dong Hong, das Telefon an Ding Zitaos Ohr zu halten, in der Hoffnung, seine Mutter würde wenigstens auf seine Stimme reagieren. Er schrie ins Telefon, vom anderen Ende kam kein Laut. »So als habe die gnädige Frau nichts gehört«, sagte Dong Hong.

Qinglin erwischte das letzte Flugzeug, das ihn nach Wuhan zurückbrachte; als er das Haus betrat, war es fast Mitternacht.

Im Haus war es so still, als sei es menschenleer. Dong Hong hatte sich in ihrem Zimmer eingeschlossen. Er begab sich direkt ins Zimmer seiner Mutter und sah sie dort reglos auf dem Rattansessel sitzen. »Mama, ich bin wieder da«, sagte er laut.

Kein Ton. Am Tag zuvor wäre sie aufgesprungen und ihm mit strahlendem Lächeln entgegengelaufen oder vor Freude oder Aufregung um ihn herumgekreist. Qinglins Herz krampfte sich zusammen, er stürzte auf sie zu, kniete halb nieder und sagte: »Mama, was ist los mit dir? Ich bin es, Qinglin. Du darfst mich nicht so erschrecken. Unsere schöne Zeit hat doch gerade erst begonnen.«

Ding Zitao bewegte sich nicht, ihr Blick war auch nicht auf ihn gerichtet. Dong Hong hatte seine Stimme gehört und kam herbeigelaufen. »Den ganzen Tag war es so. Nachmittags hat sie bis fünf Uhr geschlafen und wäre nicht aufgestanden, wenn ich sie nicht geweckt hätte. Am Abend habe ich sie gefüttert, sie hat den Mund aufgemacht und das Essen runtergeschluckt, wenn ich ihr es befohlen habe, wenn nicht, hat sie nicht gegessen. Ich habe sie nicht zu Bett gebracht, weil ich dachte, dass nur Ihre Rückkehr sie wieder aufwecken kann.«

Erneut schrie ihr Qinglin ins Ohr: »Ma, Mama, ich bin's! Ich bin zurück. Ich bin Qinglin!«

Ding Zitao bewegte sich nicht, als existierten die beiden Personen nicht, die auf sie einsprachen. Sie blickte auf die Wand, als befände sich niemand im Raum, so, als sei sie vollständig in eine eigene Welt versunken und unfähig, sich daraus zu lösen.

Erregt fragte Qinglin: »Wann haben Sie meine Mutter in diesem Zustand vorgefunden?«

»Es war am Morgen bereits nach zehn Uhr, ich habe bemerkt, dass sich in ihrem Zimmer nichts rührt. Ich bin zu ihr gegangen und habe ihr gesagt, es sei Zeit aufzustehen. Dann habe ich entdeckt, dass etwas nicht stimmte, das Bett und sie selbst waren völlig durchnässt. Wenn ich sie angesprochen habe, war es, als sei sie gar nicht da. Ich habe Sie angerufen, bin aber nicht durchgekommen, wahrscheinlich saßen Sie bereits im Flugzeug. Da hat mich die Angst gepackt, ich habe so schnell wie möglich ihre Kleidung gewechselt und Meister Zhang gebeten, uns ins Krankenhaus zu fahren. Blutdruck, Herzschlag, alles normal, sie konnten nichts feststellen. Der Arzt meinte, sie habe womöglich einen Schock erlitten. Ein stationärer Aufenthalt sei nicht erforderlich, wahrscheinlich würde sie sich innerhalb von ein paar Tagen erholen.«

Qinglin legte seiner Mutter die Hand auf die Stirn. Ihre Temperatur kam ihm normal vor. Er lauschte auf ihren Atem, er schien ihm regelmäßig und rhythmisch zu sein. Ein wenig erleichtert sagte er: »Es ist doch nichts passiert, was einen Schock auslösen konnte! Kann es am ungewohnten Zimmer liegen?«

»Das könnte sein«, sagte Dong Hong. »Meister Zhang und ich haben auch gesagt, dass überhaupt nichts passiert sei, sie sei lediglich in eine neue Wohnung umgezogen. Der Arzt hat gesagt, dass sie vielleicht von ihrer neuen Umgebung überfordert sei.«

Seine Mutter hatte seit Jahrzehnten kein eigenes Zuhause gehabt, überlegte Qinglin. Und nun plötzlich ein so großes Haus zu haben, das war keine Kleinigkeit, so eine Aufregung konnte einen Schock verursachen. »Ich hoffe, es wird sich innerhalb von ein paar Tagen wieder legen.«

»Den ganzen Tag über war sonst nichts Auffälliges an ihr. Ich musste die gnädige Frau bloß zu festgelegten Zeiten zur Toilette bringen und sie füttern, davon abgesehen hat sie nur immer still dagesessen.«

»Was kann das für eine Krankheit sein?«, fragte Qinglin ratlos. »Altersdemenz? Aber so etwas passiert doch nicht auf einen Schlag, es entwickelt sich allmählich, oder?«

»Keine Frage. Als meine Oma Alzheimer bekommen hat, hat es lange gedauert, bis sie niemanden mehr erkannt hat, nicht wie die gnädige Frau, plötzlich, an einem einzigen Abend.«

»Wirklich unbegreiflich«, sagte Qinglin.

»Da war noch etwas«, sagte Dong Hong. »Gestern Abend vor dem Einschlafen war die gnädige Frau etwas komisch. Mir kam es vor, als hätte sie mich Xiao Cha genannt und gesagt, sie hätte mich aus ihrem Elternhaus mitgebracht, ich wäre dort aufgewachsen.«

Qinglin war perplex: »Was soll denn das bedeuten?«

»Ja, ich habe gedacht, die gnädige Frau hat ein bisschen über den Durst getrunken und redet wirres Zeug.«

Während sie miteinander sprachen, führte Dong Hong Ding Zitao auf die Toilette, zog ihr ein Nachthemd an und half ihr, sich aufs Bett zu legen. Dann sagte sie: »Gut möglich, dass sich die gnädige Frau morgen früh beim Aufwachen wieder erholt hat. Meine Oma hat früher immer gesagt, was der Tag nicht schafft, erledigt die Nacht.«

»Hm, meine Mutter hat früher auch gesagt, dass ein guter Schlaf den Menschen verwandelt. Hoffen wir, dass sie recht haben.«

Dong Hong deutete auf einen Haufen Kartons in einer Ecke: »Direktor, Meister Zhang hat die ganzen Sachen der gnädigen Frau hierhertransportiert und dort abgelegt.«

Qinglin ging hin und stieß mit dem Fuß dagegen: »Morgen sortieren wir es, hängen Sie ihre Kleider in den Schrank, das übrige Zeug schmeißen Sie weg. Ach ja, die Schuheinlagen heben Sie auf. Gehen Sie jetzt schlafen.«

Dong Hong verabschiedete sich und verließ das Zimmer. Qinglin zog einen Stuhl heran und setzte sich an Ding Zitaos Bettrand. Er betrachtete sie lange und sagte dann leise: »Mama, du hast in deinem Leben so viele Schwierigkeiten durchgestanden. Du wirst auch diesmal durchhalten, versprochen? Ich möchte morgen früh in dein lachendes Gesicht sehen, Mama.«

18. Kapitel

In dieser Nacht fand Qinglin keinen Schlaf. Vor seinen Augen erschien unablässig das Gesicht seiner Mutter, angefangen von der jungen bis zur alten Frau. In seiner Erinnerung ließ sich die Vergangenheit durchblättern wie ein Buch.

Seinem Eindruck nach hatte die Mutter seit seiner Kindheit nur für die Familie gelebt. Zunächst hatte sie sich um Vater und ihn gekümmert. Nach Vaters Tod hatte sie sich für den Lebensunterhalt für sie beide abgerackert. Als Hausmädchen, das in der Familie ihrer Herrschaft lebte, hatte sie praktisch keine Freunde. Als Vater starb, war er gerade eingeschult worden. Er hatte kaum Erinnerungen an seinen Vater, nur seine Stimme blieb ihm unauslöschlich im Gedächtnis. Sätze, die ihm sein Vater zu Lebzeiten wieder und wieder eingetrichtert hatte: »Wenn du einmal groß bist, musst du dich gut um Mama kümmern, egal worum es geht, egal ob du arm oder reich sein wirst, welche Stellung du im Leben haben wirst. Sie hat schwer gelitten, und sie ist anders als andere Menschen.«

Damals hatten Vaters Ermahnungen keinen sonderlichen Eindruck auf ihn gemacht, er verstand lediglich, dass sein Vater von ihm Respekt und Fürsorge gegenüber der Mutter erwartete. Wenn er nun zurückdachte, bekamen die Worte seines Vaters plötzlich eine andere Bedeutung. Was hatte er gemeint, als er sagte, Mutter sei anders?

Es gab da etwas, das ihm von jeher merkwürdig erschienen war. Seine Eltern hatten keinerlei Verwandte. Weder väterlicher- noch mütterlicherseits gab es jemanden, weder nahe noch entfernte Verwandte. Als Herkunftsort* hatte er auf Formularen immer Wuhan, Provinz Hubei, eingetragen. Aber sowohl Vaters wie Mutters Sprechweise verrieten deutlich, dass sie nicht aus Wuhan stammten. Vater hatte einen unverkennbar nordchinesischen Akzent, und Mutter betonte die Endsilben wie Leute aus dem Südwesten. Er hatte das während des Studiums einmal den Kommilitonen gegenüber erwähnt, sie hatten gelacht und gesagt: »Keine Verwandten? Na, dann sind deine Eltern wohl aus einem Felsbrocken herausgesprungen.**«

Er hatte Mutter gefragt, woher sie stamme. »Na, aus Wuhan!«, hatte sie geantwortet. Warum sie keinen richtigen Wuhan-Dialekt sprechen könne, hatte er nachgefragt. Sie sei während ihrer jungen Jahre immer auswärts gewesen, und dann sei sie Hausmädchen geworden, ihre Arbeitgeber seien immer Leute aus dem Norden gewesen. Und warum sie in Wuhan keine Verwandten hätten, hatte er weitergebohrt. »Ich habe doch dich, das reicht.« Er sei kein Verwandter, er sei ihr eigenes Fleisch und Blut, hatte er gesagt. Einer von eigenem Fleisch und Blut wiege hundert Verwandte auf, hatte sie geantwortet.

* Auf amtlichen Formularen wird neben dem Geburtsort auch der Herkunftsort der Familie angegeben.

** Anspielung auf die Herkunft des Affenkönigs Su Wukong, Held des populären klassischen Romans *Die Reise nach dem Westen*

Damit war ihre Unterhaltung an einen toten Punkt geraten. Später steckte er bis zum Hals in der Arbeit und fand keine Zeit mehr, weitere Nachforschungen anzustellen.

Aber jetzt, genauer gesagt gestern, hatte Mutter plötzlich ihren Vater erwähnt. Dass er gerne »Guiguzi steigt vom Berg herab« gemalt habe. Wie hat sie ihre Kindheit und Jugend verbracht? Wenn sie nicht aus armen Verhältnissen stammte, warum hatte sie dann keine Schule besucht? Ihm wurde plötzlich bewusst, dass seine Mutter nie über sich selbst gesprochen hatte, so als habe sie nie eine Kindheit und Jugend gehabt.

Etwas lesen konnte sie, das wusste er, mehr nicht. Soweit ihm bekannt war, hatte sie es während der Alphabetisierungsbewegung der fünfziger Jahre gelernt. Daher war ihm nachvollziehbar, dass sie nie Bücher oder Zeitungen las. Aber wie konnte sie sich an ein derart gehobenes Gedicht erinnern? »Der Bambus vor dem Fenster«, der Vers fiel ihm ein. Das Gedicht war beim Anblick des Bambus neben der Tür aus ihr herausgesprudelt.

Plötzlich fiel ihm etwas ein. Er klappte seinen Computer auf und tippte die fünf Zeichen »Der Bambus vor dem Fenster« in die Suchmaschine. Der Satz erschien, sofort gefolgt von »sein Jadegrün lässt sich in Worte nicht fassen«. Er erinnerte sich, dass Mutter auch diesen Vers rezitiert hatte. Was ihn allerdings restlos aus der Fassung brachte, war die Namensangabe des Dichters: »Xie Tiao«. Die Stimme der Mutter, die genau diese zwei Silben genannt hatte, hallte in seinen Ohren wider. Er war starr vor Erstaunen.

Seine Mutter kannte tatsächlich Xie Tiao. Dieser Dichter aus der Zeit der Nördlichen und Südlichen Dynastien* gehörte, um es platt zu sagen, nicht zu den Dichtern, die man heutzutage noch kennen musste. Selbst er, Qinglin, ein Universitätsabsolvent, hatte nie von ihm gehört. Aber seine Mutter, eine Halbanalpha-

* 420–589 年 n. Chr., Xie Tiao (谢朓, 464–499 n. Chr.)

betin, kannte ihn – kannte ihn nicht nur, sondern konnte passend zur Situation spontan seine Verse rezitieren.

Weitere Merkwürdigkeiten kamen ihm in den Sinn. Beim Anblick ihres neuen Zimmers hatte sie irgendetwas von einer strohgedeckten Hütte geredet. »Die Strohhütte des Ertragens«? Und von irgendeiner Halle. Als sie das Dekor auf der Vase sah, hatte Sie das Motiv sofort als »Guiguzi steigt vom Berg herab« identifiziert. Und die violette Bettdecke hätte ihrer Meinung nach eine rote sein sollen. Und dann, dass man ihr mit einem Gewehrkolben einen sehr schmerzhaften Stoß in den Rücken versetzt habe. Und schließlich, was Dong Hong von einer Xiao Cha erzählt hatte, die sie aus dem Elternhaus mitgebracht habe. All das ließ ihm seine Mutter in einem anderen Licht erscheinen. Gestern noch hatte er gemeint, ihm mangele es an Verständnis für seine Mutter. Aber jetzt hatte er plötzlich das Gefühl, seine Mutter, seine in allen gesellschaftlichen Belangen hilflose und ahnungslose Mutter, habe sich auf einmal aufgrund von irgendetwas auf eine furchterregende Weise verändert. Sie war nicht mehr die Mutter, die ihm bisher so nahe und vertraut gewesen war. Sie war ein Mensch, der ein Geheimnis in sich verbarg. Ein Geheimnis wie ein Buch, von dem er bisher nur den Umschlag gesehen hatte, ohne jemals in seinen Inhalt eingedrungen zu sein.

19. Kapitel

In der folgenden Zeit konzentrierte sich Qinglin einzig auf den Wunsch, seine Mutter möge aus ihrer Trance erwachen. Doch jedes Mal wenn er morgens ihr Zimmer betrat, blickte er in dieses stumpfe Gesicht. Kein Weinen, kein Lachen, keinerlei Ausdruck. Der einzige Unterschied zwischen ihrem Schlaf- und dem Wachzustand bestand in geschlossenen oder geöffneten Augen.

Qinglins Leben geriet in turbulente Fahrwasser. Er schleppte seine Mutter von Krankenhaus zu Krankenhaus, von Untersuchung zu Untersuchung. Er betete zu Buddha und bat die daoistischen Gottheiten um Hilfe, ein buddhistischer Mönch las die Sutren, ein Daoist zelebrierte ein Beschwörungsritual, er ließ nichts unversucht, er bat sogar einen Fengshui-Meister ins Haus, um die bösen Geister zu vertreiben. Er verausgabte Hunderttausende von Renminbi*, doch die Mutter blieb, wie sie war.

Eines Tages meldete sich sein Kommilitone Long Zhongyong, der seinen Vater von Shanghai auf dem Rückweg in seine Heimatprovinz Guizhou begleitete und dabei einen Umweg über Huangbei bei Wuhan eingeplant hatte, um seine Tante zu besuchen, die dorthin geheiratet hatte. Bei dieser Gelegenheit wollte er ein bis zwei Tage in Wuhan einlegen. Qinglin nötigte ihn, bei ihm zu wohnen: »Mach keine Umstände. Wir haben schließlich damals ein paar Jahre die Bude im Studentenwohnheim geteilt. Mein Haus ist bequem mit dem Wagen zu erreichen, und wir können ungestört miteinander reden.« Long Zhongyong hatte das Gefühl, dass Qinglin die Einladung ernst meinte, und bezog tatsächlich mit seinem Vater bei ihm Quartier. Seit drei bis vier Jahren litt der Vater zunehmend an Altersdemenz, Long Zhongyong hatte mit eigenen Augen seine allmähliche Veränderung verfolgt und hilflos zusehen müssen. »Dabei zuzuschauen, wie sich ein so kluger Mensch derart verändert, es ist nicht in Worte zu fassen, wie mich das mitnimmt.«

Während sie zusammen im Wohnzimmer saßen, informierte Qinglin seinen Kommilitonen über den Zustand seiner Mutter. Er habe alles darangesetzt, seiner Mutter ein glückliches Alter zu ermöglichen. Und nun habe sich seine Mutter während der ersten Nacht im neuen Heim in einen anderen Menschen verwandelt, unfähig, mit irgendjemandem in der Außenwelt Kon-

* RMB, offizielle Bezeichnung der chinesischen Währung

takt aufzunehmen. Als er endete, hielt er mit Mühe die Tränen zurück und sagte schließlich: »Es wäre leichter zu ertragen, wenn sie mir, wie dein Vater, in einem allmählichen Prozess die Chance geben würde, mich nach und nach auf die traurige Wahrheit einzustellen.«

Long Zhongyongs Vater saß teilnahmslos neben ihnen und starrte die ganze Zeit über regungslos mit gesenktem Kopf vor sich hin. In diesem Moment hob er den Kopf und sagte: »Ihre Seele ist nicht mehr in dieser Welt.«

Seine Augen blieben weiter auf den Boden gerichtet, er warf Qinglin keinen Blick zu, aber seine Stimme hallte wie ein Glockenschlag nach, der Klang der acht Worte schien vom Boden hochzusteigen, an die Zimmerdecke zu stoßen und summend im ganzen Raum widerzuhallen.

Qinglin und Long Zhongyong erblassten erschrocken. Seit Ewigkeiten habe sein Vater nicht mehr als drei Worte am Stück von sich gegeben, sagte Long Zhongyong. Zu Beginn seiner Krankheit habe er häufig geäußert, er sei dabei, diese Welt zu verlassen und sich in eine andere zu begeben. Er sei jetzt unterwegs, Schritt für Schritt. Long Zhongyong fügte hinzu: »Ihre Art, die Dinge zu sehen, unterscheidet sich womöglich von der unseren. Vielleicht wünscht sie sich diesen Zustand, und es handelt sich gar nicht um eine Krankheit.«

Seine Worte und die seines Vaters erschreckten Qinglin und wirbelten seine Gedanken durcheinander. Das könnte stimmen, dachte er, wahrscheinlich stimmt es, ganz gewiss stimmt es. Sie ist nicht krank, sie hat ihre Seele in eine andere Welt geschickt, um zu erkunden, wie es dort aussieht. Vielleicht kehrt sie danach hierher zurück. Sonst wäre es unerklärlich, wieso Mutter keinerlei Krankheitssymptome zeigt, außer dass sie niemanden um sich herum zur Kenntnis nimmt und sich vollständig in sich zurückgezogen hat. Alle lebensnotwendigen Funktionen, Essen Trinken, Kacken, Pissen und Schlafen, sind völlig intakt.

Qinglin überkam ein Gefühl unendlicher Erleichterung. Ich sollte die Dinge ihren natürlichen Lauf nehmen lassen, dachte er. Er würde sich wie zuvor auf seine Arbeit konzentrieren und weiterleben wie bisher. Das entsprach sicherlich am ehesten den Wünschen seiner Mutter.

Daher kehrte er tatsächlich in sein früheres Leben zurück, in sein früheres Dasein eines sich unermüdlich drehenden Kreisels.

Die Betreuung seiner Mutter überließ er vollständig Dong Hong. Deren Tätigkeitsbereich vereinfachte sich sehr, neben der Aufgabe, Wohnung und Garten in Ordnung zu halten, erschöpfte sich ihre Arbeit darin, Ding Zitao regelmäßig zu füttern, sie zu gegebener Zeit auf die Toilette zu setzen und alle paar Tage die Kleidung zu wechseln.

20. Kapitel

Als Qinglin eines Tages nach Hause zurückkam, entdeckte er ein achtlos neben die Tür geworfenes altes Lederköfferchen. Es war dunkelbraun, und die metallenen Schutzkappen an den Ecken waren bereits verrostet. Irgendwie kam es ihm bekannt vor, ein Gegenstand aus längst vergangenen Zeiten, er konnte sich nicht daran erinnern, wo und wann er ihn schon einmal gesehen hatte. Daher befragte er Dong Hong.

»Ich habe heute die Sachen der gnädigen Frau ausgemistet. Dieses Köfferchen lag in einem Karton und war in eine Baumwolldecke eingewickelt. Ich wollte sie mit dem übrigen Gerümpel dem Lumpensammler geben, aber der Alte hat darauf bestanden, alles auszupacken und daraus einzelne Bündel zu machen. Dabei haben wir den Lederkoffer entdeckt. Der Alte hat gesagt, ein so vergammelter Koffer sei für mich nutzlos, ich solle ihn ihm überlassen. Aber ich habe es abgelehnt. Der ist doch noch verschlossen.«

Plötzlich fiel es Qinglin ein: Den Koffer hatte seine Mutter nach dem Tod des Vaters ehrfurchtsvoll auf ihren Kleiderschrank gelegt und dabei zu ihm gesagt: »Das gehörte deinem Vater, er hielt den Koffer immer verschlossen, ich weiß nicht, was drin ist. Er hat mir vor langer Zeit einmal gesagt, ich solle ihn nach seinem Tod dem Sohn weitergeben. Am besten schaust du erst hinein, wenn auch ich gestorben bin.«

Das war viele Jahre her, sie hatten seit langer Zeit getrennt gelebt und keine eigene Wohnung mehr gehabt, er hatte die Sache komplett vergessen. Das Bild, wie sie damals auf dem Schemel gestanden, das Ding hochgehoben und beim Verstauen auf dem Schrank mit rückwärtsgewandten Gesicht zu ihm gesprochen hatte, trat ihm in diesem Augenblick lebhaft und deutlich vor Augen. Er fühlte eine Nähe, dennoch kam es ihm rätselhaft vor. »Das hat mein Vater hinterlassen, legen Sie es in mein Zimmer«, sagte er.

Am Abend ging Qinglin zuerst online, schrieb einige E-Mails mit Arbeitsanweisungen und telefonierte ein Weilchen mit seinem Sohn. Anschließend ging er ins Zimmer seiner Mutter, setzte sich an ihren Bettrand und erstattete ihr Bericht über seinen heutigen Arbeitstag. Von einem Kollegen hatte er gehört, dass ein Wachkomapatient durch den täglichen Klang der Stimme einer nahestehenden Person eines Tages plötzlich aus dem Koma erwacht sei. Qinglin stellte sich vor, dass, wenn er jeden Tag mit ihr spräche, auch seine Mutter eines Tages aufwachen und bei seinem Anblick freudig ausrufen würde: »Hallo, Qinglin, wie schön, dich beim Aufwachen zu sehen.«

Während er auf sie einredete, fiel ihm plötzlich der Koffer ein. Er lief in sein Zimmer und brachte das Köfferchen zu ihr ans Bett. Er hatte tatsächlich einiges Gewicht. Er hob ihn hoch und sagte: »Mama, siehst du das? Papas Koffer. Habe ihn gerade erst entdeckt. Weißt du, was da drin ist? Existiert der Schlüssel noch?«

Er hörte nach wie vor ein gleichmäßiges Atmen. Es schien, als habe nichts auf dieser Welt noch mit ihr zu tun, auch die beiden Menschen nicht, die sie am meisten geliebt hatte: ihr Mann und ihr Sohn.

Qinglin entschloss sich, den Koffer zu öffnen. Er suchte sich einen Schraubenzieher und stemmte das Schloss auf. Obenauf im Koffer lagen einige alte medizinische Fachbücher, die sein Vater wohl damals studiert hatte. Darunter war der Koffer gefüllt mit Notizbüchern. Neugierig begann Qinglin darin zu blättern. Ein Teil bestand aus medizinischen Aufzeichnungen und Notizen und Protokollen aus seiner späteren Arbeit in der Klinik. Der andere Teil bestand aus Aufzeichnungen seines Lebens, so etwas wie Tagebücher, doch traf die Bezeichnung es nicht ganz. Manche Einträge waren mit Datum versehen, andere enthielten nur Jahreszahlen oder Nennungen der Jahreszeit. Sie mussten vor langer Zeit verfasst worden sein, die Handschrift wirkte äußerst altertümlich.

Qinglin wurde von einer starken Erregung ergriffen. Gaben diese Aufzeichnungen Auskunft über Mutters Geheimnis? Seine Neugierde war geweckt, er setzte sich spontan auf den Fußboden und begann, die Notizhefte in der vom Vater oben in den Ecken vermerkten Reihenfolge zu ordnen.

Der Zeitraum der Aufzeichnungen erstreckte sich von 1948 bis 1966. Allem Anschein nach hatte sein Vater sie mit dem Beginn der »Kulturrevolution« abgebrochen.

Qinglin nahm das erste Notizheft zur Hand, er wollte sie in chronologischer Reihenfolge lesen. Als jedoch sein Blick auf die Reihen der mit Füllfeder geschriebenen, verblassten Schriftzeichen fiel, wurde er von plötzlicher Unruhe erfasst. Er wusste nicht, was ihn in diesen Aufzeichnungen erwartete. Würde er darin einem vollständig unbekannten Vater und einer ganz und gar fremden Mutter begegnen? Würde die Begegnung mit diesen Fremden sein Leben aus der Bahn werfen? Ihn ergriff eine Furcht, für die er keine Worte fand. Warum wollte Mutter damals, dass er sich all das erst nach ihrem Tod anschaute?

Sein Herz begann auf unklare Weise heftig zu klopfen, er zögerte einen Moment, dann legte er die Notizhefte in den Koffer zurück. Wahrscheinlich bin ich noch nicht bereit dafür, dachte er.

V. Abschnitt

21. Kapitel

Ding Zitao fühlt, wie ihr Körper schwerer und schwerer wird, während sie stürzt. Ihr Herz fühlt sich an wie von unzähligen feinen Fäden fest umschnürt, das Atmen fällt ihr deshalb schwer. Sie hat nicht mehr die Kraft, dagegen anzukämpfen, und ist darauf vorbereitet, im nächsten Moment ihren letzten Atemzug zu tun. Schließlich gibt sie sich einfach auf. In diesem Augenblick erdröhnt neben ihrem Ohr ein Geräusch wie Donnergrollen und gleich danach das Knacken und Krachen berstender Knochen im ganzen Leib. Ihr ist, als würde sie in tausend Fetzen gerissen.

Nach scheinbar endloser Zeit kehren ihre Lebensgeister allmählich zurück, ihr wird bewusst, dass sie nicht mehr weiterfällt. Wahrscheinlich bin ich auf dem Boden gelandet, denkt sie. Um sie herum ist es noch immer pechschwarz, sie hat keine Ahnung, wo sie sich befindet, ob sie noch lebt oder bereits tot ist. Bin ich gestorben?, fragt sie sich unwillkürlich. Bin ich etwa schon gestorben?

Dabei fällt ihr ein, dass ihre Mutter einmal gesagt hatte: »Solange du lebendig bist, wirst du Schmerzen haben. Sie werden verschwinden, sobald du tot bist.« Das Bild steht ihr plötzlich vor Augen. Sie sitzt in der Stickstube, um das Sticken von Pfauenfedern zu lernen, und hat sich dabei in den Finger gestochen. Als sie die Blutstropfen aus ihrer Fingerspitze hervorquellen sieht, beginnt sie laut zu weinen. Ihre Mutter kommt herbei, wirft einen Blick auf ihren Finger, schimpft mit ihr und sagt ihr danach diese beiden Sätze. Sie weiß, dass ihre Mutter die gleichen Worte benutzt hat, mit denen der Großvater sie geschimpft hatte, als sie noch ein kleines Mädchen war. Mutters Familie betrieb in der Kejia-Gasse in Chengdu* eine Stickerei. Der Großvater war ein weithin berühmter Stickmeister. Im Betrieb wurden speziell Stickereien nach Vorlagen von Malereien der Song-Dynastie angefertigt, die von Wohlhabenden als Sammlerobjekte oder erlesene Spielereien gekauft wurden. Ihre Mutter hatte das Handwerk von klein auf erlernt und es darin ebenfalls zur Meisterschaft gebracht. Als sie verheiratet wurde, hatte sie zur Bedingung gemacht, dass ihr im Haus der Familie ihres künftigen Mannes eine komplett ausgestattete Stickereiwerkstatt eingerichtet wurde. Ihr Ehemann hatte ihr das umstandslos zugesagt. Die Stickstube, selbst die in den Stickrahmen gespannte Stickerei erscheinen ihr klar vor Augen. Ihre Mutter steht neben dem Stickrahmen. Mit der einen Hand bringt sie den Rand der Stickerei in Ordnung, mit dem ausgestreckten Finger der anderen fährt sie über den fertiggestellten Teil der Stickerei. Mit gesenktem Kopf sagt sie zu ihr: »Es gibt noch eine andere Methode: Vergessen. Du weißt nicht mehr, ob du jemals Schmerzen empfunden hast.«

Sie bewegt sich vorsichtig und spürt, wie der Schmerz ihren Körper durchzuckt. Wenn das so ist, denkt sie, dann bin ich noch am Leben. Ich empfinde noch Schmerz und kann mich auch noch daran erinnern.

Auch ihre Ohren beginnen wieder Geräusche wahrzunehmen. Undeutlich hört sie ein an- und abschwellendes Pfeifen, das aus weiter Entfernung heranzudringen scheint, aus endlos weiter Entfernung. Sie wird in dieses Geräusch eingehüllt, so als würde sie Schicht um Schicht darin eingewickelt, enger und enger. Sie hat das Gefühl, sich selbst an diesem unendlich weit entfernten Ort zu befinden und zugleich von ihm unerreichbar weit getrennt zu sein. Sie empfindet keinerlei Angst, nur eine bleierne Müdig-

* Hauptstadt der Provinz Sichuan

keit. Sie schließt die Augen und weiß nicht mehr, ob sie wacht oder schläft.

Die Zeit verfließt, wie sie es immer tut. Es mögen ein Tag, ein Jahr oder ebenso gut auch hundert Tage oder hundert Jahre vergangen sein. Die undurchdringliche Schwärze beginnt sich zu lichten. Ein blasser grauer Lichtstrahl, in dem ein zarter Schleier zu schweben scheint, huscht über die Decke. Ding Zitao blickt nach oben, regelmäßige Linien steigen aus der Quelle des Lichtstrahls von unten nach oben empor, gleichmäßig verteilt wie Sprossen einer Leiter. Sie fängt an, sie langsam zu zählen; als sie bei achtzehn angelangt ist, entschwinden die weiteren ihrem Blickfeld.

Achtzehn Abschnitte, warum gerade achtzehn? Was soll das bedeuten?

22. Kapitel

Ein eiskalter Wind, der plötzlich über sie hinwegfegt, lässt sie bis auf die Knochen erstarren. Sie bibbert, und ihre Zähne klappern. Zitternd fällt ihr plötzlich ein, wie sie vor langer, langer Zeit in einem kleinen Bambuspavillon am Ufer des Sees gesessen hat, die herbstlichen Wellen schlugen ans Ufer, Möwen segelten mit ausgebreiteten Schwingen über die Wasseroberfläche. Am See erhob sich der Wind, der sie frösteln ließ, und so rezitierte sie bei sich: »Nieselregen erfüllt die Luft, im Reich der Träume erblickst du in undeutlicher Ferne das Bild der Landschaft jenseits der Großen Mauer. Mit der letzten Melodie widerhallt der schluchzende Klang der einsamen Sheng wieder und wieder in den Mauern des geringen Anwesens.«*

* Verse aus einem berühmten Gedicht Li Jings (916–961 n. Chr.), des zweiten Kaisers der Südlichen Tang-Dynastie (937–975 n. Chr.), aus der Periode der »Fünf Dynastien« (907–979 n. Chr.)

Jemand wirft ihr ein Kleidungsstück über. Wärme durchströmt sie.

Wer war das?, fragt sie sich. Wer mag ihr das Kleid übergeworfen haben? Sie findet keine Antwort und fragt laut: »Wer ist da? Wer bist du? Warum tust du das?« Eine tiefe und warme Männerstimme antwortet: »Ich bin's. Lu Zhongwen. Ich habe Angst, dass du dich erkältest.«

»Lu Zhongwen, wo warst du? Ich habe dich so lange nicht gesehen. Warum?«

»Das wollte ich dich gerade fragen. Wohin seid ihr verschwunden? Wo ist Mutter? Wo ist Großmutter? Und meine Yi Niang*? Und die Tante, mein Bruder und Huiyuan, meine kleine Schwester? Wohin seid ihr alle verschwunden? Und unser kleiner Dingzi? Wieso finde ich euch nicht?«

Ding Zitao erstarrt. Wo sind sie? Sie blickt um sich, um sich zu vergewissern, ob sie wirklich verschwunden sind. Alle ihre Verwandten.

Leere ringsum, alles in Grau gehüllt, als habe sich dichter Nebel über sie gelegt, nicht einmal Lu Zhongwen ist für sie noch sichtbar. »Wo bist du?«, fragt sie. »Zhongwen, wo bist du?«

Lu Zhongwens Stimme klingt jetzt aus weiter Entfernung, Ding Zitao kann nicht einmal bestimmen, aus welcher Richtung sie kommt. »Ich bin auf der Suche nach euch«, sagt die Stimme. »Wo seid ihr?«

»Wo bin ich?«, denkt Ding Zitao. »Was ist das für ein Ort?«

Wieder erkennt sie im grauen Licht die achtzehn Treppenabschnitte. Wie aus dem Nichts überkommt sie eine Erleuchtung: Womöglich ist sie tatsächlich in der Hölle gelandet!** Wie es ihr die Er Niang prophezeit hat: »Du wirst in der Hölle enden.«

* Gleiche Bedeutung wie »Er Niang«, Bezeichnung der (Haupt-)Konkubine des Vaters

** Im chinesischen volksreligiösen Buddhismus besteht die Unterwelt/Hölle aus achtzehn Ebenen und wird von einem »Höllenfürsten« (阎王) regiert.

Sie wirft einen Blick auf ihre ausgestreckten Hände, um nachzusehen, ob sie blutbefleckt sind. Aber sie kann ihre Hände nicht sehen. Sie spürt ihre Anwesenheit, doch sehen kann sie nichts. Sie empfindet plötzlich tiefe Abscheu vor ihren beiden Händen, als bestünden sie aus widerwärtigem Schmutz, und es wäre besser, sie hätten nie existiert.

Warum das?, denkt sie. Was ist geschehen? Sie hebt beide Hände und schlägt sich schallend auf die Handflächen. Der trockene Klang des Aufklatschens dröhnt ihr in den Ohren und erschreckt sie. Ihre Hände werden steif und unbeweglich, doch das klatschende Geräusch nahe ihrem Ohr wiederholt sich, wieder und wieder. In der unaufhörlich vernehmbaren Abfolge der Klatschgeräusche erscheinen Gesichter vor ihr. Ihre Hand ist dabei, ihnen Ohrfeigen zu verabreichen, ein ums andere Mal. Die Gesichter sind ihr unendlich vertraut, sie starren sie erstaunt und blöde an und ertragen unbewegt die auf ihre Gesichter niederprasselnden Handflächen.

Rings um sie ertönen Rufe und Geschrei, dazu das Aufeinanderschlagen von Metall. Mitten darin erhebt sich eine schrille Stimme: »Du wirst in der Hölle enden! Der Höllenfürst wird dich bestrafen!«

»Nein, das ist nicht wahr!«, schreit Ding Zitao plötzlich auf.

Sie spricht mit sich selbst: »Nein, das ist nicht wahr. Ich gehöre nicht in die Hölle. Nicht ich. Ich muss hier raus. Sagt es Zhongwen, sagt es Er Niang, sagt es allen, so ist es nicht gewesen. Nicht so, wie es aussieht, auch nicht so, wie sie es sich vorgestellt haben.«

In diesem Augenblick verfestigt sich plötzlich eine Überzeugung in ihr: Sie muss weg von hier. Unbedingt muss sie fort von hier. Sie muss allen Menschen, auch denen, die sie hier mit entweder teilnahmsvollen oder kalten Blicken ansehen, Bescheid sagen. Sie muss ihnen sagen, dass sie das, was damals hier vorgefallen ist, nie gewollt hat, dass es mit ihr nichts zu tun hat. Das muss sie unbedingt klarstellen, selbst wenn das Ergebnis wäre, dass es erneut die Hölle sein würde, wohin sie zurückkehrt.

Und daher beginnt sie, nach oben zu steigen.

23. Kapitel

Eine elende Kletterei, sie kommt nur mit Mühe voran. Ding Zitao hätte nicht sagen können, wie lange ihr Aufstieg gedauert hat. Sie erreicht den ersten Treppenabschnitt, hält an und richtet sich auf. Als sie den Kopf hebt und nach oben blickt, denkt sie bei sich: Das muss mein achtzehnter Treppenabschnitt sein. Doch dann stellt sie sich die Frage: Was soll ich den Leuten sagen? Womit soll ich anfangen?

Sie spürt, wie die Worte sich in ihr stauen und ihr Drang zu sprechen übermächtig wird, aber sie findet keinen Anfang.

Im nächsten Moment bricht das Wasser des Flusses über sie herein und überflutet sie. Die reißende Strömung stößt sie von Felsbrocken zu Felsbrocken. Sie rudert wild mit den Armen und versucht verzweifelt, sich an einem der Steinbrocken festzuklammern, doch sie sind zu glitschig, jedes Mal wird sie von der wilden Strömung fortgerissen.

Sie schreit unaufhörlich, schreit, bis ihre Stimme heiser wird: »Dingzi! Dingzi!«

Dingzi ist auf dem Boot zurückgeblieben, eingewickelt in das blau gemusterte Einschlagtuch. Er schlief. Sie erinnert sich an sein im Schlummer selig lächelndes Gesichtchen. Seine Füßchen haben sich aus dem Tuch herausgestrampelt, seine gemusterten Stoffschuhe sahen hervor. Sie selbst hat sie angefertigt und zwei Goldfische daraufgestickt.

Die ganze letzte Nacht vor Lu Zhongwen Abschied hat sie Dingzi im Arm gehalten. Er hat mit dem Kind gespielt, sie haben miteinander gelacht. »Sag Papa zu mir«, hat Lu Zhongwen verlangt.

»Ba-ba«, hat Dingzi geantwortet.

Lu Zhongwen lachte schallend und hob Dingzi in die Höhe. Dingzi pisste, während er am ausgestreckten Arm über seinem Vater schwebte, der Urin platschte auf Lu Zhongwens Gesicht. Der gab wild kreischende Töne von sich und reichte ihr eilig das Kind. Während er aus dem Zimmer rannte, um sich das Gesicht zu waschen, scholl aus den angrenzenden Zimmern vielfaches Gelächter. Nachdem er gereinigt und mit frischer Kleidung zurückgekehrt war, klapste er Dingzi auf den Po: »Kleiner Schurke, ist das dein Abschiedsgeschenk für den Papa?«

Auch sie lachte und sagte dann: »Natürlich, das ist ein Erkennungsmal, das dir unser Dingzi hinterlässt.«

Lu Zhongwen sollte nach Hongkong gehen. Beim Abschied sagte er: »Ich werde dich und unseren Dingzi vermissen. Ich komme so schnell wie möglich zurück. Du musst jetzt allein für ihn sorgen. Und kümmere dich um Vater und Mutter, ich denke zwar nicht, dass es nötig sein wird, aber falls es notwendig sein sollte …«

»Du kannst beruhigt sein«, sagt sie. »Ich kümmere mich um sie. Xiao Cha und Futong werden mir helfen.«

Lu Zhongwen sagte: »Futong hat ein Auge auf Xiao Cha geworfen, ich glaube, er will sie heiraten. Hast du etwas dagegen?«

Sie lachte: »Warum sollte ich? Ich kann es kaum erwarten. Futong ist mit dir gemeinsam aufgewachsen, Xiao Cha gemeinsam mit mir, sie passen gut zusammen. Wenn sie ein Baby kriegen, hat Dingzi einen Spielgefährten.«

Als er ging, folgte sie dem Pferdewagen mit Dingzi im Arm und begleitete ihn bis in die Kreisstadt.

Aber jetzt: Wo ist Dingzi? Und das Boot. Wo ist das Boot?

Doch sie wird vom Wasser fortgespült. Wie ein loser Steinbrocken wird sie hierhin geschwemmt und dorthin gestoßen.

Ein seltsamer Gesteinsbrocken. Er stemmt sich scheinbar gegen die unaufhörlich über ihn hereinbrechenden Flutwellen, wird in einem chaotischen Zickzackkurs hin und her geschleudert, mal überschlägt er sich, mal taucht er unter. Von beiden Ufern ist kein menschlicher Laut zu hören, selbst das Geräusch des Windes im Blattwerk der Bäume ist kaum vernehmbar. Sie ist bei klarem Bewusstsein, jedes Mal wenn sie den Kopf aus dem Wasser bekommt, öffnet sie den Mund, um zu schreien, aber das Wasser ertränkt jeden Versuch. Die unterdrückten Rufe kehren sich in ihr Inneres, es sind die zwei Silben, die ihr noch zur Verfügung stehen: »Dingzi! Dingzi!« Wie Schrapnelle explodieren die wilden Schreie in ihrem Inneren und rühren selbst das Mitgefühl der an den Ufern aufragenden Berge.

Die Strömung befördert sie rasch in den Unterlauf des Flusses. Das donnernde Geräusch der sich überschlagenden Wellen wird immer lauter, sie hält es für das Echo ihrer Schreie. Sie kann zwischen Himmel und Wasser nicht mehr unterscheiden. Wo ist er, ihr Sohn, ihr geliebter Dingzi? Sie rafft ihre letzten Kräfte zusammen, aber er ist nirgends zu sehen.

Sie stürzt ohne Besinnung vorwärts, ihre Hand stößt an einen Gegenstand, der mit ihr im Wasser strömt. Sie krallt sich daran fest und spürt, dass es ein Stück Holz ist. Sie umklammert es und erkennt plötzlich, dass es von ihrem Boot stammt, das Ruder, mit dem Futong das Boot gesteuert hat. In einem jähen Moment der Klarheit fragt sie sich: »Ist das Boot an den Felsen zersplittert? Und was ist dann mit Dingzi passiert? Mit Dingzi, der im Boot gelegen hat?« Kaum sind ihr diese Fragen durch den Kopf geschossen, weiß sie bereits, dass ihr Leben jeden Sinn verloren hat. Sie lässt daher das Ruder fahren und überlässt sich willenlos der Strömung.

Was soll ihr Leben ohne Dingzi? Das ist ihr letzter Gedanke, bevor sie von der Strömung fortgewirbelt wird.

24. Kapitel

Ding Zitao ist am Ende ihrer Kräfte. Erdrückt vom Gefühl zu ersticken, weiß sie selbst nicht, was sie tut.

Aus der Dunkelheit schlägt ihr ein frischer Lufthauch entgegnen. Es ist der Dunst des Wassers. »Bin ich schon am Fluss?«, fragt sie sich.

Plötzlich sieht sie Futong. Er springt vom Schiff herunter und rennt auf sie zu. Sie steht bereits mit beiden Füßen im Wasser, er stellt sich ihr in den Weg und ruft: »Daiyun, was ist los mit dir? Wo willst du denn hin?«

Sie sieht ihn starr an, ohne zu reagieren. Futong zerrt sie zum Boot, springt hinein und streckt seine Hände aus, um sie hineinzuziehen. »Wieso kommst du so spät? Der alte Herr hat gesagt, dass wir vor dem Morgengrauen das Dorf Wandao erreichen müssen. Herr Song, dein Cousin, wird euch an der Flussmündung in Empfang nehmen. Alles in Ordnung mit Dingzi? Oh, er schläft tief und fest. Was ist mit Huiyuan? Der alte Herr hat gesagt, ihr würdet zusammen kommen. Kommt sie nach? Sollen wir auf sie warten? Wenn wir noch länger hier warten, wird man uns entdecken.«

In ihrem Hirn vermengt sich alles zu einem Brei. »Niemand kommt mehr«, flüstert sie.

Mit Dingzi in den Armen setzt sie sich nieder. Alles verwirrt sich in ihrem Kopf, immer noch ist sie unfähig, einen eigenständigen Gedanken zu fassen. Als sei sie nur noch in der Lage, zu gehorchen, den Befehlen anderer Folge zu leisten.

Das Boot legt vom Ufer ab. Niemand folgt ihnen. Futong, der das Ruder bedient, stößt einen Seufzer der Erleichterung aus. »Der alte Herr hat mir gestern Mittag befohlen, das Boot hier festzumachen. Ich bin durch den Geheimgang unter dem Wachtturm gegangen, du doch sicher auch, oder? Den Geheimgang kennt niemand. Der alte Herr hat gesagt, dass ihn sein Großvater angelegt hat. Er war nur für Notzeiten gedacht und wurde nie benutzt. Und dann hat der alte Herr noch gesagt, dass ich euch beide zu Zhongwen begleiten und unterwegs auf euch aufpassen und euch helfen soll. Wieso seid ihr allein? Was geschieht mit Huiyuan, wenn sie zu Hause bleibt und mit den anderen auf den Platz zur Bekämpfung* geschleppt wird?«

Sie gibt nur einen undeutlichen Laut von sich, sie will nicht sprechen. Zu viele Dinge haben sich in ihr aufgestaut, die sich chaotisch in alle Teile ihres Körpers, in ihre äußeren Gliedmaßen und inneren Organe drängen. In wildem Aufruhr toben sie noch in ihr. Sie ist von Trauer überwältigt, sie hat das Gefühl, sich erbrechen zu müssen, doch sie bringt nichts heraus.

Futong redet weiter: »Hab allerdings gehört, dass Jindian der Chef der Arbeitsgruppe ist. Er hat sich immer gut mit Huiyuan verstanden, ich schätze, er wird sie in Schutz nehmen.«

»Sprich nicht von ihr!«, schreit sie plötzlich auf.

Futong erschrickt, das Boot gerät ins Wanken. Mit unterdrückter Stimme murmelt er: »Was ist los mit dir?« Dann sagt er: »Ich bin zusammen mit Zhongwen aufgewachsen. Ich habe ihn in die Schule begleitet, und während er im Unterricht saß, habe ich draußen auf ihn gewartet. Auf dem Heimweg hat er mir die Schriftzeichen beigebracht, die er gelernt hat.«

Eine Abneigung gegen ihn steigt in ihr auf. Sie will weder sprechen noch ihn sprechen hören. Still dasitzen, das ist alles, was sie will.

* Offizielle Bezeichnung für die öffentliche Demütigung, Folterung und anschließende Liquidierung von sog. Großgrundbesitzern und »reichen Bauern« einschließlich ihrer Familienangehörigen im Rahmen der »Bodenreform« (1948–51) durch die »armen und unteren Mittelbauern«. Diese Veranstaltungen wurden von sog. Arbeitsgruppen unter Führung kommunistischer Funktionäre und sog. Aktivisten organisiert und geleitet.

Die reißende Strömung treibt das kleine Boot voran, nach kurzer Zeit erreichen sie die Bergschlucht. Hohe und steile Berghänge an beiden Seiten, das Flussbett verengt sich, und überall liegen verstreute Felsbrocken, das Wasser strömt mal wilder, mal gemächlicher. Zum Glück hat Futong den Fluss mehrfach befahren, er ist vertraut mit dem Wasser und den Felsen, er manövriert geschickt mit dem Ruder zwischen den Felsklippen, die plötzlich an den Ufern emporragen, das Boot vollzieht unter seiner Führung leicht und elegant Windungen und Kehren und bewegt sich stetig voran.

Dingzi schläft in ihren Armen, als ob das alles nichts mit ihm zu tun hätte. Er hat die Nacht über weder geweint noch gezappelt. Sie ist zu dünn angezogen, die Kälte zieht ihr den Rücken hinauf. Nur das Kind in ihren Armen strömt Hitze aus und erfüllt ihre Brust mit Wärme.

»Dingzi ist wirklich brav. Morgen werde ich ihm erzählen, dass er die ganze Nacht in Onkel Futongs Boot gesessen hat.«

Sie schweigt weiterhin. Futong ist eine Waise, von klein auf haben ihn ihre Schwiegereltern großgezogen. Sie hatten noch eine weitere Waise in ihre Obhut genommen, er hieß Jindian. Er war bereits etwas älter und arbeitete gemeinsam mit den anderen Festangestellten der Familie. Futong ist jünger und der Spielkamerad und ständige Begleiter ihres Ehemanns Lu Zhongwen. Die beiden sind zusammen aufgewachsen und gehen wie Brüder miteinander um.

Futong stört sich nicht an ihrer Schweigsamkeit und redet wie in einem Selbstgespräch weiter: »Der alte Herr hat gesagt, dass sich Zhongwen in Hongkong aufhält. Ich soll euch dorthin begleiten. Wenn ich euch abgeliefert habe, gehe ich nach Hause zurück. Sag mal, Daiyun, was soll ich Xiao Cha mitbringen?«

Als würde das Wort »Xiao Cha« im Nebel ihrer Gedanken einen Spalt öffnen, durch den ein Lichtstrahl in ihr Hirn dringt, wiederholt sie ungewollt: »Xiao Cha?«

»Ja. Xiao Cha mag doch das gemusterte Halstuch, das du oft trägst. Soll ich ihr nicht so eins kaufen?«

Es wird heller. Erste Sonnenstrahlen dringen hinter den Bergrücken hervor. Der Fluss strömt zwischen ihnen hindurch, eingehüllt in die dunklen Schatten der hohen Berge. Wind kommt auf, und es wird auf einen Schlag wieder düster und kalt.

Plötzlich beginnt sie lauthals zu heulen. »Sie sind alle tot. Alle.« Ihr Weinen übertönt das Geräusch des Wassers und hallt zwischen den Bergen wider.

Futong schrickt zusammen. »Tot? Wer ist tot?«

Schluchzend sagt sie: »Alle sind gestorben.«

Das Boot schwankt gefährlich im Wasser, während Futong aufschreit: »Wieso sind sie gestorben? Wie denn? Wer war das? Wer hat sie umgebracht? Das Tor ist doch verriegelt, von außen kann keiner reinkommen.«

Sie birgt ihren Kopf auf dem Körper von Dingzi und sagt schluchzend: »Dingzis Großvater wollte, dass alle zusammen sterben. Aus dem Dorf hieß es, dass bei Tagesanbruch die ganze Lu-Familie ›bekämpft‹ werden soll, und zwar drei Tage lang. Und danach sollten das Personal und das Haus unter die Leute verteilt werden. Das hat Jindian angeordnet.«

Futong ist starr vor Entsetzen, wortlos steuert er das Boot voran. Nach einer langen Pause ruft er plötzlich: »Aber das hat doch mit Xiao Cha nichts zu tun. Sie gehört doch zu den armen Leuten, sie ist kein Teil der Großgrundbesitzerfamilie. Sie heißt nicht Lu, sie brauchte doch nicht zu sterben, oder?«

Sie beruhigt sich langsam, hebt den Kopf und sagt: »Xiao Cha wollte selbst sterben. Sie hat gehört, wie Leute darüber geredet haben, dass sie dem Zweitältesten der Ma-Familie zugeteilt werden soll. Sie wollte das um keinen Preis, aber sie hat gewusst, dass sie keine Chance hat, sich dagegen zu wehren. Man gehört demjenigen, dem man zugeteilt wird, sonst geht es einem an den Kragen.«

Futong hört auf zu rudern, das Boot gerät gefährlich ins Schwanken. »Xiao Cha gehört zu mir!«, ruft er. »Sie hat versprochen, mich zu heiraten. Ich gehöre doch auch zu den armen Leuten! Onkel Ma hat wenigstens ein Haus, ich habe nicht einmal das. Daiyun, mach keine Scherze mit mir!«

Von Schluchzern unterbrochen sagt sie: »Ich habe sie eigenhändig begraben, sie liegt unter dem Bananenbaum an der Westmauer, gemeinsam mit Ziping. Sie wollten Schulter an Schulter begraben werden.« Sie beginnt wieder zu weinen: »Als ich die Erde über sie geschüttet habe, habe ich das Gefühl gehabt, sie würde noch atmen.«

»Wie konntest du zulassen, dass sie stirbt. Wie konntest du sie begraben?«

»Was hätte ich denn tun sollen, sie musste doch begraben werden. Sollte ich die Sonne auf ihr Gesicht scheinen lassen?«, sagt sie weinend.

Futong brüllt: »Wie konntest du Hand an sie legen? Sie gehört doch zu dir! Du bist für sie wie eine Schwester, wieso hast du sie nicht gerettet? Wenn die Schwägerin nicht mit dir kommen konnte, hättest du doch sie mitnehmen können. Eine Person hätte noch ins Boot gepasst, wieso hast du sie nicht mitgenommen?«

Sie hat Futong noch nie so erlebt, wie kann er, ein Dienstbote, es wagen, so mit ihr zu reden? Kalt sagt sie: »Und wenn ich sie nicht begraben hätte, was dann? Glaubst du wirklich, dass sie dich hätte heiraten können?«

Futong bricht in Tränen aus: »Daiyun, ich und Xiao Cha haben dich immer wie eine Schwester angesehen, wie kannst du mich so behandeln? So herzlos und gemein?«

Sie will gerade den Mund öffnen, um ihn zu schimpfen: Er, ein Dienstbote, wagt es, sie derart anzugehen. Bevor sie noch ein Wort hervorbringt, hört sie plötzlich einen dumpfen Aufprall auf dem Wasser; als sie den Blick hebt, ist Futong verschwunden. Das

Boot beginnt sofort im Wasser zu schwanken. Sie schreit mit sich überschlagender Stimme: »Futong! Futong!«

Futongs Stimme gleitet ihr auf der Oberfläche des Wassers entgegen: »Ich kann mich nicht mehr um dich kümmern. Du bist selbst schuld. Ich muss zurück und nach Xiao Cha sehen ...«

Die Strömung treibt das Boot stürmisch vorwärts. Der Bootsrumpf stößt immer wieder gegen die Felswände, sie schreit, sie brüllt, nur das Echo ihrer Stimme kehrt zurück. Hastig legt sie Dingzi ins Boot und greift nach der Bambusstange, die Futong von sich geworfen hat. Seine Stimme ist nicht mehr zu hören, das Brüllen des Wassers ist das einzig vernehmbare Geräusch. Mit unkoordinierten Bewegungen versucht sie, das Boot zu stabilisieren, aber sie hat keinerlei Erfahrung im Umgang mit Wasser und keine Ahnung, wie man ein Boot steuert.

Die Strömung wird immer stärker, das Boot wird von Felsbrocken zu Felsbrocken gestoßen. Sie findet keinen Halt und stolpert gegen den Bootsrand. Noch ehe sie einen Gedanken fassen kann, kentert das Boot. Mit dem Aufschrei »Dingzi!« stürzt sie ins Wasser.

Danach hat sie nur noch einen Gedanken im Kopf: Dingzi.

25. Kapitel

Ding Zitao sieht sich auf dem Bergpfad voranhasten.

Der Pfad ist sehr kurvig, an seinen Rändern wachsen niedrige Pflanzen, an manchen Stellen besteht er aus aufgeschütteten Bruchsteinen, als hätte jemand achtlos ein Band fallen lassen, das sich bis in die Tiefe des Waldes schlingt und windet. Jemand flüstert ihr unaufhörlich Befehle ins Ohr: »Daiyun, du sollst ... Daiyun, du musst ...« Die Stimme verursacht ihr rasendes Herzklopfen.

Sie begreift jetzt, dass sie selbst diese Daiyun ist.

Ihr Vater schätzte Daiyu und Xiangyun aus dem *Traum der roten Kammer* gleichermaßen. Wenn seine Tochter sowohl die Intelligenz von Daiyu wie die Torheit Xiangyuns besäße, stünde ihrem Glück nichts im Wege, sagte er. Daher hatte er für ihren Vornamen jeweils eine Silbe aus den beiden Namen gewählt, und auf diese Weise war sie Daiyun geworden. Ihr Vater war ein leidenschaftlicher Büchersammler gewesen, er verstand sich auf Kalligraphie und Malerei. Der Ostflügel ihres Hauses bestand aus drei Räumen, die fast ausschließlich Vaters Bibliothek beherbergten. In einem befand sich sein Mal- und Kalligraphiestudio. Wenn er kalligraphierte, rief er sie häufig mit lang gedehnter Stimme zu sich: »Yun ... 'er ... komm ... her! Tusche reiben.« Ihr gefiel Vaters antiker Tuschereibstein aus Yizhou als ein hübsches Spielzeug, seine Farbe changierte zwischen Gelb und Grün, darauf eingraviert waren zwei Personen, die Schach spielten. Fuhr man mit den Fingern darüber, fühlte er sich geschmeidig und kühl an. Aber das Tuschereiben mochte sie nicht. Man musste reiben, bis das Handgelenk schmerzte, und jedes Mal hatte sie danach Flecken auf der Kleidung. Auch ihre Mutter war nicht begeistert, wenn Vater sie zum Tuschereiben rief. Sie war der Meinung, das sei Aufgabe der Yi Niang, der Konkubine. Sie sah ihre Tochter lieber in der Stickereistube und hoffte, ihre Sticktechniken an sie weitergeben zu können. Aber das hielt Vater nicht davon ab, sie zu rufen. »Unsere kleine Yuner versteht sich aufs Reiben, genau das richtige Verhältnis zwischen dick- und dünnflüssig. Nur mit der von ihr geriebenen Tusche bekommen meine Schriftzeichen und Bilder den richtigen noblen Charakter.« Um dann hinzuzufügen: »Nimm diesmal bitte wieder das Stück Cao-Sugong-Tusche, das ich das letzte Mal benutzt habe.«

Aber die Stimme, die auf sie einredet, während sie voranhastet, ist nicht die ihres Vaters. Wenn er mit ihr sprach, war sein Tonfall immer sanft und entspannt gewesen. Die Stimme neben ihr klingt dagegen hart und tyrannisch.

Es ist stockdunkel auf dem Bergpfad. Kein Mondlicht am Himmel, auch kein Stern lässt sich sehen. Dichte schwarze Wolken bis zum Horizont, massiv und undurchdringlich. Daiyun trägt ihr Kind eingepackt in ein Tragetuch auf dem Rücken, sie bewegt sich abwechselnd gehend und rennend fort. Sie braucht offenbar nicht auf den Weg zu achten, ihre Beine scheinen von selbst die Richtung zu kennen.

Eine ganz gewöhnliche Nacht, die sich in nichts von anderen Nächten unterscheidet, abgesehen von einer Stimme, die hoch über ihr unaufhörlich auf sie einredet, als wolle sie sie durch ein Labyrinth führen: »Geh in den Keller des Wachtturms, räume den Stapel beschädigter geschnitzter Holzfenster beiseite, dann findest du eine kleine Tür, dahinter befindet sich der Geheimgang, den mein Großvater damals hat anlegen lassen. Er führt auf die Rückseite des Berges. Der Ausgang des Gangs ist von Gestrüpp verdeckt, gehe hindurch, dann kommst du in die Teeplantage. Wenn du sie durchquert hast, siehst du zwei alte Kampferbäume, und dahinter stößt du auf einen Zaun. Klettere darüber und gehe zehn Schritte nach Süden, dort findest du einen Schotterpfad. Er zieht sich den Bergabhang entlang, du folgst ihm immer weiter. Halte dich auf dem Weg, auf beiden Seiten liegen an den Rändern Gesteinsbrocken, an denen du dir die Füße blutig stoßen kannst. Der Pfad führt direkt den Berg hinab, du folgst ihm, geh, so schnell du kannst. Bleib auf dem Pfad, egal ob er Biegungen macht, durchs Gehölz führt oder bergan steigt. Du darfst ihn auf keinen Fall verlassen, bis du an sein Ende kommst. Er endet am Fluss, dort wartet Futong auf dich. Beeile dich, so sehr du kannst. Wenn sie dich bei Helligkeit erwischen, geht es dir und deinem Kind wahrscheinlich an den Kragen.«

Das waren die Anweisungen des Schwiegervaters Lu Ziqiao. Sein strenger und entschiedener Tonfall duldete keine Einwände.

Auf dem Weg den Berg entlang herrscht keineswegs Stille, allerlei seltsame Geräusche dringen von allen Seiten auf sie ein. Gelegentlich scheucht sie auf ihrem Weg Vogelschwärme auf, die erschreckt aufflattern. Das Schwirren ihrer Flügel erfüllt die Nacht. Doch die Furcht, die diese seltsamen Geräusche in ihr hätten auslösen können, wird durch eine weit größere Furcht überdeckt.

Sie rennt. Sie rennt wie wahnsinnig. Sie rennt um ihr Leben. Sie hat verstanden, dass ihr Leben verwirkt ist, wenn sie ergriffen wird. Die bleichen Gesichter ihrer Eltern und aller anderen Familienmitglieder, ihre Klagerufe und Schmerzensschreie und die detaillierte nächtliche Beschreibung der Dorfbewohner vom grässlichen Ablauf ihres Sterbens peitschen sie voran. Noch wenige Monate zuvor hat sie gemeinsam mit ihren Eltern im Esszimmer der »Strohhütte des Ertragens« gegessen. Auch wenn ihr Hab und Gut bereits konfisziert und abgeliefert worden war, das Hauspersonal sich in alle Winde zerstreut hatte oder nach Hause zurückgekehrt war und die Familie vor dem Nichts stand, hatten sie sich zum gemeinsamen Essen versammelt und für Mutters Geburtstag »Langes-Leben-Nudeln« gekocht. Es sei ein großes Glück, dass sie alle hier im eigenen Haus, der »Strohhütte des Ertragens«, zusammensitzen und gemeinsam essen könnten, hatte der Vater gesagt. Das Haus hatte ihr Großvater erbauen lassen. Beim Bau hatte ein entfernter Verwandter, der im Nachbarhaus wohnte, wieder und wieder Krach geschlagen und sich über die Höhe des Hauses beschwert. Nach jedem Protest entfernte der Großvater einen Tragebalken, um das Dach abzusenken. Innerhalb einer Woche insgesamt drei Mal. Selbst die anderen Verwandten in der Familie wollten es nicht mehr mit ansehen und planten eine gemeinsame Aktion, um ihm beizustehen. Doch der Großvater wehrte ab, man müsse das ertragen, unter Nachbarn dürfe man keinen Hass säen. Nachdem das Haus fertiggestellt war, taufte es der Großvater auf den Namen »Strohhütte des Ertragens«. Und obwohl das Haus niedriger als das Nachbarhaus war, ging es mit der Familie ständig aufwärts. Im Haus mit dem höher aufragenden Dach des weit entfernten Verwandten stritten sich dagegen dessen drei Söhne um das Erbe, prozessierten untereinander jahre-, sogar lebenslang und trieben damit die Familie in den Ruin. »Wie ihr seht, bringt Ertragen Glück!«, sagte ihr Vater. Fast zehn Familienmitglieder hatten in der »Strohhütte des Ertragens« gewohnt. Auch sie hat hier gelebt, bevor sie für die Schulausbildung in die Stadt geschickt wurde. Kein Ort auf der Welt steht ihrem Herzen näher.

Wer hätte gedacht, dass sie und ihre ganze Familie sich wenige Tage nach diesem Essen in getrennten Welten befinden würden. »Ach, Papa, ein Leben lang hast du auf Großvater gehört, ertragen und wieder ertragen. Und was ist das Ergebnis? Du hast es auf jede Weise probiert, aber am Ende haben sie dich doch erschossen, und Mutter, Er Niang und die Schwägerin hast du mit hineingezogen. Eine ganze Familie ist wegen eures Ertragens gestorben. Welchen Nutzen hat uns dein ewiges Ertragen gebracht?«

Diese Gedanken martern ihre Seele.

Sie hört vor sich das Rauschen des Wassers. Kurz darauf steigt ihr auch der Geruch des Wassers in die Nase. Und dann sieht sie es dahinströmen. Und schließlich sieht sie auch Futong.

Sie ist zu Tode erschöpft, verlangsamt ihre Schritte aber nicht. Als sei es der Zweck ihres Lebens, zu rennen. Sie sieht das Wasser, sie versteht, dass sie den Fluss erreicht hat, sie weiß, dass sie anhalten muss, aber sie hat keine Kontrolle über ihre Beine. Sie stolpert vorwärts, bis ins Wasser hinein.

Futong stürzt auf sie zu, um sie aufzuhalten. »Daiyun, was ist los mit dir? Wo willst du denn hin?«

VI. Abschnitt

26. Kapitel

Qinglin hatte die anstrengendste Phase der Arbeit an seinem Projekt hinter sich. Das Entwicklungsprojekt der Firma im Stadtbezirk Jiangxia hatte alle Anlaufschwierigkeiten überwunden und verlief nach Plan. Sie hatten das Grundstück zu einem akzeptablen Preis erworben, das Planungskonzept für die Anlage lag auf dem Tisch, in den diversen Diskussions- und Abstimmungsrunden war es auf Zustimmung gestoßen. Der Ort, an dem das künftige Bauprojekt entstehen sollte, nannte sich »Berg des buddhistischen Patriarchen«.

Vor Beginn der Bauarbeiten kam der Firmenchef Liu Xiaochuan, um das Gelände zu inspizieren. Er war sichtlich zufrieden mit Qinglins Arbeit, nickte auf dem Inspektionsgang immer wieder zustimmend, während ihm Qinglin den Stand der Dinge erklärte. Gelegentlich legte er ihm sogar den Arm um die Schulter, um seinem Lob einen noch herzlicheren Ausdruck zu verleihen, sodass sich Qinglin am Ende ein wenig unwohl fühlte.

Mittags aßen sie am Shangsun-See Fischklößchen. Der Ort war berühmt für seine zarten weißen Fischklößchen, deren Geschmack unübertroffen war. Liu Xiaochuan geriet, nachdem er eine Schale davon vertilgt hatte, in gehobene Stimmung und begann weitschweifige Geschichten aus seiner Jugendzeit zu erzählen. Dass er als junger Mann häufig mit Freunden heimlich mit dem Militärjeep hierhergefahren sei, um Vögel zu jagen. In grauer Vorzeit sei es hier menschenleer gewesen, unberührte

Wildnis. Vor allem am »Berg des buddhistischen Patriarchen« seien erst nach der Ming- und Qing-Dynastie Dörfer entstanden. Er erzählte von einer großen Überschwemmung, die Menschen seien davon völlig überrascht worden und in alle Richtungen um ihr Leben gerannt. Diejenigen, die hierhergekommen seien, hätten erlebt, dass sich das Wasser plötzlich zurückzog. Tatsächlich habe das an der Erhebung des Terrains gelegen, aber die ungebildete Bevölkerung habe darin ein Zeichen gesehen, dass es sich um glückbringendes Land handelte, und sich deshalb hier niedergelassen. Der Wuhan-Dialekt unterscheide nicht zwischen »fo«, »Buddha«, und »fu«, »Glück«, und so sei im Lauf der Zeit die Bezeichnung »Berg des buddhistischen Patriarchen« entstanden. Unter dem Schutz eines buddhistischen Patriarchen zu stehen sei natürlich nicht schlecht. Wichtiger sei jedoch, dass alles, was man anfange, auf festem Grund stehe, daher messe er dem »glückbringenden Land« höhere Bedeutung zu als dem buddhistischen Patriarchen.

Die anwesende Zuhörerschaft nickte beipflichtend. Auch Qinglin nickte, bei sich dachte er aber, eins wie das andere, alles dummes Geschwätz. Er durchschaute Liu Xiaochuans Charakter: Aufgewachsen in einem der großen Kasernenkomplexe des Wuhaner Militärs und von jeher stolz darauf, verlieh ihm dieser Hintergrund ein Selbstvertrauen, das ihn nie im Stich ließ. Menschen von diesem Schlag besaßen nun einmal die Neigung zur Prahlerei und zum Schwadronieren. So würde er nie sein.

Dies einzusehen erleichterte ihn.

Er flog zusammen mit Liu Xiaochuan in den Süden zurück. Nach seinem langen Aufenthalt in Wuhan hatte er Sehnsucht nach Frau und Kind. Die Arbeit und der Zustand seiner Mutter hatten ihn von ihnen ferngehalten, es nagte ein Schuldgefühl an ihm. Liu Xiaochuan schien das zu spüren und sagte lachend: »Du hast noch ein langes Leben vor dir. Als mein Vater mit sechzig in Pension ging, hat er uns, als alle Formalitäten erledigt waren und er nach Hause kam, freudig verkündet, jetzt könne er endlich gemeinsam mit seiner Frau das Leben genießen. Mehr als zwanzig Jahre haben sie anschließend miteinander verbracht. Und was war das Ergebnis? Es hing ihm zum Halse heraus. Gott sei Dank seien sie früher häufig getrennt gewesen, hat er gesagt. Wenn er nur daran dächte, mit einem Menschen unaufhörlich fünfzig oder sechzig Jahre verbringen zu müssen, würde er den Lebensmut verlieren. Siehst du, das sind die Einsichten eines lebenserfahrenen Menschen.«

Qinglin lachte, ihm gefiel, was der alte Liu von sich gegeben hatte.

Qinglin verbrachte eine Woche mit seiner Familie, morgens drehte er eine Runde in der Firma, zu tun gab es dort für ihn nichts, er ging hin, um mit Bekannten zu schwatzen. Anschließend kehrte er nach Hause zurück. Darüber hinaus verbrachte er seine Zeit damit, den Sohn zum Nachhilfeunterricht zu begleiten, abends mit seiner Frau ins Kino zu gehen oder mit ihr durch die Straßen zu bummeln. Frau und Sohn freuten sich, und er genoss dieses entspannte Dasein. Der Zustand seiner Mutter in Wuhan blieb Tag für Tag unverändert, und mit der Zeit verblassten sein Kummer und seine Unruhe. Nach wie vor bestand für seine Mutter keine Aussicht auf Heilung. Als seine Pflicht blieb ihm nur, abzuwarten und sie am Leben zu erhalten.

Seit je war Qinglin praktisch veranlagt. Er machte sich keinerlei Illusionen über seine Situation: Welche Überlebenschancen hatte jemand wie er, der sich mit leeren Händen in die Welt aufgemacht hatte, in einer Welt, in der es auf das Praktische ankam, wenn er nicht selbst praktisch und realistisch dachte und handelte. Und nur seine aufs Praktische gerichtete Lebenseinstellung erlaubte ihm, jetzt zu entspannen.

Allerdings kam ihm gelegentlich der Satz in den Sinn, den Liu Xiaochuans Vater über den Wert des Lebens geäußert hatte.

»Recht hat er«, dachte er. Ein untätiges Leben konnte ebenso ermüdend sein.

Gerade zu dieser Zeit erhielt er einen Anruf seines Kommilitonen Long Zhongyong, der ihm berichtete, dass man in West-Hubei ein ungewöhnlich interessantes Herrenhaus entdeckt habe. Er sei gerade dabei, eine Untersuchung über die Architektur privater Herrenhäuser in China durchzuführen, er plane, in Begleitung von drei Universitätsabsolventen den Ort in Augenschein zu nehmen. Er fragte Qinglin, ob er Zeit und Interesse habe, ihn auf seiner Exkursion zu begleiten.

Seine früheren Kommilitonen waren jetzt alle Kollegen, verstreut auf verschiedene Unternehmen und Design-Institute. Einige unter ihnen setzten ihre Forschungsarbeit fort und hatten ihre Universitäten nie verlassen. Long Zhongyong gehörte zu ihnen, nach seiner Promotion blieb er an der Universität.

Der Kontakt zwischen den ehemaligen Kollegen war eng, sie tauschten im Rahmen ihrer Projekte Ideen und Anregungen aus oder gaben Empfehlungen an internationale Spitzenkapazitäten weiter. Long Zhongyong hatte mit Qinglin vier Jahre lang eine Studentenbude im Wohnheim ihrer Universität geteilt, ihre Beziehung war noch etwas enger. Jedes Mal wenn Qinglin ein Projekt übernahm, rief er Long Zhongyong an, um sich dessen Meinungen einzuholen. Im Moment hatte er nichts zu tun und langweilte sich ein wenig. Daher willigte er ohne Zögern ein und erklärte umstandslos, natürlich wolle er mitkommen. Da es sich um einen Aufenthalt in Hubei handle, übernehme er als Quasihausherr sämtliche Reisekosten. Verglichen mit einem Universitätsgelehrten, überlegte er, seien seine finanziellen Verhältnisse jedenfalls um ein Vielfaches besser.

Als Treffpunkt bestimmten sie den Xujiaping-Flughafen im Bezirk Enshi in West-Hubei. Der umsichtige Qinglin traf einen halben Tag zuvor in Enshi ein, erkundigte sich und fand zu seinem Schrecken heraus, dass sich das Herrenhaus im Kreis Lichuan befand. Seinem Eindruck nach gehörte Lichuan zu den ärmsten Regionen der Provinz. Er stützte sich auf Informationen eines Bekannten aus seiner Nachbarschaft, die besagten, dass sich die Leute dort nur von Tofu anstelle von Fleisch ernährten. Höchst unwahrscheinlich, dass es in einer so armseligen Gegend eine reiche Großgrundbesitzerfamilie gegeben haben sollte, noch dazu mit einem prachtvollen Herrenhaus. Ihm kam die Sache etwas mysteriös vor.

Von einem Freund in Enshi lieh sich Qinglin einen Geländewagen und buchte per Ferngespräch im Gästehaus von Linchuan Zimmer. Er holte Auskünfte über die Wege ein, die in die Berge führten, und verfertigte sogar eine Straßenskizze. Nachdem er das erledigt hatte, fuhr er mit dem Wagen zum Flugplatz zurück, um die anderen abzuholen.

Das Flugzeug hatte Verspätung, erst um acht Uhr abends trafen Long Zhongyong und seine Begleiter ein. Long Zhongyong war hocherfreut, als er sah, dass er mit einem Wagen abgeholt wurde, und erfuhr, dass der Wagen ihnen auf der ganzen Fahrt zur Verfügung stehen würde und sogar die Unterkünfte schon gebucht waren: »War mir klar«, sagte er, »dass wir, sobald du dabei bist, nicht wie hirnlose Fliegen durch die Gegend taumeln und uns überall den Kopf anstoßen würden. Dir kann man auch die chaotischsten Sachen überlassen, du bringst Ordnung hinein.«

Qinglin hörte das gerne. Er ließ alle einsteigen und sagte lächelnd: »Glaubt bloß nicht, dass das eine Spazierfahrt wird. Wir sind hier in einem Berggebiet, sehr zerklüftet dazu. Dort, wo wir hinfahren, sind wir noch tiefer in den Bergen. Wenn die Straßen einigermaßen befahrbar sind, schaffen wir es zum Spätimbiss, wenn nicht, werden wir womöglich erst um Mitternacht ankommen.«

Den Studenten verschlug es die Sprache.

Die Fahrt war ermüdend. Außerhalb des Fahrzeugs herrschte tiefste Dunkelheit. Jenseits des Scheinwerferkegels zeichneten sich nah und fern die Schatten der Berge ab. Der winzige Geländewagen schien durch ein aufgewühltes Meer von Bergen zu schlingern.

»Professor Long, glauben Sie wirklich, dass sich reiche Leute in dieser Gegend niederlassen und ein großes Herrenhaus bauen würden?«, fragte einer der Studenten besorgt.

»Wo immer es auf der Welt Menschen gibt, ist nichts ausgeschlossen«, war Long Zhongyongs Antwort.

»Ein wahres Wort!«, dachte Qinglin.

27. Kapitel

Erst als sie am nächsten Morgen in aller Frühe losfuhren, erkannten sie die Beschaffenheit der Gegend deutlich. Anders als am Abend zuvor, als sie einen scheinbar endlosen Weg durch Berge zurückgelegt hatten, deren Konturen sich auf und ab türmend wie Meereswogen grenzenlos bis zum Horizont erstreckten, hatte man bei Tageslicht durchaus nicht den Eindruck, sich im tiefen Bergland zu befinden, da die Berge nicht übermäßig hoch und ihre Gipfel nicht spitz waren. Man empfand auch kein Gefühl von Enge, wenn man um sich blickte. Felder und Anwesen fügten sich harmonisch in die Landschaft wie in einem Flickenteppich, bescheiden und still. Die Dörfer wirkten wie aus der Idylle eines pastoralen Volksliedes.

Nach dem Verlassen der Stadt waren kaum mehr Menschen zu sehen. Am Fuß der Berge reihten sich bebaute Felder im schwellenden Grün des Frühsommers. Gelegentlich sah man dazwischen ein Bauernhaus aus Lehm, daneben einen Gemüsegarten und spärlichen Baumbewuchs. Die Bäume standen vereinzelt und verstreut, als hätten sie sich willkürlich einen Platz gesucht, um Wurzeln zu schlagen.

Sie hielten für eine Zigarettenpause und standen eine Weile am Straßenrand. »In meinen Jahren des Herumziehens habe ich so viele Landschaften gesehen, dass ich mich für abgestumpft gehalten hätte«, sagte Qinglin. »Aber ich muss sagen, dass mich der Anblick der Natur und der Umgebung hier sehr berührt.«

»Stimmt«, sagte Long Zhongyong. »So schlicht und ursprünglich, als hätte sich seit tausend Jahren nichts verändert.«

Der Student, der gestern die Frage gestellt hatte, wurde noch immer von Zweifeln geplagt. »Wir sind hier auf dem Dorf, und auf dem Land sieht es ebenso aus. Das sollten Sie doch wissen! Es wird zum Teil der Natur, weil es primitiv und arm ist. Was soll reiche Leute veranlassen, hier zu wohnen?«

»Das weiß man erst, wenn man es gesehen hat«, sagte Long Zhongyong. »Ich kriege hier Herzklopfen, dieser Ort löst bei mir starke Gefühle aus. Dieses Gefühl sagt mir, das hier ist ein Ort, der reichen und vornehmen Leuten gefällt, wenn sie einen Familiensitz errichten wollen. Du musst verstehen, dass der chinesische Reiche nicht zu denen gehörte, der mit seinem Geld durch die Lande zieht. Er braucht feste Wurzeln. Ein Ort, an dem er Wurzeln schlagen kann, wird seine Heimat. Allzu arme Gebiete, zum Beispiel solche, wo Wasserknappheit herrscht oder es keine Bäume gibt, das Leben hart und unbequem ist, liebt er nicht. Aber das hier ist eine perfekte Lage. Bergketten, die das Land abschirmen, ausreichend Wasserressourcen zum Leben. Nur etwas abgelegen. Für manche Reiche war das kein Hinderungsgrund, im Gegenteil, je abgelegener die Heimat, desto besser, weil sich der Reichtum dort leichter verbergen ließ. Zudem waren die Clanmitglieder in diesen abgelegenen Heimatdörfern schlichte Leute, sie hatten mehr Achtung vor den Geboten der Sippe als vor den Gesetzen der Regierung. Sie hatten wenig Angst vor den Behörden, aber Ehrfurcht vor den überlieferten Vorschriften der Ahnen und waren daher leicht zu Disziplin und Gehorsam zu erziehen. Man heuerte sich eine eigene Schutztruppe an und konnte sich so gegen Angriffe von außen schützen. Selbst wenn Familien in Blutfehde lebten, war es nicht einfach, jemanden zu fassen. Kurz und gut, wir befinden uns hier mitten in einer Welt, die außerhalb der bürgerlichen Ordnung steht.«

Der zweifelnde Student war noch nicht überzeugt. Qinglin dagegen war mit Long Zhongyongs Darlegungen einverstanden. Er dachte allerdings, na gut, ein weiteres großes Herrenhaus, wie er sie in vielen Dörfern Hubeis bereits gesehen hatte.

Ziel ihrer Fahrt war der Marktflecken Boyangbei, das Herrenhaus, nach dem sie suchten, trug den seltsamen Namen »Der Große Brunnen«. Der Überlieferung zufolge waren die Angehörigen dieses Clans einst von Banditen überfallen worden, und weil ihnen das Wasser ausging, mussten sie sich ergeben. Sobald die Banditen abgezogen waren, hatten sie sich darangemacht, in der Nähe einen Brunnen zu graben, den sie in ihr ummauertes Anwesen einbezogen. Das Clan-Oberhaupt schrieb auf die Umfassungsmauer die drei Zeichen »Der Große Brunnen«. Später wurde daraus die Bezeichnung des ganzen Anwesens.

Im Wagen unterhielten sie sich während der Fahrt über die Unterschiede zwischen den nordchinesischen und südchinesischen Herrenhäusern, darüber, dass das in Privatbesitz versteckte Vermögen die Grundlage staatlicher Prosperität gewesen sei, darüber, wie sehr die traditionellen Wohngebäude es verstanden, sich harmonisch in die Natur einzufügen, wie sehr sich die Symbole der chinesischen Kultur überall in der traditionelle Volksarchitektur manifestierten. »Das alles gibt es jetzt nicht mehr«, sagte Long Zhongyong. »In Zeiten, wo es keine Architekten gab, wussten unsere Gebäude, dass sie die Natur respektieren, mit ihr zu einer Einheit verschmelzen und ein organischer Bestandteil der Natur werden mussten, um dauerhaft Bestand zu haben. Heute dagegen sind sämtliche Neubauten in den Dörfern Ausdruck einer arroganten Drohgebärde gegenüber der Natur. Als wollten sie verkünden, schaut her, ich bin viel bedeutender als du und deswegen viel glanzvoller und auftrumpfender. Mit keinem dieser neuen Gebäude wird es ein gutes Ende nehmen. Gegen die Natur kommt man nicht an.«

Qinglin fand Long Zhongyongs Standpunkt originell. Er ergänzte: »Daher haben unsere Lehrer immer betont, dass man beim Bau alltäglich genutzter Wohngebäude Zurückhaltung üben muss, je zurückhaltender, desto besser. Das gilt übrigens nicht nur für Gebäude, auch im menschlichen Leben bieten nur Zurückhaltung und Dem-natürlichen-Gang-der-Dinge-Folgen die Garantie langer Dauer.«

»Bezieht sich Ihre Garantie für lange Dauer auf das Leben, Doktor Wu?«

Die Frage traf Qinglin unvorbereitet. Er schwieg mehrere Sekunden lang, dann antwortete er: »Ich denke, so ungefähr.«

Die drei Studenten brachen in Gelächter aus. Was bedeutet ihr Lachen?, fragte sich Qinglin.

Vor ihnen tauchte endlich das baufällige Gemäuer des »Großen Brunnens« auf. Qinglin parkte das Auto am Straßenrand, und sie betraten nacheinander das Anwesen, das von außen unscheinbar war. Nichts am Gebäude machte auf sie einen attraktiven Eindruck. Das Tor öffnete sich in einer Schräge von fünfundvierzig Grad. Südchinesische Anwesen achteten auf Fengshui, die Ausrichtung des Tores wende sich in jedem Fall gegen die Berge und zum Wasser, erklärte Long Zhongyong.

Über dem Tor befand sich eine Tafel mit einer Inschrift, darauf stand »Qinglian Meiyin«, »Im süßen Schatten des blauen Lotus«. »Keine Frage, diese Familie trug den Familiennamen Li*«, sagte Qinglin.

* Anspielung auf ein Gedicht des großen klassischen Poeten Li Bai (Li Taipeh (李白), 701–762), der angeblich ein entfernter Verwandter der gleichnamigen kaiserlichen Familie der Tang-Dynastie war, es aber vorzog, daraus keinen Nutzen zu ziehen

»Man sieht deutlich, dass es sich bei dieser Familie um kultivierte Leute gehandelt hat, denen die Zugehörigkeit zu den Gebildeten und Gelehrten wichtiger war als die zur kaiserlichen Familie«, sagte Long Zhongyong lachend.

»Die Zeit der Kaiserfamilie Li der Tang-Dynastie liegt auch zu weit zurück, um daraus Ansprüche abzuleiten«, sagte ebenfalls lachend einer der Studenten.

Ein anderer Student widersprach: »Li Bai gehörte doch auch zur kaiserlichen Familie der Tang-Dynastie. Und trotzdem ist er uns nah.«

Der dritte Student meldete sich zu Wort: »Das beweist, dass Li Bais Ruf den des Kaiserhauses übertraf und sein Selbstbewusstsein sich vor allem darauf gründete.«

Lachend betrat die Gruppe das Innere des Anwesens. Der Staub, der sich auf den Geländern abgelagert hatte, und die muffige Luft in den Räumen ließen deutlich erkennen, dass es seit langem unbewohnt war. Sie fanden einen betagten Wächter vor, dem sie erklärten, sie seien Universitätsdozenten, die alte Gebäude erforschten. Er ließ keine besondere Reaktion erkennen, nur ein freundlich-törichtes Lächeln, und sie durften passieren. Allem Anschein nach kamen hier selten Leute vorbei, und man freute sich über das Interesse der spärlichen Besucher.

Beim Betreten des Gebäude-Inneren entdeckten sie, dass es aus einer endlosen Abfolge von Räumen und Innenhöfen bestand, die sie zunehmend in Erstaunen versetzte. Nach einem ersten Rundgang sagte Long Zhongyong: »Das ist kein einfaches vor hundert Jahren gebautes großes Wohnhaus, das ist die komplette Wohnanlage einer Großgrundbesitzerfamilie. Achtet einmal auf die stilistischen Veränderungen. Dahinter steht eine über zweihundertjährige Geschichte, wenn nicht mehr. Man erkennt hier die Spuren mehrerer Dynastien.«

Die Studenten nummerierten die Innenhöfe und kamen auf über zwanzig. Die einzelnen Räume und die mehrstöckigen Gebäude waren kaum zählbar. Obwohl sich überall Spuren des zeitlichen Verfalls bemerkbar machten, ließen die kunstreich geschnitzten Holzfenster und farbigen Dachgesimse den ursprünglichen Formenreichtum und die künstlerische Qualität erkennen. »Mein Gott, schaut euch diese Säulenkapitelle an«, rief einer der Studenten. »Sie sind wie ein Chinakohl geformt. Wer hat sich denn so etwas ausgedacht? Eine absurde Kombination von chinesischen und westlichen Elementen.«

»Das ist nicht ungewöhnlich«, erklärte Long Zhongyong. »In Gebäuden für reich gewordene Personen aus dem Volk spielten glückverheißende Symbole eine große Rolle. Baicai, der Chinakohl, steht für ›bai cai‹, hundertfacher Reichtum. Solche Symbole finden sich häufig in Holzschnitzereien. In der Republikzeit* wurde es jedoch Mode, auf ziemlich plumpe Weise chinesische und westliche Stilelemente zu kombinieren; viele dieser Tycoons wollten westliche Kapitelle imitieren, zugleich aber auch ihre kulturellen Wurzeln nicht restlos aufgeben, und so setzte man auf die Säulen einfach diesen Chinakohl.«

Auch Qinglin war verblüfft. Als sie die Wohnanlage verließen und die angrenzende Ahnenhalle betraten, steigerte sich seine Verblüffung in Erschütterung. Mauern und Tore korrespondierten mit dem in der Ferne aufragenden Bergrücken. Und die Würde und Pracht der Innenausstattung führte ihnen den unschätzbaren Wert dieser südchinesischen Großgrundbesitzeranlage noch deutlicher vor Augen. Ein Gesamtkunstwerk, von den Dachgesimsen bis zu den Galerien, von den Türen bis zu den Fenstern, von unten bis oben, von den Details zu den Gesamtansichten, alles war mit höchstem künstlerischen Bewusstsein gestaltet. In diesem künstlerischen Bewusstsein manifestierte

* 1911–1949, die Zeit zwischen dem Sturz der letzten kaiserlichen Dynastie und der Machtergreifung der Kommunisten

sich der Respekt einer reichen und vornehmen südchinesischen Familie vor den eigenen kulturellen Traditionen.

Außerhalb der Ahnenhalle schienen die Bergketten in die Ferne zurückzuweichen, aber zugleich in ihren gestaffelten Konturen heranzudrängen.

Qinglin verschlug es einfach die Sprache, mit einem so überwältigendem Ertrag hatte er nicht im Traum gerechnet. Den größten Eindruck jedoch machten ihm die beiden riesigen eingravierten Schriftzeichen auf der Geistermauer* der Anlage, auf jeder Seite eines. Das Zeichen »ren« (忍), »Ertragen«, auf der einen, das Zeichen »nai« (耐), »Geduld«, auf der anderen Seite. Welche Erfahrungen, welche Empfindungen hatten sich in das Bewusstsein dieser Familie so eingegraben, dass diese beiden Zeichen zum Motto ihres Lebens wurden?

Er hatte das Gefühl, dass sie in ihm etwas anschlugen, aber es nahm keine Gestalt an und entzog sich seinem Zugriff. So als fasse er mit beiden Händen in einen dichten und tiefen Wolkenhaufen, hielte ihn bereits fest, und doch blieben seine Hände leer.

Long Zhongyong entschied sich dafür, im Marktflecken zu bleiben und mit seinen Studenten die Anlage als Ganzes und im Detail, von den Strukturen bis zu den Türen und Fenstern, die Wandgemälde, die eingravierten Paarreime, die Gedenktafeln usw., vollständig zu vermessen, zu zeichnen und zu analysieren, kurz und gut, sie sowohl in architektonischer wie in kultureller Hinsicht zu einer wissenschaftlichen Fallstudie zu machen. »Man kennt in China nur die Herrensitze südlich des Jangtse«, sagte Long Zhongyong. »Über südchinesische Herrensitze außerhalb dieses Gebiets ist wenig bekannt. Davon wird mein nächstes Buch handeln.«

* Mauer, die versetzt zum Haupteingang eines Anwesens steht und bösen Geistern den Zutritt verwehren soll

»Das ist wahr«, antwortete Qinglin. »Vor allem über die großen Herrensitze im Zentrum Südchinas, gewissermaßen im Bauch Chinas, weiß man wirklich kaum etwas.«

»Ähnliche historische Denkmäler habe ich viele gesehen«, sagte Long Zhongyong. »Mich interessiert jetzt vor allem die Frage nach dem Aufstieg und dem Untergang dieser Sippen. Wüssten wir mehr über diese Vorgänge, würde uns das beim Verständnis der Architekturgeschichte helfen. Umgekehrt, sobald wir die Prozesse von architekturhistorischen Blüte- und Verfallszeiten besser verstehen, hilft uns das, die Wendepunkte der chinesischen Geschichte und ihre realen Entwicklungsabläufe richtig zu verstehen.«

Qinglin lachte: »Wow, mit einem Mal so tiefschürfend, du schüchterst mich ein.«

Die drei Studenten lachten ebenfalls. Einer von ihnen sagte: »In seinem Unterricht geht es nicht anders zu. Kaum ergreift er das Wort, geht es in die Tiefe, dass uns schwindlig wird.«

Long Zhongyongs gewöhnlich ernsthafte Miene wurde noch ernsthafter. »Architektur ist nicht nur eine Kunst, sie dient auch dem menschlichen Gebrauch«, sagte er. »Diese Anlagen sind Kristallisationspunkte von Sippe, Natur und jeglicher Art gesellschaftlicher Beziehungen. Der Grund ihres Entstehens, der Prozess ihres Aufblühens und ebenso ihres vollständigen Verfalls hängen aufs Engste mit gesellschaftlichen Veränderungen zusammen. Wenn wir die Architektur dieser Anlagen wirklich verstehen wollen, müssen wir ihre wahre Geschichte kennen. Sie mag mit dem, was in den Büchern steht, nicht übereinstimmen, und wir werden über die Geschichte jener Zeiten nur Gewissheit erhalten, wenn wir uns auf die Daten stützen, die uns diese Gebäude selbst liefern.«

Qinglin lachte erneut: »Wenn es nach dir ginge, würde der Hörsaal wohl hierherverlegt!«

Die Schüler brachen unisono in Gelächter aus. Long Zhongyong musste notgedrungen mit einstimmen.

28. Kapitel

Für den Nachmittag hatte ihnen ein Bekannter den Kontakt zu einer ortsansässigen Familie vermittelt. Es hieß, der Großvater habe in jungen Jahren als Wächter im »Großen Brunnen« gearbeitet und wohne in der Nähe am Fuß der Berge. Die Nachricht weckte bei allen Interesse, insbesondere bei Long Zhongyong, der unaufhörlich betonte, wie wichtig mündliche Berichte von Augenzeugen seien.

Der alte Herr hieß Xiang und war bereits ein wenig senil. Was er über die Vergangenheit zu berichten wusste, äußerte sich weniger in präzisen Erinnerungen als in langatmigem Geschwätz, das sich vor allem um ihn selbst drehte. Die Anwesenheit seiner Gäste versetzte ihn in Hochstimmung. Er zog seine langstielige Tabakspfeife hervor und bestand darauf, dass die Gäste ebenfalls ein paar Züge nahmen. Qinglin sah, dass der lange Pfeifenstiel aus Bambus bestand und durch langen Gebrauch pechschwarz glänzte. Das Ende des Pfeifenkopfs lief spitz zu und war leicht nach oben gebogen, es bestand aus dünnem Silberblech mit eingraviertem Fischschuppenmuster, sehr kunstfertig und nobel. Das Mundstück dagegen war mit blassgrüner Jade eingelegt, sie war nicht vom Alter nachgedunkelt, sondern schimmerte noch immer in einem warmen Glanz. Die Pfeife stamme aus dem damals verteilten konfiszierten Besitz des Großgrundbesitzers, er habe sie dem Leiter der Arbeitsgruppe abgeschwatzt, erzählte der Alte. Nur wegen der hochverehrten Gäste habe er sie hervorgeholt, sonst bringe er es nicht über sich, sie zu benutzen. Das Stück sei heutzutage wahrscheinlich tausend Kuai wert, meinte er.

»Wenn es ein Stück aus der Familie des ehemaligen Großgrundbesitzers ist, wahrscheinlich an die zehntausend«, sagte Long Zhongyong.

Der alte Xiang wandte sich hastig an seinen Sohn: »Hörst du, was der Herr Professor sagt, das ist mächtig was wert. Pass in Zukunft gut drauf auf.«

Er sprach in schwerem Dialekt, und seine Erzählungen verloren häufig ihren logischen Zusammenhang. Long Zhongyong hatte keine Schwierigkeiten, ihn zu verstehen, er stammte aus der Provinz Guizhou und war mit der Intonation der Leute aus dem Südwesten vertraut, wenn sie sich bemühten, Hochsprache zu sprechen. Qinglin war in Wuhan aufgewachsen und verstand im Großen und Ganzen, was der Alte sagte. Schlechter dran waren Long Zhongyongs drei Postgraduierte. Der eine kam aus Shandong, der andere aus Liaoning und der dritte aus Fujian*. Ihr Lehrer Long Zhongyong musste mehr oder weniger als ihr Dolmetscher fungieren. Auf diese Weise zog sich das Gespräch in die Länge.

Die Sache mit der Familie Li, da müsse man dreihundert Jahre zurückgehen. Die ersten Li wären zwei Brüder gewesen, die aus der Provinz Hunan nach Sichuan gekommen seien. Also damals hätte der Ort hier zu Ost-Sichuan, zum Kreis Fengjie gehört. Zuerst hätten die beiden Brüder für einen Großgrundbesitzer namens Huang gearbeitet. Der ältere sei ein fähiger Bursche und ein kluger Kopf gewesen und habe es nach und nach bis zum Buchhalter geschafft. Er habe nebenbei so seine Geschäftchen getrieben und es mit der Zeit damit weiter gebracht als seine Herrschaft. Schließlich sei er selbst Chef geworden. Das älteste Haus dort in der Anlage sei das ehemalige Wohnhaus der Huangs gewesen. Die beiden Brüder hätten einen Haufen Geld gemacht und ihre Kinder zum Unterricht geschickt. Und als die ausgelernt hatten, seien sie Beamte geworden, das sei damals so üblich gewesen. War man Beamter, sei einem das Geld zugeflogen und der Familienbesitz immer weiter gewachsen. Große Familien

* Provinzen im Westen, Nordwesten und Südwesten Chinas

hätten nun mal großen Appetit, was soll man sagen? Wenn man zu Geld gekommen sei, legte man sich mehrere Ehefrauen zu, viele Weiber, viele Kinder, alles wächst und wächst. Was da bei den Sippentreffen der verschiedenen Zweige des Clans zusammengekommen sei, Männlein, Weiblein, Alte und Junge, mehr als hundert Personen. Wenn so eine Sippe es richtig zu was gebracht hat, dann reichte natürlich der Platz nicht mehr aus, dann musste gebaut werden. Geld habe keine Rolle gespielt, es musste was Neues her. So sei es Generation um Generation gegangen, ständig sei neu gebaut worden, und so seien eine Menge neuer Anwesen entstanden. Die Li-Sippe sei eine große Nummer in Ost-Sichuan geworden, im Umkreis von mehreren zig Li* hätte alles bebaubare Land ihnen gehört.

Warum die Anlage, die sie besichtigt hätten, »Großer Brunnen« heiße? Damals seien die Leute hier bettelarm gewesen, und es habe überall Banditen gegeben, Überfälle seien an der Tagesordnung gewesen. Die Banditen hätten das Land durchstreift und sich »zum Essen eingeladen«, wenn sie irgendwo Geld gewittert hätten. Aber die alten Herrschaften hätten sich nie vor ihnen gefürchtet. Sie hätten doch die Ahnenhalle gesehen, oder? Die dicken Mauern? Hundertacht Schussfenster, hundertacht kräftige Kerle zur Verteidigung, einer pro Schussfenster, da kommt kein Bandit lebendig davon. Ein paarmal hätten es die Banditen versucht, bis sie begriffen hätten, dass man sich besser nicht mit den Li anlegt. Aber später sei ein gewisser He mit einem Trupp Soldaten gekommen, das sei in der Republikzeit gewesen. Er selbst sei damals noch ein Kind gewesen, sein Vater habe zu den Schützen gehört, die das Anwesen verteidigt hätten. Der habe erzählt, dass die Soldaten das Gebäude ein paar Tage umzingelt hätten, es jedoch nicht schafften einzudringen. Aber denen in der Ahnenhalle sei das Wasser ausgegangen. Das

* Altes chinesisches Längenmaß, ca. 500 m

Oberhaupt der Sippe Li, der war auch unser Pachtherr, Li Gaiwu hat er geheißen, habe keine Wahl gehabt, als allein hoch zu Pferde hinauszureiten und zu verhandeln. Einen hübschen Batzen Geld habe er dem He zahlen müssen, der habe sich immerhin an die ungeschriebenen Gesetze der Zunft gehalten und sei mit dem Geld abgezogen. Sobald sie fort waren, habe der alte Herr beschlossen, einen Brunnen zu graben. Als er fertig war, sei er mit einer hohen Mauer umgeben worden. Als die Wasserversorgung gesichert gewesen sei, habe sich der alte Herr vor nichts mehr gefürchtet, egal in welcher Truppenstärke sie wiedergekommen seien. Die Schriftzeichen auf der Mauer hätten sie sicher gesehen. Die stammten vom alten Li Gaiwu. So große Schriftzeichen, daran könne man sehen, was für ein großer Herr er gewesen sei.

Aber dass die Befreiung* kommen würde und die dicken und hohen Mauern nichts nützen würden, damit habe er nicht gerechnet. Der gesamte Li-Clan, all die Grundbesitzer, junge wie alte, zig Personen seien auf grausame Weise »bekämpft« worden. Das damalige Oberhaupt der Wohnanlage, die sie besichtigt hätten, habe Li Liangqing geheißen. Sein ältester Sohn und seine Frau seien erschossen worden, der drittälteste habe sich vom Turm gestürzt. Er selbst sei damals um die zwanzig und einer der Pächter von Li Gaiwu gewesen, habe also zu den Armen gehört. Aktivist sei er aber nicht gewesen. Die Li hätten seine Familie gut behandelt, seine Mutter habe ihm verboten, sich zu beteiligen. Aber beim Verbrennen ihrer Grundbesitz- und Pachturkunden habe er mitgemacht, seine Mutter war damit einverstanden gewesen. Das Land hätten sie dann für sich bearbeitet und keine Pacht mehr an die Grundbesitzer abführen müssen.

Sein Pachtherr, Li Gaiwu, sei ein heller Kopf gewesen, er habe sich als Aktivist an den Säuberungsmaßnahmen gegen die

* Offizielle Bezeichnung für die Machtübernahme durch die Kommunisten 1949

Banditen und dem Kampf gegen tyrannische Großgrundbesitzer beteiligt und sei, soweit er gehört habe, später sogar Leiter der Gruppe für Bodenreform im Wan-Kreis geworden. Er habe geglaubt, auf diese Weise der Konfiszierung und Plünderung zu entkommen, aber die Bauernvereinigung habe darauf bestanden, dass er zurückkam und sich der Bekämpfung stellte. Die Kreisbehörden hätten ihn geschützt und angeordnet, dass es verboten sei, ihn zu erschießen oder am Seil hochzuziehen und zu prügeln. Die Bauernvereinigung habe sich gefügt, aber viele Leute hätten ihn gehasst, und deshalb hätten sie die ganze Familie in seinem Anwesen eingeschlossen und ihnen verboten, es zu verlassen. Geschlagen hätten sie ihn nicht und auch nicht erschossen, aber sie hätten ihnen die Nahrungsmittelversorgung abgeschnitten. Darüber habe in der Verordnung des Kreises nichts gestanden. Sie hätten keinerlei Getreidevorräte gehabt, und die ganze Familie sei bei lebendigem Leib verhungert, selbst die kleine Tochter sei mit ihnen an Hunger krepiert. Er habe keine Ahnung, was sie in ihrem früheren Leben verbrochen hätten, wofür sie im gegenwärtigen so grausam hätten bezahlen müssen.

Als der alte Xiang seinen bruchstückhaften und oft unzusammenhängenden Bericht über die Geschichte der Familie Li beendete, war es bereits dunkel.

Der letzte Satz des alten Xiang lautete: »So ist der Li-Familie der Garaus gemacht worden.«

Danach war nur noch zu hören, wie er an seiner Pfeife zog.

Qinglin war innerlich aufgewühlt, er spürte hautnah die Gnadenlosigkeit und Grausamkeit der damaligen Zeitläufte, er musste an die beiden Zeichen am Anwesen denken: »Ertragen« und »Geduld«. Was hatten sie in diesen aufgewühlten Zeiten genützt? Nicht das Geringste.

Die drei Studenten schluckten schwer. »Viele Leute halten solche Vorgänge beim Wechsel der Herrschaft zur Stabilisierung der Verhältnisse im Lande für unvermeidlich«, sagte Long

Zhongyong zu ihnen. »Aber wir sollten uns die Frage stellen, ob so viel Brutalität notwendig ist.«

»Stimmt«, dachte Qinglin, »wozu so viel Brutalität? Hätte man die Sache mit Vernunft betrieben, hätte es andere und bessere Methoden gegeben.«

Vielleicht waren sie früher zu wenig mit solchen Inhalten konfrontiert worden, hatten zu wenig Ahnung von den historischen Geschehnissen. Die Geschichte dieser Familie hatte sie womöglich noch mehr durchgerüttelt als die Erschütterung, die sie bei der Besichtigung der Anlage empfunden hatten.

Auf der Rückfahrt in die Kreisstadt fiel kein Wort. Jeder schien seinen Gedanken nachzuhängen, zugleich machte sich in ihren Köpfen offenbar eine Art Leere breit.

Sie aßen in der Stadt zu Abend. Long Zhongyong hatte beschlossen, den folgenden Tag im Marktflecken zu verbringen. »Vermutlich ist es zu weit gefasst, vom Süden allgemein zu sprechen, wenn es um die südlichen Herrenhäuser geht. Ich beziehe mich dabei auf die Gebiete am Mittellauf des Jangtse. In diesem Teil des Landes sind große Anwesen eher selten, vor allem wenn man die Provinzen Shanxi und die Gebiete südlich des Jangtse zum Vergleich heranzieht. Aber in diesen abgelegenen Gebieten, selbst inmitten von Wäldern, tauchen unvermutet große Anlagen auf, die uns in Staunen versetzen und über deren Ursprung wir nichts wissen. Herkunft und gesellschaftliche Stellung ihrer Besitzer rufen in uns oft Zweifel hervor, auch die Herkunft der Baumaterialien ist ziemlich unklar. Bei allen meinen Reisen hier im Süden begleitet mich ein Gefühl von etwas Geheimnisvollem. So als ob sich hinter allen diesen Anlagen und Anwesen unaussprechliche Dinge verbergen. Enshi liegt bereits ziemlich abseits, Lichuan noch mehr, und im noch abgelegeneren Marktflecken Boyang findet sich, wie wir heute gesehen haben, tatsächlich ein Anwesen von der Größe des ›Großen Brunnens‹. Wirklich unglaublich. Habt ihr die zwölf Tragbalken bemerkt, die von einer

Säule gehalten werden? Wie viel Erfahrung und handwerkliches Geschick und wie viel Perfektion steckt dahinter.«

Das war ihr Gesprächsthema beim Essen.

»Professor, steht das Wort ›Geheimnis‹, das Sie verwendet haben, für die Unvorhersehbarkeit im Lauf der Dinge?«, fragte einer der Studenten.

»Der Lauf der Dinge ist tatsächlich unvorhersehbar«, antwortete Long Zhongyong. »Aber die Geheimnisse meine ich wörtlich. Ich habe einmal die Anlage der Familie Chen in Ost-Sichuan besichtigt, sie ist noch ungleich größer als der ›Große Brunnen‹. Auf dem ganzen Anwesen findet man kein Drainagesystem, aber seit hundert Jahren stand es nie unter Wasser, gleichgültig wie heftig es geregnet hat. Bei diesem Anblick überkommt mich wirklich das Gefühl eines Geheimnisses.«

Qinglin wollte gerade antworten, als sein Mobiltelefon klingelte. Der Anruf kam von Liu Xiaochuan, seinem Chef.

Liu Xiaochun erklärte ihm, dass er seinen Vater beim Besuch eines Freundes nach Chongqing begleite. Plötzlich sei eine dringende Angelegenheit dazwischengekommen, er müsse umgehend in die USA fliegen. Sein Bruder und seine Frau seien auf Reisen in Europa und kämen erst in drei Tagen zurück. Er wisse, dass sich Qinglin gerade im Bezirk Enshi aufhalte, und wolle anfragen, ob er auf einen Sprung nach Chongqing kommen könne, um seinen Vater zu betreuen. »Selten genug, dass sich der alte Herr auf Reisen begibt, jetzt hat er es hierhergeschafft, er kann jetzt unmöglich einfach umkehren, ohne etwas unternommen zu haben. Ich hatte ursprünglich vor, hier jemanden zu finden, der den alten Herrn begleitet, aber er hat Sie genannt, ich solle Sie fragen, ob Sie ihn begleiten wollen. Er schätzt Sie sehr. Und mir fiel ein, dass Sie ja ganz in der Nähe sind. Wären Sie bereit?«

Qinglin erklärte ihm, dass er sich tatsächlich gerade in Lichuan aufhalte. Er wisse allerdings nicht, ob es eine Flugverbindung vom Flughafen Xujiaping nach Chongqing gebe. Wenn er zuerst nach Wuhan zurückmüsse, würde der Weg vermutlich zwei Tage in Anspruch nehmen. Liu Xiaochuan erwiderte: »So ein Umweg ist zu umständlich. Von Lichuan aus ist es doch viel einfacher. Lichuan gehörte früher zum Bezirk Wan. Und Vater hatte sowieso vor, nach Ost-Sichuan zu fahren. Der Fahrer soll ihn morgen nach Wan bringen. Sie fahren am besten morgen früh dorthin, das sind keine zweihundert Kilometer, Sie brauchen höchstens einen halben Tag. Mein Bruder und seine Frau kommen in drei Tagen, dann können Sie nach Lichuan zurückkehren.«

Qinglin überlegte kurz und sagte dann: »In Ordnung.«

Qinglin erläuterte Long Zhongyong in wenigen Worten die veränderte Sachlage. »Kein Grund zur Beunruhigung, geh du deinen Geschäften nach«, antwortete Long Zhongyong. »Wir werden im Dorf jedenfalls ein paar Tage zubringen. Das Anfertigen von Plänen ist Fisselarbeit, an so was ist ein langjähriger Chef wie du vermutlich nicht mehr gewöhnt.«

»Was heißt hier Chef? Du siehst doch, kaum ruft mein Chef, hat ein Lohnknecht wie ich auf Knopfdruck zu springen.«

29. Kapitel

Qinglin traf am Nachmittag in der Lobby des Hotels Wanzhou International mit Liu Jinyuan zusammen.

Liu Jinyuans bereits gerötetes Gesicht wirkte in diesem Moment noch röter. Ursache war vermutlich entweder die Strapaze der Fahrt oder die Aufregung. An seinem Händedruck bei der Begrüßung spürte Qinglin, wie viel Kraft nach wie vor in ihm steckte.

»Qinglin, ich habe darum gebeten, dass Sie mich begleiten«, sagte Liu Jinyuan. »Ich habe Xiaochuan gesagt, wenn mich schon jemand begleiten muss, dann will ich Sie. Xiaochuan ist ein gehorsamer Sohn und hat gesagt, er steht gerade dafür, dass er Sie hierherholt. Hätte nicht gedacht, dass es so schnell funktioniert. Einen alten Knacker wie mich zu begleiten bedeutet in jeder Hinsicht eine zusätzliche Belastung. Ich hoffe, ich halte Sie nicht von wichtigen Angelegenheiten ab.«

»In keiner Weise. Es ist mir eine Ehre, Sie begleiten zu können.«

»Ich habe von Xiaochuan gehört, dass es Ihrer Mutter nicht gut geht.«

»Nun ja, man kann nichts machen. Sie ist in einer Art Wachkoma, sehr ruhig. Ich habe eine Pflegerin eingestellt, die sich um sie kümmert.«

»Oh, Xiaochuan hat mir erzählt, dass Ihre Mutter Sie allein großgezogen hat, nachdem Ihr Vater gestorben ist. Nicht einfach. Sie müssen der alten Dame gegenüber Ihre Kindespflicht erfüllen.«

Qinglins Gesicht verdüsterte sich für einen Moment, dann sagte er: »Womöglich hat sie genau die Erfüllung meiner Kindespflicht krank gemacht.«

»So dürfen Sie auf keinen Fall denken. Eltern verstehen sehr genau, wie ein Kind zu ihnen steht. Ihre Mutter mag zwar so krank sein, dass sie nichts mehr wahrnimmt, aber in ihrem Herzen herrscht Klarheit.«

»Hm, hoffentlich haben Sie recht. Herr Liu, sagen Sie, haben Sie früher in dieser Gegend Krieg geführt?«

»Ja, einen ziemlich üblen Krieg. Einkreisung und Vernichtung von Banditen. Wie Deng Xiaoping* damals gesagt hat, stand dieser Kampf dem Huaihai-Feldzug** an Heftigkeit nicht nach. Wenn es Sie interessiert, erzähle ich Ihnen später in Ruhe davon.«

* Chinesischer Politiker 1904–1997, »Vater« der chinesischen Politik der Öffnung und Reform nach der »Kulturrevolution«

** Feldzug in Mittelchina von Juni 1948 bis Januar 1949, bei dem die kommunistische Rote Armee die Armeen der Nationalregierung entscheidend besiegte

Qinglin lachte: »Gerne. Die Fahrt hat Sie sicher erschöpft, ruhen Sie sich erst einmal aus. Ich begleite Sie später zum Essen. Soweit ich weiß, ist gebratener Fisch eine lokale Spezialität. Ich lade Sie ein.«

»Oh, wenn ich das höre, fängt mein Magen an zu knurren. Xiaochuans Mutter stammte aus Wuxi, sie war Expertin im Braten von Fisch und hat ihre Künste damals an unsere Haushälterin weitergegeben. Die stammte auch von hier, war intelligent, aufmerksam und gewissenhaft, sie hat ihre Lehrerin übertroffen.«

Während des Sprechens wiegte Liu Jinyuan den Kopf hin und her und schloss die Augen, als rufe er sich den Geschmack des gebratenen Fisches in seine Erinnerung zurück. Qinglin unterdrückte ein Lachen, auch er hatte eine Vorliebe für gebratenen Fisch, den auch seine Mutter häufig zubereitete und dabei nie vergaß zu bemerken, dass der Sichuanpfeffer, den sie heutzutage auf dem Markt bekäme, sich nicht mit dem von früher vergleichen ließe.

Er dachte ein wenig sehnsuchtsvoll an seine Mutter. Würde sie jemals wieder aus ihrer Trance aufwachen? Wenn ja, würde er sie jedenfalls bitten, ihm ein paarmal gebratenen Fisch zu machen.

Bei Einbruch der Dämmerung ging Qinglin davon aus, dass sich Liu Jinyuan hinreichend ausgeruht hatte, und verabredete mit ihm, auswärts zu essen. Sie verließen gemeinsam das Hotel, es gab am Wegesrand unzählige kleine Restaurants. Obwohl der Drei-Schluchten-Damm erst vor kurzem die Hälfte der Fläche des Bezirks Wan überflutet hatte und es dort ziemlich chaotisch zuging, waren die Restaurants voll in Betrieb.

»Die Zeiten haben sich weiß Gott verändert«, seufzte Liu Jinyuan. »Früher gab es all diese Restaurants nicht, nichts hier erinnert mich an früher.«

»Heute verändern sich die Städte innerhalb von zehn Jahren grundlegend, innerhalb von fünf Jahren spürbar. Wann sind Sie das letzte Mal hier gewesen?«

»Vor vierzig Jahren.«

»Das bedeutet eine viermalige grundlegende und achtmalige spürbare Veränderung.«

»Das bedeutet viermaliges Kacken und achtmal Pissen, ist es nicht so?«

Qinglin lachte: »Ihr Humor ist ziemlich schwarz.«

Auch Liu Jinyuan musste lachen. Sein Leben lang war er auf Haltung und Seriosität bedacht gewesen, doch die lange Untätigkeit nach der Pensionierung war nicht ohne Einfluss auf seinen Charakter geblieben. War er so ausfallend geworden und so ohne Hoffnung, weil ihn die Welt nicht mehr brauchte?

An einer Straßenkreuzung hielt Liu Jinyuan an und sah sich um. Er deutete auf ein mehrstöckiges Gebäude vor ihnen und sagte: »Hier war früher das Krankenhaus des Militärbezirks. Xiaochuan wurde hier zur Welt gebracht. Mein Gott, das liegt jetzt fünfzig Jahre zurück, das Alter verschont keinen von uns.«

»Aha, hier also wurde Generaldirektor Liu geboren. Schwelgen Sie weiter in Erinnerungen, Onkel Liu, ich werde das verwenden, um Geheimnisse zu lüften, mit denen ich mich nach Rückkehr in der Firma in Szene setzen kann.«

»So ein Winzling mit nacktem Arsch, was ist daran geheimnisvoll? Der Arzt packt ihn an den Füßen und klatscht ihm ein paarmal auf den Hintern.«

Qinglin musste lachen, auch Liu Jinyuan lachte. Sein Lachen dröhnte derart, dass einige Passanten zu ihm hinsahen.

Qinglin fand ein kleines Restaurant, das auf gebratenen Fisch spezialisiert war. Er betrat es zuerst, um sich umzusehen, und sagte beim Herauskommen: »Sehr sauber, was denken Sie?«

»Sie reden wie Xiaochuans Mutter. Ihr Leben lang war das der Satz, den sie am häufigsten von sich gegeben hat. Sauber musste es sein.«

Qinglin lachte: »Genau wie meine Mutter und meine Frau.«

»Alle Frauen auf der Welt sind gleich. Ihr Geschwätz geht einem auf die Nerven, aber ohne sie können wir nicht leben.«

»Das stimmt wohl. Sie haben tiefere Einsichten in die Materie als ich.«

Das Fischrestaurant war klein und erfüllt vom Geruch des Sichuanpfeffers. Der Wirt sprach mit der piepsigen Stimme des Dialekts von Wan. Er begrüßte sie unzeremoniell und herzlich: »Fensterplätze für die beiden Chefs. Für den älteren Herrn diesen Platz hier, er ist bequem, bietet mehr Beinfreiheit und den Blick auf die Landschaft draußen.«

Qinglin und Liu Jinyuan setzten sich auf die ihnen zugewiesenen Plätze. »Alles hat sich verändert«, sagte Liu Jinyuan, »aber es riecht hier noch wie früher. Und die Leute sind noch immer so herzlich und aufmerksam wie damals.«

»Wie viele Jahre haben Sie hier zugebracht?«, fragte Qinglin.

»So an die zehn. Das war die entspannteste Zeit meines Lebens. Kurz nach Gründung des neuen China, der Krieg war zu Ende, und die Banditen waren beseitigt, es war ruhig und friedlich, und mein Gehalt reichte zum Leben. Drei kleine Kinder in der Familie, zwei Söhne und eine Tochter, alle lebhaft und gesund. Zusammen mit meiner Frau und der Haushälterin waren wir zu sechst. Meine härtesten Kämpfe waren die mit den ungezogenen Rangen, allen voran Xiaochuan. Das war das Leben, von dem wir auf dem Schlachtfeld geträumt haben. Als ich zur Armee gestoßen bin, hat unser Zugführer es so ausgedrückt: ›Was bedeutet Kommunismus? Frau, Kinder und ein geheiztes Ofenbett.‹ So haben wir damals alle gedacht.«

Lachend sagte Qinglin: »Also das war Ihr damaliges Ideal? Interessant.«

»Wirklich und wahrhaftig, angetrieben hat uns der Wunsch, nach Hause zurückkehren und ein anständiges Leben führen zu können«, sagte Liu Jinyuan. »Glauben Sie ernsthaft, wir wollten die Menschheit befreien? Das denken intellektuelle Städter. Aber die meisten von uns waren Bauern, wir kamen aus den Dörfern direkt an die Front. An der Revolution haben wir uns beteiligt, um ein vernünftiges Leben zu haben und nicht von Großgrundbesitzern geschunden zu werden. Als ich zur Armee ging, habe ich zu meinen Eltern gesagt: ›Erst verjagen wir die Japaner, dann geht es nach Hause, und das gute Leben beginnt.‹ Später hieß es: ›Erst besiegen wir die Guomindang, dann geht es nach Hause, und das gute Leben beginnt.‹ Noch später haben wir gesagt: ›Erst vernichten wir die Banditen, dann geht es nach Hause, und das gute Leben beginnt.‹ Und so weiter bis zum Koreakrieg, da lautete der Spruch: ›Erst verjagen wir den alten Yankee, dann geht es nach Hause, und das gute Leben beginnt.‹ Und jetzt sind wir im guten Leben angekommen, aber Vater und Mutter sind hinüber, beide nicht mehr am Leben, und nach Hause will ich auch nicht mehr.«

Liu Jinyuans Erguss nötigte Qinglin ein Lächeln ab.

»Ihr jungen Leute findet das komisch, was? Wir haben die Hauptlast bei der Bekämpfung des Banditentums getragen. Und sobald das erledigt war, bin ich nach Korea gegangen. Ein Jahr später wurde ich verwundet und nach Hause geschickt. Zu Hause, das bedeutete hierher, Arbeit wurde mir auch hier zugewiesen. Die da oben haben uns nicht in unsere Heimatdörfer zurückkehren lassen, um dort zu arbeiten, also mussten wir hierbleiben. Erst Ende der fünfziger Jahre bin ich nach Wuhan versetzt worden.«

»Das ist eine ganz schön lange Zeit«, sagte Qinglin. »Kein Wunder, dass Sie hier Heimatgefühle haben. Aber war es denn wirklich notwendig, die Armee herzuschicken, um mit ein paar Gangstern fertigzuwerden?«

»Oha! Da unterschätzen Sie die aber gewaltig. Sehen Sie sich doch um, Berge, wohin sie schauen. Dort haben sich die Banditen seit mehr als hundert Jahren eingenistet, denen war wirklich schlecht beizukommen. Im Krieg gegen die Japaner und die Guomindang war der Feind offen sichtbar, wir dagegen waren im Untergrund. Im Kampf mit den Banditen war es umgekehrt, wir waren sichtbar und sie im Verborgenen. Sie kannten die Gegend wie ihre Westentasche, sie haben sich mit den versprengten Resten der Guomindang-Armee zusammengetan, hinzu kamen die von den Wohlhabenden unterhaltenen Bürgermilizen. Ein vertrackter Kampf. Zu Beginn fehlte uns die Erfahrung, und wir haben schweres Lehrgeld bezahlt.«

Beim Zuhören wuchs Qinglins Neugierde: »Und wie habt ihr den Krieg geführt.«

»Auf die erprobte Weise, durch die Mobilisierung der Bevölkerung. Wir haben sie dazu aufgerufen, ihren Verwandten und Freunden unter den Banditen zuzureden, wieder nach Hause zu kommen, dann würden wir sie in Ruhe lassen. Wir seien eine reguläre, disziplinierte Armee. Wir hätten die Millionen Mann starke Guomindang-Armee geschlagen, ob sie denn glaubten, wir würden nicht mit diesem kleinen Haufen von Gangstern fertigwerden? Wenn das Banditentum einmal ausgemerzt sei, könne jedermann in Ruhe und Frieden leben. Die Leute haben sich an die Stirn geklopft und zugestimmt. Es leuchtete ihnen ein, ein gesichertes und friedliches Leben möchte doch jeder. Als das neue China gegründet wurde, neigten sich die Herzen der Bevölkerung der Kommunistischen Partei zu. Egal, wie wild die Banditen um sich schlugen, sie konnten nicht verhindern, dass wir überall Leute fanden, die uns Informationen lieferten. Und es gab Leute, die mit ihren Praktiken und Schlupfwinkeln vertraut waren und uns sagten, wie man sie am besten ›bekämpft‹. Von alters her heißt es, der mächtige Drache wird mit der auf der Erde kriechenden Schlange nicht fertig. Na ja, wenn wir der mächtige Drache waren, dann waren sie die kriechende Schlange. Dennoch haben wir der kriechenden Schlange innerhalb weniger Monate den Garaus gemacht. Seit der Qing-Dynastie haben die Banditen unaufhörlich die Bevölkerung drangsaliert. Und wo gab es in China danach noch Banditen? Seit mehr als fünfzig Jahren sind sie von der Bildfläche verschwunden, und seither lebt die Bevölkerung in Frieden. Und die Leute wissen genau, wem sie das zu verdanken haben.«

In Qinglin stieg ein Gefühl von Respekt auf. »Wollen Sie einen Schnaps mit mir trinken? Ich möchte gern mit Ihnen auf unser heutiges Wohlergehen anstoßen, das wir den Mühen Ihrer Generation verdanken.«

Liu Jinyuan strahlte. Er hatte diese Geschichten schon oft und gern erzählt, aber niemand wollte sie hören. Qinglin hatte ihm nicht nur zugehört, er hatte, was so gut wie nie geschah, seine Betrachtung akzeptiert. »Zu hoher Blutdruck, der Arzt hat es mir verboten. Ihre Haltung ersetzt mir den Schnaps. Die jungen Leute heutzutage haben keine Ahnung davon, was wir damals durchgemacht haben. Das waren Situationen, die einem das Blut in den Adern gefrieren lassen. Meine Kameraden, die Jahrzehnte im Kugelhagel überlebt hatten, hat es hier plötzlich erwischt. Die Republik war endlich erreicht, aber sie haben keinen Tag eines besseren Lebens genießen können. Als wir gegen die Japaner gekämpft haben, war jeder darauf vorbereitet, sich für das Land zu opfern. Deshalb hat es uns nicht so bedrückt, dass von den Kameraden an unserer Seite einer nach dem anderen gefallen ist. Sie waren Helden des Antijapanischen Krieges, das war es wert. Aber hier wurden sie durch Schüsse hinterrücks getötet oder gerieten unterwegs in einen Hinterhalt und wurden niedergemacht. Manche wurden von den Banditen geschnappt und zu Tode gefoltert. Ich habe hier mehr Tränen vergossen als während des gesamten Antijapanischen Kriegs. Und warum? Sie standen an der Schwelle der Erfüllung ihrer Träume vom guten Leben, es fehlte nur ein Schritt, und der blieb ihnen versagt. Ein solcher Tod schmerzt höllisch. Deshalb habe ich die Banditen gehasst. Wenn uns welche in die Hände fielen, hätte ich am liebsten eigenhändig einen nach dem anderen von ihnen liquidiert.«

Qinglin erschauderte: »Sie haben mit eigener Hand Leute erschossen?«

»Natürlich!«, erklärte Liu Jinyuan voller Stolz. »Vom Krieg rede ich nicht. Aber auch hier habe ich nicht wenige erledigt. Eine Gruppe von Banditen hat einen Trupp von uns überfallen, der Getreide requiriert hatte, und dabei einen Haufen unserer Leute umgebracht. Xiaochuans Mutter war bei diesem Überfall dabei und hätte um ein Haar ihr Leben verloren. Als wir diese Banditen erwischten, habe ich eigenhändig ihren Häuptling erschossen. Xiaochuans Mutter wurde aus dem Bergtal direkt ins Lazarett geschickt, zum Glück war unter den Soldaten der Truppe, die zu ihrer Rettung ausgeschickt worden war, ein Soldat, der was von Medizin verstand, der hat sie erfolgreich notbehandelt, sonst wäre Xiaochuan nie auf die Welt gekommen. Wie es der Zufall wollte, hatte ich diesen Soldaten aus den Wäldern eines Berggebietes im Norden mitgeschleppt und zum Revolutionssoldaten gemacht. Deshalb haben die Alten hier gesagt, das wäre die Belohnung für eine gute Tat.«

Qinglin wusste über die damalige Bekämpfung der Banditen in Ost-Sichuan absolut nichts. Seine spärlichen Kenntnisse über die Vergangenheit stammten hauptsächlich aus Fernsehserien und Büchern. Liu Jinyuans Erzählungen mit eigenen Ohren anzuhören löste ganz andere Gefühle in ihm aus. Die Wut, Bitterkeit und Trauer, die aus Liu Jinyuans Worten sprachen, wurden nur für einen unmittelbaren Ohrenzeugen wirklich erfahrbar und entfalteten ihre emotionale Wucht erst beim Zuhören. Mit viel Mühe, jedoch weitgehend erfolglos, versuchte Qinglin, sich Liu Jinyuan auf dem Schlachtfeld vorzustellen, und seine Phantasie versagte, als er die engen Bindungen zwischen Kriegskameraden nachzuempfinden versuchte. Selbst Liu Jinyuans Gefühle entzogen sich seiner Vorstellungskraft. Angesichts dieser überwältigenden Fremdheit konnte er nur seinen Geschichten zuhören.

Sie unterhielten sich, während sie den Fisch verzehrten. Zwischendurch meldete sich Liu Xiaochuan per Telefon, und als er hörte, dass sie in einem kleinen Restaurant am Straßenrand gebratenen Fisch aßen und sich über die Bekämpfung der Banditen unterhielten, brach er in lautstarkes Gelächter aus: »War mir völlig klar, dass Qinglin dir ein besserer Kompagnon sein würde als ich. Er bringt mehr Geduld für deine Geschichten auf als ich.«

»Und warum bist du so ungeduldig?«, fragte Liu Jinyuan enttäuscht.

Durchs Telefon schallte weiterhin Liu Xiaochuans Gelächter: »Ach, Papa, ich habe mir deine Geschichten anhören müssen, solange ich zurückdenken kann, seit Jahrzehnten. Da stellen sich unvermeidlich Überdrusserscheinungen ein.«

Liu Xiaochuans Stimme dröhnte durchs Telefon, Qinglin, der danebensaß, hörte mit und konnte sich das Lachen ebenfalls nicht verkneifen.

Liu Jinyuans Aufenthalt im Bezirk Wan sollte vor allem dem Besuch eines gewissen Li Dongshui dienen. Herr Li war ein Ortsansässiger und ein paar Jahre älter als Liu Jinyuan. Er sei damals sein Vermieter gewesen, erklärte Liu Jinyuan. Als junger Mann sei er ein Baoge, ein Mitglied in einer Geheimgesellschaft, gewesen und habe den Namen Li Sanbao, Li, Baoge Nummer drei, getragen. Am Vorabend der Befreiung sei er vom kommunistischen Untergrund angeworben worden und habe als Verbindungsmann der Partisanen im östlichen Sichuan fungiert. Während der Umzingelung und Vernichtung der Banditen hatte Liu Jianyuan in seinem Haus gewohnt. Weil er die Schleichwege der Banditen gut kannte, habe er ihm viele nützliche Anregungen gegeben. Eigentlich sei er von einem Zugführer namens Han zur Aufnahme in die Partei empfohlen worden, aber am Tag, an dem die Aufnahme stattfinden sollte, wurde der Zugführer unterwegs von einem Banditen aus dem Hinterhalt erschossen. Nachdem der Kampf gegen die Banditen zu Ende war, habe er den Kontakt zu Li Dongshui verloren. Vor kurzem habe dessen Enkel ihn über das Internet ausfindig gemacht und ihn gebeten zu bezeugen, dass sein Großvater sich beim Kampf gegen die Banditen Verdienste erworben habe. Das sei der einzige Wunsch, den sein Großvater noch im Leben habe. Erst dadurch habe er erfahren, dass Liu Dongshui wegen seiner früheren Verbindungen zu den Banditen von Beginn der Bodenreform bis zur »Kulturrevolution« Schreckliches durchgemacht hatte. Er habe sich sofort bereit erklärt, ihm das erforderliche Zeugnis eigenhändig auszustellen. Soweit er gehört habe, seien die Unterlagen bereits an die Kreisverwaltung gegangen, aber die Bearbeitung ziehe sich endlos hin.

»Diesen Dienst muss ich ihm unbedingt noch leisten«, sagte Liu Jinyuan. »Wir sind alle alt geworden, die kleinen Teufel des Höllenfürsten tanzen den ganzen Tag vor unserer Nase herum, wir sehen zu, wie sie uns zuwinken. Ich habe ihnen gesagt, sie hätten mich nun schon mehrmals davonkommen lassen, diesen kurzen Moment könnten sie nun auch noch abwarten. Im Palast ihres Höllenfürsten komme es auf einen mehr oder weniger nicht an. Ich hätte noch eine kleine Angelegenheit zu erledigen, was Ehrenhaftes, dann würde ich freiwillig mit ihnen gehen. Stellen Sie sich vor, wenn ich ihm nicht helfe, dann wird er sein Leben mit der Last dieses Unrechts beenden. Er muss jetzt über neunzig sein. Ein Leben lang ist ihm Unrecht geschehen. Dass er bis in dieses Alter durchgehalten hat, zeigt, dass die Sache noch immer in ihm rumort. Xiaochuan hat erklärt, ich täte ein gutes Werk, deshalb wollte er mich extra begleiten. Und er hätte bestimmt sein Wort gehalten, wenn nicht diese dringende Angelegenheit in der Firma dazwischengekommen wäre.«

Qinglin empfand eine ihm selbst unerklärliche Rührung. Man

wird alt, Zweck und Ruhm verblassen, und die Dinge verlieren ihre Bedeutung. Vielleicht zählen dann nur noch die Gefühle und werden wichtiger als alles andere.

30. Kapitel

Wie am Vorabend vereinbart, begab sich Qinglin frühmorgens in den Speiseraum des Hotels, um Liu Jinyuan zu treffen, und fand ihn tatsächlich bereits dort vor. Er hatte in aller Herrgottsfrühe den Fahrer angewiesen, mit ihnen eine Rundfahrt durch den Ort zu unternehmen und sie anschließend zum Taibei-Felsen zu bringen. »Als sie den Drei-Schluchten-Stausee aufgefüllt haben, wurde die Hälfte des Bezirks und der Stadt Wan überflutet«, sagte er. »Gott sei Dank blieb der Taibei-Felsen unversehrt.«

»Was für ein Taibei-Felsen?«, fragte Qinglin.

»Ursprünglich hieß er West-Felsen, aber dann kam irgendwann Li Bai vorüber. Er hat dort gesoffen und Go gespielt, deshalb haben die Leute später den West-Felsen in Taibei-Felsen umbenannt.«

»Ach, so war das, daran erkennt man die Macht der Gelehrten.«

»Als wir die Banditen bekämpften, sind so viele unserer Leute gefallen, damit die Menschen in Sicherheit leben können, aber niemand ist auf die Idee gekommen, den Berg Heldenfels zu nennen. So ein Gelehrtendichter schreibt ein paar Verse und heimst dafür mehr ewigen Ruhm ein als alle unsere Helden.«

Qinglin lachte: »Nehmen Sie es nicht krumm. Diese Gelehrten verewigen sich überall, wo sie hinkommen. Sie tun das für ihren Nachruhm. Anders als ihr, die sich um Ruhm und Ehre nicht kümmern, ja nicht einmal um euren eigenen Vorteil. Das macht euch zu Helden, im Unterschied zu den Gelehrten.«

Liu Jinyuan streckte seinen Daumen in die Höhe: »Das haben Sie schön gesagt. Viel besser als Xiaochuan. Der hat gesagt: ›Das ist Kultur, nur mit Kultur gewinnst du ewigen Ruhm, ob es dir passt oder nicht.‹ So einen Spruch kann ich nicht hinnehmen. Aber mit dem, was Sie sagen, kann ich leben. Das bringt die Sache auf den Punkt, wir Helden streben nach anderen Dingen als die Gelehrten. Wir wollten wahrhaft dem Volke dienen, uns war es egal, ob uns das Ruhm einbringt oder nicht.«

»Sie gehören zu den echten Helden, das ist eine höhere Denkungsart. Aber heutzutage denkt niemand mehr so. Auch viele der heutigen Beamten nicht«, sagte Qinglin.

Liu Jinyuan seufzte: »Die Gesellschaft hat sich verändert. Das bedeutet, wir sind alt geworden.«

Sofort nach dem Frühstück fuhren sie zu einem Ort mit Namen Baimapo, Berghang des Schimmels. Liu Jinyuan hatte Qinglin erklärt, dass sich an diesem Ort die Gräber mehrerer seiner Kriegskameraden befänden, die dort gefallen seien. Er wolle dort ein Ritual zum Gedenken der Toten vollziehen. Obwohl sich der Fahrer zuvor nach dem Weg erkundigt hatte, kurvten sie eine Ewigkeit durch die Gegend, ohne den Platz zu finden. Eine Nachfrage bei Ortsansässigen ergab, dass der Ort schon lange nicht mehr existierte, selbst der Hügel war bei einem Straßenbau weggesprengt worden. Aber einige der Befragten gaben ihnen die Auskunft, dass die Märtyrergräber mit Sicherheit nicht gesprengt worden waren. Die Gefallenen lebten im Gedächtnis der Bevölkerung fort, man hätte nicht vergessen, was man ihnen zu verdanken habe. Früher hätten die Einheimischen und Schülergruppen jedes Jahr dort das Totenritual vollzogen. Die Gräber seien vor Beginn des Straßenbaus verlegt worden, wohin, wüssten sie allerdings nicht.

Liu Jinyuan war einigermaßen deprimiert, er wollte sich weiter durchfragen. »Die Zeit wird ein bisschen knapp«, sagte Qinglin. »Sie haben doch gehört, was die Einheimischen gesagt haben: ›Die Gefallenen leben im Gedächtnis der Bevölkerung fort, die Leute haben nicht vergessen, was sie ihnen verdanken.‹ Jedes Jahr haben die Einheimischen und Schülergruppen dort das Totenritual vollzogen. Sie leben im Herzen der Menschen fort.«

Seine Worte verschafften Liu Jinyuan tatsächlich Erleichterung. Auch wenn sich ihre Auffassungen nicht deckten, hatten seine Worte Hand und Fuß, er konnte sie akzeptieren.

Er schwieg und bestand nicht weiter auf seiner Forderung. Er wandte sich in vier Himmelsrichtungen den Bergen ringsum zu, verbeugte sich schweigend und sagte dann: »Alter Han, alter Dai, alle meine Kameraden, ich bin zum letzten Mal gekommen, um in eurem Namen dem Baimapo Dank auszusprechen. Dank dafür, dass er euch damals aufgenommen und in Frieden hat ruhen lassen. Er ist inzwischen zu einer Bergstraße geworden, eine glatte und breite Straße, die den Menschen hier das Leben erleichtert. Das war es doch, was wir uns damals erhofften. Ich finde euch zwar nicht wieder, aber ich weiß, dass euch diese Veränderung gefallen würde. Wir werden uns in Kürze wiedersehen. Was meint ihr? Wir haben gesiegt und werden uns wie Li Bai einen Gipfel suchen, wo wir trinken und Go spielen. Ich werde nicht vergessen, zwei Flaschen alten Luzhou mitzubringen, wenn ich komme.«

Qinglin spürte plötzlich, wie ihm Tränen in die Augen stiegen. Er wusste nicht recht, wie er sich verhalten sollte.

Gegenüber alten Militärs wie Liu Jinyuan hatte er zeitlebens keine besonderen Gefühle gehegt, weder Bewunderung noch Abneigung. Für ihn waren sie alte Leute wie andere auch. Der Respekt, den er ihm bei jeder Gelegenheit demonstrierte, galt dem Vater seines Chefs und war weit mehr Ausdruck von Höflichkeit als von echtem Gefühl. Er hatte im Lauf seines Lebens zu viel Heuchelei und Verstellung gesehen und sich angewöhnt, gegenüber allem, was ihm begegnete, Distanz zu wahren. Aber er spürte, dass diese unerwartete Konfrontation mit solcher Wahrhaftigkeit, einer spontan von Herzen kommenden Emotion und wahrer Aufrichtigkeit seine Einstellung veränderte.

Dieser alte Herr ließ in ihm ein Gefühl von Ehrfurcht aufsteigen. Vielleicht muss ich mir ernsthaft Mühe geben, Leute wie ihn zu begreifen, dachte er.

31. Kapitel

Es war bereits Mittag, als sie den Marktflecken Xianzhen erreichten. Von dort aus bis zum Haus von Li Dongshui war es noch ein Stück Weg durch die Berge. Eigentlich hatte Qinglin gehofft, dass der Militärbezirk einen Jeep bereitstellen würde, um den alten Mann ins Hotel zu bringen. Oder man würde im Marktflecken ein Restaurant suchen und ihn dorthin bringen und sich bei einem Essen unterhalten. Beides wurde von Liu Jinyuan entschieden abgelehnt. Den Kontakt mit dem Militärbezirk wollte er nicht, weil er nun schon so lange pensioniert sei, erwachsene Kinder habe und es daher unpassend sei, die Armee um eine Gefälligkeit zu bitten. Außerdem argumentierte er, Li Dongshui sei älter als er, habe so viele Jahre mit Schwierigkeiten zu kämpfen gehabt und sei körperlich bestimmt in keiner guten Verfassung. Ihn persönlich aufzusuchen sei eine Pflicht. Qinglin und der Fahrer konnten ihn nicht davon abbringen und gaben schließlich nach.

Li Dongshuis Enkel war in den Marktflecken gekommen, um als Wegweiser zu dienen. Er erklärte, sein Großvater könne nicht mehr laufen, auch sein Vater könne wegen eines Hüftschadens den weiten Weg nicht mehr bewältigen. Er selbst arbeite in Chongqing und habe sich extra freigenommen, um nach Hause zurückzukehren. Er habe in einer Internetbar mit Hilfe eines Onlinefreundes Liu Jinyuan ausfindig gemacht. Li Dongshui lebe mit vier Generationen unter einem Dach. Selbst der als Wegweiser dienende Enkel befand sich in annähernd gleichem Alter wie Qinglin.

Ein paar hundert Meter vor dem Haus endete die Straße, für den Wagen gab es kein Durchkommen. Liu Jinyuan stieg aus dem Auto und machte sich zu Fuß auf den Weg. Der ungeteerte Weg war schmal und holperig. Nachdem er ein paar Schritte gegangen war, sagte Liu Jinyuan: »Ein angenehmes Gefühl, den Fuß auf lehmigen Grund zu setzen.«

Qinglin lachte: »Das ist pure Nostalgie, ich habe mich von klein auf auf geteerten Straßen bewegt, ich merke das gar nicht mehr.«

»In dieser Hinsicht sind Sie wie Xiaochuan, ihr versteht nicht, wie gut solche Wege den Füßen tun.«

Li Dongshuis Haus war ein roter Ziegelbau, eingebettet in ein grünes Wäldchen am Fuß eines Berges, ein wunderschöner Anblick. In der Ferne sah man einen gebrechlichen alten Mann am Türpfosten lehnen und ausspähen.

Der Enkel zeigte auf den Alten und sagte: »Das da ist mein Opa. Seit heute Morgen steht er an der Haustür, um auf euch zu warten.«

Liu Jinyuan beschleunigte seine Schritte. Kurz vor dem Ziel verfiel er geradezu in einen Dauerlauf. Aus Angst, dass etwas passierte, versuchte Qinglin, ihn zu bremsen. Als die beiden Alten aufeinandertrafen, umarmten sie sich wortlos. Li Dongshui begann, lauthals zu weinen. Seine Stimme war kaum verständlich, als er schluchzend sagte: »Politkommissar Liu, nie hätte ich geglaubt, dass Sie mich besuchen kommen. Niemals.«

Auch Liu Jinyuan hatte hörbar einen Kloß im Hals, als er antwortete: »Alter Freund, ich hätte auch nicht gedacht, dass wir uns noch einmal wiedersehen. Du hast dich wirklich verändert, was war Li Sange damals für ein Kerl!«

»Bin zu alt geworden«, sagte Li Dongshui. »Aber Politkommissar Liu ist noch immer die gleiche imposante Erscheinung.«

»Bin auch alt geworden.«

Der Hauptraum im Haus der Familie Li war angefüllt mit Menschen, jüngeren und älteren, und alle wischten sich die Tränen aus den Augen. Qinglin und Li Dongshuis Enkel stützten jeweils einen der Greise und platzierten sie in alten Rattansesseln. Der Enkel stellte alle einander vor, auch der Parteisekretär des Dorfes war anwesend.

Gestützt auf einen Knotenstock servierte ein weiterer alter Mann Tee und sagte: »Politkommissar Liu, ich bin Maozi, damals war ich vierzehn. Sie haben mir Lesen und Schreiben beigebracht.«

Liu Jinyuan zuckte für einen Moment zusammen, so als käme eine Erinnerung in ihm hoch, dann sagte er: »Ach ja, Maozi. Gut, dass Sie mich erinnern, ich hätte es vergessen. Sie sind auch schon so alt. Damals beim Kampf um die Pferdemaul-Höhle hat Ihr Vater Sie zu mir geschickt, war es nicht so?«

»Korrekt. Diese Schlacht haben wir glorreich gewonnen, keinem wurde ein Haar gekrümmt, als wir die paar hundert Banditen der Pferdemaul-Höhle gefangen genommen haben.«

»Das war ganz und gar dem großartigen Vorschlag deines Vaters zu verdanken«, sagte Liu Jinyuan.

Der Enkel Liu Dongshuis deutete auf Maozi und sagte: »Politkommissar Liu, das ist mein Vater. Wird auch demnächst siebzig.«

»Als du uns damals Nachrichten überbracht hast, hattest du flinke Beine. Hast in einer Nacht mehrere Berge überstiegen. Wie geht es dir jetzt?«

»Früher waren die Straßen hier schlecht, bin mit dem Traktor umgekippt, hab mich schwer verletzt.«

Qinglin befürchtete, dass sie sich endlos in Familienangelegenheiten verlieren würden, und wandte sich deshalb an den Dorfparteisekretär: »Habt ihr den Fall von Großvater Li inzwischen abgeschlossen? Politkommissar Liu hat ein Zeugnis erstellt und ist diesmal persönlich gekommen, um nach dem Rechten zu sehen. Das Problem sollte doch gelöst sein, oder?«

Hastig antwortete der Parteisekretär: »Kein Problem, kein Problem. Wenn jemand mit dem Ruf, den sich Politkommissar Liu bei uns in Ost-Sichuan im Kampf gegen die Banditen erworben hat, ein Zeugnis abgibt, sind alle Probleme vom Tisch. Der Bezirk hat entschieden, dass Großvater Li neben der Rehabilitierungs- auch noch eine Anerkennungsurkunde verliehen wird. Die Führung hat erklärt, dass man ihm eine monatliche Zulage gewährt. Wie hoch sie sein wird, wissen wir noch nicht. Großvater Li hat sich nicht das Geringste zuschulden kommen lassen, die Schuld liegt bei uns.«

Li Dongshui meldete sich zu Wort: »Ihr könnt nichts dafür. Ihr seid zu jung und hattet keine Ahnung von den Umständen. Keiner konnte genau sagen, wie es damals war. Ach, lassen wir das.«

»Warum bist du seinerzeit nicht zu mir gekommen? Ich war doch damals im Wan-Bezirk«, fragte Liu Jinyuan.

»Er war dort«, erklärte Maozi. »Es hat geheißen, Sie seien noch im Krieg gegen die Amerikaner in Korea. Als ich später noch einmal hingegangen bin, hat es geheißen, Sie seien schwer verwundet und könnten niemanden empfangen. Und dann waren Sie verschwunden. Alle Türen waren verschlossen, keiner konnte für meinen Vater zeugen. Bei den damaligen Straßenverhältnissen war der Weg aus den Bergen keine einfache Sache. Dann hat es mein Bein erwischt, und Vater hat gesagt, wir sollen es bleiben lassen.«

Liu Jinyuan stieß eine tiefen Seufzer aus: »Ich hätte mir nie vorstellen können, dass dein Vater in solche Schwierigkeiten gerät. Absolut nicht. Dongshui war der hier allseits bekannte Li Sange, unser Verbindungsmann im Parteiuntergrund. Mir war das damals bekannt. Er war zuverlässig, deshalb haben wir während des Kampfes gegen die Banditen hier gewohnt. Er war nicht nur kein Bandit, er war sogar ein Held im Kampf gegen die Banditen. Ohne seine Hilfe wäre alles viel weniger gut gelaufen. Dass wir so reibungslos die Pferdemaul-Höhle einnehmen und ein paar hundert Banditen gefangen nehmen konnten, ging auf einen Vorschlag von Li Sange zurück. Diesen Kampf habe ich angeführt, darum kann ich das bezeugen. Und nun zu Maozi: Er ist damals mitten in der Nacht über ein paar Berge gerannt, um uns eine Nachricht zu überbringen, und hat damit einen Überraschungsangriff auf einen Getreide-Requirierungstrupp verhindert. Habt ihr das gewusst? Diese mündliche Nachricht hat viele Menschenleben gerettet. Dass ihr euch hier im Dorf künftig gut um die beiden Helden kümmert, sie dürfen kein weiteres Unrecht erleiden!«

Einige der anwesenden Dorffunktionäre bekundeten durch eifriges Kopfnicken ihre Zustimmung.

Li Dongshui begann erneut zu weinen: »Politkommissar Liu, was Sie da gesagt haben, wiegt alles auf, was ich durchgemacht habe. Wenn nur Sie allein auf der Welt meinen, dass ich ein Held war, habe ich nicht umsonst gelebt.«

Wieder wischte sich seine Nachkommenschaft die Tränen aus den Augen.

Qinglin wurde die Szene zu viel, er verließ den Raum. Er ging den kleinen Weg entlang, vor ihm lagen die Berge und hinter den Bergen wieder Berge. Die Menschen dazwischen waren winzig wie Staubkörner. Er zählte an seinen Fingern ab, wie lange Li Dongliu dem ihm angetanen Unrecht ausgesetzt gewesen war, und kam auf volle fünfzig Jahre. Auch seine Kinder und Enkel hatten darunter zu leiden gehabt, sie hatten nie die Möglichkeit bekommen, ein Leben in Würde zu führen. Und jetzt bedurfte es lediglich eines Trostes und des Wortes »Held«, und all das Unrecht löste sich in Dunst auf.

Der Fahrer ging am Straßenrand auf und ab, Qinglin lief zu ihm hin und bat ihn um eine Zigarette. Wie es mit den Alten gelaufen sei, fragte der Fahrer. Qinglin schilderte kurz das Geschehen und brachte sein Mitgefühl zum Ausdruck. »Was wollen Sie?«, sagte der Fahrer. »Ist eben nur ein kleiner Mann. Was hätte er denn tun können? Prozessieren? Eine Riesenentschädigung verlangen? Verlangen, dass man ihm die fünfzig Lebensjahre zurückgibt, und noch mal von vorn anfangen? Keine Chance.«

Qinglin lachte: »Stimmt, keine Chance.«

Anschließend überlegte er, dass er aus Hilflosigkeit gelacht hatte. Ein Staubkorn ist und bleibt ein Staubkorn. Vor die Wahl gestellt, bleibt einem nur das Vergessen.

32. Kapitel

Die Familie Li veranstaltete an diesem Tag einen Festschmaus. Im Hof wurden fünf Tische aufgestellt, alles, was in der Nähe Rang und Namen hatte, war erschienen. Es war ein riesiges Freudenereignis. Auch Qinglin war dazu eingeladen. Er aß schweigend und lauschte im Gewirr der Stimmen den Gesprächen. Unter den Anwesenden waren auch ein paar über Achtzigjährige, die sich über den damaligen Kampf gegen die Banditen unterhielten und zahllose Anekdoten zum Besten gaben. In vielen dieser Geschichten spielte Liu Jinyuan die Hauptrolle, was ihn in euphorische Stimmung versetzte. Er verstieß gegen alle Regeln und kippte ein paar Schnäpse.

Qinglin spürte die Last seiner Verantwortung, er musste ihn am Weitertrinken hindern, und zwar mit allem Nachdruck. Er hielt jeden, der kam, davon ab, mit Liu Jinyuan anzustoßen. »Den Auftrag hat mir mein Chef erteilt, wollt ihr, dass ich meinen Job verliere?«

Die Dörfler betrachteten das Problem des Jobverlustes zwar als schwerwiegend, aber sie kamen dennoch in Scharen und sagten, sie hätten sonst nie die Gelegenheit, mit dem alten Helden anzustoßen. In seiner Familie hatte Liu Jinyuan nie zu hören bekommen, dass er ein Held sei, und es hier gesagt zu bekommen gab ihm mächtig Auftrieb, er musste einen weiteren Schluck nehmen. Mit jeder der zig Personen an den fünf Tischen einen weiteren Schluck, das musste ihn überfordern. In seiner Not griff Qinglin zu einem in der Stadt häufig angewandten Trick: Er tauschte den Schnaps in Liu Jinyuans Flasche gegen Mineralwasser aus. Bereits ziemlich benebelt, ließ der sich hinters Licht führen.

Während des Gelages sagte Liu Jinyuan plötzlich: »Da fällt mir noch jemand ein. Wieso erwähnt keiner hier Hu Lingyun? Der kippte damals immer schon nach dem ersten Schluck um, die jungen Leute haben ihn deswegen immer zur Strafe trinken lassen.«

Die Leute am Tisch erstarrten und blickten sich verlegen an.

Schließlich räusperte sich Maozi und sagte: »Ja, ich erinnere mich, das war doch der aus Chongqing zurückgekehrte Student? Der Ihnen geholfen hat, Berichte zu schreiben. Der hat lange bei uns gewohnt, wir haben ein Bett geteilt. Er hat mir ein Schulbuch zum Schreiben geschenkt.«

»Ganz genau, genau der«, sagte Liu Jinyuan. »Er hat erzählt, dass sein Vater früher im Ausland studiert hat, dass er gerne malt und kalligraphiert und das Haus voller Bücher hat. Ich habe ihm noch gesagt, dass ich gerne einen Bücherliebhaber in sein Elternhaus bringen würde, damit er sich das anschaut. Aber nachdem ich aus Korea zurückgekommen bin, habe ich ihn nicht mehr gesehen. Jetzt, wo ich hier sitze und mit euch trinke, kommen mir die Erinnerungen hoch. Er hat eine gute Feder geführt, ich habe ihm gesagt, aus ihm kann mal ein Schriftsteller werden. Alle haben sich über ihn lustig gemacht und wollten unbedingt seine Trinkfestigkeit trainieren, damit sie später gemeinsam mit ihm auf dem Berggipfel Schnaps trinken und Go spielen können. Der Berg würde dann später Lingyun-Spitze heißen. Wäre noch klangvoller als ein Taibei-Felsen.«

Maozi stieß plötzlich hervor: »Der ist schon lange tot.«

Liu Jinyuan erschrak: »Wie ist er denn gestorben? Er war doch nicht alt.«

»Nach dem Ende des Kampfes gegen die Banditen blieb er in der Kreisverwaltung und wurde Funktionär. In der Bodenreform wurde er als Großgrundbesitzer klassifiziert, und dabei ist es passiert. Seine Schwester hat jemanden zu ihm geschickt, der ihm mitgeteilt hat, dass er umgehend nach Hause zurückkommen solle, um seine Eltern in die Stadt zu bringen. Es hieß, er hätte sich in derselben Nacht aufgemacht. Unterwegs wurde er erschossen.«

Liu Jinyuans Erstaunen steigerte sich: »Was? Was ist das für eine Geschichte?«

Einer der Alten sagte: »Hm, ich habe von der Sache gehört. Der Bub war wahrscheinlich der älteste Sohn vom Großgrundbesitzer Hu aus Hushuidang. Ein Genosse aus unserer Arbeitsgruppe, der aus Chongqing zum Neujahrsfest zurückgekehrt ist, wurde hier vom Schneetreiben überrascht, der Wagen kam nicht mehr weiter, und er hat ein paar Tage bei uns gewohnt. In seiner Tasche war nichts als ein Haufen Bücher. Ich hab mich gewundert und ihn gefragt, wo es denn in den Bergen so viele Bücher zu kaufen gibt. Und da hat er mir erzählt, dass sie aus dem Haus vom Großgrundbesitzer Hu aus Hushuidang stammen. Der hat Bücher gesammelt, manche Zimmer wären mit Büchern vollgestopft gewesen. Die Leute hätten damit nichts anfangen können, außer sie zu verbrennen, und haben sie tagelang verbrannt. Die Asche haben sie als Dünger auf die Felder gestreut. Der Genosse war einer, der gern Bücher gelesen hat und das nicht mit ansehen konnte, deswegen hat er ein paar davon mitgehen lassen. Er hat sie mir gezeigt und mir erklärt, dass auf dem Umschlag ein

Stempel mit einer komischen Inschrift gedruckt war, so was wie ›Strohhütte des Ertragens‹.«

Qinglins Herz setzte für einen Schlag aus.

»Strohhütte des Ertragens«, wo hatte er das schon einmal gehört? Er konnte sich in diesem Moment nicht darauf besinnen, aber sein Herz schlug plötzlich heftig, und Schweiß trat ihm auf die Stirn. Was haben die drei Worte mit mir zu tun?, fragte er sich. Was bedeuten sie mir? Warum schlägt mein Herz so wild, wenn dieser Name fällt?

Eilends fragte er nach: »Was für eine Hütte? Von welcher Hütte habt ihr gerade gesprochen?«

»Mein Gott, wie viele Jahre ist das her? Damals habe ich das auch nicht verstanden und extra gefragt, was das für ein Ofen wäre. Einer zum Heizen?* Der Genosse hat mir erklärt, dass die Familie sehr gebildet und deshalb der Meinung wäre, dass man es aushalten muss, wenn einem etwas Schlimmes zustößt, und darum hätte sie ihr Haus ›Strohhütte des Ertragens‹ genannt. Kein Ofen zum Heizen, sondern die Tafel am Eingang zu ihrem Anwesen.«

Qinglin wollte nachfragen. Aber das Gespräch wandte sich einem anderen Thema zu.

Als sie sich verabschiedeten, war es bereits dunkel. Qinglin spürte Liu Jinyuans Erschöpfung, er schob ihm das Sitzkissen als Kopfkissen unter und stellte die Rückenlehne schräg. Unterwegs sprachen sie nicht. Es war bereits beinahe zehn Uhr abends, als sie ins Hotel zurückkamen.

Nachdem er Liu Jinyuan zur Ruhe gebracht hatte, rief Qinglin Liu Xiaochuan an und gab ihm einen Abriss über die Ereignisse des Tages. Er gestand ihm, den Schnaps durch Mineralwasser ersetzt zu haben. »Glauben Sie ernsthaft, dass der Alte das nicht gemerkt hat? Er hat jahrzehntelange Alkoholerfahrung, da kann

* Das Wort für »Hütte« (»lu«, 庐) ist gleichlautend mit »Ofen« (»lu«,炉).

man ihm nichts vormachen. Ich denke, er hat selbst begriffen, dass er nicht weitertrinken darf, deshalb hat er Sie nicht bloßgestellt. Wenn jemand in jüngeren Jahren versucht hätte, seinen Schnaps mit Wasser zu vertauschen, hätte er ihn zur Sau gemacht.«

»Ich wollte nur verhindern, dass ihm was passiert, und habe in Kauf genommen, dass er mich hinterher verflucht. Ich bin fast umgekommen vor Nervosität.«

»Sie haben richtig gehandelt«, sagte Liu Xiaochuan. »Dass er so getan hat, als merke er nicht, dass Sie seinen Schnaps vertauscht haben, beweist, dass er selbst weiß, dass er nicht mehr der Alte ist. Aber er will um jeden Preis sein Gesicht wahren. So ist er nun mal. Er soll sich morgen im Hotel ausruhen und nirgendwohin gehen. Ein paar seiner ehemaligen Untergebenen wollen ihn treffen, sie sollen ins Hotel kommen. Setzen Sie alles auf die Hotelrechnung, der Fahrer begleicht es mit der Endabrechnung.«

Er informierte anschließend Qinglin, dass sein Bruder Liu Xiao'an bereits auf dem Rückweg sei, er würde sich nach einem Kurzaufenthalt in Wuhan zum Ausgleich des Jetlags übermorgen auf den Weg nach Wan machen. Qinglin hielt dieses Arrangement in Anbetracht des Zustandes des alten Herrn für angemessen. »Seien Sie unbesorgt. Ich kümmere mich um alles«, sagte er zu Liu Xiaochuan.

Daraufhin rief er seine Frau an, um sie kurz ins Bild zu setzen. Sie wollte nichts hören, sie hoffe nur, er möge möglichst schnell heimkommen. Sie denke mit Wehmut an die gemeinsam verbrachten Tage. Qinglin antwortete lachend, wenn er seine Zeit ständig so verbrächte, dann bekäme sie einen unbrauchbaren Mann. Schließlich rief er noch Dong Hong an, um sich nach dem Zustand seiner Mutter zu erkundigen, und erhielt von ihr die Auskunft, dass keinerlei Veränderung zu verzeichnen sei. Nach wie vor nehme sie ihre Umwelt nicht wahr.

Qinglin hatte nichts anderes erwartet. Er war den ganzen Tag auf Achse gewesen und todmüde. Er wusch sich, legte sich aufs Bett, und während er wegzudämmern begann, schossen ihm die drei Zeichen »Strohhütte des Ertragens« durch den Kopf, gefolgt von den riesigen Schriftzeichen auf der Geistermauer des »Großen Brunnens«: »Ertragen« und »Geduld«. Wie viel an Lebensweisheit und Resignation mochte in diesen Zeichen stecken?

In dieser Nacht träumte er plötzlich von seiner Mutter. Die Mutter deutete auf die Eingangstür und sagte: »Das ist nicht das Tor von der ›Strohhütte des Ertragens‹.« Er wurde schlagartig hellwach.

Kann das sein?, dachte er. Habe ich mich nicht verhört? Das war es doch, was Mutter damals gesagt hat. Und da war doch auch noch diese Irgendwas-Halle.

Er konnte nicht mehr einschlafen, er rekapitulierte all die merkwürdigen Umstände von Mutters Krankheit. Der Hauseingang, Xie Taos Gedicht, die Vase mit dem »Guizi verlässt die Berge«-Motiv, das ihr Vater gern gemalt habe, der violette Seidenquilt und all das andere.

All diese bruchstückhaften Äußerungen hatte sie unbewusst von sich gegeben. Was mochte dahinterstecken? Und richtig, Mutters Ängste, die Angst, dass ihre Sachen konfisziert würden. Hatte sie etwas Derartiges erlebt? Wie unerwartet, dass ein Haus mit dem Namen »Strohhütte des Ertragens« tatsächlich existierte. Noch schwerer wog, dass sie all das in einem Dialekt geäußert hatte, der dem hiesigen sehr nahekam.

Er konnte kaum den Tagesanbruch erwarten.

Liu Jinyuan erschien nicht zur verabredeten Zeit zum Frühstück. Qinglin machte sich Sorgen und begab sich eilig zu seinem Zimmer. Vor der Tür stieß er auf den Fahrer, der ihm sagte: »Der alte Herr hat sich gestern womöglich zu viel zugemutet. Er hat heute seinen üblichen Morgenspaziergang nicht absolviert, und er will auch nicht aufstehen. Ich habe ihm das Frühstück aufs Zimmer bringen lassen und ihm gesagt, er solle sich nach

Herzenslust ausruhen. Ich rufe die ehemaligen Untergebenen, die ihn sehen wollen, an und verschiebe die Besuche auf den Nachmittag.«

»Verstehe. Selbst ich war gestern zum Umfallen müde. Wir beide ruhen uns auch aus. Ach ja, übrigens, haben Sie die Telefonnummer von Li Dongshuis Enkel?«

»Ja. Wollen Sie ihn sprechen?«

»Ich muss ihn etwas fragen.«

Li Dongshuis Enkel befand sich gerade auf dem Rückweg nach Chongqing, als Qinglin ihn anrief. Er erklärte, er habe auch keine Ahnung, und von der Angelegenheit nie zuvor gehört. Aber er werde sich erkundigen. Qinglin bat um größtmögliche Eile. Eine gute halbe Stunde später rief Li Dongshuis Enkel zurück, nur um ihm mitzuteilen, dass der alte Dörfler, der die »Strohhütte des Ertragens« erwähnt hatte, auch nicht mehr wüsste. Es habe sich um vage Auskünfte eines Durchreisenden gehandelt. Und das Dorf Hushuidang soll beim Bau eines Wasserreservoirs in den frühen fünfziger Jahren untergegangen sein. Niemand im Dorf wisse etwas über seinen Verbleib.

Qinglin war zutiefst enttäuscht.

33. Kapitel

Im Lauf des Nachmittags erschienen nacheinander drei Besuchergruppen, die Liu Jinyuan ihre Aufwartung machen wollten. Bei den beiden letzten Gruppen kam es zur Überschneidung, die Teilnehmer kannten sich und kamen miteinander ins Gespräch. Qinglin war ständig anwesend, er half beim Empfang und Abschied der Gäste und goss heißes Wasser nach. Alle Besucher waren in vorgerücktem Alter und ergingen sich zumeist in Erinnerungen. Allmählich rollten sich für ihn einige rote Fäden aus, und hin und wieder schaltete er sich mit Fragen ins Gespräch ein.

Einer der Alten, ein ehemaliger Untergebener Liu Jinyuans, war später in die lokale Zivilverwaltung übergewechselt und hatte dort Führungsaufgaben übernommen. Im Zuge der Antirechtskampagne war er jedoch seines Postens enthoben worden. Bei der Begegnung mit Liu Jinyuan hatte er Tränen in den Augen. Mehrfach wiederholte er: »Chef, hätte ich damals nur auf Sie gehört, wäre ich in der Armee geblieben, und all das Schreckliche wäre mir erspart geblieben.«

»Oje, oje, wie habe ich dich damals beschimpft, dass dir die Weiber wichtiger sind als die Kameradschaft. Wegen einer Studentin hast du deine Zukunft aufs Spiel gesetzt. Und was hattest du davon? Nichts als Unglück, die Studentin ist auch auf und davon, und du wolltest doch jemanden fürs ganze Leben, oder?«

Der alte Herr Ma sah unglücklich drein: »Sie haben doch auch eine Studentin geheiratet, der alte Wu genauso, da wollte ich eben auch eine haben.«

»Wir beide hatten aber nicht schon zuvor im Dorf geheiratet. Aber du? Zwei Kinder hat sie dir geboren, aber du musstet dir unbedingt eine andere suchen. Selbst schuld.«

»Stimmt, selbst schuld, das habe ich mir eigens eingebrockt«, gab der alte Ma in weinerlichem Ton zu.

»Wurde doch zum Glück wieder geradegebogen, du hast deine alte Position zurückbekommen, also beschwer dich nicht. Verglichen mit denen, die in den Händen der Banditen gestorben sind, bist du zumindest mit dem Leben davongekommen. Und verglichen mit dem alten Wu hast du ebenfalls verdammtes Glück gehabt. Der ist auch schon seit zig Jahren nicht mehr unter den Lebenden.«

»Wenn man's so betrachtet, ist was dran. So gesehen ist das Glas halb leer, betrachtet man's andersherum, halb voll.«

»Ich rate dir, hör auf, dich mit anderen zu vergleichen. Ich hatte eine höhere Position als du. Na und? Jetzt bin ich genau wie du ein ganz gewöhnlicher Bürger. Sehen wir mal, wer es von uns beiden länger macht.«

Die beiden setzten ihre Unterhaltung fort, lachten, und die Atmosphäre entspannte sich.

Sie sprachen dann vor allem über Menschen und Ereignisse der Vergangenheit. Die meisten Personen, an die sie sich erinnerten, waren bereits verstorben. Daher war die Unterhaltung immer wieder durchsetzt von Seufzern und sogar Tränen.

Während sich die Alten Geschichten aus der Vergangenheit erzählten, erhielt Qinglin einen Anruf von Long Zhongyong. Er informierte ihn, dass sie die Arbeit an den Zeichnungen am folgenden Tag beenden würden. Die Ausbeute überstiege alle Erwartungen. Falls Qinglin in der Lage sei, nach Boyangbei zurückzukehren, und ihm sagen könne, wann er ankäme, hätte er einen weiteren Vorschlag. Ein Literaturwissenschaftler seiner Universität, der aus Ost-Sichuan stamme, habe einem seiner postgraduierten Studenten eine SMS geschickt, worin er ihm mitteilte, dass es an seinem Heimatort einen äußerst ungewöhnlichen großen Herrensitz gebe, der während der letzten Jahrzehnte völlig unangetastet geblieben sei. Er würde, ohne offiziell unter Denkmalschutz zu stehen, mit Absicht geschützt, und weil es ein sehr düsteres Bauwerk sei, von der lokalen Bevölkerung als Wohnsitz von Gespenstern betrachtet. Niemand wage, es zu betreten, der Student habe es als »Anwesen der herumirrenden Geister« bezeichnet. Es läge verwahrlost und verlassen weitab in einem entfernten Berggebiet, niemand seitens der Behörden würde sich darum kümmern. Nach seinen Angaben sei der Wachtturm der Anlage ganz anders als der in Kaiping, er trüge sehr spezifische Merkmale der Region von Ost-Sichuan. Mit einem Wagen wäre die Entfernung in kurzer Zeit zurückzulegen, der Ort sei in weniger als einem Tag zu erreichen. Seine Studenten, allesamt romantisch begeisterte Literaturliebhaber, wollten unbedingt mitkommen, als sie von den »herumirrenden Geistern« gehört hätten. Wenn man schon mal hier sei, sollte man sich die Gelegenheit nicht entgehen lassen, zumal man schnell dorthin gelange. Er müsse sich allerdings Qinglins Wagen ausleihen.

Auch Qinglins Phantasie wurde durch die »herumirrenden Geister« angeregt. Er erklärte, ohne zu zögern, er könne rechtzeitig zurückkommen. Seine genaue Ankunftszeit werde er ihm am Abend mitteilen. Während er sein Mobiltelefon verstaute, dachte er, das sei möglicherweise eine Gelegenheit, weitere Erkundigungen über die »Strohhütte des Ertragens« einzuholen.

Das Abendessen war im Hotel bestellt worden. Er hatte bereits mit den alten Herren besprochen, dass man sich hier zwar auf ihrem Territorium befände und sie das Gastrecht ausübten, dass aber sein Chef ihm bereits mitgeteilt habe, dass er für die Rechnung aufkäme. Er habe darauf bestanden und ihn damit beauftragt, das zu übernehmen, andernfalls würde ihn der Chef zur Rechenschaft ziehen. Daraufhin hatten die alten Herren ihren Widerstand aufgegeben.

Liu Jinyuan hatte dazu bemerkt: »Ihr seid extra gekommen, um mich zu sehen. Wollt ihr euch wirklich mit mir wegen ein paar Essen zanken? Hättet ihr damals nicht gemeinsam mit mir euer Leben für die Revolution aufs Spiel gesetzt, hätte auch ich den heutigen Tag nicht mehr erlebt.« Damit nicht genug, fügte er noch hinzu: »Tatsächlich gebe ich das Geld meines Sohnes aus, er soll gefälligst seine kindliche Pflicht erfüllten. Ihr alle kennt doch Xiaochuan, bei wem von euch hat er nicht irgendwas kaputt geschmissen oder Fensterscheiben eingeschlagen? Das ist seine letzte Gelegenheit, die aufgehäuften Schulden ein für alle Mal zu begleichen.«

Die Alten brachen in Gelächter aus, auch Qinglin lachte. »Aha, der Chef hat also damals ein gewaltiges Sündenregister gefüllt«, sagte er.

»Mit sechs, sieben Jahren war Xiaochuan der Häuptling der

Kinderbande, ein derartiger Rabauke, dass ihm jeder am liebsten eine Tracht Prügel verabreicht hätte.«

Die Alten redeten wild durcheinander, der allgemeine Tenor war: Je frecher in der Jugend, desto erfolgreicher im Alter.

Seufzend sagte Liu Jinyuan: »Das muss wohl so sein, seine Mutter hat ihn immer verwöhnt, sie hat gemeint, wenn es einer in der Familie zu etwas bringen wird, dann er. Sie hat klarer gesehen als ich.«

Einer der Alten sagte: »Schwester Peng hat es damals nicht leicht gehabt. Kommissar Liu war ständig unterwegs und konnte sich nicht um die Familie kümmern. Xiao'an war gerade mal zwei oder drei Jahre alt und bei Pflegeeltern im Heimatdorf. Sie hat die Getreide-Requirierung organisiert, Alphabetisierungskurse veranstaltet, eine Abendschule betrieben und alle über das neue China aufgeklärt. Die Dorfbewohner haben an ihren Lippen gehangen, viele Banditen wurden durch sie auf den rechten Weg zurückgebracht.«

Ein anderer fügte hinzu: »Als damals die Banditen in der Gegend von Anping einen Aufstand machten, haben sie viele unserer Leute umgebracht. Als sie einen neuen Aufstand planten, waren ich und Schwester Peng gerade dort, um Getreide zu requirieren. Zum Glück hatte Li Gaiwu dem Oberkommandierenden Wang Nachrichten zukommen lassen, die Armee ist daher vorzeitig in die Qiyue-Berge einmarschiert und hat die Banditen mit einem Schlag vollständig ausgehoben. Ich war damals ganz frisch auf Posten und habe vor Angst geschlottert. Es war ausgerechnet Schwester Peng, die uns unterwegs angefeuert hat.«

Als Qinglin hörte, wie der Name Li Gaiwu fiel, fragte er hastig: »War das der Li Gaiwu vom ›Großen Brunnen‹?«

Liu Jinyuan war einigermaßen verblüfft: »Woher kennen Sie ihn?«

Qinglin berichtete in kurzen Worten über seine und Long

Zhongyongs Reise nach Lichuan, um die dortigen Herrenhäuser zu erkunden. Anschließend erzählte er über den »Großen Brunnen« und was er über die Li-Familie in Erfahrung gebracht hatte. Einige der Alten hörten sehr aufmerksam zu und stellten ab und zu Fragen. »Ich bin gerade erst vor zwei Tagen von dort gekommen. Das Anwesen der Li-Familie steht noch, es gibt aber keine Nachkommen mehr. Soviel ich gehört habe, ist Li Gaiwu später auf äußerst brutale Weise ums Leben gekommen. Ich frage mich, warum man ihn nicht geschont hat, obwohl er zu den Unseren gehört hat.«

Die Alten blieben stumm.

Nach einem Moment des Schweigens sagte Liu Jinyuan: »Ich war an der Bodenreform in Ost-Sichuan nicht beteiligt, aber über den Ablauf bin ich alles in allem im Bilde. Auch ich habe davon gehört, dass die Sache aus dem Ruder gelaufen ist, sehr viele Unschuldige sind gestorben. Einige davon habe ich gekannt. Sie haben uns bei der Bekämpfung der Banditen geholfen. Zu nennen wäre da noch ein Lu Ziqiao, er hat die Kommunistische Partei unterstützt und stand aufseiten der neuen Regierung.«

Der alte Ma pflichtete ihm bei: »Das stimmt, Lu Ziqiao und Li Gaiwu haben sich Verdienste erworben. Bei der Getreide-Requirierung hat Li Gaiwu überall Vorträge gehalten und alle zur Abgabe von Getreide an den Staat aufgefordert. Und auch Lu Ziqiao hat den Großteil des Getreides in seinen Speichern gespendet. Wir waren damals der Meinung, dass die Parteiorganisation sie schützen würde. Aber zu unserer Überraschung sind sie gestorben. Lu Ziqiao hat zwar Selbstmord begangen, aber das macht die Sache eher noch schlimmer.«

»Und warum habt ihr damals solche Untaten auf der unteren Ebene geduldet?«

Die Alten seufzten.

»Die Bauern in den Dörfern waren derartig aufgeputscht, dass wir die Kontrolle verloren haben«, sagte der alte Ma. »Selbst die

Arbeitsgruppen haben sich anstecken lassen, und da sie in diesem Moment nicht wussten, woran sie sich halten sollten, haben sie mit den Bauern gemeinsame Sache gemacht, alles geriet außer Kontrolle.«

Ein anderer fügte hinzu: »In Wirklichkeit hat es in Ost-Sichuan eine Menge solcher großen Familien gegeben. Hätte man es damals bei der Bodenreform nicht so übertrieben, wären wir hier jetzt wahrscheinlich besser dran.«

Liu Jinyuan widersprach: »Krummes muss gerade gebogen werden. Wie sonst hätten wir sie unter Kontrolle halten können. Die Lage war damals verdammt kompliziert.«

»Ich verstehe das trotzdem nicht«, sagte Qinglin. »Wart ihr denn damals der Meinung, dass unbedingt jeder Großgrundbesitzer ›bekämpft‹ werden muss? Waren sie denn alle Schurken?«

»Das waren nicht wir, sondern die lokalen Bauern«, erwiderte der alte Ma. »Unser Fehler war, dass wir sie nicht aufgehalten haben. Rückblickend betrachtet war zweifellos vieles nicht in Ordnung. Aber damals war die gesellschaftliche Lage höchst gefährlich und chaotisch. Bevor wir in Ost-Sichuan einmarschiert sind, waren nahezu alle Kreisstädte von den Banditen angegriffen und besetzt worden. Das Land gehörte zwar uns, aber wir wurden in die Defensive gedrängt, und sie waren die Angreifer. Und wer hat sie unterstützt? Wie viele von den Unseren sind umgebracht worden! Und außerdem: Wir hatten jahrelang Krieg geführt, aber Erfahrung mit einer Bodenreform hatte keiner von uns. Wir hatten auch keine Vorstellung von Recht und Gesetz. Niemand hat uns erklärt, dass alles nach Recht und Gesetz vonstattengehen muss. Man berief eine Versammlung ein, und wenn es hieß, dieser oder jener müsse liquidiert werden, dann wurde er liquidiert. Oder wenn dem Chef einer Arbeitsgruppe zugetragen wurde, dass dieser oder jener ein Schurke sei, den man beseitigen müsse, dann wurde eben entschieden, ihn umzubringen. Die Leute in den Verwaltungen der unteren Ebene hatten von nichts eine Ahnung, ihr politisches Niveau war extrem niedrig, sie hatten nur im Kopf, dass man was für die Armen tun muss. Sie konnten sich nicht vorstellen, dass die Armen im Unrecht waren, wenn sie so handelten.«

Liu Jinyuan fügte hinzu: »Bei so einer Sache kann man keinen Probelauf durchführen und dann von vorn beginnen. Niemand hat damals analysiert, warum die Armen so arm waren und ob es unter ihnen auch Lumpengesindel und Abschaum gab. Und noch weniger hat irgendjemand klargemacht, wie man unter den Reichen die anständigen Leute von den Schurken unterscheidet. All das musste erst erfahren werden. Und nach der Beseitigung der Banditen steckte allen die Lust am Töten noch in den Knochen, man hielt das für die einfachste und effektivste Art und Weise, Widerstand zu unterdrücken. Na klar, heute ist es nicht mehr vorstellbar, dass man im Dorf eine Versammlung einberuft, die darüber verhandelt, wer umgebracht werden soll. Unsere Gesellschaft hat Fortschritte gemacht. Aber damals hat so was keiner verstanden. Und so wurde das Ganze mit einem Mal auf die Spitze getrieben. Und als der Wagen einmal ins Rollen gekommen war, konnte ihn keiner mehr bremsen, und alles mündete im Chaos. Als dann von oben die Anweisung kam, dass es verboten sei, Leute willkürlich zu liquidieren, war es für viele schon zu spät. Sie haben doch diese großen Herrenhäuser gesehen! Sie haben gesehen, welchen Reichtum diese Leute angehäuft hatten. Aber Sie haben keine Ahnung, wie arm damals die Armen waren. Viele hatten nichts zu essen und nichts anzuziehen. Wo derartige Armut herrscht, wird jeder, egal in was für einer Gesellschaft er lebt, zum Aktivisten, wenn man ihm gestattet, sich das Vermögen der Reichen anzueignen und Grund und Boden der Großgrundbesitzer an sich zu nehmen. Die Menschen sind überall gleich.«

Einige der Alten nickten zustimmend und erklärten, hätte man damals nicht zu scharfen Maßnahmen gegriffen, wäre man der Reichen nicht Herr geworden. Sie hätten Geld, Gewehre und

Milizen zur Verfügung gehabt, ganze Armeen hätten sie auf die Beine gestellt. Außerdem hätten sie zu den Guomindang-Leuten im Untergrund Kontakt gehalten. Auch nach Ausrottung der Banditen hätte es noch zahlreiche verdeckte Saboteure gegeben. Es sei der Bodenreform zu verdanken gewesen, dass ihnen die Basis ihrer Unterstützung und ihrer Mittel, Leute zu gewinnen, gründlich entzogen wurde und sie in Angst und Schrecken versetzt wurden. Der Preis für die Stabilisierung der Gesellschaft sei zwar hoch und grausam gewesen, aber Hauptsache sei, dass sie am Ende gelang. In Ost-Sichuan habe es seit je von Banditen gewimmelt. Auch nach deren Beseitigung habe es noch vereinzelt Hartgesottene und Unverbesserliche gegeben. Manche hätten nur auf den Abzug der regulären Armee gewartet, um wieder in die Berge zu gehen und Unruhen anzuzetteln. Aber nach der Bodenreform sei damit Schluss gewesen. Die davongekommen seien, wären durch Kontrollmaßnahmen der Behörden zum Schweigen gebracht worden. Seit den fünfziger Jahren sei das Leben der Bevölkerung nie wieder durch Banditen gestört worden.

Qinglin hörte ihnen zu, ohne sie zu unterbrechen. Er schwieg, weil er das Gefühl hatte, dass ihre Denkweise mit der seinen nicht übereinstimmte.

Er hatte Architektur studiert und die Dinge immer unter dem Gesichtspunkt des Menschen betrachtet. Wie man ihm das Leben leichter und angenehmer machen konnte, wie er seine Unabhängigkeit bewahren und sein Privatleben schützen konnte, wie er frei sein und sich ein Leben ohne zu enge Beschränkungen schaffen konnte, welche Art von Umgebung notwendig war, damit er sich wohlfühlte, welche Anforderungen er an angenehmes Wohnen stellte und wie die Verbindung zwischen dem Inneren der Wohnungen und dem Außenraum gestaltet werden musste. Über Fragen wie die der Inbesitznahme und Kontrolle eines Landes hatte er sich nie Gedanken gemacht. Derartige Fragen waren zu groß und zu weit entfernt, für ihn waren sie inhaltslos, er war außerstande, sich Antworten darauf vorzustellen. Er fand daher keine Worte, die ihre Ansichten widerlegen konnten.

Liu Jinyuan erriet offenbar, was in ihm vorging, und sagte, während er ihn fest anblickte: »Ihr seid unter friedlichen Verhältnissen aufgewachsen, für euch ist es unmöglich, uns zu verstehen, weil ihr nicht an der Eroberung des Landes beteiligt wart. Euer heutiges Leben wurde mit Leben bezahlt, ihr verdankt es den Schlachten, die wir in jungen Jahren geschlagen haben. Als wir damals aus dem Haus gingen, wussten wir nicht, ob wir lebend zurückkehren würden.«

Qinglin nickte und sagte: »Ich gebe Ihnen recht, wir können uns das nicht vorstellen. Aber ...«

Kaum war ihm dieses »Aber« entschlüpft, bereute er es. Manchmal behindert die Bemühung, sich verständlich zu machen, die Verständigung zusätzlich.

Daher änderte er umgehend seinen Tonfall und sagte: »Das Essen hier ist nicht übel. Egal auf welche Art man Sichuan-Essen zubereitet, es schmeckt immer gut.«

Bei sich dachte er: Das war wie »Das Wetter heute ...« Hahaha!

VII. Abschnitt

34. Kapitel

Ding Zitao ist zu Tode erschöpft. Sie erkennt, dass sie bereits die vierte Ebene erreicht hat. Verglichen mit den vorangegangenen scheint es hier vereinzelte getrübte Lichtschimmer zu geben.

Vor sich sieht sie in aller Deutlichkeit die Westmauer. Sie erkennt sie sofort: die Westmauer des Gartens der »Halle des dreifachen Wissens«.

Die massive, lang gezogene und hohe Westmauer ist ihr unendlich vertraut. Sie windet sich einige hundert Meter dahin, bergauf und bergab. Gemauert ist sie aus großen und schweren Ziegeln, innen wie außen wuchert Moos in den Fugen. Die Schießscharten auf halber Höhe zeichnen sich deutlich ab. Der Wachtturm an einer Mauerecke gerät in ihr Blickfeld. Den viereckigen Pavillon mit ausschwingendem Dach hat ihr Schwiegervater absichtlich auf die Plattform des Turms setzen lassen, um dem Turm das Aussehen eines luftigen Aufenthaltsortes mit Ausblick auf die Landschaft zu verleihen. Aber sie weiß, dass sich inmitten des Pavillons eine kleine Kanone befindet. Als das Banditentum hier grassierte, ging von ihr die größte Bedrohung aus.

Der Fuß der Mauer liegt im Dunkel. Der die gesamte Mauer überwuchernde wilde Wein ist bereits verdorrt. Von den leuchtend roten Blüten des Indischen Rohrs am Rande der Mauer sind nur noch vertrocknete Stängel übrig, als hätten sie bereits in den ersten Frösten ihre Lebenskraft eingebüßt.

Sie kann sich nicht erinnern, in welchem Jahr sie zum ersten

Mal die »Halle des dreifachen Wissens« der Familie Lu betreten hat.

Ihr ist, als habe sie diesen Ort von Geburt an gekannt. Das verdankt sie ihrem Vater. Die »Halle des dreifachen Wissens« liegt noch abgeschiedener, noch tiefer in den Bergen als das Anwesen ihrer Eltern, dennoch hat der Vater ihr jedes Jahr einen Besuch abgestattet. Er hat ihr erzählt, man könne schon von weitem die in der Höhe aufragende »Halle des dreifachen Wissens« erkennen, mit ihrer Westmauer, die den halben Berg zu umschließen scheint. Genau dahinter liegt der Garten des Anwesens.

Der Wachtturm an der Mauerecke ist ein beliebter Gesprächsstoff der Dörfler. Man erzählt sich, dass es vor langer Zeit einmal einen mächtigen Banditen mit großer Gefolgschaft namens Tan gegeben habe, der das Dorf ausrauben wollte. Widerstand dagegen schien aussichtslos. Als er sich jedoch daranmachte, die »Halle des dreifachen Wissens« zu plündern, sei er von der Kanone auf dem Wachtturm in Schach gehalten worden. Die Banditen seien außerstande gewesen, sich den Mauern zu nähern, im Gegenteil sei der Banditenhäuptling Tan von einer Kanonenkugel zerfetzt worden. Wie viele Innenhöfe und Räume sich hinter der Mauer verbergen, weiß niemand zu sagen, sie selbst hat es, nachdem sie in die Familie Lu eingeheiratet hat, auch nie herausgefunden.

Ihr Vater hat sie dorthin mitgenommen. Ihr Vater Hu Ruyun und Lu Ziqiao, der Herr der »Halle des dreifachen Wissens«, haben beide in Japan studiert. Lu Ziqiao hat nach seiner Rückkehr an der Xinhai-Revolution von 1911* teilgenommen, ist anschließend als Politiker tätig gewesen, bis er seinen Abschied genommen hat und in sein Heimatdorf zurückgekehrt ist. Ihr Vater dagegen führte das Gewerbe seines Vaters fort und übernahm

* 1911 wurde in der Xinhai-Revolution die letzte kaiserliche Dynastie der Qin gestürzt, China wurde eine Republik.

nach seiner Rückkehr in die Heimat die Salzbergwerke seiner Vorfahren und in ihrer Folge die Verwaltung der circa hundert Mu* Ackerland im Familienbesitz. Seine Mußezeit verbrachte er gern gesellig, unter Freunden und Gleichgesinnten rezitierte man Gedichte und verfasste Prosa, er sammelte Bücher und Kunstwerke, um sein prosaisches Gewerbe durch kulturelle Aktivitäten zu bereichern.

Auf dem Weg zur »Halle des dreifachen Wissens« hat ihr der Vater erzählt, dass das Anwesen vom Großvater des gegenwärtigen Besitzers errichtet wurde. Der alte Herr sei in der Qing-Dynastie auch Beamter gewesen. Die Bezeichnung »dreifaches Wissen« entstamme einem Ausspruch Yang Zhengs: »Der Himmel weiß es, die Götter wissen es, ich weiß es, meine Enkel wissen es.« Er wollte damit seinen Nachkommen gegenüber zum Ausdruck bringen, dass er sich sein gesamtes Beamtenleben lang in jeder Hinsicht untadelig verhalten habe. Der alte Herr Lu habe das Zitat auf »Der Himmel weiß es, die Götter wissen es, ich weiß es« verkürzt und die Nachkommen gestrichen. Warum er diesen Teil gestrichen habe, wollte sie wissen. Ihr Vater hatte geseufzt und erklärt, die Vorfahren des alten Herrn Lu hätten durch Opiumhandel den Grundstock für das Familienvermögen gelegt und deswegen üble Nachrede befürchtet. Daher habe er gemeint, es sei genug, wenn der Himmel, die Götter und er selbst Bescheid wüssten. Dass andere davon Kenntnis haben, sei nicht notwendig. Anschließend hatte ihr Vater erneut geseufzt und gesagt: »Wo findet man heutzutage überhaupt noch Leute, die für sich vierfaches Wissen in Anspruch nehmen können?«

Sogar Vaters Gesichtsausdruck, während er seufzte, steht ihr plötzlich klar vor Augen.

Es war bei dieser Gelegenheit, dass Lu Zhongwen, der Sohn der Familie, sie zu einem Spaziergang an die Westmauer des Gar-

* Chinesisches Flächenmaß, 1 Mu = 666 qm

tens geführt hat. Sie zieht sich am Berg entlang, und in regelmäßigen Abständen führen Treppen aus Kalkstein nach oben. In den Schießscharten sind überall Pulverspuren zu erkennen. Wenn man von oben herabsieht, blickt man weithin über die Felder und Gehöfte am Fuß des Berges.

Das Indische Rohr in einer Ecke der Mauer stand leuchtend roter Blüte.

»Meine Tante hat erzählt, dass Indisches Rohr aus den Blutstropfen entstanden ist, die aus der Ferse des Buddha geflossen sind, deswegen ist ihr Rot so besonders«, hat sie zu Lu Zhongwen gesagt. Ihm entging nicht, dass sie dabei lachte, und er antwortete lachend: »›Ihr schwacher Stamm hält nicht stand, wem nützt die Schönheit ihres Wurzelwerks, doch auch wenn sie den Herbststürmen nicht widersteht, so bewahrt sie doch ihr rotes Herz.‹ Du denkst an Blut, ich an Poesie. Weißt du, von wem das stammt?« »Nein«, hat sie geantwortet. »Von Zhu Xi, dem großen Gelehrten der Südlichen Song-Dynastie. ›Willst du wissen, warum das Wasser im Teich so klar ist? Weil aus seiner Quelle stets frisches Wasser nachströmt.‹ Das ist auch von ihm.« »Nicht einmal dieses Zitat kenne ich, ich glaube, dass ich die Mittelschule umsonst besucht habe«, hat sie gesagt. Daraufhin lachte er, und dieses Lachen hat sie für ihn eingenommen.

Es muss bei dieser Gelegenheit gewesen sein, dass sie sich ineinander verliebten. Später sind sie oft zur Westmauer gegangen. Auch im Pavillon auf der Plattform des Wachtturms haben sie oft gesessen. Die kleine Kanone steht immer noch dort. Sie haben sich häufig auf ihren Sockel gesetzt und ebenso oft ans Geländer des Pavillons, haben dem Wind gelauscht, Gedichte rezitiert, sie hat seinem Mundharmonikaspiel zugehört.

Wo ist Lu Zhongwen jetzt?

Unwillkürlich bricht ein Schrei aus ihr heraus: »Zhongwen, wo bist du?«

Als werde ihre Stimme von den Schießscharten im Mauerwerk verschluckt, antwortet nur das Rauschen des Windes.

In diesem Augenblick sieht sie sich selbst. Dieses Selbst namens Daiyun, das gerade vor dem Indischen Rohr kniet.

Sie ist dabei, Erde in eine Grube zu füllen.

In der Grube liegen zwei Personen. Eine ist Xiao Cha, ihre aus dem Elternhaus mitgebrachte Dienerin, die andere ist Ziping. Ziping ist ursprünglich zur Pflege der Schwiegergroßmutter ins Haus gekommen. Nachdem sie in die Familie eingeheiratet hat, hat sie der Schwiegervater zu ihrem Dienst abgeordnet. Beide liegen Schulter an Schulter. Die Grube ist zu schmal, beide drängen sich seitlich liegend eng aneinander. Sie will nicht, dass Xiao Cha so eingequetscht wird, sie zieht sie daher aus der Grube, legt Ziping zuunterst und Xiao Cha über sie.

Es dunkelt rasch. Sie häuft mit beiden Händen Erde auf ihre Körper. Zunächst bedeckt der Lehm Xiao Chas Füße, dann ihren Körper; kurz bevor der Kopf zugeschüttet wird, streckt sie unwillkürlich die Hand aus und streichelt ihr Gesicht. Plötzlich scheint es ihr, als würde Xiao Cha noch atmen, und es bricht unwillkürlich aus ihr hervor: »Xiao Cha! Xiao Cha! Wach auf und komm mit mir. Huiyuan bleibt hier. Xiao Cha, was soll ich ohne dich machen?«

Keine Antwort. Seit ihrem zehnten Lebensjahr ist Xiao Cha mit ihr aufgewachsen. Sie war zwar ihr Dienstmädchen, aber viel eher ihre Spielgefährtin. Als sie in die Familie Lu eingeheiratet hat, ist Xiao Cha mit ihr hierher übergesiedelt. In all den Jahren hat sie Xiao Chas helle Stimme antworten gehört, wenn sie gerufen wurde. Aber jetzt beachtet Xiao Cha sie nicht mehr. Daiyun möchte sie rufen und anschreien, doch Xiao Cha gibt keinen Laut, keinen Atemzug von sich. Und alles, was sie ihr zurückgibt, sind Hände voller lehmiger Erde. Während sie Erde auf Xiao Chas Körper schüttet, redet sie vorwurfsvoll auf sie ein: »Xiao Cha, du musst mit mir kommen, es darf nur keiner merken. Futong wartet am Fluss, im Boot ist noch ein Platz frei.«

Unmittelbar nachdem sie den vergifteten Schnaps getrunken hat, ist Xiao Cha auf sie zugetreten und hat sich von ihr verabschiedet. Sie hat gesagt: »Schwester, ich kann dich nicht begleiten. Vergiss mich nicht. Wenn du eines Tages wieder nach Hause kommst, grab mich aus, leg mich in einen Sarg und begrab mich neben meiner Mutter.« Sie hat es ihr versprochen, Xiao Cha umarmt und hemmungslos geweint. Auch Xiao Cha hat geweint. Bis vom Eingang Zipings Stimme herüberschallte: »Xiao Cha, wir gehen zusammen!« Xiao Cha hat ihre Hände beiseitegeschoben und ist allein hinausgegangen.

Als sie sich wiedersehen, liegen Xiao Cha und Ziping bereits Schulter an Schulter unter dem Indischen Rohr.

Sie streut die letzte Handvoll Erde gleichmäßig über Xiao Chas Gesicht. Sie kann ihren Gesichtsausdruck nicht erkennen, auch nicht deutlich sehen, ob Xiao Chas Haar in Unordnung geraten ist. Sie hat keine Tränen mehr. Sie empfindet nicht einmal Trauer.

Es ist die letzte Grube, die sie im Garten der Familie Lu zuschüttet. Sie weiß, dass es an der Zeit ist, sich auf den Weg zu machen.

Sie kehrt in ihr Zimmer zurück, packt Dingzi in den Tragekorb, breitet ein Tuch darüber und schultert den Korb. Plötzlich entdeckt sie einen Armreif neben dem Bett. Es ist ihr Geburtstagsgeschenk für Xiao Cha, Xiao Cha muss es ihr, bevor sie ging, still und heimlich zurückgegeben haben. Sie ergreift hastig den Reif und kehrt in den Garten zurück.

Der Garten ist übersät von Erdhaufen. Die Nacht ist still wie der Tod. Kein Insektengesumm, selbst Blumen, Gräser und Bäume wirken wie abgestorben. Der Garten ist zum Friedhof geworden, denkt sie.

Sie geht zum Indischen Rohr an der Westmauer, bückt sich,

kratzt die Erde beiseite und legt den Reif in Xiao Chas Hand. Kein Mondlicht, doch sie erkennt deutlich die im Garten aufgehäuften Erdhügel. Sie wendet sich um und verbeugt sich tief vor den Erdhaufen, dann geht sie zum Wachtturm. Ob ich wohl jemals wieder hierher zurückkehren werde?, denkt sie. Sei mir nicht böse, Xiao Cha. Ich will mich nie wieder an die ›Halle des dreifachen Wissens‹ erinnern, ich werde nie wieder hierher zurückkehren.«

Wenig mehr als zehn Minuten später hastet sie aus dem Geheimgang hinter der Kellertreppe des Wachtturms. Vor ihr liegt die Teeplantage, der Ausgang hinter den engen Reihen der Teebäume ist von verwachsenen Gräsern und Büschen zugewuchert, von außen nicht zu erkennen. Ein paar Minuten später sieht sie die alten Kampferbäume, klettert über den Zaun, und ein paar Schritte später stößt sie auf den Pfad. Sie beginnt zu rennen.

35. Kapitel

Ja, Ding Zitao ist sich im Klaren darüber, dass sie sich schon auf der fünften Ebene befindet.

Sie hat nun verstanden, dass sie den von ihr eingeschlagenen Weg rückwärtsgeht. Immer mehr Dinge treten in ihr Gesichtsfeld. Die Details jedes Gegenstands, die Atmosphäre jeder Szene, der Ausdruck jeder Person, die Stimme jedes Menschen, alles tritt ihr überdeutlich entgegen.

Ihr Schwiegervater Lu Ziqiao hat einmal erklärt, die Seele des Menschen sei bei der Geburt rund und vollkommen. Im Lauf des Lebens gehe sie schrittweise verloren. Und am Ende besäße er keine Seele mehr. Die Mitmenschen hielten ihn bereits für gestorben, aber das treffe nicht zu. Er sei nur dabei, in sich zu kehren und seine zerronnene Seele Stück für Stück zurückzuholen. Gelänge ihm das, käme er in den Besitz des Dao. Bei seinem Wiedereintritt in die Welt werde er in eine gute Familie hineingeboren. Es sei schwer zu sagen, was geschehe, wenn es ihm nicht gelänge, womöglich müsse er sein nächstes Leben als Schwein oder als Hund zubringen.

Ich muss unbedingt meine Seele Stück für Stück zurückholen, denkt sie Ich will im nächsten Leben in eine gute Familie kommen. Ich will nicht wieder leiden müssen.

Sie ist jetzt im Garten angelangt. Sie sieht die herzzerreißend weinende Daiyun darin stehen. Sie folgte Daiyuns Blickrichtung, und was sie sieht, lässt sie vor Entsetzen nahezu den Verstand verlieren.

In diesem Moment ist es totenstill im Garten. Überall sind ausgehobene Gruben, überall neben den Gruben frische Erdhaufen. Die Gruben haben die Angehörigen der Lu-Familie selbst ausgehoben, die Erdhaufen eigenhändig aufgehäuft. Nachdem das vollbracht war, haben sie, ohne sich einen Blick zuzuwerfen, ohne sich zu verabschieden, mit gereckter Kehle das vorbereitete Arsen geschluckt und sich anschließend selbst in ihre Grube gelegt.

In der Grube unter dem Dattelbaum liegen der Schwiegervater und die Schwiegermutter. Nicht weit davon entfernt stehen die Kübel mit den Rosen, auch dort gibt es eine Grube, darin liegt Schwiegervaters Konkubine. Das Grab im Bambushain an der Ostmauer ist sehr flach, der älteste Sohn Bowen hat es gegraben. Er ist seit langem kränklich und sehr schwach und hat keine ordentliche Grube zustande gebracht. Er habe zwar keinen Sarg, hat er gesagt, aber die Gesellschaft des Bambus garantiere ebenfalls für einen Tod in Anstand und Würde. Seine Frau liegt neben ihm. Sie habe keine Nachkommen, hat sie gesagt, und habe mit Bowen abgesprochen, dass er für sie die kindlichen Pflichten übernehme. Sie wolle neben ihm liegen.

Die Grube neben dem Teich ist die am tiefsten ausgehobene, sie gehört dem alten Wei, dem Verwalter. Mutter Wu liegt nicht weit davon, sie hat die Schwiegereltern gepflegt und erklärt, sie wolle mit ihnen gehen, das Leben habe für sie keine Bedeutung mehr.

In jedem Winkel des Gartens befinden sich Gruben. Sie haben beschlossen, gemeinsam zu sterben. Der Schwiegervater hat ihr gesagt, sie müsse sich beeilen, sie mit Erde zu bedecken, die Morgensonne dürfe auf keinen Fall ihr Gesicht bescheinen.

Kein Mond am Himmel, auch keine Wolken. Die Lichter im Haus sind alle erloschen. Die Schatten der Bäume verschmelzen mit der Farbe der Erde. Kein Windhauch weht durch den Garten. Der Frühling ist bereits zu erahnen, aber der Winter ist noch nicht vorüber. Sämtliche Tiere und Pflanzen im Garten haben sich in sich zusammengerollt. Ein Garten ohne Geräusche, Farben, Gerüche, ein Garten ohne Lebensatem.

Sie beginnt, Erde aufzufüllen. Neben jeder Grube liegt ein Werkzeug, sie braucht nicht danach zu suchen. Frenetisch fängt sie an, Erde in die Gruben zu schütten. Die Gruben der Schwiegereltern und der Schwiegergroßmutter sind sehr tief, der alte Wei hat sie ausgehoben. Er hat dabei noch gelacht: »Vater Lu, für mich ist es der Lohn für gute Taten, dass ich mit Ihnen zusammen sterben kann, und noch dazu auf gleiche Art und Weise. Schade, dass meine Eltern dieses Glück nicht haben.« Die Mutter des alten Wei ist auf dem Heimweg zu ihrer Mutter von Banditen erschlagen worden. Sein Vater ist mit einem Gütertransport auf dem Heimweg aus der Provinz Henan von den Japanern aufgegriffen worden und im Gefängnis gestorben. Man weiß nicht einmal, wo sich ihre Gebeine befinden. Die Grube für die Schwiegergroßmutter hat der alte Wei in der Nähe der seinen ausgegraben und zu ihr gesagt, als er sie hineinlegte: »Unterwegs müssen Sie keine Angst haben, ich bin in Ihrer Nähe und werde Sie schützen.«

Die Schwiegermutter hat unablässig geweint und dabei immerzu wiederholt: »Ich will kein weiches Begräbnis. Meine Mama hat gesagt, bei einem weichen Begräbnis gibt es keine Wiedergeburt.«

Der Schwiegervater hat mit ihr geschimpft, während er in der Grube liegend das Arsen schluckte: »Wenn du weiterleben möchtest, dann geh ins Dorf und leg dich zum Krüppel Ma schlafen. Er verkündet schon seit langem, dass er nichts will außer dich und das Rotholzbett aus unserem Haus. Geh zu ihm. Wiedergeburt? Du hast nur deine Wiedergeburt im Kopf. Wohin willst du denn wiedergeboren werden?« Der Schwiegermutter lief eine Gänsehaut über den Rücken, sie griff nach dem Arsentrunk und schluckte ihn in einem Zug hinunter. Sie liegt neben dem Schwiegervater und hat sich mit ihrem Kopftuch das Gesicht bedeckt.

Ursprünglich sollte sie die Begräbnisse gemeinsam mit ihrer Cousine Huiyuan bewerkstelligen. Aber als sie nach ihr rief, lag sie in ihrem Zimmer und hatte bereits Schaum vor dem Mund. Sie rief sie erschrocken an, rüttelte sie, rief sie beim Namen, Huiyuan öffnete ihre Augen einen Spalt weit und sagte: »Papa und Mama sind tot, ich will auch nicht mehr leben. Alles ist meine Schuld. Obwohl ich kein Wort zu Jindian gesagt habe, hasst er unsere Familie meinetwegen. Ich kann jetzt nicht als Einzige weiterleben. Schwägerin, begrab mich neben Vater und Mutter. Ich will unter die Erde und mich um sie und den Bruder kümmern.«

Sie war einen Moment lang sprachlos. Es drängte sie, etwas zu sagen, aber sie hielt den Satz, der ihr auf den Lippen lag, zurück und schluckte ihn hinunter.

Sie schleppte Huiyuan in den Garten. Das Mondtor, ein paar Meter vom Grab der Schwiegereltern entfernt, ist Huiyuans Lieblingsplatz gewesen, sie hat dort oft mit ihren Mitschülerinnen Opern aufgeführt. Das Mondtor ist der Ort, wo Huiyuan auf der Bühne geglänzt hat. Während sie die Grube aushob, hat

Huiyuan noch geatmet. »Dank dir, Schwägerin, dass du für mich die Grube gräbst«, hat sie gesagt.

Sie hat nicht geantwortet, nur mit aller Kraft die Erde ausgehoben. Sie weiß selbst nicht, woher sie diese Kraft nimmt, die Zeit zum Ausheben der Grube erscheint ihr sehr kurz. Als sie Huiyuan hineinlegt, ist ihr Gesicht bereits eiskalt. Sie nimmt ihr Halstuch ab und legt es auf Huiyuans Gesicht. Die hanffarbene Hauskatze gehört der Tante. Den ganzen Abend ist sie um sie herumgestrichen. Mit großen runden Augen hat sie die seltsamen Geschehnisse betrachtet, die sich im Haus abgespielt haben. Sie versetzt ihr einen leichten Fußtritt und sagt zu ihr: »Spatz, schnell, rette dein Leben.« Spatz entfernt sich nicht, ihre runden Augen blicken sie verständnislos an, sogar Trauer scheint in ihnen zu liegen. Daiyun seufzt, nimmt sie in den Arm und setzt sie vor dem Grab der Tante ab. »Hier liegt die Tante begraben, leiste ihr Gesellschaft, damit sie nicht so einsam ist«, sagt sie.

Sie weiß am Ende selbst nicht mehr, wie viel Erde sie in dieser Nacht bewegt hat. Das Stimmengewirr, das sie im Haus normalerweise von morgens bis abends umgeben hat, ist vollkommen verstummt. Alles Lächeln, aller Kummer, alles Gezänk, alle Verdrossenheit und auch alle Düsterkeit verlieren sich in diesem Moment in eins.

Glaubt ihr denn, dass ich nach einer solchen Nacht noch am Leben bleiben werde?, denkt sie.

Zum Schluss gelangt sie zur Westmauer.

Sie will Ziping und Xiao Cha begraben. Das war Zipings letzter Auftrag: »Begrab zuerst alle anderen und mich ganz zum Schluss. Wenn die Zeit nicht mehr reicht, kümmere dich nicht um mich. Mir macht es nichts aus, wenn man meine Leiche sieht. Gestorben ist gestorben, was macht es da, ob man die Leiche sieht oder nicht.« Zipings jüngere Schwester Ziyan ist die vertraute Dienerin der Mutter von Herrn Chen, Familienoberhaupt des Anwesens im Dorf Ding am südlichen Bergabhang, gewesen. Nachdem ihr beweglicher Besitz konfisziert und verteilt worden war, wurde die gesamte Familie liquidiert. Die Dorfbewohner erschienen, um das weibliche Dienstpersonal mit Gewalt unter sich aufzuteilen. Der Leiter der Arbeitsgruppe des Dorfes beanspruchte Ziyan als Ehefrau für seinen zweiten Sohn, der geistig behindert ist. Ziping hat ihre Schwester eines Tages besucht und bei ihrer Rückkunft erklärt: »Besser sterben, als so zu leben.«

Sie versteht Ziping. Sie weiß, dass für jemanden wie Ziping der Tod der einzige Ausweg ist. Ihre Er Niang hat kurz zuvor das Gleiche gesagt: »Für uns ist sterben der einzige Ausweg, das Leben wäre für uns schlimmer als der Tod.«

Die Entscheidung zu sterben ist ihnen nicht leichtgefallen. Die Diskussion hat früh am Morgen begonnen, als sie Nachricht erhielten, dass sich die gesamte Familie in der Ahnenhalle einzufinden habe, um »bekämpft« zu werden. Aber nachdem der Entschluss einmal gefasst war, war es ein Leichtes für sie, ihn auszuführen. Schweigend, aber klaglos machten sich alle daran, ihre Entscheidung umzusetzen.

Sie ist tief gerührt von Zipings Loyalität, aber es geht ihr auch um Xiao Cha. Sie muss die beiden unbedingt beerdigen, auch wenn die Zeit noch so sehr drängt. Ein weiches Begräbnis ist an sich bereits eine unerträgliche Kränkung, sie nicht einmal mit Erde zuzudecken wäre für die beiden, die ihr Leben hingegeben haben, eine himmelschreiende Ungerechtigkeit.

Den Vorgaben des Schwiegervaters entsprechend, hat sie alle Gruben mit Erde aufgefüllt, sie ist mit ihren Kräften am Ende. Als sie nun Ziping und Xiao Cha eng aneinandergepresst in ihrer Grube liegen sieht, geben ihre Beine nach, und sie kniet auf dem Boden.

Xiao Cha, die mit ihr zusammen aufgewachsen ist, Xiao Cha, an deren ständige und unverbrüchliche Anwesenheit sie gewöhnt ist, liegt jetzt hier in einer mondlosen Nacht und wird von ihr eigenhändig mit lehmiger Erde zugedeckt. Nie wieder würde sie antworten, wenn Daiyun nach ihr ruft.

36. Kapitel

Mit einigen Schwierigkeiten erklimmt Ding Zitao die sechste Ebene. Sie hat jetzt das Gefühl, zu Recht in die Hölle geraten zu sein. Warum hat sie im Garten nicht für sich selbst eine Grube ausgehoben? Warum musste sie mit eigenen Händen die anderen begraben, einen nach dem andern?

Es wird heller. Ob es daran liegt, dass sie dem Paradies oder der Menschenwelt näher gekommen ist, kann sie nicht sagen. Sie sieht jedenfalls immer mehr Gegenstände.

Verschwommene Konturen von Menschen geraten in ihr Blickfeld. Sie zählt sie nach, insgesamt sind es neun oder zehn. Ihre Gesichter zeichnen sich immer deutlicher ab. Sie betrachten sie ausdruckslos. Schließlich sieht sie sich selbst.

Sie befinden sich im kleinen Speisezimmer, das ihr so vertraut ist. Es liegt in der Nähe des Getreidespeichers. Die Küche befindet sich auf der anderen Seite des Korridors. Im dahinterliegenden Wohnhof ist das Gesinde untergebracht. Seit sie in die Lu-Familie eingeheiratet hat, wird zumeist im kleinen Speisezimmer gegessen. Gewöhnlich essen sie an zwei Tischen, die Älteren an einem, die Jüngeren am anderen. Wenn sich zum Neujahrsfest die ganze Familie versammelt, bietet das kleine Speisezimmer nicht genug Platz, man wechselt dann in den großen Speisesaal. Dort ist Platz für acht Tische. Das Essen bekommt dann den Charakter einer großen Theateraufführung, ist voller Lärm und Leben.

Das Neujahrsfest ist vorüber. Von den vier Kindern der Familie befinden sich nur der Älteste und die Tochter im Haus, der zweit-

und der drittälteste Sohn sind auswärts. Am Kopf des Tisches sitzt die Schwiegergroßmutter, links und rechts von ihm Schwiegervater und Schwiegermutter. Daran jeweils anschließend die Tante und Schwiegervaters Konkubine. Der kränkliche älteste Sohn Lu Bowen sitzt eng neben seiner Tante. Diese Sitzordnung ist unverrückbar, denn diese sechs Personen halten sich ständig im Haus auf, für die übrigen Familienmitglieder ist die Sitzordnung weniger streng geregelt.

Diesmal hat man einen großen Tisch aufgestellt. Alle Anwesenden betreten mit steinernen Mienen den Raum. Die Familie sieht sich einer Katastrophe gegenüber, es geht um ihr Überleben.

Der lange Bart des Schwiegervaters zittert unaufhörlich. In den Jahren nach seinem Abschied als Beamter und der Rückkehr in die Heimat ist er schlohweiß geworden. Sie weiß, dass das unkontrollierte Zittern seines Bartes Ausdruck von Zorn ist. Seine Backenknochen sind wütend, denkt sie.

Die Schwiegermutter sitzt mit gramerfülltem Gesicht neben ihm, sie ist eine schwächliche Frau, die sich ein Leben lang den Anordnungen ihres Mannes gebeugt hat. Ihr ständiger Ausspruch lautet: »Hast du geheiratet, gehört dein Schicksal deinem Ehemann.« Die Schwiegergroßmutter ist die Stiefmutter des Schwiegervaters. Sie ist bereits sehr alt und gehört gewissermaßen zum Inventar. Wie gewöhnlich trägt sie eine schwarze Samtkappe und gibt keinen Laut von sich. Schwiegervaters Konkubine macht eine verdrossene Miene, sie will gerne weiterleben, aber sie weiß zugleich, dass dafür keine Chance besteht. Der Gesichtsausdruck der Tante ist nichtssagend wie immer. Einen Monat nach ihrer Hochzeit hat ihr Ehemann Sichuan verlassen, um in den Krieg gegen die Japaner zu ziehen, und ist an der Front gefallen, sie ist daraufhin ins Elternhaus zurückgekehrt. Ihr ist es egal, ob sie einen Tag länger lebt oder nicht. Der älteste Sohn mit seinem von Krankheit gezeichneten Gesicht hat sein übliches klägliches Aussehen. Allein Huiyuan, die Tochter, hat ihren langen geflochten Zopf gelöst und sitzt mit offenen Haaren und aufgeschreckter Miene da. Auch der alte Wei, der gewöhnlich nicht zur Tischgesellschaft gehört, sitzt mit am Tisch. Die zahlreichen Dienstboten haben sich sofort nach der Befreiung in alle Winde verstreut. Die wenigen übrig gebliebenen haben entweder keinen Ort, wohin sie gehen können, oder sie sind für die Familie unverzichtbar. In diesem Moment sind das Mutter Wu, Ziping und Xiao Cha. Sie haben gerade nichts zu tun und stehen mit ebenso traurigen Mienen am Rande.

Die Gesichtsfarbe des langbärtigen Schwiegervaters ist furchterregend blass, er sagt mit leiser, tiefer Stimme: »Ihr habt alle mitbekommen, was mit den großen Familien an den Süd- und Nordhängen der Berge passiert ist. Nachdem man sie beschimpft und beleidigt, sie gequält und gefoltert hat, sind die meisten schließlich doch umgebracht worden. Und das Leben der Davongekommenen ist elend. Wir wissen außerdem, was mit Daiyuns Familie geschehen ist. Ihr Vater hat nur das Erbe seiner Vorfahren übernommen, ein Geschäft betrieben, seine Freude war das Sammeln von Büchern, das Malen und Kalligraphieren. Er hat seine Mitmenschen mit Anstand und Respekt behandelt und in allen Angelegenheiten betont, wie wichtig es ist, Ungemach zu ertragen. Daiyuns Bruder hat die Regierung unterstützt, er hat überall Getreide requiriert, auch uns hat er eine große Kontribution auferlegt. Und was ist dabei herausgekommen? Lingyun ist unterwegs, als er nach Hause zurückkehrte, um seine Eltern in Sicherheit zu bringen, hinterrücks erschossen worden. Sie haben sich nicht in Sicherheit bringen können und mit ihrem Leben bezahlt. Heule nicht, Daiyun. Heulen nützt nichts. Unsere Familie hat seit Generationen ruhmreich und in hohem Ansehen hier gelebt. Ich, Lu Ziqiao, werde mich nicht erniedrigen lassen und meine Würde dreingeben. Noch weniger werde ich hinnehmen, angegriffen und geschlagen zu werden. Eher setze ich meinem Leben selbst ein Ende.«

Die Schwiegermutter beginnt als Erste zu schluchzen. »Und was machen wir mit Dingzi, unserem Enkel? Er ist noch keine zwei Jahre alt, wie sollen wir Zhongwen gegenübertreten?«

»Dingzi darf nicht sterben«, erklärt der Schwiegervater. »Daiyun wird heute Nacht mit Dingzi und Huiyuan fliehen. Ich werde euch sagen, wie ihr von hier wegkommt. Ich habe bereits dafür gesorgt, dass Futong am Fluss auf euch wartet. Das Boot ist zu klein, es passen nur drei Personen hinein. Die Strömung ist reißend, es ist zu gefährlich, ein größeres Boot kommt aber nicht durch. Die hier zurückbleiben, können mit mir gemeinsam sterben, wenn sie wollen. Wenn nicht, müssen sie selbst überlegen, wie sie von hier wegkommen.«

»Draußen stehen bereits Leute, die das Haus bewachen, es wird schwierig, zu entkommen. Wenn wir hierbleiben und einige von uns sterben, wird es mit denen, die am Leben bleiben, auch kein gutes Ende nehmen«, sagt der alte Wei.

Schwiegervaters Konkubine wischt sich die Tränen und sagt: »Sterben wird unsere Würde auch nicht retten! Was, wenn sie unsere Leichen auf den Leichenacker zerren und den Hunden zum Fraß vorwerfen?«

»Ohne Boot ist es unmöglich, die ›Halle des dreifachen Wissens‹ zu verlassen und zu fliehen. Ich habe alles durchdacht, diejenigen, die mit mir gehen wollen, suchen sich im Garten einen geeigneten Platz und heben dort eine Grube aus. Ihr, Daiyun und Huiyuan, begrabt uns, bevor ihr geht. Sind wir einmal beerdigt, werden sie uns nicht ausgraben, dass wäre ein schwerer Verstoß gegen die Sitten. Ich kenne sie, das wird keiner wagen. Wer nicht mitkommt, muss selbst nach einem Ausweg suchen.«

»Wie soll ich weiterleben, wenn Vater und Mutter tot sind?«, sagt Huiyuan.

Der Schwiegervater beachtet sie nicht, er sieht Daiyun an und sagt: »Du nimmst Huiyuan mit, und ihr sucht zunächst bei der Familie von Zhongwens Onkel Zuflucht. Sie werden euch nach

Shanghai bringen. Dort wendet ihr euch an deinen Cousin, er hatte immer ein gutes Verhältnis zu Zhongwen, er soll dir helfen, zu Zhongwen nach Hongkong zu gelangen. Sag Zhongwen, er soll mit euch nach England gehen und dort mit Mutters Schwager Kontakt aufnehmen. Er soll sich dort eine Arbeit suchen, egal was, und sag ihm in meinem Namen, er soll auf keinen Fall zurückkehren. Diese Familie hier existiert nicht mehr. Sucht einen passenden Mann für Huiyuan, damit tut ihr was Gutes für unsere Familie.«

»Ich will ein richtiges Begräbnis«, sagt die Schwiegergroßmutter.

»Wie soll das gehen? Wir haben doch keine Särge vorbereitet«, sagt Schwiegervaters Konkubine.

Das Gesicht des Schwiegervaters verhärtet sich. »Weiches Begräbnis!«, brüllt er.

Das Schluchzen der Schwiegermutter steigert sich zu lautem Geheul: »Ich will kein weiches Begräbnis. Mit einem weichen Begräbnis gibt es keine Wiedergeburt.«

»Du willst wiedergeboren werden?«, fährt sie der Schwiegervater an. »Was willst du denn tun, wenn du wieder auf die Welt kommst?«

Die Schwiegermutter beginnt erneut zu schluchzen. Bowen, der älteste Sohn, hat bisher kein Wort gesagt. Jetzt macht er seinen Mund auf und spricht: »Hör zu, Mama, Vater hat recht. Schau dir doch die Leute ringsum in den Dörfern an, verglichen mit uns hier in der ›Halle des dreifachen Wissens‹ haben sie weder Einfluss noch Geld, sie leben elend und sterben elend. Unsere Familie hat seit Generationen Stellung und Namen hier in der Gegend, vor allem Vater darf seine Würde und Integrität nicht opfern, er darf sich nicht derart erniedrigen. Ich schäme mich, dass ich so schwach und krank bin, vollkommen unfähig, der Familie zu helfen. Ich werde Vater begleiten. Ich werde ihnen keine Chance geben, über unsere Familie zu spotten und sie zu beschmutzen.«

»Mein Sohn, du bist ein ganzer Kerl«, sagt der Schwiegervater. »So ist es beschlossen. Alle, die mit mir gehen, sollen sich etwas Anständiges anziehen.«

Einige der Dienstboten beginnen zu weinen. Der Schwiegervater wedelt mit seinen Händen und sagt: »Wer gehen will, soll gehen. Da draußen warten sie schon auf euch.«

Mutter Wu sagt unter Tränen: »Ich bin so viele Jahre in eurer Familie. Mit denen komme ich nicht zurecht, sie werden mich auch nicht schonen. Ich gehe mit der gnädigen Frau. Ich werde ihnen da unten das Essen kochen.«

Auch Ziping weint: »Großmutter, ich will auch mit Ihnen gehen. Ich weiß, dass Dunzi im Dorf hinter mir her ist. Er hat seine fünf Sinne beisammen, ist nicht taub und kein Idiot, macht was her. Aber ich habe zugesehen, wie er bei der Bekämpfungsversammlung den alten Herrn Yue verdroschen hat. Ohne Nachsicht und Erbarmen, mit so jemandem will ich nichts zu tun haben.«

Schwiegervaters Konkubine sagt: »Xiao Cha, man hat dich dem kleinen Glatzkopf zugeteilt. Willst du ihn?«

Xiao Cha schüttelt den Kopf: »Auf keinen Fall. Ich finde ihn widerlich.«

»Wenn du dich auf ihn einlässt, wird sich Futong, dieser Hitzkopf, mit ihm anlegen, wenn er zurückkommt. Der kleine Glatzkopf ist Aktivist im Dorf, was kann Futong gegen ihn ausrichten? Wenn du weiterlebst, bedeutet das den Tod für Futong.«

Damit bringt sie Daiyun in Rage: »Yi Niang, was redest du da? Xiao Cha ist ein junges Mädchen, warum soll sie sterben?«

Xiao Cha bringt vor Weinen kaum ein Wort heraus: »Die Yi Niang hat recht. Wenn ich mich mit dem kleinen Glatzkopf einlasse, wird sich Futong nie damit abfinden. Und was kann er jetzt gegen ihn ausrichten? Ich gehe mit euch. Ja, ich sterbe mit euch. Wenn ich tot bin, ist die Angelegenheit für beide erledigt.«

Die Miene des Schwiegervaters verfinstert sich noch mehr:

»Da ihr alle entschlossen seid, mit mir zu sterben, gibt es keinen Grund mehr zu heulen. Es ist unser Schicksal. Manchen ist ihr Leben wichtiger als ihre Würde, in unserer Familie steht die Würde über dem Leben.«

Ihr Herz schlägt wie rasend, sie weiß nicht, was sie tun soll. Schließlich blickt sie auf und sagt zum Schwiegervater: »Vater, ich will mit euch sterben.«

»Halt den Mund!«, antwortet er. »Du hast uns zu beerdigen und dann mit Dingzi und Huiyuan zu fliehen. Auch um deiner Familie willen musst du weiterleben. Wenn ich in der Unterwelt deinen Eltern begegne, kann ich ihnen ins Gesicht sehen. Du musst unseren Dingzi in Sicherheit bringen, damit unsere Lu-Familie einen Nachkommen behält.«

Sie fängt an zu zittern, plötzlich beginnt ihr Rücken heftig zu schmerzen. Am Tag, als ihre Familie öffentlich »bekämpft« wurde, ist sie davongelaufen und unterwegs von jemandem mit dem Gewehrkolben geschlagen worden. »Vater«, sagt sie, »ich habe Angst. Keine Angst vor dem Sterben, Angst vor dem Leben.«

»Wei, hol eine Flasche Schnaps«, befiehlt der Schwiegervater

Der alte Wei bringt eine Flasche alten Luzhou. »Trink das!«, befiehlt ihr der Schwiegervater. »Nimm drei Schluck, das wird dir den nötigen Mut geben. Und dann geh in dein Zimmer und nimm Dingzi mit. Erst wenn du aus dem Garten nichts mehr hörst, kommst du heraus. Beerdige uns gut, damit erwirbst du dir Verdienste für dein nächstes Leben.«

Sie wagt nicht zu widersprechen, nimmt die Flasche, öffnet den Verschluss und gurgelt einen großen Schluck die Kehle hinunter. Zu viel auf einmal, sie muss heftig husten. Xiao Cha läuft zu ihr und klopft ihr auf den Rücken. Sie hustet ein paarmal, dann setzt sie die Flasche erneut an.

Kaum hat sie einen kleinen Schluck genommen, muss sie wieder husten. Der alte Wei entreißt ihr die Flasche und sagt: »Genug, das reicht. Sonst wirst du betrunken. Wenn du umkippst und wir dich nicht mehr wach kriegen, wäre es eine Katastrophe.«

In diesem Augenblick deutet der Schwiegervater auf den Tisch und befiehlt: »Jetzt wird gegessen. Mit vollem Bauch ist es leichter, sich auf den Weg zu machen.«

Es ist das letzte Abendmahl der Familie Lu. Mutter Wu bringt nahezu alles, was an Essbarem noch vorhanden ist, auf den Tisch. Jeder scheint zu wissen, dass sie sich gemeinsam auf den Weg machen, es gibt keinen Unterschied mehr zwischen Herren und Dienern. Alle zusammen sitzen schweigend um den Tisch. Da niemand spricht, sind die Kaugeräusche laut und deutlich zu vernehmen.

Unruhe und Niedergeschlagenheit erfüllen das Speisezimmer, unterlegt von unterdrücktem Schluchzen. Sobald es lauter wird, richtet der Schwiegervater einen Blick in die Runde und bringt damit das Geräusch umgehend zum Verstummen.

37. Kapitel

Von Schrecken überwältigt erklimmt Ding Zitao die achte Ebene. Langsam weicht der Schmerz ihrer Beklommenheit, er beginnt in Empfindungslosigkeit überzugehen. Empfindungslos bis zu dem Punkt, wo ihr alles, was sie sieht, selbst das Bekannte und Vertraute, fremd wird. Selbst alles, woran sie unmittelbar beteiligt ist, rückt in unbeteiligte Ferne.

Die Nachricht wird vor dem Morgengrauen überbracht. Der Bote pocht heftig und ungeduldig ans Haupttor.

Der Lärm reißt Dingzi aus dem Schlaf, er beginnt laut zu schreien und zu weinen. Sie steht eilig auf und setzt Dingzi auf den Topf. Sie hört das Quietschen, als das Tor sich öffnet. Das Haupttor des Anwesens der Lu-Familie ist in Wahrheit sehr klein, am Fuß der hohen Mauer ähnelt es einem Höhleneingang. Maximal zwei Personen können nebeneinander hindurchgehen, und erst wenn man es passiert hat, wird der ausgedehnte, üppig begrünte Innenhof sichtbar. Kein Passant, der nicht genau hinsieht, würde je vermuten, dass sich hinter dem kleinen Tor das Herrenhaus einer großen Familie verbirgt. Der Familiengründer hat sich einst im Opiumhandel betätigt, von der Mohnanpflanzung, der Verarbeitung bis zum Vertrieb alles in einer Hand. Dort, wo sich heute die Teeplantage befindet, war der Berg einst völlig mit Mohn bepflanzt. Weil der Grundstock des Familienvermögens mit dem Opiumhandel gelegt wurde, agierten die Gründergenerationen der Lu-Familie mit größter Vorsicht und waren darauf bedacht, kein Aufsehen zu erregen. Erst nachdem Lu Ziqiaos Großvater die Beamtenlaufbahn eingeschlagen hatte, wurde der Mohnanbau Stück für Stück in eine Teeplantage umgewandelt, und erst mit ihrem Schwiegervater Lu Ziqiao hat die Familie ihren anrüchigen Ruf verloren und ist zu Prominenz und Ansehen aufgestiegen.

Das Tor hat nur einen Flügel, es ist mit rotem Lack überzogen und hat keinen Türklopfer, sondern nur große Ziernägel und ein Stück abgegriffenes, durch die Zeit glänzend gewordenes Holz als Türgriff. Das Tor ist aus mächtigen und dicken Holzbohlen gefertigt; wird es geöffnet, gibt es ein durchdringendes Quietschen von sich. Ihr Schwiegervater hat erklärt, dieser Klang sei für das Eingangstor zum Anwesen einer großen Familie erforderlich. Das Tor selbst muss nicht groß sein, aber sein Klang muss unbedingt den Eindruck von Macht und Würde hervorrufen. Jeder, der das Anwesen betritt und diesen Klang hört, müsse wissen, mit was für einer Familie er es zu tun hat.

Bei ihr zu Hause war das anders, denkt Ding Zitao. Das Eingangstor zur »Strohhütte des Ertragens« ist größer, es entspricht den üblichen Eingangstoren mit zwei Flügeln. Es ist schwarz lackiert und besitzt einen Ring als Türklopfer. Sie hat einmal ihren

Vater gefragt, warum ihr Eingangstor von dem der Lu-Familie so verschieden ist. Ihr Vater hat geantwortet, dass ihre Familie seit Generationen aus Gelehrten bestehe. »Wir haben es nicht nötig, uns zu verstecken. Wir haben kein schlechtes Gewissen. Deshalb können wir uns an die allgemeinen Gepflogenheiten halten. Leute, die sich an die Norm halten, werden am wenigsten beachtet und sind dadurch in größter Sicherheit.«

Bei der Erinnerung daran stößt Ding Zitao innerlich ein kaltes Lachen hervor: Egal, wie sehr ihr euch geduckt und Aufsehen vermieden habt, ihr habt das gleiche elende Ende genommen.

Das Tor wird vom alten Wei, dem Verwalter, aufgemacht. Er hat den kleinen Ausguck geöffnet, um zu sehen, wer davorsteht.

»Was willst du hier in aller Herrgottsfrühe?«, fragt er.

Der Ankömmling ist ein junger Bursche aus dem benachbarten Dorf. »Meine Mutter schickt mich so früh«, antwortet er. »Ich heiße Chen Bosan. Der Herr Verwalter muss sich an mich erinnern. Vor drei Jahren ist meine Mutter in den Bergen von einem herabstürzenden Felsbrocken getroffen worden. Der gnädige Herr hat sie gerettet, er hat sie in die Kreisstadt bringen lassen, dort ist sie kuriert worden. Ohne den gnädigen Herrn hätte ich heute keine Mama mehr.«

»Ich erinnere mich an die Geschichte. Du kommst doch wohl nicht in aller Frühe hierher, um dich zu bedanken?«

»Es ist was Dringendes, was furchtbar Dringendes. Meine Mama hat gesagt, ich muss es persönlich dem gnädigen Herrn mitteilen.«

»Er schläft noch, rede erst mal mit mir, damit ich entscheiden kann, ob ich ihn aufwecke.«

Der Junge wird aufgeregt: »Es ist wirklich was ganz Wichtiges. Meine Mama hat mir gestern Abend befohlen hierherzukommen. Aber dann hat sie gesagt, wir sollten dem gnädigen Herrn eine ruhige Nacht gönnen, er wird später keine Gelegenheit mehr dazu haben.«

»Was soll das heißen?«

»Das ist das, was meine Mama gesagt hat. Sie hat mir eingebläut, ich soll unbedingt dem gnädigen Herrn persönlich Bescheid geben. Sie möchte ihm ihre Schuld abtragen.«

Der alte Wei überlegt einen Moment, dann sagt er: »Du machst mir einen anständigen Eindruck, warte hier einen Moment.«

Wenige Minuten später wird Chen Bosan vom Verwalter eingelassen.

Sie geht ihnen nicht nach. Sie mischt sich nicht gern in anderer Leute Angelegenheiten. Im Übrigen kennt sie die Regeln im Hause Lu. Man wird ihr mitteilen, was sie zu wissen hat, alles Übrige ist nicht ihre Sache, und sie hat nicht danach zu fragen. Davon abgesehen ist sie todmüde, seit mehr als einem Monat hat sie so gut wie keine ruhige Nacht gehabt, ständig verfolgen sie die Schmerzensschreie ihrer Eltern, die Verwünschungen ihrer Er Niang und die Gewehrschüsse, die ihren Bruder getötet haben.

Noch bevor der Morgen graut, wird sie von Xiao Cha geweckt. Mit schreckensbleichem Gesicht teilt sie ihr mit, der Schwiegervater habe alle in die Bibliothek beordert. Zu dieser frühen Morgenstunde, es muss etwas Fürchterliches passiert sein.

Sie wäscht und kämmt sich in aller Eile, übergibt Dingzi an Xiao Cha und beeilt sich, in die Bibliothek zu kommen.

Die Atmosphäre dort ist drückend. Die Ursache dafür ist das versteinerte Gesicht ihres Schwiegervaters, sein Bart zittert, als würde er von fremder Hand bewegt. Er läuft wortlos auf und ab, die Schwiegermutter dagegen sitzt mit tränenfeuchten Augen und gramerfüllter Miene da.

Ihr Herz beginnt heftig zu klopfen. Ihr erster Gedanke ist, dass Lu Zhongwen, ihrem Mann, etwas zugestoßen ist. Er ist einige Monate zuvor nach Hongkong abgereist, vor einem Monat ist ein Brief eingetroffen, danach hat es keine Nachricht mehr gegeben. Die ganze Familie macht sich Sorgen um ihn, niemand weiß, ob er sich in Sicherheit befindet.

Unwillig brummelnd kommt Huiyuan als Letzte herein. »In aller Herrgottsfrühe, es ist noch eiskalt, was hat Vater uns denn mitzuteilen?«

Sie zupft Huiyuan am Kleid und flüstert ihr zu: »Deinem Bruder wird doch nichts passiert sein?«

»Keine Sorge, Schwägerin«, sagt Huiyuan, »einem so klugen Kopf wie meinem Bruder kann nichts Schlimmes passieren.«

Das zu hören tut ihr wohl, sie beruhigt sich ein wenig.

Der Schwiegervater hält schließlich inne, er wirft einen Blick auf jeden Einzelnen in der Runde, und dann sagt er mit leiser, schwerer Stimme: »Ich denke, ihr habt alle erraten, dass uns etwas Schlimmes bevorsteht. Heute Morgen in aller Frühe hat mir jemand die Nachricht überbracht, dass morgen oder übermorgen im Dorf die Versammlung zur ›Bekämpfung‹ unserer Familie eröffnet werden soll. Wir sind seit je die größte Familie hier, ich war außerdem Beamter der Regierung der Republik, sie sagen, wir müssten ›bekämpft‹ werden, um die Wut der einfachen Leute zu befriedigen. Wir sollen eine ganze Woche lang durchgehend ›bekämpft‹ werden – alle Familienmitglieder, einschließlich der Frauen und Kinder, müssen erscheinen. Auch die Bauern aus den Nachbardörfern sind verpflichtet, an der Kritik und Kampfveranstaltung teilzunehmen.«

Im Raum tritt auf der Stelle völliges Schweigen ein. Ein ungewöhnliches Schweigen. Ein Schweigen, so tief, dass man glaubt, das Herzklopfen jeder anwesenden Person zu hören, mal leise, mal laut, mal ruhig, mal hastig, ohne dass man unterscheiden kann, um wessen Herz es sich handelt.

Sie überkommt auf der Stelle ein Schwächeanfall, sie hat eine derartige Situation bereits schon einmal mitgemacht. Auf dem Podium zu stehen und nur den Wunsch zu spüren, zu sterben. Das Bedürfnis, weiterzuleben, würde übermenschliche animalische Wut erfordern.

Die Zeit scheint stillzustehen und sich kaum merkbar aufzulösen. Es ist schließlich Mutter Wu, die Worte findet und mit zitternder Stimme sagt: »Erst mal frühstücken, allen ist kalt.«

Am Frühstückstisch erhebt sich die Diskussion. Als Erste ergreift Huiyuan das Wort: »Papa, ich will nicht als ›Himmelslaterne‹* verbrannt werden.«

Sie blickt dabei auf die neben ihr sitzende Daiyun. Aller Augen richten sich auf Daiyun. Der schießen die Tränen in die Augen. Sie hat gehört, dass ihre Er Niang und ihre Schwägerin als »Himmelslaternen« angezündet wurden. Ihre Schmerzensschreie waren drei Tage und Nächte zu hören. Was danach mit ihnen geschah, wusste niemand. Manche sagten, sie seien auf den Leichenacker, andere wiederum, sie seien in den Fluss geworfen worden.

»Auch wenn sie dich nicht als Himmelslaterne anzünden, was machst du, wenn sie dich ›bekämpfen‹?«, sagt der Schwiegervater.

»Lieber sterbe ich«, sagt Huiyuan entschieden.

Allen läuft bei ihren Worten ein kalter Schauer über den Rücken.

»Hm, da ist was dran. Wir müssen jetzt entscheiden, ob wir eine Überlebenschance haben, wenn wir ›bekämpft‹ werden. Und wenn nicht, wie wir sterben wollen. Entweder wir werden zu Tode ›bekämpft‹, oder …«

Er hält inne, zögert und wirft einen Blick auf den alten Wei, als wolle er andeuten, dass er den Satz zu Ende führen solle.

Der alte Wei senkt den Kopf und sagt stotternd: »Was der gnädige Herr meint … also, was er sagen möchte, ob es der allgemeine Wunsch ist, zu Tode ›bekämpft‹ zu werden, oder ob man von eigener Hand sterben möchte.«

»Genau das wollte ich sagen«, erklärt der Schwiegervater. »Glücklicherweise haben wir die Nachricht vorab erhalten, das

* Eine auf den Bekämpfungsversammlungen gebräuchliche Foltermethode: Das Opfer wird mit ölgetränkten Tüchern eingewickelt und angezündet.

heißt, wir haben noch Zeit, uns klar zu werden, ob wir das überleben oder nicht. Es wäre natürlich schön, zu überleben. Wenn wir es nicht überleben, dann müssen wir uns entscheiden, auf welche Art wir sterben wollen.«

Daiyun meldet sich zu Wort: »Aber die Leute im Dorf haben doch gemeinsam ein Schreiben verfasst, worin steht, dass Vater ein großer Wohltäter ist, sich beim Sturz der Qing-Dynastie Verdienste erworben hat, den Partisanen in den Bergen Medizin geschickt hat, bei der Bekämpfung der Banditen der Befreiungsarmee als Führer in die Berge gedient hat, um die ›Bande der Großen Messer‹ auszuheben, und er hat so viel Getreide abgeliefert. Die Leitung hat doch bereits zugestimmt, dass unsere Familie nicht ›bekämpft‹ wird.«

»Aber der neu gekommene Leiter der Arbeitsgruppe erkennt die Entscheidung nicht an, sie nützt uns nichts«, sagt der alte Wei.

»Und warum hört der Leiter der Arbeitsgruppe nicht auf die allgemeine Meinung?«, fragt Huiyuan.

Der Schwiegervater wirft ihr einen Blick zu: »Weil er der Sohn von Wang Si ist.«

Allen entfährt ein Laut der Überraschung. Alle Blicke richten sich auf Huiyuan.

Daiyuns Herz beginnt wie verrückt zu schlagen. Sie und Xiao Cha werfen sich einen Blick zu, Xiao Cha schüttelt fast unmerklich den Kopf, sie versteht den Wink und nickt kurz.

Huiyuan schreit auf: »Warum seht ihr mich so an? Ich habe damit nichts zu tun. Ich habe ihm nie etwas erzählt.«

»Wenn du Jindian nicht erzählt hast, wie sein Vater gestorben ist, warum hat er dann Hals über Kopf das Haus verlassen? Und jetzt haben wir's, er ist zurückgekommen, um Rache zu nehmen«, sagt die Konkubine.

»Dieser undankbare, ehrvergessene Kerl! Die Lu-Familie hat ihn schließlich großgezogen«, sagt der alte Wei.

Die Miene des Schwiegervaters wird hart, und er sagt schneidend: »Niemand ist dafür verantwortlich, das ist Schicksal.«

Der längst in Vergessenheit geratene Wang Si drängt sich in diesem Moment mit Gewalt in die Erinnerung aller und schwankt vor ihren Augen.

Die Sache hat sich vor langer Zeit zugetragen.

Lu Ziqiao war damals noch ein junger Mann, ebenso wie der Verwalter. Die Familie Lu plante, eine neue Ahnenhalle zu errichten. Die Familienältesten übertrugen die Aufgabe Lu Ziqiao und dem Verwalter Wei. Sie baten einen Fengshui-Meister hinzu, der einen ganzen Tag damit zubrachte, die Situation zu studieren, um ihnen schließlich mitzuteilen, ein nahegelegener Platz sei der geeignete. Es stellte sich aber heraus, dass dieses Stück Land der Familie Wang Si gehörte. Die Vorfahren der Familie waren vor langer Zeit Gefolgsleute der Familie Lu gewesen und hatten sich gemeinsam mit ihr hier niedergelassen. Dem Vorfahren der Familie Wang Si waren damals als Gegenleistung für seine Dienste als Leibwächter achtzehn Mu fruchtbares Ackerland geschenkt worden. Lu Ziqiao glaubte, die Sache einfach regeln zu können. Aber als sie der Verwalter Wei bei Wang Si zur Sprache brachte, weigerte sich der, das Land herzugeben, obwohl sich Lu Ziqiao bereit erklärte, bei einem Tausch noch zwei Mu Land daraufzulegen oder aber das Land zu einem sehr hohen Preis zu erwerben. Wang Si erklärte, sowohl sein Großvater wie sein Vater hätten ihm vor ihrem Tod eingeschärft, dieses Stück Land sei von den Ahnen mit dem Leben erkauft worden, dieses Stück Land sei die Quelle der Lebenskraft ihrer Familie. Bis heute bezöge die Familie ihren Lebensunterhalt aus diesem Stück Land. Mehrtägige Verhandlungen führten zu keinem Ergebnis. Lu Ziqiao ließ sich sogar persönlich herab, mit Wang Si zu sprechen, aber es blieb bei dem Nein. Lu Ziqian war damals noch Beamter. Der mit der Weigerung verbundene Gesichtsverlust brachte sein Blut in Wallung. Wang Si war nicht weniger starrköpfig und geriet ebenfalls in Zorn. Die beiden prallten aufeinander, und die Lage verhärtete sich.

Als Lu Ziqiao und der Verwalter gerade überlegten, auf welche Weise sie das Problem lösen konnten, geschah etwas Unvorhergesehenes.

Wang Si hatte zwei Töchter, eine fünf- und eine dreijährige. Seine Frau war wieder schwanger. Am besagten Tag regnete es in Strömen, die Überschwemmung führte zu einem Erdrutsch. Der Schock drohte bei Wang Sis Frau eine Frühgeburt auszulösen; als die Hebamme trotz des Regens ins Haus kam, entdeckte sie, dass es Komplikationen geben würde, und wagte nicht, die Geburt einzuleiten. Sie verlangte, dass Wang Si den westlich ausgebildeten Arzt aus der Kreisstadt herbeiholte. Das Flussbett auf dem Weg in die Kreisstadt war überschwemmt, im Dorf verfügte allein die Familie Lu über einen Pferdewagen, der den Weg bewältigen konnte. Der Wagen hatte sogar ein Verdeck, das Regen und Wind abhalten konnte. Wang Si blieb keine Wahl, als den Verwalter erneut in der »Halle des dreifachen Wissens« aufzusuchen. Der versprach ihm auf der Stelle, den Wagen zur Verfügung zu stellen, nur müssten sie zuvor die Sache mit dem Landverkauf ins Reine bringen. Wang Si lehnte erneut ab und verließ gesenkten Hauptes das Anwesen. Er drehte im Dorf ein paar Runden, immer in der Hoffnung, die Hebamme werde das Kind gesund zur Welt bringen. Doch die Hebamme beharrte darauf, dass sie die Verantwortung nicht übernehmen könne, es bestünde Lebensgefahr. »Was gibt's da zu überlegen?«, sagte sie. »Es geht um Leben und Tod. Zwei Menschenleben, was kann da wichtiger sein?« Wang Si erschrak bis auf die Knochen, er rannte keuchend ins Anwesen der Familie Lu zurück und setzte Hals über Kopf sein Kreuz unter den Vertrag. Verwalter Wei hielt sein Versprechen, er befahl dem Kutscher, sich sofort mit Wang Si auf den Weg zu machen. Die Frau schrie auf dem ganzen Weg vor Schmerzen, sie erreichten das Krankenhaus, doch bei der Geburt passierte das Unvorhersehbare: Das Kind kam gesund zur Welt, doch die Mutter konnte nicht gerettet werden. Wären sie eine halbe Stunde eher gekommen, sagte der Arzt, hätte sie überlebt. Nun war die Frau tot und der Erbbesitz der Vorfahren verloren, Wang Si wurde nahezu wahnsinnig. Er nahm das für sein Land erhaltene Geld und verschwand mit seinen Kindern, niemand wusste, wohin. Die Familie Lu besaß zwar jetzt das gewünschte Grundstück, aber für sie war es wegen des Todes der Frau mit Menschenblut befleckt und damit unheilvoll. Die Ahnenhalle wollten sie dort nicht mehr bauen.

Zwei oder drei Jahre später schickte irgendjemand einen Jungen zu Familie Lu und erklärte, er handle im Auftrag eines gewissen Wang Si. Am Körper des Jungen war ein Zettel befestigt, worauf stand: »Zieht das Kind an meiner Stelle groß, damit sind wir quitt.« Verwalter Wei erkundigte sich eilig nach Wang Si, der Mann sagte, er sei an einer Krankheit gestorben. Der erschrockene Wei fragte nach den Töchtern. Der Mann antwortete, über sie wisse er nichts, er hätte sie nie gesehen, vermutlich seien sie längst verkauft worden. Der Vorfall versetzte der Lu-Familie einen Schock, vor allem den Verwalter Wei quälte das Gewissen. So, wie die Dinge standen, beschloss Lu Ziqiao, den Jungen aufzunehmen und großzuziehen. Er erklärte zudem, die achtzehn Mu Land würden später ihm gehören. Der Junge trug den Namen Wang Jindian. Jindian wuchs im Hause Lu auf, konkret unterstand er der Fürsorge von Verwalter Wei und Mutter Wu. Der von Gewissensbissen geplagte Verwalter behandelte das Kind mit viel Güte und Nachsicht. Die Kinder der Familie Lu erhielten Unterricht durch Privatlehrer, auch Jindian durfte am Unterricht teilnehmen. Erst als nach Beendigung des Privatunterrichts die Kinder in die Stadt aufs Gymnasium geschickt wurden, begann Jindian, mit den anderen festangestellten Arbeitern für die Familie Lu zu arbeiten. Alles war in bester Ordnung, bis Jindian vor zwei Jahren überraschend ohne ein Wort des Abschieds das Haus der Familie Lu verließ und spurlos verschwunden blieb. Der Grund, warum die Konkubine Huiyuan beschuldigte, sie habe Jindian erzählt, was zwischen den beiden Familie vorgefallen war, ist die Tatsache, dass die Schwiegermutter eines Tages Huiyuan gewarnt hatte, sich von Jindian fernzuhalten, und ihr erzählt hatte, was zwischen den beiden Familien passiert war. Wenige Tage später war Jindian verschwunden. Huiyuan hat diesen mehrfach erhobenen Vorwurf jedes Mal bestritten. Lu Ziqiao hat nie jemandem einen Vorwurf gemacht und verboten, dass über die Angelegenheit gesprochen wurde. Er hatte lediglich erklärt, die achtzehn Mu gehörten nach wie vor Jindian.

Aber nun ist Jindian auf seine eigene Art und Weise wieder aufgetaucht.

Das Schweigen zieht sich über eine lange Zeit hin.

Schließlich hält es Huiyuan nicht mehr aus und beginnt lauthals zu schreien: »Ich gehe zu Jindian! Er kann nicht leugnen, was wir für ihn getan haben.«

Der Schwiegervater weist sie scharf zurecht: »Halte den Mund! Setz dich! Keinen Schritt gehst du vor die Tür. Hat die Lu-Familie jemals die Familie Wang um Gnade angebettelt?«

»Es geht um Leben und Tod, und du spielst noch immer den Hochnäsigen«, grummelt die Konkubine.

Der Ton des Schwiegervaters wird noch drohender: »Auch du hältst den Mund!«

Die Schärfe seines Tonfalls lässt alle innerlich erzittern.

Das Frühstück zieht sich an diesem Tag lange hin. Auch als es beendet ist, verlässt keiner den Raum. Den ganzen Tag über wird innerhalb der Familie diskutiert, ob sich ein Ausweg finden lässt. Und was getan werden soll, wenn es keinen gibt.

Die gesamte Familie Fan im Westdorf ist aus ihrem Anwesen verjagt worden, sie kampieren jetzt im Kuhstall. Den Wohnhof hat man zum Speicher umgewandelt. Ins Anwesen der Familie

Liu am Nordhang sind über Nacht sieben, acht Familien eingezogen. Sämtliche Wohnräume des Hauptgebäudes und der Nebengebäude werden von ihnen okkupiert, die Familie selbst hat man ins Dienstbotenzimmer eingepfercht, jedes Mal wenn sie es verlassen, werden sie drangsaliert. Alle diejenigen, die zuvor vor ihnen gebuckelt und gedienert haben, leben nun auf ihre Kosten und trampeln auf ihnen herum. Von den vier Generationen der Familie Chen aus dem Dorf Ding am Südhang haben nur ein paar gebrechliche Alte überlebt, die in den Erdtempel am Dorfrand verjagt und gezwungen werden, sich mit Bettelei den Lebensunterhalt zu verdienen. Ein paar Strolche aus dem Dorf haben die Zimmer und die jungen Mädchen unter sich aufgeteilt. Am schlimmsten getroffen hat es ihre Verwandten, die Familie Hu Ruyuns in Hushuidang. Außer Daiyun ist keiner von ihnen mehr am Leben. Das Geschäft und die Zimmer des Hauses haben selbstverständlich ihren Besitzer gewechselt. Bilder, Kalligraphien und Bücher hat man mehrere Tage hindurch verbrannt und anschließend die schwarze Asche kübelweise als Dünger auf die Felder ausgebracht.

Angesichts dessen, was den großen Familien der umliegenden Dörfer und Anwesen und im gesamten Umland zugestoßen ist, kommen alle einhellig zu dem Schluss, dass niemand überleben wird, wenn er einmal auf den Platz zur öffentlichen »Bekämpfung« gezerrt worden ist. Und selbst wenn, würde das Leben schlimmer als der Tod sein.

Der Schwiegervater spricht das Schlusswort: »Wenn keine Aussicht auf Leben besteht, bleibt nur der Tod. Und wie auch immer, es ist besser, selbst den Tod zu wählen, als von anderen zu Tode geprügelt und ›bekämpft‹ zu werden.«

Die Frauen brechen in Tränen aus, als diese Sätze fallen. Die entsetzliche Spannung eines ganzen Tages scheint sich in den mal längeren, mal kürzeren Schluchzern spürbar zu lösen.

Der Abend ist bereits hereingebrochen. Obwohl der Winter bereits vorüber ist, lässt die Ankunft des Frühlings auf sich warten. Als würden die Strahlen der Abendsonne vom kalten Hauch des Vorfrühlings eingefroren, geben sie nicht die geringste Wärme ab. Die auf diesen Tag folgende Nacht erscheint daher ungewöhnlich kalt.

VIII. Abschnitt

38. Kapitel

In diesem Moment stand Liu Jinyuan an Deck eines Drei-Schluchten-Touristenschiffs.

Neben ihm sein ältester Sohn Liu Xiao'an. Der Wind über dem Strom wehte ihnen angenehm warm ins Gesicht und ließ ein behagliches Gefühl zurück. Der Wind war in all den Jahren der gleiche geblieben, dass Schiff dagegen nicht. Es hatte kein Oberdeck und auch keine Reling, nur Korridore zwischen den Kabinen. Zum Glück war das Vorderdeck offen, so dachte Liu Jinyuan, sonst hätte man glauben können, es wäre so etwas wie ein U-Boot mit eingeschlossenen Passagieren.

Er sah, wie sich die grünen Baumreihen am Ufer allmählich in ferne Konturen verwandelten. Wie er so dastand und schaute, überkam ihn mehr und mehr ein Gefühl der Vertrautheit. Es war eine lange, sehr lange zurückliegende Vertrautheit, eine seit langem vergessene Vertrautheit, die da plötzlich in ihm aufstieg. »Woher kommt dieses Gefühl?«, überlegte er.

»Wollen wir in die Kabine runtergehen, Papa?«, fragte Liu Xiao'an.

»Ich will mir noch ein bisschen Wan ansehen, es ist das letzte Mal, dass ich hierherkomme«, antwortete Liu Jinyuan.

»Sag nicht so was ... Wenn du Lust hast, kommst du wieder, bequem, wie das Reisen heutzutage ist.«

Liu Jinyuan antwortete nicht. Er wusste, dass es ein endgültiger Abschied war.

Er hatte bereits vier Tage in Wan darauf gewartet, dass das Ehepaar eintraf.

Liu Xiao'an hatte mehrere Jahre die Grundschule im Bezirk Wan besucht, damals war es noch der Landkreis Wan. Er war davon ausgegangen, dass es eine Reise in eine vertraute Vergangenheit werden würde, seine Erinnerungen hatten ihn sentimental werden lassen, als er das Flugzeug bestiegen hatte. Was er zu sehen bekam, als er ankam, widersprach allen seinen Erwartungen. Er beklagte sich bitter, nichts sei mehr wir früher, alles habe sich geändert, und er habe das Gefühl, hier niemals gelebt zu haben. Einen halben Tag kutschierte er seine Frau kreuz und quer durch die Stadt, um nach der Rückkehr zu vermelden, er habe ein paar Orte entdeckt, an denen noch Spuren zu sehen seien, die ihn an früher erinnerten. Doch das Gefühl der Fremdheit habe alles, was er sich an Gefühlen aus seiner Zeit hier bewahrt hätte, in Fetzen gerissen.

Liu Jinyuan hörte sich unbewegt sein Geschwafel an. Der anwesende Qinglin kicherte unaufhörlich in sich hinein.

Ursprünglich hatte Qinglin geplant, am Tag nach der Ankunft Liu Xiao'ans Wan zu verlassen, um so rasch wie möglich zum »Großen Brunnen« zu gelangen. Dort wollte er Long Zhongyong und seine Begleiter treffen, um anschließend nach Ost-Sichuan zurückzukehren. Unerwartet erhielt er kurz vor der Abreise einen Anruf Long Zhongyongs, sein Vater sei ernsthaft erkrankt, er müsse umgehend nach Hause zurückfahren, die Fahrt nach Ost-Sichuan sei abgeblasen. Sie hätten bereits den Fernbus zum Flughafen bestiegen.

»Wenn das so ist, eilt es wohl nicht mehr so sehr?«, fragte Liu Xiao'an.

»Nein«, sagte Qinglin.

»Na, dann begleite uns alte Leutchen noch ein paar Tage und hör dir Vaters Heldengeschichten aus dem Krieg an. Wenn du fort bist, bin wieder ich an der Reihe.«

Qinglin lachte: »Ganz ehrlich, ich höre Onkel Lius Geschichten von damals mit Vergnügen und finde sie äußerst spannend. Zum Beispiel die Bekämpfung der Banditen in Ost-Sichuan, ich hatte bisher von diesem Teil unserer Geschichte nicht die leiseste Ahnung. Und ich beginne zu verstehen, warum die Menschen seiner Generation so völlig anders denken als wir.«

»Du findest die Geschichten interessant, weil du sie zum ersten Mal hörst. Aber ich höre sie seit fünfzig Jahren, gefühlt schon seit meiner Geburt, zuerst der Antijapanische Krieg, dann der Bürgerkrieg und schließlich die Banditenbekämpfung, und das geht so bis heute. Und ich selbst bin darin zur historischen Person geworden. Wenn Vater damit anfängt, dann ist ständig die Rede davon, was Liu Xiao'an damals gemacht hat oder was mit Liu Xiaochuan damals gewesen ist. Gibst du es zu?«

Nun musste auch Liu Jinyuan lachen. Tatsächlich neigte er dazu, seine beiden Söhne zur Ausschmückung seiner Geschichten heranzuziehen.

»Ich muss zugeben«, sagte Liu Xiao'an, »es ist mit dem Alter besser geworden, er wird nicht mehr so schnell zornig. Früher hätte ich mich nicht getraut, in seiner Anwesenheit so etwas zu sagen. Jetzt ist er viel nachsichtiger. Nachsicht im Alter ist eine wirkliche Errungenschaft.«

Liu Xiao'an war in geschäftlichen Angelegenheiten absolut unzuverlässig, aber im Umgang mit Menschen war er amüsant und witzig. Er hatte als Büroleiter in der Firma seines Bruders fungiert, als Qinglin dort anfing. Unter seiner Leitung hatte Qinglin alle möglichen Tätigkeiten ausgeübt und unzählige Male die Versäumnisse seines Vorgesetzten ausgebügelt, ohne davon Aufhebens zu machen. Liu Xiao'an hegte für Qinglin daher überaus freundschaftliche Gefühle. Später wurde Qinglin in die Projektabteilung versetzt, und kurz darauf ließ Liu Xiaochuan seinen Bruder nach Hause zurückkehren und sich um die Eltern kümmern.

Liu Jinyuan war mit Liu Xiao'an von jeher unzufrieden. Er hatte von seinem Ältesten eine erfolgreiche Karriere erwartet. Aber es gehörte nicht zu Liu Xiao'ans Charaktereigenschaften, eine Sache ernsthaft zu verfolgen. Weil zu Beginn der »Kulturrevolution« der Schulunterricht eingestellt worden war, kam er um die Landverschickung* herum. Im Elternhaus zu bleiben, empfand er als langweilig, daher trat er direkt nach dem Schulabschluss der Armee bei. Damals galten Soldaten, die über einen Abschluss der oberen Mittelschule verfügten, als hoch gebildet und wurden rasch befördert. Aber Liu Xiao'an verzichtete der Liebe wegen auf die Beförderung und zog es vor, den Beruf zu wechseln, was seine Eltern damals zur Weißglut trieb. Liu Xiaochuan hatte Qinglin einmal anvertraut, dass er für seinen Bruder Verständnis gehabt hätte, wenn er sich eine atemberaubende Schönheit ausgesucht hätte, aber die Schwägerin sähe weder gut aus, noch verfüge sie über irgendwelche Talente. Sie sei einzig daran interessiert, sich zu amüsieren, und habe nichts als ihr Vergnügen im Kopf. Hätte er sich anders entschieden, wäre Liu Xiao'an angesichts seines Bildungshintergrunds und seiner Dienstjahre vermutlich inzwischen General.

Qinglin hatte ursprünglich Liu Xiaochuans Meinung geteilt. Als er einmal mit Liu Xiao'an auf Dienstreise war und gemeinsam mit ihm in einem Pekinger Straßenrestaurant beim Bier saß, hatte er den Mut gefunden, ihn nach seiner Meinung in dieser Angelegenheit zu fragen. Liu Xiao'an hatte ihm ohne Umschweife geantwortet: »Ich ziehe ein gemütliches und freies Leben vor. Es gibt unterschiedliche Arten, sein Leben zu führen, warum soll ich unbedingt meinem Vater nacheifern und meinen ganzen Ehrgeiz in eine Beamtenkarriere stecken, oder wie mein Bruder, ins Geld-

* Während der »Kulturrevolution« wurden zwischen 1968 und 1976 nahezu sämtliche städtischen Jugendlichen mit Abschluss der Mittelschule unbefristet in entlegene ländliche Regionen zur »Umerziehung durch die arme Bauernschaft« verschickt.

verdienen. Meine Frau hat die gleiche Vorstellung vom Leben wie ich, ich habe mir gedacht, wenn sich zwei Personen mit gleicher Einstellung zum Leben zusammentun, führen sie ein angenehmes Dasein. Und die Tatsache, dass wir nun schon so lange zusammen sind, beweist, dass ich recht hatte. Auch wenn meine Frau ein klein wenig geldgierig ist, wird sie mich nie drängen, die Vergnügungen des Lebens für eine Karriere zu opfern oder auf Teufel komm raus Geld zu verdienen. Schau dir die Frau meines Bruders an, ohne hundert Millionen auf dem Konto hat das Leben für sie offenbar keinen Reiz. Verglichen mit ihr erspart mir meine Frau einen Haufen Scherereien, sie ist glücklich und zufrieden, wenn genug Geld fürs Essen und die Unterhaltung im Haus ist. Das menschliche Leben ist schließlich so kurz, und dem Tod entkommt keiner von uns. Ein unkompliziertes Leben passt zum kurzen Leben, nur auf diese Weise lässt es sich entspannt genießen.«

Damals war Qinglin noch unverheiratet, und Liu Xiao'ans Kriterium für die Wahl eines Ehepartners verhalf ihm zu einer wichtigen Einsicht. Allerdings überlegte er, dass einem Kind aus armen Verhältnissen wie ihm die materielle Grundlage eines Liu Xiao'an fehlte und er sich daher nach Kräften anstrengen musste. Er begriff jedoch, dass er diese Anstrengung zurückschrauben musste, sobald er seine Lebensbedürfnisse in ausreichender Weise befriedigen konnte.

Ein Ort wie die Bezirkshauptstadt Wan konnte den Ansprüchen von Liu Xiao'an und seiner Frau nicht genügen. Sie waren gerade von einer Vergnügungsreise nach Europa zurückgekehrt, die Diskrepanz zwischen Wan und den prachtvollen Sehenswürdigkeiten und den sauberen, hübschen Städtchen dort war zu eklatant. Vor allem murrte Liu Xiao'ans Frau ständig über die Armseligkeit dieses Ortes, wo es nichts zu sehen gebe. Ihr Gemaule versetzte Liu Jinyuan in schlechte Stimmung. Qinglin, mit seinem ausgeprägten Einfühlungsvermögen, machte ihr begreiflich, dass sie den Ort hier nicht aus touristischen, sondern aus nostalgischen Gründen gewählt hätten. Nostalgie sei ein wesentliches Element im Leben des modernen Menschen. Die kleinen Städte Europas, die ihr Aussehen über Jahrhunderte kaum verändert hätten, bedienten in Wirklichkeit auch nur die nostalgischen Bedürfnisse der Nachwelt.

»So ist es«, sagte Liu Jinyuan.

Liu Xiao'an pflichtete diesmal seinem Vater bei: »Kümmere dich nicht um sie, sie hat eben kein Gefühl für diesen Ort hier.«

Aber auch der gefühlvolle Liu Xiao'an wollte nicht den Reiseführer zu den Sehenswürdigkeiten von Wan spielen und berief sich darauf, dass es für ihn nur ein Wiedersehen mit einem Ort seiner Kindheit sei. Aber es fand sich in diesem Ort des Wiedersehens so gut wie nichts, was ihn an früher erinnerte, und Orte der Erinnerung benötigen zur Auffrischung der Erinnerung die Wiederbegegnung mit Plätzen und Menschen dieser Erinnerung. Liu Xiao'an war Grundschüler der dritten Klasse gewesen, als er Wan verließ. Verlässt man den Tisch, wird der Tee kalt. Und handelt es sich dabei um einen sehr jungen Menschen, erkaltet der Tee noch schneller. Er hatte den Kontakt zu seinen Mitschülern vollständig verloren, nicht einmal an ihre Namen konnte er sich erinnern. Daher schlug er am Morgen des zweiten Tages seiner Ankunft vor, nach Hause zurückzukehren.

Mit der Idee, nach Hause zurückzukehren, war Qinglin mehr als einverstanden. Seinem Empfinden nach hatte Liu Jinyuan alles erledigt, was es hier zu erledigen gab, war mit allen Personen zusammengetroffen, die es zu treffen galt, ein längerer Aufenthalt wäre unergiebig. Aber Liu Jinyuan wollte noch ein paar Tage dranhängen, der Aufenthalt im Hotel, die Spaziergänge, die frische Luft waren sehr nach seinem Geschmack. Einen anderen Grund, der ihn bewegte zu bleiben, sprach er nicht aus. Das viele Herumfahren und die Gespräche der letzten Tage hatten ihn über Gebühr körperlich strapaziert, er musste sich ausruhen. Liu Jinyuan vermied es seit je tunlichst, vor anderen Schwäche zu zeigen.

Qinglin machte einen anderen Vorschlag. Ziel dieser Reise sei es, sich überall umzusehen. Deshalb sei es witzlos, auf dem gleichen Weg, den man gekommen sei, zurückzukehren. Länger hierzubleiben wäre aber auch keine gute Idee. Er schlage daher vor, von Wan aus mit einem Drei-Schluchten-Dampfer direkt nach Wuhan zurückzufahren. Unterwegs könne man sich auf dem Schiff ausruhen, zugleich könne man sich die Drei Schluchten nach dem Bau des großen Dammes ansehen. Die neue Drei-Schluchten-Landschaft sei nicht weniger eindrucksvoll als die ehemalige.

Qinglins Vorschlag war nicht ganz uneigennützig. Er hatte keine Lust, sich weiter hier aufzuhalten, aber Liu Jinyuan hatte in den letzten Tagen zu viel Aufregung und Gefühlsüberschwang erlebt und sich allzu sehr verausgabt. Qinglin sah, wie erschöpft er war. Sich ohne eine kurze Erholungspause sofort ins Flugzeug zu setzen, um heimzukehren, würde ihn womöglich körperlich überfordern. Falls ihm irgendetwas zustieße, würde er sich verantwortlich fühlen, auch wenn sein Chef ihm versichert hatte, mit der Übergabe an Liu Xiao'an wäre seine Aufgabe erledigt. Es gab einen weiteren Grund, der ihm Unbehagen bereitete: Würde er sich nach Ankunft von Liu Xiao'an umgehend verabschieden, entstünde bei Liu Jinyuan womöglich der Eindruck, er habe ihn nur begleitet, um seiner Pflicht Genüge zu tun. Eine Schiffsreise schuf eine völlig neue Situation. Auf dem Schiff konnte er sich ausruhen, sogar besser als sonst irgendwo.

Liu Jinyuan signalisierte sofort sein Einverständnis. Wäre der Vorschlag von Liu Xiao'an gekommen, hätte er mit Sicherheit geargwöhnt, dass sein Sohn bereits mit diesem Plan in der Tasche hierhergekommen sei. Er hätte ihm schon aus grundsätzlicher Abneigung widersprochen. Aber es war Qinglins Vorschlag, und Liu Jinyuan erkannte an seinem Gesichtsausdruck, dass er aufrichtig gemeint und nicht vorab mit Liu Xiao'an abgesprochen war. Daher stimmte er auf Anhieb zu. Im Übrigen gefiel ihm der

Vorschlag, er verschaffte ihm die Möglichkeit, sich zu erholen, brachte ihn zugleich nach Hause zurück und gab ihm Gelegenheit, noch einmal die Drei Schluchten zu sehen.

Für Liu Xiao'an wiederum war Qinglins Vorschlag ein Geschenk des Himmels. Er hatte ursprünglich mit dieser Begründung seine Frau dazu überredet, ohne Rücksicht auf die Zeitverschiebung direkt hierherzufliegen. Aber er hatte sich gescheut, die Sache unmittelbar nach der Ankunft anzusprechen. Erstens befürchtete er, bei seinem Vater und seinem Bruder würde der Eindruck entstehen, er hätte sich nur wegen der Fahrt durch die Drei Schluchten hierherbequemt. In Wahrheit sei sie doch nur das Mittel gewesen, um seine Frau zu überreden, dachte er. Zu einer Fahrt durch die Drei Schluchten würde sich später immer noch eine Gelegenheit finden. Aber er war sich bewusst, dass Vater und Bruder die Sache anders betrachten würden. Daher hatte er, als seine Frau ihn unwirsch an sein Versprechen erinnerte und ihn drängte, den Vorschlag umgehend aufs Tapet zu bringen, noch keine passende Möglichkeit gefunden, ihn anzusprechen.

Und nun hatte Qinglin ihn wie selbstverständlich an seiner Stelle ausgesprochen und Vater ihm unerwartet vorbehaltlos zugestimmt. Liu Xiao'an hatte plötzlich das Gefühl, Qinglin sei ungewöhnlich befähigt, sich in andere Menschen hineinzuversetzen, und in der Lage, ihre innersten Gedanken zu lesen. Schon damals, als sie zusammen gearbeitet hatten, hatte er das Gefühl gehabt, sich im Umgang mit ihm besonders wohlzufühlen, und dieses Gefühl verstärkte sich jetzt.

Nachdem Qinglin alles für sie geregelt hatte, brachte er sie zum Schiff. Winkend sah er ihnen nach, als das Schiff vom Kai ablegte, dann machten sich der Fahrer und er, jeder in seine Richtung, auf den Heimweg.

Liu Jinyuan blickte ihm zusammen mit Liu Xiao'an vom Schiff aus nach. Seine Rückenansicht und seine Art zu gehen waren für ihn mehr und mehr zu einem vertrauten Anblick geworden.

Woher diese Vertrautheit rührte, konnte er sich allerdings nicht erklären.

»Dieser junge Mann aus eurer Firma ist wirklich sympathisch«, sagte er. »Er macht mir einen ungewöhnlich fürsorglichen Eindruck. Er erinnert mich ständig an irgendjemanden, aber ich komme nicht darauf, an wen.«

»So jung ist er auch nicht mehr, Anfang vierzig«, antwortete Liu Xiao'an. »Als er in die Firma kam, hat er unter mir gearbeitet. Damals war er wirklich jung. Aber Leute wie er sind von Natur aus dafür geschaffen, Dinge zu erledigen und Probleme zu lösen. Sonst hätte ihn Xiaochuan wohl kaum so rasch befördert.«

»Er kann sich in andere Menschen hineindenken, das ist eine seltene Gabe.«

»Leute, die in ärmlichen Verhältnissen aufwachsen, sind von klein auf trainiert, in den Augen anderer Menschen zu lesen. Mit zunehmendem Alter wird das zu ihrer zweiten Natur. Sie müssen sich viel mehr anstrengen als unsereiner.«

Mit einem geringschätzigen Unterton bemerkte Liu Jinyuan: »Hm, deine fehlende Bereitschaft, dich anzustrengen, ist wohl deinen Eltern anzukreiden, die es euch zu leicht gemacht haben.«

»Das ist unbestritten einer der Gründe«, antwortete Liu Xiao'an. »Uns ist alles in den Schoß gefallen, oder etwa nicht? Wir haben uns nie sonderlich anstrengen und nie um Anerkennung kämpfen müssen. Du solltest mir für die Lebensweise, die ich gewählt habe, dankbar sein, Papa. Ich habe deinen Ruf und deine Stellung nie dazu benutzt, nach oben zu klettern. Wie viele Leute hättest du sonst um Gefälligkeiten bitten müssen!«

Lachend nahm Liu Xiao'an seinen Vater am Arm und begleitete ihn in seine Kabine. Als er seinen Fuß in die Kabine setzte, hatte Liu Jinyuan plötzlich das Gefühl, etwas greifen zu können, wonach er gesucht hatte. »Sag mal, Qinglin und wie noch? Wie heißt er mit Familiennamen? Ich habe ständig vergessen, ihn danach zu fragen.«

»Er heißt Wu«, antwortete Liu Xiao'an. »Soweit ich weiß, ist sein Vater früh gestorben.«

Liu Jinyuans Herz machte einen Sprung, und er fragte hastig nach: »Wu heißt er? Und wie hieß sein Vater? Was hatte er für einen Beruf?«

Lachend antwortete Liu Xiao'an: »Woher soll ich das wissen? Ich habe nur gehört, dass er von seiner Mutter großgezogen wurde. Sie hat jetzt so eine Krankheit, wo sie nichts und niemanden mehr erkennt. Am besten, du fragst ihn bei nächster Gelegenheit selbst.«

Liu Jinyuan schwieg. Er heißt tatsächlich Wu, dachte er. Kein Wunder, dass er mir so bekannt vorkommt. Ob er wohl ... Auf dem Bett liegend bemühte er sich mit aller Kraft, seine Erinnerung wachzurufen, und dabei verstärkte sich das Gefühl, dass Qinglin dieser Person ähnelte, sowohl im Gang wie in seiner Sprechweise, selbst in seiner Art, Gefühle auszudrücken. Entscheidender noch war, dass ihm die Anwesenheit Qinglins das gleiche Gefühl von Wärme und Nähe vermittelte wie damals diese Person. Konnte Qinglin tatsächlich ihr Sohn sein?

Er musste nach seiner Rückkehr unbedingt eine Gelegenheit suchen, ihn persönlich danach zu fragen.

39. Kapitel

Liu Jinyuan war nach seiner Rückkehr aus Wan außergewöhnlich guter Stimmung.

In den langen Jahren nach seiner Pensionierung hatte ihn so gut wie niemand mehr beachtet. Er hatte häufig das Gefühl gehabt, er sei für die Welt bereits gestorben. Als habe er umsonst gelebt und sei für niemanden mehr von Bedeutung. Die Reise nach Wan hatte diesen Knoten gelöst. Sie hatte in ihm die Überzeugung gefestigt, dass der Lebensweg, für den er sich entschieden hatte, der richtige gewesen war. Nicht nur, dass sich Menschen an ihn und seine Taten erinnerten, er war unter den kleinen Leuten sogar zum Mythos geworden. Sie erinnerten sich an ihn, mehr noch, er war Gegenstand von Geschichten geworden, die an die Nachkommen weitergegeben wurden. Schwerer wog aber, dass er auf seinen Fahrten kreuz und quer durch die Berge erlebt hatte, dass die Menschen den Frieden genossen, den sie damals erhofft hatten. Nahezu jeder, mit dem er gesprochen hatte, hatte erwähnt, dass von alters her das Banditentum in dieser Gegend nie zur Ruhe gekommen war, Überfälle und Raubzüge ständig an der Tagesordnung gewesen seien. Dank ihres damaligen Kampfes gegen die Banditen sei die Bevölkerung nun über fünfzig Jahre lang davon verschont geblieben. Es hat sich gelohnt, dachte Liu Jinyuan. Worüber konnte er sich noch beklagen? Anders als die auf grausame Weise zu Tode gekommenen Kameraden konnte er auf ein über achtzigjähriges Leben zurückschauen und hatte das Glück gehabt, in hohem Alter an die Orte seines früheren Schaffens zurückkehren zu können. Er hatte keinen Grund, sich zu beschweren, er durfte sich als glücklichen Menschen betrachten.

In dieser gehobenen Stimmung begann er aufs Neue mit seinen täglichen morgendlichen Spaziergängen. Anschließend kehrte er im Nudelrestaurant ein, um eine Schale Daoxiao-Nudeln zu verzehren. Er war in seinen einfachen und gleichförmigen Alltag zurückgekehrt.

Es wurde kühler. Liu Xiaochuan rief an, um ihm mitzuteilen, dass er ihn Mitte Herbst, wenn es in Wuhan kälter wurde, abholen und in den Süden bringen werde, um den Winter dort zu verbringen. »Schick mir diesen Qinglin, er soll mich begleiten. Ich muss ihn etwas fragen.«

»Was gibt es denn noch zu fragen?«, hielt Liu Xiaochuan lachend dagegen. »Du willst ihm doch nur weiter deine Kriegsgeschichten erzählen. Auch gut, ihm gefällt das.«

Was weißt du denn!, dachte Liu Jinyuan bei sich.

Es war ein kühler Morgen. Liu Jinyuan hatte nur einen dünnen Pullover übergezogen, um im Park spazieren zu gehen. Er streckte seine Arme aus, wippte auf seinen Füßen hin und her und machte sich kaum zehn Minuten später wieder auf den Heimweg. Er nahm sich viel weniger Zeit für diese Art körperlicher Ertüchtigung als früher, wo er eine halbe Stunde Gymnastik getrieben hatte, bevor er umgekehrt war. Jetzt dagegen begnügte er sich mit ein paar angedeuteten Bewegungen. Er machte sich über sich selbst lustig, es habe den Anschein, als diene der Spaziergang im Park vor allem als Vorwand, ihm den Verzehr von Daoxiao-Nudeln zu erlauben. Tatsächlich vertiefte der Genuss der Nudeln zunehmend seine Empfindungen für die alte Heimat. Bis zu dem Punkt, wo er darüber nachdachte, ihr einen Besuch abzustatten.

Unerwartet begegnete er heute im Restaurant dem alten Qi. Beide waren höchst erfreut.

Er sei für eine Weile nach Hause zurückgekehrt, erzählte der alte Qi. Als es dort kalt geworden sei, sei er wieder hierhergekommen.

»Hier ist es überall so grün«, sagte er. »Man spürt die Kälte nicht und kann draußen herumlaufen. In der Wohnung meines Mädels wurde eine Zentralheizung installiert, daher ist es auch dort warm. Daheim kann man nicht vor die Tür gehen.«

»Wir alten Leute machen es jetzt wie die Zugvögel – kommt der Winter, ziehen wir nach Süden«, sagte Liu Jinyuan lachend.

»Weiß Gott«, sagte Herr Qi.

»Unsere Eltern waren nicht so glücklich.«

»Na, in was für einer Gesellschaft haben sie gelebt? Und wir heute? Wenn sie damals an uns gedacht und uns geschrieben haben, war der Brief über einen Monat unterwegs. Heute erreicht er uns innerhalb von Sekunden. Und wir haben Mobiltelefone, heute haben praktisch alle jungen Leute eins, früher gab's im

Dorf kein einziges. Alles unvorstellbar. Und Autos haben sie auch. Mein Schwiegersohn sagt, sie würden sich in ein paar Jahren auch eins zulegen. Selbst die Großgrundbesitzer haben nicht so gelebt wie wir heute. Habe ich nicht recht?«

»Weiß Gott«, sagte Liu Jinyuan. »Mein Enkel sagt, wieso habt ihr damals Nachrichten überbringen lassen, wo doch eine SMS genügt hätte? Er beschimpft uns als Trottel.«

Die Geschichte erzählte er bereits zum zweiten Mal, der alte Qi lachte noch einmal herzhaft darüber. Auch der Wirt stieß ein Lachen hervor, als er die Nudeln an den Tisch brachte. Sie waren sich einig: Mein Gott, was waren das für Kindsköpfe heutzutage. Sie selbst hatten damals mit kaum zehn Jahren die Aufgaben von Erwachsenen übernehmen müssen.

»Wir brauchen gar nicht von so was Großartigem zu reden. Allein die Tatsache, dass man hier in der Großstadt sitzen und Daoxiao-Nudeln essen kann, hätten wir uns als Kinder nicht vorstellen können«, sagte der Wirt.

Im Heimatdialekt zu sprechen, Nudeln wie in der Heimat zu essen, einige Male herzhaft lachen zu können, das versetzte sie in gute Laune. So sieht das glückliche Leben aus, dachte Liu Jinyuan, von diesem Glück haben wir nicht zu träumen gewagt, als wir damals Krieg geführt haben. Die Wirklichkeit übertrifft längst unsere Erwartungen. Sein Leben hatte sich wahrhaftig gelohnt.

Als sie das Lokal verließen, blies ihnen der Wind ins Gesicht.

»So sieht der Herbstanfang im Süden aus. Beim nächsten Regen ist er da«, sagte der alte Qi.

Liu Jinyuan wandte sich zur Seite, um ein vorübersausendes Fahrrad vorbeizulassen, während er bemerkte: »Die beste Jahreszeit hier ist der Herbst. Der Herbst bringt ...«

Bevor er den Satz beenden konnte, schoss das Fahrrad, um einen folgenden Pkw überholen zu lassen, direkt auf Liu Jinyuan zu, der sprang mit einem Satz hinter einen Baum, und das Fahrrad rauschte an ihm vorbei.

Erschrocken fragte der alte Qi: »Alles in Ordnung, mein Freund?«

Liu Jinyuan strich sich mit der Hand über die Hüfte und sagte: »Der Bursche war etwas zu stürmisch, hat mich ein wenig erwischt. Ist gegen meine Hüfte geprallt.«

Während der alte Qi Liu Jinyuan hastig stützte, sagte er: »Versuchen Sie ein paar Schritte zu gehen. Geht das? Oder soll ich ein Taxi rufen?«

Liu Jinyuan machte ein paar vorsichtige Schritte, alles schien in Ordnung zu sein. Aber nach ein paar weiteren Schritten fühlte er sich unwohl. Der alte Qi wagte nicht, ihn loszulassen, und sagte, während er ihn fest stützte: »Vielleicht sollten Sie ins Krankenhaus gehen?«

»Jagen Sie mir keinen Schreck ein, ich muss mich nur einen Moment ausruhen. Es ist nicht weit bis nach Hause.«

»Wenn Sie langsam gehen können, stütze ich Sie auf dem Heimweg.« Liu Jinyuan lachte: »Alles in Ordnung, machen Sie sich keine Sorgen, ich schaffe das schon. Wenn Sie mich begleiten wollen, gerne, dann wissen Sie, wo ich wohne.«

Als Liu Jinyuan, gestützt vom alten Qi, seine Wohnungstür erreichte, waren Liu Xiao'an und seine Frau noch nicht vom Morgentanz zurück. Liu Jinyuan ließ sich im Sessel nieder und sagte: »Ich muss mich nur ein bisschen ausruhen, dann geht es schon wieder.«

»Soll ich Ihnen eine Tasse Tee aufgießen?«, fragte der alte Qi.

Liu Jinyuan nickte: »Tut mir leid, Ihnen solche Umstände zu machen.«

»Ist doch selbstverständlich unter uns Landsleuten.«

Nachdem er den Tee aufgegossen hatte, ließ sich auch der alte Qi nieder und sagte: »Ich setze mich einen Moment zu Ihnen, habe ja auch sonst nichts zu tun. Nur für alle Fälle.«

»Wie gut, schwatzen wir ein wenig. Wissen Sie, allein zu sein drückt aufs Gemüt.«

Auf dem Tisch vor ihnen lagen verstreut einige Fotos. Der alte Qi warf einen Blick darauf und sagte: »Hier, auf denen, wo Sie Uniform tragen, machen Sie mächtig Eindruck.«

»Tja, damals habe ich tatsächlich Eindruck gemacht. Aber was zählt das, wenn man alt wird? Einmal einem Fahrrad ausgewichen, schon kann man nicht mehr ordentlich gehen. Man ist zum Krüppel geworden.«

»Schreiben Sie Ihre Lebenserinnerungen?«

»Das gerade nicht. Ordne nur zum Zeitvertreib ein paar Sachen. Bin gerade vor kurzem aus Wan zurückgekommen, da war ich damals im Krieg.«

Der alte Qi wurde auf ein Gruppenfoto aufmerksam und begann unwillkürlich, es genauer anzusehen.

»Das wurde damals in Ost-Sichuan aufgenommen, als wir die Banditen bekämpften, mit meinen Kriegskameraden.«

Der alte Qi deutete plötzlich mit einem seltsamen Gesichtsausdruck auf eine der Personen: »Der da, ist der nicht Arzt?«

Liu Jinyuan warf ihm einen erstaunten Blick zu: »Damals noch nicht, im Krankenhaus hat er erst später gearbeitet. War ein sehr guter Arzt.«

Mit zitternder Stimme fragte der alte Qi: »Hieß er Dong?«

Liu Jinyuan schüttelte den Kopf: »Nein, er hieß Wu. Stammte auch aus unserer Gegend. Ich habe ihn aus den Bergwäldern rausgeholt.«

Der alte Qi zeigte sich ein wenig enttäuscht: »Wu heißt er? Nicht Dong?«

»Was ist? Kennen Sie ihn?«

»Ich finde, er sieht meinem Cousin ähnlich. Verdammt ähnlich.«

»Ähnlichkeit kommt häufiger vor.«

»Kennen Sie jemanden aus seiner Familie? Wo arbeitet er? Haben Sie seine Telefonnummer?«

»Als ich ihn damals kennengelernt habe, lebte seine Mutter

bereits nicht mehr, es gab nur den Vater, einen Arzneikräutersammler. Deswegen verstand er ein bisschen was von Medizin. Das war kurz nach der Befreiung. Danach ...«

Herr Qi unterbrach ihn mit einem Aufschrei: »Sie haben seinen Vater getroffen? Sind Sie sicher, dass es sein Vater war?«

»Na klar. Ich bin damals in den Bergen auf Banditen gestoßen, wurde verwundet, habe mich verirrt und bin irgendwo einfach am Boden liegen geblieben. Die beiden haben mich gefunden. Ich bin fast zwei Wochen bei ihnen geblieben. Als ich fort bin, war die Verwundung noch nicht ausgeheilt, sein Vater wollte, dass er mich begleitet. Auf diese Weise ist Wu Jiaming zur Armee gestoßen. War kurz nach der Befreiung.«

Die Enttäuschung des alten Qi war deutlicher zu spüren, er gab ein undefinierbares Geräusch von sich.

»Was war denn mit Ihrem Cousin?«, fragte Liu Jinyuan.

»Ist spurlos verschwunden. Bis heute nicht auffindbar.«

»Wann ist er denn verschwunden?«

»Achtundvierzig. War lange Zeit in Shanghai gewesen und gerade mit dem Medizinstudium fertig geworden. Als ausgebildeter Arzt wollte er zurück nach Hause und dort eine Praxis aufmachen. Unterwegs habe ich ihn abgefangen. Mit seiner Familie war was Schlimmes passiert, können Sie sich denken, was? Seine Leute waren Großgrundbesitzer. Vater und Mutter sind ums Leben gekommen. Sein Vater hat, kurz bevor es mit ihm zu Ende ging, ein einziges Wort gesagt: ›Aufhalten.‹ Ich hab kapiert, was er gemeint hat. Er wollte, dass ich meinen Cousin aufhalte, damit er auf keinen Fall nach Hause zurückkommt.«

Liu Jinyuan seufzte: »Verstehe, war nicht einfach. Aber dass er dann so lange verschwunden geblieben ist! War eine schlimme Zeit, alles ging damals drunter und drüber. Ich fürchte, er lebt nicht mehr. Bedenken Sie, das alles liegt so weit zurück – wenn er noch lebte, hätte er sich doch sicher einmal zu Hause blicken lassen. Allem Anschein nach war ihm das nicht mehr möglich.«

»Nein, Sie verstehen das nicht. Bis heute gibt doch keiner zu, dass seine Familie zu Unrecht ums Leben gekommen ist. Alle in seiner Familie sind tot, wer traut sich denn, auch nur seinen Namen zu nennen? Wie hat er geheißen, haben Sie gerade gesagt?«

»Wu Jiaming. Jia wie ›Familie‹ und Ming wie ›Name‹.«

Erneut gab der alte Qi einen erstaunten Ausruf von sich: »Wu Jiaming? Aber bedeutet das nicht ›ohne Familie‹ und ›ohne Namen‹?«

Liu Jinyuan war wie vom Donner gerührt. In all den Jahren ihrer Bekanntschaft hatte er den Namen nie unter diesem Blickwinkel betrachtet. Es dauerte eine Weile, bis er wieder zu sich selbst fand, dann seufzte er schwer und sagte: »Ich muss Ihnen sagen, Jiaming ist vor langer Zeit gestorben. Ein Verkehrsunfall. Es tut mir wirklich leid.«

Der alte Qi saß da wie versteinert: »Gestorben? Ist er wirklich gestorben?«

Er stand hastig auf, um sich zu verabschieden. Er werde in ein paar Tagen wieder vorbeikommen und ein Foto seines Cousins mitbringen, um festzustellen, ob es sich wirklich um dieselbe Person handelte wie Liu Jinyuans Kriegskamerad.

In dieser Nacht hatte Liu Jinyuan einen Traum.

Er sah sich selbst, wie er in einem Berggebiet flach auf dem Boden lag und irgendetwas Schweres auf ihn herabdrückte, sodass er unfähig war, sich zu bewegen. Aus dem undurchdringlichen Weiß, das ihn umgab, tauchten plötzlich zwei Gestalten auf, die ihn hochnahmen und in eine kleine Holzhütte trugen. Er erkannte sie, einer war der alte Wu, der andere sein Sohn Wu Jiaming. Er sagte zu ihnen: »Ihr habt mir wieder das Leben gerettet.« Die beiden antworteten nicht, blickten ihn nur unverwandt verschmitzt lächelnd an. Ihre Gesichter waren gänzlich verschieden, auch sonst wies ihr Äußeres keinerlei Ähnlichkeit auf. Plötzlich ertönte an seinem Ohr eine Stimme wie eine Explosion: »Hast du wirklich seinen Vater gesehen?«

Er wurde augenblicklich wach und begann, gründlich in seiner Erinnerung zu forschen, sich akribisch Punkt für Punkt zu erinnern. Und die Sache kam ihm tatsächlich zunehmend merkwürdig vor.

Er erinnerte sich, dass er verfolgt und schließlich verwundet worden war, sich verirrt hatte und wegen des allzu großen Blutverlustes ohnmächtig wurde. Als er wieder zu Bewusstsein kam, fand er sich in einer Holzhütte. Seine Retter waren ein Vater mit seinem Sohn, die tief in den Bergwäldern hausten. Sie sammelten Arzneikräuter und lebten das ganze Jahr über in den Bergen. Er verbrachte fast einen halben Monat bei ihnen. Er hatte es eilig, zur Truppe zurückzukehren, und wollte daher nicht abwarten, bis seine Verwundung ganz ausgeheilt war. Der Vater machte sich Sorgen wegen der nicht verheilten Wunde und gab dem Sohn den Auftrag, ihn ins Tal zu begleiten. Als er damals den Sohn nach seinem Namen gefragt hatte, hatte der eine Weile gezögert, bevor er antwortete, er heiße Wu Jiaming. Der Gesichtsausdruck, den er damals gehabt hatte, tauchte in diesem Moment vor Liu Jinyuans innerem Auge auf. Ihm fiel ein, dass Wu Jiaming, nachdem er die Berge verlassen hatte, kaum je seinen Vater erwähnt und nie einen Familienbesuch unternommen hatte. Obwohl er nur Kenntnisse in chinesischer Medizin besaß, erwies er sich als ungewöhnlich begabter Chirurg. Ohne jede medizinische Ausbildung war er in der Lage, Operationen durchzuführen. »Du hast uns einen erstklassigen Arzt mitgebracht«, hatte der Klinikleiter damals zu ihm gesagt. »Sehr professionell.« Er hatte sich darüber zuvor nie Gedanken gemacht, erst jetzt kam ihm das alles sonderbar vor. Vielleicht war der alte Arzneisammler tatsächlich nicht sein Vater gewesen, dachte er. Vor ihm tauchten zahlreiche Fragezeichen zu Wu Jiamings Herkunft und Lebensgeschichte auf.

Er hatte das Gefühl, er müsse von sich aus den alten Qi anrufen.

Als er nach seinem Mobiltelefon greifen wollte, wurde ihm plötzlich bewusst, dass es noch stockfinster war. Er konnte niemanden um diese Nachtzeit aus dem Bett klingeln. Er zog daher seine Hand wieder zurück. In diesem Moment verspürte er Druck auf der Blase und wollte zur Toilette gehen. Er stützte sich mühsam auf, verlor aber plötzlich den Halt. Ärgerlich schoss es ihm durch den Kopf: »Ein Leben lang hast du den Helden gespielt, und jetzt bist du nicht einmal mehr in der Lage, ordentlich zu pissen.« Er versuchte, sich mit Gewalt an der Bettkante festzuhalten und sich mit einem Ruck hochzuziehen, als sein Körper unverhofft ausglitt und nach unten fiel.

40. Kapitel

Als Liu Xiao'an am folgenden Morgen aufstand, fand er die Tür zum Zimmer seines Vaters noch immer geschlossen vor. »Warum ist er heute nicht spazieren gegangen?«, dachte er. »Tut seine Hüfte noch weh? Als er die Tür aufstieß, stockte ihm der Atem. Liu Jinyuan lag rücklings auf dem Boden, beide Beine noch auf der Bettoberfläche.

Liu Xiao'an schrie auf, griff nach seinem Telefon und rief den Notarzt.

Nach seiner Einlieferung ins Krankenhaus dämmerte Liu Jinyuan vor sich hin, ohne das Bewusstsein wiederzuerlangen. Die gesamte Sippschaft, Jung wie Alt, kam von nah und fern herbeigeeilt. Jedermann wusste es, und die Mienen der Ärzte und ihre Worte machten klar, dass es mit ihm zu Ende ging. Die Älteren unter ihnen seufzten und sagten: »Wenn nicht mit dreiundsiebzig, dann macht man sich mit vierundachtzig freiwillig vom Acker, ohne die Aufforderung des Höllenfürsten abzuwarten.«

Eine Woche später tat Liu Jinyuan seinen letzten Atemzug.

Das Ganze kam zu plötzlich, die drei Kinder waren von Trauer überwältigt. Ihrem Eindruck nach war der Vater noch in bester körperlicher Verfassung gewesen und hätte hundert werden können. Vor allem Liu Xiao'an heulte sich die Augen aus dem Kopf. Den Angehörigen der Enkelgeneration kam das befremdlich vor. Wenn man alt wurde, musste man früher oder später abtreten, der Tod war etwas Natürliches, was konnte einen derart aus der Fassung bringen? Liu Xiao'an machte sich schwere Vorwürfe, dass er seinen Vater nicht sofort ins Krankenhaus gebracht hatte, nachdem er von der Hüftverletzung erfahren hatte. Im Krankenhaus wäre er nicht aus dem Bett gestürzt. Er hätte während der letzten Nacht aufmerksamer sein müssen und nicht wie ein Toter schlafen dürfen. Er hatte tatsächlich nicht das geringste Geräusch aus dem Zimmer des Vaters gehört.

Auch Liu Xiaochuan vergoss Tränen, doch dann klopfte er Liu Xiao'an auf die Schultern: »Du hast alles Menschenmögliche getan, das wissen wir. Manche Dinge lassen sich nicht aufhalten.« Nachdem er ihn getröstet hatte, fuhr er fort: »Vaters Wohnung gehört dem Staat, sie wurde ihm zugeteilt, wir müssen sie zurückgeben. Tut mir leid, aber darum musst du dich mit der Schwägerin kümmern. Die Villa, die ich in Shenzhen für Vater gekauft habe, könnt ihr beiden in Zukunft bewohnen.«

Zwei Tage später fand die Trauerfeier statt. Aus allen Himmelsrichtungen strömten Familienangehörige herbei, die anschließend sofort wieder abreisen mussten. In Anbetracht der kurzen Vorbereitungszeit war es eine feierliche Veranstaltung.

Von Liu Jinyuans alten Kriegskameraden lebten nur noch wenige. Und auch die waren zumeist in ihren Bewegungsmöglichkeiten eingeschränkt. Aber selbst diejenigen, die sich kaum noch auf den Beinen halten konnten, waren gekommen, zwei davon saßen im Rollstuhl. Liu Xioao'an und seine Geschwister, die sie von Kindheit an kannten, besprachen mit ihnen wieder und wieder Vaters Angelegenheiten. Einer der Alten im Rollstuhl sagte:

»Dein Vater hat 'ne Menge Punkte gesammelt. Ich sitze seit dreißig Jahren im Rollstuhl, er dagegen konnte überall herumrennen. Ganz abgesehen davon, dass er in seinem Leben wenigstens dreimal dem Tod von der Schippe gesprungen ist. Er hatte mehr Glück als wir alle, findest du nicht, dass ihm der Höllenfürst ein Reset genehmigen müsste?«

Liu Jinyuans Enkel, der zugehört hatte, mischte sich ein und sagte: »Das mit dem Reset wird nichts, mein Opa ist direkt zum Game Over.«

Nun war der alte Herr, der den ganzen Tag müßig herumsaß, von seinem Enkel in Computerspiele eingeführt worden und reagierte zur allgemeinen Verblüffung mit dem Satz: »Na, er hat eben ein paar Blutstropfen mehr in Reserve als andere Leute.«

Dieser Dialog nötigte Liu Xiao'an trotz seines Kummers ein Lächeln ab. So muss man die Dinge wohl betrachten, kam es ihm in den Sinn. Der Kummer, der die drei Geschwister fest im Griff hatte, lockerte sich in diesem Moment ein klein wenig.

Qinglin, der sich zu diesem Zeitpunkt in Shenzhen aufhielt, erschütterte die Nachricht vom Tod Liu Jinyuans zutiefst. Er beeilte sich, nach Wuhan zurückzukehren und an der Trauerfeier teilzunehmen. Nie hätte er gedacht, dass Liu Jinyuan so rasch von ihnen scheiden würde. Mit zwei Flaschen altem Luzhou in den Händen sagte er zu Liu Xiaochuan: »Er muss etwas geahnt haben. Sonst wäre er nicht extra nach Wan gefahren.«

Er wiederholte für Liu Xiaochuan die Worte, die Liu Jinyuan bei der Zeremonie am Schimmel-Berg seinen gefallenen Kriegskameraden hinterhergerufen hatte. Dann drückte er seinem Chef die beiden Flaschen Schnaps in die Hand und sagte, er hoffe, der alte Herr werde sie auf seinem Weg mitnehmen können, er habe es doch seinen Kameraden versprochen.

»Ich danke Ihnen, Qinglin, ich danke Ihnen für Ihre Aufmerksamkeit und Fürsorge. Ohne Sie hätte ich nicht gewusst, dass er diesen letzten Wunsch gehabt hat. Ja, vielleicht hat er wirklich eine Vorahnung gehabt. Aber ich bin glücklich, dass ich ihn noch rechtzeitig dorthin gebracht habe.«

»Ich bin ebenso glücklich, dass ich ihn während seiner letzten Tage noch begleiten durfte. Ich habe eine Menge dabei gelernt, und das sage ich nicht aus Höflichkeit.«

Auch der Enkel von Li Dongshui in Ost-Sichuan fand sich ein. Sein Großvater und sein Vater seien nicht mehr reisefähig, er sei als Vertreter der ganzen Familie hier, um ihre Trauer und ihren Respekt zu bekunden. Qinglin musste bei seinem Anblick sofort an die »Strohhütte des Ertragens« denken und beauftragte ihn, sich umzuhören, wenn er zum Neujahrsfest nach Hause zurückkehrte.

Ein Mensch war seinen Lebensweg bis zum Ende gegangen.

Als Qinglin die Aussegnungshalle verließ, bemerkte er Liu Jinyuans Enkel, wie er leidenschaftlich mit dem Alten im Rollstuhl über Computerspiele diskutierte. Keine Spur von Trauer war auf ihren Gesichtern zu bemerken. So als habe die Person, die gerade von ihnen gegangen war, nicht das Geringste mit ihnen zu tun gehabt. Als sei der Tod für sie die unwichtigste Sache der Welt. Das Leben ist wirklich eine interessante Angelegenheit, dachte Qinglin.

Noch eine weitere Person war zur Trauerfeier gekommen. Er trug in seiner Jackentasche ein Foto, und als er an den Sarg trat, um seine Abschiedsworte zu sprechen, war sein Gesicht tränenüberströmt. »Alter Freund, warum bist du so eilig davongegangen? Das nehme ich dir übel. Wir haben doch verabredet, täglich zusammen eine Schale Daoxiao-Nudeln zu essen. Und ich hatte dich gebeten, dir das Foto meines Cousins anzusehen, weil ich wissen muss, ob er dein ehemaliger Kriegskamerad war. Ich habe doch ein Leben lang nach ihm gesucht.«

Der alte Herr Qi. Niemand auf der Trauerfeier kannte ihn. Er erschien unbemerkt und verschwand einsam.

IX. Abschnitt

41. Kapitel

Ding Zitao erklimmt schließlich die achte Ebene. Ihre körperliche und seelische Erschöpfung hat sich ins Unermessliche gesteigert.

Ringsum herrscht nach wie vor trübe Dunkelheit, unendlich, grenzenlos bis zum Horizont. Dünne Lichtstrahlen tauchen auf und verschwinden wieder. Ohne darauf zu achten, setzt sie sich nieder, und genau in diesem Moment erblickt sie sich selbst, die tränenüberströmte Daiyun.

Die Stimme dieser Daiyun ist schrill und spitz wie ein Stachel, sie bohrt sich in Ding Zitaos Ohren. Von Schluchzen begleitet schreit sie: »Ich will sterben! Ich will sterben!«

Der alte Wei und Futong umklammern sie und versuchen, sie zu beruhigen. Doch sie schlägt unaufhörlich um sich, es sieht so aus, als wolle sie mit dem Kopf gegen die Wand rennen.

In ihr Heulen mischt sich ein anderes, noch lauteres und voller tönendes. Es kommt von Dingzi. Er strampelt in den Armen Huiyans verzweifelt mit beiden Beinchen und streckt schreiend seine Arme in Richtung seiner Mutter aus.

Auch Xiao Chas Augen sind rot unterlaufen, offenbar hat auch sie gerade geweint. Sie rotiert wie ein Kreisel um Daiyun herum und redet unaufhörlich auf sie ein: »Nein, Schwester, tu das nicht, das darfst du nicht. Dingzi ist noch klein, er braucht seine Mutter. Nein, Schwester, das darfst du nicht.«

Aber Daiyun ist wie von bösen Geistern besessen, ihre Stimme steigert sich in Hysterie. Der alte Wei und Futong sind kaum mehr in der Lage, sie festzuhalten.

Vor der Tür entsteht Unruhe, Lu Ziqiao betritt den Raum. »Schwester, der gnädige Herr ist da! Beruhige dich bitte, Schwester. Hör zu, was der gnädige Herr zu sagen hat.«

Ohne irgendjemandem der Anwesenden die geringste Beachtung zu schenken, schreit und heult Daiyun weiter, sie ist offenkundig nicht mehr in der Lage, ihre Umwelt wahrzunehmen. Ihr Schwiegervater geht auf sie zu und gibt ihr zwei schallende Ohrfeigen. Sämtliche Frauen im Raum schreien entsetzt auf.

Daiyun hört abrupt auf zu weinen. Sie starrt ihren Schwiegervater mit hasserfüllten Augen an. »Glaubst du, du hast das Recht zu sterben?«, sagt der Schwiegervater. »Du bist die letzte Überlebende der Hu-Familie. Deine Eltern haben alles getan, um dich am Leben zu erhalten. Und du willst sterben? Und wenn alle sterben, die hier versammelt sind, du musst weiterleben.«

»Ich will aber nicht mehr leben, was geht euch das an?«

»Du musst weiterleben, egal ob du willst oder nicht. Du musst weiterleben, egal wie, selbst wenn du leben musst wie ein Schwein oder ein Hund. Es ist dein Schicksal.«

»Ich will es ihnen zeigen, sie sollen sehen, was sie angerichtet haben«, schluchzt Daiyun.

»Es wird sie einen Dreck kümmern«, antwortet der Schwiegervater. »Ob du stirbst oder nicht, ist ihnen so wichtig, wie wenn ein Hund krepiert. Hat es ihnen etwas ausgemacht, deine ganze Familie umzubringen?«

Daiyun beginnt, wieder um sich zu schlagen, doch weit kraftloser als zuvor.

Das Gesicht des Schwiegervaters verhärtet sich, er wirft ihr einen eisigen Blick zu und sagt: »Wei, Futong, lasst sie los. Wenn sie unbedingt sterben will, soll sie sterben. Wollen doch mal sehen, wie ernst es ihr damit ist.«

Der alte Wei und Futong geben sie frei. Daiyun blickt auf und sieht starr ihren Schwiegervater an, in ihrem Blick mischen sich Verzweiflung und Hass. Dann rennt sie mit gesenktem Kopf auf die Wand zu. Der alte Wei greift nach ihr, man hört nur das Reißen von Kleiderstoff, und danach stößt Daiyuns Kopf gegen die Mauer.

Im Zimmer ertönen schrille Entsetzensschreie. Xiao Cha stürzt laut schreiend auf sie zu: »Gnädiger Herr, so was dürfen Sie nicht tun!«

Der Schwiegervater rührt sich nicht von der Stelle, er sagt lediglich mit eisiger Stimme zum alten Wei: »Der Arzt ist noch im Haus, hol ihn her, er soll ihr Yunnan-Wundpulver draufstreuen.« Damit verlässt er den Raum.

Das Rufen und Schreien im Zimmer verstummt auf der Stelle. Selbst das Weinen des kleinen Dingzi erstirbt. Er begreift nicht, was da um ihn herum geschieht, er blickt sich um, greift plötzlich nach Huiyuans Haarspange und beginnt, gluckernd zu lachen.

Ding Zitao ist vom Geschehen zu Tode erschrocken. Unwillkürlich streicht sie sich über die Stirn.

Sie fühlt die kleine fast unsichtbare Narbe. Stimmt, denkt sie, die stammt von damals.

42. Kapitel

Sie ist bereits auf der neunten Ebene angelangt. Ding Zitao zählt stumm, mit gewisser Freude stellt sie fest, dass sie bereits den halben Weg hinter sich hat. Noch einmal diese Wegstrecke, und sie wird das Freie erreichen. Ob sie dort wohl Sonnenschein erwartet? Sie spürt plötzlich, welch riesige Bedeutung das Sonnenlicht für sie besitzt. Ich habe schon so lange keine Sonne mehr gesehen, denkt sie bei sich.

Dann sieht sie den alten Wei.

Es herrscht Abenddämmerung nach einem kalten und düsteren Tag. Keine Sonne, der Nordwind pfeift, erst zu Beginn des Nachmittags hellt es sich zu einem verhangenen Grau auf. Der alte Wei ist in eine Art Trab verfallen, mit besorgter und verwirrter Miene betritt er das Eingangstor. Er trägt wie eh und je einen langen, grauen gefütterten Baumwollkittel. Sie erinnert sich an den Flicken auf der Schulter des Kittels. Der alte Wei hat einmal kichernd erklärt, an der Stelle sei der Kittel vom Bajonett eines Banditen zerfetzt worden, ohne seine Haut zu ritzen. Nachdem der gnädige Herr ihn nach einer Lösegeldzahlung zurückgeholt habe, sei der Kittel für ihn zu einem Glücksbringer geworden. Das Lachen, das die Worte des alten Wei begleitete, klingt ihr noch immer in den Ohren.

Der alte Wei gelangt vor Daiyuns Zimmertür, schickt sich an zu klopfen, zieht seine Hand jedoch wieder zurück. Er steht eine Weile unschlüssig vor der Tür, tritt von einem Fuß auf den anderen, um sich dann hastig in einen anderen Teil des Anwesens zu begeben und vor einer Zimmertür haltzumachen.

Ding Zitao sieht deutlich, dass es sich um die Tür zur Bibliothek ihres Schwiegervaters handelt.

Lu Ziqiao ist damit beschäftigt, Papierstreifen mit kalligraphischen Verspaaren zu beschriften.* Jeden Winter stellt er einen großen Stapel davon her und lässt die Dorfbewohner zum Neujahrsfest daraus wählen, was ihnen gefällt. Ding Zitao erkennt sogar den Tusche-Reibstein und die Pinsel, die ihr Vater Hu Ruyun ihm geschenkt hat. Die ehemaligen Kommilitonen sind zu nahen Verwandten aufgestiegen. Jedes Jahr überbringt ihr Vater dem Schwiegervater Kalligraphien, Bilder oder eine der »vier Köstlichkeiten des Studierzimmers** als Geburtstagsgeschenk.

* Zum Neujahrsfest kleben viele Familien zwei rote Papierstreifen mit einem glückverheißenden Verspaar an die Haus-/Wohnungstür.

** Pinsel, Tusche, Reispapier, Reibstein

Der Schwiegervater hat ihn einmal damit geneckt, dass ihr Vater in dieser gottverlassenen Berggegend außer ihm niemand anderen finden würde, dem er solche Dinge schenken könne. Das sei vermutlich zutreffend, hat Vater ebenfalls lachend zugestanden.

Der alte Wei stößt die Türe zur Bibliothek mit so viel Wucht auf, dass Lu Ziqiaos Pinselspitze leicht verrutscht. Der alte Wei kniet sich beim Eintritt nieder und beugt seinen Kopf bis auf den Boden, um dann mit zitternder Stimme zu sagen: »Gnädiger Herr, es ist etwas passiert, etwas Schreckliches.«

Lu Ziqiao entgleitet der Pinsel, bewegungslos und ohne den Kopf zu wenden, fragt er lediglich: »Worum geht es?« Das Zittern in seiner Stimme ist jedoch unüberhörbar.

»Gnädiger Herr, Ihre Verwandten, die Eltern von Daiyun, die ganze Familie, alle sind tot. Gestern ist es geschehen.«

Lu Ziqiao erhebt sich, wendet den Kopf und blickt auf den nahezu flach auf den Boden gedrückten Verwalter. Auf seinem Gesicht malt sich Erstaunen und Erschrecken. Dann fragt er drohend: »Wie sind sie gestorben?«

»Das möchte ich nicht sagen. Sie brauchen das nicht zu wissen, gnädiger Herr, es genügt, dass Sie Bescheid wissen. Gnädiger Herr, Sie müssen unbedingt Daiyun schützen, sonst wird die ganze Familie Hu ausgelöscht.«

Lu Ziqiao lässt sich plötzlich schwer auf seinen Stuhl fallen. Mit gebrochener, verschleierter Stimme sagt er: »Zunächst einmal kein Wort darüber.«

Aber die Nachricht verbreitet sich in Windeseile, am Abend desselben Tages wissen alle in der Familie Bescheid.

Die Stickereistube von Daiyuns Mutter ist bereits bei der Herausgabe der beweglichen Güter leer geräumt worden, alle Stickereien sind übergeben worden. Die letzte verbliebene Stickerin hat nach ihrem Weggang die Nachricht geschickt, dass Daiyuns Eltern jeden Lebensmut verloren hätten, nachdem sie erfahren hatten, dass ihr Sohn Lingyun auf dem Heimweg erschlagen worden sei. Ständig wiederholten sie, dass sie am Tod ihres Sohnes schuld seien. Daiyuns Mutter habe zwei Selbstmordversuche unternommen, beim ersten Mal habe sie versucht, sich zu erhängen, sei jedoch von der Konkubine entdeckt worden, die Leute herbeigerufen habe, die sie rechtzeitig von dem Strick befreit hätten. Beim zweiten Mal habe sie vorgehabt, in den Brunnen zu springen, sei aber gerettet worden und habe überlebt. Am Ende sei sie schließlich trotzdem auf die Bekämpfungsversammlung gezerrt worden. Niemand habe damit gerechnet, dass man sie nach endloser »Bekämpfung« davonschleppen und erschießen würde. Bei der Versammlung habe jemand darauf hingewiesen, dass nur Daiyuns Eltern auf der Liquidierungsliste stünden, nicht aber die Konkubine und die Schwägerin. Irgendwie sei es zum Streit gekommen, die Situation sei außer Kontrolle geraten, am Ende habe man sie als »Himmelslaternen« angezündet und anschließend mehr tot als lebendig in den Fluss geworfen.

Daiyun ist durch die Nachricht am Boden zerstört. Sie weint bis zur Besinnungslosigkeit. Als sie wieder zu sich kommt, weint sie wieder, bis sie erneut ohnmächtig wird. Zum Glück hat Lu Ziqiao vorausgesehen, dass Daiyun diese Nachricht nicht verkraften würde, und den alten Wei beauftragt, den Arzt ins Haus zu rufen und ihn dortzubehalten, als habe er diesen Moment erwartet.

Alle im Haus weinen mit. Xiao Chas Stimme ist vom Weinen heiser. Ihre Mutter wurde von Daiyuns Mutter aus Chengdu in die »Strohhütte des Ertragens« mitgenommen und hat in der neuen Heimat geheiratet. Als die Familie einmal ins Elternhaus zurückkehrte, wurde sie unterwegs vom Hochwasser überrascht, das Boot kenterte, und Xiao Chas Eltern ertranken, nur Xiao Cha wurde gerettet. Seither ist sie eine Waise. Daiyuns Mutter konnte nicht mit ansehen, wie schlecht sie im Haus ihrer Großeltern behandelt wurde, daher nahm sie das Kind mit und machte sie zur Spielgefährtin von Daiyun. Damals war Xiao Cha erst drei Jahre alt, sie wuchs im Hause Hu auf und betrachtete Daiyuns Eltern als ihre eigenen. Ursprünglich hatte Daiyuns Mutter vorgehabt, Xiao Cha zur Stickerin auszubilden, aber Xiao Cha wollte sich nicht von Daiyun trennen und Daiyun nicht von ihr. Als Daiyun heiratete, hat Xiao Cha darauf bestanden, sie ins Anwesen der Familie Lu zu begleiten. Daiyuns Mutter musste ihrem Wunsch nachgeben.

Der völlig ahnungslose Dingzi kann nicht verstehen, was im Hause vor sich geht, er folgt schreiend und plärrend der allgemeinen Stimmung, er schreit nach seiner Mutter, schreit nach Xiao Cha, der keine Wahl bleibt, als mit der einen Hand Dingzi festzuhalten, während sie sich mit der anderen um Daiyun kümmert und dabei selbst herzzerreißend weint.

Im Haus geht alles drunter und drüber. Der alte Wei fuhrwerkt die ganze Nacht hindurch, am nächsten Morgen ist sein Gesicht grau vor Erschöpfung.

Auch Lu Ziqiao findet in dieser Nacht keinen Schlaf. Er geht in seiner Bibliothek unaufhörlich auf und ab, gelegentlich setzt er sich und spielt mit den Schreibutensilien. Alle Gegenstände, die sich auf dem Tisch befinden, sind Geschenke seines Kommilitonen und Verwandten Hu Ruyun. Und dieser Mensch wurde über Nacht zum Verbrecher und ist auf grausame Weise ums Leben gekommen.

Daiyun erscheint nicht zum Frühstück. Der alte Wei erklärt, der Arzt habe empfohlen, ihr ein Schlafmittel zu geben und sie schlafen zu lassen. Andernfalls würde sie beim Aufwachen kollabieren. Sie sei von der Aufregung des vorangegangenen Tages körperlich extrem geschwächt. Es sei besser, sie in ihrem Betäubungsschlaf zu belassen.

»Gut, lassen wir es erst einmal dabei, wer weiß, was noch alles passiert«, sagt der Schwiegervater. »Wenn sie dort keine Ruhe geben und Daiyun bis hierher verfolgen, um ihr an den Kragen zu gehen, können wir wenig dagegen tun. Daiyun muss heute Nachmittag irgendwie in den Wagen verfrachtet werden, egal ob sie schläft oder nicht. Bringt sie in das leer stehende Haus im Westen der Stadt, von dem kaum jemand etwas weiß. Huiyuan soll sie begleiten. Xiao Cha geht mit und nimmt das Kind, sie kann ihnen helfen, sich einzurichten. Wenn sich die Situation nicht bessert, müssen sie einen Weg finden, wie sie nach Shanghai gelangen und von Shanghai über Wenzhong nach Hongkong. Falls sich die Lage entspannt, kommen sie wieder hierher zurück. In der Zwischenzeit wird Futong auch dorthin gehen, er soll sich mit dem Hausmeister, dem alten Yang, der das Haus bewacht, abwechseln. Sie müssen Tag und Nacht bewacht werden.«

»Ich will auch nicht auf dem Land bleiben«, erklärt die Konkubine. »Ich will auch dorthin. Das Haus ist schließlich damals für mich gekauft worden. Ich kenne mich in der Stadt aus, das macht die Sache leichter. Ich kann auch Xiao Cha helfen, sich um Dingzi zu kümmern.«

Lu Ziqiao braust auf: »Was quasselst du da für ein dummes Zeug! In was für Zeiten leben wir denn?«

»Ich gehe nicht«, sagt Huiyuan. »Ich will bei Vater und Mutter bleiben. Und außerdem sind wir eine revolutionäre Familie, Papa hat sich Verdienste erworben, die zuständigen Stellen haben bereits zugestimmt, dass er nicht ›bekämpft‹ wird. Hier zu Hause ist es sicher. Ich will nicht in die Stadt.«

Lu Ziqiao wirft ihr einen Blick zu: »Darüber entscheidest nicht du.«

»Wenn Huiyuan nicht gehen will, dann gehe ich. Und außerdem treffe ich die besseren Entscheidungen als Huiyuan, wenn es ernst wird.«

»Huiyuan muss von hier verschwinden«, sagt Lu Ziqiao. »Sie soll zurückkommen, wenn sich die Lage beruhigt hat.«

»Ich gehe nur, wenn ihr auch geht«, erklärt Huiyuan kategorisch. »Ich werde mich jedenfalls nicht von euch trennen. Wenn

Papa und Mama in Sicherheit sind, bin ich es auch. Wenn ihnen was zustößt, wäre es gewissenlos, sie zu verlassen.«

Lu Ziqiao mustert Huiyuan aufmerksam, dann seufzt er tief. In diesem Moment schaltet sich der alte Wei ein: »Gnädiger Herr, wenn wir jetzt Daiyun in die Stadt bringen, wird sie aufwachen und wieder Krawall machen, und was dann? Dingzi ist noch ein Kleinkind, Xiao Cha und Futong allein werden kaum mit ihr fertig.«

Diesmal zeigt sich Lu Ziqiao kompromissbereit, nach längerem Schweigen gibt er nach: »Also gut, verschieben wir das für ein paar Tage, Daiyun soll erst wieder einen klaren Kopf kriegen. Hört mir alle gut zu: Daiyun ist die letzte Überlebende der Hu-Familie, ich, Lu Ziqiao, werde um mein Leben kämpfen, aber auch ihr Leben schützen. Ich erwarte, dass jeder von euch zu jeder Zeit gut auf sie aufpasst.«

Niemand am Tisch sagt ein Wort, alle nicken nur. Im Zimmer herrscht ein Schweigen wie kurz vor einer Explosion.

Ding Zitao erinnert sich an jedes Detail der Geschehnisse dieses Tages. Ihre Brust krampft sich in wellenförmigen Schmerzattacken zusammen. Sie ist unfähig, ihren Gemütszustand zu beschreiben. Ihr wollt mich unbedingt leben lassen, denkt sie. Und ich selbst möchte auch weiterleben. Aber ist so ein Leben denn besser als der Tod? Und was habe ich noch mit der Hu-Familie oder der Lu-Familie zu tun, wenn ich weiterlebe? Wenn ihr alle fort seid, wer wird sich noch darum scheren, ob ich zur Hu-Familie oder zur Lu-Familie gehöre? Ich will mich schützen, aber ich weiß selbst nicht mehr, wer ich bin. Welchen Sinn hat so ein Leben?

Zu diesem Zeitpunkt hat Ding Zitao keine Tränen mehr. Auf dieser Welt sind Tränen nutzlos.

43. Kapitel

Nun ist Ding Zitao bereits auf der zehnten Ebene angekommen. Ihr kommt es so vor, als leuchte ihr hier ein Hoffnungsschimmer, aber alles, was diese Hoffnung enthält, lässt sie gänzlich verzweifeln. Sie hat gewusst, wer sie war und was sie durchgemacht hat, und hat zugleich vergessen, wer sie ist und warum sie weiterleben soll, nach all dem, was sie durchgemacht hat. Kein Wunder, dass sich Schwiegervater ohne Zögern dafür entschieden hat zu sterben, denkt sie. Mir wird jetzt klar, dass der Tod die einfachste und angenehmste Lösung ist.

Je mehr in den Gesichtskreis Ding Zitaos gerät, desto stärker verblasst ihr Schmerz. Einer nach dem anderen treten all die vertrauten Namen und Gesichter aus dem Dunkel. Aber sie lösen keinen Schrecken und kein Erstaunen mehr in ihr aus, sie gleiten an ihr ab. Als der Name »Lingyun« an ihr Ohr dringt, denkt sie: Ach ja, das ist mein Bruder, er heißt Hu Lingyun. Stimmt, ich habe ihn immer Bruder Lingyun genannt. Aber sie kann sich nicht an sein Aussehen erinnern.

All das kommt ihr klar und deutlich zu Bewusstsein.

Futong ist die ganze Nacht unterwegs gewesen; als er aus der Stadt zurückkehrt, sucht er als Erstes Xiao Cha auf. Er informiert sie, dass er Lingyun getroffen hat. Als er ihn als »jungen Herrn« angeredet hat, habe er gesagt, er solle Bruder Lingyun zu ihm sagen. Er sei auf dem Weg in den Kreis Zhong, um an der Bodenreform teilzunehmen. Als er gehört habe, dass seine eigenen Eltern »bekämpft« werden sollen, sei er alarmiert gewesen. Er habe gesagt, er werde umgehend nach Hause zurückkehren, um die alten Herrschaften in die Stadt zu bringen, Daiyun solle unbesorgt sein. Wenn der junge Herr, also Zhongwen, bis Jahresende nicht zurück sei, solle auch Daiyun in die Stadt kommen, um gemeinsam mit den Eltern das Neujahrsfest zu begehen.

Xiao Cha atmet erleichtert auf und überbringt auf der Stelle Daiyun die gute Nachricht.

Der Himmel verfinstert sich stark. Lao Wei erklärt, es sei Schneefall zu erwarten, und zwar heftiger. Man müsse sich beeilen, Lebensmittel für das Neujahrsfest zu besorgen. Wenn Gäste einträfen, müsse man hinreichend gerüstet sein.

Die Konkubine erwidert, alle hätten nur noch die Bodenreform im Kopf und seien voller Angst und Sorgen um die Zukunft. Keiner habe Zeit und Lust, wie sonst von Haus zu Haus zu laufen, um Besuche abzustatten. Der alte Wei widerspricht, die Lu-Familie müsse gerüstet sein, egal ob Leute kämen oder nicht, die Lu-Familie dürfe zu keiner Zeit gegen die Etikette verstoßen, das sei die vom gnädigen Herrn festgelegte eiserne Regel.

Spät in der Nacht kommt plötzlich der für die Fütterung der Pferde zuständige Pferdeknecht zum alten Wei gerannt, um ihm zu erzählen, dass man ihm von draußen zugerufen habe, der Bruder der jungen Frau sei am Abend erschossen worden. Man solle sie benachrichtigen. Der Pferdeknecht habe sich Kleidung übergeworfen und sei aus dem Pferdestall gerannt, um Näheres zu erfahren. Als er draußen keine Menschenseele angetroffen habe, sei er in Angst geraten und habe beschlossen, so schnell wie möglich den alten Wei zu benachrichtigen.

Dem alten Wei fährt der Schrecken in die Glieder. Er hat den Pferdewagen bereitgestellt, mit dem Futong im Auftrag Daiyuns zu ihrem Bruder gefahren ist, um ihn aufzufordern, nach Hause zurückzukehren und die Eltern in die Stadt zu bringen. Futong hat die Nachricht mit zurückgebracht, dass der Bruder verspricht, sich sofort der Sache anzunehmen. Ist etwa …? Sobald der Morgen graut, informiert der alte Wei seinen Herrn.

Auch Lu Ziqiao packt Entsetzen. Die Hu-Familie hat nur diesen einen männlichen Nachkommen. Die beiden Alten würden zusammenbrechen, wenn ihm etwas zustößt. »Gehe schleunigst mit Futong hinaus und erkundige dich. Wenn sich die Sache als wahr herausstellt, komme zuerst zu mir, wir müssen uns beraten, bevor du mit sonst irgendjemandem sprichst.« Der alte Wei verspricht es, ruft Futong und läuft in aller Eile hinaus.

Am Nachmittag kehrt er zurück und erzählt, Hu Lingyun habe sich sofort nach dem Abendessen gemeinsam mit einem Kommilitonen auf den Weg nach Hushuidang gemacht. Ungefähr zehn Kilometer vom Elternhaus entfernt am Fuß des Berges sei aus dem Hinterhalt auf sie geschossen worden. Beide seien sofort tot gewesen, es gebe keine Zeugen, und der Gegner habe keine Spuren hinterlassen. Niemand könne sagen, wer geschossen habe. Aber die Familienangehörigen hätten bereits vom Tod ihres Sohnes erfahren. Die beiden Leichen seien nicht nach Hushuidang gebracht worden, sondern provisorisch in einem nahen Tempel aufgebahrt. »Soll ich Daiyun Bescheid sagen?«, fragt der alte Wei.

Mit einem schweren Seufzer antwortet Lu Ziqiao: »Jetzt, wo ihre Eltern bereits Bescheid wissen, bleibt uns nichts anderes übrig. Alles andere würde sie mir nicht verzeihen. Informiere zuerst Xiao Cha, sie soll sie benachrichtigen. Sag ihr nicht, dass ich bereits Bescheid weiß.«

Xiao Cha erhält die Nachricht vor dem Abendessen. Sie hält sie mit größter Anstrengung zurück und wartet, bis Daiyun zu Abend gegessen hat, bevor sie ihr den Tod ihres nächsten Anverwandten mitteilt. Daiyun erstarrt ungläubig. Sie rennt ins Zimmer ihrer Schwiegereltern, um sich zu vergewissern, dass das stimmt. Der Schwiegervater schweigt endlos, bevor er sagt: »Ich habe es auch gerade erst vom alten Wei erfahren. Ich kann es einfach nicht glauben. Aber der alte Wei sagt, deine Eltern wüssten es schon.«

Erst in diesem Augenblick schießen die Tränen in Daiyuns Augen, sie senkt den Kopf und verlässt wortlos das Zimmer. »Wohin gehst du?«, fragt Lu Ziqiao.

Daiyun antwortet nicht. Sie marschiert, ohne auf irgendjemanden oder irgendetwas zu achten, zum Eingangstor. Der alte Wei springt auf sie zu, um sie aufzuhalten: »Das geht nicht«, sagt er. »Es ist zu spät, du kannst jetzt nicht hinausgehen.«

Mit schriller Stimme schreit Daiyun: »Ich möchte zu meinem Bruder!«

Alle im Haus werden durch diesen Aufschrei hochgeschreckt, alles, was zwei Beine hatte, rennt in den Eingangshof und hilft dem alten Wei, sie zurückzuhalten. »Der junge Herr wurde aus dem Hinterhalt erschossen, wir haben noch nicht herausgefunden, wer es war. Es jetzt zu gefährlich da draußen. Es ist besser, morgen tagsüber hinzugehen.«

»Ich will jetzt hingehen. Ich will jetzt Lingyun sehen«, beharrt Daiyun.

Als Letzter betritt Lu Ziqiao den Hof. Mit schneidender Stimme sagt er: »Wei, schließe das Tor. Heute verlässt keiner das Haus.« Spricht's, dreht sich um und geht ins Haus zurück.

Daiyun sinkt kraftlos zu Boden. Weinend sagt sie: »Lingyun, wo bist du? Alles ist meine Schuld. Wenn ich nicht verlangt hätte, dass du heimkommst, wärst du nicht tot. Gott im Himmel, mein Bruder!«

An diesem Abend schreibt Lu Ziqiao, während Daiyuns Schluchzen durch die Wände zu ihm dringt, einen Brief an seinen Sohn Lu Zhongwen, worin er ihn auffordert, Hongkong erst einmal nicht zu verlassen und auf keinen Fall heimzukehren. Er verlangt, dass der jüngste Sohn Lu Shuwen umgehend nach England reisen und dort sein Studium aufnehmen soll. Zurückkehren dürfe er erst, wenn er einen von seiner Hand geschriebenen Brief erhalten habe.

X. Abschnitt

44. Kapitel

Zum Neujahrsfest kehrte Qinglin nicht in den Süden zurück. Die Mutter befand sich bereits seit über zwei Jahren im Wachkoma. Ihr Dasein wurde für Qinglin immer mehr zum Rätsel. Obgleich ihr Gesicht völlig stumpf und ausdruckslos blieb und existierte, als sei sie ohne Leben, schlug ihr Herz, und sie nahm regelmäßig Nahrung auf. Nur dass sich gelegentlich ihre Atmung beschleunigte und dann wieder verlangsamte, war ungewöhnlich. Als lebe sie in einer eigenen Welt. Wie sie sich darin bewegte, aß und schlief, warum sie mal aufgeregter, mal ruhiger war, wussten nur diejenigen, die Teil ihrer Welt waren. Auch Qinglin, ihr über alles geliebter Sohn, existierte außerhalb dieser Welt.

Zum Glück besaß Qinglin eine ausgeprägte Fähigkeit zu reflektieren. Sein Gefühl sagte ihm, dass das, was seine Mutter durchmachte, womöglich ein notwendiger Vorgang in ihrem Leben war. Der Ort, an den sie gelangt war, war vermutlich für alle anderen Menschen unerreichbar. Sich dort aufzuhalten bedeutete für sie einfach nur eine andere Lebensweise. Eine Lebensweise, die einem Normalsterblichen wie ihm unverständlich bleiben musste. Entscheidend für seinen inneren Frieden war, dass sie noch immer atmete.

Nachdem er zu dieser Einsicht gekommen war, hielt er den gegenwärtigen Zustand seiner Mutter nicht mehr für krankhaft, sondern für den Ausdruck einer ihm unzugänglichen Existenz. Im Telefongespräch mit seinem Sohn drückte er es so aus: Die

Großmutter sei gegenwärtig so etwas wie ein Alien, etwas ganz und gar Geheimnisvolles. Der Sohn glaubte ihm nicht und wollte unbedingt zu ihm fliegen, um festzustellen, was an der Großmutter so geheimnisvoll war. Dafür wurde er von seiner Mutter lauthals ausgeschimpft, ein Mittelschüler habe sich in erster Linie um den Unterricht zu kümmern. Selbst während der Ferien überhäufte sie ihn mit Nachhilfestunden.

Sein Gefühl riet Qinglin, möglichst viel Zeit mit seiner Mutter zu verbringen. Schließlich konnte sie eines Tages unversehens aufwachen, und wenn das geschah, wollte er es sein, den sie zuerst sah. Er war sich im Klaren darüber, dass niemand wie er in der Lage sein würde, seine Mutter aufzumuntern.

Dong Hong verließ am Vortag des Neujahrsfestes gegen Mittag das Haus. Sie hatte das Neujahrsabendessen vorbereitet und einen gewaltigen Vorrat an Lebensmitteln für die gesamte Zeit des Frühlingsfestes angelegt. Obgleich sie Qinglin frühzeitig mitgeteilt hatte, dass sie dieses Jahr zum Neujahrsfest unbedingt nach Hause zurückkehren musste, da sie das Fest seit zwei Jahren nicht mehr zu Hause verbracht habe und ihre Eltern darüber ein wenig verstimmt seien, zeigte sie beim Abschied ein schlechtes Gewissen. Mehrfach wiederholte sie, sie werde sofort nach dem Laternenfest, dem letzten Tag des Neujahrsfestes, wieder zurückkommen. »Kein Problem«, beruhigte sie Qinglin, »fahren Sie beruhigt nach Hause zurück, ich schaffe das sehr gut alleine. Außerdem kommt am dritten Neujahrstag ein Freund zu Besuch. Seine Hausangestellte kommt auch jeden Abend vorbei und hilft, die alte Dame zu versorgen. Also kein Grund zur Beunruhigung.«

Trotz der eisigen Winterkälte war das Wetter nicht unangenehm. Weil die Fenster im Zimmer seiner Mutter nach Süden gingen, fielen die schrägen Sonnenstrahlen ein, im Übrigen verfügte das Haus über eine Zentralheizung, sodass das Zimmer wohlig warm war. Am Vormittag führte Qinglin seine Mutter auf den Rattansessel vor dem Fenster und legte ihr eine Schafwolldecke über die Schultern. Sie war das Neujahrsgeschenk seiner Frau. Seine Frau lehnte es zwar ab, mit seiner Mutter in einem Haus zu wohnen, aber sie verstand es, Qinglin mit solchen kleinen Gesten zu erfreuen. Schwiegermütter sind natürliche Feindinnen, und bei dieser kam erschwerend hinzu, dass sie nur eine Hausangestellte war und keinerlei gesellschaftliche Position besaß. Qinglin hatte Verständnis für diesen weiblichen Snobismus und nahm ihn seiner Frau nicht übel. Gelegentliche kleine gefällige Gesten plus die Bereitschaft, hinzunehmen, dass der Ehemann das Neujahrsfest mit der Schwiegermutter verbrachte, was konnte man von einer Frau mehr verlangen? Man durfte in dieser Welt nicht erwarten, dass jedermann von solchen Attitüden frei war, dachte Qinglin.

Qinglin nahm ein Buch zur Hand und ließ sich zum Lesen neben seiner Mutter nieder. Bäume und Sträucher vor dem Fenster waren bereits verdorrt und düster. Auf den Beeten, die ursprünglich von der Mutter mit Blumen oder Kräutern bepflanzt werden sollten, hatte Dong Hong allerlei Gemüsesorten angebaut. Jetzt zum Winter waren sie unbepflanzt und das Erdreich von Dong Hong umgegraben. Qinglin senkte den Blick und dachte, wie schön es wäre, wenn Mutter zum Frühlingsbeginn aufwachen und eigenhändig die Beete mit Gemüse bepflanzen würde. »Ach, Mama«, sagte er, »wenn du wieder wohlauf bist, pflanze im Garten Tomatensträucher. Tomaten mit Rührei sind mein Lieblingsgericht.«

Tatsächlich schmeckte Qinglin bei diesem Gericht ausschließlich das Rührei. Den säuerlichen Geschmack von Tomaten mochte er nicht sonderlich. Aber sein Vater hatte ihn jedes Mal gezwungen, die Tomaten zu essen, dass sei gut für die Gesundheit, sagte er. Damals kam ihm Mutter oft heimlich zu Hilfe, indem sie, wenn Vater nicht hinsah, die Tomaten wegaß. Bei der Erinnerung an das Bild, wie er als Kind vor seinen Eltern herumgehüpft war, dachte Qinglin seufzend daran, was für ein erfülltes Leben es wäre, wenn Vater und Mutter beide munter und gesund mit ihm in dem Haus lebten, das er gekauft hatte.

Bei diesen Phantasien fielen ihm Vaters Notizhefte ein. Er ging in sein Zimmer und kehrte mit dem abgewetzten Lederkoffer ins Zimmer seiner Mutter zurück. Er hielt ihn seiner Mutter vor die Nase und sagte: »Mama, schau ihn dir noch einmal an. Kennst du den Koffer noch? Er hat Papa gehört. Ich erinnere mich, wie sehr du Papa geliebt hast. Du musst dich doch daran erinnern.«

Seine Mutter zeigte nach wie vor keine Reaktion. »Wie auch immer, ich muss sie irgendwann besser verstehen. Mag sein, das ich manches, was da drinsteht, unerträglich finde, aber es sind nun mal meine geliebten Eltern.«

Und so begann Qinglin, am Neujahrstag im gemütlich warmen Zimmer sitzend, die vergilbten Aufzeichnungen seines Vaters zu lesen.

45. Kapitel

Qinglin schlug das erste Notizbuch auf.

Es begann mit dem Sommer 1948. Die Tintenflecke auf dem Papier waren bereits verblasst und die Schriftzeichen nicht mehr sehr deutlich zu entziffern. Qinglin war mit der Schrift seines Vater keineswegs vertraut, er hatte nur die wenigen Zeichen der Notizen gesehen, die sein Vater der Mutter hinterließ, wenn er aus dem Haus ging. Doch konnte er in der Schrift die Charaktermerkmale seines Vater erspüren. Er war sich sicher, dass es tatsächlich die Aufzeichnungen seines Vater waren.

Die Aufzeichnungen waren alle sehr kurz, manche mit Datumsangabe, manche ohne. Der größere Teil enthielt Jahresangaben oder Angaben der Jahreszeit. Sie waren nicht sehr sorgfältig verfasst, manche hastig niedergekritzelt. Als Arzt, dachte Qinglin, waren lange Texte vermutlich nicht seine Stärke.

15. Juli 1948

Auf dem Heimweg. Den Gelben Fluss überquert. Sehr aufgeregt beim Gedanken, dass ich bald Vater und Mutter wiedersehen werde. Mama hat Probleme mit den Augen, sie streicht mir jedes Mal übers Gesicht. Ihre Hand ist rau, aber mir gefällt es. Vater hat mir geschrieben, ich solle unbedingt im Städtchen eine Praxis eröffnen, so eine, wo ich wie die Ausländer Operationen durchführen kann und alle Leute kuriere. Passende Räume hat er bereits gefunden. Mein Vetter Qi soll mir assistieren. Er ist in Onkels Apotheke aufgewachsen, kennt sich mit Heilkräutern aus, er kann mir eine Hilfe sein.

Die ganze Welt ist aus den Fugen, nirgends ist man sicher. Ich werde Vaters Aufforderung befolgen. Er sagt, unsere Dong-Familie schuldet den Leuten im Dorf Dank für die Hilfe, die sie uns geleistet haben. Wenn mein Sohn nach dem Studium zurückkehrt und eine Arztpraxis eröffnet, ist das auch eine Art, Schulden abzutragen.

Seitdem Mutter von dem ausländischen Arzt geheilt wurde, den der Pfarrer der Kirche herbeigeholt hat, ist Vaters Vertrauen in die westliche Medizin gewachsen. Vater hat recht. Die Welt ist aus den Fugen, nirgends ist das Leben einfach. Also erst einmal zurück nach Hause und aufeinander aufpassen.

»Dong-Familie?« Bereits der erste Eintrag löste bei Qinglin tiefes Erstaunen aus. »Heißt Vater denn nicht Wu? Wieso Dong?«

21. Juli

Ein Blitzschlag aus heiterem Himmel! Ich will nicht mehr leben!

Bin vor ein paar Tagen am Fuß der Berge auf Qi gestoßen, er hat gesagt, er hat extra auf mich gewartet, um mich aufzuhalten. Er hat geweint und berichtet, dass meine Eltern, meine Schwester und auch die Großeltern ums Leben gekommen sind. Ich darf auf keinen Fall nach Hause zurückkehren, das wäre mein sicherer Tod. »Aufhalten« wäre das letzte Wort gewesen, das Vater gesagt hat. Keiner hätte verstanden, was er meinte, nur Qi hat es begriffen.

O mein Gott! O mein Gott! O mein Gott! Wie, wie, wie ist es möglich, dass die ganze Familie gemeinsam ums Leben gekommen ist? Und ich der einzige Überlebende! Wozu soll ich noch leben? Qi hat geheult und gesagt, um meiner Eltern willen dürfe ich nicht sterben. »Lauf davon, so weit es irgend geht. Sonst ist es aus mit der Dong-Familie.«

Er hat recht. Das bedeutet, dass ich von jetzt an kein Zuhause mehr habe.

Bin völlig durcheinander. Schmerzen. Kann nicht atmen. Weiß nicht, wie ich die letzten Tage zugebracht habe. Heute übernachte ich in einer Herberge, wo komme ich morgen unter? Wohin kann ich überhaupt noch gehen?

Dieser Abschnitt war sehr kurz, die Zeichen wirr durcheinandergeschrieben. Abgebrochene Sätze ohne Zusammenhang. An vielen Stellen hatte der Füllfederhalter Löcher ins Papier gebohrt, überall verstreute Tintenflecke. Der ganze Schmerz, die gesamte Verwirrung spiegelte sich auf dem Papier wider.

Qinglin erschrak bis ins Mark.

Hinter diesen wenigen Zeilen verbargen sich zahllose Unklarheiten. Was war geschehen, dass die ganze Familie gemeinsam ums Leben gekommen war? Und wieso konnte der Sohn, wenn er sein Leben retten wollte, nicht heimkehren? Waren es Banditen, oder war es der Krieg? Oder hatte ein Gegner Blutrache geübt und die Familie gnadenlos ausgelöscht? In Qinglins Hirn kam es zu Kurzschlüssen. Und wer war dieser Qi? Wieso hatte ihn sein Vater nie erwähnt?

Plötzlich wurde Qinglin von Furcht gepackt. Er stand auf und lief erregt auf und ab. Draußen begann es zu dämmern. Er führte seine Mutter auf die Toilette und brachte sie wieder zu ihrem Sessel zurück. »Mama«, sagte er, »wusstest du, dass Papa in Wirklichkeit Dong hieß? Wusstest du das?«

Die Mutter reagierte nicht.

Das Neujahrsabendessen nahm Qinglin allein mit seiner Mutter ein. Für Ding Zitao gab es Whitebait mit Eierpudding. Qinglin achtete darauf, dass seine Mutter ausreichend Nährstoffe zu sich nahm, um die körperlichen Abwehrkräfte zu erhalten und sie vor weiteren Erkrankungen zu schützen. Es war möglich, dass sie auf diese Weise eines Tages plötzlich aus dem Wachkoma aufwachte. Qinglin hatte sich bei den Ärzten erkundigt, die ihm erklärten, dass sie diese Möglichkeit nicht ausschlössen.

Er fütterte seine Mutter mit dem Eierpudding, es tat ihm weh, mit anzusehen, wie seine Mutter mechanisch kaute. »Mama«, sagte er, »bitte lass mich nicht auch beim nächsten Neujahrsfest so hängen. Du musst unbedingt wieder auf die Beine kommen, du hast versprochen, jeden Tag für mich Fisch und Fleisch zu braten. Ich habe jetzt so lange nichts mehr gegessen, was du gekocht hast.«

Während er auf sie einsprach, rannen ihm die Tränen übers Gesicht. Er wischte sie nicht ab, sollten sie fließen.

Das Salz der Tränen hinterließ den stärksten Geschmack des ganzen Neujahrsessens.

Nach dem Abendessen schaltete er den Fernseher ein und setzte seine Mutter auf den Sessel davor. Die gleiche Neujahrsshow wie jedes Jahr, glitzernd, farbenfroh und geräuschvoll. Aber keine der komischen Einlagen und fröhlichen Gesänge erregten auch nur die geringste Aufmerksamkeit seiner Mutter. Er saß ein Weilchen neben ihr und folgte dem Geschehen auf dem Bildschirm, fand es herzlich uninteressant und sagte über sich selbst spottend: »Mama, dein Geschmacksniveau ist merklich gestiegen, nicht einmal die Neujahrsshow genügt mehr deinen Ansprüchen. Da sind wir uns einig, ich finde diese Shows auch zum Kotzen.«

Während er so mit sich selbst sprach, schaltete er den Fernseher aus und stützte seine Mutter auf dem Weg in ihr Schlafzimmer.

Dort setzte er sich wieder und nahm sich erneut Vaters Notizbücher vor. Er entdeckte, dass der nächste Eintrag bereits aus dem Herbst desselben Jahres stammte.

1948, Herbst

Ich habe kein Zeitgefühl mehr. Ich bin tief in den Bergen. Es ist bereits Spätherbst.

Großvater Wu, der Jäger, ist ein guter Mensch. Er hat mir erzählt, dass er mich bei der Rückkehr vom Arzneikräutersammeln auf einer Klippe liegend gefunden hat. Er habe nicht gewusst, ob ich tot oder lebendig war, und mich beim Näherkommen gerufen. Ich habe nicht reagiert. Er habe meine Stirn getastet und festgestellt, dass ich hohes Fieber hatte, unverständliches Zeug murmelte und nach Vater und Mutter rief. Also habe er mich auf den Rücken genommen und in sein Haus getragen.

Jetzt wohne ich hier. Großvater Wu sagt, ich sei mindestens fünf Tage ohne Bewusstsein gewesen. Und auch nachdem ich wieder zu mir gekommen sei, hätte ich mehrere Tage regungslos dagelegen. Zum Glück sammelt er seit Jahren Arzneikräuter und weiß, wie man sie einsetzt. Er sagt, mit mir wäre es aus gewesen, wenn er mich nicht gerettet hätte. Wäre mir ganz recht gewesen, dachte ich bei mir.

Großvater Wu versteht anscheinend, was in mir vorgeht, und sagt, niemand wisse, dass es hier eine lebende Seele gebe, hier in den Bergen zu leben sei nicht viel anders, als gestorben zu sein.

Mit diesem Satz trifft er ins Schwarze. Da der Himmel mich nicht sterben lässt, lebe ich eben weiter.

Ich solle die Zeit nutzen und ins Tal gehen, bevor die Kälte kommt, sagt Großvater Wu. Wenn alles verschneit sei, käme man nicht mehr weg. Fünf Bergketten müsse man überwinden, um in die Provinz Henan zu gelangen.

Aber wohin soll ich denn gehen? Als Großvater Wu sieht, dass ich nicht antworte, sagt er: »Wenn du keinen Platz hast, wo du hinkannst, bleib hier. Wir sind hier tief in den Bergwäldern, zig Kilometer ringsum gibt es keine Menschenseele. In meinem Alter ist es gut, jemanden zu haben, der einem Gesellschaft leistet. Er fragt mich nach meinem Familiennamen. Auf was für einen Familiennamen habe ich denn noch Anspruch, denke ich. »Nenne mich, wie es dir passt«, sage ich.

Er sieht mich an und sagt: »In Ordnung. Du heißt wie ich. Ich habe dir das Leben gerettet und dafür einen Sohn bekommen. Das ist der Lohn des Himmels.«

Auch gut. Leben wie ein Toter. Wogegen soll man sich noch sperren, wenn man eh schon gestorben ist.

1948, noch immer Spätherbst

Wir haben wohl schon November. Heute bin ich zum ersten Mal vor die Tür gegangen. Großvater Wus Holzhaus steht in der Öffnung einer Berghöhle. Links und rechts davon hat er ein paar kleine Gärtchen angelegt, sie mit aufgeschichteten Bruchsteinen umgeben, alles sehr eng. Er hat dort etwas Gemüse angebaut und an anderer Stelle irgendwelche Pflanzen, die ich nicht kenne, vermutlich Heilkräuter. Die Gärten kleben am Bergabhang, von oben fließt Wasser, das von einem schräg herabführenden Bambusrohr in ein steinernes Becken am Höhleneingang geleitet wird. Solange du hier in den Bergen Wasser hast, brauchst du nicht zu hungern, sagt Großvater Wu. Ein paar Meter von dem Höhleneingang entfernt beginnt der Felsabhang. Wenn man in den Wald möchte, muss man sechsundachtzig steinerne Stufen einer in die Felswand geschlagenen Treppe hinuntersteigen. Großvater Wu ist mit seinem Gewehr fortgegangen, Wild erlegen. Hier in den Bergen seien die Winter lang, sagt er, man müsse Vorräte anlegen. Ich darf nicht mitkommen, ich sei noch nicht wieder bei Kräften, sagt er. Meine Beine seien noch zu schwach für den Abstieg.

Mittags kommt ein wenig die Sonne heraus, ich sitze auf den Steinen und nehme ein Sonnenbad, es wird mir richtig warm. Ich will an nichts denken, andernfalls kommt der Wunsch zu sterben wieder in mir hoch.

Die Tinte geht bald aus. Ich mache Notizen, solange sie eben reicht.

Heute regnet es. Tage voller Hilflosigkeit und Langeweile. Denke ich an Vater und Mutter, tut es mir überall weh. Ich döse auf dem Bett und will nicht aufstehen. Sich totschlafen ist auch eine Methode.

Großvater Wu sagt, heute ist wahrscheinlich bereits November, genau weiß er es auch nicht mehr. Aber das spielt auch keine Rolle. Es ist bereits ziemlich kalt. In ein paar Tagen wird es schneien, sagt Großvater Wu.

1948, Winter

Vielleicht schon Dezember. Vielleicht sind wir auch schon im neuen Jahr. Auf die Zeit zu achten sei bedeutungslos, sagt Großvater Wu. Man muss auf das Wetter achten und essen, das genügt. Wärme und Kälte spürt man von selbst. Er hat irgendwie recht.

Es schneit. Gemeinsam mit Großvater Wu fegen wir den Schnee vor dem Eingang den Felsabhang hinunter. Sonst gefriert er und erschwert das Gehen noch mehr.

Nichts zu tun. Großvater bringt mir bei, Heilkräuter zu bestimmen. Ich habe ihm bereits zuvor erzählt, dass ich Medizin studiert habe. Als die Eltern gestorben sind, habe ich auch nicht mehr weiterleben wollen. Er sagt, er hätte sich schon gedacht, dass meiner Familie etwas zugestoßen sei.

Heute erzählt mir Großvater Wu, dass er mit zweiundvierzig Jahren in die Berge gegangen sei. Auch seine Eltern seien von jemandem umgebracht worden. Er habe Blutrache genommen und sei mit Frau und Kind geflohen. Das Kind sei unterwegs gestorben. In den ersten Jahren, als seine Frau noch mit ihm zusammen war, sei er oft ins Städtchen hinuntergestiegen, um Produkte aus den Bergen gegen lebensnotwendige Güter einzutauschen. Als dann seine Frau gestorben sei, habe er die Lust verloren, den Wald zu verlassen. Im Frühling, wenn es wärmer werde, brächten ihm Leute, die beim Sammeln von Arzneikräutern bei ihm übernachteten, etwas Salz mit. Das reiche ihm.

So ist das also. Ich will mich auch an diese Art zu leben gewöhnen.

Hoher Schnee. Steige den Abhang hoch, blicke mich um, nur eine einzelne Spur. Schieße ein Rebhuhn und kehre zurück. Als ich es noch hochnehme, sehe ich plötzlich so etwas wie Trauer in seinen Augen. Mich überkommt der Wunsch, es fallen zu lassen, aber dann denke ich, Großvater Wu soll nicht glauben, dass ich mit leeren Händen zurückkehre, und trage es doch nach Hause zurück.

1949, Januar

Ich schätze, dass wir schon im neuen Jahr sind. Keine Ahnung, ob das stimmt. Ist doch letztlich egal, ob ich recht habe. Welches Jahr, spielt keine Rolle. Wozu die Zeit messen?

Der Schnee türmt sich vor dem Eingang, die Tür ist kaum mehr aufzukriegen. Wir verkriechen uns in der Hütte. Großvater Wu schläft. Beim Einschlafen sagt er, man müsse sich ans Nichtstun gewöhnen, durchschlafen. Durchschlafen hieße zu lernen, langsam zu sterben.

Großvater Wu meint das als Witz, aber im Witz steckt Ohnmacht. Ein Tod, der Training verlangt, ist keine schlechte Art zu sterben. Sich ein Leben lang abzumühen und anderen Gutes zu tun garantiert auch keinen guten Tod.

Nicht mehr denken. Sobald ich damit anfange, tut mir alles weh.

An dieser Stelle war ihm offenkundig die Tinte ausgegangen. Für die beiden unteren Punkte im letzten Zeichen (疼), »weh«, hatte sie nicht mehr gereicht.

Qinglins Gesicht war tränenüberströmt. Sein Vater war dieser von Trauer und Einsamkeit überwältigte Mann gewesen. Von dem tief in seinem Innern verborgenen Schmerz hatte er als Sohn tatsächlich nie etwas gewusst. Beim Tod seines Vaters war er gerade Schulanfänger geworden. Sein Bild vom Vater war ein

Mann, der ihn unter den Achseln packte und auf und ab schleuderte. Er hatte gequietscht vor Lachen. Auch Vater hatte gelacht. Der Vater, den er in sich trug, war ein fröhlicher Vater mit einem lachenden Gesicht. Nie wäre der Junge auf die Idee gekommen, dass sein Vater derart Schreckliches durchgemacht hatte.

Qinglin spürte einen bis dahin nie gefühlten bohrenden Schmerz, schärfer noch als der Schmerz, den die plötzliche Krankheit seiner Mutter in ihm ausgelöst hatte.

Er klappte das väterliche Notizbuch zu und versuchte, sich zu entspannen.

46. Kapitel

Die Hausangestellte des Freundes traf ein. Sie half der Mutter beim Waschen und Wechseln der Kleider und brachte sie anschließend ins Bett. Mutter leistete keinen Widerstand und verhielt sich sehr folgsam. Sie schloss die Augen, sobald sie im Bett lag. Alles, ohne irgendeinen Ton von sich zu geben.

Qinglin duschte ebenfalls. Am Vorabend von Neujahr hatte er sich gründlich gewaschen, das gehörte zu den Regeln, die ihm seine Mutter von klein auf eingebläut hatte. Damals waren die hygienischen Verhältnisse nicht so, dass er sich wie heute täglich waschen konnte. Das Badezimmer ihrer Wohnung bestand aus einem winzigen Hockklo, waschen konnte man sich nur im Zimmer mit Hilfe einer großen Holzschüssel, in die heißes Wasser geschüttet wurde. Wenn es sehr kalt war, deckte sie die Mutter mit einer Plastikplane ab, die das allzu rasche Entweichen der Hitze verhinderte. Damals wusch man sich nur einmal in der Woche.

Im Bademantel kehrte Qinglin ins Zimmer seiner Mutter zurück. Er stopfte sämtliche Notizbücher wieder in den Koffer, ging zum Bett seiner Mutter und sagte: »Mama, weißt du über Papas

Schicksal Bescheid? Weißt du, was er Schweres und Schlimmes durchgemacht hat? Warum hast du mir nie etwas darüber erzählt. Hattest du etwa auch keine Ahnung? Hat das Papa sogar dir verschwiegen?«

In Wahrheit führte er ein Selbstgespräch. Ding Zitao lag mit geschlossenen Augen da, in ihrem Gesicht zeigte sich keine Regung. Nicht die Antwort, auf die Qinglin gehofft hatte.

Er seufzte tief, nahm die Notizbücher an sich und ging in sein Zimmer.

Es war bereits dunkel, aus unzähligen Fenstern drangen Lichter, und undeutliches, fröhliches Stimmengewirr erfüllte die Nacht mit einer leuchtend festlichen Atmosphäre voller Wärme und familiärer Gemütlichkeit. Qinglin stand am Fenster, das Herz voller Zweifel und ungelöster Fragen. »Was ist nun eigentlich mit Vaters Familie passiert?«, fragte er sich.

Er kehrte zum Tagebuch zurück.

Am Ende des Notizheftes steckten zwischen den Seiten ein paar Laubblätter. Qinglin verstand nichts von Bäumen und hatte keine Ahnung, warum sein Vater diese Blätter hineingelegt hatte und ob sie irgendein Geheimnis enthielten. Er nahm die Blätter zwischen seine Finger, hielt sie gegen das Licht und betrachtete eines nach dem anderen. Außer den Blattadern war darauf nichts zu entdecken.

Auf dem letzten Blatt im Notizheft fand sich eine mit einem anderen Stift gezeichnete primitive Skizze. Die Striche zeigten Orte und Weglinien an. Qinglin war nicht in der Lage, ihre Bedeutung zu entziffern.

Auf der Rückseite dieses Blattes standen nur fünf Zeichen: *Das Leben hat neu begonnen!*

Dem Ausrufezeichen folgten ein paar Kritzeleien. Es war offenkundig, dass sich Vaters Gemütsverfassung zu diesem Zeitpunkt gebessert hatte. Auch Qinglins Stimmung hob sich. Was konnte es gewesen sein, das ihn in gute Laune versetzt hatte?, überlegte er. War es die Begegnung mit Mutter? Hatte ihn die Liebe verändert?

Qinglin suchte das zweite Notizheft hervor. Die Jahreszahl auf dem Deckblatt lautete bereits 1950.

Qinglin zählte an seinen Fingern den Zeitabstand ab, der zwischen den beiden Notizheften lag: anderthalb Jahre.

1950

Heute ist Neujahrsabend. Zum Frühlingsfest denkt man an seine Lieben.

Habe beschlossen, das Tagebuch weiterzuführen. Das war eine von Vaters Forderungen, nachdem ich lesen und schreiben gelernt hatte. Er verlangte, dass ich die Geschehnisse und Stimmungen jedes Tages notieren sollte. Auf diese Weise wüsste ich im Alter, was ich im Leben getan habe. Diese Gewohnheit ist nun, wo er unendlich weit von mir entfernt ist, das Einzige, was er mir hinterlassen hat. Ich muss an ihr festhalten. Ich habe zu viel zu tun und werde nicht jeden Tag dokumentieren können, aber immer wenn ich dafür Zeit finde, werde ich meine Notizen machen.

Von wann datiert meine Rückkehr ins Leben?

Genau genommen von dem Tag an, wo ich in den Bergen den Politkommissar Liu getroffen habe. Ich habe ihn zuerst für einen Felsbrocken gehalten, zu meiner Überraschung stellte er sich als Mensch heraus. Er bewegte sich etwas und brachte mich zum Stolpern. Es war auf einem steilen Abhang, ich habe nicht aufgepasst, bin hingefallen und ein paar Meter hangabwärts gerollt. In den Bergen lag bereits Schnee, der ihn schon mit einer dünnen Schicht bedeckte. Großvater Wu sah genauer hin und rief: »Da ist ein Mensch!«

Er war schwer verwundet und bewusstlos. Während wir unsere Wiederbelebungsversuche unternahmen, sagte Großvater Wu, der Mann sei entweder ein Bandit oder ein Soldat. Es sei gut möglich, dass er uns in Schwierigkeiten bringe. Ich habe gesagt, egal wie, wir müssen ihn retten, sonst übersteht er die Nacht nicht.

Großvater Wu hat nachgegeben. Wir haben ihn nach Hause geschleppt. Er hat ein paar Tage dagelegen, bevor er zu Bewusstsein kam. Er hat uns voller Argwohn angesehen. Großvater Wu hat gesagt, er solle unbesorgt sein, wir zwei seien ganz allein hier in den Bergen. »Für mich bist du entweder ein Bandit oder ein Soldat, wir haben dir das Leben gerettet, hau uns bloß nicht in die Pfanne, wenn du wieder auf den Beinen bist.« Der Mann hörte nur zu, zum Antworten hatte er keine Kraft.

Ein paar Tage später besserte sich sein Zustand. Ob wir ständig in den Bergen lebten, fragte er uns. »Na ja, seit ein paar Jahrzehnten«, sagte Großvater Wu. Dann wüssten wir wohl gar nicht, wie sehr sich die Welt draußen geändert habe? »Was geht uns das an!«, antwortete Großvater Wu. »Egal welche Welt, es geht immer darum, dass man sein Leben fristet.« Die Republik sei schon zusammengebrochen, Tschiang Kaishek nach Taiwan abgehauen. Jetzt hätten wir die Volksrepublik, die Kommunistische Partei regiere das Land, und der Vorsitzende Mao sei der Chef. Schon seit über einem Monat gebe es das neue China. Er sei Politkommissar der Befreiungsarmee und auf dem Heimweg zu einem Familienbegräbnis auf Banditen gestoßen, verwundet worden und habe sich verirrt. Wir hätten ihn gerettet und uns damit Verdienste erworben. Die Regierung werde es uns danken.*

* Chinesisch: Jiang Jieshi (1887–1975), 1927–1949 Präsident der Republik China, 1949–1975 Präsident Taiwans

Mir kam das, was er erzählte, wie ein Märchen vor, und ich wusste nicht, ob ich ihm glauben sollte. Es klang wie die Geschichte vom Mann, der drei Tage in einer Höhle verbringt und, als er in die Außenwelt zurückkehrt, feststellt, dass tausend Jahre vergangen sind.

Großvater Wu dagegen meinte, egal welche Partei, welche Armee, mit uns habe das nichts zu tun.

Ich jedoch wollte mehr über die Welt da draußen wissen. Er verstand mich und fragte mich, ob ein junger Bursche wie ich es nicht schade fände, hier in den Bergen zu versauern. Ich antwortete, ob schade oder nicht, Hauptsache sei es, am Leben zu bleiben.

Darauf erwiderte er nichts mehr, aber abends vor dem Einschlafen sagte er plötzlich: »Hör mal, du bist gebildet und benimmst dich kultiviert, das ist mir aufgefallen.« Da ich nicht wusste, was ich antworten sollte, schaltete sich Großvater Wu ein: »Na klar hat mein Kleiner die Schule besucht. Er ist erst, als seine Mutter gestorben ist, zu mir in die Berge gekommen.«

Er erwiderte nichts. In den folgenden Tagen redete er auf mich ein, jemand wie ich, mit Bildung, solle sein Leben nicht in den Bergen verschwenden. Er wolle mich mit nach draußen nehmen, um das neue China aufzubauen. Eine demokratische und friedliche Gesellschaft, ohne Krieg und ohne Hunger, ohne Unterdrückung der Armen durch die Reichen, sei jetzt im Entstehen. Jeder erhielte Schulbildung, jeder bekäme Arbeit, alle Menschen würden gleich und frei sein.

Ich muss gestehen, dass mich das in Erregung versetzte. Das war das Land, von dem ich einst geträumt hatte.

Großvater Wu riet mir insgeheim, mit ihm fortzugehen. Der Mann wirke aufrichtig, sei offenbar kein Schwindler. Ich solle mir eine Zukunft schaffen, die den Wünschen meiner Eltern gerecht würde.

Zehn Tage blieb er bei uns, dann wollte er uns verlassen, obwohl seine Verwundung noch nicht ausgeheilt war. Er ermunterte mich noch einmal, mit ihm fortzugehen. Großvater Wu sagte: »Junge, bring ihn zurück. Er ist noch nicht wieder bei Kräften, jemand muss unterwegs auf ihn aufpassen. Du kannst dich dabei umschauen, wie es da draußen aussieht. Wenn alles passt, bleibst du dort, wenn nicht, kommst du zurück.«

In Wahrheit hatte er mich bereits überredet. Was mich zurückhielt, war das Gefühl, gegen Menschlichkeit und Loyalität zu handeln, wenn ich den alten Großvater Wu allein zurückließ. Der Alte solle mitkommen, sagte Politkommissar Liu. Er könne in der Stadt wohnen, die Regierung werde für ihn sorgen. Großvater Wu lehnte ab, er sei an das Leben in den Bergen gewöhnt.

Also verließ ich gemeinsam mit Politkommissar Liu die Berge. Er brachte mich zur Armee. Ich nahm an der Ausbildung teil und bin dann in die Befreiungsarmee eingetreten. Als meinen Namen gab ich Wu Jiaming an. Mein Vater sei ein tief in den Bergen versteckt lebender Arzneikräutersammler, meine Mutter sei seit langem verstorben. Politkommissar Liu fungierte als mein Zeuge.

Ich allein weiß, wie viel Trauer und Schmerz hinter diesem Namen stecken. In meine sogenannte Heimat kann ich nie wieder zurück, meinen wahren Namen kann ich nie wieder tragen, und auch meine Nachkommen dürfen nie erfahren, woher ich komme.

Morgen ist Neujahrsfest, ich möchte Vater und Mutter Folgendes sagen: »Seid wohlbehütet da unter der Erde. Ich werde mich für euch beide mit allen Kräften anstrengen, es zu etwas zu bringen.«

Nun wusste Qinglin, wie sein Vater zu seinem Namen gekommen war. Er war eine geheime Anspielung auf seine Existenz ohne Namen und Familie. Sein Vater hatte diesen Schmerz mit sich herumgetragen bis zu seinem Tod, dachte Qinglin.

Dieser lange Tagebucheintrag enthielt keine Datumsangaben. Vom Schriftbild und von der Farbe der Tinte her zu urteilen hatte ihn sein Vater abschnittweise und in Abständen verfasst. Er musste sich unter sehr angespannten Verhältnissen die Zeit abgerungen haben, diese Notizen nachzutragen.

Der Umschwung von einer Existenz tief in den Bergen zum Armeeangehörigen kam selbst für Qinglins Empfindung zu unerwartet. Wie mochte sein Vater ihn damals bewältigt haben?

Ihm wurde bewusst, dass er diesen Prozess, der für seinen Vater einen Zeitraum von mehreren Jahren umfasste, innerhalb weniger Stunden nachverfolgt hatte. Vermutlich ließ der lange Zeitraum viele dieser kaum vorstellbaren Veränderungen einfach und natürlich erscheinen.

1950, Frühjahr (nachgetragen im Mai)

Auf in den Süden. Auf in den Süden.

Unsere Armee-Einheit erhielt den Befehl, nach Ost-Sichuan auszurücken, um dort Banditen zu bekämpfen. Wir ziehen daher in Eilmärschen nach Süden. Das Marschgepäck durfte zwölf Pfund nicht überschreiten. Zum Glück hatte ich kaum etwas mitzunehmen. Die Berge im Süden sehen völlig anders aus als die im Norden. Feucht und düster. Ständig Regen, tagelang, die Decken sind völlig durchfeuchtet.

Unterwegs übernachten wir nur in Dörfern, die Bevölkerung empfängt uns mit Begeisterung und erzählt uns von den Untaten der Banditen. Ihre Herzlichkeit berührt mich sehr. Wir belästigen sie auf keine Weise – bevor wir abziehen, fegen wir Höfe und Straßen sauber. Ich hatte früher keine Vorstellung von der Befreiungsarmee. Ich verstehe jetzt, dass die Entscheidung, gemeinsam mit Politkommissar Liu die Berge zu verlassen, absolut richtig war. Ich kann das Vergangene hinter mir lassen und ein neues Leben beginnen. Es ist ein vollständiger Bruch mit meinem früheren Leben, ich werde nie wieder dorthin zurückkehren. Ich will meine Vergangenheit endgültig begraben.

Die Banditen hier in Ost-Sichuan sind wahre Bestien. Die Armeeführung hat im Mobilisierungsbefehl darauf hingewiesen, dass die Banditenpest in Ost-Sichuan, der Schnittstelle der drei großen Banditenregionen Chuan'e, Chuanxiang und Chuanqian, am schlimmsten ist. Sie haben sich mit zahlreichen versprengten Resten der Guomindang-Armee zusammengetan. Aber egal, wie wild sie sich gebärden, den Angriffen unserer regulären Armee werden sie nicht standhalten. Wirklichen Frieden wird es erst geben, wenn das neue China sie vernichtet hat. Viele unserer Kameraden sind kriegserfahren und erklären, der Kampf gegen dieses Gezücht von Banditen sei mit richtiger Kriegsführung überhaupt nicht vergleichbar. Aber in Wahrheit haben die Banditen Geländevorteil, der Kampf ist äußerst schwierig.*

Ich muss ein paar Worte über Politkommissar Liu schreiben, der mich aus den Bergen geführt hat.

* Die Grenzregionen zwischen der Provinz Sichuan und den heutigen Provinzen Hubei, Hunan und Guizhou

Politkommissar Liu arbeitet im Militärunterbezirk, er hat mich in die Kompanie eingeteilt, die er in der Huaihai-Schlacht geführt hat. Er hat den Kompaniechef ermahnt, mich gut zu behandeln. Er hat ihm gesagt, er bringe ihm einen kostbaren Schatz. Der junge Wu verstehe sich auf Krankheiten, er ist ein Doktor, der eure kleinen Wehwehchen, Giftstiche von Insekten und Schlangen behandeln kann. Der Kompaniechef war hocherfreut und behielt mich im Kompaniehauptquartier. Die Kameraden haben mich willkommen geheißen. Wir alle haben Angst vor den Wäldern im Süden.

Unterwegs haben sie herausgefunden, dass ich etwas von Arzneikräutern verstehe. An Regentagen habe ich ihnen ein von mir gebrautes antirheumatisches Mittel zu trinken gegeben. All das hat mir Großvater Wu beigebracht. Auf dem Marsch hatte unsere Kompanie die wenigsten Krankheitsfälle. Der Kompaniechef hat extra zwei Leute abkommandiert, die mir beim Sammeln von Arzneikräutern helfen sollten. Sie würden uns im entscheidenden Moment nützlich sein, meinte er.

Politkommissar Liu ist äußerst erfahren, was den Angriff auf die Bergnester der Banditen betrifft. Wir bewundern ihn. Beim Angriff auf die Pferdemaul-Höhle mussten wir feststellen, dass der Höhleneingang sehr hoch lag und die Felswände sehr massiv waren, hinzu kam, dass die Banditen von versprengten Resten der Guomindang-Armee unterstützt wurden, die sich in der Verteidigung von Höhlenanlagen sehr erfahren zeigten. Wir haben viel Zeit und Energie in unsere Angriffe gesteckt, sind aber jedes Mal gescheitert. Schließlich erschien Politkommissar Liu, um die Lage zu inspizieren. Er tat sich in der Nähe um, ging ins Bergdorf und befragte die Dorfbewohner und ließ uns dann während der Nacht unterhalb des Eingangs in der Felsenhöhle Gras und Stroh aufschichten, das wir im Morgengrauen anzünden soll-

ten. Wir glaubten nicht an diese Methode. Was sollte ein Feuer gegen derart massive Felswände ausrichten? Die Banditen, die den Eingang bewachten, haben wahrscheinlich dasselbe gedacht. Sie haben uns ausgelacht, während wir unten Gras und Stroh aufschichteten. Und was geschah? Als wir am Morgen das angehäufte Brennmaterial anzündeten, kam Wind auf, der den dichten Rauch und zahllose Funken in die Höhle trieb. Nach kurzer Zeit hörten wir von drinnen wildes Husten und Schreien. Eine halbe Stunde später ließ Politkommissar Liu das Feuer austreten, befahl uns, feuchte Tücher vors Gesicht zu binden und direkt anzugreifen. Fast alle in der Höhle waren kampfunfähig, und wir haben sie alle lebend gefangen genommen. Das Geheimnis bestand darin, dass Politkommissar Liu die getrockneten Pfefferschoten entdeckte hatte, die in großen Mengen am Eingang zur Höhle lagen. Der Wind hatte sie dorthin getrieben und getrocknet. Sobald sich nur ein Strang davon entzündete, gerieten alle anderen auf der Stelle nacheinander in Brand. Die Dörfler hatten ihm verraten, dass der Wind an dieser Stelle fast immer in die Höhle hineinweht. Die hiesigen Banditen würden zwar mit Leidenschaft Pfefferschoten essen, aber einem scharfen Wind, der ihnen Augen und Nasen verbrannte, würden sie nicht standhalten. Dieser Trick erwies sich als genial, wir alle mussten den Hut vor ihm ziehen.

Vaters Tagebucheinträge erfolgten nach wie vor schubweise. Es gab immer noch keine genauen Datumsangaben. Das Schriftbild war unordentlich und zeugte von hastiger Niederschrift, einige Passagen waren sogar mit Bleistift geschrieben, die Zeichen verblasst und schwer zu entziffern.

Doch Qinglins Hände zitterten vor Aufregung.

Banditenbekämpfung in Ost-Sichuan? Dort war er vor kurzem gewesen und hatte zum ersten Mal davon gehört. Und die Ortsansässigen hatten Liu Jinyuan mit »Politkommissar Liu« angeredet, war er denn …? Konnte es sein, dass Politkommissar

Liu und Liu Jinyuan ein und dieselbe Person waren? Auch die Ortsbezeichnung Pferdemaul-Höhle war gefallen. Ausräuchern mit Pfefferschoten? Mein Gott, das war doch der Schachzug gewesen, den Li Dongshui Liu Jinyuan verraten hatte. Sie hatten sich, als sie davon erzählten, halb totgelacht.

Diese Entdeckung war zu überwältigend. War sein Vater tatsächlich Untergebener von Liu Jinyuan gewesen?

Qinglin rief unverzüglich Liu Xiaochuan an, aber dessen Telefon war ausgeschaltet. So kurz vor dem Neujahrsabend wollte sein Chef vermutlich nicht gestört werden. Er rief an seiner Stelle Liu Xiao'an an, auch dessen Telefon war abgeschaltet. Qinglin fiel plötzlich ein, dass es das erste Neujahrsfest nach dem Tod ihres Vaters war und sie vermutlich einen Moment der Besinnung brauchten. Außerdem ließ sich die Angelegenheit am Telefon schlecht klären, besser, sie zwei Tage später anzusprechen.

1950, Spätsommer (nachgetragen)

Auf die verbissene Tollheit der Banditen sind wir nicht vorbereitet gewesen. An vorderster Front hatten wir ihre Kampfmoral durch konsequente Anwendung der Taktik des »Durchkämmens« mehr oder minder gebrochen. Aber sobald es mit dem Krieg des amerikanischen Imperialismus in Korea losging, verbreitete sich das Gerücht vom Beginn des Dritten Weltkriegs, die Rückeroberung durch die Guomindang würde unmittelbar bevorstehen, und das ließ das Banditentum wieder aufleben.

Vor ein paar Tagen geriet der Trupp für die Getreide-Requirierung in einen Hinterhalt der Banditen. Unglücklicherweise ist der Truppführer gefallen, zwei weibliche Genossinnen wurden schwer verletzt. Kein Arzt in der Nähe, der Kompaniechef hat mich zu ihrer Rettung abgeordnet. Ich habe mich bemüht, die notwendigen ersten Rettungsmaßnahmen durchzuführen, habe sowohl die Methoden westlicher Medizin wie traditionelle chinesische Kräutermedizin angewandt. Unter meiner persönlichen Aufsicht wurden sie ins Lazarett des Militärunterbezirks gebracht. Ich habe den behandelnden Ärzten detailliert die Umstände und den Zustand der Verwundungen geschildert, dann habe ich mich hingelegt. Wir sind die ganze Nacht hindurch im Eiltempo auf Bergpfaden marschiert, ich war so erschöpft, dass ich die Augen nicht mehr offen halten konnte.

Zu meiner Riesenüberraschung wurde ich von Politkommissar Liu aufgeweckt. Es stellte sich heraus, dass es sich bei einer der beiden Frauen um seine Ehefrau handelt. »Du hast mich gerettet und jetzt auch meine Frau, unsere ganze Familie steht tief in deiner Schuld«, hat er zu mir gesagt.

Der Chefarzt hat Politkommissar Liu erzählt, meine Behandlung sei der Situation vollkommen angemessen gewesen. Hätte ich nicht die erforderlichen notärztlichen Maßnahmen ergriffen, hätten die beiden angesichts der Schwere der Verwundung zusätzlich zu dem Geschaukel auf dem nächtlichen Transport kaum überlebt. Ich habe niemandem verraten, dass ich in Shanghai Chirurgie studiert habe. Als Praktikant an der Renji-Klinik bin ich von den Chirurgen häufig gelobt und ausgezeichnet worden. Politkommissar Liu hat dem Chefarzt erklärt, ich sei nur ein volkstümlicher Heilkräuterdoktor, der der Armee beigetreten sei. Aber dem Chefarzt ist nicht entgangen, dass ich eine professionelle Ausbildung genossen habe. Er hat mich zur Seite genommen und bemerkt, dass er nicht glaube, ich verstünde mich nur auf Kräutermedizin. Ob ich nicht Lust hätte, im Krankenhaus zu bleiben, sie hätten extremen Mangel an Fachpersonal. Ich habe etwas gezögert, bin aber schließlich zu dem Schluss gekommen, dass ich als ausgebildeter Arzt diese Fähigkeiten nicht brachliegen lassen sollte, und so habe ich mich einverstanden erklärt. Der Chefarzt hat umgehend

Politkommissar Liu gebeten, mich im Lazarett des Militärunterbezirks zu belassen. Der war sofort einverstanden und hat sogar mehrfach an höherer Stelle interveniert, damit die Versetzung zustande kommt. Ich weiß nicht, wie ich ihm danken soll.

Das Schicksal geht seltsame Wege. Jedenfalls bin ich jetzt Arzt geworden und zu meiner Profession zurückgekehrt. Diese Umwälzung meines Lebens hat sich innerhalb von drei Tagen vollzogen. Ich bin in meine Armee-Einheit zurückgekehrt, habe meine Sachen gepackt und mich dann im Lazarett gemeldet. Der gesamte Zug hat mich begleitet. Sie haben mich sogar mit »Doktor Wu« angesprochen. Ich war unendlich gerührt. Ich habe nur ein halbes Jahr mit ihnen verbracht, aber die Gemeinschaft auf Leben und Tod hat uns zusammengeschweißt.

Weil ich die Krankengeschichte der beiden verwundeten Frauen am besten kenne, hat mich der Chefarzt abgeordnet, ihre Behandlung zu unterstützen. Der Chefarzt hat im Westen studiert und verfügt daher über ausgezeichnete medizinische Kenntnisse. Ich werde viel von ihm lernen können. Er hat mich gefragt, ob ich Parteimitglied sei. Ich habe ihm geantwortet, ich sei es noch nicht, aber Politkommissar Liu, der mich zur Armee gebracht habe, hätte von mir verlangt, ich solle mich bewähren und die Parteimitgliedschaft anstreben. Er sei Parteimitglied, sagte er mir, er sei während des Antijapanischen Krieges der Partei beigetreten. Er hat versprochen, mich auf diesem Weg zu unterstützen.

Die Arbeit im Lazarett ist noch anstrengender als der Dienst in der Armee. In den Pausen zwischen den Kämpfen hat man in der Armee relativ viel Zeit, sich auszuruhen. Hier dagegen ist man ununterbrochen beschäftigt. Aber mir gefällt dieser Zustand, er gibt mir innere Ruhe.

Innerhalb von zehn Tagen ist bei den beiden Frauen eine deutliche Besserung eingetreten. Die Frau von Politkommissar Liu ist sehr direkt und geradeheraus, sie will, dass ich sie mit »Schwester Peng« anrede, alle würden sie so nennen. Die andere heißt Xiao Yan, die kleine Yan, sie ist Absolventin einer pädagogischen Hochschule, auch sie ist großherzig und angenehm im Umgang. Womöglich weil sie mir ihre Rettung verdanken, haben wir uns sehr rasch angefreundet, unsere Gefühle füreinander sind herzlicher als zu anderen Menschen. Wenn es ihnen wieder besser geht, werden wir richtig Freundschaft schließen. Es ist eine spezielle Art von Freundschaft, ihr Fundament ist die Erfahrung von Leben und Tod.

Die Verwundung von Xiao Yan ist noch ernsthafter als die von Schwester Peng. Sie wurde von drei Kugeln getroffen, eine hat ihre Lunge gestreift, eine hat ihr Schulterblatt durchschlagen, die dritte ihren Oberschenkel und den Knochen verletzt.

Am Tag, als Schwester Peng aus dem Lazarett entlassen wurde, konnte Xiao Yan noch nicht aufstehen. Ich wollte sie zum Eingang tragen, aber sobald sie sich auch nur ein bisschen bewegte, hatte sie starke Schmerzen. Schwester Peng wollte um keinen Preis, dass sie aufsteht. Beide haben beim Abschied geweint.

Xiao Yan gehört zu den Menschen, die nicht stillhalten können. Seit sie das Bett verlassen hat, humpelt sie durch das Lazarett und legt mit Hand an. Wenn sie Zeit hat, bringt sie den Verwundeten Lesen und Schreiben bei. Eine liebenswerte junge Frau.

Ich spüre in mir ein seltsames Gefühl. Wenn ich zu den Kranken gehe und Xiao Yan nicht finde, fühle ich mich irgendwie verloren. Ist das Liebe?

Wir haben uns tatsächlich ineinander verliebt, ich muss dem Himmel danken. Ich habe immer geglaubt, ich sei unfähig, mich zu verlieben. Aber wenn dieses Mädchen ganz ohne Absicht neben mir fröhlich lacht und singt, geht mir das ans Herz. Sie ist vier Jahre jünger als ich und kommt aus Chengdu. Und mein Gefühl sagt mir, dass sie sich schon eher in mich verliebt hat als ich mich in sie.

Ich war immer davon überzeugt, dass es in meinem Leben nie wieder wirkliche Freude noch Glück geben kann. Aber seit Xiao Yan in mein Leben getreten ist, weiß ich, dass ich zu beidem fähig bin.

Gestern Nacht habe ich sie in meinen Armen gehalten. Wir haben uns geküsst. So vom Glück überrannt zu werden macht einem ein bisschen Angst. Sie hat mir gesagt, dass auch sie sich absolut glücklich fühlt. Will mich der Himmel für meine Verluste entschädigen?

Die Banditen fliehen in alle Richtungen. Die Armee rückt auf die Grenze der Provinz Guizhou vor.

November

Die Banditen von Ost-Sichuan sind praktisch ausgerottet. Es herrscht endlich Sicherheit. Aber Politkommissar Liu ist mit seiner Einheit nach Norden abkommandiert worden, nach Korea. Keine Ahnung, wann wir uns wiedersehen. Bei seinem Abmarsch haben Xiao Yan und ich ihn begleitet. Er hat uns beauftragt, uns gut um Schwester Peng zu kümmern, und hinzugefügt, dass er uns bitte, seiner Frau und dem Kind zu helfen, sollte er an der Front fallen. Ihr Sohn ist ungefähr drei Jahre alt.

Als er das sagte, hätte ich beinahe geweint, und Xiao Yan hat einfach drauflosgeheult. Er ist der großartigste und selbstloseste Kommunist, den ich je getroffen habe.

Als Politkommissar Liu uns in dieser Verfassung sah, hat er sofort losgelacht und gesagt, er sei unverwüstlich, ihm könne nichts zustoßen. Wenn ich zurückkomme, werde ich euer Trauzeuge. »Unbedingt!«, haben wir gesagt. »Wir warten auf jeden Fall mit der Trauung auf Ihre Rückkehr.«

Qinglin war tief gerührt, als er das las. Zugleich war er jedoch etwas enttäuscht zu erfahren, dass nicht Mutter seine erste große Liebe gewesen war. Doch er erinnerte sich, dass seine Mutter davon gesprochen hatte, dass sie Anfang der sechziger Jahre geheiratet hätten. Sein Vater war ein attraktiver Mann, dazu ein Arzt. Nur ein Arrangement seiner Eltern oder die Beauftragung eines Heiratsvermittlers hätten ihn zur damaligen Zeit dazu gebracht, sich für eine Frau ohne Bildung, wie seine Mutter, zu entscheiden. Selbst jetzt kam Qinglin diese Entscheidung etwas ungewöhnlich vor.

Auch dieser lange Eintrag enthielt keine Datumsangaben. Er war ebenfalls mit Unterbrechungen geschrieben worden. Einige der Zeiträume zwischen den Abschnitten mussten lang gewesen sein.

47. Kapitel

Es war bereits sehr spät. Qinglin war schläfrig geworden, weiterlesen konnte er morgen. Aber gerade als er das Notizheft zuklappen wollte, entdeckte er seinen eigenen Namen. Aus dem Gewirr der manchmal mit Füller, manchmal mit Bleistift geschriebenen

Zeichen sprangen ihm plötzlich die beiden Zeichen »Qing Lin« entgegen und bohrten sich wie zwei Nägel in seine Pupillen. Mit einem Schlag war seine Schläfrigkeit wie weggewischt. »Was sollte das bedeuten?«, ging es ihm durch den Kopf. Zwischen dem Eintrag und seiner Geburt lagen noch über zehn Jahre, wieso tauchte sein Name auf?

1952, Frühling

Frühlingsanfang, aber es ist noch immer kalt. Xiao Yan ist noch nicht vom Besuch ihrer Eltern aus Chengdu zurückgekommen. Vor ihrer Abreise hat sie gesagt, sie würde ihren Eltern über unsere Angelegenheit Bescheid geben. Ich habe ihr gesagt, wenn ihre Eltern einverstanden seien, könnten wir uns doch schon mal verloben. Sie hat mich ausgelacht, weil ich es so eilig hätte, aber sie hat es mir versprochen. Herr im Himmel!

Der Moment, als sie ging, hat mir einen Stich im Herzen versetzt. Ich kann den ganzen Tag an nichts anderes denken als an sie.

Meine Gefühle für sie werden von Tag zu Tag intensiver. Sie einen Tag lang nicht zu sehen bedeutet Folter für mich.

Gegenwärtig werden wir Ärzte zu Behandlungen der Bewohner in die Dörfer geschickt. Die Einheimischen sind über unser Kommen überaus erfreut. In jedem Dorf, das wir besuchen, stellt man uns für unsere Unterbringung die besten Räume bereit. Heute regnet es, gegen Abend tragen ein paar Dörfler eine Patientin herbei. Sie atmet nahezu nicht mehr. Die Dorfbewohner erzählen, man habe sie aus dem Yonggu-Fluss gefischt. Niemand wisse, wer sie sei, es habe den Anschein, als sei sie noch am Leben. Sie hätten befürchtet, sie würde den Transport in die Kreisstadt nicht überleben, deshalb hätte man sie hierhergebracht.

Ich habe sofort notärztliche Maßnahmen zu ihrer Rettung durchgeführt. Sie hatte am ganzen Körper Wunden, viele der Fleischwunden klafften offen, wahrscheinlich die Folge von Stößen gegen die Klippen. Frakturen an den Beinen. Sie war die ganze Zeit über bewusstlos, von Zeit zu Zeit stieß sie das Wort »Dingzi« hervor. Nach Abschluss der notärztlichen Behandlung kam ich zu dem Ergebnis, dass ihre Verwundungen so gravierend sind, dass sie ins Krankenhaus zurücktransportiert werden muss, ansonsten bestünde wenig Hoffnung. Ich telefonierte daher mit dem Chefarzt und bat um Weisung, es gelang uns, einen Wagen aufzutreiben, und sie wurde in derselben Nacht ins Krankenhaus geschafft.

Ich habe keine Ahnung, wer sie ist und woher sie kommt, daher trage ich »Namenlos« in die Spalte des Formulars ein. Während ich schreibe, kommt mir schockartig zu Bewusstsein, dass dieser Eintrag einem Teil meines Namens entspricht.

Xiao Yan ist endlich zurück und bringt die Einwilligung ihrer Eltern mit. Ich bin fast verrückt vor Freude. Ich gehöre jetzt wieder zu einer Familie. Wir beschließen, uns am Nationalfeiertag zu verloben.

Was für eine wunderbare Zukunft. Ich werde wieder ein Zuhause haben. Wenn wir dereinst Kinder bekommen, werde ich die Tochter Puzhen nennen, und wenn es ein Sohn wird, soll er Qinglin heißen. Jeweils zusammengesetzt aus einem Zeichen von Vaters Namen »Puqing« und einem aus Mutters Namen »Zhenlin«. Vater, Mutter, das ist die einzige Art und Weise, womit ich an euch beide erinnern kann.

Daher also stammt mein Name, dachte Qinglin. Weder Vater noch Mutter haben mir das je erklärt. Ich war noch klein – solange Vater am Leben war, kam das Thema vermutlich nie zur

Sprache. Und Mutter hat nur gesagt, Vater hat den Namen ausgesucht. Qinglin hatte seinen Namen immer gemocht, er empfand ihn als sehr poetisch, aber er hatte nie nach seinem Ursprung gefragt.

Jetzt erfuhr er, dass sein Namen stellvertretend für seine Großeltern stand. Ein Ausdruck tiefer Sehnsucht und Erinnerung seines Vaters. »Mein Großvater hieß also Dong Puqing und meine Großmutter Zhenlin.« Qinglin, für den eine Sippe zu haben nie eine Dimension gewesen war, in der er denken konnte, hatte plötzlich das Gefühl einer Zugehörigkeit von Fleisch und Blut, zu einem Ort und einer Gruppe von Menschen, die tief in der Geschichte verwurzelt war. Wie eine eigene Ader, die mit einem gewaltigen unsichtbaren und unberührbaren System verbunden war. Die Adern und Venen öffneten sich, und das Blut begann darin zu fließen.

Qinglin spürte, wie das Blut heftig in ihm zirkulierte. Er schlug die letzte Seite auf.

Der Eintrag stammte noch immer aus dem Frühjahr des Jahres 1952. Und darin tauchte der Name der Mutter auf. Er erkannte, dass er sich der Lösung des Rätsels näherte.

Ich habe Doktor Jiang gebeten, mich zu vertreten, und habe mich mit Xiao Yan auf den Weg zu Schwester Peng gemacht. Wir sind annähernd fünfzehn Kilometer gelaufen.

Wir haben Schwester Peng erzählt, dass wir uns im Herbst verloben wollen. Mit der Heirat werden wir warten, bis der Politkommissar aus Korea zurückkommt. Schwester Peng hat sich sehr gefreut und versprochen, alles bestens zu arrangieren. Politkommissar Liu hat mich hierhergebracht, und Xiao Yan und Schwester Peng sind durch die Erfahrung gemeinsam erlebter Lebensgefahr tief miteinander verbunden. Sie können nahezu als unsere Verwandten gelten.

Schwester Peng hat erzählt, ein vor wenigen Tagen aus Korea zurückgekehrter Genosse habe ihr einen Brief des Politkommissars mitgebracht, worin steht, dass es ihm gut geht. Das Leben sei zwar hart, aber er sei unverwundet.

Über diese Nachricht haben wir uns gefreut.

Schwester Peng hat mich gefragt, ob ich nicht meinen Vater aus den Bergen zur Hochzeit einladen möchte. Ich bin etwas zusammengezuckt, bis mir einfiel, dass sie wohl Großvater Wu gemeint hat, und habe gesagt, dass der Weg für ihn zu weit und anstrengend und ich im Krankenhaus unabkömmlich sei. Ich würde mir Sorgen machen, den alten Herrn allein auf eine solche Reise zu schicken. Ich würde ihn lieber nach der Hochzeit gemeinsam mit Xiao Yan besuchen. Schwester Peng findet das vernünftig.

Wo Großvater Wu jetzt wohl ist? Immer noch in den Bergen? Ich denke oft an ihn. Eine Adresse gibt es nicht, ich kenne auch niemanden, der ihn kennt, nicht einmal einen Brief kann ich ihm zukommen lassen. Nach der Hochzeit müssen wir eine Gelegenheit finden, einmal zu ihm in die Berge zu gehen. Wo wäre ich heute ohne ihn?! Ich muss den alten Herrn unbedingt besuchen. Ich bin es ihm schuldig, ihn bis ans Lebensende zu versorgen.

Gestern bei der Rückkehr von Schwester Peng ins Krankenhaus traf ich ein paar Dörfler, die eine hölzerne Bahre auf einen Pferdewagen luden. Als ich nachfragte, sagten sie, dass die namenlose Frau, die sie gerettet haben, gestorben sei.

Der Chefarzt hatte mir bereits mitgeteilt, er gehe davon aus, dass sie nicht durchhalte. Daher war ich über die Nachricht nicht sonderlich überrascht. Aber ich bin trotzdem zu ihr hingegangen und habe sie noch einmal gründlich untersucht. Dabei hatte ich plötz-

lich den Eindruck, dass ihre Finger leicht zitterten. Dieses winzige Flattern ließ mich erkennen, dass noch Spuren von Leben in ihr waren. »Sie muss hierbleiben«, habe ich gesagt, »sie lebt noch.«

Sie hat tatsächlich überlebt. Was für ein riesiges Glück! Schwester He hat mir gesagt, sie hätte mitten in der Nacht leicht geseufzt, am Morgen habe sie ein Flattern ihrer Augenlider bemerkt. Nahezu vierzehn Tage war sie seit ihrer Einlieferung ins Krankenhaus bewusstlos.

Die äußeren Wunden sind inzwischen vernarbt, aber die gebrochenen Beine sind noch im Gips. Als sie aus dem Koma erwachte, hat sie höchst erstaunt und verängstigt um sich geblickt. Auf Fragen, die ihr gestellt werden, reagiert sie mit verwirrtem und leerem Gesichtsausdruck. Schwester He erzählt, dass sie auf alle ihre Fragen, aus welchem Dorf sie stamme, wie alt sie sei, wie sie heiße, immer nur antwortet, sie wisse es nicht.

Offensichtlich ein Fall von Amnesie. Aufgrund ihrer Aussprache vermutet man, dass sie hier aus der Gegend stammt.

Heute im Krankenhaus wüstes Geschrei. Wie ich schnell herausfinde, kommt es aus dem Krankenzimmer der Frau ohne Namen. Offenbar haben ein paar Mitpatienten erfahren, dass sie unter Amnesie leidet. Sie erzählen ihr, dass sie aus dem Yonggu-Fluss herausgefischt wurde, und verlangen, dass sie ihre Erinnerung vom Moment des dahinrauschenden Flusswassers an in Gang setzen soll, mit dem Ergebnis, dass sie nach einigen Minuten intensiven Nachdenkens kollabiert. Die schrillen Schreie, die sie von sich gibt, versetzen die Anwesenden in Furcht und Schrecken. Ich verpasse ihr eine Beruhigungsspritze und verbiete allen, sie weiter zu bedrängen. Um die Erinnerung an das Vergangene wachzurufen, benötigt sie vermutlich noch Zeit.

Am Nachmittag schreibe ich den Krankenbericht für Frau Namenlos. Was immer man sie fragt, sie kann sich an nichts erinnern. Ein einziger Satz von mir, ob sie sich wirklich an gar nichts erinnern könne, ruft sofort einen Ausdruck von Panik auf ihrem Gesicht hervor. Ihr geistiger Zustand ist bemitleidenswert.

Wie auch immer, man muss für sie einen Namen finden. Ich erinnere mich, dass sie während des Komas immer wieder das Wort »Dingzi« gerufen hat. Vielleicht sind diese beiden Silben für sie von extrem wichtiger Bedeutung. Das wäre in gewisser Weise eine Verbindung zu ihrer Vergangenheit. Daher schlage ich ihr vor, die beiden Silben für ihren Namen zu verwenden. Sie nickt. Vor dem Fenster steht der Pfirsichbaum gerade in voller Blüte. Ich notiere die drei Zeichen Ding Zitao und mache ihr den Vorschlag, sie als Namen zu verwenden, bis ihr der richtige Name wieder einfällt. Sie nickt erneut.*

Sie spricht wenig, aber in ihren Augen spiegelt sich eine seltsame, sehr tiefe, sehr schwere Trauer. Ihre Amnesie rührt anscheinend von einem starken erlittenen Trauma her. Ist es das Gewicht dieses Traumas, das sie instinktiv jede Erinnerung an Vergangenes verweigern lässt? Sollte das der Fall sein, finde ich sie wirklich bewundernswert.

Am Abend hat Xiao Yan zu tun, und auch ich habe Dienst im Krankenhaus. Beim Durchsehen des Krankenberichtes von Ding Zitao überkommt mich plötzlich ein merkwürdiger Gedanke. Bei genauer Betrachtung ihrer Handflächen, ihrer Fußsohlen, ihrer Haut und der Beschaffenheit ihres Haares drängt sich der Eindruck auf, dass sie nicht aus einer armen Familie stammt. Sogar

* Tao (桃) bedeutet »Pfirsich«.

ihre Fingernägel sind äußerst gepflegt. Was für eine Person ist sie also?

In dieser Gegend führt man gerade die Bodenreform durch, hat es etwa ...?

Wenn ich ihren Blick vor mir sehe, bohrt er sich wie ein geschliffenes Messer in mein Inneres und lässt einen lange verborgenen Schmerz in mir aufsteigen. Ist sie denn auch von der Welt verstoßen in einen Abgrund gestürzt, eine Leidensgefährtin?

Qinglin wurde durch diesen Auftritt seiner Mutter tief erschüttert. Auf diese Art und Weise also hatten sich Vater und Mutter kennengelernt. Sie war tatsächlich einmal knapp dem Tod entronnen! Sie hatte wirklich ihr Gedächtnis verloren. In diesem Moment begriff er erstmals, warum sein Vater ihm, als er noch klein war, eingeschärft hatte, er müsse sich später unbedingt gut um sie kümmern, sie habe schwer gelitten und sei anders als andere Menschen.

Aber was hatte Vaters »hat es etwa ...?« zu bedeuten?

Was war die Ursache für Vaters und Mutters außergewöhnliches Schicksal, welche Geschehnisse haben es in Gang gesetzt? Geschehnisse, die sie halb bewusst, halb unbewusst derart tief in ihrem Inneren verbargen, dass anscheinend niemand dazu Zugang hatte.

In diesem Moment tauchten plötzlich die drei Zeichen der »Strohhütte des Ertragens« in seinem Gedächtnis auf. Laut Vaters Aufzeichnungen stammte Mutter tatsächlich aus Ost-Sichuan. Welche Bedeutung hatte dieser Ort für sie, die »Strohhütte des Ertragens«? War das ihr Zuhause gewesen? Die Familie, die dort wohnte, hieß Hu, der Großgrundbesitzer Hu hatte Bücher und Bilder gesammelt, und seine Mutter hatte davon gesprochen, dass ihr Vater häufig »Guiguzi steigt vom Berg herab« gemalt hatte. Steckte dahinter mehr als ein merkwürdiges zufälliges Zusammentreffen?

Qinglin sprang erneut auf.

48. Kapitel

Qinglin spürte, wie ihn Furcht ergriff. Furcht vor der Lebensgeschichte seiner Eltern. Lebenswege voll derartiger Wendungen und Brüche entzogen sich seiner Vorstellungskraft. Noch unvorstellbarer war für ihn, dass sie diese Erfahrungen so tief in sich begraben konnten, dass niemand auf der Welt je irgendetwas davon erfuhr. Als hätten sie die erste Hälfte ihres Lebens unter den Trivialitäten des Alltags verborgen, und dieses Verbergen deutete darauf hin, dass sie gegenüber allen Mitmenschen eine ständige, tiefe Angst empfanden.

Wie einsam und zerbrechlich mussten Individuen gewesen sein, die in einer vom ständigen Wechsel zwischen Hitze und Kälte gezeichneten Epoche lebten. Jeder Windhauch einer solchen Epoche konnte das Boot ihres Daseins zum Kentern bringen.

Er hatte es eilig, das Tagebuch des Vaters zu Ende zu lesen.

1952, Sommer

Politkommissar Liu ist nun doch schwer verwundet zurück nach Hause transportiert worden. Zum Glück ist seine Verwundung aber nicht mehr lebensgefährlich. Allerdings ist er durch seine vielen alten und die jetzt hinzugekommenen Verletzungen in seiner Vitalität stark eingeschränkt. Er muss jetzt über längere Zeit vor allem auf seine Erholung achten. Ich habe ihm einen Sud aus Ginseng, Mongolischem Trabant, Yamswurzel und diversen Heilkräutern gebraut, der seine Lebensenergie kräftigen soll. Er sagt, er fühle sich innerlich wie äußerlich wohler, wenn er ihn getrunken hat. Das lässt mich aufatmen.

Xiao Yan kam heute ins Krankenhaus, während ich Visite machte. Gerade war ein Soldat mit starken Magenschmerzen eingeliefert worden. Ich diagnostiziere eine Blinddarmentzündung. Nachdem der Chefarzt die Diagnose bestätigt hat, beschließen wir, ihn am Nachmittag zu operieren. Xiao Yan verbringt die Zeit lesend in meinem Büro. Anschließend essen wir gemeinsam zu Mittag. Sie erzählt, dass wir keine Bettlaken mehr kaufen müssen, ihre Kolleginnen planten, uns ein ganzes Set zu schenken. Sie wird beim Erzählen rot. Das macht sie noch liebenswerter.

Beim Fortgehen lässt Xiao Yan den Traum der roten Kammer, *ihr Lieblingsbuch, im Büro liegen.*

Als ich am Nachmittag nach der Operation ins Büro zurückkehre, finde ich dort zu meiner Überraschung Ding Zitao vor. Sie steht neben meinem Schreibtisch, blättert im Roman und murmelt dabei »Daiyu«. Ich bin völlig konsterniert. Ist sie denn in der Lage, dieses Buch zu lesen und zu verstehen?

Als sie mich wahrnimmt, legt sie das Buch eilig auf den Tisch zurück.

Ich überlege einen Moment, dann sage ich bestimmt und mit Nachdruck: »Das Beste für dich wird sein, niemanden wissen zu lassen, dass du lesen kannst.« Sie blickt mich verwirrt an und reagiert mit einer Bewegung, die sich sowohl als Kopfnicken wie als Kopfschütteln deuten lässt. »Ich will damit nur andeuten«, sage ich, »dass hier im Krankenhaus viel gequatscht wird, du solltest keinen Stoff für Gerede liefern. Niemand weiß, woher du kommst. Das führt leicht zu allerlei Spekulationen.«

Diesmal nickt sie energisch.

Ich frage sie, was sie zu mir geführt hat. Sie sagt, dass sie jetzt wieder einigermaßen auf den Beinen ist und im Krankenhaus helfen möchte.

Ich verspreche es ihr. Aber als sie fort ist, überkommt mich ein heftiges Herzklopfen.

Diese Frau ist in der Lage, den Traum der roten Kammer *zu lesen. Wer ist sie? Gerade heute hat der Chefarzt mich ausdrücklich darauf hingewiesen, dass wir entweder ihren Hintergrund herausfinden oder sie einer staatlichen Verwahranstalt übergeben müssen. Soll ich ihn über meine Vermutungen informieren? Aber wohin würde das führen?*

Ich bin ein wenig durcheinander. Ein mysteriöses Gefühl sagt mir, dass wir womöglich Ähnliches durchgemacht haben.

Ich veranlasse, dass Ding Zitao übergangsweise in der Versorgungsabteilung aushilft. Von einigen Schwestern höre ich, dass sie fleißig und gewissenhaft arbeite. Sie sei jedoch sehr wortkarg, gehe Kontakten zu anderen aus dem Weg und sei eigenbrötlerisch. Sie unternehme keine Anstrengungen, ideologische Fortschritte zu machen, und sei überhaupt sehr eigenartig. Solche Leute mit unklarer Herkunft solle man besser aus dem Krankenhaus entfernen.

Als ich das höre, werde ich unruhig.

Am Nachmittag treffe ich Schwester Peng, die ihren Sohn zur Untersuchung bringt. Sie wirkt blass und erschöpft und erzählt, dass ihr Kindermädchen nach Hause zurückgekehrt ist und sich noch kein neues gefunden hat. Ihr Mann sei auch noch pflegebedürftig. Sie fühle sich ein wenig überfordert.

Wenig später schießt mir plötzlich eine Idee durch den Kopf. Statt Ding Zitao im Krankenhaus Hilfsdienste verrichten zu lassen, sollte sie besser im Haushalt der Familie von Politkommissar Liu aushelfen. Bei der Familie Liu zu sein wäre für sie sicherlich besser, als im Krankenhaus zu bleiben. Daher rufe ich vom Büro aus unverzüglich Politkommissar Liu an und sage ihm, dass ich heute Schwester Peng getroffen habe, die mir einen erschöpften Eindruck gemacht hätte. Sie bräuchte dringend Unterstützung durch eine Hausangestellte. Politkommissar Liu erklärt mir, dass ihm das gerade die größten Sorgen mache. Sie hätten einen Ersatz gefunden, aber Schwester Peng konnte die Neue wegen ihrer Geschwätzigkeit nicht ertragen, sie habe alles in der Nachbarschaft herumgetratscht, nach zwei Tagen habe man sie entlassen. Ich sage ihm, wir hätten hier eine geeignete Person, die auf der Suche nach Arbeit sei. Ihre Stärken seien Gewissenhaftigkeit und Sauberkeit, außerdem sei sie alles andere als geschwätzig. Genau so jemanden suchen wir, jemanden der nicht zu viel redet. »Ich würde sie Ihnen zur Probe ins Haus schicken«, sagte ich. Wenn sie sich als ungeeignet erweisen würde, müsse man eben noch einmal wechseln. Politkommissar Liu war einverstanden.

Am Nachmittag habe ich Ding Zitao angeboten, im Hause Liu auszuhelfen. Ich habe ihr deutlich zu verstehen gegeben, dass die Arbeit in der Familie Liu ihr Leben vereinfachen würde, niemand würde mehr nach ihrer Herkunft fragen. Sie sah mich zweifelnd an, als müsse sie darüber nachdenken. »Wenn du dich gut anstellst, kannst du dort für lange Zeit bleiben«, sagte ich. »Politkommissar Liu und Schwester Peng werden dich schützen.« In ihrem Blick spiegelten sich nach wie vor Unentschlossenheit und

Zweifel. Aber sie nickte zum Einverständnis. »Wenn Sie es für richtig halten«, sagte sie.

Ich war sehr erleichtert. Wenn ich mich nicht geirrt habe, ist sie so am besten geschützt.

Qinglin verschlug es die Sprache.

Klar ist, dachte er, dass der Politkommissar Liu und Liu Jinyuan ein und dieselbe Person sind. Dann müssten ja auch Liu Xiao'an und Liu Xiaochuan Mutter kennen. Und sie hat in der Familie Liu diese Rolle gespielt.

Dass Mutter als Kindermädchen für andere gearbeitet hatte, war ein ständiger Stachel im Fleisch Qinglins. Aber ihm war klar gewesen, dass sie als ungebildete Frau ohne das Einkommen ihres Mannes sich und die Familie nur als Kindermädchen über Wasser halten konnte. Er war allerdings immer davon ausgegangen, dass nur der Druck der Umstände sie nach Vaters Tod genötigt hatte, sich in anderen Familien als Kindermädchen zu verdingen. Und nun erfuhr er zu seiner Überraschung, dass sie bereits in jüngeren Jahren in fremden Haushalten gearbeitet hatte. Was bedeutete, dass sie praktisch ihr Leben lang als Kindermädchen gearbeitet hatte.

An einen Vorgesetzten seines Vaters namens Liu konnte er sich schwach erinnern. Als Kind hatte Vater ihn gelegentlich in dessen Wohnung mitgenommen, wo sie zusammengesessen und sich unterhalten hatten. Die Wohnung der Familie Liu lag in der Nähe des Hongshan-Parks. Das darin gelegene Märtyrergrab Shi Yangs hatte großen Eindruck auf Qinglin gemacht. Auf den Stufen davor sitzend hatte ihm der Vater die Geschichte von Shi Yang und Lin Xiangqian* erzählt. Damals erfuhr er zum ersten

* Shi Yang (1889–1923), Ling Xiangqian (1892–1923), kommunistische Aktivisten, die 1923 als Führer eines Eisenbahnerstreiks in Wuhan hingerichtet wurden

Mal, dass es Menschen gab, die man Rechtsanwälte nannte. Sie halfen guten ebenso wie bösen Menschen. Sie behandelten deren Fälle von einem anderen Standpunkt aus.

Mit Vaters Tod riss der Kontakt zur Familie Liu völlig ab. Qinglin hatte keine Ahnung gehabt, dass seine Mutter als Kindermädchen dort gearbeitet hatte. Noch weniger wäre er auf die Idee gekommen, seinen Vater mit Liu Jinyuan in Verbindung zu bringen.

Jetzt wusste er, wer ihm über die damaligen Umstände seiner Eltern hätte Auskunft geben können. Aber ausgerechnet diese Person war vor kurzem gestorben.

Qinglin war von schmerzlicher Reue erfüllt, dass er die Aufzeichnungen seines Vaters nicht schon eher gelesen hatte. Zwei Jahre hatten sie bei ihm herumgelegen, ohne dass er einen Blick hineingeworfen hatte. Wie viel hätte er von Liu Jinyuan erfahren können, als sie sich gemeinsam in Ost-Sichuan aufgehalten hatten, wenn er sich früher die Mühe gemacht hätte, sie durchzulesen. Unbedacht war er an einer der wichtigsten Personen im Leben seines Vaters vorübergegangen.

49. Kapitel

Qinglin setzte seine Lektüre des schwer leserlichen Tagebuchs seines Vaters fort. Viele Einträge bezogen sich auf seine Arbeit im Krankenhaus, auf Patienten, auf politische Kampagnen oder auf Dinge, die seine frühere Ehefrau betrafen. Er überflog sie, ohne ihnen besondere Aufmerksamkeit zu schenken. Er las, dass Xiao Yan, seine erste Frau, im Winter 1960 an einer durch eine schwere Erkältung ausgelösten und zu spät behandelten Lungenentzündung, die auch ihre erlittene Verwundung wieder hatte aufbrechen lassen, gestorben war. Ihre Ehe war kinderlos geblieben.

Sein Vater wurde 1963 nach Wuhan versetzt. Er arbeitete zunächst an der Akademie für Chinesische Medizin, später wechselte er auf eigenen Wunsch wieder in ein Krankenhaus. Immer wieder wurden ihm Ehekandidatinnen vorgestellt, mit dreien hatte er sich getroffen, aber keine entsprach seinen Wünschen. Zur erneuten Begegnung mit Mutter kam es bei einem Besuch bei seinem ehemaligen Vorgesetzten, dem Politkommissar Liu.

Diesen Teil des Tagebuchs verfolgte Qinglin erneut mit gespannter Aufmerksamkeit.

1963, Sommer

Mit Mühe eine Ruhepause erhalten. Nehme mir die Zeit, Politkommissar Liu und Schwester Peng zu besuchen. Kaum voraussehbar, dass wir wieder in derselben Stadt leben. Kommt mir vor, als hätte ich Verwandte wiedergefunden.

Unerwartetes Wiedersehen mit Ding Zitao, der Frau, die aus dem Yonggu-Fluss gerettet wurde. Mehr als zehn Jahre ist das her, und sie ist noch immer Haushälterin in der Familie Liu. Bei ihrem Anblick überkommt mich wider Willen Herzklopfen. Angesichts ihres ruhigen Lebens und der Tatsache, dass sich niemand für ihre Herkunft interessiert, habe ich das Gefühl, damals das Richtige getan zu haben. Grob gerechnet muss sie jetzt gut in den Dreißigern sein.

Ich habe Politkommissar Liu und Schwester Peng von Xiao Yans Ableben unterrichtet, und sie trauern mit mir. Aber noch mehr sorgen sie sich um mein gegenwärtiges Leben. Politkommissar Liu drängt Ding Zitao, mit mir eine neue Familie zu gründen. Auch wenn dieses Vorgehen die Antragsordnung auf den Kopf stellt, bringt es mein Herz zum Schlagen. Ich weiß nicht, warum, aber ich hatte immer das Gefühl, dass zwischen ihr und mir eine geheimnisvolle Verbindung besteht. Außerdem bin ich vermutlich der Einzige auf der Welt, der sich an sie erinnert, der weiß, dass ihre Herkunft im Dunkeln liegt und sie Schweres durchgemacht hat.

Nachts beim Einschlafen tanzt Ding Zitaos Gesicht ständig vor meinen Augen. Erneut muss ich daran denken, dass wir Leidensgenossen sind, beide von der Welt Verstoßene. Sie steht ganz allein auf der Welt, und ist es nicht mit mir ebenso? Tags darauf rufe ich Politkommissar Liu an und sage ihm, dass ich unbedingt eine Familie haben und gerne Ding Zitao heiraten will.

1963, Herbst

Nationalfeiertag, wir haben geheiratet. Eine schlichte Hochzeitsfeier, nur ein gemeinsames Essen mit der Familie Liu. Ding Zitao war sehr ruhig und gelöst, als sie mit mir fortging. Ich weiß, dass sie mich mag. Das stimmt mich fröhlich. Für mich ist entscheidend, dass ich dieser bedauernswerten Frau das Gefühl von Zuneigung und Sicherheit geben muss, sie schützen muss wie mich selbst.

Als wir die Wohnung betreten, fragt sie mich, warum ich sie heiraten wollte. Ich würde mir um sie Sorgen machen, wenn sie jemand anderen geheiratet hätte, antworte ich. Anscheinend hat sie verstanden, was ich meine, sie überlegt einen Moment, dann sagt sie, auch sie würde sich Sorgen um sich machen, wenn sie einen anderen geheiratet hätte. Diese Antwort zeigt mir, wie ungewöhnlich klug sie ist. Ich sage ihr, von heute an hätten wir beide einen Menschen, der uns nahestünde.

Aber sie ist von einer seltsamen Furcht besessen. Ich habe keine Ahnung, woher sie rührt. Die ganze Nacht hindurch lässt sie diese

Furcht nicht los, gleichgültig wie sehr ich sie tröste und beruhige. Mit Xiao Yan habe ich Vergleichbares nicht erlebt. Offen gestanden, war ich innerlich bereits auf alles Mögliche vorbereitet. Ich muss sie so akzeptieren, wie sie ist. Sie lieben und schützen.

Am nächsten Morgen stehen wir früh auf, Ding Zitao bereitet das Frühstück. Sie ist eine erstklassige Köchin. Ich sage ihr, dass wir mit dem heutigen Tag unser brandneues Leben beginnen. Alles ist gut und wird von Tag zu Tag besser.

Ihre Panikattacken haben sich erkennbar gemildert. Hatte sie Angst davor, dass ich entdecken würde, dass sie keine Jungfrau mehr ist? Damit hatte ich auch nicht gerechnet. Dass sie in den Fluss gefallen ist, mag ein Zufall gewesen sein, aber ihre Erinnerungsverweigerung hat mit Sicherheit eine Ursache. Alles, was ihre Erinnerung heraufbeschwört, bereitet ihr unendliche Qualen. Die Ärzte vermuten, dass eine extreme traumatische Erfahrung zu ihrem Erinnerungsverlust geführt hat. Sie sperrt instinktiv die Vergangenheit aus ihrem Gedächtnis aus. Niemand weiß, was letztlich passiert ist. Vielleicht wurde sie vergewaltigt und ist in den Fluss gesprungen, um Selbstmord zu begehen. Oder hatte sie ein illegitimes Verhältnis und wurde von der Sippe mit aller Härte bestraft? Es gibt aber auch die Möglichkeit, dass sie wie ich nicht die einzige Überlebende sein wollte.

Keine Ahnung.

1964, Frühling

Zitao eröffnet mir, dass sie schwanger ist. Mein Gott, niemand kann sich vorstellen, welche Bedeutung diese Nachricht für mich besitzt. Papa, Mama, die Familie Dong hat einen Nachkommen. Aber geliebte Eltern, ich muss euch um Verzeihung bitten, das

Kind wird nicht euren Namen tragen. Von der Blutsverwandtschaft abgesehen, wird er in Zukunft nichts mit der Familie Dong zu tun haben. Ich werde ihm, auch wenn er erwachsen ist, um keinen Preis verraten, wo seine Heimat liegt. Und er wird nie meinen ursprünglichen Familiennamen tragen. Ich hoffe, er wird nie im Leben etwas darüber erfahren. Er stammt aus Wuhan, er heißt Wu, das muss genügen. Je unbelasteter seine Erinnerung, desto unbeschwerter sein Leben.

Zitaos Bauch rundet sich bereits. Aber ihre Depression ist noch ernsthafter als damals bei unserer Hochzeit. Den ganzen Tag ist sie von Misstrauen gepeinigt, ständig hat sie das Gefühl, von Dämonen verfolgt zu werden. In meiner Verzweiflung habe ich sie zu einem Psychiater gebracht. Auch der sagt, es handle sich um Nachwirkungen eines Traumas, das sie vor dem Erinnerungsverlust erlitten habe. Dieses Trauma sei die Ursache ihrer Qualen. Aussicht auf Heilung bestünde, wenn sie in der Lage wäre, sich zu erinnern. Aber Zitao weigert sich. Ich habe nicht den Mut, sie zu drängen, womöglich ist das, was dabei zum Vorschein kommt, für sie noch unerträglicher. Ich habe daher beschlossen, den Dingen ihren Lauf zu lassen.

Jeden Tag nehme ich Zitao auf einen Spaziergang zur Kirche mit. Vor der Statue der Madonna von Lourdes fragt sie mich, wer das ist. Genau die gleiche Frage hätten damals die Leute an sie gerichtet: »Wer bist du?«, hätten sie gefragt. »Ich bin die von der Erbsünde Unbefleckte«, soll sie geantwortet haben. Zitao hat nicht verstanden, was das bedeuten soll. Ich habe versucht, ihr die Geschichte zu erklären, und ihr die dazugehörigen Zeichen in die Handfläche gekritzelt. Sie hat mich gefragt, was sie bedeuten. »Na, eben frei von der Erbsünde«, habe ich gesagt und ihr dann erklärt, sie und ich wären auf dieser Welt ohne Erbsünde. Sie hat wohl nach wie vor nicht recht begriffen, wovon ich rede, aber sie hat sich den Satz gemerkt. Am nächsten Tag hat sie mir gesagt, dass sie sich, wenn sie die Madonna von Lourdes betrachtet, innerlich vorsagt: »Ich bin die von der Erbsünde Unbefleckte.« Das verschaffe ihr Erleichterung.

So ist es gut. Ich möchte, dass sie inneren Frieden findet.

Die Geburt steht kurz bevor. Zitaos Appetit hat in letzter Zeit enorm zugenommen. Ich habe ihr untersagt, sich um den Haushalt zu kümmern. Sie soll wissen, wie sehr ich sie liebe und wie dankbar ich ihr bin. Fast vierzig Jahre musste ich warten, um endlich Vater zu werden. Ich habe Zitao gesagt, gleichgültig ob es ein Junge oder ein Mädchen ist, ich werde das Kind von ganzem Herzen lieben. Ist es ein Junge, soll er Qinglin heißen, Puzhen, wenn es ein Mädchen ist. Sie ist einverstanden. Aber ihre Angst hat sich nicht gelegt, je näher die Geburt rückt, desto heftiger wird sie. Es gibt keinen Moment mehr, in dem diese krankhafte Furcht sie verlässt, ich mache mir wirklich Sorgen. Früher hat sie noch ein bisschen auf mich gehört, wenn ich sie geduldig getröstet habe. Jetzt hilft das alles nichts mehr. Wenn ich nur wüsste, wovor sie sich fürchtet. Es ist schwer zu ertragen.

Die Wehen haben eingesetzt, ich bringe sie ins Krankenhaus. Sie zittert am ganzen Körper, das Ausmaß ihrer Angst ist unbeschreiblich. Kein Wort des Trostes und der Beruhigung hilft, sie gerät völlig außer Kontrolle. Doktor Li von der gynäkologischen Abteilung ist ein erfahrener Arzt und erlaubt mir, während der Geburt an ihrer Seite zu bleiben. Unerwartet versetzt sie das in noch maßlosere Wut, sie besteht darauf, dass ich verschwinde.

Zum Glück ist die Geburt ohne Komplikationen verlaufen. Die Nachricht versetzt mich in Euphorie. Qinglin, mein Qinglin, so wird dich dein Vater ab jetzt rufen.

Als wir das Krankenhaus verlassen, teilt mir Doktor Li im Vertrauen mit, dass es keine Erstgeburt war. Sie hat bereits ein Kind geboren. Er fragt mich, ob ich davon wüsste. Hastig antworte ich, dass ich das wüsste. Ich wüsste, dass sie bereits einmal verheiratet gewesen sei, ich sei es schließlich auch gewesen.

In Wahrheit macht mir das schwer zu schaffen. Was ist mit ihrem Kind? Ist sie wegen einer unehelichen Geburt in den Fluss geworfen worden? Oder wurde ihr damaliger Mann repressiert? Ich verstehe das einfach nicht. Rührt ihre Angst daher, dass sie befürchtet, ich könnte von dieser Geburt erfahren? Ist es die unbewusste Angst, irgendjemand könnte etwas aus ihrer Vergangenheit wissen?

Ich verbringe den Abend an ihrem Bett. Ich habe ihr gesagt, dass ich sie lieben und beschützen werden, wer immer sie sei. Sie sei schließlich jetzt die Mutter meines Sohnes.

Sie blickt mich unverwandt an. Ich weiß nicht, ob dieser Blick Entspannung oder gesteigerte Wachsamkeit ausdrückt.

Zitao will sich nicht an Vergangenes erinnern, ich will auch nicht, dass sie es tut. Mir geht es im Grunde ähnlich. Die Zeit soll unsere Vergangenheit begraben. Jetzt sind wir Mann und Frau und haben ein Kind. Mein Gehalt reicht für uns drei, um über die Runden zu kommen. Ein Leben ohne weitere Erschütterungen, mehr wollen wir nicht. Kein schlechtes Leben, alles in allem.

1965, Winter

Qinglin wächst rasch, er rennt bereits überall herum. Uns bereitet es unendliche Freude zu erleben, wie er anfängt, Worte zu artikulieren, »Papa« und »Mama« sagt. Zitao hat nach unserer

Eheschließung häufig Symptome von Angst und Depression gezeigt, aber seit der Geburt Qinglins geht es ihr anscheinend sehr viel besser. Sie verhält sich wie eine ganz normale Ehefrau und Mutter. Sie kümmert sich Tag für Tag voller Freude um das Kind und trägt Sorge für mein Wohlergehen. Ich beobachte sehr selten Anzeichen von Unruhe bei ihr.

Hat das Kind ihre Gemütsverfassung verändert? Die Mutterliebe ist etwas Gewaltiges, nur die Mutterliebe kann alle Wunden heilen.

1966, Sommer

Die Bewegung wird täglich wilder und lärmender. Bei meiner Versetzung hierher hat Politkommissar Liu für mich gebürgt. Er hat bezeugt, dass ich und mein Vater Heilkräutersammler in den Bergen waren, dass ich aus einer armen Familie stamme, und er hat bezeugt, dass ich mir um die Revolution Verdienste erworben habe. Außerdem hat mir meine Zeit in der Armee geholfen. Ich habe daher die Überprüfung ohne Schwierigkeiten überstanden und bin sogar innerhalb des Krankenhauses zum Aktivisten ernannt worden.*

Ich muss mich vorsehen. Nur wenn ich mich schütze, kann ich Zitao und Qinglin schützen.

1967, Frühjahr

Die Verhältnisse in Wuhan werden immer chaotischer. Ich bin zutiefst beunruhigt.

* Gemeint ist die »Kulturrevolution«.

Ich darf diese Aufzeichnungen nicht weiterführen, ich werde diese Notizen verstecken.

1968, Neujahr

Qinglin, mein Sohn, diese Zeilen sind an dich gerichtet. Wenn du das liest, bin ich mit Sicherheit bereits gestorben. Diese Aufzeichnungen enthalten ein paar Geheimnisse. Ich habe sie lediglich aus alter Gewohnheit, Tagebuch zu führen, niedergeschrieben, nicht um sie an dich weiterzugeben. Ich bin mir im Klaren darüber, dass es vermutlich besser wäre, sie dir nicht mitzuteilen. Ich habe gegenwärtig auch nicht vor, diese Aufzeichnungen zu vernichten. Ich hoffe lediglich, dass du sie erst liest, wenn du erwachsen bist oder sich die Zeiten geändert haben. Ich will nicht, dass du dadurch in Angst versetzt wirst.

Was ich dir jedoch sagen möchte, ist Folgendes: Du sollst niemals Nachforschungen darüber anstellen, was in unserer Familie geschehen ist, und du brauchst auch nicht zu wissen, von welchem Ort wir kommen. Von meiner Familie lebt außer uns beiden niemand mehr, daher ist es besser, all das auf sich beruhen zu lassen. Ich habe beschlossen, niemals wieder dorthin zurückzukehren und dich und deine Nachkommen nicht wissen zu lassen, wo sich dieser Ort befindet. Dein Familienname ist Wu, und du bist hier aufgewachsen, gib dich damit zufrieden.

Was die Herkunft deiner Mutter betrifft, so bitte ich dich, dir ein paar Gedanken darüber zu machen. Sie wurde aus dem Yonggu-Fluss in Ost-Sichuan gerettet. Möglicherweise gibt es noch Familienangehörige (womöglich Geschwister). Mir liegt daran, dass du nicht ganz allein auf der Welt stehst, wenn wir beide einmal nicht mehr sind. Wenn es dir gelingt, Verwandte deiner Mutter ausfindig zu machen, würde dir das zu-

mindest eine Stütze im Leben und ein Gefühl familiärer Wärme verschaffen.

Natürlich wäre es besser, mit dieser Suche zu warten, bis deine Mutter gestorben ist. Denn ich befürchte, es könnte in ihr Erinnerungen an Vergangenes wachrufen, wenn du tatsächlich irgendjemanden oder irgendetwas entdeckst. Und sie würde das womöglich nicht verkraften. Daher unterlässt du es am besten zu ihren Lebzeiten, Nachforschungen anzustellen.

Mein Sohn, ich möchte hinzufügen, dass auch du selbst, wenn du im Prozess deiner Recherchen auf allzu schlimme und grausame Dinge stößt, deine Nachforschungen abbrechen oder aufgeben solltest. Es gibt auf dieser Welt so viele Dinge, von denen niemand weiß, eines mehr spielt auch keine Rolle.

Die Fähigkeit, Vergangenes zu vergessen, ist eine wichtige Funktion im menschlichen Leben. Sie hat es mir und deiner Mutter ermöglicht, viele Jahre friedlich zu leben. Das Vergessen verringert die Last auf deinen Schultern und lässt dich angstfrei in die Zukunft blicken.

Ich hoffe, du verbringst ein Leben ohne Ängste. Für die Generation deiner Kinder sollten selbst die Spuren dieser Vergangenheit nicht mehr existieren.

Die Aufzeichnungen seines Vaters endeten im Frühjahr 1967. Erst an Neujahr 1968 verfasste er plötzlich diesen Eintrag, der speziell an Qinglin gerichtet war. In den übrigen Notizheften fanden sich lediglich Aufzeichnungen über Forschungen zu Krankheiten.

Der Morgen brach an, aber Qinglin verspürte keine Müdigkeit. Mutters Lebensgeschichte beschäftigte ihn intensiv, aber Vaters letzte Worte stürzten ihn in tiefe Verwirrung.

50. Kapitel

Qinglin konnte seine Neugierde nicht zähmen.

Er wollte trotz allem unbedingt wissen, was Vater und Mutter zugestoßen war. Er befürchtete, die Gedanken, die ihm durch den Kopf schwirrten, könnten verlorengehen. Daher öffnete er sein Laptop und notierte sich, während er Vaters Aufzeichnungen durchging, die wichtigsten Inhalte. Zugleich notierte er jeweils seine eigenen Vermutungen und Zweifel.

Vermutungen:

1. Der Politkommissar Liu, der Vater aus den Bergen geholt hat, ist Liu Jinyuan.
2. Vaters eigentlicher Familienname ist Dong, er stammt aus einer wohlhabenden Familie, er hat in Shanghai Medizin studiert, und zwar westliche Medizin. Wegen eines familiären Missgeschicks (was für ein Missgeschick? Hat es mit der Bodenreform zu tun?) muss er allein fliehen und verbirgt sich in einer Bergregion. Dort wird er von einem Heilkräutersammler namens Wu gerettet, später rettet er den Politkommissar Liu und verlässt auf dessen Zureden die Berge, um sich der Armee anzuschließen. Als Soldat marschiert er in Ost-Sichuan ein, um dort Banditen zu bekämpfen. Während seines Aufenthalts in Ost-Sichuan wird er an ein Krankenhaus versetzt. Er nimmt den Namen Wu Jiaming an.
3. Mutter stammt aus Ost-Sichuan. Sie wird aus dem Yonggu-Fluss in Ost-Sichuan gefischt und von Vater, der Arzt geworden ist, gerettet. Der Tag ihrer Rettung gilt als ihr Geburtstag. Ihren Namen hat Vater für sie ausgesucht. Im Koma hat Mutter das Wort »Dingzi« gerufen.
4. Mutter hat ihr Gedächtnis verloren, ihre Herkunft ist ungeklärt. Sie wirkt nicht wie jemand aus einer armen Familie,

außerdem kann sie wahrscheinlich lesen und schreiben. Sie hat den *Traum der roten Kammer* gelesen. (Anm.: Sie kennt Xie Tiaos Gedichte und Abbildungen wie »Guiguzi steigt vom Berg herab«.)

5. Auf Vaters Vermittlung wird sie Kindermädchen im Hause Liu. Laut seinen Aufzeichnungen hat ihn die Sorge um Mutters Sicherheit zu dieser Maßnahme bewogen.

Ungeklärte Fragen:

1. Mutter hat einmal unbeabsichtigt die »Strohhütte des Ertragens« erwähnt, in Ost-Sichuan existiert ein Dorf namens Hushuidang, wo es einst ein Familien-Anwesen dieses Namens gab, mit einer umfangreichen Bibliothek. Besteht hier eine Verbindung zu Mutter?
2. Die Familie Hu hatte einen Sohn namens Hu Lingyun. Er hat an der Universität in Chongqing studiert. Er wurde erschossen. Er hatte eine Schwester.
3. Mutters Name Ding Zitao ist eine Erfindung Vaters, was bedeutet, dass Mutter zuvor aller Wahrscheinlichkeit nach nicht den Familiennamen Ding trug. Heißt sie mit richtigem Namen Hu?
4. Vor Mutters Gedächtnisverlust gab es in ihrem Leben jemanden oder etwas, das eng mit »Dingzi« zu tun hatte.
5. Konnte Mutters Vater malen? Zumindest hat er »Guiguzi steigt vom Berg herab« gemalt.
6. Mutter stammt wohl nicht aus einer armen Familie. Sie hat gesagt, ihre Bettdecke sei rot gewesen, nicht violett. Hat sie eine Schule besucht?
7. Sie kann gut sticken. Sie wurde mit einem Gewehrkolben in den Rücken gestoßen.
8. In ihrem Elternhaus war sie mit jemandem zusammen, der »Xiao Cha« genannt wurde. (Ein junges Mädchen?)

Beim Notieren und Ordnen dieser Hinweise beschlich Qinglin zunehmend der Verdacht, dass sich dahinter extrem komplizierte Sachverhalte verbargen. Sie verbargen sich unter den verlorenen Erinnerungen seiner Mutter und den von Vater absichtlich verschleierten und angedeuteten Vermutungen.

»Bin ich verpflichtet, Klarheit in diese Dinge zu bringen?«, überlegte Qinglin. Er wollte Bescheid wissen, auch wenn sein Vater gewünscht hatte, dass er auf zu intensive Nachforschungen verzichten möge. Er hatte ein Recht darauf, zu erfahren, was sich im Leben seines Vaters und in dem seiner Mutter zugetragen hatte.

Qinglin verglich wiederholt die beiden Fälle: Auf Vaters Seite ließen sich praktisch keine weiteren Spuren finden. Er hieß Dong*, die Namen seiner Großeltern waren Dong Puqing und Zhenlin. Vater hatte noch einen Cousin, der Qi hieß. Alles Übrige lag im Dunkeln. China nördlich des Gelben Flusses war so riesig, er hatte keine Ahnung, wo er ansetzen sollte. Mit großer Mühe hatte Vater seine eigene Erinnerung begraben und Wert darauf gelegt, dass seine Nachkommen nichts über seine Herkunft erfuhren. Er hatte einen glatten Schnitt zwischen sich und seinem früheren Leben gezogen.

Im Vergleich dazu schien es auf Mutters Seite erheblich mehr Hinweise zu geben. Vor allem war sie noch am Leben. Wenn es ihm gelang, Mutters Lebensgeschichte aufzuklären, unter Umständen sogar Verwandte aufzuspüren, würde er vielleicht sogar Mutter aus dem Wachkoma aufwecken. Seine Mutter war immer stark gewesen, Qinglin war überzeugt davon, dass sie fähig sein würde, ihre Vergangenheit zu akzeptieren. Die Zeiten hatten sich geändert. Alles, was damals geschehen war, würde sich in einem befreiten Lachen auflösen. Davon war Qinglin überzeugt.

Nun, damit war geklärt, was er herauszufinden hatte:

* Es gibt im Chinesischen nur eine sehr begrenzte Anzahl von Familiennamen. Der Familienname hilft daher kaum, eine Person ausfindig zu machen.

1. Den Yonggu-Fluss zu finden dürfte kein Problem sein.
2. Nach Möglichkeit Leute aufspüren, die früher in Hushuidang gewohnt haben.
3. Welche geographische Verbindung besteht zwischen Hushuidang und dem Yonggu-Fluss?
4. Liu Xiao'an und Liu Xiaochuan befragen, was sie über Mutter wissen, und wenn es noch so unbedeutend ist. Zum Beispiel, ob sie Besuche von irgendjemandem erhalten hat, ob ihr öfter unabsichtlich etwas herausgerutscht ist (es ist so lange her, und sie waren damals noch so klein, vermutlich können sie sich nicht erinnern).
5. Das Wichtigste ist, jemanden zu finden, der mir Auskunft über die Bewohner der »Strohhütte des Ertragens« geben kann.

Nachdem er all das notiert hatte, atmete Qinglin tief durch.

XI. Abschnitt

51. Kapitel

Ding Zitao ist sich klar darüber, dass von ihrer eigenen Familie niemand mehr lebt und auch der Großteil der Familie ihres Mannes tot ist. In der »Halle des dreifachen Wissens« ist nur noch sie am Leben. »Wozu soll ich noch weiterleben, so ganz allein auf der Welt, wie ich bin? Ich habe zugesehen, wie ihr gestorben seid, sogar Dingzi ist tot. Wie soll ich das Lu Zhongwen beibringen?«

Während sie grübelt, spürt sie, wie ihr Rücken zu schmerzen beginnt und der Schmerz immer heftiger wird. Der Schlag mit dem Gewehrkolben ist zu brutal gewesen, und sie weiß sehr genau, wer es war.

Sein Gesicht tritt ihr plötzlich vor Augen.

Ja, es sind vertraute Gesichter. Er hat im Haus hinter dem ihren gewohnt. Als Kinder haben sie miteinander gespielt. Er hasst ihre Familie. Ursache des Hasses ist, dass seine Familie ursprünglich sehr wohlhabend war, dass die Brüder nach dem Tod des Großvaters den Besitz untereinander aufgeteilt haben und es danach mit ihnen bergab ging. Das Land der Familie wurde nahezu restlos verkauft, auch das Haus. Die Familien der Brüder drängen sich im Hinterhof, wo zuvor die Bediensteten gewohnt haben.

Ding Zitao erinnert sich, dass ihr Vater es abgelehnt hat, ihren zum Verkauf stehenden Grundbesitz zu kaufen. »Wir dürfen ihr Land nicht kaufen, auch wenn es noch so billig ist. Seit Großvaters Zeiten sind unsere Familien verfeindet, und ich will das beenden.« Du hast dich getäuscht, Vater, denkt sie. Die Feindschaft wird nie enden, solange es uns besser geht als ihnen.

Dieser Gedanke lässt den Rückenschmerz anschwellen. Sie muss sich hinlegen.

Beim Hinlegen sieht sie die weinende und lauthals vor sich hin jammernde Daiyun auf ihrem Bett liegen. Xiao Cha läuft zu ihr hin: »Halte noch einen Augenblick aus, Schwester, der Arzt kommt sofort.« Daiyun schluchzt weiter.

»Was ist passiert, Schwester? Mit deinen Eltern ist doch alles in Ordnung, oder?«

»Nichts ist in Ordnung«, schluchzt Daiyun. »Wie können sie ihnen das antun? Sie haben doch nichts Böses getan!«

»Rede deutlicher, was ist mit ihnen? Ich verdanke den alten Herrschaften alles, was ich bin.«

Daiyun antwortet nicht. Genau in diesem Moment betritt der alte Wei mit dem Arzt das Zimmer. Xiao Cha knöpft ihr sanft das Kleid auf und schreit unwillkürlich entsetzt auf: »Um Gottes willen? Was ist passiert, Schwester?«

Die Schwellung auf Daiyuns Rücken zieht sich bis unters Schulterblatt, die Rötung hat sich in Violett verfärbt. »Womit bist du geschlagen worden?«, fragt der Arzt.

»Ein Gewehrkolben. Sie haben mich mit dem Gewehrkolben geschlagen.«

»Warum haben sie so brutal zugeschlagen?«

»Ich weiß es nicht.« Wieder beginnt Daiyun zu weinen.

Vor der Tür fragt der Schwiegervater: »Muss sie ins Krankenhaus gebracht werden?«

»Nicht notwendig«, sagt der Arzt. »Ich trage eine Heilsalbe auf, in ein paar Tagen ist das verheilt.«

Auf Daiyuns Rücken wird Heilsalbe aufgetragen. Xiao Cha deckt sie zu. »Es ist kälter geworden«, sagt sie. »Ich hole ein Kohlenbecken.«

Gegen Abend kommen die Schwiegereltern in Begleitung des

alten Wei vorbei, um nach ihr zu sehen. Daiyun sagt zu ihnen: »Ich muss morgen in aller Frühe in die Stadt. Ich brauche den Wagen.«

Die Schwiegermutter ist verstimmt: »Du willst in die Stadt? Und wer kümmert sich um Dingzi?«

»Ich nehme ihn mit«, sagt Daiyun. »Xiao Cha begleitet mich.«

»Wozu willst du in die Stadt?«, fragt der Schwiegervater.

»Ich muss zu Lingyun, er soll Papa und Mama in die Stadt bringen. Sie stehen die ›Bekämpfung‹ nicht mehr durch.«

»Was kann er tun, wenn er zurückkommt? So, wie es im Moment läuft, wird er womöglich mit hineingezogen.«

»Papa sagt, Lingyun wird schon etwas einfallen. Er ist doch jetzt Funktionär.«

»Ich kenne deinen Vater von Jugend an, er ist und bleibt ein Bücherwurm. Er denkt immer, dass alles ein gutes Ende nimmt. Er hat von jeher die Lage falsch eingeschätzt. Du solltest das Haus nicht verlassen, warte hier ab, bis es sicherer ist. Ganz abgesehen davon, dass du verletzt bist.«

»Und was wird mit Vater und Mutter? Sie haben die Sache mit mir abgesprochen. Dass ich heute heil davongekommen bin, war Vaters Idee. Ich habe auf der Bekämpfungsversammlung mit ihnen gebrochen.«

Xiao Cha gibt unwillkürlich einen Schreckenslaut von sich: »Schwester, bist du verrückt geworden!«

Daiyun beginnt wieder zu weinen: »Ich habe ihnen sogar ins Gesicht geschlagen. Die Er Niang hat mich deshalb wüst beschimpft.«

Xiao Cha gerät noch mehr außer sich: »Warum hast du so etwas getan?«

»Papa hat es von mir verlangt.«

Der Schwiegervater schweigt für einen Moment, dann sagt er: »Deine Eltern tun mir wirklich leid, sie haben diese Tortur auf sich genommen. Sie nehmen in Kauf, dass sie von dir öffentlich beschimpft und geschlagen werden, nur damit du heil davonkommst. Wir sind ihnen weiß Gott Dankbarkeit schuldig. Wenn du darauf bestehst, deinen Bruder herzuholen, dann solltest wenigstens nicht du selbst gehen. Du bist verletzt, es ist ein gutes Stück Weg, und wenn du zu spät kommst, ist es sinnlos. Wir schicken Futong. Wei, Futong soll sich morgen in aller Frühe, noch bevor es hell wird, auf den Weg machen. Er soll sich beeilen und zurück sein, bevor es Nacht wird.«

»In Ordnung, der gnädige Herr hat recht«, sagt der alte Wei.

Zu Daiyun sagt der Schwiegervater: »Besprich selbst mit Futong, was er deinem Bruder ausrichten soll.«

»Ganz einfach, er soll ihm sagen, dass die Eltern die ›Bekämpfung‹ nicht mehr durchstehen, er soll zurückkommen und sie in die Stadt bringen.«

»Na gut. Wei, gib das an Futong weiter. Wenn Lingyun zu beschäftigt ist und sich nicht freimachen kann, dann soll er keinen Druck ausüben.«

»Mein Bruder liebt die Eltern mehr als sonst jemanden auf der Welt und wird alles tun, was sie sagen. Er wird ganz gewiss nach Hause zurückkehren und sie retten.«

Lu Ziqiao stößt einen tiefen Seufzer aus und verlässt mit dem alten Wei das Zimmer.

Eisiger Wind pfeift durch die Fensterritzen ins Zimmer. Xiao Cha legt ein paar zusätzliche Stücke Holzkohle ins Kohlenbecken. Daiyuns Rücken beginnt erneut zu schmerzen. Sie legt sich bäuchlings aufs Bett und jammert leise vor sich hin.

Der Winter zieht sich in diesem Jahr, auf den Bergkuppen liegt eine dünne Schneedecke, das düstere und kalte Wetter hält an. Selbst wenn die Sonne hervorkommt, dringt einem die Eiseskälte bis ins Mark. Ding Zitao muss plötzlich an die Winter in ihrem Elternhaus denken, die auch so gewesen sind, man war immer durchgefroren bis auf die Knochen.

Sie spürt plötzlich den eisigen Wind wie mit spitzen Nadeln auf ihre Haut einstechen.

52. Kapitel

Ding Zitao bewegt sich sehr langsam voran, von Zeit zu Zeit hat sie den Eindruck, nicht vorwärtszugehen, sondern nach oben zu steigen. Sie erreicht die zwölfte Ebene.

Der stechende Schmerz im Rücken erinnert Ding Zitao an ihr fluchtartiges Fortlaufen an jenem Tag.

Die Versammlung zur »Bekämpfung« findet in der Ahnenhalle statt. An beiden Seiten des Eingangs kleben Papierstreifen mit Parolen. Die eine lautet: »Nieder mit den Großgrundbesitzern – keine Pacht mehr«. Die andere: »Nie wieder werden die Bauern ihren Blutschweiß vergießen«.

Unaufhörlich fleht sie den Genossen der Arbeitsgruppe an: Ihr Schwiegervater heiße Lu Ziqiao. Er habe bei der Xinhai-Revolution mitgemacht, er habe sich bei der Banditenbekämpfung Verdienste erworben. Die Zeitungen hätten über seine Taten berichtet. Jetzt habe sie bereits ihre Eltern »bekämpft« und endgültig mit ihnen gebrochen. Sie habe außerdem sämtliche Pachtverträge der Familie herausgegeben. Sie unterstütze die Regierung des neuen China. Aber sie habe ein Kleinkind zu versorgen und müsse deshalb zurück nach Hause.

Das wiederholt sie wieder und wieder. Der Genosse von der Arbeitsgruppe sieht sie an, überlegt und sagt schließlich: »Lu Ziqiao kenne ich, er hat sich bei der Bekämpfung der Banditen sehr gut verhalten. Da du nun mal als Ehefrau zu seiner Familie gehörst, kannst du gehen.«

Daiyun rennt auf der Stelle los. Ihr Herz klopft wild, sie rennt, ohne sich umzusehen, ohne auch nur einen Blick auf ihre Angehörigen zu werfen, die gerade »bekämpft« werden.

Kurz vor dem Dorfende stößt sie auf zwei Männer mit Gewehren. Sie stellen sich ihr in den Weg, einer brüllt sie an: »Willst du dich aus dem Staub machen?«

Daiyun versagen fast die Beine vor Schreck, sie ist wie gelähmt, beinahe plumpst sie zu Boden. Aber sie erkennt den Mann, der sie angeschrien hat. Es ist Hu Xiaosi. Er gehört zu den entfernten Verwandten, die auf dem Anwesen hinter dem ihrer Familie wohnen und mit ihr den Streit wegen des Hausbaus hatten. Nachdem sich die Sippe ruiniert hat, sind manche ihrer Mitglieder zu den Banditen übergegangen, andere haben sich als Tagelöhner verdingt. Die Familie Daiyuns hat keinen von ihnen angestellt. Ihr Vater hat erklärt, er wolle mit ihnen absolut nichts zu tun haben.

»Der Genosse von der Arbeitsgruppe hat mich gehen lassen. Ich muss mich um unser Kind kümmern, es ist noch zu klein.«

Hu Xiaosi spricht weiter in drohendem Ton: »Die ›Bekämpfung‹ ist nicht zu Ende, wieso lassen sie dich gehen?«

»Mein Schwiegervater Lu Ziqiao gehört zu den fortschrittlichen Grundbesitzern, man hat in der Zeitung darüber geschrieben. Mein Kind ist sein Enkel. Er ist erst ein Jahr alt, als Mutter muss ich mich um ihn kümmern.«

Hu Xiaosi gibt den Weg frei: »Deine jetzige Familie ist ein noch größerer Grundbesitzer, früher oder später wird man sie bekämpfen. Wir armen Leute sind jetzt obenauf, kapierst du?«

»Ihr hattet früher viel mehr Land als wir«, sagt Daiyun.

Hu Xiaosi hebt sein Gewehr: »Was, willst du dich mit mir anlegen?«

Sein Begleiter zupft ihn am Ärmel: »Lass sie gehen, wenn der Genosse von der Arbeitsgruppe es doch genehmigt hat. Was streitest du dich mit einem Frauenzimmer herum?«

Hu Xiaosi denkt kurz nach. Dann senkt er das Gewehr und sagt: »Hau ab!«

Sie erwidert nichts und rennt los. Kaum hat sie ein paar Schritte gemacht, spürt sie einen harten Stoß im Rücken. Sie stolpert und fällt zu Boden.

Noch bevor sie wieder aufgestanden ist, erhält sie einen zweiten Stoß. Sie begreift diesmal, dass es ein Schlag mit dem Gewehrkolben ist. Sie dreht sich auf dem Boden liegend um und sagt unter Tränen zu Hu Xiaosi: »Mit welchem Recht schlägst du mich? Erschieß mich doch einfach, wenn du Schneid hast.«

Der andere Mann zieht Hu Xiaosi in Richtung der Ahnenhalle mit sich fort. Hu Xiaosi wendet den Kopf und sagt: »Früher oder später wird man euch sowieso erschießen. Damit du Bescheid weißt, mein Großvater hat damals geschworen, eure ganze Familie zu erschießen.«

Daiyun steht auf und läuft mit gesenktem Kopf weiter. Schwankend rennt sie die Dorfstraße entlang, von Zeit zu Zeit stößt sie Schreie in Richtung der Schatten aus, die die Bergketten werfen. Schreie voller Panik und Trauer.

Ihre taumelnde Vorwärtsbewegung passt in die ins fahle Licht des Wintertages getauchte Szenerie. Unzählige Male ist sie diesen Weg schon gegangen, nie ist er ihr so endlos vorgekommen.

Ding Zitao sieht jetzt klar. Sie weiß, dass es von jetzt an keinen Weg mehr zurück nach Hause gibt.

53. Kapitel

Das ist Ding Zitaos Erinnerung, die sie am schwersten ertragen kann.

Es ist dieses Bild, das sie mit Hass gegen sich selbst erfüllt. Und jetzt entrollt es sich unbarmherzig vor ihren Augen. Sie zittert innerlich, auch ihre Hände zittern wie verrückt. Sie umklammert mit der linken Hand ihre rechte, aber das Zittern lässt sich nicht unterdrücken. Sie begreift, dass diese Hand sie für immer an ihr Verbrechen erinnern wird.

Das Parolenbanner außerhalb der Ahnenhalle ist unübersehbar, und die Stützpfeiler im Innern sind vollständig mit Parolen beklebt. Schwarze Schriftzeichen auf rotem Papier: »Wer Not erduldet hat, klage seine Not, nieder mit den Großgrundbesitzern! Wer Unrecht erduldet hat, klage das Unrecht an, gebt uns das fruchtbare Land zurück!«

Die drei Großgrundbesitzer des Dorfes Hushuidang und alle ihre Familienangehörigen, alte wie junge, stehen mit gesenkten Häuptern auf dem Podium. Unter ihnen steht auch Daiyun. Es ist die Anklageversammlung. Die Leute steigen nacheinander aufs Podium und klagen die Verbrechen der drei Großgrundbesitzerfamilien an.

Als die Reihe an Daiyuns Familie kommt, hebt Daiyun plötzlich ihren Kopf und sagt zum Leiter der Arbeitsgruppe: »Darf ich auch etwas sagen?«

Der Genosse von der Arbeitsgruppe sieht sie misstrauisch an. Daiyun fährt hastig fort: »Während der Bekämpfung der Banditen habe ich in der Stadt die Schule besucht, dort habe ich an der Arbeit der Alphabetisierungsklasse teilgenommen, ich war eine revolutionäre, fortschrittliche Jugendliche. Ich bin nur nach Hause zurückgekommen, um mein Kind auf die Welt zu bringen.«

»Was soll das heißen?«, fragt der Genosse von der Arbeitsgruppe.

Daiyun gibt den Dienstboten ihrer Familie ein Zeichen, sie sollen die drei Holztruhen aufs Podium tragen.

»Ich unterstütze die Abschaffung des feudalen, ausbeuterischen Systems des Bodenbesitzes durch die Großgrundbesitzerklasse und die Rückgabe des Landes an die Bauern. Ich bin bereit, mit meinen Eltern vollständig zu brechen, und zerschneide hiermit sämtliche Bande zwischen mir und dieser Großgrundbesitzerfamilie, es gibt zwischen uns keine Verbindung mehr. Ich bringe mit dieser Aktion meine Unterstützung aller zum Ausdruck.«

Unten beginnen einige zu klatschen. Womöglich ermutigt durch den Applaus erhebt Daiyun ihre Stimme: »Das hier sind sämtliche Pachtverträge unserer Familie. Ich werde sie jetzt vor aller Augen restlos verbrennen. Ab heute gehört der gesamte Grundbesitz der Familie Hu Ruyun denen, die das Land bearbeiten. Die Angehörigen der Familie Hu Ruyun sollen wie alle Bauern Feldarbeit verrichten.«

Die Leute vor dem Podium erstarren, plötzlich beginnt jemand zu klatschen, andere stoßen Jubelschreie aus und johlen. Inmitten dieses Stimmengewirrs steigen Flammen auf. Die Funken erleuchten die Szene. Mit ihnen breitet sich ein schwerer, durchdringender Duft aus, der betäubend in die Nasen steigt. In der Menge beginnt es noch wilder zu brodeln.

Plötzlich kreischt eine Stimme: »Was ist das für ein Geruch? Das riecht nach Gift, die wollen uns vergiften!«

Einige schicken sich sogar an, das Podium zu stürmen, um die Flammen zu löschen. Daiyun ist verwirrt, auch sie weiß nicht, woher der Geruch kommt. Sie sieht ihren Vater an. Der sagt mit zitternder Stimme: »Das ist kein Gift, bestimmt nicht. Das sind das Peltophorum und die aromatisierten Teeblätter, mit denen die Stempelfarbe der Behörden getränkt ist. Daher kommt der Duft.«

Seine Stimme ist zu leise, niemand vor dem Podium versteht, was er sagt.

Daher wiederholt Daiyun noch einmal mit lauter Stimme: »Das ist kein Gift. Auf diesen Urkunden sind Stempel der Behörden. Die Stempelfarbe ist mit aromatisiertem Tee getränkt, deshalb duftet der Rauch.«

Über wie viele Jahre sich die Urkunden angesammelt haben und wie viele Haushalte sie betreffen, weiß Daiyun nicht. Sie hat sie nie zuvor gesehen, auf ihnen befinden sich vermutlich noch die Unterschriften und Daumenabdrücke des Großvaters oder sogar des Urgroßvaters. All das löst sich jetzt in Rauch auf.

Die Leute stecken die Köpfe zusammen, und nach einigen getuschelten Diskussionen erklingen erneuter Applaus und vereinzelte Parolenrufe. Auf dem Gesicht des Genossen von der Arbeitsgruppe macht sich ein Lächeln breit.

»Der Großgrundbesitzer Hu Ruyun hat den ganzen Tag nichts im Sinn als essen, trinken und sich amüsieren, Kalligraphie und Malerei, und dazu hält er sich noch eine Konkubine. Ich hoffe, dass sie von den revolutionären Genossen in ihr Elternhaus zurückgeschickt wird. Hu Ruyun darf nicht weiter das verdorbene Leben eines Großgrundbesitzers führen, er muss leben wie die einfachen Bauern.«

Wieder braust Beifall auf. Im gleichen Augenblick stürmt die Er Niang auf Daiyun zu und schreit sie an: »Ich gehöre schon über zwanzig Jahre zur Familie, wohin willst du mich denn schicken? Was bist du denn für ein Mensch, wie kannst du dich so gewissenlos aufführen? Und von deiner Familie willst du dich lossagen? Hast du noch einen Funken Menschlichkeit in dir? Haben deine Eltern dich umsonst großgezogen?«

Daiyuns Gesichtsmuskulatur verhärtet sich, sie sagt kein Wort. Plötzlich streckt sie die Hand aus und verpasst der Er Niang eine Ohrfeige. Vor dem Podium tritt schlagartig Stille ein. Plötzlich ein Ruf aus der Menge: »Das hat sie verdient!«

Davon angefeuert brüllt die Menge: »Das hat sie verdient! Noch einmal!«

Daiyun achtet nicht darauf, was da unten vor sich geht: »Du bist in unserem Haus Konkubine gewesen, hast im Luxus gelebt, ohne zu arbeiten, wir haben dich so viele Jahre durchgefüttert. Glaubst du, das wird so weitergehen? Wir haben jetzt die neue Gesellschaft! Verschwinde so schnell wie möglich von hier und geh dorthin, woher du gekommen bist.«

Die Er Niang starrt Daiyun blöde an, und plötzlich ruft sie schluchzend: »Bring mich nur um, du wirst in der Hölle enden. Der Höllenfürst wird mit dir abrechnen!« Weinend wendet sie sich um und schreit Daiyuns Vater an: »Das ist deine Herzenstochter, sie schämt sich nicht einmal, dich zu beißen.«

Daiyuns Vater senkt den Kopf und lässt stumm den Ansturm seiner Konkubine über sich ergehen. Daiyun tritt hinzu, zerrt sie mit Gewalt von ihm fort, dann stößt sie ihren Vater kräftig mit der Hand, er stolpert, fällt und bleibt auf dem Boden sitzen. Anschließend stößt sie die Konkubine, auch sie fällt taumelnd zu Boden und bleibt dort sitzen. Daiyun bückt sich, packt ihren Vater am Kragen und ruft: »Steh auf! Nimm das Urteil des Volkes entgegen.«

Hu Ruyun erhebt sich und senkt am ganzen Körper zitternd den Kopf.

Daiyun stellt sich mit stolz erhobenem Haupt vor ihn hin und fährt fort: »Ich fordere nicht erst seit heute, dass der Großgrundbesitzer Hu Ruyun sämtliche Landarbeiter und Bediensteten der Familie entlässt, ich verlange, dass der Großgrundbesitzer Hu Ruyun und seine Frau in die Zimmer der Landarbeiter ziehen, dass er sämtliche Wohnräume unseres Hauses herausgibt und dem Dorf überlässt. Ich schlage vor, die vielen Bücher, die sich im Haus befinden, an die Schule zu geben, die im Haus eingerichtet werden soll, sodass die Kinder der armen Familien sie studieren können.«

Der Genosse von der Arbeitsgruppe klatscht als Erster Beifall, die gesamte Menge folgt seinem Beispiel. Daiyun reckt plötzlich ihren Arm in die Höhe und ruft: »Nieder mit den Großgrundbesitzern! Gebt das Land den Bauern zurück!«

Daiyuns Eltern, und mit ihnen alle, die auf dem Podium stehen, recken ihre Hände in die Höhe und folgen Parolen schreiend ihrem Beispiel.

Die in Brand gesetzten Landbesitzurkunden und Pachtverträge sind zu Asche verglüht, der Duft schwebt noch immer durch die Ahnenhalle. Als einige Leute die Halle verlassen, geht plötzlich ein Luftzug und wirbelt die Asche hoch durch die Luft. Auf die

Köpfe und Schultern der Personen auf dem Podium regnen unzählige schwarze Ascheteilchen herab.

Der Genosse der Arbeitsgruppe bittet Daiyun vom Podest herunter und sagt zu ihr: »Das hast du großartig gemacht. Wir begrüßen und schätzen deine revolutionäre Haltung, du brauchst nicht mehr auf dem Podium zu stehen.«

Daiyun steigt vom Podest herunter, beim Zurückblicken sieht sie ihre Eltern dort oben vor Angst zittern. Der Haarknoten ihrer Mutter hat sich gelöst, das von weißen Strähnen durchsetzte Haar fällt ihr ins Genick. Im rechten unteren Eck von Vaters gefüttertem Kittel klafft ein Loch, aus dem die weiße Baumwolle der Fütterung hervorlugt, im kalten Wind vibriert es im Takt von Vaters Zittern. Er hält den Kopf gesenkt, wagt es nicht, sie oder sonst jemanden anzusehen, und wird unter dem Wutgebrüll der Menge von Zittern geschüttelt.

Das ist der letzte Eindruck, den sie von ihren Eltern hat.

54. Kapitel

Ding Zitao erblickt das Licht.

Der Lichtstrahl ist dünn und verschwommen, mal heller, mal dunkler. Mal tanzt er in der Luft wie ein schwarzer Partikel, manchmal wie herabrieselnder Schnee. Mein Gott, denkt sie, bin ich kurz davor, ins Freie zu treten? Und was erwartet mich dort? Hat Papa einen neuen gefütterten Kittel an? Wird Mama noch wütend sein? Und vor allem die Er Niang, wird sie mir die Ohrfeige zurückgeben, wenn wir uns begegnen? Dann fällt ihr plötzlich ein, dass Vater und Mutter schon tot sind, genauso wie die Er Niang. Mit wem wird sie reden können, wenn sie das Freie betritt? Alles, was sie durchmacht, hat doch nur ein Ziel: sich alles von der Seele zu reden.

Es regnet an diesem Tag. Es geht auf den Winter zu, hier in den Bergen wird es früh kalt, ringsum ist alles gefroren.

Obwohl es mit dem Wohlstand der Familie nicht mehr weit her ist, wird Mutters Geburtstag noch immer feierlich begangen. Deshalb ist Daiyun in aller Eile zur »Strohhütte des Ertragens« zurückgekehrt. Im Haus ist es kalt und öde, die Dienerschaft ist bereits fortgeschickt worden, die menschenleeren Höfe wirken trist und verlassen.

»Kommt Lingyun denn nicht zurück?«, fragt Daiyun ihren Vater.

»Er hat eine mündliche Nachricht überbringen lassen, dass er an einer mehrtägigen Konferenz teilnehmen muss und sich nicht freinehmen kann.«

»Wenn er doch so beschäftigt ist! Die öffentlichen Angelegenheiten gehen vor«, sagt die Mutter.

Die Geburtstagsnudeln werden heute von der Er Niang und der Schwägerin gemeinsam zubereitet. Sie haben noch nicht angefangen zu essen, als es plötzlich an der Tür klopft. Draußen steht Xiao Er, einer der ehemaligen Landarbeiter des Hauses. Er sagt: »Der Genosse von der Arbeitsgruppe hat mir aufgetragen, eine Nachricht zu überbringen: Morgen beginnt die ›Bekämpfung‹ eurer Familie, keiner darf morgen das Haus verlassen.«

»Wieso wird unsere Familie ›bekämpft‹?«, fragt Daiyun eilig. »Mein Bruder ist Funktionär in der Stadt.«

»Anweisung der Arbeitsgruppe, jeder Großgrundbesitzer muss ›bekämpft‹ werden. Die gesamte Familie muss erscheinen, und zwar in der Ahnenhalle der Hu-Familie.«

»Das Mädel ist nur zurückgekommen, um den Geburtstag ihrer Mutter zu begehen, sie wird morgen in aller Frühe nach Hause zurückkehren«, erklärt ihr Vater.

»Sie ist gerade zur rechten Zeit zurückgekommen, sie ist ja jetzt kein Mädel mehr, sie ist die junge gnädige Frau. Passt genau, dass sie mit euch zusammen ›bekämpft‹ wird.«

Nicht allein der Inhalt seiner Worte setzt die Familienmitglieder in Erstaunen, mehr noch ist es der hochmütige Tonfall, in dem er sie vorbringt. Xiao Er hat der Hu-Familie über zehn Jahre als Landarbeiter gedient, stets ordentlich und pflichtbewusst, und nun, noch keinen Monat nachdem er das Haus verlassen hat, dieses hochnäsige Auftreten.

»Xiao Er, wie redest du mit uns?«, sagt Daiyun.

»Ich bin ein befreiter Bauer, ihr seid Großgrundbesitzer, wir gehen getrennte Wege und sprechen verschiedene Sprachen. Aber aus Gutherzigkeit gebe ich euch einen Rat: Sorgt dafür, dass ihr dieser Tage genug zu futtern habt, die ›Bekämpfung‹ wird länger als einen Tag dauern.«

»Kennst du die Familie von Lu Ziqiao in der ›Halle des dreifachen Wissens‹? Das sind meine Schwiegereltern. Ich gehöre jetzt zu ihrer Familie, Lu Ziqiao ist mein Schwiegervater und eine sehr wichtige Person hier im im Kreis.«

»Ist er Großgrundbesitzer?«, fragt Xiao Er.

»Ja. Aber er hat viel für die Revolution geleistet, er hat sich bei der Bekämpfung der Banditen Verdienste erworben, und er hat eine Menge Getreide abgeliefert.«

»Hat er mehr Grund als ihr?«

»Selbstverständlich. Die Familie Lu hat mehrere zehntausend Dan Getreide-Pachteinnahmen.«

»Na, dann wart's nur ab, die Bekämpfung wird noch härter werden. Jedenfalls verlässt morgen keiner von euch das Haus.«

Spricht's und marschiert hocherhobenen Hauptes davon. »Er tut, was man ihm aufgetragen hat. Es hat keinen Sinn, mit ihm zu diskutieren«, sagt Daiyuns Vater.

Mutters Geburtstagsnudeln werden unter bedrücktem Schweigen zu Ende gegessen.

In dieser Nacht findet Daiyun von Ängsten geplagt keinen Schlaf. Sie bereut bitter, dass sie ins Elternhaus zurückgekehrt ist. Sie hat keine Vorstellung, wie es sein wird, auf dem Podest zu stehen und »bekämpft« zu werden. Aber sie fürchtet sich vor dem, was ihr morgen bevorsteht. Sie weiß nicht einmal, ob sie danach ins Haus ihres Ehemanns zurückkehren kann. Sie fühlt sich zum ersten Mal völlig hilflos.

Plötzlich hört sie jemanden an ihre Tür klopfen. In aller Eile steht sie auf und wirft sich Kleidung über, vor der Tür stehen Vater und Mutter. Sie sehen sich um, als sie eintreten, als fürchteten sie, jemand folge ihnen. Auch ihr Gesichtsausdruck wirkt, als wollten sie etwas verbergen. »Papa, Mama, was gibt's?«, fragt Daiyun verständnislos.

Daiyuns Vater verschließt die Tür sorgfältig, sie nötigen Daiyun, sich zu setzen. »Yun'er*«, sagt er, »wir befinden uns gegenwärtig in einer extrem ungünstigen Lage. Mutter und ich glauben, es wäre für uns sicherer, wenn wir in die Stadt übersiedeln.«

»Das wäre natürlich das Beste«, sagt Daiyun. »Wir haben in der Stadt schließlich mehrere Wohnungen. Wenn ihr dort wohnt, kann sich der Bruder um euch kümmern.«

»Wir hatten ursprünglich vor, das Neujahrsfest abzuwarten und in die Stadt umzuziehen, wenn es wärmer geworden ist. Aber Mutter und ich fürchten, wir stehen diese ›Bekämpfung‹ nicht durch, deshalb wollen wir vorzeitig umziehen.«

»Das wäre das Beste.«

»Mutter und ich haben hin und her überlegt, du musst morgen auf irgendeine Weise zusehen, wie du freikommst. Dein Schwiegervater soll jemanden in die Stadt zu deinem Bruder schicken. Er ist Funktionär, er soll so schnell wie möglich zurückkommen und uns fortbringen. Andernfalls fürchte ich, dass wir hier nicht mehr wegkommen.«

»Ich weiß nicht, auf welche Weise sie uns ›bekämpfen‹ werden, ich habe nur schreckliche Angst«, sagt ihre Mutter mit von Furcht und Sorge gequältem Gesicht.

* Koseform von Daiyun

»Werden sie mich gehen lassen?«, fragt Daiyun.

»Genau deshalb wollen Mutter und ich uns mit dir beraten. Du musst uns morgen auf dem Podium bloßstellen und alle unsere Besitzurkunden verbrennen.«

»Aber das geht doch nicht«, sagt Daiyun erschrocken. »Was wird aus der Familie, wenn wir kein Land mehr haben?«

»Wir werden es sowieso verlieren, das hat uns dein Bruder bereits mitgeteilt, als er das letzte Mal hier war. Es wird in Zukunft keine Grundbesitzer mehr geben, aller Grund und Boden muss an die Bauern zurückgegeben werden. Jetzt geht es darum, dass wir mit dem Leben davonkommen. Du musst die Urkunden verbrennen und das Haus übergeben, sag ihnen, das Dorf solle später dort eine Schule einrichten. Und vor allem musst du vollständig mit deinen Eltern brechen. Das müssen sie dir glauben. Sonst lassen sie dich nicht gehen.«

Daiyun beginnt zu weinen: »Papa, Mama, das schaffe ich nicht, so was bringe ich nicht heraus.«

»Wenn du deine Eltern retten willst, musst du das sagen. Ach ja, auch deine Er Niang muss gerettet werden. Du musst vorschlagen, dass sie in ihr Elternhaus zurückgeschickt wird. Dein Bruder kann sie mit Sicherheit nicht in die Stadt mitnehmen. Aber wir können sie nicht hier zurücklassen. Sie muss zuerst in ihr Elternhaus geschickt werden, wir überlegen dann später, wie wir in der Stadt wieder zusammenkommen können. Ich kann ihr das jetzt nicht sagen – wenn ich sie aus ihrem Elternhaus abhole, werde ich ihr alles erklären. Sie redet zu viel und kann sich nicht verstellen, ich habe Angst, dass sie alles ausplappert.«

Noch immer weinend sagt Daiyun: »Ich habe Angst, dass ich das nicht schaffe. Er Niang wird mich auf den Tod hassen.«

»Es ist der einzige Ausweg in einer ausweglosen Situation. Wenn dein Bruder zurückgekommen ist, zieht ihr auch in die Stadt. Ihr dürft auf keinen Fall auf dem Land bleiben, hier habt ihr keine Überlebenschance.«

»Es gibt keinen anderen Ausweg«, sagt die Mutter. »Du musst versuchen, so schnell wie möglich freizukommen, und dann so schnell wie möglich deinen Bruder dazu kriegen, heimzukommen und uns abzuholen. Ich halte das keinen einzigen Tag länger aus. Wenn wir auch in der Stadt nicht sicher sind, dann müssen wir alle im Haus meines Vaters, deines Großvaters, Unterschlupf finden. Yun'er, alles hängt jetzt von dir ab.«

»Und ihr wollt wirklich unser Haus hergeben?«

»Darüber reden wir später, jetzt geht es erst einmal darum, unser Leben zu retten. Yun'er, wir müssen von dir verlangen, dass du keinerlei Rücksicht auf uns nimmst, wenn es die Situation erfordert. Wenn es notwendig wird, uns zu schlagen, dann schlag zu. Wir werden dir das nicht übelnehmen. Wir wollen nur, dass du freikommst. Wir müssen noch ein paar Tage durchhalten, du musst auf der Stelle Lingyun aufsuchen, er muss unverzüglich herkommen und uns abholen. Wenn du ihn siehst, sag ihm, er soll nicht allein kommen. Am besten bringt er einen anderen Funktionärsgenossen mit, sonst steht zu befürchten, dass sie ihn hier auch nicht mehr weglassen.«

Daiyun verspricht es.

Die ganze Nacht hindurch plagt sie sich mit dem Gedanken, wie sie sich bei der morgigen »Bekämpfung« verhalten und wie sie es schaffen soll, freizukommen. Sie ist nicht annähernd auf eine derartige Situation vorbereitet. Sie soll lauthals der Menge verkünden, dass sie jeden Kontakt mit ihren Eltern abbricht. Bei diesem Gedanken rinnen ihr die Tränen über die Wangen.

Ding Zitao ist in diesem Moment außergewöhnlich kühl und gefasst. »Was für ein Leben haben die Eltern geführt? Wie schlicht hatten sie sich das alles zurechtgelegt und ausgedacht. Sie hätten sich noch in allen Ehren verabschieden können, anstatt durch diesen dummen Plan einer Selbsterniedrigung nicht nur ihr eigenes Leben zu verlieren, sondern auch ihren Bruder mit ins Verderben zu ziehen. Was sie selbst angeht, so ist sie zwar am Leben, aber um den Preis eines grenzenlosen Selbsthasses. Sogar ihre eigene Hand erinnert sie unweigerlich an ihr Verbrechen.

55. Kapitel

Ding Zitao hat keine Tränen mehr. Die brutale Tragik dieses Ereignisses hat sie abgestumpft und gefühllos gemacht. Den Schwiegervater hat sie begraben, die Eltern sind tot, Bruder und Schwägerin leben nicht mehr. Und wozu ist sie noch am Leben? Wie kann es sein, dass sie noch lebt? Und wie soll sie weiterleben? Aus welchem Grund hat man sie am Sterben gehindert? Auf keine dieser Fragen findet sie eine Antwort.

Als ihr bewusst wird, dass sie bereits die fünfzehnte Ebene erreicht hat, übermannt sie ein Gefühl vollständiger Sinnlosigkeit.

Mit wem soll sie über all das, was geschehen ist, sprechen? Wen kennt sie überhaupt noch? Sie ist unfähig zu entscheiden, ob es besser wäre, so zu sterben, wie die Toten gestorben sind, oder so zu leben, wie sie lebt.

Das Mondtor des Gartens der »Halle des dreifachen Wissens« liegt vor ihren Augen.

Damals, als sie und Lu Zhongwen sich ineinander verliebten, hatte es ihnen großen Spaß gemacht, jeweils an eine der beiden gegenüberliegenden Seiten des Mondtors gelehnt miteinander zu sprechen. Jeder hielt sein Ohr an seine Seite der Mauer, als seien sie jeweils an einer Spitze der Mondsichel angebunden. Auf diese Weise unterhielten sie sich über Gott und die Welt. Lu Zhongwen hat ihr einst einen langen Seidenschal geschenkt, den er ihr von einem Hongkonger Freund hatte mitbringen lassen. Den Scheidenschal um den Hals gewickelt, das Ohr ans Mondtor gepresst, sprachen und lachten sie miteinander. Wenn Wind aufkam, ließ sie den Schal im Wind flattern, und Lu Zhongwen sagte plötzlich: »Mir gefällt, wie der Schal an deinem Hals im Wind flattert.«

Gelegentlich, wenn sie Sehnsucht nach Lu Zhongwen hatte, ging sie mit Dingzi in Begleitung von Xiao Cha den Korridor entlang zum Mondtor, um dort mit dem Kind zu spielen. Dingzi erklärte sie gern: »Merk dir, das ist Papas Lieblingsort.«

Auch heute Abend trägt sie Dingzi vor das Mondtor, um dort mit ihm zu spielen. Dingzi versucht auf seinen Beinchen herumstolpernd die hanffarbene Katze zu haschen und ruft dabei: »Hab dich, hab dich, Spatz!«

Sie beratschlagt mit Xiao Cha neben dem Tor, ob sie ins Elternhaus zurückkehren soll. Der Schwiegervater kommt aus dem Garten auf sie zu, und als er mitbekommt, worüber sie sich unterhalten, schaltet er sich ein: »Morgen hat deine Mutter Geburtstag, egal wie schwer es dir fällt, du muss dieses Mal nach Hause zurück. Sonst glauben deine Eltern, unsere Lu-Familie hätte weder Sitte noch Anstand.«

»Ich möchte ja auch nach Hause, aber Dingzi hat seit ein paar Tagen Durchfall, und ich sorge mich …«

Der Schwiegervater unterbricht sie: »Dingzi kann hierbleiben, Xiao Cha wird sich um ihn kümmern, geh schnell und komm bald zurück. Schwiegermutter hat als Geschenk für deine Mutter ein paar neue Baumwollschuhe vorbereitet, die sie selbst genäht hat, die bringst du ihr.«

Daiyun überlegt: »Ich bedanke mich im Namen meiner Mutter.«

Am Abend packt Daiyun ihre Sachen, früh am nächsten Morgen geht sie zum alten Wei und verlangt für sich Pferd und Wagen. »Oje, das trifft sich schlecht«, antwortet der. »Die Bauernversammlung im Dorf hat für heute unseren Wagen und das Pferd angefordert, um für die Leute im Dorf aus der Stadt Sachen für das Neujahrsfest hierherzutransportieren. Der gnädige Herr hat angeordnet, dass wir ihnen alles im Haus, was das Dorf benötigt, zur Verfügung stellen. Was sollen wir jetzt machen?«

Daiyun ist verärgert, aber sie kann nichts dagegen vorbringen. »Dann gehe ich eben zu Fuß, so sehr weit ist es ja zum Glück nicht.«

»Geh nicht über die kleinen Wege, nimm die große Straße. Das dauert ein bis zwei Stunden länger, aber es ist sicherer«, sagt der alte Wei.

Bevor sie das Anwesen verlässt, verabschiedet sich Daiyun von Dingzi. In diesem Moment erscheint Lu Ziqiao und sagt: »Daiyun, wenn irgendwelche Leute euch Schwierigkeiten bereiten, soll dein Vater ihnen sagen, dass ihr Verwandte der Lu-Familie seid. Und wenn dich irgendjemand unterwegs belästigt, dann sage einfach, du seist Schwiegertochter im Hause Lu.«

Daiyun zögert ein wenig, dann sagt sie: »Und das hilft?«

Der Schwiegervater lacht bitter: »Im Umkreis von hundert Kilometern hat das Wort unserer Familie noch Gewicht. Es dürfte kaum einen Funktionär im Kreis geben, der mich nicht kennt.«

»Die Zeiten haben sich geändert«, sagt Daiyun. »Es ist nicht wie früher.«

»In Anbetracht der vielen Verdienste, die ich hier erworben habe, werden die Beamten noch ausreichend Respekt vor mir haben, um mein Gesicht zu achten. Es reicht, dass du auf mich hörst.«

Das Lachen, das Ding Zitao in diesem Moment hervorstößt, ist nicht weniger bitter als das ihres Schwiegervaters: »Lu Ziqiao, wie viel Einfluss, wie viel Gesicht hast du denn gehabt? Nicht mal dein eigenes Leben konntest du schützen, und du redest von deinem Gesicht. Was hattest du von deinem Stolz? Ein Despot warst du, die ganze Familie hat mit dir sterben müssen. Dein ganzer Stolz, keinen Fen* ist er wert.«

* Kleinste chinesische Münze

XII. Abschnitt

56. Kapitel

In qualvoller Ungeduld wartete Qinglin bis Freitag, bevor er Liu Xiao'an anrief.

Liu Xiao'an erklärte, am ersten Neujahrsfest nach dem Tod des Vaters sei die ganze Familie nicht aus dem Haus gegangen. Man hatte das Bedürfnis nach Ruhe und wollte dem Vater keine Störungen zumuten.

»Ich würde dennoch gerne bei euch vorbeikommen. Wäre das für euch in Ordnung?«

Liu Xiao'an war etwas verwundert: »Na klar, wenn du es so eilig hast, freuen wir uns natürlich über deinen Besuch. Xiaochuan ist auch hier. Gibt es Probleme mit deinem Projekt?«

»Nein, das Projekt läuft sehr gut. Es geht um etwas Privates, das ich gern mit euch besprechen möchte. Für mich persönlich ist die Sache sehr wichtig.«

»Na gut, dann komm vorbei.«

Qinglin vertraute seine Mutter der vom Freund geschickten Haushälterin an, suchte ein gemeinsames Foto von Vater und Mutter hervor und verließ eilig das Haus. Wegen des Neujahrsfestes waren zwar viele Menschen auf den Straßen, aber sehr viel weniger Autos als sonst. Überall waren die Straßen, Häuser und Auslagen festlich geschmückt, aus jeder Maueröffnung und jeder Straßenkreuzung schlug einem Festtagsstimmung entgegen.

Auf Qinglin, der fünf Tage allein bei sich zu Hause verbracht hatte, zeitigte die fröhliche Atmosphäre jedoch keinerlei Wirkung, sein Gemüt war von der eigenen Schwermut überschattet.

Die Wohnung Liu Jinyuans war noch nicht zurückgegeben worden, Liu Xiao'an und Liu Xiaochuan hatten im Wohnzimmer einen langen Tisch aufgestellt, auf dem das Erinnerungsfoto ihres Vaters stand, das auf der Trauerfeier gezeigt worden war. Aufgenommen war es während seines Aufenthalts in Wan und zeigte einen Liu Jinyuan mit breitem Lachen, der Glanz seines Gesichts schimmerte durch dieses Lachen hindurch. Links und rechts neben dem Foto brannten zwei Kerzen.

Als Qinglin die Wohnung betrat, blickte ihn unverhofft Liu Jinyuans großes Foto entgegen und auf dieser Fotografie das ihm so sehr vertraute Lachen. In den Tagen, in denen sie gemeinsam unterwegs gewesen waren, hatte er keine Ahnung von der langen gemeinsamen Geschichte seines Vaters mit diesem Mann gehabt. Unwillkürlich stiegen ihm Tränen in die Augen. Er stand eine lange Zeit still und gedankenverloren vor der Fotografie.

Die beiden Brüder waren zugegen. Liu Xiao'an klopfte ihm auf die Schulter und sagte: »Komm, setz dich. Es ist Vaters Neujahrsfest, die Sitte verlangt, dass wir das Haus nicht verlassen und keine Neujahrsbesuche machen, deswegen sind wir hiergeblieben. Nicht einmal Mahjong dürfen wir spielen, aus Angst, den Vater zu stören. So streng sind die Regeln, wie du siehst.«

»Ich war auch zu Hause und bin nirgendshin gegangen«, antwortete Qinglin.

Liu Xiaochuan kam hinzu und fragte: »Du hast dir selbst Gesellschaft geleistet? Frau und Kind sind nicht gekommen?«

»Nein. Ihr Vater ist krank, und ich habe sie mit dem Jungen in ihr Elternhaus geschickt, damit sie sich um den alten Herrn kümmert. Meine Haushälterin ist dieses Jahr nach Hause gefahren, da hatte ich keine Wahl und musste daheimbleiben. Habe auch selten so viel Stille um mich herum, und ich wollte meiner Mutter Gesellschaft leisten. Seid ihr noch nicht am Grab eures Vaters gewesen, um die Riten zu vollziehen? Sagt mir bitte Bescheid, wenn ihr das nächste Mal hingeht, ich möchte dem alten Herrn gern meine Reverenz erweisen.«

»Ich hätte nicht gedacht, dass du daran denkst. Soweit ich weiß, darf man im ersten Jahr nicht das Grab aufsuchen. Die Seele des Verstorbenen schwebt noch um das Grab, sie hat sich noch nicht entfernt. Wenn man sie aufschreckt, dann wird sie auf ihrem weiteren Weg auf Schwierigkeiten stoßen. Ich finde all diese Geschichten wirklich interessant. Wir glauben zwar nicht daran, aber man muss die alten Gebräuche respektieren. Deshalb begnügen wir uns damit, seiner hier zu Hause zu gedenken.«

»Ach, so ist das«, sagte Qinglin. »Aber die Leute von Chu* haben besonderes Gewicht auf die letzte Ruhestätte für die Seele gelegt. Ich habe im Museum gesehen, dass in den Särgen der Leute aus Chu ein Loch gelassen wurde, durch das die Seele des Verstorbenen frei ein und aus gehen konnte. Ich bewundere ihre Phantasie.«

»Sehr interessant«, sagte Liu Xiaochuan. »Was bringt dich heute hierher?«

Qinglin zuckte ein wenig zusammen, dann sagte er: »Ich wollte euch fragen, ob ihr einen Arzt namens Wu kennt?«

»Na klar«, sagte Liu Xiao'an. »Papa hat oft damit geprahlt, dass er ihn aus irgendeinem tiefen Bergwald herausgeholt hat.« Er stockte, als ihm plötzlich etwas auffiel: »Willst damit sagen ... In welcher Beziehung steht er zu dir?«

»Er ist mein Vater.«

Liu Xiaochuan verlor die Fassung: »Was? Das heißt, deine Mutter ist ...«

»Meine Mutter heißt Ding Zitao.«

* Name einer Volksgruppe und eines Königreichs auf dem heutigen Gebiet der Provinz Hubei (ca. 1000 v. Chr.–223 n. Chr.) mit Wuhan als Hauptstadt

Qinglin zog die Fotografie hervor und reichte sie Liu Xiaochuan, dann fragte er: »Ihr … kennt sie?«

Auch Liu Xiao'an stieß einen Überraschungsschrei aus: »Du meine Güte, und ob wir sie kennen! Du bist wirklich ihr Sohn?«

Qinglin antwortete mit belegter Stimme: »Ja.«

Liu Xiaochuan sprang auf und umarmte Qinglin. »Herr des Himmels, das kommt wirklich unerwartet. Du bist tatsächlich der Sohn von Tante Ding. Brüderchen, zum Glück haben wir dich nie schlecht behandelt, sonst würde ich jetzt vor Reue umkommen. Deine Mutter hat mich großgezogen.«

Liu Xiao'an ging plötzlich ein Licht auf: »Warte mal, ich muss nachdenken … Kein Wunder, dass Papa immer davon geredet hat, dass Qinglin ihm bekannt vorkommt und dass er eine Art von Nähe spürt. So als ob er ihn an jemanden erinnern würde. Noch auf dem Schiff hat er mich nach deinem Familiennamen gefragt und war bass erstaunt, als ich ihm gesagt habe, dass du Wu heißt. Du meine Güte, er hat so ein Gefühl gehabt. Seit ihr euch das erste Mal gesehen habt, hat er davon geredet, dass du ihn an jemanden erinnerst und er sich mit dir besonders wohlfühlt. Dass du der Sohn von Doktor Wu bist, hätte ich jedoch nie gedacht. Aber du siehst ihm tatsächlich ähnlich.«

»Jetzt verstehe ich«, sagte Liu Xiaochuan. »Ich habe mich auch die ganze Zeit gewundert, warum Papa so einen Narren an dir gefressen hat. Jetzt stellt sich heraus, dass dahinter so eine lange Verbindung steckt. Dein Vater hat nicht nur das Leben meines Vaters gerettet, sondern auch das meiner Mutter. Beide haben ihm ihr ganzes Vertrauen geschenkt. Bei jeder Erkrankung hat Vater nur geglaubt, was Doktor Wu sagt. Dein Vater war für meine Eltern so etwas wie ein Verwandter. Von deiner Mutter brauchen wir nicht zu reden. Unsere Eltern waren ständig beschäftigt, als wir klein waren, den Haushalt hat praktisch ausschließlich deine Mutter geführt. Wir – ich, mein Bruder und auch unsere Schwester – haben nahezu die ganze Zeit mit ihr verbracht. Jedes Mal wenn Papa früher Doktor Wus Namen hat fallenlassen, hat unsere Schwester gesagt, sie würde ihn hassen, weil er Tante Ding fortgeschleppt hat.«

Qinglin schossen die Tränen in die Augen, er schluckte schwer und sagte dann: »Nach dem Tod meines Vaters hat Mutter als Haushälterin im Haushalt anderer Leute gearbeitet, sie ist daher kaum je aus dem Haus gegangen und hat ungern zu anderen Leuten Kontakt aufgenommen. Das mag der Grund sein, wieso sie auch die Beziehung zu euch abgebrochen hat. Ich war damals noch klein und hatte von alldem keine Ahnung.«

»Und Tante Ding ist die Person, die jetzt so dahinvegetiert?«

»Ja. Körperlich ist sie ganz normal, sie wacht nur nicht aus ihrem Koma auf. Um ihr gegenüber meine kindlichen Pflichten zu erfüllen, habe ich mein ganzes Geld dafür verwendet, ihr dieses Haus im Grünen zu kaufen. Und kaum betritt sie es, fällt sie ins Koma. Ich kann einfach nicht herausfinden, was sie derart aufgeregt hat.«

»Unfassbar«, sagte Liu Xiaochuan. »Ich habe mir das wirklich nicht vorstellen können. Ich will Tante Ding sehen. Wir befinden uns in Trauer, die Regel verbietet uns, andere Familien zu besuchen. Sobald das Laternenfest vorbei ist, komme ich zu euch, um deine Mutter zu besuchen.«

»Ich komme mit«, sagte Liu Xiao'an.

»Danke«, sagte Qinglin. »Vielleicht wacht Mutter, wenn ihr kommt, vor Überraschung auf. Es wäre grandios, wenn das geschieht.«

»Wann hast du denn all das herausgefunden?«, fragte Liu Xuaochuan.

Qinglin berichtete über die Entdeckung der Notizhefte in Vaters Koffer und gab in groben Linien deren Inhalt wieder. Über die Gründe, die zu Vaters einsamer Flucht in die Berge geführt hatten, sagte er nichts. Er war der Überzeugung, dass sein Vater sie als Privatangelegenheit betrachtet hatte und nicht gewünscht hätte, dass irgendjemand etwas darüber erfuhr. Er hielt es für richtig, dass sie vergessen wurden. Er begann daher seine Erzählung mit der Rettung Liu Jinyuans durch ihn und Großvater Wu. Wie sein Vater die Berge verlassen hatte und in die Armee eingetreten war, und schließlich, wie seine Mutter gerettet worden war und ihre Erinnerung verloren hatte.

Dieser Teil der Geschichte war für die beiden Brüder neu. Ihr Vater hatte ihnen gegenüber, womöglich aus Rücksicht auf Ding Zitao, nie davon erzählt. Möglicherweise waren aber auch die beiden Brüder damals zu klein gewesen, um der Geschichte hinreichend Aufmerksamkeit zu schenken.

Ihn beschäftige vor allem, sagte Qinglin, dass seine Mutter in dem Moment, als sie erfuhr, dass das Haus, das sie gerade betreten hatte, ihr eigenes sei, etwas für alle Unverständliches von sich gegeben habe. Sie habe zum Beispiel von einer »Strohhütte des Ertragens« gesprochen und von irgendeiner »Halle«. Beim Anblick eines Bambus habe sie ein Gedicht rezitiert, ein Gedicht des heute kaum mehr bekannten Dichters Xie Tiao. Einiges, was sie gesagt habe, sei mit ihrer Herkunft und Position absolut nicht vereinbar gewesen. Er habe sich gewundert, dem aber keine besondere Bedeutung beigemessen. Als er jedoch im vergangenen Jahr ihren Vater nach Ost-Sichuan begleitet habe, sei in einer Unterhaltung plötzlich der Name »Strohhütte des Ertragens« gefallen. Das habe ihn aus der Fassung gebracht. Jetzt habe er in den Aufzeichnungen des Vaters die Gegend entdeckt, wo seine Mutter gerettet worden sei. Sein Vater habe zahlreiche Vermutungen über Mutters Herkunft angestellt und sei zu dem Ergebnis gekommen, Mutter sei keineswegs eine Tochter aus armem Haus und keine Analphabetin. Nach ihrer Heirat hätte sich Mutter in vielerlei Hinsicht merkwürdig verhalten, auch darüber enthielten die Aufzeichnungen viele Vermutungen. Über Jahre hinweg sei Mutter von Depressionen und Ängsten geplagt worden und habe sich immer geweigert, sich zu erinnern. Die Ärzte hätten erklärt, sie müsse vor ihrem Erinnerungsverlust ein schweres Trauma erlitten haben. Von alldem habe er erst bei der Lektüre von Vaters Aufzeichnungen während des Neujahrsfestes erfahren.

Die beiden Brüder hörten gebannt zu.

»Du meine Güte«, sagte Liu Xiao'an, »das ist ja der reinste Roman.«

»Unvorstellbar«, sagte Liu Xiaochuan. »Lässt sich herausfinden, was ihren Erinnerungsverlust verursacht hat?«

»Keine Ahnung«, antwortete Qinglin. »Ich frage mich nur, ob es ihr helfen würde aufzuwachen, wenn wir die Geschichte ihres Erinnerungsverlustes zurückverfolgen oder Familienangehörige ausfindig machen könnten. Ich will nur, dass sie wieder zu Bewusstsein kommt.«

»Ich verstehe«, sagte Liu Xiaochuan. »Sie muss vor ihrem Gedächtnisverlust eine Familie und Verwandte gehabt haben. Das liegt jetzt fünfzig Jahre zurück, ihr Vater ist sicher nicht mehr am Leben, aber vielleicht gibt es noch Geschwister oder andere Verwandte.«

»In Vaters Aufzeichnungen steht auch, dass sie früher schon einmal ein Kind auf die Welt gebracht hat, das hat ihm der Arzt bei meiner Geburt gesagt. Vater war sehr betroffen. Mutter erinnert sich nicht daran.«

»Du lieber Himmel, vielleicht taucht da jetzt irgendwo ein Bruder oder eine Schwester von dir auf. Damals haben die Frauen sehr jung Kinder zur Welt gebracht, vielleicht gibt es sogar mehr als nur eines. Wenn man die finden könnte, wäre das Aufwachen vermutlich gesichert.«

»Im Moment schwirren mir nur allerhand wirre Gedanken durch den Kopf. Sicher weiß ich nur, dass der Fluss, aus dem sie gerettet wurde, Yonggu-Fluss heißt. Und ich weiß, dass eine ›Strohhütte des Ertragens‹ existiert hat. Das habe ich herausbekommen. Diese ›Strohhütte des Ertragens‹ befand sich an einem Ort namens Hushuidang. In diesem Anwesen gab es viele Bücher. Die Familie hatte zumindest einen Sohn mit Namen Hu Lingyun, der in Chongqing studiert hat. Euer Vater hat ihn gekannt. Aber die Leute dort haben erzählt, er sei irgendwann auf dem Weg nach Hause ermordet worden. Mehr Spuren habe ich nicht. Hushuidang ist vor zig Jahren beim Bau eines Staudamms von der Landkarte verschwunden.«

»Deine Mutter erinnert sich unbewusst an die ›Strohhütte des Ertragens‹. Das bedeutet, es gibt zwei Möglichkeiten: Entweder ist dieser Ort ihr Elternhaus, es kann natürlich auch das Haus der Schwiegereltern gewesen sein. Oder es ist der Ort, wo ihr Unglück geschehen ist. Zu schade, dass Vater dir nicht mehr helfen kann.«

»Ja, schade«, antwortete Qinglin. »Ich bin sicher, dass viele von Vaters Vermutungen zutreffen. Und auch Onkel Liu hätte vermutlich instinktiv ein paar Merkwürdigkeiten auflösen können. Ich zum Beispiel habe per Zufall entdeckt, dass meine Mutter eine erstklassige Stickerin ist. Aber ich habe sie früher niemals sticken sehen.«

Liu Xiao'an und Liu Xiaochuan blickten sich gegenseitig an und erklärten, sich gegenseitig ins Wort fallend, sie hätten zu Hause nie erlebt, dass Tante Ding gestickt habe.

»Ich habe tatsächlich die Gelegenheit verpasst, mit Onkel Liu darüber zu sprechen, er hätte mir sicher viel erzählen können.«

»Mir kommt das vor wie eine Telenovela«, sagte Liu Xiao'an. »Deine Familie steckt wirklich voller Geheimnisse. Sagt mal, ist es der Ort, den man am meisten liebt, oder der Ort, den man am meisten hasst, der sich am tiefsten ins Unterbewusste eines Menschen eingräbt, nachdem er sein Gedächtnis verloren hat.«

Qinglin dachte nach: »Keine Ahnung.«

»Was mich betrifft, ich würde mich wahrscheinlich an den Ort erinnern, den ich am meisten hasse, weil ich nach so einer Verletzung ständig an Rache denken würde.«

»Da siehst du es«, sagte Liu Xiao'an, »bei mir wäre es gerade umgekehrt, ich würde mich an den Ort erinnern, den ich am liebsten habe, weil er mir Kraft geben würde weiterzuleben.«

Er musste anschließend über sich selbst lachen und sagte: »Das hilft dem armen Qinglin jetzt auch nicht weiter.«

Qinglin lachte bitter: »Wer kann so etwas entscheiden?«

»Du solltest am besten vor Ort Nachforschungen anstellen. Deine Mutter und auch du selbst, ihr braucht eine Antwort. Ich gebe dir so lange bezahlten Urlaub, bis du Klarheit geschaffen hast. Ob Verwandte, wenn tatsächlich noch welche leben, deine Mutter aufwecken können, ist nicht sicher. Ich sage mal ganz direkt, deine Mutter ist auch meine Angelegenheit. Ich war kaum auf der Welt, da bin ich an ihren Kopf gelehnt eingeschlafen, und das fünf Jahre lang. Nacht für Nacht hat sie mich in den Schlaf gewiegt. Und im sechsten Jahr ist meine Schwester an ihre Kopfseite gerückt, und ich bin an ihre Fußseite gewechselt. Sie hat mir Essen gekocht, mehr als zehn Jahre lang, meinen Geschmack an gutem Essen verdanke ich ihr. Aber ich war damals eben noch ein Kind, ich wusste nichts über ihre Lebensgeschichte.«

»Das Ganze ist wirklich unfassbar, Qinglin«, sagte Liu Xiao'an. »Als deine Mutter zu uns ins Haus kam, war Xiaochuan noch nicht geboren, und ich war gerade mal drei Jahre alt. Unsere Mutter war verwundet worden, sie hat gekränkelt und war extrem beschäftigt. Wir sind alle mit deiner Mutter aufgewachsen. Ich erinnere mich, als sie fortging, bin ich gerade in die untere Mittelschule gekommen. Als ich damals nach Hause kam, habe ich einen Wutanfall bekommen, weil das Essen der neuen Haushälterin so abscheulich geschmeckt hat.«

»An deinen Wutanfall erinnere ich mich«, sagte Liu Xiaochuan. »Mama hat dich geschimpft und verlangt, dass du dich bei der Neuen entschuldigst. Du hast dich geweigert, bis dir Papa eine Backpfeife verpasst hat.«

»Richtig. Später habe ich im Internat gewohnt und allmählich alles vergessen. Keines von den Hausmädchen, die wir später gehabt haben, war für uns wie eine Familienangehörige. Qinglin, dein Vater ist früh gestorben, und deine Mutter ist in einem schlimmen Zustand. Ab jetzt bist du unser Bruder, ich bin dein ältester Bruder, Xiaochuan dein zweitältester und meine kleine Schwester deine ältere Schwester. Wenn sie heute hier wäre, würde sie dich auf der Stelle unter Tränen umarmen. Sie hat damals am meisten getobt, als deine Mutter fortgegangen ist.«

Qinglin hatte nicht gewusst, dass seine Mutter in dieser Familie eine so wichtige Rolle gespielt und die Liu-Geschwister derart an ihr gehangen hatten. Für eine lange Weile konnte er seine Tränen nicht zurückhalten.

57. Kapitel

Liu Xiao'an und Liu Xiaochuan erschienen tatsächlich nach dem Laternenfest bei Qinglin.

Aber es stellte sich heraus, dass in Ding Zitaos Augen nach wie vor kein Schimmer aufleuchtete, wie sehr sie auch riefen und Geschichten aus der Vergangenheit erzählten.

»Wahrscheinlich sind wir nicht bedeutend genug«, sagte Liu Xiao'an.

»Wer, wenn nicht ihr, ist bedeutend genug?«, antwortete Qinglin.

»Wahrscheinlich die Person, die ihre Verstörung verursacht hat, jemand, zu dem sie eine enge Beziehung hatte. Du hast doch erzählt, dass sie schon mal ein Kind geboren hat, es ist doch möglich, dass sie früher schon einmal verheiratet war? Wenn ihr Mann noch am Leben wäre?«

»Falls es diese Person gibt, würde ich sie bis ans Lebensende pflegen, wenn es ihr gelingt, meine Mutter aus dem Koma zu wecken. Aber was, wenn ich keinen Verwandten ausfindig machen kann? Würde Mama nie wieder zu Bewusstsein kommen?«

Die beiden Brüder schwiegen.

Tatsächlich hatten die beiden diese Frage unterwegs bereits diskutiert und waren zu dem Schluss gekommen, dass die Chance, Tante Ding aus dem Wachkoma zu holen, ziemlich gering war, unabhängig davon, ob man den wahren Sachverhalt herausfinden oder einen Verwandten ausfindig machen würde. Aber sie wollten Qinglin nicht mit dieser Überlegung konfrontieren, sie wollten ihm nicht alle Hoffnung rauben.

Qinglin nutzte die Gelegenheit, ihnen das Haus zu zeigen. Als sie an der Vase vorbeikamen, fragte er: »Wisst ihr, was auf diesem Bild dargestellt wird?«

»Keine Ahnung«, sagte Liu Xiao'an. »Diese alten Bilder sehen doch alle gleich aus.«

Liu Xiaochuan schaute genauer hin: »Das könnte Laozi sein, wie er den Pass überquert.«

»Das hat mir ein Freund geschenkt. Ich hatte auch keine Ahnung, was dieses Bild bedeutet. Ich habe mich noch nie sonderlich für chinesische Kunst interessiert. Aber als Mama die Vase gesehen hat, hat sie sofort gewusst, dass die Bemalung Guiguzi darstellt, der vom Berg herabsteigt. Ich habe daraufhin extra den Freund gefragt, und der hat mir das bestätigt. Laozi überquert den Pass auf einem Büffel reitend, Guiguzi dagegen ist in einem Wagen den Berg hinuntergefahren, der von einem Tiger und einem Leoparden gezogen wurde. Und dann hat Mutter noch gesagt, ihr Vater hätte dieses Motiv oft gemalt. Das alles kam aus ihrem Unterbewussten. Als ich nachgefragt habe, war sie sehr konfus, als habe sie keinerlei Ahnung, wovon sie gerade gesprochen hat.«

»Wo du davon redest«, sagte Liu Xiao'an, »fällt mir plötzlich ein, dass ich einmal, als ich in der Grundschule war, Li Bais Gedicht ›Der schwere Weg nach Shu‹ aus dem Gedächtnis niederschreiben sollte. In der Zeile ›Can Cong und Yu Fu waren Könige von Shu, doch die Gründung des Staates liegt im Dunkel‹ habe ich statt ›Yu Fu‹ (鱼凫) ›Yu Niao‹ (鱼鸟) geschrieben. Da hat Tante Ding gesagt: ›Das Zeichen hast du falsch geschrieben, es muss Yu Fu heißen, nicht Yu Niao.‹ Ich habe ihr damals nicht geglaubt, aber am Ende hat sich herausgestellt, dass sie recht gehabt hat. Also eine Analphabetin ist sie bestimmt nicht gewesen.«

»Dass Mutter ein paar Zeichen beherrscht hat, wusste ich. Sie hat behauptet, sie hätte es in der Alphabetisierungskampagne gelernt. Aber dabei hat man ihr wohl kaum ein so ungebräuchliches Zeichen beigebracht, nicht wahr?«

Auch Liu Xiaochuan schien sich an etwas zu erinnern: »Oha, da ihr gerade davon redet, fällt mir auch etwas ein. Nachdem wir nach Wuhan umgezogen waren, hat ein Freund meiner Mutter das Bild einer klassischen Schönheit geschenkt, mit der Aufschrift: Das Herz höher als der Himmel, der Körper niedriger als Schmutz, Koketterie und Raffinesse erregen Abscheu. ›Was soll ich mit so einem Bild von einem Dämchen?‹, war Mutters Reaktion. Tante Ding stand daneben und goss die Pflanzen. ›Qingwen ist ein junges Mädchen, ein armes Ding‹, sagte sie. ›Was für eine Qingwen? Wer heißt Qingwen?‹, hat Mutter unwirsch gefragt. Tante Ding hat sie wie blöde angestarrt und gesagt: ›Ich weiß nicht. Ich hatte das Gefühl, es wäre Qingwen.‹ Mutter hat das Bild dann doch behalten. Als ich in der oberen Mittelschule den *Traum der roten Kammer* gelesen habe, habe ich herausgefunden, dass sich dieses Zitat wirklich auf Qingwen bezieht. Das bedeutet, dass deine Mutter den *Traum der roten Kammer* gelesen hat und wusste, um wen es sich handelt, als sie die Bildaufschrift sah. Das heißt, sie muss das Buch gründlich gelesen haben.«

Qinglin war höchst erfreut: »Wirklich? War das so? Um den *Traum der roten Kammer* gründlich zu lesen, muss man ziemlich gebildet sein.«

Den Brüdern kamen noch allerhand Erinnerungen in den Sinn,

Ding Zitaos Herkunft und Lebensgeschichte entwickelte sich mehr und mehr zu einem unlösbaren Rätsel.

»Man stößt doch immer wieder auf verwunderliche Dinge, die an einem vorbeirauschen, ohne dass wir ihnen Beachtung schenken. Aber in Wirklichkeit verstecken sich gerade hinter diesen unbeachteten Dingen riesige Rätsel.«

58. Kapitel

Im Frühsommer kehrte Qinglin in Begleitung von Long Zhongyong nach Ost-Sichuan zurück.

Ohne Frage war Qinglin ein pietätvoller Sohn, aber er war zugleich ein Mensch ohne übertriebene Skrupel. Er hatte sich zu lange in der Geschäftswelt bewegt, die Dinge pragmatisch anzugehen war ihm zur Gewohnheit geworden. Die Lektüre der Aufzeichnungen seines Vaters hatte ihn tief erschüttert, und er hatte sich felsenfest vorgenommen, Nachforschungen anzustellen, ohne Rücksicht darauf, wie viel Zeit es ihn kosten würde. Aber kurze Zeit später änderte er seine Meinung. Er hielt die Angelegenheit nicht mehr für so ungeheuer bedeutsam. Die Tage verflossen wie Wasser in einer Schüssel, die Tag um Tag ein paar Tropfen verlor, Tag um Tag verblasste die Dringlichkeit in seinem Gemüt. Wie wichtig war es für sein Leben, so viel Zeit und Energie auf die Suche zu verwenden? Davon abgesehen war die Wahrscheinlichkeit, dass seine Mutter in ihrem Alter noch aus dem Wachkoma erwachen würde, eher gering. Und selbst wenn er einen Haufen Verwandte ausfindig machte, wie sollte er mit all diesen fremden Personen umgehen? Und schließlich, hatte sein Vater nicht klar und deutlich gesagt, man solle diese Dinge nicht ans Tageslicht zerren? Wenn selbst seine Eltern sich nicht erinnern wollten, warum sollte er jeden Stein umdrehen, um die

Wahrheit herauszufinden? Auf sie zu hören ist vermutlich das Beste, dachte er.

Die Zeit ist wahrhaft ein brutaler Geselle. Und die Wirklichkeit ist noch gnadenloser, sie kann einen von Leidenschaft überströmenden Menschen in einen durch nichts aus dem Gleichgewicht zu bringenden Utilitaristen verwandeln. Bei Qinglin war das der Fall. Das Wichtigste für ihn sei, so dachte er, dass er sich darauf konzentrierte, gute Arbeit zu leisten und sein gegenwärtiges Leben so angenehm wie möglich zu gestalten. Im Leben hatte man nach vorn zu blicken und nicht zurück. Man musste mit der Zeit gehen und nicht gegen sie. Auch aus den Aufzeichnungen seines Vaters war ihm diese Lebenseinstellung machtvoll entgegengeschlagen.

Mit diesen Überlegungen schaffte es Qinglin rasch, sich neu zu justieren. Wie einst den Koffer seines Vaters legte er die Angelegenheit in einem unbeachteten Winkel seines Alltags ab.

Dass er plötzlich seine Meinung änderte, war Long Zhongyongs Intervention zu verdanken. Sie erfolgte aus purem Zufall.

Long Zhongyong trug sich seit langem mit dem Gedanken, eine Publikationsreihe über die Gutsbesitzeranwesen im Süden Chinas zu verfassen. Die Anlagen im Mittellauf des Jangtse nahmen in dieser Serie einen wichtigen Platz ein. Ursprünglich konzentrierte sich sein Interesse vor allem auf rein architektonische Aspekte. Doch die Begegnung mit den Hintergründen des »Großen Brunnens« hatte schlagartig seinen Horizont erweitert und seinen Blick verändert. Diese von Privatpersonen aus der Bevölkerung errichteten Gebäude, insbesondere die herrschaftlichen Anwesen reicher Familien, boten in architektonischer Hinsicht kaum neue Entdeckungen. Ihre Entstehung, ihre Veränderungen und ihr Ende dagegen waren für die Forschung von größerem Wert als die Architektur selbst. Von besonderem Interesse war die Tatsache, dass nahezu alle südlichen Herrschaftsanwesen vor einem halben Jahrhundert aufgrund der gesellschaftlichen

Veränderungen innerhalb kürzester Zeit herrenloser Besitz geworden waren. Sie wurden als Schulen, als Speicher oder als Bürogebäude genutzt oder waren vollständig verschwunden. Mit dem Verfall der ursprünglichen Sippenstrukturen befanden sich die meisten der Anwesen heute in ruinösem Zustand. Diese Zerstörung war mehr ein Ergebnis der Zeitläufte als ein Ergebnis der vergehenden Zeit.

Long Zhongyong empfand dieses Thema plötzlich als höchst bedenkenswert. Außerdem waren diese in unzugänglichen Berggebieten versteckten herrschaftlichen Anwesen reicher Sippen am Mittellauf des Jangste, zum Beispiel in Ost-Sichuan, kaum bekannt. Wie waren sie entstanden, wie zugrunde gegangen? Wie hatten die Veränderungen der Lebensverhältnisse durch äußere Einflüsse die stilistischen Merkmale und die Lebensdauer dieser Gebäude beeinflusst? Wurde die Länge ihrer Lebensdauer eher durch die verwendeten Baumaterialien oder durch menschliche Faktoren bestimmt? Sein Forscherdrang war geweckt. Wenn er dieser konzeptionellen Linie folgte, konnte er sich nicht mit Abbildungen begnügen. Er musste sich ein tieferes Verständnis dieser Herrschaftsanwesen erarbeiten. Er musste sich zum Beispiel in historische und psychologische Fragen vertiefen. Der Arbeits- und Zeitaufwand für dieses Projekt würde damit ganz erheblich steigen.

Long Zhongyong rief nach Semesterbeginn Qinglin an, um sich zu erkundigen, ob seine Firma bereit sei, sein Publikationsprojekt materiell zu unterstützen. Er würde in den Veröffentlichungen auf die freundliche Unterstützung durch Qinglins Firma hinweisen. Er erklärte ihm, dass es sich um eine Reihenpublikation handeln sollte, wobei sich der erste Band mit den Herrschaftsanwesen in Ost-Sichuan beschäftigen würde.

Während Qinglin am Telefon den Redeschwall über sich ergehen ließ, mit dem Long Zhongyong seine Absichten darlegte, entflammte die Leidenschaft auf der anderen Seite der Leitung die in seinem Inneren verborgenen Dinge erneut. Ihm kam plötzlich eine Idee: »Die Unterstützung ist kein Problem – ob du die freundliche Unterstützung erwähnst oder nicht, spielt für mich keine Rolle. Ich stelle nur eine Bedingung, wir fahren zusammen dorthin.«

Long Zhongyong war perplex und fragte unverblümt: »Warum? Kannst du dir denn überhaupt freinehmen?«

»Du musst mir auch helfen, ein paar Nachforschungen anzustellen. Ich suche in Ost-Sichuan nach einem Anwesen mit Namen ›Strohhütte des Ertragens‹. Das Anwesen existiert allerdings nicht mehr, es ist in einem Stausee untergegangen. Aber ich suche nach Leuten, die mir Auskunft darüber geben können. Wenn du damit einverstanden bist, stelle ich das Fahrzeug für unsere Touren in Ost-Sichuan.«

Long Zhongyong war überaus erfreut: »Das nennst du eine Bedingung? Ich finde, das ist eine zusätzliche Vergünstigung. Wenn du mitkommst, übernehmen wir die Unterbringungs- und Verpflegungskosten. Du bist ja auch kein Fachfremder, ich erwarte mir von dir viele Hinweise. Aber warum bist du auf der Suche nach diesem Anwesen?«

»Das erkläre ich dir, wenn wir uns sehen.«

Sie einigten sich rasch auf den Abreisetermin. Treffen wollten sie sich in Chongqing. Liu Xiaochuan unterstützte großzügig das Projekt, er telefonierte auf der Stelle mit seiner Firmenvertretung in Chongqing und bat um Bereitstellung eines Geländewagens für Qinglin. Das Fahrzeug solle Qinglin gleich am Flughafen übergeben werden. Zu Qinglin sagte er: »Wann immer du Hilfe brauchst, ein Anruf genügt.«

Kurz vor der Abreise empfing Qinglin jedoch einen unerwarteten Anruf von Liu Xiao'an: »Hör mal, Qinglin, ich habe ein paar Jahre mehr auf dem Buckel und ein bisschen mehr von der Welt gesehen. Was ich sagen will, ist Folgendes: Wenn sich die Suche als sehr schwierig herausstellt, solltest du dir überlegen, ob du sie abbrichst. Es besteht keine Notwendigkeit, irgendeine Wahrheit herauszufinden. Dir muss klar sein, dass es in vielen Angelegenheiten keine absolute Wahrheit gibt. Im Leben kommt es oft darauf an, Dinge nicht zu komplizieren und Schwierigkeiten aus dem Weg zu gehen.«

Das Telefonat brachte Qinglin ein wenig aus der Fassung, aber er hörte geduldig zu. Er fing sich wieder, stellte sich ans Fenster und dachte lange nach.

Long Zhongyong musste die Reise allein antreten, da die Studenten, die ihn das letzte Mal begleitet hatten, andere Unterrichtsverpflichtungen hatten. Als er mit Qinglin zusammentraf, war er geradezu überschwänglich: »Wirklich unglaublich, dass wir so viele Jahre nach unserem Studienabschluss gemeinsam auf eine fachliche Exkursion gehen. Bist du dir sicher, dass du dich nicht überhastet aus einem plötzlichen Impuls dazu entschlossen hast? Oder hast du Krach mit deiner Alten und willst dich für ein Weilchen absetzen?«

Qinglin lachte: »Wo denkst du hin! Ich habe private Gründe.«

Anschließend erzählte er detailliert, was er in den Notizen seines Vaters über die Herkunft der Mutter erfahren hatte.

Long Zhongyong verschlug es die Sprache: »Wie schaffst du es, so ruhig zu bleiben. Allein dass du es ausgehalten hast, vom Neujahrsfest bis heute abzuwarten, ist mir unbegreiflich. Ich werde dich überallhin begleiten. Das ist wichtiger als mein Buch.«

Qinglin lachte: »So dramatisch ist es nicht. Zu Beginn war ich auch fürchterlich aufgeregt, aber als ich mich nach einer Weile beruhigt hatte, habe ich gründlich nachgedacht. Ich habe mich gefragt, welche Bedeutung die Angelegenheit für mich hat. Mein Vater hat alles unternommen, um zu vergessen, meine Mutter verweigert jede Erinnerung, man hat den Eindruck, sie hätten sich ein ganzes Leben lang dagegen gewehrt. Ich bin sicher, sie hatten gute Gründe dafür.«

»Und welche?«

»Es gibt Dinge auf dieser Welt, an die man sich besser nicht erinnert. Anders ausgedrückt, manche Menschen und manche Dinge auf dieser Welt muss man vergessen.«

Long Zhongyong gab lange Zeit keine Antwort. Erst als sie Chongqing hinter sich gelassen hatten, sagte er: »Das stimmt. Es ist nur so, dass es immer Menschen geben wird, die sich dafür entscheiden, sich an Menschen und Dinge zu erinnern, auch wenn andere Menschen sich entscheiden, sie zu vergessen.«

Qinglin schwieg.

Sie übernachteten nicht in Wan. Qinglin lud lediglich Long Zhongyong zu einem Bratfisch in das Restaurant ein, wo er beim letzten Mal mit Liu Jinyuan gegessen hatte. Anschließend fuhren sie direkt weiter zum Haus von Li Dongshui.

Der altersgebrechliche Li Dongshui war bettlägerig und nicht mehr in der Lage aufzustehen. Sein Sohn Maozi beteuerte mehrfach, er habe nur vom Dorf Hushuidang gehört, von einer »Strohhütte des Ertragens« wisse er nichts. Schließlich sei es dorthin ein gutes Stück Weg, und damals seien die Verkehrsverhältnisse sehr schlecht gewesen. Einen Informationsaustausch hätte es kaum gegeben.

Maozi führte sie zum Haus des Alten, der die »Strohhütte des Ertragens« erwähnt hatte, als sie das erste Mal dort gewesen waren. Auch der wiederholte mehrfach, er könne nur wiedergeben, was er damals vom durchreisenden Genossen der Arbeitsgruppe gehört habe, mehr könne er nicht sagen. Nur weil er damals das Wort »Strohhütte« mit dem gleichlautenden Wort »Ofen« verwechselt habe, sei ihm die Bezeichnung des Anwesens merkwürdig vorgekommen, und er habe nachgefragt. Deshalb erinnere er sich daran. Sonst hätte er die Sache vermutlich längst vergessen.

Hier endete die Spur.

»Wir müssen Leuten finden, die damals in Hushuidang gelebt haben«, sagte Long Zhongyong. »Wir müssen herausfinden, wohin sie umgesiedelt wurden.«

»Ich hatte die gleiche Idee«, sagte Qinglin. »Wir fahren in die Kreisstadt zurück und suchen dort im Archiv, ob es Unterlagen gibt, in denen vermerkt ist, wohin die Leute aus Hushuidang umgesiedelt wurden.«

»Das war in den fünfziger Jahren, ich fürchte, da wurden keine Unterlagen angefertigt.«

»Es gibt noch einen anderen Weg: Wir suchen nach dem Yonggu-Fluss und marschieren flussaufwärts. Meine Mutter ist damals aus dem Fluss gerettet worden. Vielleicht entdecken wir irgendetwas an einem der beiden Flussufer. Wir befinden uns dort mehr oder weniger im Hinterland von Ost-Sichuan; wenn wir vor Ort zufällig auf Herrschaftshäuser oder andere alte Gebäude stoßen, können wir das für unser Forschungsprojekt verwenden.«

»Keine schlechte Idee, wir schlagen zwei Fliegen mit einer Klappe.«

Sie übernachteten im Marktflecken Xiangshui, und kurz vor Mittag des nächsten Tages kamen sie an den Yonggu-Fluss.

Ursprünglich hatte Qinglin vorgehabt, flussaufwärts zu fahren. Theoretisch hörte sich das einfach an, aber in der Praxis stellte es sich als schwierig heraus. Am Fluss entlang gab es so gut wie keine befahrbaren Wege, sie mussten zahlreiche Umwege und Schleifen machen. Häufig hatten sie Berge zu überwinden und ebenso häufig Täler zu durchqueren. Oft erwiesen sich Berghänge, die aus der Ferne sanft anzusteigen schienen, als seltsam geformte und steile Felswände, wenn man näher kam. Berg reihte sich an Berg, Tal an Tal. Unterwegs erzählte Qinglin Long Zhongyong Geschichten über die Banditen, die damals in dieser Gegend gehaust hatten.

Long Zhongyong blickte aus dem Wagenfenster auf das Gelände und seufzte anerkennend: »Kein Wunder, dass es hier so viele Banditen gab. Bäume und Gras, fruchtbare Erde und Wasser. Der Boden gibt her, was man zum Leben braucht. Man kann sich leicht verstecken und schnell verschwinden.«

»Du glaubst wohl, dass es damals sehr angenehm war, Bandit zu sein.«

»Jedenfalls lebte man besser als die armen Leute, wie wäre es sonst zur Banditenplage gekommen?«

»Da hast du wohl recht. Wenn aus einem Einzelfall ein allgemeines Phänomen wird, hat das tiefer gehende Gründe.«

So zuckelten die beiden durch die Gegend, kamen sie in ein Dorf, stiegen sie aus, um sich zu erkundigen. Sie trafen unterwegs viele alte Leute, die sie befragten, ernteten aber immer nur Kopfschütteln. Sie fuhren mehrere Tage beide Flussufer ab, fanden auch ein paar alte Anwesen, keines davon sehr groß und alle heruntergekommen und halb verfallen. Von einer »Strohhütte des Ertragens« hatte offenbar niemand gehört. Das erfolglose Herumfragen ließ in Qinglin schwere Zweifel aufkommen, es schien, als ob es eine »Strohhütte des Ertragens« nie gegeben hätte. Er fragte sich sogar, ob er sich nicht verhört hatte.

Die meisten Dörfer im Hinterland von Ost-Sichuan waren sehr still, sie machten einen nahezu ausgestorbenen Eindruck, womöglich lag es an der geringen Zahl von Einwohnern. Der Raps war bereits geerntet, der Frühjahrsmais ausgesät, doch zeigten sich noch keine Sprossen in Reih und Glied, das Grün auf den Feldern wirkte noch blass. Dort, wo es Dörfer gab, bildeten Bäume und Sträucher ein dichtes Grün, die Ruhe des ländlichen Lebens schien tief darin verborgen.

Long Zhongyong gab unterwegs unaufhörliche Seufzer von sich, mehr verbitterte als anerkennende. Die anerkennenden Seufzer galten der Natur, die bitteren den menschlichen Eingriffen. Er beklagte sich unaufhörlich über die Hässlichkeit der neu gebauten Häuser und über den miserablen Zustand der alten. Abgesehen von der Landschaft sei nichts, was von Menschenhand geschaffen wurde, akzeptabel. Er betonte ständig, dass die in der Vergangenheit von den Leuten selbst gebauten Häuser in einer harmonischen Beziehung zur natürlichen Umgebung stünden, Gebäude und Landschaft würden ein Gefühl gegenseitiger Abhängigkeit und Nähe schaffen. Heute dagegen seien überall Architekten am Werk, Baumaterialien und Werkzeuge hätten rasante qualitative Fortschritte gemacht, aber die Häuser und die Dörfer würden immer hässlicher. Jedes einzelne Gebäude sperre sich gegen die natürliche Umgebung, als wolle es hochmütig Himmel und Erde verkünden: »Ich will mit Absicht nicht mit euch harmonieren, ich will mit Absicht keine liebliche Landschaft entstehen lassen, ich will sie im Gegenteil absichtlich mit eitrigen Narben verunzieren. Ich will euch Kontra geben.«

»Schau nur hin!«, fuhr er fort. »Sieh es dir an! Schau dir Chongqing an, und du weißt Bescheid. Eine Stadt, die einem den Eindruck einer klaren und reichen Schichtung gemacht hat, die absolut hätte schichtweise wachsen können. Nein, man muss unbedingt auf den Bergspitzen die Erde abtragen, um Hochhäuser daraufzustellen. Man besteht darauf, eine mit einem perfekten Gefühl für Schichtung auf Bergen errichtete Stadt restlos zu ruinieren. Geht man heute in der Stadt durch die Straßen, sieht man keine Dächer mehr*, man fühlt sich erdrückt. Ein Jammer, ein wirklicher Jammer!«

»Das nennt man: ›mit dem Herrn des Himmels um die Höhe konkurrieren‹«, lachte Qinglin.

»Anstelle des Prinzips der Wertschätzung für Harmonie hat man das Dogma gesetzt, dass es für den Menschen kein größeres Vergnügen gibt, als gegen Himmel und Erde zu kämpfen. Was für eine Dummheit, wirklich, einfach dumm!«

Das Herumkutschieren kreuz und quer in der Gegend kostete viel Zeit und verschaffte den beiden mehr als genug Gelegenheit, sich zu unterhalten. Es gab viel zu schimpfen. Ringsum von

* Chongqing war für seine weit auskragenden »fliegenden Dächer« berühmt, die ein architektonisches Merkmal der Stadt bildeten. Die dazugehörigen Gebäude wurden in den achtziger Jahren des letzten Jahrhunderts nahezu vollständig abgerissen.

Bergen umgeben, hatten sie über lange Strecken keinen Netzanschluss.

Qinglin erhielt wenige Anrufe, aber Long Zhongyongs Telefon gab unaufhörlich Töne von sich, mal waren es Kurznachrichten, mal Anrufe. Er quasselte unterwegs unaufhörlich in sein Mobiltelefon. Im Anschluss an einen Anruf eines seiner Studenten sagte er plötzlich zu Qinglin: »Erinnerst du dich, dass wir beim letzten Mal über ein Anwesen mit herumgeisternden Seelen gesprochen haben, das wir besuchen wollten? Mein Student sagt, es müsse sich hier in der Gegend befinden. Was hält uns davon ab, dorthin zu fahren? Wir werden die Nachforschungen über die ›Strohhütte des Ertragens‹ natürlich nicht aufgeben. Was meinst du?«

»Ich habe keine Einwände.«

Long Zhongyong durchforstete sein Mobiltelefon, bis er die Adresse fand, die ihm der Student geschickt hatte, und las vor: »Wir fahren in Richtung Jixiang. Wenn wir in Zhuxiwan angelangt sind, ein kurzes Stück weiter, dann sieht man auf dem Gipfel eines Berges einen aufragenden Wachtturm. Wir fahren darauf zu, immer geradeaus, dann sind wir da. Die Dorfbewohner sind einfache und anständige Leute, der Dorfvorsteher ist gebildet, sie sollten uns weiterhelfen können.«

Qinglin warf einen Blick auf die Landkarte und stellte fest, dass nach ihrem ständigen planlosen Herumfahren in der Gegend der Ort tatsächlich nicht allzu weit entfernt war. Er stieg daher aus dem Wagen und erkundigte sich im Ort nach dem Weg, dann verließen sie den Fluss und fuhren drauflos.

Nach kurzer Fahrt bogen sie von der geteerten Landstraße auf einen Wege ab, auf dem der Wagen hin und her schwankte wie ein Boot auf dem Meer. Sie mussten ihre Fahrt im Schritttempo fortsetzen. Sie erreichten ein Städtchen namens Heilong und beschlossen, da es bereits dunkel geworden war, dort zu übernachten und am nächsten Tag bei Tageslicht nach Jixiang weiterzufahren.

Sowohl Heilong wie Jixiang stellten sich als tief in den Bergen versteckte Marktflecken heraus, die Außenstehenden nahezu unbekannt waren. Sie hatten aufgrund der schwierigen Verkehrsverhältnisse auch wenig Kontakt zur Außenwelt. Etwas unheimliche Orte, eingehüllt in die düsteren Schatten der Berge. »Das erinnert mich an den ›Großen Brunnen‹ in Boyang«, sagte Qinglin. »Wenn dieses Anwesen der herumgeisternden Seelen auch so groß ist, frage ich mich, was es für Leute gewesen sind, die sich hier in der Wildnis im tiefsten Bergland ihre Häuser errichtet haben. Allein schon der Transport des Baumaterials muss extrem schwierig gewesen sein.«

»Wir mögen das nicht verstehen, aber seltsame Leute hat es schon immer gegeben«, antwortete Long Zhongyong.

Das Städtchen war kalt und still, alles war geschlossen. Die beiden waren vom Herumfahren sehr ermüdet und gingen früh schlafen. Am nächsten Morgen, als sie nach dem Aufstehen in einem kleinen Imbiss ihr Frühstück einnahmen, fragten sie nebenbei nach dem Anwesen der herumgeisternden Seelen. Und hier kannten viele Leute das Gebäude. Man sagte ihnen, sie sollten zwanzig bis dreißig Kilometer in westlicher Richtung fahren und, noch bevor sie Jixiang erreichten, auf halbem Weg abbiegen. Anschließend ermahnte man sie, sich unbedingt bei Tageslicht dort aufzuhalten und es auf keinen Fall nachts zu betreten, es gebe dort schrecklich viele Geister. Nachts würden sich dort einige besonders unartige Gespenster an den Körpern lebender Menschen festklammern. Die Erzählungen waren haarsträubend. Aber sie weckten in der Tat das Interesse Qinglins und Long Zhongyongs.

Es folgte eine weitere holperige Wegstrecke, die sich durch Wälder und über Stock und Stein hinzog. Aus dem Autoradio ertönte »Der stille Bergwald« der Gruppe Bandari. Long Zhongyong öffnete das Wagenfenster, die Melodie wehte hinaus ins Freie und hallte als Echo zwischen den Bergen wider. Sie ließ sich in den Ästen der Bäume nieder, als hingen die Noten wie

Früchte an den Zweigen. Man hatte tatsächlich ein Gefühl allgegenwärtiger Harmonie.

»Wenn der Chef wüsste, wofür wir seinen Wagen benutzen, würde es ihm in der Seele wehtun.«

»Bei all den Versprechungen, die er dir gemacht hat, wird er sich kaum Sorgen wegen des Wagens machen«, sagte Long Zhongyong. »Dass wir heil aus diesen Bergen herauskommen, verdanken wir vor allem diesem Wagen. Darüber sollte er sich freuen.«

Qinglin musste lachen, und dabei sah er an einem Berg einen ausschwingenden Dachfirst hervorlugen.

Sein Lachen brach abrupt ab. Anschließend erfolgte ein Überraschungsschrei Long Zhongyongs: »Was für ein prachtvolles schwingendes Dach!«

Sie kamen allmählich näher, ihr Ziel wurde immer deutlicher sichtbar. Es war ein aus Steinen gemauerter Wachtturm. Der hochragende Baukörper stand auf der höchsten Stelle eines Berges und bildete gewissermaßen dessen Gipfel. Auf die Plattform an seiner Spitze hatte man einen viereckigen, oben spitz zulaufenden Pavillon hinzugefügt, mit vier ausschwingenden Dachecken wie ausgestreckte Flügel, als solle der ganze Turm vom Boden abheben und in die Luft fliegen.

Die Sonne schien an diesem Tag nur schwach, aber wo sie auf den Turm traf, blendete sie dennoch die Augen. Selbst die ausgebleichten Trägerbalken und Pfosten und die morsche Dachkonstruktion strahlten einen seltsamen Glanz aus.

Beim Näherkommen konnte man durch die Zweige der Bäume die Gewehrluken in der Mauer erkennen. Eine endlos lange Umfassungsmauer erstreckte sich vom Fuß des Wachtturms den Berghang entlang. Auch die Mauer war aus Steinen gebaut, in regelmäßigen Abständen waren viereckige Schießluken in sie eingelassen. Die Mauer senkte sich dem Berggelände folgend immer weiter, um schließlich in dichtem Gehölz zu verschwinden.

»Wie vielen Banditenangriffen mag ein solches Bauwerk widerstanden haben?«, fragte Long Zhongyong.

»Die Banditen haben hier in Ost-Sichuan über hundert Jahre gehaust, jedes der Dörfer hat seine Abwehrmaßnahmen ergriffen«, erklärte Qinglin. »Ich habe, als wir den ›Großen Brunnen‹ verlassen haben, den Vater meines Chefs durch Ost-Sichuan begleitet. Er war es, der meinen Vater in die Armee gebracht hat. Dieser alte Revolutionär hat hier in dieser Gegend die Banditen bekämpft. Er hat mir voller Stolz erzählt, dass in den fünfzig Jahren, nachdem sie ihre Aufgabe gründlich erledigt haben, kein einziger Bandit mehr hier aufgetaucht ist. Die Bevölkerung lebt seither hier in Frieden und wird nicht mehr von Banditen geplagt. Er hielt das für eine beispiellose Großtat.«

»Nach dem, was ich unterwegs gehört habe, ist es hier auch bei der Bodenreform sehr brutal zugegangen«, sagte Long Zhongyong.

Qinglin gab einen tiefen Seufzer von sich: »Wohl wahr. Es war eben Revolution, da ging es um Leben und Tod, das ist nun mal so. Leute wie wir sind da machtlos. Allerdings, wenn man die Art der Gebäude dieser alten Privatanwesen und die Anlage der Mauern und Höfe betrachtet, muss die Abwehr von Banditen in ihrem Leben tatsächlich einen wichtigen Platz eingenommen haben. Das Anwesen hier erinnert mich an die hohe Mauer um die Ahnenhalle der Li-Sippe.«

»Per Luftlinie dürfte der Marktflecken Poyang nicht allzu weit von hier entfernt sein«, sagte Long Zhongyong.

Sie erreichten noch vor Sonnenuntergang Zhuxiwan. Sie mussten nicht lange fahren, bis sie das Dorf erblickten.

Das kleine Dorf wirkte in der Dämmerung so still, als sei es unbewohnt. »Wir sollten uns nach einer etwas besseren Unterbringung für die Nacht erkundigen. Als Herr über die Finanzen solltest du dich nicht lumpen lassen.«

Qinglin lachte: »Hundert Kuai pro Tag, einschließlich Unterkunft und Verpflegung, dürften sie hier vermutlich als ein Geschenk des Himmels betrachten.«

Long Zhongyong musste ebenfalls lachen: »Mach zweihundert Kuai pro Person draus, damit wirst du vom Krösus zum Wohltäter. Wer hier in so einem Berggebiet lebt, hat es nicht einfach, sei nicht so knauserig.«

»Was bleibt mir da noch übrig?«, sagte Qinglin.

59. Kapitel

Qinglin fuhr am Anwesens der herumirrenden Seelen vorbei. Da das Anwesen dicht von Bäumen umwachsen war, fand er das Eingangstor nicht, nicht einmal die Umfassungsmauer konnte er klar erkennen. »Du lieber Himmel, an dieses Anwesen kommt man aber schlecht ran«, sagte er.

»Man hat uns doch gesagt, dass es unbewohnt ist. Ganz offensichtlich kümmert sich niemand um die Zufahrt.«

Zhuxiwan hieß die benachbarte Flussbiegung, der Fluss war sehr seicht, kaum mit dem Boot befahrbar, überall ragten Felsbrocken aus dem Wasser. Das Dorf hieß Luxia, es war winzig, selbst das Ortsschild versteckte sich im Schatten der Berge. Es bestand aus wenigen Steinhäusern, die aussahen wie am Fuß des Berges verstreute, vom Berg herabgekollerte Felsbrocken. Ein paar Bäume, dorniges Gestrüpp und Schilf, sodass die Silhouette des Dorfes von weitem kaum zu erkennen war.

Sie fanden den Dorfvorsteher, sein Haus machte einen einladenden Eindruck, sie baten daher direkt um Quartier. Zu ihrer größten Zufriedenheit befand sich im Innern des neu gebauten Hauses tatsächlich eine Toilette. Der Dorfvorsteher hieß Lu, mit vollem Namen Lu Huanxi, er war circa dreißigjährig. Er erzählte, dass er in Shenzhen und Chongqing gearbeitet hatte. Er sei des städtischen Lebens überdrüssig gewesen und habe ins Heimatdorf zurückgewollt. Draußen sei er nichts als ein Wanderarbeiter im Dienst anderer gewesen und habe keinerlei gesellschaftliche Position besessen. Er sei nach Hause zurückgekehrt, um sein eigener Herr zu sein. Hier sei er überall unter den Dorfbewohnern respektiert. Das Geld sei freilich knapp, aber hier zu leben gebe ihm nicht nur Stellung und Ansehen, sondern sogar Zukunft. Selbstironisch meinte er, früher habe es immer geheißen, ohne Geld kein Respekt, und man habe es verdient, herumgeschubst zu werden. Aber er halte dagegen, dass auch Menschen ohne Vermögen Respekt verdienten.

Viele Häuser im Dorf seien unbewohnt. Früher habe es hier zahlreiche Familien gegeben. Aber der Ort sei zu abgelegen, so seien die Leute einer nach dem anderen fortgezogen. »Das Leben in der Stadt ist so viel bequemer«, sagte Lu Huanxi. »Dazu kommt, dass man in der Stadt leicht sein Auskommen findet, wenn man sich nur anstrengt. Was immer man auch arbeitet, man verdient ein Vielfaches dessen, was man im Dorf in Monaten einnimmt.«

Das Dorf war keineswegs so arm, wie es sich Qinglin und Long Zhongyong vorgestellt hatten. Es hatte Strom, und einige Familien hatten sogar einen Fernseher. Internetanschluss gab es jedoch nicht, und der Strom wurde kurz nach neun Uhr abends abgeschaltet. Am Wochenende gab es etwas länger Strom. »Von hier ist es nicht weit zum Drei-Schluchten-Damm, die Stromzufuhr sollte da kein Problem sein«, sagte Long Zhongyong.

»Wir sind schon froh, dass wir überhaupt Strom haben. Später am Abend liegen die Leute hier sowieso schon in den Federn.«

Sie unterhielten sich eine gute Weile, schließlich brachten sie doch das Anwesen der herumirrenden Seelen aufs Tapet.

»Das Haus steht schon seit über zweihundert Jahren«, erklärte der Dorfvorsteher Lu. »Wir nennen es das Gespensterhaus. Die

Bezeichnung ›Anwesen der herumirrenden Seelen‹ hat irgend so ein Bürschlein von einem Studenten, der zum Vergnügen hier herumgereist ist, erfunden. Im Gespensterhaus gibt es tatsächlich Gespenster, ich sage das in vollem Ernst. Nach Einbruch der Dämmerung wagt sich kein Dorfbewohner in die Nähe der Mauer. Man hört dann die Geräusche der Geister, die in den Höfen herumspuken.«

»Was für Geräusche?«, fragte Qinglin aufgeregt.

»Alle möglichen. Man hört sie lachen, man hört sie weinen, und man hört auch menschliche Stimmen. Es heißt, dass der alte Herr Lu, der frühere Besitzer, eine einschüchternde Person gewesen ist, man kann noch oft seine zornige Stimme hören. Sobald Wind aufkommt, sind von überallher dröhnende Schläge und winselnde Töne zu hören, so als ob drinnen ein Haufen Leute zugange ist. Außerdem dringt vom Berg herab ein lautes Schluchzen. Bei Gewitter dröhnt das zornige Gebrüll des alten Herrn Lu wie der Donner, wie das Brüllen des Donnergottes.«

»Und was brüllt er?«, fragte Long Zhongyong neugierig.

Lu Huanxi senkte seine Stimme und stieß in einem einschüchternden und grollenden Ton hervor: »Weiches Begräbnis! Weiches Begräbnis!«

Qinglin zuckte zusammen: »Was?«

»Weiches Begräbnis! Das Zeichen ›ruan‹ wie ›weich‹ und das Zeichen ›mai‹ wie ›Begräbnis‹.«

»Moment! Diesen Ausdruck habe ich schon irgendwo gehört.«

»Und was soll er bedeuten?«, fragte Long Zhongyong.

»Das bedeutet, jemanden direkt in der Erde einzuscharren, ohne irgendetwas. Ohne Sarg, nicht einmal in eine Strohmatte eingewickelt. Bei uns sagen die alten Leute, wenn jemand mit so viel Wut und Groll stirbt, dass er nicht wiedergeboren werden will, dann verlangt er für sich ein weiches Begräbnis.«

Qinglin sprang plötzlich auf und rief: »Jetzt fällt es mir ein. Als Vater damals den Verkehrsunfall hatte, hat Mutter am Unfallort geschrien: ›Kein weiches Begräbnis!‹ Genau, das hat sie damals gerufen.«

Er hatte plötzlich das Gefühl, irgendetwas Greifbares befinde sich in seiner Nähe und käme seinen Fingerspitzen immer näher.

»Das höre ich wirklich zum ersten Mal«, sagte Long Zhongyong. »Warum schreit er ›Weiches Begräbnis‹? Hat er sich etwa selbst weich begraben lassen?«

»Ja«, sagte Lu Huanxi. »Sie werden das verstehen, wenn Sie morgen bei Tag ins Gespensterhaus gehen.«

In dieser Nacht schlief Qinglin unruhig.

Bei jedem seiner Besuche hier in Ost-Sichuan gab es irgendetwas, das mit den Wortfetzen, die seine Mutter von sich gegeben hatte, zusammentraf. Welche Beziehung bestand zwischen seiner Mutter und diesem Ort, welche Zusammenhänge bestanden zwischen all diesen Dingen? Er fand keine Antwort. Im Halbschlaf hatte Qinglin den Eindruck, dass eine Stimme direkt neben ihm unablässig rief: »Weiches Begräbnis! Weiches Begräbnis!« Mal klang sie einschüchternd und greisenhaft, mal schrill und traurig. Die erste Stimme war ihm fremd, in der zweiten erkannte er das Rufen seiner Mutter.

Sogar der Ort des Verkehrsunfalls seines Vaters erschien ihm im Traum. Der zum Schrei geöffnete Mund seiner Mutter, das Erschlaffen und Niedersinken ihres Körpers traten ihm klar und deutlich vor Augen.

60. Kapitel

Früh am nächsten Morgen folgten Qinglin und Long Zhongyong nach einem gemeinsamen Frühstück im Haus Lu Huanxis dem Dorfvorsteher ins Geisterhaus.

Lu Huanxi erklärte, dass das Geisterhaus bereits so lange existiere, dass man sich von klein auf daran gewöhnt habe und es nicht mehr als etwas Besonderes betrachte. Vor ein paar Jahren habe ein aus dem Dorf stammender Mittelschüler mit einigen Schulkameraden aus Fengjie einen Ausflug hierher gemacht, sie hätten fotografiert und damit nach und nach ein paar Auswärtige motiviert hierherzukommen, um sich diese Merkwürdigkeit anzuschauen. Die Schulbuben hätten die Bezeichnung »Anwesen der herumirrenden Seelen« erfunden, von wem genau sie stamme, wisse er nicht. Im Dorf rede man üblicherweise vom Geisterhaus. Wann das Wort aufgekommen sei, wisse auch niemand mehr. Er jedenfalls habe von Kindesbeinen an gewusst, dass es das Geisterhaus wäre, ohne dass ihm das von jemandem direkt gesagt wurde. Es gebe zahlreiche Innenhöfe und Räume im Anwesen, alle stünden leer. Es würde kaum je von einem Dorfbewohner betreten, geschweige denn, dass jemand wagte, dort zu wohnen. Als Kinder seien sie von den Erwachsenen ermahnt worden, sich nicht in seiner Nähe herumzutreiben. Abgesehen von den wenigen Besuchern oder Beamten, die er durch die Räume führen müsse, ginge auch er nicht dorthin.

Gegenwärtig sei der einzige Bewohner des Geisterhauses ein verrückter alter Mann. Er sei ein Fürsorgefall und lasse sich so gut wie nie außerhalb des Anwesens sehen. Das Dorfkomitee versorge ihn von Zeit zu Zeit mit einem Sack Reis oder einem Beutel Salz, er selbst pflanze im Garten des Anwesens Kartoffeln und Gemüse.

»Kann er uns etwas über die Geschichte des Hauses erzählen?«, fragte Long Zhongyong.

»Er ist über siebzig, früher war er Diener der Familie, er sollte einiges wissen. Aber wie gesagt, er ist verrückt und wahrscheinlich nicht in der Lage zu erzählen, was er weiß.«

Die Mauer um das Geisterhaus herum war sehr lang. Während er daran entlangfuhr, bemerkte Qinglin: »Das ist wirklich ein großes Anwesen.«

»Können wir auf den Wachtturm steigen, um es von oben zu überblicken?«, fragte Long Zhongyong.

»Der Verrückte lässt es nicht zu, dass man dort hochsteigt. Ich bin nie oben gewesen. Vermutlich war niemand aus dem Dorf je dort oben.«

»Dieses Herrschaftsanwesen ist eine Attraktion. Wenn euer Dorf den Tourismus entwickeln würde, kämen bestimmt viele. Die Leute im Dorf könnten in ihren Häusern Unterkünfte anbieten. Man müsste nur die Straße in Ordnung bringen, dann würde euer Dorf innerhalb kurzer Zeit wohlhabend.«

»Daran habe ich auch gedacht«, sagte Lu Huanxi. »Aber es geht nicht.«

»Warum?«, fragte Long Zhongyong. »Ich könnte euch helfen, vom ganzen Anwesen Zeichnungen anzufertigen und eine Fotoserie aufzunehmen. Das Material könntet ihr gut für die Außenwerbung verwenden. Wenn die Anlage zweihundert Jahre alt ist, dann müssen sich viele Stilelemente der Privathäuser der Qing-Dynastie und der Republikzeit in den Gebäuden finden lassen, sie würden unter die Schutzbestimmungen für kulturelles Erbe fallen.«

»Nichts zu machen«, sagte Lu Huanxi. »Die alten Leute im Dorf wollen nicht, dass Auswärtige ins Gespensterhaus kommen. Das würde die Seelen der Angehörigen der Lu-Familie stören und dem Dorf schreckliches Unglück bescheren.«

»Was? Wie kommen sie denn darauf?«, fragte Qinglin.

»Geht selber hin und schaut es euch an, dann versteht ihr. Ich will nicht darüber sprechen. Niemand im Dorf möchte das.«

Das klang noch mysteriöser und ließ Qinglin und Long Zhongyong ratlos zurück.

Das Gespensterhaus war nicht weit vom Dorf entfernt, es lag hinter einem Waldstück. Offenbar war seit langem niemand mehr hier gewesen, der Weg war von Gras überwuchert. Am Fuß der Mauer befanden sich ein paar verfallene, unbewohnbare Anbauten. Lu Huanxi wies darauf und sagte: »Das waren die ehemaligen Pferdeställe der Familie Lu, nur sie hatten hier früher Pferde. Mit dem Pferdewagen konnte man den kurzen Weg durch die Berge nehmen und war innerhalb eines Tages in Wan. Die Pferde aus Ost-Sichuan waren sehr berühmt, ihr habt sicher davon gehört.«

Sie erreichten den Waldrand, für den Wagen gab es dort kein Durchkommen. Ein deutlich sichtbarer Weg aus Granitplatten führte durch den Wald zur Umfassungsmauer des Anwesens. Erst als sie davorstanden, sahen sie ein in die Wand eingelassenes kleines Tor. Sie ließen den Wagen stehen und gingen darauf zu.

»Ist das die Hintertür?«, fragte Qinglin

»Nein, das ist das Haupttor. Das Geisterhaus hat nur dieses eine Tor!«

Erstaunt fragte Qinglin: »Ein so großes Anwesen hat nur so einen kleinen Eingang?«

»Hier in Ost-Sichuan war das anscheinend üblich«, erklärte Long Zhongyong. »Diese Art von kleinem Eingang habe ich auch in einem anderen Anwesen, dem Wohnsitz einer Familie Chen, gesehen.«

»Die alten Leute bei uns sagen, ein kleiner Eingang zu einem großen Gebäude bedeutet, dass die Familie früher Opiumhandel getrieben hat. Das war kein ehrenhaftes Gewerbe, deswegen hatte sie kein Anrecht auf ein richtiges Eingangstor und musste sich mit einem Seiteneingang oder einem kleinen Tor begnügen.«

»Diese Erklärung ist allerdings interessant. Und wieso haben sich Leute, die sich ein so großartiges Anwesen leisten konnten, solchen Regeln gebeugt?«

»Das siehst du falsch«, antwortete Long Zhongyong. »In China waren die Regeln auf dem Land früher sehr streng. Du magst ein Krösus gewesen sein, aber du warst eben nur reich und nicht wirklich vornehm.«

»Das bedeutet also, dass die Familie Lu früher im Opiumhandel tätig war.«

»Ihre Vorfahren haben mit Opium gehandelt. Als sie reich geworden sind, wurde einer von ihnen Beamter am Kaiserhof. Und später haben sie ihre ganzen Mohnpflanzungen in Teeplantagen umgewandelt. Schon vor der Republikzeit waren sie anständige Geschäftsleute. Aber sie haben das Anwesen so gelassen, wie es der Vorfahre gebaut hat. Wahrscheinlich haben sie gedacht, dass so ein kleines Tor mehr Sicherheit gegen die Banditen garantiert.«

Long Zhongyong lachte: »Die Angst vor den Banditen war größer als der Wunsch, mit seinem Reichtum zu prahlen. Das kann man nachvollziehen.«

Das ganze Anwesen erstreckte sich vom Fuß des Berges bis zur Spitze des Bergabhangs, die Gebäude waren an den Hang gebaut. Von unten gesehen wurden sämtliche Wohngebäude, ausgenommen der aufragende Wachtturm, von der hohen Umfassungsmauer und den Bäumen verdeckt.

Das Tor war nicht nur klein, es hatte auch nur einen Flügel und war erstaunlich eng. Zwei Personen, die nebeneinander hindurchgehen wollten, mussten aufpassen, dass sie sich nicht am Türrahmen stießen. Die Türpfosten bestanden jeweils aus einem einzigen Steinblock, auf dem linken waren drei Schriftzeichen zu erkennen.

Long Zhongyong sah sie als Erster und las sie laut vor: »›Halle des dreifachen Wissens‹. Oha, das Gespensterhaus hat einen edel klingenden offiziellen Namen. Es heißt ›Halle des dreifachen Wissens‹.«

Qinglin, der hinterherkam, war wie vom Donner gerührt, als er »Halle des dreifachen Wissens« hörte. Um Fassung ringend fragte er: »Was? Was für eine Halle, hast du gesagt?«

»Der tatsächliche Name des Gespensterhauses lautet: ›Halle des dreifachen Wissens‹.«

Qinglin machte einen Satz nach vorn und erkannte klar und deutlich auf dem verwitterten Steinpfosten die Zeichen: »Halle des dreifachen Wissens«. Und nun endlich erinnerte er sich daran, was seine Mutter damals gesagt hatte, als sie zum ersten Mal die Villa gesehen hatte: »Mein Zuhause? Welches meinst du? Die ›Strohhütte des Ertragens‹ oder die ›Halle des dreifachen Wissens‹?«

Er war nahezu außer sich, als er zu Long Zhongyong sagte: »Das ist es! Das ist es, wonach ich die ganze Zeit gesucht habe.«

»Wolltest du nicht die ›Strohhütte des Ertragens‹ ausfindig machen?«

»Als ich damals Mutter zu unserer Villa geführt habe, habe ich ihr gesagt, das sei ihr Zuhause. Und sie hat wortwörtlich geantwortet: »Mein Zuhause? Welches meinst du? Die ›Strohhütte des Ertragens‹ oder die ›Halle des dreifachen Wissens‹? Ich hab es damals nicht klar verstanden, nur irgendetwas von einer Halle. Aber jetzt weiß ich mit Sicherheit, dass sie ›Halle des dreifachen Wissens‹ gesagt hat.«

Long Zhongyong war verblüfft: »Ist das wahr? Unglaublich. Heißt das, dass das Gespensterhaus womöglich in irgendeiner Verbindung mit deiner Mutter steht?«

»Ich weiß es nicht. Aber findest du das nicht seltsam?«

Lu Huanxi war ihrer Unterhaltung gefolgt und fragte höchst erstaunt: »Ihre Mutter kommt hier aus unserer Gegend? Sie hat von der ›Halle des dreifachen Wissens‹ geredet?«

»Ich kann es nicht genau sagen. Sie hat ihr Gedächtnis verloren. Sie wurde vor fünfzig Jahren aus dem Yonggu-Fluss gerettet. Sie kann sich an nichts erinnern, was davor geschehen ist. Jetzt ist sie krank, aber vor ihrer Krankheit hat sie ein paar seltsame Dinge gesagt.«

Lu Huanxi zeigte auf die Spitze des Wachtturms. »Jenseits des Berges, der hinter diesem Berg liegt, gibt es ein Flüsschen, das in den Yonggu-Fluss mündet.« Er stockte und zögerte einen Moment, dann sagte er: »Ehrlich gesagt, ich denke, es wäre besser, wenn Sie mit der Lu-Familie nichts zu tun haben.«

»Warum?«

Lu Huanxi antwortete nicht, sondern stieß mit einer Hand das Tor auf und rief: »Großvater Futong, ich bin's! Lu Huanxi.«

Eine dumpfe Stimme antwortete unfreundlich und kurz angebunden: »Tür zumachen!«

»Weiß ich!«, rief Lu Huanxi zurück.

Sie traten ein. Vor ihnen erstreckte sich ein großzügig angelegter Eingangshof. Die Mauern waren teilweise eingestürzt, aber er war üppig mit Gras und Bäumen bewachsen. Im Vorderteil des Hofes standen zwei riesige steinerne Bottiche. Sie waren gefüllt bis an den Rand, auf dem Wasser schwammen herabgefallene Blätter. Long Zhongyong erklärte, der Anblick der beiden aus einem einzigen Stein gemeißelten Wasserbecken sei für ihn ein untrügliches Zeichen, dass diese Familie über ungewöhnlichen Reichtum verfügt haben musste. Lu Huanxi wollte wissen, welchem Zweck diese großen Steinbottiche dienen sollten. Long Zhongyong erklärte ihm, sie gehörten zur unverzichtbaren Ausstattung eines Eingangshofes, vor allem auf Anwesen reicher Familien. Zum einen hatten sie symbolische, glückverheißende Bedeutung, das gesammelte Wasser symbolisierte den erworbenen Reichtum, und zum anderen hätten sie praktische Bedeutung. Das in den Becken gesammelte Wasser diente der Brandbekämpfung. In Ost-Sichuan habe man Löschwasserbecken aus Stein bevorzugt, das Material finde sich vor Ort, und es sei unverwüstlich. »Aha«, sagte Lu Huanxi.

Er führte die beiden direkt in den hinteren Teil. Sie durchschritten eine Reihe kleiner Innenhöfe, die sowohl ein Ganzes bildeten wie auch jeweils voneinander getrennt waren. Obwohl sie Bestandteil einer großen Hofanlage waren, hatte jeder Teil des Gebäudes seinen eigenen kleinen Innenhof, sodass man überall ungestört bleiben konnte. Die Decken- und Stützbalken der unbewohnten alten Gebäude waren voller Staub und Spinnweben. Ein erheblicher Teil der Pfeiler und Stützbalken waren von Holzwürmern zerfressen, überall auf dem Boden lag das feine Holzpulver. »Das hier ist das typische Bild eines südlichen Herrschaftsanwesens«, sagte Long Zhongyong. »Die Räume ähneln stilistisch denen in Anlagen mit großen Innenhöfen, nur ihre Anordnung unterscheidet sich, sie hat gewisse Ähnlichkeiten mit den Wohngebäuden der Provinz Anhui. Ich vermute, der Vorfahre war ein Einwanderer der Epoche der Migrationsbewegung aus der ehemaligen Provinz Huguang, also der heutigen Provinzen Hubei, Hunan, Fujian und Guangxi, nach Sichuan. ›Ach, der Palast steht noch, nur sind die Palastdamen verschwunden‹.*«

Qinglins Gedanken waren allerdings mit ganz anderen Dingen beschäftigt.

61. Kapitel

Qinglin trottete geistesabwesend hinter Lu Huanxi her.

Er war vollkommen mit sich selbst beschäftigt. In seinem Kopf wirbelte es durcheinander, und zugleich herrschte in seinem Hirn eine Art Leere. Ständig murmelte er vor sich hin: »›Halle des dreifachen Wissens‹. ›Halle des dreifachen Wissens‹. Das ist es, was Mutter gesagt hat. Woher sonst käme mir der Name so bekannt vor?«

Sie folgten einem hölzernen Korridor bis zu einem Mondtor. Hier machte Lu Huanxi plötzlich halt und blieb stocksteif stehen. »Hinter dem Mondtor liegt der Garten vom Geisterhaus. Da müssen Sie allein hineingehen. Wenn Sie wissen wollen, was

* Verszeile aus einem Gedicht des letzen Kaisers der Südlichen Tang-Dynastie, Li Yu (937–978 n. Chr.)

mit der Familie Lu passiert ist, müssen Sie sich erst einmal dort umsehen.«

Ohne zu überlegen, liefen Qinglin und Long Zhongyong durch das Tor.

Sie hatten es kaum durchschritten, als sie wie vom Donner gerührt stehen blieben und vor Schreck erstarrten.

Der Garten war mit überall verstreuten Gräbern übersät. Unter den Bäumen, am Fuß der Mauer, neben den zerbrochenen Blumentöpfen, in den Beeten, im Bambusgebüsch, wohin das Auge reichte, waren sie in wildem Durcheinander verteilt. Auf jedem Grab lag ein großer Stein. Überall waren vermoderte Blätter; Gräser und Gestrüpp wuchsen wild auf und neben den Gräbern.

Long Zhongyong schrie beinahe auf: »Was ist denn das?«

Lu Huanxi hatte sich geweigert, ihnen zu folgen, er stand ein gutes Stück hinter ihnen und sagte: »Hier liegt die gesamte Familie Lu.«

»Was soll das heißen?«, fragte Qinglin.

»Genau kann ich es auch nicht sagen«, antwortete Lu Huanxi. »Von den alten Leuten habe ich gehört, dass die Lu-Familie hier eine mächtige und vornehme Sippe gewesen ist. Der alte Lu soll ein starker Charakter gewesen sein. Soviel ich weiß, hat sich während der Bodenreform die gesamte Familie an dem Tag, bevor sie ›bekämpft‹ werden sollte, gemeinsam umgebracht.«

»Um Himmels willen!«, riefen Long Zhongyong und Qinglin fast gleichzeitig.

»Der Mann, der unbedingt verlangt hat, dass die Familie Lu ›bekämpft‹ wird, war ein ehemaliger Lohnarbeiter von ihnen. Als er am frühen Morgen hier mit einem Haufen Leute angerückt ist, um sie zur Versammlung zu schleppen, haben sie zu ihrer Überraschung entdeckt, dass niemand auffindbar war. Die Leute fanden das sehr merkwürdig, weil sie am Tag zuvor vor dem Tor des Lu-Anwesens Wachen postiert hatten, um sicherzustellen, dass die Bekämpfungsveranstaltung vonstattengehen würde. Es gibt ja nur dieses eine Tor, es zu überwachen war keine Kunst, und niemand wurde bei einem Fluchtversuch ertappt. Sie haben ja die Mauer gesehen, sie ist zu hoch, als dass jemand darübersteigen kann. Deswegen haben sie Innenhof für Innenhof nach Spuren durchsucht, bis sie schließlich beim Garten angelangt sind. Als sie durchs Mondtor kamen, sind sie auf die Gräber gestoßen, von denen der Garten übersät war. Alle waren zu Tode erschrocken. Ursprünglich sollten die Räume unter den Armen aufgeteilt werden, aber keine einzige Familie wollte nun noch hier wohnen. Die Bekämpfungsveranstaltung mussten sie auch abblasen.«

»Und alle sind gestorben? Und wer hat sie begraben?«

»Das ist es ja gerade, was die Leute gewundert hat. Sie wurden alle von Angst gepackt. Damals ist die Rede von den Geistern aufgekommen. Und am Abend desselben Tages ist ein Sturm aufgezogen, es soll gepfiffen und geheult haben. Und darauf gab es ein Gewitter, der Donner hat die Erde erzittern lassen. Viele Leute haben im Donner die Stimme des alten Lu gehört. Sie hat wie ›Weiches Begräbnis! Weiches Begräbnis!‹ geklungen. Mein Vater hat erzählt, die Stimme wäre voller Zorn gewesen. Seitdem bringt keiner den Mut auf, hier zu wohnen, das Haus steht seither leer.«

Qinglin bekam eine Gänsehaut.

In welcher Verbindung mochte seine Mutter mit diesem Haus gestanden haben? Wenn es keine gab, wieso hatte sie die »Halle des dreifachen Wissens« erwähnt? Welche Beziehung gab es zwischen der »Strohhütte des Ertragens« und der »Halle des dreifachen Wissens«? Und in welchem Verhältnis stand seine Mutter zu diesem alten Herrn Lu? Und was ist mit dem »weichen Begräbnis«? Auch diesen Ausdruck hatte seine Mutter benutzt. So viele Zufälle konnte man sich kaum vorstellen. Das war kein Begriff, den Leute normalerweise verwenden.

Alles Zufall? Er mühte sich, in diese Richtung zu denken, aber wie sehr er sich auch anstrengte, es konnte einfach kein Zufall sein. Eine solche Häufung von Zufällen zwang einen dazu, von Notwendigkeit auszugehen.

Long Zhongyong bemerkte nichts von Qinglins Gemütsverfassung, sein besonderes Interesse galt dem Wachtturm. »Könnten wir auf den Wachtturm steigen, um uns umzusehen? Aus der Vogelperspektive bekommt man einen besseren Überblick über das ganze Anwesen«, fragte er Lu Huanxi.

»Der verrückte Alte erlaubt das nicht. Er wird auftauchen und uns den Weg versperren.«

»Wer ist dieser Mensch? Warum hat er keine Angst davor, hier zu wohnen?«

»Soviel ich weiß, ist er ein Waisenkind, das die Familie Lu großgezogen hat. Er hat von klein auf in der Familie gelebt, als Erwachsener wurde er Hausangestellter der Familie. Zum Zeitpunkt der ›Bekämpfung‹ war er nicht da. Als er zurückgekommen ist und entdeckt hat, dass die ganze Familie tot war, ist er verrückt geworden.«

»Er ist in der Familie Lu aufgewachsen?«, fragte Qinglin plötzlich.

»Die alten Leute erzählen das. Und auch, dass er sich in ein Mädchen verliebt hat, das auch hier gelebt hat. Das Mädchen hat tatsächlich überlebt. Aber aus irgendeinem Grund wollte sie sich nicht mit ihm zusammentun. Schließlich ist sie verschwunden. Manche Leute behaupten, sie wäre Nonne geworden. Alles ziemlich kompliziert. Mein Vater hat ein paarmal darüber geredet, als er noch am Leben war. Er hat erzählt, dass einer meiner Onkel ein Mädchen aus ihrem Haushalt heiraten wollte, sie hieß Ziping. Sie ist auch gestorben. Mein Onkel konnte das nicht verstehen, sie war noch ganz jung und ein Dienstmädchen, man hätte sie nicht ›bekämpft‹. Wieso wollte sie unbedingt mit ihrer Herrschaft gemeinsam begraben werden, anstatt in eine andere Familie hineinzuheiraten? Wäre doch viel besser gewesen.«

»Gibt es denn noch alte Leute im Dorf, die über die Familie Lu Bescheid wissen?«

»Das ist jetzt über fünfzig Jahre her. Leute, die irgendetwas wissen, gibt es wahrscheinlich kaum noch. Einige von den Alten gehörten damals nicht zu den Aktivisten, die können wenig darüber sagen. Ich muss nachdenken, vielleicht fallen mir noch ein oder zwei ein.«

»Das wäre toll«, sagte Long Zhongyong. »Wie auch immer, Sie würden uns sehr helfen, wenn Sie jemanden finden, und wenn es nur ein Einziger ist. Sehen Sie, im schlimmsten Fall gibt es eine Beziehung zwischen seiner Familie«, er deutete auf Qinglin, »und der Familie Lu. Sie müssen wissen, er ist ein großer Chef in Wuhan – wenn diese Anlage irgendwas mit seiner Familie zu tun hat, kann er tatsächlich was für euch tun. Zumindest für eine anständige Straßenverbindung sorgen.«

Lu Huanxi war überglücklich: »Das wäre großartig. Ich werde alles tun, was in meinen Kräften steht. Tourismus wollen wir hier nicht, aber eine gute Straße ins Tal brauchen wir wirklich.«

Qinglin hatte nicht zugehört, er war mit seinen eigenen Gedanken beschäftigt. Plötzlich sagte er: »Könnten Sie den verrückten Alten herbeirufen? Ich möchte ihn etwas fragen.«

»Er redet mit niemandem. In all den Jahren habe ich nie mehr von ihm gehört als die zwei Worte ›Tür zumachen!‹.«

»Ich möchte ihn nur kurz treffen, können wir es versuchen?«

»Die einzige Möglichkeit ist, dass Sie direkt auf den Wachtturm zugehen. Sehen Sie das Indische Rohr da neben der Westmauer? Da gibt es noch ein Grab. Da müssen Sie hingehen. Dann wird er mit Sicherheit auftauchen, um Ihnen den Weg zu versperren. Ich bleibe hier. Keiner, der nicht den Namen Lu trägt, betritt diesen Garten.«

Qinglin besprach sich kurz mit Long Zhongyong, dann gingen sie auf das Indische Rohr zu.

Sie waren noch drei bis vier Meter davon entfernt, als tatsächlich ein alter Mann mit langen Haaren und einem zotteligen Bart wie aus dem Nichts vor ihnen auftauchte, als sei er dem Wildwuchs aus Bäumen, Sträuchern und Gräsern entsprungen. Qinglin und Long Zhongyong waren zwar darauf vorbereitet, dass sich ihnen jemand in den Weg stellen würde, dennoch erschien er so überraschend, dass sie erschraken.

Der verrückte Alte streckte seine Arme aus und versperrte ihnen den Weg. Long Zhongyong deutete auf den Wachtturm: »Großväterchen, dürfen wir hinaufsteigen, um uns umzusehen?«

Der Alte antworte nicht, er betrachtete sie nur mit grimmigen Blicken und streckte die Arme noch ein Stück weiter aus. In seinen Augen war mehr Weiß als Dunkel, es war zum Fürchten. Long Zhongyong verlangsamte absichtlich sein Sprechtempo und sprach im lokalen Dialekt weiter: »Wir sind Lehrer und beschäftigen uns mit Gebäuden, also mit dem Bauen von Häusern. Wir wollen uns nur den Turm anschauen.«

»So mit ihm zu reden führt zu nichts«, sagte Qinglin.

»Du wolltest ihn doch treffen, was willst du denn mit ihm reden?«

Qinglin zögerte einen Moment, dann sagte er: »Großvater, kennst du die ›Strohhütte des Ertragens‹? Die ›Strohhütte des Ertragens‹ in Hushuidang?«

Auf das Gesicht des verrückten Alten trat ein Ausdruck des Erstaunens, er begann, Qinglins Gesicht zu fixieren. Qinglin zog ein Foto aus seiner Jackentasche und trat auf den verrückten Alten zu: »Großvater, hast du früher diese Person gesehen?«

Es war ein Foto von Qinglins Mutter, das älteste von ihr, das er besaß. Ursprünglich war es das Hochzeitsfoto seiner Eltern gewesen, er hatte vor seiner Abreise eine Kopie davon angefertigt und seinen Vater weggeschnitten, sodass nur die Mutter zu sehen war, und davon mehrere Vergrößerungen machen lassen.

Qinglin hielt das Foto dem Alten unter die Augen.

Der verrückte Alte warf einen Blick darauf und erstarrte sichtbar. Plötzlich erschien ein merkwürdiger Ausdruck auf seinem Gesicht, zugleich überrascht und schreckerfüllt, er blickte eine Ewigkeit in Qinglins Gesicht.

Qinglin fragte aufgeregt: »Du kennst sie, nicht wahr? Das ist meine Mama. Ich bin ihr Sohn.«

Die Miene des Alten verzerrte sich mehr und mehr, mit einem Mal schrie er auf, rannte wie besessen davon und entfloh unter wüstem Gebrüll.

Die Wildheit seiner Bewegungen versetzte Qinglin und Long Zhongyong für einen Moment in Panik.

Mit zitternder Stimme sagte Qinglin schließlich: »Er, er, er ... er hat meine Mutter erkannt, nicht wahr?«

Auch Long Zhongyong war tief erstaunt: »Da steckt wirklich etwas dahinter.«

Qinglin begann dem verrückten Alten in die Richtung, in die er gerannt war, nachzulaufen. Long Zhongyong folgte ihm notgedrungen. Plötzlich scholl hinter dem Mondtor die Stimme Lu Huanxis hervor: »Hallo! Was ist passiert? Großvater Futong!«

Qinglin und Long Zhongyong liefen auf ihn zu: »Haben Sie gesehen, wohin der Alte gelaufen ist?«, fragte Qinglin.

»Er ist an mir vorbei ins Haus gerannt, keine Ahnung, in welchen Hof. Was ist denn passiert?«

Qinglin wedelte mit dem Foto in seiner Hand. »Ich habe ihm das Foto meiner Mutter gezeigt. Ich denke, er hat sie erkannt.«

Lu Huanxi nahm das Foto entgegen und betrachtete es, auch er war bass erstaunt: »Tatsächlich. Ist das die Möglichkeit?«

Alle drei waren für einen Moment ratlos, was sie tun sollten. Sie begannen, im Gebäude nach dem verrückten Alten zu suchen. Eine aufgescheuchte, blinde und vergebliche Suche.

Aber sie verbrachten den ganzen Nachmittag damit, ohne den Alten zu finden.

Selbst als Qinglin und Long Zhongyong erneut auf den Wachtturm zugingen, ihn sogar bestiegen, erschien der Alte nicht, um sie daran zu hindern.

Auf diese Weise erstiegen sie tatsächlich den Turm und erreichten ohne Hindernis den viereckigen Pavillon auf der Plattform an seiner Spitze.

Ans Geländer gelehnt sahen sie sich um, die gesamte Anlage breitete sich unter ihren Augen aus. Es mache keinen Sinn, weiter überall herumzusuchen, sagte Long Zhongyong. Sie müssten nur von hier nach unten spähen, dann würden sie den Alten entdecken, sobald er auftauchte.

Qinglin gab ihm recht, und sie richteten ihre Blicke unverwandt nach unten. Long Zhongyong wechselte sein Kameraobjektive gegen ein Teleobjektiv und schoss Fotos von jedem Winkel der Anlage. Mit leerem Magen harrten sie aus bis zum Einbruch der Dämmerung, vom Alten weiterhin keine Spur.

62. Kapitel

Zwei Städter waren im Dorf erschienen, der eine ein Professor, der andere Chef einer Firma. Die Mutter des Firmenchefs hatte irgendwas mit der Familie Lu aus dem Geisterhaus zu tun. Diese Nachricht verbreitete sich in Windeseile im ganzen Dorf.

Am Abend versammelte sich eine Menge Leute im Haus von Lu Huanxi, junge wie alte. Das Empfangszimmer war viel zu klein, man holte daher einige Tische herbei und stellte sie außerhalb des Hauses auf den Platz, wo das Getreide getrocknet wurde. Es war ein Gewirr unzähliger Stimmen, die Atmosphäre ähnelte einer Zusammenkunft an einem wichtigen Feiertag. Lu Huanxis Frau war überglücklich, ein solches Kommen und Gehen in einem Haus voller Menschen verhieß Wohlstand und

Wohlergehen. Sie war unermüdlich damit beschäftigt, den Ankommenden Tee einzuschenken.

Dass sich der verrückte Alte nicht mehr hatte blicken lassen, beschäftigte und bedrückte Qinglin. Er hätte allzu gerne etwas über Mutters verborgene Vergangenheit erfahren, da er hoffte, sie in die Wirklichkeit zurückbringen zu können, wenn er das Geheimnis lüftete. Aber all das, was er an diesem Tag gehört und gesehen hatte, löste in ihm zugleich Scheu aus. Er fürchtete, dass dieses Geheimnis sich als zu schrecklich herausstellen könnte und ihm wie seiner Mutter Schaden zufügen würde.

Long Zhongyong hatte ein Gespür dafür und fragte ihn: »Du hast ein bisschen Angst, nicht wahr?«

»Angst ist zu viel gesagt, aber ich bin etwas nervös.«

»Dahinter, dass dieses prachtvolle Anwesen für die Leute hier zum Geisterhaus geworden ist, verbirgt sich mit Sicherheit eine schlimme und brutale Geschichte. Wir müssen uns ihr stellen. Was auch immer geschehen ist, es geht um die historische Wahrheit.«

Qinglin nahm all seinen Mut zusammen: »Hören wir uns an, was sich die Leute erzählen.«

Es war ein Abend im Frühsommer, von den Bergen wehte es recht kühl herüber. Die älteren Leute trugen sogar wattierte Jacken. Qinglin, der ein kurzärmeliges Hemd anhatte, begann unwillkürlich zu niesen, sobald sich der kühle Wind erhob.

Lu Huanxis aufmerksame Frau holte eilig eine gefütterte Bettdecke hervor und forderte ihn auf, sich darin einzuwickeln, wobei sie lachend bemerkte: »Gerade mal einen Tag hier, Meister Wu, und schon haben Sie Heimweh.«*

Die Dörfler brachen in lautes Gelächter aus. Auch Lu Huanxi holte eine seiner Jacken hervor und legte sie Long Zhongyong

* Überraschendes Niesen deutet im Volksglauben auf Heimweh bzw. Sehnsucht nach einer nahen Person.

über die Schultern. Ebenfalls lachend sagte er: »Gäste müssen so gesund gehen, wie sie gekommen sind. Sonst traut sich niemand mehr in unser Dorf. Ich hoffe doch, dass die beiden Herrschaften uns beim Bau einer Straße helfen.«

Das allgemeine Gelächter wurde noch fröhlicher. In der Stille der Berge hallte es besonders kräftig wider.

Die Leute saßen im Halbkreis um die beiden herum. Von Zeit zu Zeit erhob sich einer der Dorfbewohner und stellte sich vor Qinglin auf, um ihn genau anzusehen, so als betrachte er ihn tatsächlich als Mitglied der Lu-Familie. Einer der Alten sagte: »Vor vielen Jahren sind doch welche von der Lu-Familie zurückgekommen. Du siehst ihnen ein bisschen ähnlich, du hast auch so eine weiße Haut.«

Sofort schaltete sich ein anderer ein: »Onkel Drei, quatsch nicht so verqueres Zeug, die sind doch damals aus Amerika gekommen, wo soll da die Ähnlichkeit herkommen?«

Ein anderer sagte: »Das war einundneunzig, oder war es zweiundneunzig, richtig, zweiundneunzig war es. Ich erinnere mich, ich war in der dritten Grundschulklasse, bin hingelaufen, um zu gucken, was es da Aufregendes gibt. Huanxis Vater hat an der Tür gestanden und keinen reingelassen.«

»Quatscht nicht dazwischen, lasst erst mal Onkel Drei erzählen.« Lu Huanxi wandte sich an Qinglin und Zhong Longyong: »Lu Onkel Drei war früher Lehrer an der Mittelschule im Städtchen, nach seiner Pensionierung ist er hierher zurückgekehrt. Er ist ein Gebildeter und versteht sich auf viele Dinge.«

Qinglin und Long Zhongyong bezeugten ihm eilig ihren Respekt und überreichten ihm ihre Visitenkarten. Lu Onkel Drei besah sie ausführlich, dann verkündete er mit erhobener Stimme: »Wir haben heute hier vornehme Gäste. Einer ist ein Professor in Shanghai, und einer ist ein Manager in Wuhan. Solche Leute kriegen wir gewöhnlich nicht einmal zu sehen, wenn wir in die Stadt fahren.«

»Wir sind heute extra gekommen, um uns anzuhören, was Sie uns über die Lu-Familie erzählen können. Wären Sie so freundlich?«

»Ich war zu der Zeit noch ein kleiner Junge. Ich habe nur gewusst, dass die ganze Lu-Familie gestorben ist. Ich hatte aber keine Ahnung, warum sie gestorben sind. Ich weiß das alles auch nur vom Hörensagen, kann nur erzählen, was mir erzählt wurde. Aber beim Empfang für die beiden Herrschaften von der Lu-Familie war ich dabei und habe alles mit eigenen Augen gesehen. Beide haben Lu geheißen, stammten beide vom gleichen Vorfahren ab, deshalb hat die Kreisleitung angeordnet, dass wir sie bei ihrem Besuch unterstützen sollen. Wie der kleine Fu eben richtig gesagt hat, das war zweiundneunzig. Die beiden Rückkehrer waren der zweitälteste junge Herr der Lu-Familie und sein jüngerer Bruder. Sie sind nach vierzig Jahren gekommen und haben sich den Totengedenktag ausgesucht. Der zweitälteste junge Herr war damals ungefähr so alt wie ich jetzt. Aber er hat sich viel besser gehalten als ich, er war dick und hatte eine helle Haut.«

»Na klar, Leute mit Geld haben gut zu essen«, rief jemand lauthals dazwischen:

»Wohl wahr«, sagte Onkel Drei. »Sie sind aus Amerika zurückgekommen, um ihrer Vorfahren zu gedenken und das Ritual zu vollziehen. Ein paar Funktionäre aus dem Kreis haben sie begleitet, immer mit einem Grinsen im Gesicht, die Brüder Lu dagegen haben nicht einmal gelächelt. Kaum sind sie aus dem Wagen gestiegen, sind sie schon direkt ins Geisterhaus gelaufen. Wahrscheinlich haben sie bereits davor erfahren, was in der Familie passiert ist. Als sie das Eingangstor gesehen haben, sind ihnen die Tränen runtergelaufen. Der zweite jüngere Herr hat gesagt, das Eingangstor wäre noch immer so wie damals, als sie weggegangen wären, nur eben ein bisschen älter. Als sie durch das Mondtor gegangen sind und die vielen Gräber im Garten gesehen haben, haben sich beide niedergekniet. Vor dem Grab ihrer

Eltern haben sie sich fast platt auf den Boden geworfen. Sie haben geweint und geschluchzt, dass es uns, die danebengestanden haben, das Herz zerrissen hat. Sogar die Funktionäre haben Tränen in den Augen gehabt. Niemand hat den Mut gehabt, ihnen gut zuzureden, wir haben sie einfach heulen lassen. Die Tränen, die sich über ein paar Jahrzehnte angesammelt hatten, mussten raus. Erst haben sie lange geweint, dann haben sie Weihräucherstäbchen angezündet und Papiergeld verbrannt, dabei haben sie Kotau gemacht, wieder und wieder. Der zweitälteste junge Herr hat schon etliche Jahre auf dem Buckel gehabt, er hat bei jedem Kotau die Stirn auf den Boden geschlagen, bis sie geblutet hat. Sein Bruder hat nach Beendigung seiner Kotaus lauthals gefragt: ›Wo ist Jindian?‹«

»Wer ist Jindian?«, fragte Qinglin.

Lu Huanxi klärte ihn auf: »Das ist der Lohnarbeiter ihrer Familie, der die anderen angestiftet hat, sie zu bekämpfen. Der alte Herr Lu hat ihn großgezogen. Die beiden Herren haben ihn gekannt. Manche im Dorf sagen, er wäre undankbar und ehrvergessen gewesen.«

»In Wahrheit ist es ungerecht, ihn undankbar zu nennen«, widersprach Onkel Drei. »Jindian war der letzte Überlebende seiner Familie. Am Untergang seiner eigenen Familie war schließlich auch die Lu-Familie beteiligt. Erst als er erwachsen war, hat er von jemandem erfahren, was passiert war. Da hat er natürlich einen Hass gehabt. Als er erfahren hat, was mit seiner Familie geschehen war, ist er gleich am nächsten Tag in aller Herrgottsfrühe abgehauen. Von meinem Onkel habe ich gehört, dass er damals extra zurückgekommen ist, um sich zu rächen. Die Kreisbehörden hatten schon zugestimmt, dass die Familie nicht ›bekämpft‹ wird.«

»Warum hat die Kreisverwaltung sich damals gegen die ›Bekämpfung‹ entschieden?«, fragte Long Zhongyong.

»Der alte Herr Lu hat sich schon in der Xinhai-Revolution

Verdienste erworben, aber das war nicht entscheidend. Entscheidend war, dass die Lu-Familie die Partisanen in Ost-Sichuan unterstützt hat. Der alte Herr Lu hat ihnen Geld gegeben und ihre Verwundeten versteckt. Bei der Bekämpfung der Banditen ist er mit seinem zweitältesten Sohn in die Berge gegangen und hat die Banditen überredet, sich zu ergeben.«

»An die Geschichte erinnere ich mich«, sagte ein anderer Alter. »Der alte Herr hat ihnen gesagt, dass jetzt die reguläre Armee die Bekämpfung der Banditen übernommen hat. Und die hat die millionenstarke Armee der Guomindang zu Brei geschlagen, was sie da mit ihren paar Flinten ausrichten wollten? Wenn man sie in den Bergen totschießen würde, würden ihre Knochen und Schädel von den Wölfen gefressen. Verglichen damit sei es doch besser, sich möglichst schnell zu ergeben und nach Hause zu gehen. Im schlimmsten Fall kämen sie ein paar Jahre ins Loch, aber danach könnten sie mit Frau und Kindern ein ruhiges Leben führen. Und er hat ihnen noch gesagt, dass die neue Regierung verkündet hat, dass die meisten Banditen aus armen Familien stammen und nur aus Not diesen Weg gewählt haben. Die neue Regierung garantiert den Armen Essen und Kleidung, wenn sie ordentlich arbeiten, sodass ihnen der Sinn nicht mehr nach Banditentum stehen würde. Wenn sie jetzt die Waffen niederlegen, sich ergeben und das Versprechen abgeben würden, das Banditenleben aufzugeben und nichts gegen die Regierung zu unternehmen, würde ihnen sogar das Gefängnis erlassen.«

»Genau so war es«, sagte Onkel Drei. »Genau so hat der alte Herr mit ihnen geredet. Der Ahnherr der Lu-Sippe hat mit Opium gehandelt und hier in der Gegend das Sagen gehabt. Auch der Vorfahre des obersten Banditenanführers hat damals für ihn gearbeitet. Deswegen hat er auf den alten Herrn gehört, und als der alte Herr ihm Garantien gegeben hat, ist er mit allen seinen Leuten abmarschiert und hat sich ergeben. Sie mussten nur ein paar Tage am politischen Unterricht teilnehmen, dann wurde die Truppe aufgelöst und nach Hause geschickt. Keiner musste ins Gefängnis. Das war das Verdienst vom alten Herrn Lu, und deshalb haben die Leute im Dorf bei der Bodenreform eine gemeinsame Petition verfasst, dass die Familie Lu nicht ›bekämpft‹ werden soll. Alle im Dorf haben unterschrieben. Die Funktionäre in der Kreisverwaltung wussten über die Lu-Familie Bescheid und haben ihre Zustimmung gegeben. Aber dann kam Jindian zurück, er war draußen Revolutionär geworden und hat verlangt, dass er in die hiesige Arbeitsgruppe aufgenommen wird. Kaum war er zurück, hat er gefordert, dass die Lu-Familie ›bekämpft‹ werden muss. Sie müsse ›bekämpft‹ werden, weil man sonst das Land nicht verteilen könnte. Ob man etwa immer noch bereit wäre, ihnen den Pachtzins zu zahlen? Und erlauben würde, dass er einen Verwalter und Dienstmädchen beschäftigt? Und ein so großes Haus wie das ihre müsste an die Armen verteilt werden. Und wie er so dahergeredet hat, haben die Leute schließlich auf ihn gehört und beschlossen, dass man ihn trotzdem ›bekämpfen‹ muss. Das hat mir mein Onkel erzählt, der ist damals Aktivist gewesen.«

Ein weiterer Alter mischte sich ein: »Sein Onkel hat Glatzkopf Zwei geheißen, er war Aktivist. Er war scharf auf ein Dienstmädchen im Hause Lu. Aber die wollte am Ende lieber sterben als ihn heiraten. Und dann war da Holzklotz, das war der Vater von Lu Huanxi, der war auch Aktivist, der war auch hinter einem Dienstmädchen der Familie Lu her. Die wollte auch lieber sterben. Hat beides nicht geklappt.«

Die versammelte Menge brach in Gelächter aus.

Auch Onkel Drei lachte und sagte dann: »Ach je, die alten Geschichten, Kraut und Rüben, am besten, man redet nicht darüber. Reden wir über was Ordentliches. Nachdem der ältere junge Herr sich vor seinen Eltern verbeugt hatte, ist er aufgestanden und hat mich zuerst nach dem Grab von seiner Frau und seinem Sohn gefragt und dann noch, wo die Gräber von seiner Tante und seiner Schwester wären. Woher sollte ich das wissen? Ich habe alle gefragt, die da waren, aber keiner wusste es. Wir haben jemanden zu Futong geschickt, das ist der verrückte Alte, aber der war genau an diesem Tag verschwunden, und keiner wusste, wohin. Als die beiden Herrschaften gehört haben, dass Futong noch lebt, wollten sie ihn unbedingt sehen. Und als wir ihnen gesagt haben, dass er verrückt geworden ist, wollten sie ihn mit nach Amerika nehmen, um ihn zu kurieren. Aber er war einfach nicht auffindbar. Kaum waren die beiden weg, ist der Verrückte wieder aufgetaucht. Den ganzen Abend hockte er am Kopfende vom Grab des alten Herrn Lu und hat sich die Augen aus dem Kopf geheult.«

»Woher haben die beiden denn gewusst, wo sich das Grab ihrer Eltern befindet?«

»Haben Sie das heute nicht gesehen? Auf einem der Gräber steht doch ein Grabstein. Das ist das Grab ihrer Eltern. Es heißt, dass sie beide in einem Grab liegen.«

»Und wer hat den aufgestellt? Und woher hat derjenige gewusst, dass es sich um das Grab der Eltern handelt?«

»Der Verrückte hat es gesagt. Als sich die Familie umgebracht hat, war er auswärts. Als er am nächsten Tag zurückgekommen ist, hat er eines der Mädchen gerettet. Sie wusste, wo der alte Herr und seine Frau begraben waren.«

»Und der Verrückte hat den Grabstein aufgestellt?«, fragte Qinglin.

»Nein«, antwortete Onkel Drei. »Mein Onkel hat gesagt, dass es Jindian gewesen ist. Als Jindian in den Garten gekommen ist und überall die Gräber gesehen hat, sind ihm die Knie weich geworden, und er ist auf den Boden geplumpst. Das hat mein Onkel mit eigenen Augen gesehen. Er hat erzählt, dass Jindian sich nicht hat vorstellen können, dass die Familie so stur sein und auf so grausige Weise sterben würde. Er hat es nicht ausgehalten. Andere haben erzählt, dass er mit der kleinen Tochter der Lu-Familie zusammen aufgewachsen ist und die beiden sich gemocht haben. Aber die Lu-Familie war immer dagegen. Das Mädchen ist auch an diesem Abend gestorben. Auf einen Schlag sind sie alle gestorben, unter ihnen waren auch ein paar Leute vom Hauspersonal. Die Leute waren früher so etwas wie seine Familie gewesen, sie haben ihn großgezogen. Jindian hatte das Gefühl gehabt, ein schweres Verbrechen begangen zu haben. So hat er heimlich und leise den Grabstein auf das Grab der Eltern gesetzt und ist anschließend auf Nimmerwiedersehen verschwunden. Es heißt, er wäre gestorben. Ob das stimmt, weiß ich nicht, jedenfalls hat ihn niemand je wiedergesehen.«

»Von alldem habe ich keine Ahnung gehabt. Das klingt ja wie aus einer Fernsehserie«, sagte Lu Huanxi.

Qinglin holte erneut das Foto seiner Mutter hervor und fragte: »Hat jemand von Ihnen diese Person schon einmal gesehen?«

Das Foto wurde von Hand zu Hand gereicht, alle schüttelten den Kopf und erklärten, sie noch nie gesehen zu haben und nicht zu wissen, ob sie zur Familie gehört habe.

»Könnte es die Tochter oder die Schwiegertochter gewesen sein?«, fragte Qinglin.

»Das Geisterhaus gehört zwar zu unserem Dorf, aber dazwischen liegt der Wald. Die Frauen der Lu-Familie haben das Anwesen kaum je verlassen. Daher hat sie kaum jemand zu Gesicht bekommen. Die Schwiegertochter habe ich überhaupt nie gesehen. Die Tochter habe ich ein-, zweimal gesehen, als sie zur Schule gegangen ist.«

»In diesen großen Herrschaftshäusern war man von der Welt abgeschnitten, sobald das Tor geschlossen war«, erklärte Long Zhongyong.

»Ja, so war das«, bestätigte Onkel Drei.

Ob jemand etwas von einer »Strohhütte des Ertragens« gehört hätte, bohrte Qinglin weiter.

»Nie davon gehört«, antwortete Lu Huanxi.

»Wie viele Töchter hatte die Lu-Familie? Und wie viele Schwiegertöchter?«, fragte Long Zhongyong plötzlich.

»Ich glaube, nur eine Tochter. Der zweitälteste junge Herr war verheiratet und hatte einen Sohn. Der jüngste junge Herr hat auswärts studiert und war noch unverheiratet.«

»Kann es sein, dass einer von ihnen die Flucht gelungen ist?«, fragte Qinglin.

Allgemeines Kopfschütteln, alle waren sich einig, dass das unmöglich gewesen sei. Das Tor sei bewacht gewesen, und wegen der Bedrohung durch die Banditen habe es ja auch nur dieses eine Tor gegeben.

Long Zhongyong wandte sich an Qinglin und sagte: »Wie es aussieht, gab es in der Lu-Familie nur eine Tochter und eine Schwiegertochter, sie sind beide im Garten ums Leben gekommen, sie können also mit deiner Mutter nichts zu tun haben.«

Qinglin überlegte, dann nickte er: »Scheint so.«

»Sind die Angehörigen der Lu-Familie später noch einmal wiedergekommen? Weiß jemand, wie man mit ihnen in Kontakt kommen kann?« Long Zhongyong wandte sich wieder an Qinglin: »Wenn man mit ihnen Verbindung aufnehmen könnte, dann könnte man es in Erfahrung bringen. Wenn der verrückte Alte deine Mutter erkannt hat, dann müssen auch sie deine Mutter kennen. Man muss nur herausfinden, wie man sie erreichen kann, dann lässt sich alles ganz leicht klären.«

Qinglins Blick hellte sich auf: »Ja, das ist wahr. Onkel Drei, haben sie euch damals Visitenkarten hinterlassen? Oder wissen die Beamten in der Kreisverwaltung, wie man an sie rankommt?«

Onkel Drei schüttelte den Kopf: »Die Funktionäre im Kreis haben sie für reiche Leute gehalten und wollten sie dazu kriegen, dass sie in ihren Heimatort investieren. Sie haben sogar versprochen, dass der Kreis auf eigene Kosten ein wertvolles Stück Land mit gutem Fengshui bereitstellt, um das Grab des alten Herrn Lu dorthin zu verlegen, und dazu eine neue Straße zum Haus baut. Aber die beiden haben abgelehnt. Der ältere junge Herr hat gesagt: ›Es war Vaters Entschluss, hier begraben zu werden. Wenn ihr noch einen Funken Gewissen habt, dann lasst ihn dort ungestört.‹ Als sie weggefahren sind, haben sie nur mir die Hand geschüttelt und sich bedankt. Weil ich auch zur Lu-Sippe gehöre. Die anderen haben sie keines Blickes gewürdigt. Mein Neffe arbeitet in der Kreisverwaltung und war Mitglied im Empfangskomitee. Als er nach Hause gekommen ist, hat er erzählt, dass der ältere junge Herr noch zum Haus seiner Schwiegereltern fahren wollte, aber nicht einmal das dazugehörige Dorf hat sich mehr gefunden. Als sie abgefahren sind, hat er ein dreifaches ›Niemals‹ geschworen: niemals wieder zurückkehren, niemals wieder diesen Ort als seine Heimat betrachten und dafür sorgen, dass seine Nachkommen niemals etwas von diesem Ort erfahren. Voller Zorn hat er das gesagt.«

Qinglins Herz klopfte heftig. Ihm fiel ein, was der Vater in seinen Aufzeichnungen geschrieben hatte: Niemals dorthin zurückkehren und niemals die Nachkommen wissen lassen, wo der Ort liegt. Sie alle hatten diesen ehernen Entschluss gefasst.

»So endgültig haben sie Schluss gemacht, es muss sie wirklich bis ins Innerste getroffen haben.«

Plötzlich meldete sich Onkel Drei lauthals zu Wort. Seine Stimme hallte, als er erklärte: »Wenn es um das Gespensterhaus geht, dann haben alle Mitleid mit der Lu-Familie und finden, dass man ihr zu grausam mitgespielt hat. Aber man kann es auch andersherum sehen: Waren sie nicht selbst schuld daran? Warum redet keiner davon, dass man der Familie von Jindian übel mitgespielt hat? Hätte es mit ihr ein so schlimmes Ende genommen, wenn die Lu-Familie ihnen nicht mit Gewalt ihr Land weggenommen hätte? Ist denn nur der Untergang einer reichen Familie grausam, und der einer armen zählt nichts? Ihr, die Lu-Familie, habt die Wang-Familie vernichtet, und einer ist zurückgekommen und hat Rache genommen, so muss man die

Sache betrachten. Das war eine Angelegenheit zwischen zwei Familien. Außerdem haben sie sich doch schon umgebracht, bevor Jindian ihnen irgendetwas angetan hat. Nicht einmal die Hausangestellten haben sie geschont. Also gut, sie haben Jindian aufgezogen, aber schließlich hat Jindian den beiden alten Leuten einen Grabstein gesetzt. Es stimmt, er hat Übles mit Üblem vergolten, aber eben auch Gutes mit Gutem. Und wenn da jetzt Leute kommen, die ihre Heimat bis aufs Blut hassen, dann frage ich, mit welchem Recht? Reden wir mal über frühere Zeiten, wie ist denn die Familie zu ihrem Reichtum gekommen? Opium habt ihr verkauft und seid damit fett und frech geworden. Und wie viele Leute haben wegen eurer Geschäfte Haus und Hof verloren und sogar ihr Leben verloren? Keiner trägt euch das heute nach, aber warum könnt ihr das Vergangene nicht ruhen lassen?«

Die Direktheit und Leidenschaft, mit der Onkel Drei gesprochen hatte, machten auf Qinglin und Long Zhongyong Eindruck.

Da krächzte die Stimme der alten Frau, die sich schon vorher eingemischt hatte, dazwischen: »Onkel Drei, du und deine ganze Familie, ihr habt euch damals doch alle als Aktivisten aufgeführt. Und habt euch das beste Stück Land unter den Nagel gerissen. Ihr konntet es doch gar nicht abwarten, dass der Familie des alten Herrn Lu der Garaus gemacht wird.«

Die Stimme der alten Dame war schrill und durchschnitt die Nachtluft wie ein Messer. Kein Mensch sagte noch irgendetwas, alle schwiegen betreten. Selbst Qinglin und Long Zhongyong gerieten ins Grübeln.

Es war bereits spät, als sich die Menge zerstreute.

Qinglin und Long Zhongyong kehrten in ihr Zimmer zurück und gingen zu Bett. Doch beide fanden keinen Schlaf.

»Dieser Abend war wirklich bemerkenswert. Wie soll man diesen Abschnitt unserer Geschichte beurteilen? Jeder hat gute Argumente für seinen Standpunkt«, sagte Long Zhongyong.

»Mir geht es ebenso, ich weiß wirklich nicht, was ich dazu sagen soll. Manche Dinge werden umso unklarer, je mehr man ihnen auf den Grund geht.«

»Da bin ich anderer Meinung. Ich denke, sie werden nur klar, wenn man ihnen auf den Grund geht.«

»Glaubst du auch, dass es sich um eine Angelegenheit zwischen zwei Familien handelt?«

»Sicher, aber natürlich nur zu einem Teil. Man darf die Dinge nicht aus ihrem historischen Kontext herauslösen.«

»Genau darum geht es. Ich habe plötzlich so ein Gefühl, dass wir nicht alles wissen müssen, was in unserer Geschichte passiert ist. Im Leben gibt es ein natürliches Aufhebungsregulativ. Es sorgt auf die eine oder andere Weise dafür, dass du von Dingen, die du nicht wissen sollst, nicht erfährst. Du weißt nichts davon und basta! Auf dieser Welt gibt es mehr Dinge, die wir nicht wissen, als solche, die wir wissen. Also, warum sollen wir uns mit aller Gewalt darum bemühen, all diese Dinge hier in Erfahrung zu bringen? Und selbst wenn es uns gelingt, können wir uns auch nicht sicher sein, dass wir dabei die Wahrheit über die damalige Zeit in den Händen haben.«

»Wenn ich dich richtig verstehe, willst du damit sagen, da wir es nun mal nicht wissen, sparen wir uns besser die Mühe, herumzuwühlen, um es in Erfahrung zu bringen.«

»Als ich hierherkam, war mir das alles nicht so richtig klar. Aber heute Abend hat sich diese Überlegung plötzlich in mir festgesetzt. Vor allem das dreifache ›Niemals‹ der beiden Söhne der Familie Lu. Sie wollen das Ganze endgültig und unwiderruflich vergessen, und auch ihre Nachkommen sollen nichts davon erfahren. Es gibt anscheinend den philosophischen Standpunkt, dass die Zeit alles verwittern und vergehen lässt. Und wenn das so ist, dann frage ich mich, warum ich unbedingt etwas in Erfahrung bringen soll, von dem ich ursprünglich nichts gewusst habe. Du hattest mit all dem, was hier geschehen ist, ursprünglich nichts zu tun, warum willst du partout etwas damit zu tun haben?«

Long Zhongyong sagte nichts, er sah Qinglin nur lange prüfend an.

Qinglin wehrte sich nicht gegen diesen Blick. »Zugleich denke ich«, fuhr er fort, »ob es mir und meiner Mutter wirklich guttut, all das zu wissen. Meine Mutter hat ihr Gedächtnis verloren, gut möglich, dass sie sich unbewusst gegen all diese grausigen Dinge in ihrer Erinnerung wehrt. In ihrem Leben gibt es ein Element, das sich hartnäckig der Erinnerung an die Vergangenheit widersetzt. Wenn sie wirklich etwas mit der Familie Lu zu tun hat oder sogar eine Familienangehörige ist, was bringt es ihr, sich diese Dinge ins Gedächtnis zurückzurufen?«

»Du willst damit sagen«, antwortete Long Zhongyong, »deine Mutter hat dir nur ein paar vereinzelte Wortfetzen geliefert, und du tust am besten daran, sie in diesem zersplitterten Zustand zu belassen? Wenn du dich geduldig daranmachst, diese Splitter wieder und wieder anzusehen und zu überdenken, könnten sich darin zahlreiche Erinnerungen finden. Wenn du nun wirklich alles, was damit in Verbindung steht, herausfindest und es zu einem authentischen Bild zusammensetzt, dann könnte es sein, dass es nirgends hinpasst. Abgesehen davon, dass dieses zusammengesetzte authentische Bild in Wirklichkeit gar nicht authentisch ist. Ist es das, was du meinst?«

»Es bewegt sich auf dieser Ebene. Ehrlich gestanden bin ich auch ein Feigling. Ich habe mich ständig davor gedrückt, die Aufzeichnungen meines Vaters anzusehen, weil ich Angst davor hatte, dass sie Dinge enthalten könnten, die für mich unerträglich sind. Bei dem Gedanken, dass Mutters Leben tatsächlich mit der Lu-Familie in Verbindung steht, bekomme ich Panik. Das Ganze ist mir zu kompliziert. Dann wäre es mir lieber, sie würde nie aufwachen, weiter ruhig so daliegen, alles vergessen und so ihr restliches Leben verbringen.«

Long Zhongyong schwieg einen Moment, dann sagte er: »Auf dem Wachtturm ging mir der Gesichtsausdruck dieses verrückten Alten nicht aus dem Kopf, er war wirklich furchteinflößend. Es ist offensichtlich, dass er deine Mutter erkannt hat. Mein Gefühl sagt mir, dass allein dieses Wiedererkennen für ihn nicht auszuhalten war. Als dein Freund habe ich das Gefühl, dass dir die Sache ein wenig über den Kopf wächst.«

»So ist es. Ich gehöre nicht zu den starken Personen. Ich habe eine natürliche Angst vor den Grausamkeiten dieser Welt. Ich muss mir eingestehen, dass ich mich etwas fürchte.«

Eine sehr lange Zeit sagte Long Zhongyong nichts mehr.

Die Nacht war in tiefschwarze, bedrohliche Dunkelheit gehüllt. Draußen erhob sich ein Wind aus den Bergen, er war zwar nicht sonderlich stark, aber er schuf eine beängstigende Atmosphäre. Von weitem, aus der Richtung des Gespensterhauses, ertönte tatsächlich ein gut hörbares, aber wirres und undifferenziertes Geräusch. Plötzlich verwandelte es sich in einen lang gezogenen Schrei. Es war nicht das »Weiche Begräbnis« des alten Herrn Lu, sondern etwas wie »Nicht tot ...«, »Nicht tot ...«. Der Ruf zog sich in die Länge, und im stillen Nachthimmel über dem Luxiao-Dorf wirkte er grausig.

Long Zhongyong öffnete das Fenster einen Spalt und sagte: »In diesem Gebäude ist nachts wirklich die Hölle los. Die Toten verlassen ihre alten Gräber, und die mit dem begangenen Unrecht beladenen Geister wollen den Garten nicht verlassen.«

»Mach das Fenster zu, in mir ist alles durcheinander.«

Long Zhongyong schloss das Fenster, hielt einen Moment still und sagte schließlich: »So steht es nun einmal, du willst das nicht wissen beziehungsweise willst das alles von dir fernhalten, dagegen ist nichts einzuwenden. Wir sollten einfach am ursprünglichen Zeitplan festhalten, wir sind Profis und führen unsere professionelle Arbeit fort. Man soll nichts erzwingen, nicht klärbare Dinge lässt man am besten eine Weile links liegen.«

Qinglin gab einen Stoßseufzer der Erleichterung von sich: »Was du da sagst, ist Balsam für meine Nerven. Nach außen scheint das Leben warm und alltäglich, aber sobald du den Schleier lüftest, kommt die hässliche Fratze zum Vorschein und jagt einem Angst ein. Ach ja, ich gehöre nun mal nicht zu denen, die direkt und wagemutig der Wirklichkeit ins Gesicht sehen. Und noch weniger bin ich einer, der fähig ist, die Last der Geschichte auf sich nehmen. Solche Durchschnittstypen wie ich leisten keinen Widerstand. Ich bin eben ein Durchschnittstyp. Ich merke mir Dinge, so gut ich kann, und vergesse Dinge, wenn ich muss. Die Zeit ist der beste Lehrmeister des Lebens, ich richte mich nach ihm.«

»Das von den Durchschnittstypen hast *du* gesagt! Aber wenn du darauf bestehst, soll es so sein, wirf das Ganze von dir, denk nicht mehr darüber nach. Ich kann das schon verstehen.«

Das war der anstrengendste und aufwühlendste Tag im bisherigen Leben Qinglins gewesen. Aber in dieser Nacht schien er das alles tatsächlich von sich zu werfen. Seit dieser Gedanke in ihm aufgekeimt war, war ihm, als fiele ihm eine schwere Last von der Seele. Er lag auf dem Bett, holte tief Luft und schlief ein.

Draußen ging das Rufen weiter, mal lang gezogen, mal kurz und abgehackt: »Nicht tot ...«, »Nicht tot ...«. Es vermischte sich mit dem Geräusch des Windes und schien in den Bergen widerzuhallen.

Long Zhongyong wurde von diesem Geräusch die ganze Nacht wach gehalten. Kurz vor dem Morgengrauen durchzuckte ihn plötzlich die Frage: »Wer ist nicht tot?«

XIII. Abschnitt

63. Kapitel

Ding Zitao streckt ihre Handfläche aus und kann die Umrisse ihrer Hand klar und deutlich erkennen. Sie sieht sogar in aller Deutlichkeit, dass ihre rechte Hand tiefrot gefärbt ist. Es ist die Hand, mit der sie der Er Niang eine Ohrfeige verpasst und dann ihren Vater umgestoßen hat. Sie hat Vater am Kragen gepackt und dabei aus nächster Nähe in sein kreidebleiches Gesicht gesehen. Und die fünf Fingerabdrücke auf dem Gesicht der Er Niang. Ist das der Widerschein von Er Niangs Blut auf meiner Hand?, fragt sie sich. Was hat sie plötzlich dazu getrieben, auszuholen und der Er Niang eine Ohrfeige zu verpassen? Sie erinnert sich, dass sie ihre Mutter hat weinen sehen, als die Konkubine ins Haus gekommen ist. Sie hatte einen instinktiven Widerwillen gegen sie. Heimlich hat sie eines Tages ihre Dose mit dem Rouge hinuntergeworfen. Als die Er Niang das entdeckte, hat sie ihr mit dem Zollstock auf die Handfläche geschlagen und dabei gedroht, sie würde es den Eltern erzählen oder aber sie jedes Mal schlagen, wenn sie ihr über den Weg läuft. Tatsächlich hat sie es den Eltern nie gepetzt. Ja richtig, die Ohrfeige hat sie der Er Niang genau mit der Hand verpasst, auf deren Handfläche sie damals den Schlag empfangen hat. »Das ist es«, denkt Ding Zitao, »mein Gedächtnis hat den Schmerz vergessen, aber meine Hand erinnert sich daran.«

Der Weg erscheint jetzt etwas deutlicher. Es regnet, der Regen wäscht das Tageslicht zu einem verhangenen Grau und hellt die grenzenlose Düsterkeit ein wenig auf. Sie sieht Daiyun den Korridor entlanggehen, zwei Innenhöfe durchqueren und die Empfangshalle betreten.

Dort sitzen zwei Gäste. Auf dem Gesicht des Schwiegervaters steht freudige Erregung. Er hält ein Papier mit bedrucktem Briefkopf in der Hand, während er mit den Gästen spricht. Sie kommen Daiyun bekannt vor, aber sie kann sie nicht identifizieren.

Einer von ihnen spricht gerade: »Die Führungsgenossen in der Kreisleitung kennen Sie und wissen, dass Sie sich um die Revolution verdient gemacht und sich bei der Bekämpfung der Banditen und Lokaltyrannen hervorgetan haben. Deshalb haben sie, sobald sie das von der gesamten Dorfbevölkerung unterschriebene Garantieschreiben erhalten haben, ihre Bewilligung erteilt, dass die Familie Lu nicht ›bekämpft‹ wird.«

»Wunderbar«, sagt der Schwiegervater. »Lu Da, du erklärst bei eurer Rückkehr den Genossen, dass ich, Lu Ziqiao, verspreche, dass unsere Familie für immer aufseiten der Regierung stehen und den Anweisungen der Führung folgen wird. Und den Dorfbewohnern teilst du mit, dass wir zum Neujahrsfest die Hälfte unseres gespeicherten Korns an sie verteilen werden. Außerdem stellen wir der Bauernvereinigung unsere Pferdewagen zum Transport von Neujahrsgütern zur Verfügung, wann immer sie ihn benötigen.«

Der mit Lu Da angesprochene Gast antwortet: »Geht in Ordnung, Großvater Lu. Wir haben verstanden. Das ganze Dorf weiß, wie großzügig und wohltätig die Familie Lu ist.«

Der andere Gast fügt hinzu: »Machen Sie sich keine Sorgen, Großvater Lu.«

»Ausgezeichnet«, sagt der Schwiegervater. »Wenn es der Familie Lu gut geht, wird das ganze Dorf davon profitieren. Was immer die Zukunft bringen wird, wir werden die Hälfte unserer Einkünfte aus den Geschäften in der Stadt für unser Dorf Luxiao verwenden. Wir werden eine Schule und eine Arztpraxis einrichten, Straßen und Brücken bauen. Ich, Lu Ziqiao, mache keine leeren Versprechungen. Für das, was wir in der Vergangenheit verabsäumt haben, bitten wir unsere Mitbewohner um Verzeihung.«

Lu Da zeigt auf den Briefbogen in der Hand des Schwiegervaters: »Das wollen sie im Dorf zurückhaben.«

Der Schwiegervater steckt das Schreiben in den Umschlag zurück und übergibt ihn. Sie nehmen ihn entgegen und verabschieden sich unter zahlreichen Bücklingen.

Daiyun sieht ihnen einigermaßen verständnislos nach, dann übergibt sie ihrem Schwiegervater einen Brief: »Ein Brief von Zhongwen. Er sagt, er schafft es möglicherweise nicht, vor dem Neujahrsfest nach Hause zurückzukommen. Aber er macht sich Sorgen um uns. Er hat in Hongkong eine Wohnung gekauft und will, dass wir dorthin umziehen.«

Der Schwiegervater nimmt den Brief entgegen, liest ihn durch und sagt dann: »Hm, im Moment ist die Lage nicht schlecht. Die Regierung sorgt für das Wohl der Bevölkerung. Ich habe vor, in die Ostmauer ein Tor zu brechen und zwei Höfe für eine Schule bereitzustellen. Sämtliche Kinder im Dorf, ob arm oder reich, sollen die Möglichkeit haben, eine Schule zu besuchen. Du und Huiyuan werdet dort als Lehrerinnen arbeiten. Solange Dingzi noch klein ist, soll er zu Hause lesen und schreiben lernen, wenn er älter ist, bleibt immer noch genug Zeit, um draußen eine Schule zu besuchen.«

Daiyun nickt und geht auf den Ausgang zu. Nach ein paar Schritten dreht sie sich um und sagt: »Ich habe gehört, dass sie im Dorf Poding wie besessen die Gutsbesitzer bekämpfen, im Dorf Shannan ebenso. Futong hat erzählt, dass dort Leute erschossen werden. Wir gelten auch als Gutsbesitzer, unser Besitz ist sogar noch größer, wir alle machen uns ziemlich Sorgen.«

»Keine Sorge«, antwortet der Schwiegervater, »ich habe bereits vorgesorgt. Ich habe die Leute im Dorf aufgefordert, eine

Garantieerklärung für mich zu unterschreiben. Darin steht, dass wir zwar als Gutsbesitzer klassifiziert sind, aber von jeher gute Gutsbesitzer gewesen sind. Sowohl bei der Unterstützung der Partisanen damals wie bei der Bekämpfung der Banditen im vergangenen Jahr habe ich mir Verdienste erworben. Das Land, das wir besitzen, wurde uns von unseren Vorfahren vererbt. Es besteht keine Notwendigkeit, uns zu bekämpfen, da ich das Land freiwillig unter den Leuten verteilen werde. Wir werden für alle Zeit die Regierung unterstützen.«

Daiyun erschrickt: »Und das soll funktionieren?«

Selbstsicher antwortet der Schwiegervater: »Natürlich. Alle im Dorf haben unterschrieben. Und die Regierung weiß, wie viel wir für sie geleistet haben, sie können nicht über Nacht ihre Meinung ändern. Deshalb haben die Genossen der Arbeitsgruppe bereits zugestimmt, dass wir nicht ›bekämpft‹ werden.«

»Ach ja! Das ist ja großartig. Sie haben schon zugestimmt? Meine Eltern sind auch als Gutsbesitzer eingestuft worden. Sie müssen mit Vater reden, sie müssen es auch so machen. Geht das?«

»Hmm, dazu braucht es die Einwilligung der Bauernvereinigung des Dorfes. Dein Vater hat damals keinerlei Hilfe geleistet, er kümmert sich seit je nur um dieses poetische Zeug, Poesie, Zitherspiel, Go, Bücher und Malerei. All diese vornehmen Nutzlosigkeiten, er hat sich nie Mühe gegeben, niemanden mit Geld oder Getreide unterstützt, da wird sich kaum jemand für ihn einsetzen.«

»Heißt das, dass man unsere Familie ›bekämpfen‹ wird?«

»Schwer zu sagen. Sag deinem Vater, er soll aufpassen.«

Etwas verärgert antwortet Daiyun: »Mein Vater ist nicht so klug und vorausschauend wie Sie. Aber er ist ein anständiger und gutherziger Mensch. Sie müssen ihm unbedingt erklären, wie Sie das so großartig hinbekommen haben. Die Leute in unserem Dorf sind sicher bereit, eine Garantieerklärung für unsere Familie zu unterschreiben. Wir sind zu den Armen im Dorf immer gut gewesen. Papa wird von allen Hu, der Wohltäter, genannt. Wenn die Arbeitsgruppe zustimmt, werden die Leute im Dorf unsere Familie bestimmt nicht ›bekämpfen‹.«

Der Schwiegervater antwortet nicht, er winkt ihr, den Raum zu verlassen, und knurrt zwischen den Zähnen: »Du bist zu jung, um diese Dinge zu verstehen. Wir können in diesem Augenblick nur uns selbst schützen, uns nur um uns selbst kümmern, das ist unsere einzige Chance in all dem Unglück. Dein Vater muss sich selbst überlegen, wie er den Kopf aus der Schlinge zieht, Stück für Stück, Schritt für Schritt. Ach ja, übrigens, schreib Zhongwen zurück, er soll sich keine Sorgen machen – wenn es irgend geht, soll er zum Neujahrsfest heimkommen.«

Mit verdrossener Miene macht sich Daiyun auf den Rückweg. Sie ist ziemlich wütend, sie hält den Schwiegervater für egoistisch, nicht willens, seine erfolgreiche Methode anderen zu verraten.

Ding Zitao ist zu diesem Zeitpunkt bereits sehr ruhig. Der Schwiegervater hat recht, denkt sie. Nur an sich selbst zu denken ist die einzige Chance in diesem ganzen Unglück. Aber in der Wirklichkeit gibt es diese Chance nicht. Er hat die Lage falsch eingeschätzt und weder sich selbst noch seine Familie schützen können. Der ganze Hass dieser Leute richtet sich gar nicht gegen eine besondere Familie, die sie kennen, er richtet sich gegen alle Reichen. Den Besitz der Reichen unter sich aufzuteilen ist das Einzige, was der Arme im Sinn hat.

64. Kapitel

Der Lichtstrahl nimmt ständig an Helligkeit zu.

Ding Zitao hat plötzlich den Eindruck, dass sich alles vor ihren Augen weitet. Merkwürdig ist nur, dass sie in diesem Licht die Straße unter ihren Füßen nicht sehen kann, nicht deutlich sieht, welche Kleidung sie trägt, sie erkennt nicht einmal, ob sie Schuhe trägt. Was für ein seltsamer Ort!, denkt sie.

Sie erinnert sich nur, dass sie schon lange, sehr lange unterwegs ist. Läuft sie auf einem mit Steinen gepflasterten oder einem ungepflasterten Weg? Ist der Weg eben oder ein Treppenweg in den Bergen? Sie spürt nichts unter ihren Füßen. Sie ist nur immer aufwärtsgelaufen, immer aufwärts, gelaufen, gelaufen.

Sie erinnert sich, dass sie bereits siebzehn Ebenen erstiegen hat. Sie hat keine Tränen mehr, keine Schmerzen, keinen Zorn. Sie denkt nur, wenn sie wirklich die achtzehnte Ebene erreicht, dann hat sie tatsächlich die ganze Hölle durchschritten. Doch was erwartet sie auf der achtzehnten Ebene? Wer wird sie dort empfangen? Bekannte oder Unbekannte?

Sie fühlt sich verwirrt.

In dieser Verwirrtheit erblickt sie Daiyun, die Dingzi im Arm hält und mit geistesabwesendem Gesichtsausdruck in ihrem Zimmer steht. Auf ihrem Bett herrscht Unordnung. Xiao Cha ist gerade hastig dabei, Ordnung zu schaffen.

»Die bewegliche Habe wird im Dorf verteilt, wir müssen uns beeilen«, sagt sie. »Der gnädige Herr hat angeordnet, dass alles, was im Haus nicht dringend benötigt wird, übergeben werden muss.«

»Und was gehört zu den Dingen, die nicht benötigt werden? Ich benötige alles«, antwortet Daiyun.

Xiao Cha sagt: »Der gnädige Herr hat gesagt, der Gold- und Silberschmuck, all so was. Ich traue mich nicht, etwas zurückzubehalten. Nur einen silbernen Reif habe ich versteckt. Den hat die Großmutter dem Fräulein zu ihrem zehnten Geburtstag geschenkt. Sonst habe ich mich nicht getraut, etwas zu verstecken. Huiyuan und die Yi Niang beobachten uns. Huiyuan hat gesagt, wenn sie auf die Idee kommen, hier alles zu durchsuchen, und sie finden etwas, hacken sie uns womöglich den Kopf ab.«

»Was geht sie das an?«, sagt Daiyun.

»Der gnädige Herr hat ihnen aufgetragen, dafür zu sorgen, dass alle Frauen in der Familie ihre Sachen herausgeben. Eben gerade sind die Yi Niang und Huiyuan schon wieder vorbeigekommen und haben gesagt, wir müssen auch den seidenen Quilt von der Aussteuer herausgeben. Ich konnte nichts tun und habe ihnen den Quilt gegeben. Erklär mir mal, wer von den Armen damit was anfangen kann.«

Daiyuns Gesichtsausdruck verfinstert sich, voller Wut sagt sie: »Die beiden waren immer neidisch auf den Seidenquilt von meiner Aussteuer. Die Yi Niang hat mir schon früher mit saurem Gesicht gesagt, dass sie zur Hochzeit nicht so schöne Sachen bekommen hat. Ich bin schließlich die Schwiegertochter hier im Hause Hu. Und wer ist sie? Eine Schmierenkomödiantin. Hat zum ersten Mal gute Tage gesehen, als sie sich den alten Herrn gekapert hat.«

»Huiyuan sollte sich auch nicht so aufführen. Der gnädige Herr wird sie zur Hochzeit vielleicht noch besser ausstatten.«

»Ha, wer redet von Hochzeit? Will sie denn warten, bis Jindian zurückkommt? Wer weiß, ob der sie überhaupt noch haben will, wenn er wiederkommt.«

»Die gnädige Frau hatte eigentlich vor, Huiyuan mit dem Sohn der Li-Familie im Dorf Poding zu verheiraten. Aber der alte Wei konnte seinen Mund nicht halten und hat erzählt, dass jemand Jindian in Chongqing gesehen hat und er sogar Funktionär geworden ist. Daraufhin hat sich Huiyuan geweigert. Der gnädige Herr hat auch gesagt, wenn Jindian wirklich Funktionär geworden ist, dann ist er mit der Heirat einverstanden.«

»Jindian ist Funktionär geworden? Ist das wahr? Na, wenn das so ist, gibt es draußen genug Studentinnen, die nur auf ihn warten. Warum soll er da noch Huiyuan wollen?«

»Finde ich auch«, sagt Xiao Cha.

Daiyun kramt in ihrem Schrank herum und fragt plötzlich:

»Den Seidenquilt mit den roten Päonien, haben sie den auch mitgenommen?«

Xiao Cha sieht sie ein wenig beschämt an und nickt: »Huiyuan hat gesagt, alles muss raus.«

Daiyun gerät in Zorn: »Mama ist extra nach Chongqing gefahren, um ihn mir zu kaufen. Nicht einmal einen einzigen Quilt lassen sie mir?«

»Lass es gut sein, Schwester. Wir benutzen eben Baumwolldecken. Die gnädige Frau hat auch viel opfern müssen, der gnädige Herr hat ihren pelzbesetzten Ledermantel herausgegeben, die gnädige Frau weint immer noch.«

»Der, den Zhongwen ihr extra aus Shanghai mitgebracht hat? Sie hat ihn nicht ein Mal im Jahr angezogen! Ich erinnere mich, dass sie sich wahnsinnig gefreut hat.«

»Ja, den. Der gnädige Herr sagt, im Dorf wollen sie die bewegliche Habe verteilen, wir müssen alles herausgeben. Huiyuan und die Yi Niang haben alles mitgenommen. Sie übergeben jetzt alles der Bauernvereinigung.«

»Huiyuan denkt von morgens bis abends daran, Aktivistin zu werden. Sie wird mir immer unsympathischer.«

»Genau. Immer wenn ich einen Quilt zusammengenäht habe, hat sie am Seidenstoff herumgefingert und die Augen verdreht. Du hättest nichts anderes im Kopf, als das Geld deiner Familie rauszuwerfen, sagt sie.«

»So ist sie eben. Seit ich hier eingeheiratet habe, ist sie neidisch auf mich. Ich habe schließlich eine beachtliche Aussteuer mitgebracht. Den Quilt hat mir auch meine Mutter geschenkt. Der Schwiegervater wird sie, wenn sie einmal heiratet, auch nicht auf dem Trockenen sitzen lassen.«

»Genau. Sie ist nun mal engherzig.«

Daiyun sagt nichts mehr. Mit betrübter Miene sitzt sie am Bettrand. Xiao Cha nimmt Dingzi auf den Arm und geht in den Garten, um mit ihm zu spielen. Daiyun bleibt allein im Zimmer zurück. Dass sie den Seidenquilt mit den roten Päonien hat hergeben müssen, ist für sie besonders bitter. Ihre Mutter ist einen ganzen Tag durch die Geschäfte gelaufen, bis sie den richtigen für sie gefunden hat. Sie kann nun nicht einmal mehr schützen, wofür ihre Mutter ihr Herzblut geopfert hat.

Kurz vor Einbruch der Dunkelheit macht Daiyun einen Rundgang durch die Höfe. In jedem herrscht Durcheinander. Die Schwiegermutter macht ein verbittertes Gesicht und redet kein Wort mit ihr. Huiyuan summt ein Liedchen und geht mit fröhlicher Miene ein und aus.

»Ich habe meinen ganzen Schmuck hergegeben«, sagt sie. »Und die Lederschuhe und die Ledertasche, die mir mein Bruder geschenkt hat, auch. Ich hab nur zwei Baumwollkleider behalten. Kein Unterschied zwischen Arm und Reich, Gleichheit zwischen Oben und Unten. Auch unsere Familie muss dazu beitragen, dass diejenigen, die den Acker pflügen, ihn auch besitzen. Hab ich nicht recht, Schwägerin?«

Kalt fertigt Daiyun sie ab: »Das bedeutet nicht, dass auch mein Hochzeitsquilt geopfert werden muss.«

Ohne auf Huiyuans Antwort zu warten, geht sie mit raschen Schritten aus dem Zimmer.

In diesem Moment erinnert sich Ding Zitao an den Anblick des über das Bett gebreiteten Quilts mit den Päonien. Alle stehen um das Bett herum und bewundern ihn. Das ganze Hochzeitsgemach erstrahlt im Glanze dieser Tagesdecke.

Ach ja, so glanzvolle Zeiten hat es in meinem Leben gegeben, denkt sie.

65. Kapitel

Das Licht vor ihr wird immer heller. Aufflackernde Lichtbündel, so hell, dass sie dem Auge wehtun. Ist das wirklich der Weg, der ins Freie führt?

Sie staunt.

Vor ihren Augen erscheint klar und deutlich eine Straße im Frühling. Links und rechts ist alles voller Blüten. Sie erkennt weder ihre Farben noch ihre Formen, aber sie spürt intensiv ihre Anwesenheit. Vor ihr ein leuchtendes Strahlenbündel, schwankend mal nach links, mal nach rechts, mal dahintreibend, aber zugleich den Weg weisend.

»Bin ich wirklich aus der Tiefe der Hölle ins Freie gelangt?«, fragt sich Ding Zitao. »Oder bin ich gerade auf dem Weg in eine andere Hölle? Ist das, was lichterfüllt vor mir liegt, vom Sonnenlicht beschienen? Wenn es Sonnenlicht ist, werde ich mich selbst sehen können?«

Ding Zitao hat keinerlei Erinnerung daran, wie sie tatsächlich aussieht. Aber sie verwirft den Gedanken. Es macht nichts, wenn sie sich nicht selbst sehen kann, Hauptsache, sie ist der Hölle entkommen.

Ein Pferdewagen nähert sich mit hoher Geschwindigkeit.

Auf dem Bock sitzt nicht der Pferdeknecht ihrer Familie. Beim Näherkommen erkennt Ding Zitao deutlich Jindian, der die Pferde antreibt. Im Wagen sitzen Daiyun und Xiao Cha.

Ding Zitaos Herz beginnt plötzlich wie rasend zu klopfen. Ein unerklärliches Schuldgefühl steigt in ihr auf.

Daiyun sitzt im Wagen und unterhält sich zwanglos mit Xiao Cha. Sie trägt einen rot gemusterten Qipao*. Um den Hals hat sie einen Seidenschal geschlungen, es ist der, den ihr Zhongwen

* Enganliegendes Kleid mit seitlichem Schlitz

geschenkt hat. Sie legt die Hand sanft auf ihren Bauch, auf ihrem Gesicht erscheint ein Ausdruck von Glückseligkeit.

Daiyun kommt aus dem Krankenhaus in der Stadt, sie hat erfahren, dass sie schwanger ist. Lu Zhongwen ist noch in Shanghai, sie hat ihm vom Telegraphenamt aus eine Nachricht geschickt.

»Etwas langsamer, Jindian«, sagt Xiao Cha. »Rüttel unsere kleine Schwester nicht so durch.«

»In Ordnung!«, ruft Jindian.

»Der Kindsvater wird sicher einen Freudentanz aufführen. Er wird bestimmt umgehend zurückkommen«, sagt Xiao Cha.

Daiyun hat keinen Zweifel daran: »Zhongwen will einen Sohn. Hoffentlich ist er nicht verärgert, wenn es eine Tochter ist.«

»Seien Sie unbesorgt, gnädige Frau«, sagt Jindian. »Es ist vor allem der gnädige Herr, der einen Enkel wünscht. Der junge Herr wird sich in jedem Fall freuen. Ich erinnere mich, dass er als kleiner Junge in sein Schwesterchen vernarrt war.«

»So ein Schwesterchen ist was ganz anderes als eine Tochter«, lacht Xiao Cha.

»Frauen sind sie beide«, sagt Jindian. »Ich weiß jedenfalls, dass der junge Herr Mädchen lieber mag.«

»Jindian, heute kutschierst du uns zum ersten Mal, und wir erleben heute so ein großes Glück, du bist unser Glücksstern«, sagt Daiyun.

»Jindian, am besten vergrößerst du unser heutiges Glück und sorgst dafür, dass unsere Schwester einen Sohn auf die Welt bringt«, sagt Xiao Cha.

»Also gut, es ist ein Sohn«, willigt Jindian ein.

Daiyun und Xiao Cha müssen darüber lachen. Das Echo ihrer hellen Stimmen hallt im Tal von den Berghängen wider.

Daiyun weiß, dass Jindian heute den Wagen kutschiert, weil ihr Schwiegervater die angestellten Arbeiter und das Dienstpersonal zum größten Teil entlassen hat. Er hat erklärt, man brauche künftig nicht mehr so viele Personen im Haushalt, ein paar wenige, die sich um die Alten und Schwachen kümmern, reichten aus.

»Warum gehst du nicht auch fort, Jindian?«, fragt Daiyun. »Ich habe gehört, du bleibst freiwillig bei uns.«

»Ich und Futong wollen bei der Lu-Familie bleiben. Wir sind beide Waisenkinder und in der Lu-Familie aufgewachsen. Wir sind an das Leben hier gewöhnt. Und Futong sagt, wo Xiao Cha bleibt, bleibt auch er.«

»Rede keinen Unfug. Du bist es, der wegen Huiyuan nicht fortgehen möchte«, sagt Xiao Cha.

»Rede du keinen Unsinn, Xiao Cha. Stürz mich nicht ins Unglück.«

Daiyun wirft Xiao Cha einen Blick zu und flüstert: »Quatsch kein dummes Zeug. Wenn meine Schwiegereltern dich hören könnten, würden sie dich ausschimpfen.«

»Der gnädige Herr hat vor allen Leuten gesagt, dass die Reichen und die Armen gleichberechtigt sein müssen. Aber wenn es um die eigene Familie geht, gilt das wohl nicht«, sagt Xiao Cha.

Strafend sagt Daiyun zu ihr: »Glaubst du wirklich, dass es Gleichheit auf der Welt gibt?«

»Das hat der gnädige Herr gesagt. Und der junge Herr hat es auch gesagt«, murmelt Xiao Cha.

»Arme und Reiche werden niemals gleichberechtigt sein. Wann hätte es das jemals gegeben, dass arme und reiche Leute gleichberechtigt waren?«

Xiao Cha macht einen Schmollmund und schweigt.

Plötzlich erhebt Jindian die Stimme: »Der junge Herr und Huiyuan haben beide gesagt, dass die neue Gesellschaft eine gleichberechtigte Gesellschaft sein wird. Die Herren und die einfachen Leute werden gleich sein, es gibt nur eine Arbeitsteilung.«

»Hat Zhongwen auch so etwas gesagt?«, fragt Daiyun.

»Ja«, antwortet Jindian. »Es war im Zimmer des ältesten jungen Herrn, sie haben zu dritt in einem Buch geblättert und darüber gesprochen. Der älteste junge Herr hat ihnen auch zugestimmt. Ich habe ihm Wasser gebracht, und Huiyuan hat zu mir gesagt: ›Hast du das gehört, Jindian? Wir werden zukünftig alle gleichberechtigt sein.‹ «

Daiyun stößt ein kaltes Lachen hervor: »Aber bei deiner Angelegenheit mit Huiyuan geht es nicht um Gleichberechtigung. Es geht um die Fehde zwischen unseren Familien.«

»Jindian hat mit diesen alten Geschichten nichts zu schaffen«, sagt Xiao Cha.

»Was für eine Fehde? Unsere Familie hat eine Fehde mit der Lu-Familie?«, fragt Jindian offenkundig überrascht.

»Weißt du das nicht?«, sagt Daiyun erstaunt.

»Davon habe ich nie etwas gehört.«

Daiyun und Xiao Cha schweigen. Der Wagen verlässt den Damm und biegt auf den Weg ins Tal ein.

Der Weg windet sich zwischen dem Berg auf der einen und dem Fluss auf der anderen Seite dahin. Wilde Blumen wachsen üppig am Fuß des Berges und am Flussufer. Rosarot, goldgelb wuchern sie und ranken sich ineinander, der schmale, lehmige Weg, der sich den Berg entlangzieht, scheint unter ihnen zu verschwinden.

»Deine Mutter ist damals mit diesem Pferdewagen gefahren, um den westlichen Arzt in der Stadt aufzusuchen«, sagt Daiyun plötzlich.

»Das weiß ich. Sie hatte eine schwere Geburt, es hat an dem Tag geregnet, der Weg war schwer befahrbar, überall standen die Gräben unter Wasser. Der gnädige Herr hat meinem Vater den Wagen geliehen, aber als sie beim Arzt ankamen, war es schon zu spät, er hat meine Mutter nicht mehr retten können.«

Daiyun lacht ein wenig: »Du weißt nur, dass sie zu spät gekommen sind, aber du weißt nicht, warum.«

Jindian ist erschrocken. »Warum? Nicht wegen des starken Regens?«

»Ich habe von Mutter Wu gehört, dass der gnädige Herr euer Land für den Bau der Ahnenhalle haben wollte, und deine Leute wollten es nicht hergeben«, erklärt Xiao Cha ohne Umschweife. »Die beiden haben sich darüber immer wieder in den Haaren gelegen. An jenem Tag lag deine Mutter in den Wehen, und dein Vater wollte von der Lu-Familie den Wagen ausleihen. Aber die hat zur Bedingung gemacht, dass er ihn erst bekommt, wenn er den Kaufvertrag unterschreibt. Dein Alter wollte nicht verkaufen, es ging ein paarmal hin und her. Am Ende blieb ihm keine Wahl – um deine Mutter und dich zu retten, musste er den Vertrag unterschreiben. Dadurch hat sich alles verzögert. Mutter Wu wollte dir schon lange sagen, dass du dir Huiyuan aus dem Sinn schlagen sollst, weil die Familienfehde zwischen euch steht.«

Der Wagen beginnt bedrohlich zu schlingern. »Das stimmt nicht!«, schreit Jindian. »Ihr wollt mich foppen!«

»Zhongwen hat mir erzählt, dass die Angelegenheit eine Idee vom alten Wei war. Aber weißt du denn, was danach geschehen ist? Am besten fragst du selbst Mutter Wu. Ich hab dir das heute nur verraten, weil ich dir mitteilen will, dass du dir deine Absichten auf Huiyuan aus dem Kopf schlägst. Daraus wird euer Lebtag nichts.«

»Der alte Wei und Mutter Wu wollten dir das schon lange erzählen, aber sie haben Angst, dass du das in dich reinfrisst und dir selbst Schaden zufügst. Wir haben es dir heute an ihrer Stelle gesagt«, fügt Xiao Cha hinzu.

»Genau«, sagt Daiyun. »Futong ist ein anderer Fall, er und Xiao Cha passen zusammen. Du willst zu hoch hinaus. Überleg mal, wer mein Schwiegervater ist, wie kannst du da überhaupt auf so eine Idee kommen?«

Jindian schweigt.

Gleichgültig, worüber sich Daiyun und Xiao Cha auf der Weiterfahrt unterhalten, er reagiert mit keinem Wort mehr und fällt auch nicht in ihr Lachen ein.

Bei der Fahrt durchs Tal verfährt sich der Wagen ständig, als sei er in ein Labyrinth geraten. Immer wieder muss er auf halbem Weg umkehren, nur um sich gleich darauf wieder zu verfahren. Es wird allmählich dunkel, der Wagen fährt und fährt, als sollte die Fahrt nie ans Ziel kommen.

Daiyun und Xiao Cha sprechen nicht mehr, sie machen Jindian auch keine Vorwürfe, mag er sich noch so oft verfahren und unaufhörlich wieder umdrehen. Endlich taucht in der Ferne das Licht einer Laterne auf, es ist der alte Wei zu Pferde, der nach ihnen sucht.

Als sie aufeinandertreffen, hält er eine Stalllaterne in die Höhe und sagt keuchend: »Ich sitze daheim, und da mir fällt ein, dass Jindian zum ersten Mal mit dem Wagen in die Stadt gefahren ist. Als es immer später wurde, habe ich Angst bekommen, dass ihr euch verirrt habt. Ihr habt euch tatsächlich verirrt, nicht wahr?«

Jindian antwortet nicht. Daiyun antwortet für ihn: »Stimmt. Wir haben uns verirrt.«

»Folgt meiner Stalllaterne.«

All die wilden Blumen werden von der grenzenlosen Dunkelheit geschluckt, die ganze Natur wird eins mit dem Dunkel der Nacht. Nur das Licht der Stalllaterne schwankt unregelmäßig vor ihnen in der Finsternis auf und ab, wie eine verwunschene Seele.

Früh am nächsten Morgen kommt Xiao Cha in Daiyuns Zimmer gehastet, um ihr mitzuteilen, dass Jindian verschwunden ist.

Daiyun erschrickt und fragt aufgeregt: »Haben wir gestern zu viel geredet?«

»Wahrscheinlich schon«, sagt Xiao Cha. »Er hat gestern fast die ganze Nacht mit Mutter Wu gesprochen. Ich glaube, sie hat ihm alles erzählt.«

Daiyun überlegt eine Weile, dann sagt sie: »Von dieser Angelegenheit darf keiner etwas erfahren, wir haben einfach nichts gesagt. Wir müssen vermeiden, dass der alte Herr etwas davon erfährt, sonst schimpft er mit uns.«

»Ist mir klar«, antwortet Xiao Cha. »Schwester, ihr dürft aber eines nicht vergessen, das Geschimpfe des gnädigen Herrn geht vorbei, aber der Hass Huiyuans wird ein Leben lang andauern.«

Ding Zitao fällt es wie Schuppen von den Augen.

Sie begreift endlich, dass der von wilden Blumen überwucherte Weg sie in die Hölle geführt hat.

Und nun ist sie wieder an dieses Tor gelangt. Sobald sie den Fuß nach draußen setzt, wirft sie der wie aus dem Nichts aufblitzende Glanz fast zu Boden.

XIV. Abschnitt

66. Kapitel

Qinglin und Long Zhongyong verbrachten den ganzen Tag im Geisterhaus.

Das lange Gespräch am vergangenen Abend hatte Qinglin eine Last von der Seele genommen. Lu Huanxi war in aller Herrgottsfrühe zu einer Besprechung in die Stadt gefahren, sie waren noch einmal allein auf den Wachtturm gestiegen. Das Tor zur »Halle des dreifachen Wissens« war nicht abgesperrt gewesen, sie gingen direkt hinein, trafen unterwegs keinen Menschen, und so verlief die Besteigung des Turms ohne jedes Hindernis.

Oben angelangt, schoss Long Zhongyong aus jeder Perspektive Fotos vom Anwesen, während Qinglin eine Zeichnung von der gesamten Anlage anfertigte. Während er zeichnete, beklagte er sich, dass er sich allzu lange nicht mehr mit derartigen Arbeiten beschäftigt habe, er habe das Handwerk verlernt.

Am Nachmittag gingen sie von Innenhof zu Innenhof, vermaßen alle Räume, die stilistische oder andere Besonderheiten aufwiesen, und fertigten Zeichnungen davon an. Wie in vielen solcher Privathäuser waren auch die Tragbalken, Stützpfeiler, Fensterrahmen und -läden des Geisterhauses mit erlesenen Schnitzereien alter Geschichten verziert. An den Fenstern fanden sie die Motive vom Fischer, Holzfäller, Ackersmann und Gelehrten, von der Elster, die frohe Botschaften überbringt, an den Querbalken die Geschichte von den Mäuseeltern, die ihre Tochter verheiraten wollen, vom Qilin, das die Söhne bringt. Die Eleganz der

Höfe bildete einen starken Kontrast zu den Schießluken in der Mauer.

»Von außen betrachtet war das Leben auf diesem Anwesen komfortabel und sorgenfrei, aber das galt vermutlich nur für unwissende und an den Dingen der Welt uninteressierte Frauen und Kinder. Die Herren des Hauses dagegen lebten in ständiger Anspannung und Besorgnis. Man muss sich nur den Wachtturm und die Schießöffnungen ansehen, dann wird einem alles klar«, bemerkte Qinglin.

Long Zhongyong ergänzte: »Hinzu kommt, dass der Hausherr die ganze Familie zufriedenstellen musste. Tatsächlich ist der Wachtturm eine Mischung aus einem Ausguck plus einer Geschützstellung und einem kleinen viereckigen Erfrischungspavillon. Ich glaube nicht, dass er einer romantischen Ader des Hausherrn entsprungen ist, mir scheint eher, dass er darauf abzielte, den Familienmitgliedern zu suggerieren, dass es sich hier nicht um eine Stellung zum Abfeuern eines Geschützes handelt, sondern um einen Ort, wo man die Aussicht genießen und Gedichte rezitieren kann.« »Die Attraktion dieses Turms«, fügte er hinzu, »liegt wahrscheinlich darin, dass er die vollendete Verkörperung von Krieg und Frieden darstellt.«

Beide mussten lachen.

»Mein Lehrer hat immer betont«, fuhr Long Zhongyong fort, »dass man bei der Betrachtung eines Gebäudes die realen Bedingungen des Ortes mit in Betracht ziehen und mit allen seinen fünf Sinnen den Raum erfassen muss, um seine Essenz wirklich zu verstehen. Ich glaube, ab sofort kann ich die Bedeutung dieser Bemerkung besser verstehen.«

Sie arbeiteten und unterhielten sich in aller Ruhe, als ob nicht das Geringste vorgefallen wäre. »Wir sind Fachleute, die ihren Beruf ausüben.« Qinglin wiederholte diesen Satz mehrfach, als wolle er damit sämtliche schrecklichen Vermutungen und Assoziationen, die ihn bedrängen konnten, verscheuchen.

Am Nachmittag verkündete Long Zhongyong, er wolle ein paar Gesamtaufnahmen des Anwesens im besonders weichen Licht der hereinbrechenden Dämmerung machen. Deshalb betraten sie erneut den Wachtturm.

Das Licht im Erdgeschoss des Wachtturms war trübe, sie hatten daher bei den beiden vorherigen Besuchen der Anlage dem Grundgeschoss keine besondere Aufmerksamkeit geschenkt. Diesmal jedoch entdeckte Long Zhongyong plötzlich hinter dem Treppenaufgang Spuren, die darauf hindeuteten, dass hier erst kürzlich jemand Gegenstände bewegt hatte. Er untersuchte die Stelle genauer, und bei näherer Betrachtung zeichneten sich die Umrisse einer Geheimtür ab. Er schrie vor Überraschung kurz auf.

Damit lockte er Qinglin herbei, und die beiden räumten das Gerümpel neben der Geheimtür beiseite, stießen die hölzerne Tür auf und fanden sich vor einer tiefen Höhlung. In der Höhlung war es pechschwarz, sie war jedoch breit genug, um einem einzelnen Menschen Zutritt zu gewähren. Long Zhongyong leuchtete mit der Taschenlampe seines Mobiltelefons hinein. Es handelte sich zweifellos um einen dunklen und engen Geheimgang. Aus der Richtung, in die er führte, ließ sich schließen, dass er in den Berg hineinging und der Ausgang irgendwo auf der Rückseite des Berges liegen musste.

Innerlich aufgewühlt fragte Qinglin: »Was hat das zu bedeuten?«

»Das bedeutet, dass alle Menschen, die glauben, das Anwesen habe nur ein Tor, nicht wissen, dass es einen zweiten, geheimen Ausgang gibt.«

»Wäre es denn möglich …? Könnte es sein …? Lu Huanxi hat doch davon gesprochen, dass man über den Berg hinter dem Haus zum Yonggu-Fluss gelangt.«

»Sieht so aus. Und der verrückte Alte, den wir nicht mehr ausfindig machen können, muss genaue Kenntnis von diesem

Geheimgang haben. Wenn du hindurchgehen willst, komme ich mit.«

Qinglin lehnte sich an die Wandung und schloss die Augen, offenbar um nachzudenken. Er gab Long Zhongyong keine Antwort, auf sein Gesicht trat ein gequälter Ausdruck.

Long Zhongyong betrachtete ihn und schloss anschließend die Tür. Er zog Qinglin den Turm hinauf. Er hatte vier Stockwerke, zuoberst befand sich der viereckige Pavillon. Ohne anzuhalten, stiegen sie schweigend die Treppe hinauf und machten erst im Pavillon halt.

Das Abendlicht fiel schräg auf das Anwesen. Die von Gräsern und Kräutern überwucherten Gräber lagen im goldenen Abendlicht reglos unter ihnen. Fünfzig Jahre war der Wind über sie hinweggestrichen, fünfzig Jahre war Gras auf ihnen gewachsen.

Long Zhongyong holte seine Kamera hervor und machte konzentriert Aufnahmen. Dabei sagte er: »Der Mut, den sie damals für diese Entscheidung aufgebracht haben, ist für mich unvorstellbar.«

Mit gepeinigter Stimme fragte Qinglin: »Wer ist damals durch den Geheimgang ins Freie gelaufen? Könnte es meine Mutter gewesen sein? Und wenn es so gewesen ist, war sie die Tochter oder die Schwiegertochter der Familie?«

»Das Wichtigste ist, dass wir entscheiden, ob wir morgen durch den Geheimgang gehen wollen. Sehen, wohin er führt. Und noch etwas, wir müssen entscheiden, ob wir Lu Huanxi darüber informieren. Du kannst dir im Übrigen ausmalen, was sich am anderen Ende des Geheimgangs befindet.«

»Unbewohntes und unbebautes Gelände.«

»Das mit Sicherheit.«

»Na, dann möchte ich wissen, ob uns dieser Geheimgang eine Erklärung liefert. Was wird passieren, wenn plötzlich alle wissen, dass es hier drinnen einen Geheimgang gibt?«

Nach einem Moment des Schweigens sagte Long Zhongyong: »Wahrscheinlich würden die Geister hier niemals Ruhe finden.«

»Sie würden hier vermutlich täglich durch den Lärm und das Gekreische der Leute gestört. Der Wunsch der Angehörigen der Lu-Familie war doch, man solle sie ungestört und ohne Lärm hier ruhen lassen. Die Leichen sollen mit dem Erdreich verschmelzen. Die Gebäude sollen im Lauf der Zeit natürlich verwittern. Viele, viele Jahre später wird sich niemand mehr daran erinnern, dass der Herr dieses Anwesens Lu hieß. Nochmals viele Jahre später wird niemand mehr wissen, dass sich hier ein Anwesen befand. Und noch weniger von den grausamen Schicksalen derer wissen, die hier gelebt haben. So wie wir bei Gelegenheit irgendwo in der unbewohnten Wildnis auf klägliche Mauerreste stoßen.«

»Und du hältst das für den idealen Schlussstrich?«

»Ja. Es gibt keinen besseren. Ich denke, wir sollten so tun, als hätte es all das nie gegeben.«

»Hast du dich definitiv entschlossen, die Sache so zu betrachten? Du willst nichts über die Vergangenheit deiner Mutter erfahren und nicht wissen, was sie durchgemacht hat? Oder welche Verbindung zwischen ihr und der ›Halle des dreifachen Wissens‹ besteht?«

»Ja. Was für eine Beziehung auch immer zwischen ihr und den Angehörigen dieser Familie bestanden hat, ich möchte nichts darüber wissen. Sie hat sich zu ihren Lebzeiten instinktiv jeder Erinnerung verweigert. Jetzt weiß sie nicht mehr, was um sie herum geschieht. Warum soll ich daran rühren?«

Long Zhongyong seufzte tief: »Ach, ›Halle des dreifachen Wissens‹, so steht es also mit dir: Der Himmel weiß Bescheid, die Erde weiß Bescheid, die Geister wissen Bescheid, aber er weiß nichts, du weißt nichts, und ich weiß nichts.«

»Schluss damit. Mir fällt gerade ein Zitat ein: ›Alle Bedeutung ist das Bedeutungsloseste von allem.‹«

Die Dämmerung brach herein, die Sonne versank hinter dem

Kamm der Berge. Sie stiegen vom Wachtturm herab. Den ganzen Tag über hatte sich der schreckliche verrückte Alte nicht blicken lassen.

Am nächsten Morgen stiegen Qinglin und Long Zhongyong ins Auto und verließen das Dorf Luxiao. Da sie die Route nun kannten, verlief die Rückfahrt ohne Komplikationen und im Nu. Am Nachmittag erreichten sie Chongqing, verabschiedeten sich rasch, und jeder bestieg sein Flugzeug. Der eine flog nach Shanghai, der andere kehrte nach Shenzhen zurück.

Das Flugzeug gewann an Höhe, von unten schimmerten die Lichter der Großstadt. Über den Wolken sah man das Licht mehr und mehr verglimmen. Qinglin fiel plötzlich eine Wendung ein: »Als ob ich von der Welt geschieden wäre.«

67. Kapitel

Qinglin schien alles hinter sich gelassen zu haben.

Nachdem er sich in Shenzhen ein paar Tage erholt hatte, kehrte er nach Wuhan zurück.

Bei seinem Besuch in der Firmenzentrale hatte ihn Liu Xiaochuan gefragt, wie weit er mit seinen Nachforschungen gekommen sei. Ohne nähere Angaben zu machen, hatte er erklärt, dass Ost-Sichuan zu groß sei, dass niemand etwas über die »Strohhütte des Ertragens« wisse, dass praktisch niemand Auskunft über einen Ort namens Hushuidang geben könne. Die »Halle des dreifachen Wissens« erwähnte er nicht, er wollte, dass dieser Ort weiterhin unbekannt blieb. Die Seelen der Lu-Familie sollen ungestört bleiben, dachte er.

Liu Xiaochuan seufzte: »Dieses Ergebnis war vorhersehbar. Die essenziellen Teile dessen, was man Geschichte nennt, bleiben den Menschen verborgen. Und keine der Vermutungen, die wir anstellen, ist sonderlich zuverlässig. Viele Dinge auf dieser Welt brauchen wir nicht zu wissen. Du magst glauben, sie zu kennen, aber dein gesamtes Wissen erfasst nicht, was letztlich tatsächlich geschehen ist.«

»Das stimmt«, antwortete Qinglin. »Das ist mir auf dieser Reise bewusst geworden. Es gibt Dinge, die uns der Himmel nicht wissen lassen will. Er übergibt sie der Zeit, die dafür sorgt, dass sie verwittern und vergehen. Die Zeit sorgt für ihr ... weiches Begräbnis.«

Liu Xiaochuan lachte: »Dass du nichts gefunden hast, hat auch sein Gutes, es hat dich zum Philosophen werden lassen.«

Qinglin lachte etwas gezwungen: »Von Philosophie kann keine Rede sein, mir ist nur manches klar geworden.«

Am ersten Abend des Tages seiner Rückkehr nach Wuhan saß Qinglin neben dem Bett seiner Mutter. Ihr Gesicht war nach wie vor ruhig und ausdruckslos. Keinerlei Regung des Gesichts, keinerlei Bewegung.

Qinglin ließ seinen Tränen schweigend freien Lauf. »Mama«, sagte er dann, »ich will nicht wissen, was dir zugestoßen ist, bevor du dein Gedächtnis verloren hast. Ich will nur, dass du aufwachst und ein ruhiges und angenehmes Leben führst. Dass du das Gefühl hast, ein erfülltes Leben gelebt zu haben.«

Wie erwartet kam von Ding Zitao keine Reaktion.

An diesem Abend packte er die Aufzeichnungen seines Vaters in den alten kleinen Lederkoffer, worin sie sich zuvor befunden hatten. Er überlegte, wo er ihn unterbringen sollte, da er beschlossen hatte, nie wieder einen Blick hineinzuwerfen.

68. Kapitel

Die Tage verstrichen ereignislos.

An jenem Tag regnete es in Strömen, dazwischen grollte der Donner. Das ist für Wuhan im Sommer nicht unüblich, auch sonst war es ein gewöhnlicher Tag, ohne nennenswerte Vorkommnisse.

Qinglin erhielt einen Anruf der Haushälterin Dong Hong.

Sie wirkte aufgeregt und ein wenig hilflos. »Heute, als ich die gnädige Frau gefüttert habe, schien sie ein bisschen bei Bewusstsein zu sein. Ihre Augen haben sich bewegt, und sie hat einen Satz gesagt: ›Du darfst nicht ausgehen.‹«

Qinglin war gerade in einer Besprechung, er konnte seine Aufregung nicht unterdrücken und bat die anwesenden Kollegen um Entschuldigung. Er müsse dringend nach Hause fahren, seine Mutter befände sich seit mehreren Jahren in einem vegetativen Zustand. Gerade habe ihm die Haushälterin mitgeteilt, dass sie sich bewegt und sogar etwas gesagt habe.

Alle freuten sich für ihn und beschworen ihn, auf der Stelle nach Hause zu fahren. Die Besprechung könne auf ein anderes Mal verschoben werden.

Qinglin hastete nach Hause zurück. Sobald er das Haus betrat, rief er: »Mama! Mama! Bist du aufgewacht?!«

Ding Zitao hat das Gefühl, alles um sie herum sei in grelles Sonnenlicht getaucht. Der Glanz ist so intensiv, dass er ihre Augen blendet.

Wo bin ich?, denkt sie. Es sieht hier nicht wie zu Hause aus. Ich höre eine Frauenstimme. Aber es ist nicht die von Xiao Cha. Und auch eine Männerstimme, aber nicht die von Lu Zhongwen, und schon gar nicht die von Dingzi. Ist das hier die »Strohhütte des Ertragens« oder die »Halle des dreifachen Wissens«? Wo auf der Welt bin ich hier nur?

Die Stimmen werden lauter und gehen ineinander über. Plötzlich ertönt von oben herab ein Donnerschlag. Und vom Donner eingehüllt rollt eine zugleich greisenhafte und dröhnende Stimme durch die Luft. »Weiches Begräbnis! Weiches Begräbnis!«, brüllt sie.

Das Gebrüll weckt Ding Zitaos Zorn. Ihre Stimme überschlägt sich in Richtung des grollenden Donners: »Kein weiches Begräbnis! Ich will kein weiches Begräbnis!«

Qinglin war gerade auf dem Weg zum Fenster, um es zu öffnen und mehr Licht ins Zimmer zu lassen. Plötzlich hörte er Dong Hong sagen: »Hören Sie! Die gnädige Frau redet!«

Qinglin erschrak, eilte zurück ans Bett, beugte sich über seine Mutter und sah, dass sie tatsächlich die Lippen bewegte. Mit lauter Stimme sagte er: »Mama, sprichst du gerade? Was möchtest du sagen? Entspanne dich, lass dir Zeit.«

Schließlich wurde Ding Zitaos Stimme vernehmbar. Äußerst schwach, aber dennoch überdeutlich. Was sie sagte, bestand aus fünf Worten: »Ich will kein weiches Begräbnis.«

Verständnislos fragte Dong Hong: »Was soll das denn bedeuten?«

Deprimiert blieb Qinglin am Bettrand sitzen. Er war rettungslos niedergeschlagen. Bei sich dachte er: Mutter will uns wahrscheinlich verlassen.

Tatsächlich tat Ding Zitao am Abend dieses Tages ihren letzten Atemzug. Sie starb ohne Schmerzen, ohne Krämpfe und Zuckungen, sie gab einen tiefen Seufzer von sich und ging dahin.

69. Kapitel

Niemand ahnte etwas vom endlos langen Weg, den Ding Zitao in diesen Jahren zurückgelegt hatte, und noch weniger erfuhr irgendjemand von den vielen Geheimnissen, die sie mit ins Grab nahm. In Wirklichkeit nimmt vermutlich jeder Sterbende Geheimnisse mit sich, die, wenn sie ausgesprochen würden, Entsetzen auslösen würden, sich unausgesprochen jedoch im Nichts verlieren.

Kein Außenstehender bemerkte Qinglins komplizierte seelische Verfassung. Äußerlich wirkte er sehr gefasst, auch niemand in seinem Umfeld schien sonderlich überrascht. Ding Zitao war schließlich jahrelang krank gewesen. Dass sie jetzt, ohne körperliche Schmerzen ertragen zu müssen, so sang- und klanglos dahingegangen war, konnte als unerwartet glückliche Fügung betrachtet werden.

Qinglin kaufte seiner Mutter einen Sarg. Anfangs hatte er vorgehabt, ein Stück Land für eine Erdbestattung zu kaufen. Aber wo sollte dieses Stück Land liegen? In der Stadt waren Erdbestattungen untersagt, sie in ihrer Heimaterde zu begraben warf zwangsläufig die unlösbare Frage auf, wo sich die Heimat seiner Mutter eigentlich befand. Ein Grab in fremder Erde würde sie unvermeidlich der Einsamkeit aussetzen. Hinzu kam die Frage, was mit Vaters Asche geschehen sollte. Er überlegte hin und her und kam zu dem Schluss, dass die Redewendung vom Blatt, das zurück auf die Wurzeln fällt, von Leuten erfunden wurde, die über Wurzeln verfügen. Aber Vater wie Mutter hatten sich verzweifelt darum bemüht, ihre Wurzeln auszureißen. Sie gehörten zu den Menschen, die sich in alle Ewigkeit mit keinem Stück Land verbinden ließen.

Qinglin war überzeugt, dass alles, was er tun konnte, um seine Mutter zufriedenzustellen, darin bestand, sie in einem Sarg ihre letzte Ruhe finden zu lassen. Sie sollte anschließend zusammen mit dem Sarg eingeäschert werden. Seine Frau wie auch seine Freunde zeigten ihr Unverständnis über diese Entscheidung, doch Qinglin sagte zu ihnen: »In dieser Angelegenheit müsst ihr mir vertrauen, ich habe meine Gründe dafür.«

Angesichts von Qinglins Entschlossenheit gab seine Frau ihren

Widerstand auf. Es war schließlich das Letzte, was Qinglin für seine Mutter tun konnte, der Mann würde danach ausschließlich ihr gehören. Die Freunde hingegen hielten sein Verhalten für einen Ausdruck unbedingter kindlicher Pietät.

Die Trauerfeier war sehr schlicht. Außer Qinglins Frau und seinem Sohn gab es keine weiteren Verwandten. Die Freunde setzten ihm mit neugierigen Fragen zu, ihm fiel als Antwort nur ein: »Vater und Mutter waren beide Waisen.«

Die Brüder Liu allerdings erschienen zur Trauerfeier, um ein letztes Lebewohl zu sagen, und legten im Namen ihrer Schwester Liu Xiaowu einen Kranz nieder. Sie beklagten die Unvorhersehbarkeit des Laufs der Dinge und rieten Qinglin, ihrem natürlichen Gang zu folgen. Zum Schluss begleiteten sie Qinglin zur Bestattung der Urne auf einem Berg außerhalb der Stadt. Nicht nur Qinglin war bewegt, selbst das Personal des Bestattungsunternehmens rührte dieses Verhalten eines Chefs.

Qinglin überführte auch Vaters Urne und begrub sie zusammen mit der seiner Mutter. Ihr Grab lag nicht weit entfernt von Liu Jinyuans. Liu Xiao'ans Abschiedsworte lauteten: »Doktor Wu, Tante Ding, ruht in Frieden! Meine Eltern sind in eurer Nähe, ihr seid alte Bekannte, besucht euch, wenn ihr Zeit habt.«

Dieser Ausruf brachte selbst die Helfer, die Papiergeld verbrannten, zum Lachen. All die Trauer löste sich mit der Asche des verbrannten Papiergeldes und dem Gelächter in Luft auf.

In dieser Nacht schlief Qinglin im Zimmer seiner Mutter.

Er lag auf ihrem Bett und sog den Duft ein, den sie zurückgelassen hatte, bis er schließlich bitterlich zu weinen begann. Er spürte, wie sich die Traurigkeit, die ihm in den Knochen steckte, löste und aus ihm herausbrach. Er weinte um seine Mutter, und er weinte um seinen Vater. Die beiden einsamen Menschen hatten ihr Geheimnis ein Leben lang gehütet. Aus Vorsicht waren sie ängstlich bemüht gewesen, es niemanden wissen zu lassen. Selbst als Eheleute hatten sie es für sich behalten. Und auch er, als ihr

Sohn, verstand nur die Hälfte von dem, was er wusste. Mehr musst du nicht wissen, sieh zu, dass du dein Leben unbeschwert genießt, hatte der Vater gesagt. Keine allzu schwierige Forderung, dachte er. Aber war er wirklich dazu fähig, jetzt, in der Stille der Nacht, und ganz mit sich allein?

Vieles ging ihm in dieser Nacht durch den Kopf. Erst kurz vor der Morgendämmerung schlief er ein.

Als er aufstand, stand die Sonne bereits hoch am Himmel. Er ging in den Garten, beschnitt die Pflanzen und wässerte die Gemüsebeete. Die Luft war frisch, er sah auf das bis zum Boden reichende Fenster des leeren, unbehausten Zimmers seiner Mutter, die weißen Gardinen waren zugezogen, und eine eigenartige süße Wärme drang daraus hervor. Plötzlich hatte Qinglin das Gefühl, das Leben wirklich unbeschwert genießen zu können.

Dieses Blatt war umgeschlagen. Seine Familie, die Familie namens Wu, würde mit ihm ihren Anfang nehmen. Er würde der Urahn dieser Sippe werden. Sie hatten nichts zu tun mit den Menschen, die Dong hießen, und würden auch keine gemeinsamen Ursprünge besitzen mit denen, die Wu hießen. Und doch würden sie Wu heißen.

Seine beiden Eltern lagen auf dem öffentlichen Friedhof an der Steintor-Spitze* begraben. Das Grab hatte Qinglin eigenhändig mit einer Steinplatte bedeckt. In stiller Trauer hatte er Vaters sämtliche Aufzeichnungen in einen Plastikbeutel verpackt und mit ins Grab versenkt. Qinglin hatte sich mit den Gebräuchen der Menschen aus der Zeit des Chu-Staates beschäftigt und in der Platte ein kleines Loch frei gelassen, durch das ihre Seelen nach Bedarf hinein- und hinausschlüpfen konnten. Von nun an würden sie, ihre Geheimnisse und ihre Seelen unter diesem Stein begraben sein. All das hatte Qinglin fest und solide verschlossen. Leise sagte er: »Papa, Mama, seid unbesorgt, ich habe mich für

* Berg in der Nähe Wuhans mit berühmter Friedhofsanlage

ein unbeschwertes Leben entschieden und werde daran festhalten.«

Um an einem unbeschwerten Leben festhalten zu können, musste er darauf verzichten, zu wissen, was er eigentlich wissen sollte. Die Zeit würde nach und nach die wahre Wirklichkeit weich begraben. Denn selbst wenn er es wüsste, konnte er nie wissen, ob es die gesamte wahre Wirklichkeit war.

Ausklang

70. Kapitel

Qinglin begann tatsächlich, unbeschwert zu leben.

Vater und Mutter wurden zu einer Fotografie an der Wand. Sie lächelten von dieser Wand in Qinglins Zimmer. Mit voranschreitender Zeit vergaß Qinglin immer öfter, aufzuschauen und einen Blick auf sie zu werfen. Doch auch wenn Qinglin nicht darauf achtete, blickten sie mit stets zärtlichen und warmen Blicken auf ihn herab.

Es wurde wieder Spätherbst. Die Blätter färbten sich gelb. Sein Wuhaner Projekt neigte sich dem Ende zu. Liu Xiaochuan nahm ihn mehr und mehr in Beschlag. Qinglin verstand, dass dafür der Eifer, womit er seine Aufgaben erledigte, entscheidender war als die Rolle, die seine Eltern in ihrer beider Leben gespielt hatten.

Ein neues Projekt wurde in Angriff genommen. Es handelte sich um ein großes Stück Land am Liangzi-See. Die Linie des Seeufers wurde durch ein Ineinander von Felsen und kleinen Inseln durchbrochen. Sobald sich Wind erhob, wogte das Schilf am Ufer selbstvergessen und weich auf und ab, unter dem grenzenlosen Licht der Sonnenstrahlen bildete es eine in blassem Gelb leuchtende Ebene, eine bis an den Horizont reichende Landschaft.

Qinglin war dabei, die Lage vor Ort zu erkunden. Er war begeistert. Die geologische Beschaffenheit des Seeufers inspirierte ihn. Wenn es ihm gelang, die gegebenen natürlichen Bedingungen bestmöglich zu nutzen, würde es ein unvergleichliches Projekt. Er musste Long Zhongyong dazu bewegen, sich das Gelände anzusehen.

Just in diesem Moment erhielt er dessen Anruf. Enthusiastisch sagte Qinglin: »Gerade habe ich daran gedacht, dich herzuholen, damit du dir mein Projekt anschaust.«

Long Zhongyong hatte ihm nach dem Tod seiner Mutter eine Beileidsnachricht geschickt, danach jedoch keinen Kontakt mehr mit ihm aufgenommen. Er wolle sich erkundigen, wie es Qinglin jetzt gehe. So, wie er klinge, scheine es ihm nicht schlecht zu gehen.

»Ausgezeichnet«, antwortete Qinglin. »Findet man sich mit der Position des Normalsterblichen ab, geht alles viel leichter. Geburt, Alter, Krankheit und Tod sind Teil der Normalität, jeder macht sie durch. Davon abgesehen war Mutter bereits über siebzig und seit vielen Jahren krank. Es war abzusehen, dass sie von uns gehen würde.«

»Ehrlich gesagt«, antwortete Long Zhongyong, »geht es nicht darum, sich mit irgendetwas abzufinden. Man kann sich im Leben für vielerlei entscheiden. Manche Menschen entscheiden sich dafür zu sterben, andere dafür, von Tag zu Tag weiterzuleben. Manche Leute entscheiden sich dafür, alles im Gedächtnis zu bewahren, andere dafür, alles zu vergessen. Keine dieser Entscheidungen ist absolut richtig, es geht darum, dass sie der eigenen Persönlichkeit entspricht. Mach dir deshalb nicht zu viele Gedanken. Es genügt, wenn du dich dabei wohlfühlst.«

»Ich weiß gar nicht, was mir am besten entspricht. Ich weiß nur, dass ich nicht anders kann«, antwortete Qinglin.

»Na, ist doch prima.« Danach sagte er: »Rate mal, wo ich jetzt bin.«

»Du wanderst umher wie ein ruheloses Gespenst. Woher soll ich wissen, wo du gerade bist? Wenn du Zeit hast, komm auf einen Sprung nach Wuhan. Ich habe hier ein Projekt in einer wunderbaren Lage. Kommst du und hilfst mir, eine Idee zu entwickeln?«

»Ich bin in Ost-Sichuan und arbeite noch an meinem Buch. Wo soll ich die Zeit hernehmen, dir bei deinem Projekt zu helfen?«

Qinglin spürte, wie sein Herz klopfte.

Noch bevor er antworten konnte, fuhr Long Zhongyong fort: »Ich bin im Dorf Luxiao. Genauer gesagt, in der ›Halle des dreifachen Wissens‹. Lu Huanxi hat mir geholfen, den verrückten Alten ausfindig zu machen. Er heißt Futong. Ich habe einen ganzen Tag auf ihn eingeredet. Alles, was ich aus ihm herausbekommen habe, sind die Worte: ›Xiao Cha. Yunzhong-Kloster.‹«

Qinglin wurde schwindlig. Die zwei Silben »Xiao Cha« landeten mit der Wucht und dem Geräusch zweier Eisengewichte auf seinem Kopf. Seine Mutter hatte davon gesprochen, dass eine Xiao Cha in ihrer Familie aufgewachsen war ...

Long Zhongyong redete weiter: »Als wir das letzte Mal hier waren, war davon die Rede, dass der verrückte Alte damals ein Mädchen aus dem Lu-Haushalt gerettet habe. Dieses Mädchen ist später Nonne geworden. Ich vermute, dass es sich um das Mädchen handelt, das Xiao Cha genannt wurde. Das Kloster, in das sie eingetreten ist, heißt womöglich Yunzhong-Kloster. Lu Huanxi hat mir bestätigt, dass es in der Nähe eine Klosteranlage dieses Namens mit einem Nonnenkloster gibt. Ich habe vor, morgen dorthin zu fahren.«

Qinglin spürte plötzlich einen stechenden Schmerz in der Herzgegend. Er wollte wahrhaftig von alldem absolut nichts wissen. Er war sich in seinen Wünschen mit den Söhnen der Lu-Familie einig, dass niemand je von der »Halle des dreifachen Wissens« erfahren sollte. Er hoffte inständig, dass sie so rasch wie möglich dem Verfall und der Verwitterung preisgegeben sein möge.

Als Long Zhongyong merkte, dass von ihm keine Reaktion kam, milderte er seinen Tonfall. »Alles in Ordnung bei dir? Ich weiß, wie du dich fühlst. Ich verstehe dich. Wenn sich herausstellt, dass die Sache mit deiner Familie zu tun hat oder Privatangelegenheiten deiner Familie betrifft, werde ich auf keinen Fall darüber schreiben. Du brauchst dir keine Sorgen zu machen. Ich werde aber dieses Buch nach bestem Wissen und Gewissen zu Ende schreiben. Du brauchst die Wahrheit nicht, aber die Geschichte verlangt sie.«

Nach wie vor brachte Qinglin kein Wort hervor. Es war keine Weigerung, zu sprechen, aber die beiden Silben »Xiao Cha« schnürten ihm die Kehle zu. Seine Mutter hatte davon gesprochen, dass sie Xiao Cha aus ihrem Elternhaus mitgenommen hatte.

Long Zhongyongs letzter Satz lautete: »Manche Leute entscheiden sich fürs Vergessen, andere fürs Aufzeichnen. Jeder soll mit seiner Entscheidung leben, damit ist allen geholfen.«

Qinglin wusste nicht, was er antworten sollte. Er legte auf, doch in seinem Herzen fühlte er sich tief unglücklich.

Vor ihm erstreckte sich die weite Fläche des Sees, Wind kam auf, Welle folgte auf Welle.

Es stimmt, dachte er. Ich habe mich fürs Vergessen entschieden, du dich fürs Aufzeichnen. Aber wie soll ich vergessen können, wenn du aufzeichnest? Und was die Wahrheit angeht, Qinglin lachte bitter in sich hinein, kann die Wahrheit mit Worten oder in Büchern beschrieben werden? Von nichts auf dieser Welt existiert eine absolute Wahrheit.

Herbst 2015, Wuhan

Wir wollen kein weiches Begräbnis

Anstelle eines Nachworts

Vor vielen Jahren saß eine junge Frau, die nach ihrem kurz zuvor erfolgten Einstieg ins Geschäftsleben gerade die schwierigste Phase ihrer Karriere durchmachte, in einem Bummelzug und las meinen unter dem Titel »Fengjing-Landschaft« erschienenen Roman. Die Lektüre ergriff sie und verlieh ihr neue Kraft und neuen Lebensmut. Sie beschloss, die Autorin kennenzulernen.

Sie hatte in der Folgezeit großen Erfolg und stieg in die Gruppe der Superreichen auf. Sie gehörte zu den ersten Personen, die sich in einem Wuhaner Villenviertel ein Haus kauften, einen schmucken Bungalow. Sie holte ihre Mutter, die sich ein Leben lang hatte abplagen müssen, zu sich. Kaum hatte die Mutter das Haus betreten, als sie vor Angst zitternd erklärte, sie wolle und könne hier nicht bleiben, die Konfiszierung und Verteilung der Vermögen würden früher oder später erfolgen.

Als sie mir diese Episode erzählte, war die Mutter bereits mehrere Jahre dement.

Wir hatten uns Anfang der neunziger Jahre kennengelernt. Ich war damals Chefredakteurin der Zeitschrift *Prominenz Heute*, und sie investierte in die Dokumentarfilmproduktion. Die Empfänger ihrer Investition waren ehemalige Kollegen aus meiner

Zeit bei der Dokumentarfilmabteilung von Hubei TV. Die Finanzierung ermöglichte es der Abteilung, eine Reihe von Filmen zu produzieren, die mit internationalen Preisen ausgezeichnet wurden. Irgendwann luden mich meine ehemaligen Kollegen zu einem gemeinsamen Essen ein, um den Kontakt zwischen uns herzustellen.

Daraus entwickelte sich allmählich ein freundschaftliches und vertrauensvolles Verhältnis zwischen uns. Wir trafen uns häufig und bei verschiedenen Gelegenheiten, unterhielten uns zunehmend öfter und intensiver. Es folgten gemeinsame Essen, gemeinsames Teetrinken, sogar gemeinsame Reisen. Von ihren Geschäften verstehe ich wenig, aber ich weiß, dass sie eine begnadete Geschäftsfrau ist. Ihre Investitionen sind nahezu sämtlich erfolgreich, in dieser Hinsicht halte ich sie für ein Genie.

Währenddessen lernte ich auch ihre Mutter kennen, eine alte Dame mit extrem blasser Hautfarbe. In unseren privaten, unbeobachteten Begegnungen wurde sie zum Hauptgegenstand unserer Gespräche. Sie erzählte, dass ihre Mutter damals ganz auf sich gestellt aus Sichuan geflohen sei, dass ihr Kind auf der Flucht vor ihren Augen gestorben sei, dass sie später als Haushälterin und Kindermädchen bei fremden Leuten ein ruhiges und ereignisloses Leben geführt habe und dass sie beim Einzug in ihre Villa in Angstzustände und Nervenkrisen gefallen sei. Der Mann meiner Freundin erzählte mir, dass sie über lange Zeit immer wieder die nächtlichen Schmerzensschreie seiner Schwiegermutter gehört hätten. Ursache der Schmerzen sei der Schlag mit einem Gewehrkolben in den Rücken gewesen, den sie einst erhalten habe. Selbst im Zustand von Altersdemenz habe sie häufig klar und deutlich ausgesprochen, sie wolle kein »weiches Begräbnis«.

Die Teile des Romans, die sich mit der Bodenreform beschäftigen, spielen in dieser von ihrer Mutter erlebten historischen Epoche. Nicht allein ihre Familie, auch die Familie meiner Eltern, die Familien zahlreicher Freunde, Bekannten und Nachbarn, haben diese Zeit durchlebt. Ihre Lebensschicksale sind sehr verschieden, aber das Unglück, das ihren Angehörigen widerfuhr, weist starke Gemeinsamkeiten auf und hatte Konsequenzen für ihre Nachkommen. Sie alle trugen die Kainsmale ihrer Altvorderen und fristeten ihr Leben in einem Abgrund von Verachtung und Diskriminierung. Die Zahl der Betroffenen wuchs auf diese Weise ins Unermessliche. Als »Großgrundbesitzer«, »Reiche«, »Konterrevolutionäre«, »üble« oder »rechte Elemente« bzw. als Nachkommen eines Angehörigen dieser Gruppen klassifiziert zu werden bedeutete ein Leben in Erniedrigung und Schande. Die Schmach und Demütigung hatten körperliche wie seelische Folgen, sie durchdrangen alles bis ins Mark. Das ist der Grund dafür, dass nahezu alle Betroffenen sich dafür entschieden, die Erinnerung an dieses würdelose Leben, an die ihnen persönlich zugefügten Narben tief im eigenen Inneren zu begraben. Auch als nach der Wiederherstellung normaler Verhältnisse die »Herkunft« nicht mehr das Kriterium für die Unterscheidung von Gut und Böse war, hielten sie daran fest, nicht darüber zu sprechen, nicht mehr daran zu denken und ihre Geschichte den Nachkommen gegenüber zu verschweigen. So als würde das Gespräch darüber die bereits vernarbten Wunden wieder aufreißen und den Schmerz neu entfachen. Und dieser Schmerz war einer, der einem den Lebenswillen raubte.

Die Mutter meiner Freundin verstarb vor zwei Jahren. Kurz nach der Bestattung trafen wir uns zufällig auf einer Konferenz. Wir verabredeten uns für ein gemeinsames Essen außerhalb des Tagungsortes, und dabei erzählte sie mir den Ablauf der Beerdigung ihrer Mutter. Für die Feuerbestattung hatte sie ihrer Mutter einen sehr hochwertigen Sarg gekauft. Ihrer Umgebung blieb das unverständlich, sie sahen keinerlei Sinn darin, aber sie hatte darauf bestanden. Mir erklärte sie, ihre Mutter habe mehrfach geäußert, sie wolle kein »weiches Begräbnis«. Und diesen Wunsch musste sie ihr unbedingt erfüllen.

»Weiches Begräbnis« – diese zwei Worte trafen mich wie ein Schlag und ließen etwas in mir aufflammen. Den ganzen Tag ließen sie mich nicht los. Es war, als blickte ich in ein schwarzes Loch – tief und ohne sichtbaren Boden. Seit je versuchen Menschen, schwarze Löcher zu ergründen, doch sie bleiben undurchdringlich. Nicht allein, dass die Zeit nicht spricht, sie sind zudem farblos, stimmlos und formlos, sie löschen alle Dinge unseres Daseins restlos aus. Genau wie ein »weiches Begräbnis«, dachte ich.

Ich erklärte meiner Freundin, dass ich einen Roman mit dem Titel *Weiches Begräbnis* schreiben wolle.

Am Beginn des Unterfangens stand also der Titel.

Nach dem Neujahrsfest 2014 legte ich meine gesamten Arbeiten für den Zeitschriftenverlag beiseite, verließ das kalte Wuhan und zog mich in einen Küstenvorort von Shenzhen zurück. Dort verbrachte ich drei äußerst angenehme Monate, in denen ich mit der Arbeit am Roman begann. Das Haus gehörte der Familie einer Freundin, es stand seit über einem Jahr leer, und sie und ihre Verwandten hatten es mir mit aufrichtiger Herzlichkeit angeboten. Es war wunderschön gelegen, umgeben von Bäumen, Blumen und Meer. Schaute ich von meinem Laptop auf, blickte ich direkt aufs Wasser, und nachts wiegte mich das Rauschen der Wellen in den Schlaf.

Das Haus verließ ich nur für meine morgendliche Rückengymnastik auf der Terrasse und meinen abendlichen Spaziergang. Mein Frühstück bestand aus Haferflocken, Eiern und Brot, womit mich meine Freundin versorgt hatte. Das Mittagessen brachte mir eine Angestellte der Hausverwaltung aus der Kantine des Compounds. Der Chefkoch stammte aus Hunan, was meinen kulinarischen Vorlieben sehr entgegenkam. Abends aß ich ein wenig Obst oder Brot, manchmal auch nichts. Bessere Arbeits- und Lebensbedingungen hätte ich mir nicht wünschen können.

Zu Beginn stellten sich die grundlegenden Fragen: Wie sollte ich an das Thema herangehen? Welche Struktur sollte ich meiner

Erzählung geben? Welche Perspektive einnehmen? Welche Haltungen sollten meine Protagonisten einnehmen? Welcher Ton soll die Stimmung meiner Erzählung ausmachen? Und so weiter und so fort.

Schritt für Schritt tastete ich mich voran, schrieb und verwarf, schrieb wieder und verwarf wieder. So als öffnete ich unzählige Türen, um immer erneut in Sackgassen zu landen, bis ich endlich den richtigen Zugang fand.

Das Schreiben wird für mich immer spannend bleiben, denn aus dieser Spannung erwächst in mir eine besondere Art von Freiheit. Ich kann frei entscheiden, wessen Gesellschaft ich wählen und mit wem ich sprechen möchte. Die Zeit vergeht unbemerkt, meine Existenz gerät in Vergessenheit, nie fühle ich mich einsam oder verlassen, selbst wenn ich einen oder mehrere Tage mutterseelenallein verbringe.

Das Tippen auf der Tastatur ist mein Dialog mit der Außenwelt. Unbefangen gehe ich auf jede meiner Figuren zu, überreiche ihnen Zettel, auf denen steht, was ich über dieses oder jenes denke, wie ich zu diesem oder jenem stehe. Es sind die Worte, die ich eben gerade eingetippt habe.

Im realen Leben mit seinen Einschränkungen und Unterdrückungen existiert diese Freiheit nicht. Daher kommt nichts der Freude am Schreiben gleich, und nichts übertrifft das Faszinosum des Schreibens. Das ist der Grund, warum Schriftsteller immer weiterschreiben müssen.

Während dieser Schaffensphase meldete sich ein Anrufer, der mich bat, bei der Jury des Lu-Xun-Preises* eine Empfehlung für den Gedichtband des Lyrikers L. auszusprechen. Ich weigerte mich, was zu einem wahren »Krieg« in den sozialen Medien führte. Die damit verbundenen Misshelligkeiten kosteten mich so viel Zeit und Energie, dass ich gezwungen war, die Arbeit

* Wichtigster chinesischer Literaturpreis

für *Weiches Begräbnis* auf Eis zu legen. Erst nach einem ganzen Jahr endloser Querelen fand die Sache ein vorläufiges Ende. Ich verkündete sofort, dass ich mich wieder zum Schreiben zurückziehen würde. Das *Weiche Begräbnis* hatte geduldig auf seine Fertigstellung gewartet.

Im Juli ließ ich mich zur Klausur in Wuhans Vorort Jiangxia nieder und fand rasch wieder in den Schreibmodus zurück, den ich ein Jahr zuvor in Shenzhen gehabt hatte. Jiangxia ist ein ruhiger Ort, die Luft dort ist klar und frisch. Ich begann meine Arbeit mittags und beendete sie um zwei Uhr nachts. Vor zehn Uhr morgens stand ich selten auf. Der Schriftsteller Lu Yao soll einmal gesagt haben: Der Morgen beginnt mittags. Dieser Satz ist einer Schriftstellerin wie mir aus dem Herzen gesprochen.

Im Gemüsegarten vor meiner Haustür wuchsen Tomaten und Chili. Meine Ansprüche ans Essen sind einfach. Gelegentlich kamen Kollegen vorbei und brachten mir frisches Gemüse mit, und manchmal aßen wir gemeinsam auswärts und besprachen dabei Angelegenheiten der Zeitschrift.

Ach ja, vor dem Schreiben erledigte ich am Computer noch ein paar Dinge für den Verlag, da ich schließlich weiterhin Chefredakteurin der beiden Ausgaben der Zeitschrift der *Jangtse Literatur und Kunst* war.

Auf diese Weise vergingen mehr als zwei Monate. Die Worte »weiches Begräbnis« verfolgten mich wie ein Gespenst. Verworrene Stimmen wisperten von morgens bis abends an meinem Ohr: »Kein weiches Begräbnis! Kein weiches Begräbnis!« Beim täglichen Abendspaziergang um den See rief es mir aus dem Wasser und von den Bäumen entgegen: »Ich will kein weiches Begräbnis! Wir wollen kein weiches Begräbnis!« Mir standen nicht selten die Haare zu Berge.

Ende September war endlich der erste Entwurf fertig. Danach folgte eine langwierige Bearbeitungsphase, für die ich mir Zeit ließ. In dieser Phase wurde ich vom Literaturarchiv der Provinz

Hubei gebeten, eine Rechercheresise in die Altstädte von Chongqing zu unternehmen. Dabei wurde ich von zwei alten Bekannten, Shen Hongguang und Jiang Zuosu, begleitet. Das löste mich aus dem Ost-Sichuan meines Romans und führte mich ins reale Ost-Sichuan. Viele Szenen in *Weiches Begräbnis* spielen in dieser Gegend. Während meiner Reise traf ich auf zahlreiche herrenlose Anwesen und stieß auf viele mir zuvor unbekannte Details. Daher zog sich die wiederholte Überarbeitung und Korrektur des Manuskripts mit Unterbrechungen bis zum Jahresende hin.

Im dreijährigen Schreibprozess haben sich die Worte »weiches Begräbnis« wie Samenkörner tief in mein Herz gepflanzt. Während der Niederschrift des Romans sind sie zu einem Baum herangewachsen. Die Wurzeln wurden dicker und dicker, die Krone dichter und dichter. Mein Herz wurde dabei schwerer und schwerer.

Vor meinen Augen huschten die Schatten unzähliger Menschen vorbei. Darunter die meiner Eltern und ihrer Geschwister. Wieder und wieder traten sie auf mich zu und verschmolzen mit den Protagonisten meiner Erzählung. In meiner Erinnerung haben meine Eltern kaum je über ihre Familien gesprochen, und sie pflegten so gut wie keinen Kontakt zu Verwandten. Mein Vater war Sohn eines Großgrundbesitzers, meine Mutter Tochter eines Beamten. Ihre Herkunft wurde in Gestalt ihres Schweigens weich begraben. So kommt es, dass wir heute kaum etwas über unsere Großeltern wissen.

Von unserem Großvater väterlicherseits wissen wir nur, dass er von den Japanern getötet wurde. Das haben wir aus einem archivierten Zeitungsartikel erfahren. Von den anderen Großeltern, d.h. unseren nächsten Angehörigen, kennen wir nicht einmal die Namen. Als beim Schreiben meine Erinnerungen wach wurden, begann ich, nicht nur meine Vorfahren, sondern auch Qinglin und seinen Vater zu verstehen. So war es, sie wollten nicht, dass wir davon erfahren. Die Bürde der Geschichte, die sie ihr Leben lang mit sich herumtrugen, sollte sich nicht auf uns übertragen. Ihr Schweigen sollte das verhindern.

Meinem Eindruck nach lautete der von meiner Mutter am häufigsten geäußerte Seufzer: »Wie viel Schreckliches musste meine ältere Schwester durchmachen!« Wie viele Menschenleben mögen unter diesem Seufzer begraben sein? Nun, vielleicht wird das der Inhalt eines anderen Romans.

Die Erinnerung begleitete mich, während ich schrieb. Vor meinen Augen erschienen abwechselnd die Gesichter Ding Zitaos, der Mutter meiner Freundin und meiner eigenen. Ein Leben lang bewahrten diese Frauen ihr Schweigen, während unvorstellbar schweres menschliches Leid auf ihnen lastete. Sie blieben dabei so unscheinbar, als wären sie nie auf diese Welt gekommen.

Ach, einen Gestorbenen ohne den Schutz eines Sarges direkt in der Erde zu versenken ist die physische Art des »weichen Begräbnisses«. Doch ein lebender Mensch, der sich, ob bewusst oder unbewusst, radikal gegen seine Vergangenheit abschirmt, das Geschehene in sich versiegelt, seine Herkunft und seine Geschichte vollständig aufgibt und sich der Erinnerung verweigert, erleidet ein »weiches Begräbnis« durch die Zeit. Diese Art des »weichen Begräbnisses« überdauert die Generationen und bleibt für immer unbemerkt.

Was kann eine Schriftstellerin wie ich angesichts dessen tun? Es liegt ja zumeist nicht in der Macht des Betroffenen, zu entscheiden, ob er weich begraben wird oder nicht.

Was ich tun kann, ist sehr einfach. Gewissenhaft aufschreiben, was ich weiß, was ich fühle, was mich verwirrt und was mich schmerzt. Mein Schreiben wird zum Protokoll meines verworrenen und komplexen Gemütszustandes. Mehr nicht.

Ich bedanke mich bei meiner Lektorin Yang Liu, die immer genau dann für mich da ist, wenn ein Buch meine Werkstatt verlässt. Es ist, als würde sie an der Kreuzung auf mich warten, um mir im richtigen Moment die Hände entgegenzustrecken und zu rufen: »Her damit!«

Auch dieses neue Buch hat sie lektoriert. Auf ihre bewunderungswürdige Gewissenhaftigkeit und ihr Verantwortungsbewusstsein kann ich mich immer verlassen. Am wichtigsten jedoch sind für mich ihr Urteil und ihre Zustimmung zu meinen Ideen. Wir kennen uns seit über dreißig Jahren und sind uns in unserer Art des Denkens immer sehr nahe. Der Gedanke daran bereitet mir große Freude.

Danken möchte ich auch meiner Freundin aus Shenzhen, Zhou Mingyan, und ihrer Schwägerin Xu Su. Sie haben mir das wunderbare Ambiente und die erforderliche Ruhe für meine Arbeit ermöglicht. In ihrem Haus wurde entschieden, wie ich an den Roman herangehen und wie die Geschichte erzählt werden soll. Diese geräumige Villa an der Meeresküste, ohne das Geräusch menschlicher Stimmen, ohne Kontakt zu anderen Menschen, schuf offenbar eine Atmosphäre, die rationale und objektive Betrachtung möglich machte. Es war diese seelische Verfassung, die mich die richtige Struktur für die Erzählung finden ließ.

Außerdem bedanke ich mich bei all meinen Kollegen im Verlag unserer Zeitschrift. Ich hatte kaum Zeit, mich um all die Dinge zu kümmern, die bei der täglichen Arbeit der Chefredakteurin eines Zeitschriftenverlags anfallen. Stillschweigend haben sich meine Kollegen allem angenommen und mir in den schwierigsten Momenten Kraft, Unterstützung und Verständnis geschenkt. Mehr Wärme und Kameradschaft kann man sich nicht wünschen.

Nun ist das Buch endlich erschienen. Ich widme es auch den oben aufgeführten Freundinnen.

Während ich an diesem Nachwort saß, erhielt ich ein Schreiben vom Mittleren Gerichtshof der Provinz Guangdong. Wie zu erwarten hat der Dichter L. den Prozess gewonnen. Es verhält sich genau so, wie er es den Medien mitgeteilt hat: Das Gericht befindet sich tatsächlich im Erdgeschoss seines Wohnhauses.

Die Entscheidung war für mich kaum von Bedeutung. Allerdings ist sie ein perfekter Ausdruck der Zeiten, in denen wir leben. Ich kenne die dunkelsten und schmutzigsten Seiten der menschlichen Natur nur allzu gut. Angesichts der Veröffentlichung meines Romans bedeutet mir der Vorfall so viel wie ein Staubkorn, das zu Boden fällt, man sieht darüber hinweg.

Selbst in ihren verwirrtesten Momenten war die Mutter meiner Freundin in der Lage, den Satz auszusprechen: »Ich will kein weiches Begräbnis.«

Ich stimme ihr zu. Wir wollen keine weichen Begräbnisse.

Mai 2016

Nachwort des Übersetzers

Fang Fangs Roman *Weiches Begräbnis* ist im Kern ein Buch über das Vergessen und das Erinnern. Es zeigt mit Meisterschaft, dass individuelles und kollektives, unbewusstes und gewolltes Erinnern und Vergessen den gleichen Regeln gehorchen und sich der gleichen Mechanismen bedienen. Damit gewinnt die Erzählung Aktualität und Brisanz auch für deutsche Leser, denen das kulturelle und historische Setting des Romans fremd und weit entfernt erscheinen mag.

Autoritär verfasste Gesellschaften, insbesondere totalitäre Regimes, bedienen sich im Umgang mit schwierigen bzw. unangenehmen Kapiteln ihrer Geschichte bewusst dieser Regeln und Mechanismen des Erinnerns und Vergessens. Sie benutzen dabei gewöhnlich zwei Strategien: Entweder löschen sie die Erinnerung daran durch Verbote und Unterdrückung der Tatsachen aus, oder sie verzerren das wirkliche Geschehen durch Glorifizierung der in ihren Augen positiven Seiten und durch Negierung der brutalen und unmenschlichen Aspekte. Beide Strategien wurden und werden in der Volksrepublik China häufig und erfolgreich angewandt. Die Grausamkeiten und Absurditäten der zehnjährigen »Kulturrevolution« dürfen heute nicht mehr öffentlich thematisiert werden. Die blutige Niederschlagung der Studentenproteste im Juni 1989 wird aus dem öffentlichen Gedächtnis ausradiert, kein Bild, kein Text in den Medien, den Schulbüchern oder anderen Veröffentlichungen darf daran erinnern. Im kollektiven

Gedächtnis der nach 1990 Geborenen findet sich der »4. Juni« daher kaum noch.*

Die zweite Strategie bedient sich u.a. der Methode der Benennung von komplexen Ereignissen mit irreführend positiven oder verharmlosenden Begriffen, die ins Bewusstsein der Bevölkerung eingehämmert werden. So bezeichnen z.B. die Menschen Chinas die Machtübernahme durch die Kommunistische Partei im Jahr 1949 heute automatisch mit dem Begriff der »Befreiung«. Und ebenso automatisch verwenden sie den Begriff der »dreijährigen Naturkatastrophen« für die Ereignisse der Jahre 1959–61, als nach glaubwürdigen Schätzungen über vierzig Millionen Menschen an Hunger starben. Ursachen waren der von Mao Zedong in Gang gesetzte »Große Sprung nach vorn« und die Fehler der Parteibürokratie. Nennenswerte Naturkatastrophen gab es dagegen in diesem Zeitraum nirgends.

In die Reihe dieser beschönigenden bzw. verharmlosenden Begriffe gehört auch die »Bodenreform« der Jahre 1949–52. Er suggeriert einen ausgleichenden Akt sozialer Gerechtigkeit: Grundbesitzer, denen circa vierzig Prozent des bebaubaren Bodens gehörten, wurden enteignet und das konfiszierte Land an mittellose Bauern und Landarbeiter verteilt. Laut offizieller Geschichtsschreibung und Ideologie waren die »revolutionären Massen der armen und mittleren Bauern« selbst die treibende Kraft der Bewegung. In zahllosen Romanen, Filmen und in den Schul- und Geschichtsbüchern wird sie glorifiziert. Die Erzählung der Bodenreform ist in dieser die Wirklichkeit verzerrenden Form Teil des Gründungsmythos der Volksrepublik China geworden.

* Dass solche die historische Wirklichkeit verzerrenden Bezeichnungen auch bei uns zur Anwendung kommen, zeigt das Beispiel des in westlichen Medien stereotyp verwendeten »Massakers auf dem Platz des Himmlischen Friedens«. Tatsächlich schoss die Armee beim Vorrücken in die Pekinger Innenstadt mehrere Kilometer vom »Platz des Himmlischen Friedens« entfernt auf Demonstranten. Auf dem Platz selbst wurde nicht geschossen.

Tatsächlich wurde die Bodenreform von der Führung der Kommunistischen Partei initiiert und von Parteifunktionären mit Hilfe ausgewählter »Aktivisten« aus der Bauernschaft mit enormer Brutalität vorangetrieben. Ihr war die bürokratische Klassifizierung der ländlichen Bevölkerung in »Großgrundbesitzer«, »reiche Bauern«, »mittlere Bauern« und »arme und untere Mittelbauern« durch die neuen Herrscher vorausgegangen.

Es war also kaum das »revolutionäre Bewusstsein« der ungebildeten, zumeist analphabetischen und ausschließlich am unmittelbaren eigenen Nutzen orientierten bäuerlichen Massen, das zur Enteignung und physischen Vernichtung der »Großgrundbesitzer« und ihrer Familienangehörigen führte. Es waren vielmehr der verständliche Wunsch nach einem eigenen Stück Land und die Gier nach dem Besitz der Grundbesitzer, zu dem u.a. auch die weiblichen Mitglieder und Angestellten ihrer Familien gehörten. Heftige, manchmal blutige Verteilungskämpfe unter den Empfängern der konfiszierten Güter gehörten zur Tagesordnung der Bodenreform.

Auch sonst verlief sie keineswegs reibungslos. Eines der größten Hindernisse war die soziale und familiäre Struktur der bäuerlichen Bevölkerung des Landes. Sie war zu großen Teilen in Sippen organisiert, denen sowohl Grundbesitzer wie Pachtbauern und Landarbeiter angehörten. Innerhalb dieser Sippenbeziehungen gab es gewisse Loyalitäts- wie auch Fürsorgepflichten, familiäre Bindung war gewöhnlich stärker als »Klassenbewusstsein«. Es bedurfte daher an vielen Orten erheblicher Anstrengungen der mit der Bodenreform befassten Funktionäre, die Bauernschaft zur »Bekämpfung« und sogar Liquidierung eigener Sippenangehöriger zu bewegen.

Ein weiteres Hindernis war die Tatsache, dass Armut, Hunger und Elend in der bäuerlichen Bevölkerung zwar allgegenwärtig waren, aber der größte Teil der als »Großgrundbesitzer« klassifizierten Personen keineswegs aus steinreichen Tycoons bestand, die in prächtigen Herrschaftsanwesen residierten, wie sie in Fang Fangs Roman beschrieben werden. Die Mehrheit bestand aus eher kleinen Grundbesitzern, deren materielle Lebensverhältnisse sich nicht allzu erheblich von denen gewöhnlicher Bauern unterschieden. Den in Luxus schwelgenden »reaktionären Großgrundbesitzer«, der seine Pachtbauern und Landarbeiter drangsalierte und bis aufs Blut auspresste, mag es vereinzelt gegeben haben, aber er ist vor allem ein Geschöpf kommunistischer Propagandafilme, Modellopern und Fernsehserien. Auch er ist ein Produkt gezielter Erinnerungspolitik.

Dass viele Großgrundbesitzer dem neuen Regime kritisch gegenüberstanden und einige unter ihnen antikommunistische Kräfte finanziell und logistisch unterstützten, steht außer Frage. Aber keineswegs alle als »Großgrundbesitzer« Klassifizierten waren dem neuen Regime gegenüber feindlich gesinnt, nicht wenige unter ihnen unterstützten anfangs die neue Regierung in der Hoffnung auf Reformen und eine nationale Erneuerung.

Die Kommunistische Partei verfolgte mit der Durchführung der Bodenreform mehrere Ziele zugleich. Die Mobilisierung der bäuerlichen Bevölkerung war neben dem Versagen der Nationalregierung unter Tschiang Kaishek, der Kriegsmüdigkeit ihrer erschöpften Armeen und der massiven Unterstützung durch die Sowjetunion eine wesentliche Ursache für die erfolgreiche Machtergreifung. Um sich diese Unterstützung dauerhaft zu sichern, musste die Partei dem Wunsch der Bauern nach Verbesserung ihrer Lebensverhältnisse schnell entgegenkommen. Die Enteignung und Verteilung der Güter von Besitzenden war die schnellste und einfachste Methode, diese Bedürfnisse rasch (wenn auch nicht sehr nachhaltig) zu befriedigen. Zugleich entzog man auf diese Weise tatsächlichen oder potenziellen Gegnern des neuen Herrschaftssystems die materielle Basis für effektiven Widerstand.

Das erklärt jedoch noch nicht die Brutalität, mit der im Lauf der Bodenreform neben der eher geringen Zahl aktiver Regimegegner Millionen unschuldiger Menschen gedemütigt, gefoltert und liquidiert wurden. Wie die männliche Hauptfigur des Romans räsoniert, wäre das Ziel der Neuverteilung von Grund und Boden auch ohne dieses Übermaß an Grausamkeit zu erreichen gewesen.

Tatsächlich verfolgte die Führung der Kommunistischen Partei neben der Umverteilung des Landes mit der Bodenreform sehr viel weiter reichende Ziele. Sie war sich bewusst, dass ihr Einfluss auf die bäuerliche Bevölkerung (circa achtzig Prozent der Gesamtbevölkerung) ohne das Aufbrechen der traditionellen sozialen Strukturen in den Dörfern beschränkt bleiben würde. Nur wenn es ihr gelang, den ärmeren Teil der Bauernschaft dazu zu mobilisieren, gegen alle Regeln der traditionellen Gesellschafts- und Familienmoral auch gegen Mitglieder der eigenen Sippe und selbst der eigenen Familie mit Mord und Totschlag vorzugehen, konnte sie die Rückkehr zu vorrevolutionären Verhältnissen ein für alle Mal unterbinden. Wer seine Hand gegen sein Sippenoberhaupt und dessen Angehörige erhoben hatte, konnte nicht mehr zurück. Diesem Ziel dienten die zentralen Veranstaltungen der Bodenreform, die sogenannten »Kritik- und Kampfversammlungen«, auf denen die gesamte Dorfbevölkerung in einem Prozess gelenkter Massenhysterie an der Demütigung, Folterung und Liquidierung der Grundbesitzerfamilien beteiligt wurde. Den »Aktivisten« bei diesen Veranstaltungen winkte Vorzugsbehandlung bei der Verteilung von Land und anderem Besitz, häufig auch von Frauen, Töchtern und weiblichen Angestellten der Grundbesitzer.

Wer die »Bekämpfung« überlebte, war auf Lebzeiten stigmatisiert und sozial benachteiligt. Noch in der »Kulturrevolution« (1966–76) wurden ihre Nachkommen allein wegen ihrer Herkunft in öffentlichen »Kritik- und Kampfversammlungen« gedemütigt und zu niederen Tätigkeiten verurteilt.

Ein weiteres Ziel der Bodenreform war die Auslöschung der

traditionellen kulturellen und Bildungselite des Landes. Der wesentliche Unterschied zwischen den Grundbesitzern und der Masse der bäuerlichen Bevölkerung bestand weniger in materiellem Reichtum als in der Tatsache, dass sie und ihre Angehörigen im Gegensatz zur analphabetischen und im modernen Sinn völlig ungebildeten Bauernschaft mehr oder weniger gebildet waren. Zum größten Teil handelte es sich um Bildung im traditionellen Sinn, bei der konfuzianische und buddhistische Elemente wesentliche Inhalte darstellten. Der Erwerb dieser Bildungsinhalte war im kaiserlichen China Voraussetzung für sozialen Aufstieg. Nach Etablierung einer republikanischen Ordnung im Jahr 1911 erhielten Kinder dieser Familien jedoch auch zunehmend schulische und akademische Ausbildungen im modernen Sinn. Angehörige dieser Besitz- und Bildungsschicht waren daher für die Übernahme von Beamtenposten in der staatlichen Bürokratie qualifiziert und erhielten damit zusätzliche Machtfunktionen und Einnahmequellen.

In den Augen kommunistischer Funktionäre waren sie Repräsentanten einer überholten, »rückständigen« Kultur und einer »reaktionären« Denkweise, die im Namen des Fortschritts ausgelöscht werden mussten. Nach einem Ausspruch Mao Zedongs sollte China in ein »leeres weißes Blatt Papier« verwandelt werden, worauf sich »die schönsten neuen Zeichen schreiben« ließen. Ob die physische Vernichtung der traditionellen Bildungselite bewusst herbeigeführt oder nur billigend in Kauf genommen wurde, ist schwer zu beantworten. Im Resultat bedeutete sie den Beginn der Zerstörung des gesamten kulturellen, materiellen wie geistigen Erbes Chinas, die sich bis zum radikalen Abriss noch vorhandener Altstädte in den achtziger und neunziger Jahren fortsetzte.

Zumindest in der Anfangsphase der Bodenreform waren die Exzesse von der Parteiführung daher durchaus gewünscht und wurden gezielt herbeigeführt. Erst als die Bewegung außer Kontrolle zu geraten drohte, die Verteilungskämpfe unter den Nutznießern heftiger wurden und die »Bekämpfung« der Grundbesitzer zunehmend zum Vorwand für persönliche Rache und für die Austragung familiärer Fehden wurde, griff die Parteibürokratie regulierend ein und verbot willkürliche Hinrichtungen. Zu diesem Zeitpunkt waren der Bodenreform bereits Millionen von Menschen zum Opfer gefallen, der weitaus größte Teil unschuldig auch im Sinne der damals geltenden Gesetze.

Wirtschaftlich gesehen war die Bodenreform kein Erfolg. Die neu entstandene Kleinbauernschaft war weder materiell noch kraft Ausbildung in der Lage, die landwirtschaftliche Produktion erheblich über die Subsistenzwirtschaft hinaus zu steigern. Bereits 1953 widerrief die Parteiführung das hauptsächliche Ergebnis der Landverteilung durch den Beginn eines sich über mehrere Jahre hinziehenden Kollektivierungsprozesses. Bis in die achtziger Jahre des letzten Jahrhunderts lebte der größte Teil der chinesischen Bauernschaft unter Armutsbedingungen. Eine nicht unerhebliche Rolle spielte dabei die Tatsache, dass die Schicht der Großgrundbesitzer zum Zeitpunkt ihrer Auslöschung bereits begonnen hatte, sich zu Unternehmern nicht nur im agrarischen Bereich zu entwickeln. Statt dieses unternehmerische Potenzial für die Entwicklung ländlicher Regionen zu nutzen, wurde es durch die Bodenreform vernichtet. »Hätte man es damals bei der Bodenreform nicht derart übertrieben, wären wir hier jetzt wahrscheinlich besser dran«, formuliert es eine der Figuren im Roman.

Dieser kurze Abriss der komplexen Geschichte der Bodenreform und ihrer Glorifizierung in der kommunistischen Erinnerungspolitik soll verständlich machen, warum das Erscheinen des Romans *Weiches Begräbnis* im Jahr 2016 Reaktionen hervorrief, die dazu führten, dass der Roman aus den Buchläden verschwand und heute in China nicht mehr verfügbar ist. Zunächst wurde der Roman von der Kritik mit Wohlwollen, teilweise mit Enthusiasmus aufgenommen. Im April 2017 erhielt er den renommierten nichtstaatlichen Lu-Yao-Literaturpreis. Zu diesem

Zeitpunkt war Fang Fang bereits eine bekannte und viel gelesene Autorin, von 2007 bis zu ihrer Pensionierung 2017 fungierte sie, obwohl kein Parteimitglied, als Vorsitzende des staatlichen Verbandes für Literatur und Kunst ihrer Heimatprovinz Hubei.

Kurz nach der Preisverleihung setzte in gewissen sozialen Medien eine Welle der Kritik am Roman und der Autorin ein, die sich zu Hasskommentaren und persönlichen Diffamierungen und Beleidigungen steigerte. Tenor der Angriffe war, die Autorin verrate und beschmutze die »Errungenschaften und Erfolge« des chinesischen Sozialismus. Es wurde rasch deutlich, dass hinter den Attacken neomaoistische und nationalistische Kreise standen. Fang Fang bezeichnet diesen Personenkreis als »Linksextreme«, während wir sie eher in der extremen Rechten verorten würden. Sie haben seit dem Amtsantritt des Generalsekretärs der Kommunistischen Partei und Staatspräsidenten Xi Jinping im Jahr 2013 in der Gesellschaft und der Politik, insbesondere in den Bereichen der Erziehung, der Propaganda und der sozialen Medien, zunehmend an Einfluss gewonnen. Die Kräfte, die hinter diesen Attacken standen, waren einflussreich genug, um auch ohne offiziellen Eingriff der Behörden den Roman aus den Regalen der Buchläden verschwinden zu lassen und Neuauflagen zu verhindern.

Die gleiche Vorgehensweise wurde in weit größerem und gröberem Maßstab im Frühjahr 2020 nach der Netzveröffentlichung ihres »Wuhan Diary« angewendet. Diese Taktik der »Entfesselung des Volkszorns« ermöglicht es der Partei und dem Staatsapparat, unliebsame Personen zu diskreditieren, ohne selbst direkt in Erscheinung treten zu müssen. Die Initiatoren solcher Kampagnen mobilisieren durch nationalistische Propaganda aufgehetzte Schüler und Studenten, im Netzjargon »xiao fenhong« (kleine Rosarote) genannt, zu Beschimpfungen und Diffamierungen ihrer Opfer in den sozialen Netzwerken. Darüber hinaus verfügen die Propagandabehörden über Heerscharen bezahlter Helfer, die gegen geringes Entgelt massenhaft im Netz aggressive und beleidigende Einträge gegen vorgegebene Ziele produzieren. Selbst wenn die Texte Morddrohungen enthielten, ließ die staatliche Zensur im Fall Fang Fangs die Angreifer gewähren, während sie Beiträge zur Unterstützung der Autorin umgehend löschte. Heute ist kein einziges Werk der Autorin mehr in den Buchläden zu finden oder im Internet zu bestellen, keines ihrer Werke wird neu aufgelegt, obwohl nie ein offizielles Verbot ausgesprochen wurde. In »Baidu«, dem chinesischen Google, ist unter dem Stichwort »Fang Fang« zu lesen, dass ihr *Wuhan Diary* »zahllose der Wahrheit widersprechende Inhalte enthält«. Belege dafür werden nicht geliefert.

Fang Fang ist keine Dissidentin. Sie ist allenfalls eine streitbare Humanistin. Damit ist sie in China nicht allein. Ihr Roman betrachtet die Bodenreform durchaus multiperspektivisch. Sie verurteilt weder die Täter noch ihre männliche Hauptfigur Wu Qinglin, der es vorzieht, das Vergangene zu vergessen. Was macht sie und ihren Roman also zum Hassobjekt der Nationalisten und Neomaoisten? Unerträglich ist für diese, dass sie die Opferperspektive in ihre Erzählung integriert, dass sie auch diejenigen zu Wort kommen lässt, die in der jüngeren und jüngsten chinesischen Geschichte zum Schweigen verurteilt wurden. Fang Fang idealisiert sie nicht, aber sie lässt sie ihre grauenvolle Geschichte erzählen und erlaubt uns, Mitgefühl mit ihnen zu empfinden. Dass damit die propagandistische Heldenerzählung der Bodenreform, die mit der historischen Wahrheit wenig gemein hat, korrigiert wird, ist in den Augen von Fang Fangs Gegnern unverzeihlich. Sie wittern dahinter die Gefahr, dass durch diesen Blick auf die eigene Geschichte auch andere Teile des Gründungsmythos des »neuen China« ins Wanken geraten, der ein wichtiger Bestandteil der Legitimität kommunistischer Parteiherrschaft ist. Zum Beispiel die seit Jahrzehnten mit Hilfe sämtlicher öffentlicher Medien unaufhörlich wiederholte Behauptung, nicht die

Armee der Nationalregierung, sondern die kommunistische Partisanenarmee habe in den dreißiger und vierziger Jahren des letzten Jahrhunderts die Hauptlast des Verteidigungskampfes gegen die japanische Aggression getragen und damit das Land von den Invasoren befreit. Eine Behauptung, die nicht den historischen Tatsachen entspricht. Wie so vielem ist auch der historischen Wahrheit dieses Abschnitts der jüngeren chinesischen Geschichte ein »weiches Begräbnis« bereitet worden.

Fang Fangs Roman über das Vergessen und Erinnern reicht von den Anfängen bis in die Gegenwart der Volksrepublik China. Er liefert uns neben einer spannenden und anrührenden Erzählung tiefe Einblicke in die kulturellen und sozialen Veränderungen des Landes in dieser Zeit. Und er mahnt uns an unsere eigenen Schwierigkeiten, die wir in unserer Geschichte mit dem Vergessen und Erinnern hatten und in der Gegenwart wieder haben.

Fang Fang
WUHAN DIARY
Tagebuch aus einer gesperrten Stadt
352 Seiten, gebunden
ISBN 978-3-455-01039-8
Auch als Taschenbuch erhältlich
ISBN 978-3-455-01040-4
Hoffmann und Campe Verlag

Wuhan: Am 25. Januar, zwei Tage nachdem erstmals in der Geschichte eine 9-Millionen-Einwohner-Stadt komplett von der Außenwelt abgeriegelt wurde, beginnt Fang Fang online Tagebuch zu schreiben. Millionen Chinesen folgen ihren Gedanken und ihren Geschichten aus dem unmöglichen Alltag – vom Zorn über die Untätigkeit und Vertuschungsmanöver der Behörden während der Anfangsphase der Epidemie und der Unterdrückung warnender Stimmen, bis zur Anerkennung der wirkungsvollen Maßnahmen der Regierung in den Wochen danach. Fang Fang liefert den unverstellten Blick auf die Katastrophe »von unten«, ganz nah an den Menschen, ihren Ängsten und Nöten, aber auch ihren kleinen Freuden und dem speziellen Wuhaner Humor selbst in dunkelsten Stunden. Zugleich wurde ihr Wuhan Diary in China zum Gegenstand erbitterter Auseinandersetzung über den Umgang mit kritischen Stimmen und Verantwortung – und somit über Chinas künftigen Weg.

»Ihr Buch ist einzigartig. Es bringt uns die Chinesen nahe,
öffnet ein Fenster zu einer privaten Welt, die wir nicht kennen.
Es ist tragisch und paradox, dass ausgerechnet diese
zutiefst menschliche, auf ihre Art patriotische Stimme
zum Schweigen gebracht werden soll.«
ttt - titel thesen temperamente

Fang Fang
Wütendes Feuer
Roman
Aus dem Chinesischen und mit einem
Nachwort von Michael Kahn-Ackermann
ca. 224 Seiten, gebunden
ISBN 978-3-455-01384-9
Hoffmann und Campe Verlag

Ein aufrüttelnder Roman über das Leben
und Sterben einer jungen Frau

Nicht lang ist es her, da schien Yingzhi die Welt offenzustehen: Aufgewachsen im ländlichen China, hatte sie es geschafft, als Sängerin in einer kleinen Band bekannt zu werden. Ihr Traum von einem freien und selbstbestimmten Leben war zum Greifen nah, bis eine Affäre alles zum Einsturz bringt. Yingzhi wird schwanger und ist gezwungen, den Vater des Kindes zu heiraten und in sein Elternhaus einzuziehen – so will es die Tradition. Als die Schulden ihres spielsüchtigen Mannes zu hoch werden und Yingzhi Geld verdienen soll, öffnet sich ein kleines Fenster, das ihr einen kurzen Blick auf die Freiheit gewährt. Doch dann wird ihr eine kleine Unbedachtheit zum Verhängnis und gipfelt in einer Katastrophe für sie und ihre gesamte Familie.

In diesem Roman gibt die große Schriftstellerin Fang Fang auf unerschrockene und erschütternde Weise Einblick in die Rolle und das Leben von Frauen in der chinesischen Gesellschaft.